JN151698

ゲーテと
近代ヨーロッパ

都築　正巳

東京図書出版

ゲーテと近代ヨーロッパ ❖ 目次

第一三章

第一部　ゲーテと近代ヨーロッパ

第一章

ドイツの都市と文化(1)

かつて西ドイツの財団の奨学金を受けて、約二年ほど西ドイツに滞在したことがあり、この体験を踏まえてドイツ文化一般について考察してみたいと思う。私はゲーテ研究者であるので、ゲーテ誕生の地フランクフルトに主として滞在することになったが、最初四カ月間はゲーテ・インスティトゥートで語学研修を受けることになった。ゲーテ・インスティトゥートという施設は日本でも東京や大阪などにあり、語学学校のようなイメージもあるが、これは本来西ドイツの対外的な文化政策を担う機関で、語学研修を通じてドイツ文化を紹介することを目的としており、ドイツ本国にもいくつかあるのみならず、海外にも出張して拠点を置いているわけである。私が研修を受けたゲーテ・インスティトゥートはBlaubeurenという田舎町で、ドナウ河畔のウルムからローカル線に乗って、二、三駅のところにある。ちょうど水戸駅から水郡線に乗り換えて袋田か大子に行くといった感じだが、人家もまばらになり、窓の外の景色が美しさを増すに連れて、だんだん心細くなったものである。ブラウボイレンに着いて、駅前のタクシー乗場でタクシーを待っていたが、いつまで待ってもタクシーが来ない。そのうち親切なドイツ人がやって来て、ここで待っていてもタクシーは来ない、予約が必要であるということで、やっと予約した後、タクシーが来てゲーテ・インスティトゥートにたどり着いたのであるが、それも無理からぬことで、この町にはタクシーが二台しかないということであった。ドイツの印象を刻みつけるためには白紙の状態にある私が最初に滞在したブラウボイレンという町は、私にとっては言わばドイツ文化という家屋の正面玄関に相当する。例えば、日本にはじめて来た外国人が日本の言葉と文化を学ぶためにまず水郡線の大子にある本学の研修所にでも連れて来られたと考えるならば、私が当惑したのも理解できるだろう。日本であれば、さしずめ日本文明を代表するのは東京であり、日本文化を代表するのは京都であるという風に考えることができるだろう。

ところで、ブラウボイレンで生活を開始してみると、なるほどと納得できるものがあった。この町にはBlautopf（青い壷）という名の神秘的な泉があって、これは伏流水

1　この論考は大学の一般教育及び定年後の市民講座のために纏めたものである。

という現象で、ドナウ河のある支流が地下に潜って、それがブラウボイレンの町で泉となって溢れ出ているわけで、これこそあの「美しき青きドナウ」のイメージだなあと、感心した次第である。このような美しい泉のある町が観光の名所となるのは不思議なことではない。しかるに、外国人にとってドイツ文化を代表する施設が置かれるためには、それだけでは十分とは言えないだろう。水郡線の袋田がその美しい滝故に日本文化を代表しているわけでないのと同様である。ゲーテ・インスティトゥートの仲間たちとよく丘の上の城跡まで散策に出掛けたものだが、そこから眺めると、ブラウトップフ（青い壺）に水源を持つブラウ川がゆるやかに蛇行し、その岸辺に牧草地が広がり、プロテスタント教会の尖塔や古い修道院の建物など、町の全体を一望に収めることができる。つまり、ここにもまたドイツの一つの町があるという認識を持ったのだが、わずか人口八千の田舎町に単なる田園的な生活の営みだけがあるのではなく、城跡と教会に代表される過去、つまり伝統に根差した町固有の文化があるわけである。もちろん、それはドイツを代表するような堂々たる文化という意味ではないが、しかしそこには紛れもなくドイツの文化があったのであり、自然と歴史を乱雑に併存させるのではなく、自然と歴史を内的に統一しようとするあのドイツ的意志が感ぜられたわけである。

三月の末にプロテスタント教会でバッハの『ヨハネ受難曲』が演奏されるということで、私もドイツ人の知り合いに誘われて出掛けたが、日頃見かけているパン屋や肉屋の女将さんが正装して改まった顔をしているのが不思議な気もしたのである。しかし、実は演奏しているのもほとんど素人だということで、従って、演奏者と聞き手の間に距離はないわけで、そこには我々日本人ならありそうな気取りが入り込む余地もなかったわけである。それはともかく、復活祭が近付く頃、ドイツのあちこちの教会で受難曲を演奏している風景を見かけたものだが、ブラウボイレンの演奏会は要するに春の到来をキリスト教暦に従って体験するという生活の様式化の一例にすぎないのである。

ブラウボイレンから近いので、ウルムにはよく出掛けたものである。ウルムはブラウボイレンとは比較にならない大きな町で、有名な大聖堂の尖塔はケルンの大聖堂よりも高く、一四三メートルに達し、七六八段の石段（勿論エレベーターはない）を汗を拭きふき登っていくと、ドナウ川とウルムの町を眼下に見下ろすことができる。私がゴシック式の大聖堂なるものを体験したのもこれがはじめてであったわけだが、その外側から見た偉容もさることながら、西側正面から大聖堂内部に入ったときの驚きも忘れ難いものがある。垂直の丸柱を辿って視線はおのずから上へと向かうのだが、上方の丸天井はあたかも蒼穹を思わせるような巨大な空間が構築されているわけである。私はキリスト教徒ではないから、敬虔な感情を持ったと言えば嘘になるが、重力に逆らい垂直に聳え立つ巨大な石の空間は、時間に対する精神的支配の象徴そのものであって、それは数百年の過去から現在にまで聳え立ち、ウルム市民の精神生活を今なお支配している伝統的規範であると直観されたわけである。大聖堂内陣に上から吊された巨大なキリスト磔刑像にはいささか畏怖の念を覚えたが、それは私には生半可な感情移入を拒絶する壁、異文化の衝撃のようなものであった。

さて、この巨大なゴシック式大聖堂が中心に聳え立っているウルムの町は人口一〇万足らずであった。先程ウルムの町を水戸に譬えてみたが、水戸の人口はウルムの約二倍で、しからばウルムの町の規模もおおよそ理解できるだろう。人口が百万を超えるベルリン、ハンブルク、ミュンヘンといった二、三の例外を除けば、ドイツの都市はほとんど小都市、ないし中都市の規模だと言っていいだろう。先程ブラウボイレンの例で示したように、人口八千の田舎町にも教会、役場、役場の前の広場の三拍子揃った文化の構造があることを考えると、逆に東京やパリのように一国の文化を代表する都市がないということ、文化が各地に遍在しているということが、ドイツ文化の特徴でもあると言えるわけだが、しかるに何故そうなったかを知るためには、カール大帝の時期にまでさかのぼって西欧社会成立の基盤まで探る必要がある。ドイツ人の国民性には生活空間の大都市化を阻む意志が確かに働いているが、そのような国民性は一千年に及ぶ神聖ローマ帝国支配を通じて、すでに近代以前に形成されていたと考えられる。もちろん、ドイツの幾つかの都市は、例えばマイン河畔のフランクフルトに見られるように、すでに十九世紀初期に人口の増加と文明の発達が中世的都市の枠組を突破し、都市を巡らす市壁を無意味なものにしている。フランクフルトの場合には今日なおエッシェンハイマー塔のみが昔の市壁の跡をとどめており、文明の論理は、見たところ古い様式的統一を破壊して、日本の都市と同じような近代的な没個性に支配されているようである。

確かに、六〇万を超える人口が大聖堂を中心として徒歩で一巡できるような町の市壁の中に収まるわけもない。フランクフルトの生活がどのように保守的であるかは、もちろん町の外見だけでは判断できないが、一方ニュールンベルクのように、古い市壁を残し、市壁の内部では大聖堂と市庁舎、広場の市風景といったほとんど中世的な生活の基盤を残している例はドイツでは決して珍しくないだろう。ニュールンベルクがフランクフルトと同様一九四五年に廃墟と化した町であることを考えると、町全体を戦前の状態に復元してみせるという意志力は驚くべきものと言える。もちろんニュールンベルクが近代化されていないなどと考えてはいけない。文明は市壁の外に締め出されたわけであって、鉄道はもちろん、車も原則として市壁の外を走るべきものである。しかるに、このことは多かれ少なかれドイツのすべての町について言えることであって、日本のように鉄道の駅が町の中心であるというような観念はどこにもない。鉄道の駅は常に郊外にあって、駅から二、三〇分歩くとやっと町の中心に達するというのがドイツの町の常識である。ドイツ人もまた文明の進展と大都市化現象を多かれ少なかれ必然的なものとして承認しているが、日本人のように周囲の森林を切り開いて造成し、家を建てては居住空間を継ぎ足し、町を拡大していくという無造作な拡大策には慎重であって、そこには明らかに都市の生活空間の様式化への意志が野放図な文明化に対して強い抑制力として働いているわけである。日本人のように日常的にはもっぱら文明を享楽し、時折旅行でもしたときに旧都を訪れて文化を享受すれば良いというような生活感覚ではなく、ドイツ人の生活意志は文明と文化、つまり、物質的欲求と精神的欲求とを常に同時に重なり合うものとして実現しようとするわけで、それがまさに生活の様式化への意志として現れてくるわけである。町の中心にある教会とは精神的欲求を充たすもの、つまり、生活の意味そのものを実現する場所であって、そうであれば、教会を場末にもっていって営利企業を町のど真ん中に据える理由はない。もちろんドイツ人がお金に鷹揚であるなどと考えてはいけない。お金を巡るときドイツ人とは闘争を覚悟しなければならないと言われているほどである。しかるに生活者集団の意志は常に生活の意味を実現する方向に向かうわけで、生活の物質的な豊かさと便利さのために生活の様式的統一を破壊するようなことはないのである。

さて、私はブラウボイレンの語学研修を経て後、なお一年半ほどマイン河畔のフランクフルトに滞在することになった。私がこの町を選んだのは、ゲーテ研究をやっている関係上、やはりゲーテゆかりの町を選んだ方が良かろうと考えたからである。フランクフルトにはゲーテ大学というゲーテの名にちなんだ大学がある。一般にドイツの大学は高名な人物の名を帯びる習慣のようだから、ゲーテ大学が特にゲーテ研究のために建てられたとは言えない。創立が一九一四年だから、その歴史の浅いのにいささかがっかりしたものである。しかし、ゲーテ時代にゲーテ大学があり得るはずもなく、ゲーテ自身ライプチヒやシュトラースブルクに遊学しているわけで、ゲーテ大学に古めかしい伝統を期待するほうが見当違いである。ともあれ、ブラウボイレンやウルムの生活を経てフランクフルトにやって来ると、ある種の失望を経験したことも確かである。つまり、これでは日本の大都会の生活と大して変わらないではないかと一見そう思えたのである。なにしろフランクフルトでは家族と一緒に滞在していたので、まずは住居の契約とか、子供を学校に通わせるとか、あるいは日々の必需品をどう調達するかといった問題で東奔西走する毎日が始まったからである。もちろん、それこそ異文化体験というものであって、その過程を通じてドイツの役所や学校や住居問題等について、すでに日本でも数多く紹介されているような事情を私も一通りは体験したわけである。日本的現実と最も大きく隔たっていると思えたのは教育の面であるが、実はこのことは日本に帰国してはじめて気が付いたことで、むしろ日本の教育制度の問題として考察すべきことかもしれない。日本に帰国して、子供が夕方暗くならないと帰宅しないし、年中漢字の練習と算数の問題に明け暮れているのを見ると、確かにこれだけはドイツの小学校になかったと痛感させられたわけである。子供が通っていたドイツの小学校はめったに午後まで授業はなかったようだし、それに集団教育よりは個性の教育を重視していたから、細々とした校則に縛られることもなく、子供は全く自由でのんびりとした学校生活を楽しんでいたようである。ところが、日本に帰国してから、自分の子供がいじめの対象になっていると聞いて甚だ愕然としたことがあった。これはおそらく多少ともドイツの自由な学校生活を体験したものとしては、日本の集団教育の中で単に毛色が変わって見えたにすぎないわけである。つまり、同じ色のシャツを着て、同じ髪形でなければ仲間はずれにされ、いじめられるというのは、伝統的な日本の集団教育の成果であって、特に今始まったことではないと思うのだが、ともかく、私も帰国後子供を通じてカルチャー・ショックを経験したわけである。このようにフランクフルトの生活は日本と大して変わらないと思ったのは見当違いで、実は日本に帰ってから大いにその違いに気付かされたわけである。というのも、教育とはまさに国民の精神生活の基盤をなすものであるからである。

なるほど、フランクフルトは金融業の町で、外見は高層ビルが建ち並び、文明の退廃と没個性もまた至るところに氾濫していたわけだが、精神的基盤はなお健全で文明の喧噪に翻弄されてはいないと判断されたのである。つまり、フランクフルトの生活は表面だけ文明によって覆われていると言った方がいいかもしれない。確かに中世に由来する都市の市壁は撤去されているし、バルトロメウス大聖堂の尖塔と周囲に林立する高層ビルほどに文明と文化との雑居状態を象徴するものはないだろう。ここにもまたすべての近代都市に見られる掴みどころのなさがあり、どこが町の境界で、どこが町の中心であるのか一目で直観することができないわけである。だから、中央駅前正面のカイザー通りを中心街と勘違いして、そこの商業主義的退廃をもってフランクフルト全体を評価するせっかちな旅行者も少なくないことだろう。しかし、フランクフルトの地図を見ると、フランクフルトこそまさに典型的なドイツの中世都市に由来することが分かる。近代的な発展区域の中心をなす鉄道の駅はここでも市壁の外側にあり、そこから大聖堂目指して歩けばやがて歩道になり、まもなく大聖堂前広場に至るわけだが、その間にくぐり抜けなければならないはずの市壁は確かに今ではもう存在していない。ブリュフォー

▶フランクフルト地図

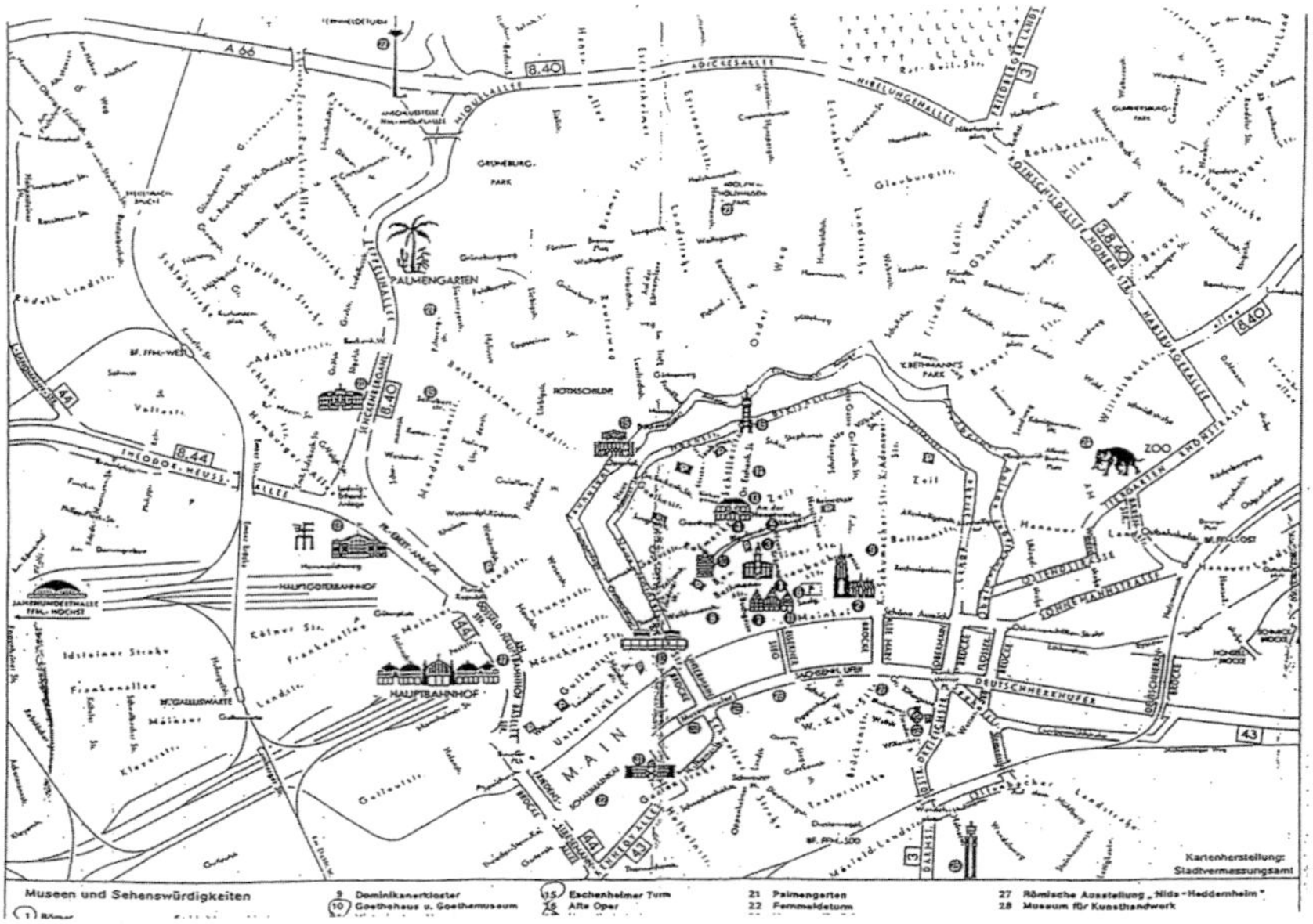

ドが指摘するように、ゲーテ時代においてフランクフルトはなお中世都市のまま存続していたわけで、『詩と真実』におけるゲーテの描写がそれを裏付けている。しかるに歴史的記念碑をなす街路や建物は今なお復元されて元の位置に存続するわけで、歴史的散歩を通じて中世都市の構造を生き生きと想像裡に描いてみることも可能である。さて、フランクフルトの私共の住居は、北西にタウヌス山脈が遠く霞んで見え、南東にフランクフルト空港に着陸する飛行機が家並みの向こうをあたかも飛行船がゆるやかに滑っていくかのように、視界に現れては消えていくのが見える位置にあった。歩いて数分のところにマイン河があり、犬を連れたドイツ人に交じって岸辺をよく散歩したものである。郊外電車で一駅のところに中央駅があり、さらに二駅目が旧市街の中心Hauptwacheであった。ハウプトバッへは今では郊外電車や地下鉄の連絡駅であるが、この言葉は本来かつてのフランクフルトの市民軍団の詰所を意味するものであって、そのときの建物がそのまま復元されて残っている（もっとも、ここは今では恋人同士のデートの場所になっているということである）。

　ハウプトバッへで下車すると、出口の一つはツァイルという名の繁華街に面しており、それを横切ってマイン河の方へ歩くと、Römerという名の旧市役所と聖バルトロメウス大聖堂に囲まれた広場にやって来る。もちろん、この地区にはもはやゲーテが恐れをなして逃げ出したという不潔な肉屋もなければ、バルトロメウス大聖堂前広場の市風景も姿を消している。それはKleinmarkthalle（小市会館）という家屋に常設の市が設けられたためであるが、しかしそれはもはや本来の市とは趣を異にするものである。また旧市役所のレーマーも今では見世物で、年に一回正面玄関から入場できる日に、私もフランクフルト市民に交じって、ホールに飾られた歴代の神聖ローマ帝国皇帝の肖像画を拝んできた。しかるに、この地区が一九四五年に潰滅状態にあったことを考えると、旧市街を外見的にも復元したということは、それが帝国都市フランクフルトの伝統につながるからであり、それがフランクフルト市民の紋章であるからである。つまり、このことは、ここに住む人々がドイツ人であるより前にフランクフルト市民であらねばならないことを意味している。思うに、すべてのドイツ人はドイツ帝国の鷲の紋章の他にもう一つ自分達の郷土の紋章を必要としている。フランクフルト市民は大聖堂前広場のことをRömerberg（ローマ帝国の遺跡の上）と呼んでいるが、彼らに世界で一番高い山は何かと聞くと、レーマーベルクと答えるわけである。その理由は、そこが救世主を意味するハイラント、つまり大聖堂までほんの一歩のところにあるからだが、実はその近くのハイラントという名のリンゴ酒製造所までほんの一歩で行けるからである。夏の頃ザクセンハウゼンの歓楽街を歩くと、なるほどリンゴ酒が好きでなければ、こんなユーモアも出てこないだろうと頷けると同時に、フランクフルト市民の意気軒高を感じさせられるわけである。

ともあれ、フランクフルトの歴史を概観するならば、フランクフルトが中世的都市の枠組を突破していった推移が理解できる。聖バルトロメウス大聖堂の前に歴史庭園と呼ばれるいささか異様な敗戦の傷痕を思わせるような一角がある。ドイツ皇帝の戴冠式が行われる神聖な場所を無造作に掘り下げることなど出来なかったはずだが、一九四五年にこの地区は崩壊しているので、復興のための工事が考古学的発見に導いたわけである。つまり、地下鉄工事をしているうちに古代の遺跡が発掘されて、五千年以来いくつかの文化が地層となって眠っていることが判明したわけである。まずケルト人の原始的文化がマイン河の氾濫によって何度も交代し、やがてローマ時代にはローマの植民地となり、ローマの軍団に属する公衆浴場がここに造られている。さらに中世に入り、七九四年にカール大帝がフランクフルトにゲルマン人の王侯や司教、さらに法王の使節を召集して、後の神聖ローマ帝国の土台を築くわけだが、この地区、つまりローマ人の公衆浴場の上にはまもなく王宮が建てられることになる。これは象徴的なことで、ローマ時代ローマ帝国の辺境にすぎなかったフランクフルトは今やゲルマン帝国の中心となったわけである。もっとも、このことはかつてのローマ帝国や、あるいは今や対抗関係に入った東ローマ帝国の首都の観念とはおよそ無関係で、フランクフルトは一八世紀に至るまで、なお歩いて一巡できるほどの中世的都市の枠組を変えるものではなかった。一三五六年カール四世の発布した帝国法、いわゆるGoldene Bulle（金印勅書）以来、フランクフルトはドイツ皇帝の選挙の地であり、この地で三四名の王が選ばれ、一〇名の王がローマ皇帝として戴冠されることにより、フランクフルトはアーヘンとともに確かに神聖ローマ帝国の権威上の首都ではあった。ともあれ、ホーエンシュタウフェン王朝時代、一般に中世盛期と言われる一二〇〇年頃、フランクフルトの市壁はなお現在のグラーベン通りにあった。ゲーテの生家があるヒルシュグラーベンもその一部だが、ヒルシュグラーベン（鹿濠）という名は、町の籠城に備えて、かつて濠に鹿が放し飼いにされていたことに由来する。

フランクフルトの歴史で意味を持つのは、むしろ自治都市としての発展である。一三七二年にはフランクフルトはシュルトハイス、つまり帝国より派遣される官吏の地位を買い取って、自由都市となる。ドイツ中世都市は、一般に諸侯の支配下にある領邦都市（Landesstadt）と皇帝に名目上属するけれども、実質的には自治権を持っている帝国都市（Reichsstadt）との二つのタイプに分類することができる。諸侯とは言わば地方の殿様であるが、ドイツの場合諸侯を統括する中央の権力は非常に微弱であったから、帝国直属都市は非常に有利な立場にある。それに対して領邦都市の場合諸侯の宮廷を中心として発展した町だから、宮廷の保護を受ける代わりに都市としての自由は発展しにくいわけである。ともかく、フランクフルトは帝国直属都市としての有利な立場を利用して、皇帝と諸侯の争いには中立を保ち、徴税、市、都市拡張等の権利を確保していく。この頃のフランクフルトの境界は現在の内側のCity-ring（環状道路）にあった。ところが、三〇年戦争の頃、大砲の改良に基づいて安全性を失ったので、さらに補強の工事が行われた。つまり、市壁の外側に土手を築いてこれを補強し、その外側に濠を造り、さらにその外側を第二の壁で囲んだわけである。しかも砲台を設置するため外側の壁はその部分だけ迫り出すわけで、現在外側の環状道路がジグザグの進行をするのもそのためである。エッシェンハイマー塔がこの頃の市壁の唯一の記念碑であるが、一八世紀に至るまで、フランクフルトはおよそこの中世都市の枠組を越えるものではなかった。ともあれ、このような都市の放射状の発展を踏まえれば、建物の歴史が古いか新しいかは地図上の位置を確認するだけでおおよそ見当が付く。私が通っていたゲーテ大学は、市電でボッケンハイマー街道を行き、ボッケンハイマー・ヴァルテで降りるのが一番の近道であった。この停車駅にはこの名に対応するヴァルテ、つまり一つの見張り塔が建っているが、これは一四三五年に建てられたものである。かつて、ケーニッヒシュタインの護衛隊がフランクフルトの市からやって来る商人をここで出迎えたということである。ケーニッヒシュタインは現在フランクフルト近郊の風光明媚を誇る保養地で、今なおタウヌスの山中に城跡をとどめているが、これは一七九六年にフランス軍によって破壊されるまで、歴代の領主が支配していた居城である。しからば、ボッケンハイマー・ヴァルテあたりがこの頃の言わば国境で、フランクフルトの自治権と領主の支配権が交代する地点であったと言えるだろう。中央駅もまた同じ円環状に位置しているが、一八八八年に中央駅が開始されるまで、フランクフルトの都市的発展は地域的経済を基盤として放射状に拡大していた。中央駅の存在はそれまで存続した中世都市の構造を外見上破壊するものではなかったけれども、しかしそれはもはやいかなる大砲の威力も及ばないほどに自治都市の市壁を無意味なものにしてしまったわけである。古い市壁の中に収まっていた頃のフランクフルトは人口約二万三千人であったが、現在のフランクフルトは人口六四万人で、さらに一五〇〇万を含む地域の経済的・文化的中心である。かつて一八六六年にフランクフルトがプロイセンに併合され、プロイセンの一地方都市として、五七〇〇万グルデンの銀貨を八台の列車を連ねてベルリンに運んだといったことがフランクフルト市民にとっては一つの屈辱的記憶となっているようであるが、しかしヨーロッパの中央部にあって古来要衝の地であったフランクフルトは、今や国際的な金融業の中心として、ヨーロッパの経済共同体を支えているわけである。

さて、しかしながら、われわれ日本人がドイツに対して期待するような個性がフランクフルトのような大都市では見えにくくなっていることも確かである。市壁が残っているかいないかといった外見上の特徴だけが問題ではない。フランクフルトの中心にあるレーマーベルクからは、クリスマスのようなお祭りの時期を除くと、市風景は姿を消しているが、ハイデルベルクやマインツ等の近郊の都市まで足を延ばすと、市はどこにでもある風景である。つまり、町の中心には必ず教会と市役所があり、その前の広場では市が催されているわけで、教会と市役所、そしてそれによって囲まれる広場の市風景は、ドイツの町の基本構造である。それは町の規模が小さくなり、大都会の中心から遠ざかって地方的になればなるほど見られる風景であるが、その理由は、この基本構造がまさに文化と経済を総合する地域的生活共同体の最小単位をなすからであると考えられる。

そもそも市とは生産者が直接に製品を売りに出し、また消費者が生産者から直接に製品を手に入れる機会を提供する場所と言えるわけだが、このような交換形態は商人による媒介を必要としないから、いわゆる自給自足的な生活圏内では最も有効な経済的手段である。アンリ・ピレンヌによると、市の習慣は、カール大帝の統治に基づくゲルマン人の帝国の成立と共に始まる。ローマ帝国時代、地中海を基盤としてシリヤ人等によって大規模な遠隔地商業が展開していた頃、広範囲に及ぶ貨幣流通が経済の基盤をなしていたので、製品の直接的交換という経済手段はいかなる重要性も持ち得なかったわけである。しかるに、アンリ・ピレンヌによると、八世紀にサラセン人の勢力が台頭し、地中海の南西を支配するに至ると、地中海を基盤とする遠隔地商業は麻痺し、それまではローマ帝国の文化的・経済的支配圏に属し、ローマを中心にして回転していた西ヨーロッパは全く新しい生存の根拠を問われることになるわけで、ここにもはや商業に依存しない、土地に従属した自給自足的な農村共同体が発生することになる。これが一千年に及ぶ封建性を基盤とするヨーロッパ中世社会の起源である。先程、ゲルマン人の帝国の首都となったフランクフルトがローマ帝国の首都とは似ても似つかぬものだと述べたのは、この二つの帝国の統治形態が全く性質を異にするからである。そもそも皇帝が帝国を支配するためには、強力な権力の執行機関と、それを内外の敵から守るための軍隊が必要である。しかるに、この二つの機関、つまり官僚組織と軍隊を保持するためには俸給を支払わねばならない、そしてその財源は一般に徴税に基づく他はないわけだが、社会全体から貨幣が消滅していくとき、王の財源を保持することも不可能になってしまう。かくして、社会全体が経済的に衰微するとき、皇帝の権力も衰微するのは当然である。ところで、戦争の期間は、略奪品でもって王の財源を保持できるわけで、カール大帝がゲルマン民族を史上はじめて統一できたのもそのおかげである。しかるに、統一された帝国を長期間統治するための財源はもはやないから、皇帝は自己の所領地を分割して統治させることによってしか帝国の統治をなし得ないわけである。一方皇帝の代官として裁判権を付与された伯（グラーフ）が帝国辺境の地を支配するわけだが、伯の権限は名目上はともかく、実質的には皇帝の権限と少しも変わらないものとなる。ここに一八世紀に至るまでドイツを支配した諸侯の起源がある。

ともあれ、中世社会においては遠隔地商業は極度に限定され、例えば、香辛料等のあきないは王侯の需要をみたすために、単にユダヤ人にのみ与えられた専業特許であった。一般の需要はほとんど農村の地域共同体によって生産されたもので充足されたわけで、このような自給自足形態を確立するために修道院が果たした役割は特筆に値する事柄である。そもそも帝国が官僚組織を失ったとき、官僚を育てるための教育制度も必要でないわけで、帝国はキリスト教を通じて言わば間接的に民衆を支配したわけである。そうなると修道院は極めて重要な役割を担うわけで、修道院は文化的・経済的な地域共同体の中核を形成する。先程言及したブラウボイレンの町も修道院を中心にして発展した町である。修道院が一般に田舎にあるのも、地域の経済的開発が修道院の重要な事業の一つであったからである。またドイツ文化が地方に根差しているのも、その理由によるものである。ともあれ、こうして生じた修道院は、もはや外側から物的・精神的に支配されようもない完璧な自治の空間であったと言えるかもしれない。しかもそれは帝国の行政組織そのものであって、聖職者を通じて自発的・精神的に行使される実質的な行政の基盤の上に、国家は抽象的に君臨したにすぎないわけである。このように極度に地域に限定された社会においては、生活の需要を充たすためには、もはや専門的な商人階級は必要でなかったわけで、定期的に催される小規模の市で事足りたわけである。われわれがドイツを旅行してしばしば見かける市風景は、この一千年以上も続いている習慣に由来するものである。思うに、水戸に住むわれわれがスーパー・マーケット等で買う魚は大洗から直接来るものではなく、東京を経由して来るということだが、これほど腹立たしいことはないだろう。商品の販路という観点に立てば、業者にとってはそのほうが都合が良いのかもしれないが、しかしこれは明らかに都市資本に対する隷従であり、地域共同体を顧みない無節操な商業主義と言えるだろう。あるいは日本の最近の農家は自家用としては無農薬の野菜を作り、市場用には農薬を使った大量生産のものを送り出すと聞いているが、このように商業倫理が退廃するのは、おそらく生産者と消費者との間に匿名の商人階級が入り込み、両者の直接的で人間的な関係を破壊してしまうからだと思われる。もちろん、ドイツの市で売られているものは新鮮な野菜や果物、あるいは花等で、何もかも買えるわけではない。しかし、生活の最も基本的な需要を充たすものが地域の生活共同体内部で生産され、消費され、健全な自給自足体制が維持されるということは、世の中が文明化されるにつれてますます必要なことのように思われる。

　さて、フランクフルトがいかに中世都市の枠組を越えて発展したかを述べたが、しかし一九四五年の潰滅状態からなお旧市街の中心を昔のままに復元したということは単なる懐古趣味から来るものではないと思われる。ニュールンベルクの場合にはもっと意識的な復元がなされたことも指摘したが、しかしニュールンベルクの広場の市風景はこうした都市の復元が単なる観念的な保守主義から来るものではないことを示している。ニュールンベルクの場合には意識的に文明を市壁の外に締め出しているところがあったが、一方ドイツには人口一万足らずの町が無数に存在していて、それがそれぞれ中世的な地域共同体の中で文化的・経済的に自足した生活を送っているように思える。これらの町は意識的に文明を締め出す必要がないほどになお中世的であり、一千年も続いている生活の営みを維持しているように思われる。

　日本人観光客が好んで訪れるのがドイツ南部のロマンティック街道沿いの町であるのも偶然ではないだろう。なかでもロマンティックと言われる町がローテンブルクで、市壁、路地、建物等、中世の町の構造がそのまま残っていると言われている。しかるに、これほど有名で観光の名所となり、ゲーテ・インスティトゥートまであるのだから、もう少し便利でも良いはずだと思うのだが、そこに至るためには、ビュルツブルクから一日に二往復しているバスを利用する他はない。ローテンブルクも一応鉄道で幹線とつながっているけれども、観光客の便宜を考えている とは全く言えない。結局鉄道の連絡のことを考えて、私はローテンブルクでは途中下車するだけで済ませ、ディンケルスビュールで一泊することにしたが、この町がまたほとんど中世的なたたずまいを示しているわけである。鉄道を利用できると言っても、本数が限られているから、うっかりすると半日は無駄になってしまう。その代わり、宿泊費は安いし、ビールはフランクフルトの半額程度で、一泊だけで通り過ぎるのは惜しいと思ったほどである。同じくロマンティック街道の町であるネルトリンゲンは隕石の落下によって生じた隕石孔からなる盆地から出発しており、その真ん丸い市壁が印象的であるが、これまた中世都市の構造をそのまま残している。そこで興味深いのは、ローテンブルクやディンケルスビュール、あるいはネルトリンゲンといった町が単に外見上、言わば観光目的で中世の構造を残しているのではないと思われることである。これらの町々は今でこそ時代遅れになり、単に観光上の名所として注目を浴びているにすぎないが、かつてはフッガー家を中心とする南ドイツの商業圏に属し、隆盛を極めたことがある。ローテンブルク、ディンケルスビュール、ネルトリンゲンがかつて自由都市であったということは、都市に蓄積された富に基づく市民意識の興隆を物語っている。これらの町は三〇年戦争のとき、概ね新教側に属しており、またいずれも皇帝軍によって制圧され、そのときの打撃から二度と回復することはなかった。ネルトリンゲンでは三〇年戦争のとき人口が半減し、元どおりになるのが三〇〇年後の一九三九年である。もちろん、これらの町が没落したのは、三〇年戦争による打撃だけが原因ではなかったと言えるだろう。実は新大陸発見と印度洋航路のためにヨーロッパの通商路が変化したことにより、南ドイツ全体が衰微したわけである。それはともかく、これらの町が三〇年戦争時代の記憶を今日なお最も生々と伝えているのは興味深いことである。例えば、ローテンブルクのMeistertrunk(市長の酒飲み)や、ディンケルスビュールのKinderzeche(子供祭り)等がそれであるが、それはおそらく市壁や古い建物に劣らず町の紋章であり、町の伝説である。このようにロマンティック街道沿いの町、ローテンブルク、ディンケルスビュール、ネルトリンゲンは、もはや文明を市壁の外側に締め出す必要もないほどに自足した中世的営みを示しているが、これは単なる懐古趣味などで説明できるものではないだろう。なぜならば、これらの町には少しも時代遅れの現実やさびれた文化があるわけではなく、人々は生々と農村的であり、ただ単に狭い郷土的文化において逞しく自足しているにすぎないからである。この辺一帯をつぶさに見て回るのも面白かろうと思うが、そこにはおそらくローテンブルクやディンケルスビュール、あるいはネルトリンゲンにおけるような観光客向けの中世的外観はないかもしれないが、生活の実態はおそらくもっと中世的で、一千年間培われてきた生活様式を保持しているに違いない。しかるに、ロマンティック街道沿いの町に端的に示されるような、良い意味での自給自足的な生活の基盤は、恐らく多かれ少なかれドイツのどこにでもあるのであって、それは支配者の交代によっても、政治体制の変化によっても変わらない地層で、文明もまたその上を薄く覆っているにすぎない。

さて、ゲーテ研究者である以上、一度くらいワイマールを見ておくべきではないかという気になった。というのも、フランクフルトはゲーテの誕生の地ではあるが、ゲーテが六〇年に及ぶ文学的生涯を送った終生の地はワイマールであるからである。ともかく、義務意識からワイマールに行ったというのも、私がドイツに滞在していた当時ワイマールは東ドイツに属しており、東西ドイツは国境によって隔てられていたからである。確かに今になって思えば、私の少ない体験を踏まえても、東欧の社会主義が崩壊する必然性は十分にあったように思われるが、しかし周知のごとく一九八九年ベルリンの壁が劇的に撤去されるまで、東西ドイツの統合が現実化するとは誰も夢にも思わなかったことである。

ともかく、フランクフルトからベーブラ、ゲルストゥンゲン間で国境を越えてワイマールに行くのと大して変わりはない。距離的には二八三キロでデュッセルドルフに行くのと大して変わりはないが、国境のパスコントロールに二時間もかかる。しかも六週間前にホテルを予約しておかねばならないわけだが、こちらは安いホテルを予約したにもかかわらず、超デラックスで目の玉が飛び出るような豪華ホテルを旅行直前にやっと電話で通達してくる。聞くところによると、これは西側資本主義圏の外貨を稼ぐための国策であるということで、私が一泊したライプチヒの豪華ホテルが日本の鹿島建設によって建てられた日本庭園付きのホテルであったというのは誠に皮肉なことであった。さらにライプチヒで思い出すのは、アウエルバッハの酒場というレストランで食べたメフィストフェレス風焼肉のことである。ライプチヒはゲーテの遊学した町で、アウエルバッハの酒場は『ファウスト』の有名な場面となっているので、当然一見に値すると思ったわけである。そこで何故わたしがメフィストフェレス風焼肉を選んだかというと、それがゲーテの『ファウスト』の有名な悪魔メフィストフェレスにちなんだ料理であるからであるのは言うまでもないとして、西ドイツに比べると拍子抜けするほどに安いので一番高いメニューを選んだにすぎないわけだが、給仕にデザートを付けるかと訊かれてうっかり承諾すると、缶詰のパイナップルが出てきたわけである。結局勘定のときはチップを含めて倍額を支払い、それほど安くもないのがいかにもメフィストフェレス的であったのだが、これはおそらくパイナップルが異常に高いというのが悪魔のトリックであったに違いない。ライプチヒでも市の風景を見かけたが、野菜や果物が見るからに貧弱で、また至るところで物を買うために並ばなければならないというのが、いかにも貧しさを感じさせたわけであった。

さて、ライプチヒから二駅目のワイマールは現在人口六三〇〇〇人の小都市である。駅からレーニン通りを徒歩で二〇分ほど行くと旧市街に至る。旧市街には今なおシラー通りやゲーテ広場があるが、その周囲をエンゲルスやリープクネヒト等の名にちなんだ通りが囲んでいる。また、しばしばソヴィエトの政権を称えるポスターが掲げられているのも、西ドイツとは異なる雰囲気であった。そこにはなお、カール・アウグスト大公の宮殿、ゲーテやシラーの夢を実現するはずであったドイツ国民劇場、シラー通り、ゲーテ・ハウス等があり、橋を渡ってイルム川を越すと、ゲーテが恋人と同棲していた小さなガルテンハウスがあって、なお一八世紀の牧歌的生活を偲ぶこともできる。しかしながら、ゲーテ公園に佇み、美しい日没を眺めながら、私はつくづくと喪失感に浸っていたように思う。人々の顔には活気がないし、観光客に対する敵意すら感ぜられるような気がした。公園で一見紳士風の男に町を案内してやると言われて話しかけられ、だいぶ時間をつぶしたあげく二〜三マルクせしめられたのがなんとなく不愉快であったが、その男は結局私に現政府の悪口を言ったにすぎない。この男が私からねだった西ドイツの通貨は同じマルクでも闇のルートでは五倍の値打を持つわけで、そうなると、この男はあるいはただの乞食ではなかったとも思われるが、それにしてもこの男を通じて、わたしは東ドイツにくすぶっている不自由と欲求不満を感じたわけである。

ワイマールからバスで三、四〇分のところにブーヘンヴァルト強制収容所跡がある。今では一部の施設を除いて何もない空間が運動場のように広がっているだけだが、それがかえってナチ時代の後遺症を生々しく物語っている。ナチの残党が西ドイツに保護されているといったパンフレットの文章を読むと、反ナチの精神は分かるけれども、反ナチ一色で塗り潰されてはドイツ人には立つ瀬はないだろうと思われたわけである。ドイツ人はあらゆる全体主義を憎む国民性であるが、ワイマール共和国の歴史は、ドイツ人が経済危機という限界状況にあって二者択一を迫られたとき、共産主義よりは国家社会主義に未来を託したことを物語る。民族の個性自体永い歴史を通じて培われたものであって、ナチ時代の歴史的局面もドイツ的国民性によってある程度は説明できるだろうが、逆にドイツ的国民性を国家社会主義によって説明するのは論理の転倒である。ともかくそれ以上にドイツ人は古来郷土主義者であり、国家として統一されるにはあまりにも非政治的な文化主義者であったわけで、ゲルマン民族を自由主義と社会主義に二分する政治的国境ほどに、ドイツ的悲劇を象徴するものはなかった。なぜなら、ゲルマン民族を東西に分ける国境とは、本来非政治的な国民性に上からかぶせられた政治的な枠組以外のものではないからである。元来国境がないということがゲルマン文化の特徴であって、カール大帝以来東方のゲルマン化政策を通じて、ゲルマン文化とスラヴ文化との境界線はほとんど濃淡の差でしか示せなくなっている。しかるにゲルマン人とは本来ローマ文化の継承者であって、従って、ゲルマン化とは西欧化とほぼ同義であったわけだが、そのことを考えるならば、ゲルマン人が逆にスラヴ化されるような事態はあり得なかったわけである。なぜなら、東西を隔てる政治的壁とは東側の政策で、西側の文化的侵入に対する防衛を意味したからである。そこに本来東ドイツの問題もあったわけで、ドイツ的個性がクレムリンの支配下にあって抑圧はされても、決してスラヴ化し、消滅することはなかったわけである。

さて、ゲーテ時代においても、フランクフルトとワイマールは元来性格の異なる町であった。フランクフルトが自由都市として、名目上は皇帝の支配下にあるとはいえ、あくまでも市民的自治に基づく商業都市であったのに対して、ワイマールはザクセン・ワイマールという小領邦の首都として、領邦権力の保護下に成立した宮廷都市であった。ゲーテ時代のフランクフルトがなお人口三万五〇〇〇人の小都市で中世の市壁の枠内にとどまっていたとすれば、当時フランクフルトとライプチヒをつなぐ通商路からもはずれていたワイマールがいかに発展性のない小さな田舎町であったかが想像できる。二、三時間もかければ路地の奥まで見尽くしてしまえるような小さな田舎町にカール・アウグストの宮殿だけが堂々と構えているのも奇妙なことだが、しかしそういう摩訶不思議がドイツでは至るところに存在している。例えば、ロマンチック街道沿いのヴァイケルスハイムにはホーエンローエ伯爵が住んでいたという、ヴェルサイユ宮殿を模したかと思われるような宮殿と広大な庭園があるが、周囲は見渡す限り田園である。

ゲーテはワイマール公国の宰相の地位まで昇ったが、しかしゲーテの文学的成功に比べればそのような世俗的な地位など取るに足りないもので、ブリュフォードが指摘するように、カール・アウグスト大公すらゲーテの威光のおかげで後世に名を知られているにすぎない。もちろん、ゲーテの文学の品位の高さは王侯貴族の趣味から来るものであろうが、しかしゲーテの文学の権威に囚われない、自由な人間味の発する輝きが自由都市フランクフルトの市民的感情に由来するものであることは確かである。いずれにせよ、ゲーテの『ファウスト』がやがてヨーロッパ的次元における文化的連続を表現するものとなったように、ゲーテのフランクフルトからワイマールへの移行は、それ自体文化的連続の表現である。かくして私もまたゲーテを追体験すべくゲーテの足跡を追ってワイマールへ赴いたわけだが、そこでもまた文化遺産として国家権力によって保護されているゲーテは、あたかも透明なガラスの膜を通して見る過去の宝物のようで、ワイマールの町そのものが一つの博物館と化して見えたわけである。政治的国境――それは確かに文化的連続に対して一つの疎外の表現である。

さて、私はゲーテ研究者であるからドイツ文化体験はゲーテを追体験するかたちとなったわけだが、モーツアルトに心酔する人であれば、今まで述べてきたような地域、西ドイツにも東ドイツにもまったく興味を示さないかもしれない。彼は多分モーツアルトの生家があるザルツブルクや、モーツアルトが活動したウィーンを訪れて、ドイツ文化を満喫することだろう。美しい古都ウィーンをドイツの首都と考える人も少なくないことだろう。かつてウィーンを訪れたとき、ドナウ河の岸辺に立って、――確かにそれはもはや美しき青きドナウではなかったが、――この河の水はレーゲンスブルクやウルムの岸辺を流れている水であり、ブラウボイレンの「青き泉」の水でもあることを思うと感慨深いものがあった。思うに、シュヴァルツヴァルトのドナウ・エッシンゲンに発し、ウルムやウィーンやブタペストを経由して黒海に注ぐドナウ河とはそれ自体文化的連続の表現であって、そのような大陸的文化を政治的国境によって区分するというのはほとんど不可能なことである。ヨーロッパはキリスト教という唯一の神によって統一される文化的連続体であるが、しかしそれは古来一度も唯一の人間に支配されたことはない。なぜなら、その文化は単調な連続体なのではなく、無数の集落として発生した文化的共同体はそれぞれキリスト教の神を信奉しながら多様化したわけで、それはキリスト教の文化であると同時に濃密な郷土的文化であった。キリスト教の神とはその意味で人間を画一的に支配するのではなく、人間を多様な個人として実現するわけで、文化の最小単位は常に個々の人間的共同体である。つまり、共同体とは個を普遍へ媒介する最小の社会的単位となる。あるいは逆に、そのような個々の社会的単位が実現されることによって、キリスト教は普遍的宗教に発展したのであり、そこから一つの文化的総合体が形成される。神聖ローマ帝国皇帝とはそのようなゆるやかな文化的総合体の上に君臨する名目上の国家元首であったわけだが、しかし彼は実質的には常に一人の公爵であり、その権限は王家の所領地に限られていたわけである。一八四八年のフランクフルトの国民議会でも、なおドイツの二大諸侯プロイセンとオーストリアを包含するような大ドイツ帝国の理念が浮上してくるが、まもなくそれが近代国家の組織体として全く非現実的なものであることが露呈されてゆく。それが実現するためにはおそらく再びハプスブルク家の支配するオーストリアの主導権を必要としただろうが、オーストリアはさっさと身をひいてしまうし、結局プロイセン主義的な統治国家の理念が貫徹していくことになる。ビスマルクの手腕は非政治的・前近代的な大ドイツ主義的幻想を退けて、プロイセンを中心とする小ドイツ主義的現実政治を貫徹した点にあるだろうが、そのために彼はなおオーストリアに、つまり兄弟国に宣戦布告をしなければならなかったわけである。さらにまた彼がフランスにしかけた戦争も帝国拡大策などではなく、単にドイツを近代国家として統一するために、プロイセンの主導権の確立を目指したにすぎない。つまり、彼の目は内側に向けられていたわけで、そこに彼の政治家としての偉大さがあった。ビスマルクはヨーロッパ中央部にあるドイツを「起き上がり小法師の重心」とみなしたわけで、彼の外交政策はヨーロッパの紛争をドイツの辺境に押しやり、ドイツを中心としてヨーロッパの勢力の均衡をはかることにあった。これはおそらくドイツの政治史においてはじめての発想で、神聖ローマ帝国の歴代の皇帝は皇帝権の拡大を目指して常にイタリア政策で失敗している。また東方植民による帝国拡大策は同時に権力の分散化をもたらしたにすぎない。

一八世紀に台頭したプロイセンやオーストリアも、本来東方植民を基盤とする辺境伯から発展した勢力である。このようにして成立したキリスト教的な文化総合体としての神聖ローマ帝国は政治的に見れば単に権力分散の構造であったのみならず、いかなる意味においても国境がなかったと言えるかもしれない。カール大帝による帝国統一は単にローマ教皇の権威に依存して成立したのみでなく、むしろ政治の形態そのものが宗教的であった。七九四年のフランクフルト公会議にカールが司教を召集したのも、司教区が帝国の行政区域をなすからであって、東方植民による帝国拡大策も司教区の形成を通じて進行したわけである。ところが、司教区を基盤として、たとえばデンマークやポーランドは逆に民族的に独立して、ドイツから離脱していくが、一方皇帝の教皇に対する支配は逆に教皇の皇帝に対する支配へと転倒してしまいかねない。それを象徴するのがいわゆるハインリヒ四世の「カノッサの屈辱」であり、権力のないローマ教皇が権力を持ったドイツ皇帝を屈服させ得るのは、ドイツ帝国が諸侯に分裂しているからで、ローマ教皇が皇帝に対する反対勢力を上手に利用すれば、そのことも可能となるわけである。この聖職者の任命権をめぐる皇帝と教皇との争い、つまりいわゆる叙任権闘争は、神聖ローマ帝国の基盤にある矛盾が表面化したにすぎないわけである。もっとも帝国の基盤と言っても、帝国行政の重要な鍵をにぎるマインツ、トリア、ケルンといった大司教の任命権を単に当初カール大帝が掌握していたというにすぎない。ところでカール大帝の死後皇帝の権力が徐々に衰えてゆくと、逆に大司教が皇帝に対する人事権を握るわけであって、こうして神聖ローマ帝国皇帝をめぐる人事はおのずから選挙制度へと発展していく。そしてしばらく皇帝不在の時代すら続いて、このいわゆる大空位時代を終えるべくハプスブルク家のルードルフ伯爵を登用したのもマインツ大司教であったわけだが、選帝制とは本来皇帝の権力が強大になりすぎるのを防止する制度であって、ハプスブルク家からこのときはじめて皇帝が推挙されたのは、ハプスブルク家の勢力がなお十分に微弱であると判断されたからである。もっとも、ルードルフ伯爵の手腕によって、ハプスブルク家の将来の繁栄の基礎はこのとき築かれたわけである。ともかく、マインツ、トリア、ケルンといった大司教区を通じて帝国の窓がローマに向かって開かれている限り、帝国全体としては一つの権力機構として自己を閉じることはできなかったわけである。従って、神聖ローマ帝国皇帝のイタリア政策は、イタリアを含めて権力機構を確立すること、つまり、たとえばイタリア南部を併合して教皇を帝国内部へ封じ込めるかたちで教皇に対する皇帝の支配権を確立することに向けられたわけであるが、その結果は常に裏腹であった。

さて、ともかく、一八四八年における大ドイツ主義的帝国の理念はこのように神聖ローマ帝国の伝統に由来するものである。この理念の延長線上には当然ハプスブルク家のオーストリアが主導権を握るドイツ帝国像があったわけだが、しかしそうであればプロイセンの立場は小ドイツ主義でしかあり得ないわけで、プロイセンのオーストリアに対する宣戦布告はこの大ドイツ主義的幻想を打破し、プロイセンの主導権を確立することに向けられたわけである。とはいえ、ビスマルクの政策でこの点だけが重要で、オーストリアを、つまり兄弟国を徹底的に痛め付けることはビスマルクの意図にはなかったわけである。このようなプロセスを辿って成立したオーストリアはやがてヒトラーの第三帝国に再度併合されることになるが、ヒトラーの世界征服計画もその意味ではかつての大ドイツ主義的幻想の延長線上にあるわけで、ただそれをラディカルに実行したことを除けば、政策としての新しさはなかったと言えるかもしれない。もっとも、ヒトラーのつまずきの石はもはやローマ教皇の存在ではなく、新しく台頭したアメリカやソヴィエトの勢力であった。つまり、この二つの勢力が外部にあることを考えるならば、ヒトラーの帝国がそもそも一つの権力機構として自己完結するというようなことはあり得なかったはずである。

さて、ともかく、ドイツ文化と言っても、その中心部だけでも、東西ドイツとオーストリアの三つの部分からなる。その他スイスの一部がドイツ語圏に属しており、スイスに台頭した文壇の流派や作家を除外して、そもそもドイツ文学史を語ることはできない。スイスはもともとハプスブルク家の所領地であるが、三〇年戦争を契機として独立することになる。シラーの戯曲の題材となったウィリアム・テル伝説もこのスイスのハプスブルク家からの独立運動の一局面として理解できるものである。ともかくスイスについて語ることは、オーストリアについて語るのと同様、独自の一章を必要とするだろう。では、フランスとドイツとの関係はどのようなものとして理解できるだろうか？

さて、わたしは家族を連れてバスに乗ってフランクフルトからパリに赴いたことがある。昼頃フランクフルトを出発して、夜の一〇時頃やっとパリのホテルにたどり着いたときにはさすがに疲れていた。ゆるやかに起伏するシャンパーニュ地方を行くと、行けども行けども牧草地で町らしい町が見えてこなかったわけだが、やがてパリに近付くと夜の彼方に光りの海が浮かび上がったかのような感動を覚えた。ドイツを旅行しているときは、視界のどこかに必ず町の一角が見えたものであるが、このようなパリと周囲の田園のコントラストは確かに国柄の違いとも思われた。とはいえ、あるかないかのパスコントロールを経て、バスで半日の行程にあるパリは何と言っても近いわけであり、ドイツとフランスの国境など私のような日本人にとっては結局ほとんど意味のないものに思われた。ゲーテが遊学したシュトラースブルクにも日帰りのバス旅行で行ってきた。かつてゲーテがシュトラースブルク大聖堂を眺めながらドイツ建築の美について語ったことを想起すると、そこが現在フランスに属するというようなことはたいした意味を持つわけではない。ドイツとフランスの境目も文化的連続体としては、結局濃淡の差でしかないゆるやかな変化にすぎない。そうであればなおさらのこと、政治的国境は問題になるわけで、アルザス・ロレーヌ地方のようにたえず国籍が変化する地域も生じてくる。しかしながらドイツとフランスの国境をめぐる紛争などごく近年のことで、ヨーロッパの永い歴史を通じてドイツとフランスは文化的連続体であり、ほとんど国境が意識されることもなかったわけである。八〇〇年にカール大帝が建設したゲルマン人の帝国は現在のフランスとドイツ、そしてイタリアを包含する大帝国であったわけだが、カール大帝の孫の代になるとそれが三つに分裂する。つまりカール大帝の孫の数だけ帝国が分裂するわけで、西フランクはカール、東フランクはルートヴィヒ、そして中部フランクはロタールに与えられる。まもなくロタールが没すると、中部フランクは東西に分割されるが、しかしこれはまだフランスとドイツの紛争といったものではなく、単にカロリング王家の相続争いにすぎなかった。やがて西フランクのカロリング王家が絶えてカペー王朝が治めるようになると、そこにおおよそ現在のフランスの原型が生じたと言えるかもしれない。しかし、ドイツとフランスは本来文化的に連続していたから、たとえば、クリューニーやシトーにおける修道院の改革はたちまちドイツにも波及したし、またドイツで生産的に発展していく。ドイツとフランスとの敵対関係が表面化するのはやっと三〇年戦争のときであるが、それもブルボン家とハプスブルク家の対立を意味している。確かにブルボン家の介入がなければ、ドイツもあれほど悲惨な戦場と化すことはなかったかもしれないが、しかしそれはハプスブルク家の勢力を弱めプロイセンの台頭を促すことによってドイツ史に展開をもたらしたわけで、リシリューの政策（ただしリシリュー自身は旧教の立場）が宗教改革の成果を救い、新しい国家理念をプロイセンに教え込んだということは、確かにある意味で、ドイツとフランスの対立の原型を作ったことを意味している。つまり、プロイセンは合理的な国家経営の方法を早くも絶対主義的に王権を確立したフランスに学んだわけであって、一世紀後にはプロイセンのフリードリヒ大王は七年戦争においてハプスブルク家と同盟したフランスを敵にまわすことになる。

ついでフランス革命時代に、ナポレオンがひきいるフランス国民軍は一八〇六年イエーナの戦いでプロイセン軍を破り、こうして一千年に及ぶ神聖ローマ帝国の幕を閉じることになるが、そのこと自体南西部ドイツ、つまりプロイセンを除く諸州がナポレオンの保護下に「ライン同盟」を結成したことを除けば、特に新しい事態を意味してはいない。時の皇帝フランツ二世は退位して、ハプスブルク家が支配するオーストリアの皇帝フランツ一世となるわけで、単に肩書が変わったにすぎない。変化したのは「ライン同盟」の諸州で、ナポレオンの指令を受けて司教区は世俗化され、司法と行政が分離され、また身分上の差別も基本的には解消する。またナポレオン法典を導入し、近代的な立憲国家となるべき試みも行われる。こうしてドイツ社会はナポレオンの支配を通じて解放に向かうわけで、その生産的な意味は一八四八年の国民国家の理念にまでつながっていると言える。実際「ライン同盟」の諸州はナポレオンによる改革に期待したし、またナポレオンを皇帝として崇拝することもできたわけである。それどころかナポレオン崇拝は、南西部ドイツにおいては、おそらく反プロイセン感情によっても裏打ちされていたわけである。しかるにナポレオンは結局のところドイツの征服者なのであって、重い税負担は近代的改革から生産的な意味を奪い去ったわけである。かくして、今やはじめてナポレオンの支配に対する不満がくすぶり始め、プロイセンを中心とする国民感情の興隆をドイツは経験するわけである。つまり、ドイツの国民性はナポレオンの支配を通じて外側から押し付けられたものであり、ナポレオンに対する解放戦争を通じて自己に目覚めていくわけである。

ともかく、一八四八年フランクフルトのパウルスキルヘで行われた国民議会で、ドイツ統一の理念はなおあまりにも非政治的な普遍主義に被われている。ドイツの知識人は、マイネッケが指摘するように、ドイツ国民であるよりも前に世界市民であることを欲したわけである。しかるにそのような普遍主義的な国民国家の憲法を執行すべき国家権力は、あくまでも既存の領邦国家であるオーストリアとプロイセンに依存する他はなかったわけで、オーストリアが退いて後にプロイセンに捧げられた帝冠がヴィルヘルム四世によって拒否されたとき、国民議会の成果は無に帰したわけである。かくして、フランクフルトの理念、つまり、主として南西部ドイツから発した国民国家の理念の中にプロイセンは解消しなかったわけで、逆に今やフランクフルトの理念の破産を踏まえて、プロイセンを中心とする立憲国家の理念が浮かび上がってくる。かくして、プロイセンの宰相ビスマルクの政策は、今やこのプロイセン的立憲国家の中に南西部ドイツ、つまりプロイセン以外の諸州を併合することである。かくして一八七一年に成立するドイツ帝国はフランクフルトの国民議会の成果を核とする国民国家ではなく、あくまでもプロイセン的な国家エゴに統率される実質的には諸州の連合体である。この帝国は内政に関する権限を実質的には諸州に委ねているので、帝国宰相であるビスマルクの実権は主として外交に向けられる。小ドイツ主義を貫徹するためにオーストリアとの対決が外交的に必要であったとすれば、今や対仏戦争はドイツ統一を感情的に収斂させる絶好のチャンスであった。ホーエンツォレルン家のスペイン継承をめぐってフランスが宣戦布告すると、ドイツの愛国感情はにわかに高まるわけで、セダンにおける対フランス戦争の勝利は、対内的には反プロイセン感情の克服を意味したわけである。しかし勝利の結果としてはフランスにアルザス・ロレーヌ地方を割譲させることになるわけで、それは言わばドイツ統一が対外的に要求する犠牲のようなものであった。しかるにこの装置はフランスとドイツとの間に永遠の緊張関係を作り出すわけで、かくしてフランスとドイツの敵対関係は国家エゴ相互の衝突として全く新しい相貌を示し始める。ビスマルクが引退し、ヴィルヘルム二世の失策の結果としての第一次世界大戦の敗北は、ヴェルサイユ条約を通じて、支払い不能な賠償金をドイツに課すことになるが、このときよりフランスのドイツに対する報復が始まる。最も理想的な憲法を持つことになったワイマール共和国は、こうして経済的にがんじがらめの状態から出発する。最も民主的な国家形態がナチスドイツを生み出していく推移は驚くべきものだが、それは今や排外的な国民感情を国家神話にまで高めた国民国家であったと言えるかもしれない。そしてユダヤ人はこのナチスの国家神話に捧げられた犠牲であった。ヒトラーの世界征服計画がなお神聖ローマ帝国的幻想を追っているとはいえ、ヒトラーの帝国は国家エゴを神話にまで高めたという点では近代的マキャヴェリズムの頂点に位置する。

さて、西ドイツの諸都市を旅して回ると、国家主義という怪物が滅び去った後の爽やかさのようなものを感じる。西ドイツ市民が崩壊の中から旧市街を復元し、可能ならば中世の市壁を再現したのも故ないことではない。なぜなら、市民Bürgerとは本来Burg（市壁）の中に住む人々のことであって、それは自治権を持った市民的共同体の構成員である。人々は市壁の中で自由だったのであり、この物的・精神的に充足した空間を侵害することは、皇帝や諸侯の権力でも、闘争を覚悟しなければできないことであった。教会と市庁舎、その前の広場、そして町をめぐる市壁は、すべて市民的自立の表現である。この自立した空間に住む人々がそれを越える空間、例えば、国家に無条件に解消してしまうということは、市民的存在根拠の放棄に等しい。ナチ時代の国家の神話が一種の狂気を意味したのは、ほとんどのドイツ市民が、欲する欲しないにかかわらず、国家のエゴに直結し、唯一の独裁者に奉仕したことである。文明が市壁を物的に無意味にした以上に、国家は市壁を精神的に無意味にしたわけである。しかるに国家の神話が滅びた今日、人々は再び自立した地域共同体の中で自由を実現しようとしている。ドイツの諸都市の田園的雰囲気があたかも中世世界を再現したかのように見えるのは、単に文明を市壁の外側に排除したことによるのみではなく、まさに国家という文明が生み出した精神的怪物をも市民的自由の空間から排除していることによるものである。もちろん、その姿勢は政治的な無関心を意味するものではない。むしろ政治的であるためには、つまり、今日多かれ少なかれ必然的な国家権力に対して批判的であり得るためには、市民的自由の基盤に立ち返らねばならないのであって、その際一千年以上も維持された近代以前の社会形態がよりどころになっている。ドイツ人に限らず、ヨーロッパ人は極めて保守的で伝統的な文化を尊重するが、それは市民的自由が伝統的枠内でのみ実現するからで、その枠を止揚した無際限の自由とはカオスに他ならないからである。人々は地域共同体に属し、地域共同体は国家に、そして国家はヨーロッパ共同体に属する、このような西ドイツの構造は、永い中世社会が無意識に培った文化、すなわち多様性と普遍の意識的な再現であり、それはドイツ文化の今や自覚された原型である。

さて、数年前のドイツ体験を踏まえて、言わば私なりの歴史散歩を試みたわけだが、その結果ドイツ文化というかつての連続体は今では様々な国家に分裂していることが理解できたと思う。従って、ドイツ文化について語ろうとするものは、東西ドイツはもとより、オーストリア、スイスの一部といった様々な国民性を基盤とすることができるわけである。少なくとも、このような様々な国民的基盤に基づかなければ、一つのドイツ文化について語ることはできない。しかるに、このことは単にドイツ文化が様々な国家や国民性からなるという事実を意味するのみならず、むしろ国家や国民性が文化の自己止揚として歴史的過程を通じて現れたということ、つまり国家や国民性が民族的文化に対して、極めて新しい概念であることを物語るわけである。文化とは人間相互の社会的連帯をもたらす一つの基礎であるが、しかし今日国家は文化よりもはるかに強靭な社会的連帯を保証するものである。今日の国家もまた、確かに多かれ少なかれ文化的共通性を基盤として成り立っているが、しかし一方では多民族国家や多宗教国家が存在し得るということは、国家がもはや単に一つの便宜的な機構以上のものではないことを意味している。結局今日の国家を精神的に統一するものは宗教でも言語でもない、集団的国家エゴを正当化する国家イデオロギーであるということは、アメリカ合衆国とソヴィエト連邦との対立にもっとも明瞭に現れている。ドイツ文化圏においてすら、文化の共通性よりは国家のエゴの方が重要であって、東西ドイツのイデオロギー的対立ほどに反文化的現象はないと言えるだろう。ともあれ、このような文化の共通性と国家的エゴの対立は表裏の現象であって、それは大陸文化にあっては多かれ少なかれ宿命的なことである。しかるに、わが国のように、周囲を海に囲まれ、有史以来異なる民族による支配の過程を知らない国家にあっては、文化も国民性も、そして民族性もおおよそ一致する概念として暗黙の内に了解されている。もちろん、日本の歴史にも危機的局面がなかったわけではない。周知のごとく、一三世紀における蒙古襲来は二度とも暴風雨のために失敗したわけだが、しかるに神風によって運良く救われずに元の属国になっていたとしたら、日本の文化も国民性もよほど違った形成過程をたどったことであろう。

さて、そのような日本と全く対照的であるのがドイツの文化である。日本人にとって、海が自然に与えられた国境ではあるが、しかしみずから造ったものでないのでほとんど意識されることもない国境であったとすれば、ヨーロッパ大陸の中央部に位置するドイツは常に異なる民族によって囲まれているわけで、国境の必要性はたえず意識されたにもかかわらず、それは物理的に不可能であったわけである。ローマ帝国の長城を乗り越えてローマ帝国を征服したゲルマン人であれば、みずからの帝国を長城で囲むような政策は馬鹿げたことだと言えるだろう。この場合最も必要とされる国境はゲルマン人とスラヴ人との境目であったと言えるだろうが、神聖ローマ帝国皇帝のとった政策は、長城を築く代わりに、辺境伯を置いて、植民とキリスト教布教を通じてゲルマン化を実現することであった。それは不断の帝国拡大策であったけれども、しかしそうして得られた国境は常に流動的であり、後退を余儀なくされることもしばしばあったわけである。しかもこの政策は裏目に出ることもあるわけで、ポーランドやデンマークはこの政策のおかげで、かえって民族的に独立していく。さらに一八世紀において強大な国家を形成したプロイセンやオーストリアが東方の辺境伯から発展したというのも、この政策が内包する弁証法を意味している。このように神聖ローマ帝国の国境自体、辺境伯との封建的依存関係でどのようにでも変化し得たわけだから、単に観念的に存在したにすぎない。一方そうであればなおさらのこと帝国内部の諸領邦は自衛の必要に迫られたわけだが、しかし領邦もまた封建的依存関係の上に立脚しているにすぎないわけだから、ここにも国境を必要とするような国家的統一体は形成され得なかったわけである。マインツから蒸気船に乗ってライン河を下っていくと、沿岸に入れ代わり立ち代わり城跡が現れてくるが、これほどに多数の城や砦が実際に意味を持った時代とはどのようなものか、ほとんど驚嘆に値するものがある。結局神聖ローマ帝国の国家権力は無数の地方権力に分散していたわけで、それぞれが城や市壁を築いてみずからの存立を戦い取らねばならなかったわけである。なかでも領主の権力に保護された市から都市が形成され、自立権を獲得していくプロセスは、市民的自由の源泉を理解させてくれる。ともあれ、安全な自然的国境を持たず、たえず異民族の侵入におびやかされながら、しかもそれ以上に強力な国家権力の形成を恐れたドイツ人は、無数の地方的権力を拠り所として自立の道を探る他はなかったわけで、市壁は自由を守るための極めて身近に意識された国境であった。ドイツの都市が物質的・精神的に自足した構造であるのは、それが異民族に対してのみならず、皇帝や諸侯の権力に対しても自衛しているからで、市壁とはすなわち自由の表現である。つまり、市壁のないところ、あるいは市壁の外には自由はないわけである。それに対して、自然的条件のおかげで国境を意識する必要もなく、自己を国家や天皇の権威と同定し得る日本的精神生活には、自由の観念を明確に意識するための必然的要因が欠けている。つまり、端的に言えば、何に対する自由かがはっきりしないわけである。つまり、日本人は個人としては無際限に自由であるにもかかわらず、一方では国家という抽象的な公的権力に対して無条件に身を委ねていると言える。それに対して、西洋人にとっての自由とは公共の概念と表裏一体であり、それは無数の地域共同体を媒介として実現される。つまり、自由とは自覚された義務の相補的概念以外のものでない。そのようにして実現された文化はおのずから多様性を包括する普遍の構造となるが、しかしそもそも文化とはそのようなものであって、多様性の基盤において実現しない普遍とは画一主義、あるいは全体主義、すなわち非文化に他ならないわけである。

ところで、そのような多様性と普遍の文化がキリスト教の精神構造と密接に関係していることは言うまでもない。すでに指摘したように、神聖ローマ帝国自体皇帝の世俗的権力とローマ教皇の宗教的権威との二つの中心を持つ楕円構造であって、この二つの中心は相互に依存し合ったり、対立し合ったりしながら、それでも決して癒着することはなかったわけである。同じキリスト教国家でも東方のヴィザンティン帝国の場合には皇帝が宗教的権威をも兼ねたことを考えると、神聖ローマ帝国の楕円構造は必ずしもキリスト教の本質から来るとは言えない。しかしながら、ローマ教皇がゲルマン人の王カールをローマ皇帝として認証し、東ローマ帝国からの分離を宣言した瞬間から、キリスト教は西ヨーロッパを中心として独自の発展を遂げ、固有の宗教を形成するに至るわけで、ともかく今日キリスト教と呼ばれているものは、このようにして歴史的に形成された宗教である。およそ宗教は人間に拘わり、人間を動かすかぎり、常に歴史的であるが、キリスト教ほどに歴史的な発展過程が宗教の本質をなすものはないだろう。神の子であるイエス・キリストが人間となった瞬間よりユダヤ教は歴史化したわけで、それはキリスト教の本質となったわけである。しかもなおそれは単に歴史的事実として啓示された真理であって、それはキリストの一生において啓示された神の真理を継承し、実現する使徒の任務を待ってはじめてキリスト教となるわけである。ローマ教皇自体は同様にキリストの使命の使徒的継承を任務として担うわけで、そうであればカールに戴冠するローマ教皇も、人格として権威をもっているわけではなく、あくまでもキリストの名において、カールをキリスト教を保護すべき世俗的権力として認証したにすぎない。このとき以来皇帝と教皇を楕円の二つの中心とする政治的構造が発生したわけだが、これは神聖ローマ帝国と同時にキリスト教の運命を大きく左右する前提であった。これは確かに帝国が内包する矛盾であって、皇帝はこの矛盾を解消すべく、教皇を世俗的に支配しようとするが、しかしこの試みが常に失敗に帰したのは、皇帝は教皇の人格を支配し得ても、教皇が体現するキリスト教の権威を支配することはできなかったからである。かくして諸侯はキリストの名において教皇を支持するから、皇帝と教皇との対立は神聖ローマ帝国の構造的矛盾そのものであって、この矛盾がなければ帝国もまた存在根拠を失ったわけである。確かに、ある意味ではキリスト教は神聖ローマ帝国の権力集中を妨げたと言えるかもしれないが、しかし一方キリスト教に依存しなければ神聖ローマ帝国が一千年の寿命を保つ理由もなかっただろう。なぜならば、封建的主従関係の上に立脚する皇帝の実質的権力自体またたくまに衰微したわけで、キリスト教に基づく精神的連帯がなければ、帝国が諸侯の連合を選帝制によって名目的に統治する理由もなかったからである。

ところで、このような神聖ローマ帝国の政治的に弛緩した構造が、近代的国家の立場から見てネガティヴに評価されるのは言うまでもないが、しかし文化史的に見るならば、人間の社会的営みが国家の構造から個人の生活に至るまで、キリスト教の精神に基づいてこれほどに純粋な様式として、つまり多様性と普遍の構造として確立された例はないと言えるだろう。そしてこの意味で宗教改革は確かにこの純粋なカトリック的文化の終焉を告げるものであったと言える。周知のごとく、宗教改革は一五一七年ルターが九五カ条のテーゼをヴィッテンベルクの城教会の扉に掲げたことが発端となって起こった革命的事件である。ルターの教義自体は本来神学的なもので、キリスト者の救いはカトリック教会の媒介を経なくても聖書を通じて信仰によって得られるという主旨のものである。このような見解自体、私のような非キリスト教徒にとっても、少なくとも形式を重んじるカトリックよりは合理的・人間的に聞こえる。しかも当時ローマのカトリック教会が免罪符というものを販売しており、免罪符のために支払う金額によって、つまり言わばカトリック教会に支払う税金の額によって、罪が免除されて、魂は天国に行くと説いている状況であれば、当時の人々にとってもこの説は説得的であったにちがいない。事実ルターの抗議文に端を発する宗教改革運動はまもなく政治的革命の様相を帯びて、農民戦争にまで発展していく。しかるにルターの解釈が近代人であるわれわれにとってと同様当時の人々にとっても合理的・人間的に理解されたとすれば、それは彼らがもはや神の秩序の中に解消し得ない個としての人格であり、個の自覚において神の秩序の崩壊を予感したことを物語るだろう。ルターの解釈が驚天動地の大事件となり得たのは、それが、一千年以上も自明のこととしてヨーロッパを支配した神の秩序がもはや合理的・人間的ではないという認識を突如目覚めさせたからである。この認識が持つ政治的射程の大きさは、もちろん、計り知ることができないほどである。というのも、カトリック的世界秩序が、一人一人の人間の生を教会の秘蹟を通じて神の恩寵として実現するものであるとき、支配者は名目的には神である。しかるに宗教改革が人間に個の自覚をもたらすことによってキリスト教を世俗化してしまったとき、今や神の秩序に代わって台頭した秩序は、人間による人間の支配を自己目的とするような国家機構以外のものではあり得なかったわけである。つまり、言葉を換えれば、近代国家は宗教改革がもたらしたカオスの克服を通して現れてくるわけである。

さて、宗教改革の機運が高まるにつれて、当然反宗教改革の運動も起こるわけで、かくして神聖ローマ帝国の諸侯は新教と旧教に分裂し、新教側はUnion（一五七九年）を、そして旧教側はLiga（一六〇九年）を結成し、対立することになる。そこへデンマーク、スウェーデン、フランスといった隣国の利害が絡んで、一六一八年に三〇年戦争という誠に悲惨な宗教戦争を誘発したわけだが、それによってドイツの国土は荒廃し、人口は激減し、ドイツの後進性は決定的なものとなった。それは神聖ローマ帝国が内包する構造的矛盾の最終的帰結であったわけで、一六四八年のウェストファリア条約は外交の権限をも含めて諸領邦の国家主権を認めることになる。その結果ドイツの隣国、スウェーデンやフランスは帝国内部に言わば属国を持って、従って帝国議会にも議席を持つに至るわけで、ウェストファリア条約がドイツ帝国の死亡証書と言われるのも故ないことではない。ところで、神聖ローマ帝国にはすでに大空位時代があったし、また一三五六年カール四世が確立した選帝制自体単に帝国の領邦体制を法的に成文化したにすぎないことを考えると、三〇年戦争は、帝国のこの遠心的・権力分散的な傾向を一層促進したという点では、特に新しい歴史的意義を持っているとは言えないだろう。しかるに、従来の領邦体制が究極的にはカトリック的世界秩序を実現したもので、分裂した多数の世俗的権力の上にはなお一つのキリスト教的神が支配していたとすれば、旧教と新教の政治的対立から起こった三〇年戦争はまさにこのキリスト教的神の秩序の崩壊を告げたのであって、三〇年戦争が史上希に見る残虐な、仮借ない戦いであったのも、それが近代国家の生みの苦しみであったからだと考えられる。かくして、ドイツの後進性を決定した三〇年戦争は、同時にドイツの歴史に新しい展開をもたらすべき芽を育てたと言える。絶対主義的に王権を確立したフランスのブルボン家が三〇年戦争に介入したことは、ハプスブルク家によるヨーロッパ支配に終止符を打つと同時に、北ドイツの領邦プロイセンの台頭を促すことになる。かくして、一八世紀に台頭したプロイセンは近代ドイツの運命を支配するものとなったわけだが、その栄光も悲惨も、プロイセンが確立した人間による人間の支配を自己目的とする国家機構にあったと言えるだろう。

さて、私は一八世紀のフランクフルトを言わば時間と空間が交錯する座標軸の原点とし、私なりの文化論を展開してきたわけだが、今や同一の座標軸の中でゲーテという一個の詩人の足跡をたどりながら、われわれの文化的認識を深めることができるだろう。というのも、一八世紀のフランクフルトはまさにゲーテの精神的宇宙の原点であって、私の問題意識自体ゲーテを追体験することによって生じたにすぎないからである。さて、ヨーハン・ヴォルフガング・フォン・ゲーテは一七四九年ドイツのマイン河のほとりにあるフランクフルトという都市の一市民の子として生まれ、一八三二年ヨーロッパの大詩人として、かつまたザクセン・ワイマール公国の宰相という身分でこの世を去った。そこで、ゲーテのことに深く立ち入る前に、このゲーテの生涯の八三年間がヨーロッパの歴史においてどのような位置にあるかを、おおざっぱに把握しておこう。

日比野丈夫編の『世界史年表』（河出書房新社）にそって、まずおおざっぱに項目を拾いあげてみる。

一七四〇年、「プロイセン王フリードリヒ二世（大王）即位、マリア・テレジアがオーストリアを継承、オーストリア継承戦争始まる。第一次シュレージエン戦争、フリードリヒ大王がシュレージエンに侵入」とある。これはドイツ史における画期的な年である。この時代の地図を参照すると、オーストリアが広大な、しかも一貫した領土を所有しているのに対して、プロイセンが北方の新興勢力であり、プロイセンとブランデンブルクというプロイセン勢力圏は中に介在するヴェスト・プロイセン（西プロイセン）地帯のために領土的に一貫していないことが分かる。歴史的に見ても、プロイセン勢力圏は神聖ローマ帝国の東方植民政策によってゲルマン化した地域であって、そこにはど

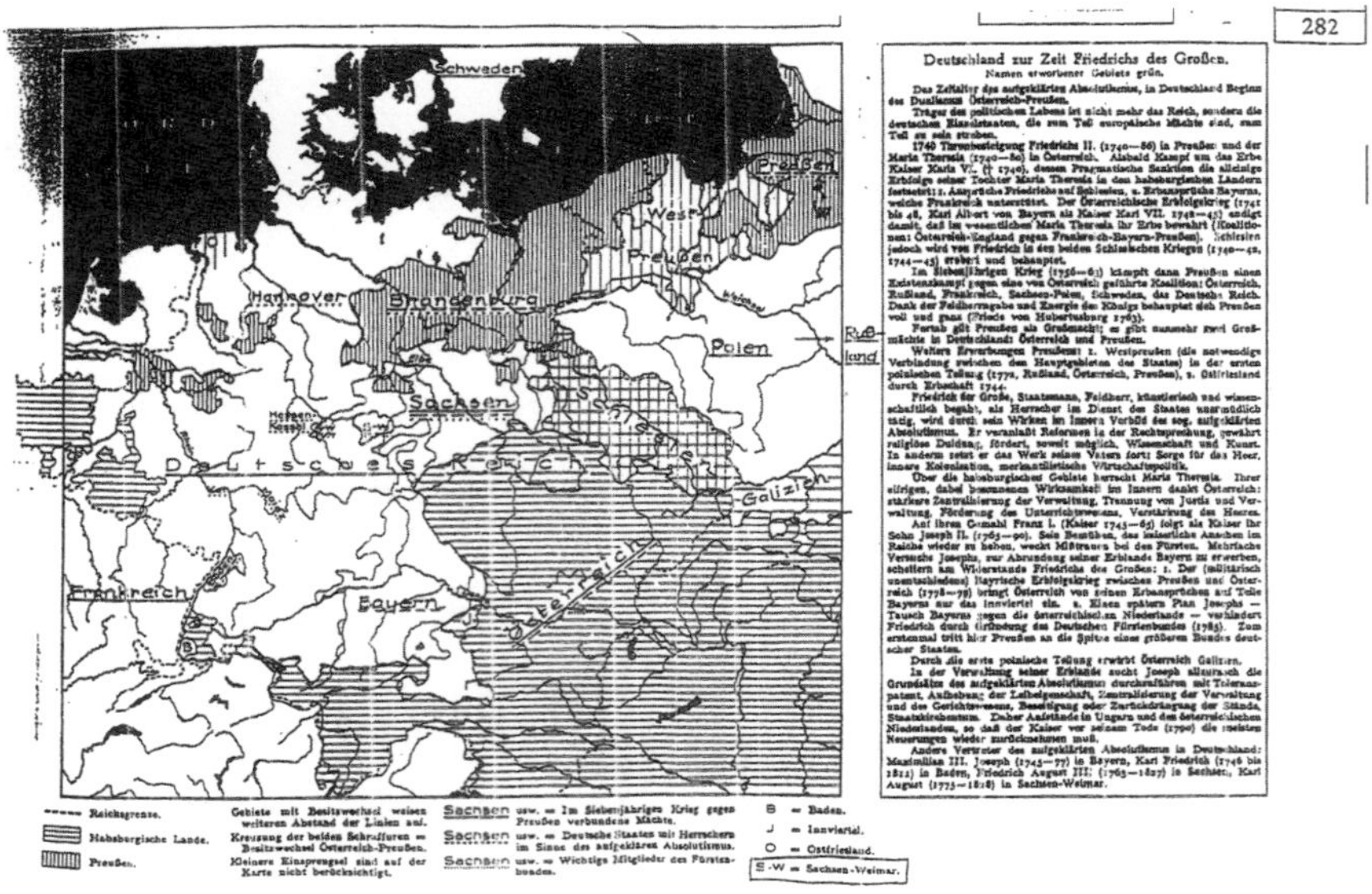

Deutschland zur Zeit Friedrichs des Großen.
Namen erworbener Gebiete grün.

Das Zeitalter des aufgeklärten Absolutismus, in Deutschland Beginn des Dualismus Österreich-Preußen.

Träger des politischen Lebens ist nicht mehr das Reich, sondern die deutschen Einzelstaaten, die zum Teil europäische Mächte sind, zum Teil zu sein streben.

1740 Thronbesteigung Friedrichs II. (1740—86) in Preußen und der Maria Theresia (1740—80) in Österreich. Alsbald Kampf um das Erbe Kaiser Karls VI. († 1740), dessen Pragmatische Sanktion die alleinige Erbfolge seiner Tochter Maria Theresia in den habsburgischen Ländern festsetzt: 1. Ansprüche Friedrichs auf Schlesien, 2. Erbansprüche Bayerns, welche Frankreich unterstützt. Der Österreichische Erbfolgekrieg (1741 bis 48, Karl Albert von Bayern als Kaiser Karl VII. 1742—45) endigt damit, daß im wesentlichen Maria Theresia ihr Erbe bewahrt (Koalitionen: Österreich-England gegen Frankreich-Bayern-Preußen). Schlesien jedoch wird von Friedrich in den beiden Schlesischen Kriegen (1740—42, 1744—45) erobert und behauptet.

Im Siebenjährigen Krieg (1756—63) kämpft dann Preußen einen Existenzkampf gegen eine von Österreich geführte Koalition: Österreich, Rußland, Frankreich, Sachsen-Polen, Schweden, das Deutsche Reich. Dank der Feldherrngabe und Energie des Königs behauptet sich Preußen voll und ganz (Friede von Hubertusburg 1763).

Fortab gilt Preußen als Großmacht; es gibt nunmehr zwei Großmächte in Deutschland: Österreich und Preußen.

Weitere Erwerbungen Preußens: 1. Westpreußen (die notwendige Verbindung zwischen den Hauptgebieten des Staates) in der ersten polnischen Teilung (1772, Rußland, Österreich, Preußen), 2. Ostfriesland durch Erbschaft 1744.

Friedrich der Große, Staatsmann, Feldherr, künstlerisch und wissenschaftlich begabt, als Herrscher im Dienst des Staates unermüdlich tätig, wird durch sein Wirken im Innern Vorbild des sog. aufgeklärten Absolutismus. Er veranlaßt Reformen in der Rechtsprechung, gewährt religiöse Duldung, fördert, soweit möglich, Wissenschaft und Kunst. In anderm setzt er das Werk seines Vaters fort: Sorge für das Heer, innere Kolonisation, merkantilistische Wirtschaftspolitik.

Über die habsburgischen Gebiete herrscht Maria Theresia. Ihrer eifrigen, dabei besonnenen Wirksamkeit im Innern dankt Österreich: stärkere Zentralisierung der Verwaltung, Trennung von Justiz und Verwaltung, Förderung des Unterrichtswesens, Verstärkung des Heeres.

Auf ihren Gemahl Franz I. (Kaiser 1745—65) folgt als Kaiser ihr Sohn Joseph II. (1765—90). Sein Bemühen, das kaiserliche Ansehen im Reiche wieder zu heben, weckt Mißtrauen bei den Fürsten. Mehrfache Versuche Josephs, zur Abrundung seiner Erblande Bayern zu erwerben, scheitern am Widerstande Friedrichs des Großen: 1. Der (militärisch unentschiedene) Bayrische Erbfolgekrieg zwischen Preußen und Österreich (1778—79) bringt Österreich von seinen Erbansprüchen auf Teile Bayerns nur das Innviertel ein. 2. Einen spätern Plan Josephs — Tausch Bayerns gegen die österreichischen Niederlande — verhindert Friedrich durch Gründung des Deutschen Fürstenbundes (1785). Zum erstenmal tritt hier Preußen an die Spitze eines größeren Bundes deutscher Staaten.

Durch die erste polnische Teilung erwirbt Österreich Galizien.

In der Verwaltung seiner Erblande sucht Joseph allzurasch die Grundsätze des aufgeklärten Absolutismus durchzuführen mit Toleranzpatent, Aufhebung der Leibeigenschaft, Zentralisierung der Verwaltung und des Gerichtswesens, Beseitigung oder Zurückdrängung der Stände, Staatskirchentum. Daher Aufstände in Ungarn und den österreichischen Niederlanden, so daß der Kaiser vor seinem Tode (1790) die meisten Neuerungen wieder zurücknehmen muß.

Andere Vertreter des aufgeklärten Absolutismus in Deutschland: Maximilian III. Joseph (1745—77) in Bayern, Karl Friedrich (1746 bis 1811) in Baden, Friedrich August III. (1763—1827) in Sachsen, Karl August (1775—1828) in Sachsen-Weimar.

▶フリードリヒ大王時代のドイツ

こかファウストが海を干拓して王国を建設するのと似たようなイメージがある。しかるにこのプロイセンがおよそ百年の後に、ドイツ統一を成し遂げたことはほとんど奇跡的で、ゲーテの『ファウスト』はこのドイツ史の展開の黙示録であったのかと思いたくなる。当時のハプスブルク家がいかに強大なヨーロッパ的勢力であったとしても封建的な主従関係の上に立脚する中世的王国であったとき、軍隊と官僚組織をもって強固な国家機構を作り上げたプロイセンは、ちょうどファウストが魔法を用いて人夫をかき集め、またたくまに海を広大な王国に変貌させたのに等しい神話的な事業を果たしたわけである。しかるに、そのような思いもよらぬ大事業をなさしめたものは、単にフリードリヒ大王を「啓蒙君主」と呼ばせているもの、つまり近代的な啓蒙の精神に他ならなかった。ところで、啓蒙の精神の重要なポイントは、まず宗教に対する寛容の政策にあったと言える。というのも、神聖ローマ帝国の皇帝を兼ねるハプスブルク家がなおローマ教皇の権威に依存するカトリック的な世界秩序を実現しているにすぎないとき、プロイセンが行った宗教的寛容の政策はまさに宗教的価値を相対的なものとして格下げすることによって、宗教を国家に奉仕させたことを意味するだろう。プロイセンの国家はもはやキリスト教的神に奉仕することによって、神の秩序を実現するものではなく、自己目的としての国家であって、それ自体絶対的な価値を実現するものとなったわけである。フリードリヒ大王の「王は国家の第一の下僕である」という言葉は、必ずしも国王の絶対主義的権力を否定しているのではなく、国王すら国家に奉仕しているのだから、まして国民は国家に奉仕すべき義務があると解釈すべきであろう。重要なことは、この言葉が前提としている国家人格観念、すなわち、国家は神の意志を実現する国王の付属物なのではなく、それ自体人格であり、自己目的であるという観念である。そして軍隊も官僚組織もまさにこの精神的裏付けによってはじめて機能し得たのであって、そこに近代的な国民国家としてのドイツの起源がある。

さて、ともかく、プロイセンとオーストリアの対立自体あくまでも当時なおドイツを支配していた神聖ローマ帝国内部の領邦間の、あるいは王家間の争いであったのみならず、ハプスブルク家が帝国を相続しているかぎり、一領邦と帝国全体との争いであったわけだが、しかし帝国全体を代表するハプスブルク家は、帝国の弛緩した構造のために、政治的にはむしろ不利な立場に置かれたと言える。そこで、一七四〇年フリードリヒ二世の即位とオーストリアにおけるマリア・テレジアの即位、それに続くオーストリア継承戦争という事態をもう少し詳しく検討してみよう。マリア・テレジアの父カール六世は神聖ローマ帝国の皇帝であるが、皇帝は帝国の名目上の国家元首であるけれども、帝国をよりよく統治し得るためには帝国内部で自己の王家の勢力を拡大しておかねばならないというのが神聖ローマ帝国のならわしである。かくして、カール六世もまた在位期間中に永久領土不分割の原則を定めて、ハプスブルク家の領土の安定を図る。つまり、カール六世には男系の子孫がなかったので、娘のマリア・テレジアが領土を相続できるように、ハプスブルク家の憲法を手直ししたわけである。ところで、カール六世の死と同時にこの原則によって権利を放棄させられていたバイエルンがまず反逆するわけで、バイエルンのカール・アルブレヒトはフランスとスペインの後押しを得て台頭し、ハプスブルク家より帝位を奪い、次の神聖ローマ帝国皇帝カール七世となるが、この皇帝は今やハプスブルク家から自己の領土の奪回をはかるわけである。そうなるとカール六世が定めた永久領土不分割の原則が再び問い直されることになるわけで、それはプロイセンにとっては絶好のチャンスが到来したことを意味するだろう。そこでフリードリヒ大王はマリア・テレジアのハプスブルク家相続を一応承認するが、その代償としてシュレージエンの割譲を要求する。これがオーストリア継承戦争の発端である。こうして窮地に陥ったマリア・テレジアは、バイエルンに対抗するためには一応プロイセンの要求を呑まざるを得なくなる。しかしカール七世自身は、まもなくマリア・テレジアによって、バイエルンの領土からも追い出されて、みじめな生涯を終えることになる。カール七世は在位期間わずか三年の短命の皇帝であったが、しかし彼の存在はハプスブルク家の勢力に打ち込まれた楔であり、プロイセンの進出を助けたことになる。

カール七世が敗れたということは、プロイセンの側から見ればシュレージエン領有の根拠が危うくなったことを意味するわけで、フリードリヒ大王はもう一度軍隊を派遣してシュレージエン領有を再確認することになる。このようにフリードリヒ大王があくまでもシュレージエンに固執するのはそこが資源の宝庫であったからだが、それにしても西プロイセンもポーランドも自己の領土でなかった時点で、まずシュレージエンに狙いを定めたということは、フリードリヒ大王の野心が並々ならぬものであったことを意味するだろう。ともかく、一七四五年にはカール七世の後を襲って、マリア・テレジアの夫フランツ一世が神聖ローマ帝国皇帝になると、プロイセンはシュレージエンを確保する代わりにフランツ一世の帝位を承認するわけである。このようにプロイセンの政策は名を捨てて実をとる構造であって、神聖ローマ帝国崩壊に至るまで、ホーエンツォレルン家より一人の皇帝も出なかったのは興味深い事実である。もちろん、プロイセンが新教国であることを思えば当然のことであるが、しかしプロイセンの国家エゴは、もし有能な国王に恵まれたならば、ナポレオンを待つまでもなく、遅かれ早かれ神聖ローマ帝国の枠そのものを打ち破ったことであろう。

さらにプロイセンの勢力拡大という観点に立って七年戦争（一七五六－一七六三年）についても言及する必要があるだろう。これは第三次シュレージエン戦争と呼ばれているように、オーストリアがプロイセンからシュレージエンを奪回しようと企てたことが発端となって起こった戦争である。その際オーストリアはフランス、ロシア、スウェーデン、ザクセンと同盟を結んでプロイセンを包囲することになるが、そもそも三〇年戦争以来の宿敵であったフランスのブルボン家とオーストリアのハプスブルク家がここに和解したということは、フリードリヒ大王にとって予期せぬ事態であったと同時に、ヨーロッパにおける勢力のバランスが新しい局面を迎えたことを意味したであろう。かくしてプロイセンはイギリスの経済援助を除けば、四面楚歌に陥ったわけだが、フリードリヒ大王の軍事的な才覚はともかくとして、最終的にプロイセンの地位を守ったのは、大きな世界史的な要因であったと言える。まず一七六二年ロシアにフリードリヒ大王を崇拝するピョートル三世が即位して、ロシアとの間に講和が成立する。さらに重要なことは、七年戦争自体、単にプロイセンとオーストリアとの争いであったのみでなく、その背後で支援しているイギリスとフランスというヨーロッパの二大勢力の争いであったということである。つまり、イギリスとフランスの北アメリカ及びインドにおける植民地戦争において、イギリスがフランスに大勝利を得たことがヨーロッパの趨勢を決定したと言える。

さて、プロイセンの勢力拡大という観点に立てば、さらにポーランド分割にも言及する必要がある。地図を参照すると、プロイセンの領土を分断しているのは明らかに西プロイセン地帯であるが、これは一七七二年の第一次ポーランド分割によってプロイセンの領土となる。その二〇年も前にシュレージエンに進出し、そこに地歩を固めたということは、戦略として興味深い。なぜなら、ヨーロッパの列強にのし上がったプロイセンにとって、ロシア、オーストリアと共にポーランド分割に加わるのは、もはや単に自然な成り行きであったからである。かくして長らくポーランドの総主権の下にあったホーエンツォレルン家は今やポーランドの支配に乗り出すわけだが、フリードリヒ大王の死後、さらに第二次、第三次ポーランド分割をもって、ポーランドは地図上から消滅することになる。ここにはすでに一九世紀の帝国主義的な国家エゴが働いたと言えるが、しかしポーランド支配がプロイセンの政策にとって有益であったとは必ずしも言えないだろう。大王の死後フランス革命が起こり、ナポレオン戦争時代が到来するが、大王の後継者フリードリヒ・ヴィルヘルム二世はプロイセンの政策を言わば一八〇度転換し、オーストリアと和解して対仏干渉戦争に乗り出す。ところが一方ではポーランド分割に専念しているので、十分に力を発揮できず、ナポレオンと中立同盟を結んでライン諸国を見捨てることになる。その結果、オーストリアとプロイセンはかろうじて独立を維持するけれども、ライン諸国はナポレオンの保護下に帰し、神聖ローマ帝国は崩壊するわけで、プロイセンの内政における威信は地に落ちたと言うべきである。おまけにポーランド分割によってスラヴ系人種を抱え込んだプロイセンは、オーストリアと同様二重王国となる危険を犯したわけである。

さて、一七八〇年にマリア・テレジアが、そして一七八六年にフリードリヒ大王が相次いでこの世を去る。この二人の偉大な人物の死は時代の一つの区切りともなった。ゲーテが『詩と真実』の第一部第二章で述べているように、この二人の人物、さらにプロイセンとオーストリアの運命は、ドイツ国民の精神生活の道標でもあった。一七五六年七年戦争が勃発し、フリードリヒ大王がザクセンに侵入したとき、ゲーテは七歳であった。ゲーテの母方の祖父テクストル氏はフランクフルトの市長であって、マリア・テレジアの夫フランツ一世がフランクフルトにてドイツ皇帝として戴冠された際に皇帝の頭上の天蓋を支えるという名誉な役割を演じたことからオーストリアびいきであった。それに対して、ゲーテの父はバイエルン出身のあの薄幸の皇帝カール七世より宮中顧問官の称号をもらったいきさつから、プロイセンびいきであった。そのためゲーテ家にはしばしば悲喜劇的な紛争が起こったのだが、一七五九年七年戦争時代にオーストリアと同盟したフランスの軍隊がフランクフルト市を占領するに至り、ゲーテの父親のほとんど頑迷とも言えるプロイセンびいきはついに進退きわまる事態をもたらす。フランクフルト市が占領された際ゲーテ家はフランスの高官トラーヌ伯爵に宿舎を提供することになるが、それについてゲーテは「プロイセンびいきだった父が、こともあろうに自分の家でフランス人たちに包囲される憂き目をみたのは、父のような考えの人にしてみれば、およそ最大の悲劇であった」（『詩と真実』第一部第三章）と述べている。こうしてトラーヌ伯爵とゲーテの父との関係はある日破局を迎えることになる。フランクフルト近郊で戦闘があり、フランス軍に有利な結果がもたらされる。フランクフルト市を戦闘から守ったのはフランス軍の功績だから、トラーヌ伯爵としては大いに自負する理由があったわけだが、それはゲーテの父にとっては耐え難い事態であった。その直後ゲーテ家において二人が鉢合わせになり、のっぴきならぬ事態となる。『詩と真実』からその場面を引用してみよう。

伯爵は快活に父に向かって歩み寄り、会釈して言った。「実にご同慶のいたりです。こんな物騒な事件もめでたく片付いて」――「とんでもないことです。」と父はかっとなって答えた。「わたしはあなた方こそ、追っ払われたらいいと願っておりました。たとえわたしまで巻添えにされてもです。」――伯爵は一瞬あっけにとられて黙っていたが、やがて憤然と色をなして、どなりつけた。「これは聞き捨てならぬ。わたしと正義を侮辱する言葉を吐いた以上、このままではすみますまい。」(2)

こういう具合にゲーテ家には今や深刻な事態が生じるが、ここには当時のドイツ社会の縮図があるとも言える。トラーヌ伯爵の言い分は確かにもっともなことである。「なに、この市の連中は、これでも帝国直属都市の市民のつもりでいるのかね？　かれらは皇帝の選挙や戴冠式を見てきたはずだ。しかもその皇帝が不法な攻撃を受けて領地を失い、簒奪者に滅ぼされようとするとき、幸いにも忠実な同盟者があらわれて国費と人命を投げ出そうとしているのに、当の市民は国家の敵を打ち倒すべく、当然担うべきわずかな負担さえ避けようとするのか」と。しかるに、皇帝と国家、すなわち神聖ローマ帝国自体すでに実体を失って、オーストリアとプロイセンの対立は今や生活の細部にまで浸透し、ゲーテ家に内紛をもたらしていたわけである。

さて、ゲーテの生涯の八三年間は世界史的な意味でも大きな転換期である。一七七五年にはアメリカで独立戦争がはじまる。続いて、一七八九年にはフランス革命が起こ

2　作品からの引用は菊盛英夫訳『詩と真実』（人文書院）を利用する。

り、一七九九年にはフランス革命を収拾するかたちでナポレオンが台頭してくる。またゲーテ時代は産業革命の時代でもあって、科学技術の進歩が世の中を大きく変えようとしている。フランス革命は一千年ヨーロッパを支配してきた制度や観念を一掃して、またしてもドイツに先駆けて模範的な国民国家をもたらしたわけだが、しかしそれはまたカオスの表現でもあって、フランス革命のギロチンは、人類がもたらし得る恐怖の模範ともなったわけである。フランス革命自体発端は王政に対する貴族の反乱というかたちをとり、やがて革命の担い手はブルジョアから、さらに下層階級にまで及び、弁証法的に発展するが、革命の影響がドイツ社会にまで波及する恐れはまったくなかったと言える。ブルジョア階級が育っていなかったドイツでは、革命の影響はもっぱら知識階級によって精神的に受け止められたのであり、フランス革命は啓蒙の精神を実現する新しい時代の福音となった。ゲーテもまたプロイセン軍に加わったカール・アウグスト公に随行してフランスに出征しているが、ヴァルミーの戦闘に際してのゲーテの「ここから、また今日から、世界史の新しい時期が始まる」という言葉はまことに有名である。しかるにヴァルミーの戦闘でプロイセン軍は敗退しているわけで、ゲーテの一種の讃美の言葉は明らかにフランス革命がもたらした社会変革に向けられていると言える。とはいえ、ゲーテはゲオルク・フォールスターのようにジャコバン主義に身を投じることはなかったわけで、ザクセン・ワイマール公国の宰相であったゲーテは、対仏干渉戦争に参加することによって、政治的には妥協したわけである。

第二章　ゲーテ評伝[1]

Johann Wolfgang von Goetheは一七四九年ドイツのマイン河のほとりにあるフランクフルトという都市の一市民の子として生まれ、一八三二年ヨーロッパの大詩人として、かつまたザクセン・ワイマール公国の宰相という身分でこの世を去った。この生涯の八三年間に、ゲーテはプロイセンの勃興、アメリカ独立戦争、フランス革命、神聖ローマ帝国の滅亡、ナポレオンの没落、さらには大きな時代的傾向としての産業革命といった世界史の転換期を生きたのであるが、我々の課題は、ゲーテ時代がまさに包括するところのこうした世界史的事件が、ゲーテという一個の詩人的自我にどのように投影され、またどのように解釈されているかを探ることである。

ゲーテは一七四九年マイン河畔のフランクフルトで生まれたが、ヒルシュグラーベン通りにあるゲーテの生家は戦後復元されて、ゲーテ博物館となっている。ゲーテの父ヨーハン・カスパール・ゲーテは宮中顧問官という身分で、母のカタリーナ・エリザベートはフランクフルトの市長の娘で、旧姓はテクストールであった。ゲーテは自由都市フランクフルトの上流市民の子として生まれ、フランクフルトのプロテスタント教会であるカタリーナ教会で洗礼を受けた。ゲーテは難産のため顔色も黒く、仮死状態でこの世に生まれてきた。周囲の人々には最初その子が生きているとは思えなかったのだが、やがて乳母の「この子は生きていますよ」という喜びに充ちた叫び声をもって、意味深いゲーテの生涯が始まったわけである。さらにゲーテより一年五カ月遅れて、妹のコルネーリアが生まれ、その後四人の弟妹が生まれた。このうち成人するまで生き残ったのは妹のコルネーリアのみで、弟のヤーコブは六歳で、他は三歳以下で亡くなっている。ゲーテの妹に対する愛情は異常なまでに深いものであったが、その妹もJ・G・シュレッサーに嫁いで後、最初の出産が原因で、この世を去っている。ゲーテは奇跡的に誕生し、その後運命の寵児となったわけだが、薄倖の弟ヤーコブの死に関する一つのエピソードがある。三歳年下の弟ヤーコブが死んだとき、ゲーテはちっとも涙を流さないどころか、両親や妹の嘆きに腹立たしさを感じているかのようだったそうである。そ

1　この論考は大学の一般教育及び定年後の市民講座のために纏めたものである。

れから一週間して、母親が「おまえは弟を愛していなかったのかい」と聞くと、ゲーテは自分の部屋から、自分が教訓やお話を書き込んだ紙をたくさん持ってきて、「弟に教えてやるために、みんな自分で作ったのだよ」と答えたそうである。フロイトはこの事実をゲーテの弟に対する優越感のあらわれと解しているが（高橋健二、『ゲーテ評伝』）、いろいろと考えさせるエピソードである。

ともあれ、一七四九年から一七六五年の九月まで、ゲーテは妹コルネーリアと一緒にフランクフルトで幼年時代を過ごした。この時期については、ゲーテの自叙伝『詩と真実』の中で詳しく描かれている。フランス軍によるフランクフルトの占領、ヨーゼフ二世の戴冠式（一七六四年）等を通じて、ゲーテは世界史の動きをまのあたりに見たわけである。

さて、一七六五年の秋、ゲーテは一六歳でライプチヒに遊学することになる。ゲーテの父がライプチヒで法律の学位を取り、弁護士の資格を得たこともあり、ゲーテもそれを見習ったのであろう。しかし、ゲーテの法律学はさっぱり進歩せず、もっぱら詩や写生に、そして恋愛に明け暮れる毎日であった。しかもそうした体験から生まれた詩は鼻持ちならないフランス趣味で、このときゲーテはほとんどすべての詩の技巧を習得していたにもかかわらず、そこにはゲーテにしかないあのみずみずしい生命が欠けていたわけである。こうして一七六八年約三年の後、ゲーテは挫折し、病を患って、フランクフルトに帰省する。

一七六八年九月から一七七〇年三月までの、フランクフルトにて失意のうちに過ごした一年半の間にゲーテはクレッテンベルク嬢との交友を通じて、新教の一派である敬虔主義に深く沈潜していく。このクレッテンベルクという人は、『ヴィルヘルム・マイスターの修業時代』の第六巻《美しき魂の告白》の女主人公のモデルとされている人である。これはキリスト教的な感受性と問題意識がゲーテの精神世界の深層に影響を及ぼした時期であって、ゲーテの宗教性を探るためには、この時期にさかのぼって考える必要があるだろう。またこの時期ゲーテの宗教体験はドイツ中世の魔法がかった錬金術の世界と絡み合ったのであり、この豊かな精神的基盤の上に、あの『ファウスト』の芽が根を下ろしたのである。

さて、病癒えて、ゲーテは再び学生の身分となる。一七七〇年の新年から一七七一年の八月まで、ゲーテはシュトラースブルク大学に学ぶことになる。ライプチヒが当時「小パリ」と呼ばれる洗練された都会で、ゲーテのヘッセン訛りや流行遅れの服装が嘲笑の的となったのとは対照的に、シュトラースブルクにて、ゲーテは言わば水を得た魚であったと言えるであろう。この時期のゲーテほどに人間の生涯の春というものを深く印象づけるものはない。有名な『野バラ』や『五月の歌』はこの時期に生まれたもので、ここに叙情詩人としてのゲーテの誕生がある。

『五月の歌』の一節を紹介してみよう。

Wie herrlich leuchtet
Mir die Natur!
Wie glänzt die Sonne!
Wie lacht die Flur!

何と美しく
自然は燃え
太陽は輝き
野は笑うことか！

Es dringen Blüten
Aus jedem Zweig
Und tausend Stimmen
Aus dem Geräusch

小枝には
花が咲き乱れ
繁みからは
小鳥がさえずる

Und Freud und Wonne
Aus jeder Brust.
O Erd, o Sonne!
O Glück, o Lust!

胸という胸に
喜びが溢れる
おお　大地よ！　太陽よ！
おお　幸福よ！　歓喜よ！

この言葉を並べただけの単純な詩を日本語に翻訳するのも野暮なことである。というのも、それは特別深い意味や思想を語っているわけではないからだ。しかし、この詩が表現しているものは軽やかな生命の律動そのものであり、それは自然の土壌から今生まれ出たかのようなみずみずしい響きを宿している。これは言わば野の花を摘むように、自然から摘み取った詩であるが、こうして生まれた自然詩は、あたかも世界を今はじめて発見したかのような感動を表現している。『野バラ』のように民間に流布している歌謡をゲーテが改作したものもあるが、しかしゲーテのオリジナルな作品と民間の歌謡を区別すること自体ほとんどペダンテリーにすぎないと言えるかもしれない。何故ならば、民間の歌謡や伝承はゲーテという一個の天才が吸い取った養分であり、この素朴なドイツ的感受性の基盤がゲーテという天才を生み出し、ゲーテを通じて文化的形式に至るからである。

このシュトラースブルク時代にゲーテにとって大きな意味を持つ二人の人物が登場してくる。フリーデリケ・ブリオン（一七五二―一八一三年）とヘルダーがそれである。当時一八歳であった牧師の娘フリーデリケ・ブリオンは可憐な野の花のイメージとしてゲーテの文学の中で永遠化されている。ゲーテの『野バラ』が民間の歌謡を改作したものであったとしても、それとこのフリーデリケ・ブリオンのイメージをどうしても結び付けてみたいという誘惑に駆られる。

Sah ein Knab' ein Röslein stehn,
Röslein auf der Heiden,
War so jung und morgenschön.
Lief er schnell, es nah zu sehn,
Sah' s mit vielen Freuden
Röslein, Röslein, Röslein rot,
Röslein auf der Heiden.

若者は咲いているバラを見た
野辺のバラを
バラは若く朝のようにさわやかだった
まぢかに見ようと駆け寄った
若者はそれを見て喜んだ
バラバラ、赤いバラ
野辺のバラよ

このmorgenschön（朝のようにさわやかな）若いばらを、しかしゲーテは摘み取ってしまう。

Knabe sprach: ich breche dich,
Röslein auf der Heiden!
Röslein sprach: ich steche dich,
Daß du ewig denkst an mich,

若者は言った：摘んでもいいかい
野辺のバラよ
バラは言った：刺しますよ
あなたが永遠にわたしを思い出すように

ゲーテに叙情的生命を目覚めさせ、限りなく美しい叙情詩を生み出す機縁となったフリーデリケ・ブリオンは、まもなくゲーテに見捨てられ、身を滅ぼしていく。『ファウスト』のグレートヒェンの形姿の意味は、このフリーデリケ・ブリオンをモデルにしてはじめて理解できるものである。『野バラ』のモチーフが、ゲーテが人生において犯した最初のヒューブリス（不遜）を表現しているとすれば、その罪の意識は、主人公が自己を罰するかたちで、『ファウスト』の中で贖われたのである。

さて、しかしながら、シュトラースブルクにおけるゲーテとヘルダーとの出会いがなかったならば、ゲーテのフリーデリケに対する恋の感情からも、アナクレオン風の甘美な詩は生まれ得たとしても、決してあの自然と共鳴し合う心の感動が表現されることはなかったであろう。たまたま眼病の治療のためにシュトラースブルクを訪れていたヘルダーと知り合い、ヘルダーに教えられて、新しい世界がこのときはじめてゲーテに啓示される。その意味で確かにゲーテとヘルダーとの出会いは、精神史的な大事件でもあったと言える。

ところで、その精神史的な意義は、一口に言うならば、従来思考や感覚を規定してきた規範的なものの見方が崩れて、規範に合わないものの美に対する感受性が目覚めたことを意味するだろう。一般的に言えば、美の規範とは本来古代ギリシャの芸術をモデルにした考えであって、その観点に立てば、古代ギリシャの芸術は美の典型であり、あらゆる歴史的な派生物を測る美の尺度となる。そうなると、例えば文学で言えば、古代ギリシャのソフォクレスは偉大だがシェークスピアはおはなしにならない野暮の典型ということになってしまう。ヴィンケルマン、レッシング、ヘルダーといった人々が戦いとってきた立場は、このような規範的なものの考え方に対して、様々な時代の歴史的諸条件が生み出す個性の美の認識を目指していると言える。もちろん、このような認識は単純に生まれてくるものではなく、ヴィンケルマンも本来擬古典主義者であって、美的感性は古代芸術を模倣することによって養われると考えていたわけである。しかるに、彼は、何故に美は古代ギリシャの風土において開花したのか、とその歴史的条件を問うことによって、美の理論に、言わば意に反して、全く新しい歴史的認識をもたらすわけである。すなわち、美的感性もまた歴史的に条件付けられているとすれば、エリザベス王家の支配するイギリスの絶対王政から生まれたシェークスピアが、古代ギリシャの風土から生まれたソフォクレスに見劣りするという判断は、少なくとも理論的には出てこないはずである。こうしてシェークスピアを理論的軸として一八〇度転回した美的感性の理論は、ドイツ人の意識に長らく顧みられることもなかった北方ゲルマンの過去を大きくクローズアップすることになる。

さて、ゲーテがヘルダーを通じてシェークスピアを知ったというのが文学史的通説であるが、重要なことは、ヘルダーの理論を通じてシェークスピアが新しい意味を現したこと、それが今やゲーテの自我と大きく共鳴し始めたことである。理論というものは、しばしば世界の相貌さえ変えてしまうものである。ともあれ、ゲーテとヘルダーとの出会いがゲーテにとってそれほどの意味を持ったのであれば、ゲーテがヘルダーに捧げた崇拝の念はもっともなことである。当時なお無名の学生にすぎなかったゲーテにとって、若い気鋭の思想家ヘルダーは、あたかも夜空に忽然と現れた彗星にも等しかったはずである。しかるに、ヘルダーのゲーテに対する態度はひたすら軽蔑に充ちており、眼病の治療が長引いて失費がかさんだためヘルダーはゲーテから借金をするが、期限が過ぎてもこれを返済せず、やっと返済されたとき、ゲーテがヘルダーからもらった手紙にはお礼の言葉一つなく、嘲弄の詩句がしるされていた。あるいはまたゲーテが自叙伝の『詩と真実』のなかで書いているようにヘルダーはゲーテに次のような詩句である依頼の手紙をよこしている。

みごとな書架にずらり並んだ学の慰め、
豪華本の内容より外観によけい慰められる君、
もしも君が秘蔵のキケロ書簡集にブルートゥスの手紙があるなら、
神々（Götter）の末裔か、ゴート（Got）の末裔か、
はたまた糞あくた（Kot）の末裔かは知らぬが君、
ゲーテ君よ、それを送ってくれたまえ、(2)

Goetheという名前をGötter, Got, そしてKotともじって、まことに無礼千万な依頼の仕方である。しかるに、ゲーテはやがて自分の師であるヘルダーを乗り越えていく巨星であったわけで、ヘルダー自身もまた自分がゲーテの中に目覚めさせてしまった天才を見抜いて、それに嫉妬し、いらだち、ゲーテに当てつける他になす術がなかったとも言えるだろう。

さて、しかしながら、ヘルダーの影響なくしてゲーテの誕生はないと言っても過言ではない。ヘルダーを通じてシェークスピアを知ったことが早速創造的刺激となって、『ゲッツ・フォン・ベルリヒンゲン』というドラマが生まれる。このドラマは農民戦争時代に活躍した武将のゲッツ・フォン・ベルリヒンゲンの伝記を、ゲーテがドラマに改作したものであるが、ヘルダーの理論的裏付けがなければ、この種のドラマが当時のドイツに現れる必然性は全くなかったと言えるだろう。このドラマの出現がいかに場違いなものと受け取られたかは、このドラマを評して、フリードリヒ大王が「悪趣味なイギリスの戯曲（シェークスピア）の嫌悪すべき模倣」と言い、レッシングすら「ある男の経歴を対話に換えてドラマだと大言壮語しているものがいる」と貶しつけていることによっても理解できる。しかし一方海賊版が続出するほどに大衆的人気を博したということは、このドラマが時代の待望の書であったことを意味するだろう。このドラマの特徴は、端的に言うならば、それが「三一致の法則」に合わない、いやむしろそれに挑戦している点にある。「三一致の法則」とは、場面が一定

2　作品からの引用は菊盛英夫訳『詩と真実』（人文書院）を利用する。

している、事件が二四時間以内に完結する、筋が単一である、といったドラマの手法上の条件を言うわけだが、それがギリシャ悲劇を模範とするドラマトゥルギーであるのは言うまでもない。しかるにこの理論自体、もともとギリシャの悲劇詩人が作ったというより、ギリシャ悲劇に基づく後代の解釈から生まれたもので、そのような理論が美の規範として時代の趣味を規定し得たのは、明らかにドイツの特殊な精神的状況を反映している。つまり、ドイツの規範的美の理論は、より直接的には、一七世紀フランスの古典主義を規範としたものである(3)。

　周知のごとく、フランスの古典主義者ラシーヌやコルネーユは「三一致の法則」という擬古典主義的手法を用いて、ルイ絶対主義王政治下のフランスの文化に形式を与えたわけだが、ドイツの諸侯もまたそれを模範として独自の宮廷文化を構築しようと試みたのである。その結果、単にフランス趣味に迎合した亜流の文化が生じてきたにすぎないわけだが、しかしこの亜流の文化にとってはそれだけ一層「三一致の法則」を金科玉条とする理由もあるわけで、従って、当然ドラマの題材もそれに適合するものでなければならなかった。

　こうしてゲーテの『ゲッツ・フォン・ベルリヒンゲン』は題材と形式の両面において一八世紀ドイツの宮廷文化に衝撃を与えることになったわけである。このドラマは人口に膾炙するゲッツの形姿を通じて一六世紀ドイツという過去が意外に身近な題材として民衆的基盤に生きているという発見をもたらすと同時に、その題材が「三一致の法則」に適合しないことによって、「三一致の法則」の普遍妥当性をも破壊したわけである。この場合ゲーテの『ゲッツ・フォン・ベルリヒンゲン』が単に現実から遊離した理念的で幻想的な歴史空間を提示して見せたというようなものではない。むしろ民衆の想像力の中で、現実そのものがゲーテの『ゲッツ・フォン・ベルリヒンゲン』を通じて歴史化し、歴史的意味を開示したわけで、そのことによって民衆的基盤から遊離した宮廷文化の幻想性がむしろ露呈されたわけである。

　さて、ゲーテの『ゲッツ・フォン・ベルリヒンゲン』が十八世紀における文化認識のコペルニクス的転回の所産であったように、ゲーテの建築論もまた同じ動機から生まれたものである。ゲーテはシュトラースブルク時代にシュトラースブルク大聖堂に何度も足を運び、内からも外からも、近くからも遠くからも、ためつすがめつ眺め観察し、それを「ドイツの建築について」(Von deutscher Baukunst)

3　「三一致の法則」は厳密には、スカリガー（ルネッサンスの修辞家）がアリストテレスを援用して作り上げたもので、それはボアローを通じて、フランス古典主義の規範となった。Rudolf Unger: Klassizismus und Klassik in Deutschland, S.40。

という論文にまとめている。それ自体、イタリア風建築様式のみ評価されてドイツの伝統的なゴシック様式が全く顧みられなかったことへの反動であって、ゴシック様式の偉大さと美が今や感動的な言葉でもって讃美されるわけである。シュトラースブルク大聖堂は今日なお未完のままであるが、ゲーテは完成図がどのようなものかを想定し、設計者のシュタインバッハの精神に迫ろうとする。

一般に神殿の様式は文化の様式でもあって、ゴシック式大聖堂ほどに中世カトリシズムの精神を構造的に反映したものはないだろう。ギリシャの神殿が柱を基本とする壁のない開かれた様式であるとき、そこには人間と自然の構造的対立はないと言える。神殿もまた自然の一部であるということは、自然と調和した地中海的文化の構造的表現である[4]。

それに対して、寒い北方のドイツでは壁のない家は考えられないように、キリスト教的神殿もまた壁によって空間を自然から切り取り、壁の内部に神の王国を建設せざるを得なかったはずである。そのこと自体すでに人間と自然の構造的対立を意味するのであって、神の王国は内的・精神的に発展していかざるを得なかったであろう。ローマの地下墓所（カタコンベ）は迫害されたキリスト教徒の堅い内面の砦であったのみならず、様々な壁画が裏付けているように、キリスト教の内的本質と絡み合って、すでに無限の王国を実現していたと言えるだろう。とはいえ、それはまだキリスト教的精神を反映した構造的空間であったわけではない。ロマネスク様式と呼ばれる中世初期の教会建築は、地下墓所の延長のように内面の砦を構造化したものであるが、それは内から見ても、外から見ても、なお鈍重な印象を免れない。キリスト教の神殿が壁によって囲まれる巨大な石造りの建築物となったとき、ロマネスクからゴシックへの移行過程は、この石の重み、重量感が美的に克服されていく過程である。ゴシック建築に特徴的な面の細分化、垂直線の強調は、石の壁によって自然から隔離された内部空間に無限の神の王国を建設しようとする衝動を表している。中世カトリシズムの文化は、地上と天国を単に観念的に結び付けたのではなく、この精神的二律背反を石の構造物として表現したのであり、それを中心として町そのもの、つまり人間の居住空間そのものを構造化したわけである。シュトラースブルクにおいてゴシック様式の美に心酔したゲーテは同時にこの偉大なゲルマン文化の基盤に目を向けているのであって、彼は『ファウスト』の中で、この偉大な過去の精神をなお「二つの魂」として解釈して

4　堀米庸三氏はすでにギリシャ文化を人間と自然の対立としてとらえている（『ヨーロッパ歴史紀行』）。しかし、例えば、ギリシャの神々が人間の感情や欲望を体現して、自然まで人間化されるとき、このあまりにも人間的な文化は人間と自然の対立を知らないと言えないだろうか。

いる…

ああ、おれの胸には二つの魂が住んでいる。
その二つが折り合うことなく、たがいに相手から離れようとしている。
一方の魂は荒々しい情念の支配に身をまかして、
現世にしがみついて離れない。
もう一つの魂は、無理にも埃っぽい下界から飛び立って、
至高の先人たちの住む精神の世界へ昇っていこうとする。

通俗的な解釈では、ファウストの二つの魂の持つ意味は、俗っぽい世俗的生活と高尚な精神的生活の対比を描いているということだが、これでは余りおもしろみがない。ここに表現されているものはゲルマン精神のダイナミズムそのものであって、人間精神のたえず二律背反しようとする両極、天国と地上を結び付けようとする強烈なエネルギーは、シュトラースブルクの大聖堂をもたらしたと同時にゲーテの『ファウスト』という類い稀な言語作品を生み出す根源的衝動でもあった。

さて、ともかく、ゲーテにとってシュトラースブルク時代は最初の生産的な時期となり、叙情詩が生まれ、『ゲッツ・フォン・ベルリヒンゲン』が構想され、そしてドイツ建築論がまとまったわけである。おまけにゲーテは法律の学位まで取得し、フランクフルトに帰省することになる。そして、一七七一年八月シュトラースブルクより帰省してから一七七五年一〇月ワイマールに移住するまでの約四年間、ゲーテはフランクフルトを本拠にして、弁護士として開業することになる。もっとも、本業の方はほとんど父親が肩代わりしてくれたから、ゲーテ自身は雑誌の刊行に携わったり、足繁く近郊を散策したり、スイス旅行を企てたりできたわけである。かくして、ゲーテは一七七二年五月から同年九月までヴェッツラーの帝国裁判所に法律の研修に赴くのだが、そのときあの有名なロッテのモデルとなったシャルロッテ・ブッフとの出会いを経験する。ゲーテはヴェッツラーで同じく帝国裁判所にハノーファーから派遣されてきたケストナーとその婚約者のシャルロッテ・ブッフと舞踏会で知り合い、その後ロッテとの望みなき恋に陥り、思い悩んだ末に、結局ケストナーとロッテには別れを告げることもなく、ほとんど唐突にヴェッツラーを去っている。しかし、文学史家の明らかにするところでは、ゲーテはどうやらその後まもなくロッテのことなど忘れてしまったらしく、別のマクシミリアーネ・フォン・ラロッシュという女性に夢中になっている。ところが、ゲーテの友人で公使館書記を務めるカール・ヴィルヘルム・エルザレムという青年が同じくヴェッツラーで同僚の妻に不幸な恋をして、そのあげく自殺してしまうわけである。そして

一七七四年ゲーテがヴェッツラーを去ってから約二年の後『若きウェルテルの悩み』という小説が出版されると、それはドイツどころか、ヨーロッパ中にまたたくまにセンセイションを巻き起こし、ゲーテは一躍有名なヨーロッパの詩人として文壇にデビューすることになった。

ところで、この小説は当初スキャンダラスな興味の対象であり、読者の関心はもっぱらケストナー、ロッテ、ゲーテの三角関係に向けられた。おまけにエルザレムの自殺は誰知らぬ者もない衝撃的事件であったわけだから、この小説は事実と虚構を目もあやに織り交ぜ、世間を騒がせる作品となったわけである。しかし、ゲーテがエルザレムの自殺を言わば都合よく自分の作品に利用したなどと考えてはならない。『若きウェルテルの悩み』という小説が真に迫って読者に訴える力があるのは、ゲーテ自身もまたエルザレムと同様自殺の動機を持ったからであり、従って、エルザレムの自殺を自分のこととして追体験できたからである。

ともあれ、読者のスキャンダラスな関心が裏付けたように、『若きウェルテルの悩み』という小説はゲーテの生活史の一部であり、従ってまた社会史的ドキュメントでもある。それはまさにヴェッツラーにおけるゲーテの個人的体験が小説になったものであり、その意味で「私」小説であった。ロッテとロッテをめぐる子供達、ロッテの父である未亡人の法官、狩猟邸での舞踏会、ワールハイムの広場や泉など、すべてゲーテの現実の体験であり、日記的真実を語っている。そして書簡体とは、そのような個人的・主観的真実を語る形式である。しかるに、ゲーテの『若きウェルテルの悩み』ほどに私小説概念と対立し、従って、われわれ日本人にとってしばしば誤解されがちな作品もない。日本の若者が日本的感傷性をこめて感情移入するには、この小説は余りにも多次元的・構造的であり、余りにも壮大な精神的ダイナミズムを表現している。小説の冒頭に近い五月一〇日の手紙は、ウェルテルのロッテに対する愛と愛の挫折を描く前に、すでに壮麗な宇宙的愛を語っている。

谷はぼくをめぐって〜おしひしがれてしまうのだ。（五月一〇日の手紙）以下参照(5)。

この独特の危機感を漂わせている文体はもはやいわゆる情景描写とか心象風景とかいったものではない。それは主人公が身の回りの世界に向かって、「全能者」（der Allmächtige）とか「慈愛者」（der Allliebende）と呼びかけていることによって、ダイナミックな構造の文体となって

5　この箇所は次の論考、『ウェルテル』の解釈——愛と死の論理——を参照。

いる。接頭語のdas All（万有）がこの文体の秘密であり、そこには主人公の自我と万有との関係が投影されている。つまり、周囲の自然は、主人公により、言わば神のごとき存在として対象化されているのだが、実はそれは主人公の内部に目覚めた自然、主人公の内なる本性として発現した自然なのであって、かくして自我と自然は一体化し、共鳴して鳴り響く文体となって、主人公の豊かな存在感、生の充実感を表現しているわけである。しかしこの豊饒な自然と一体化し、自我を宇宙に拡大することは同時に自己滅却の危機であり、主人公は「現象の壮麗な力」に圧しひしがれると感じるわけである。ここでは「全能者」として、あるいは「慈愛者」として対象化された自然の神的本質は、実は主人公の内に潜む人間的実体なのであって、かくして自然は神聖な宗教性として啓示される一方、それは極めて人間的な実体としてのエロスの相貌、「恋人のおもかげ」を示すのである。この自我と自然、聖なる感情とエロスとの混淆は、ウェルテルの自我の本質的なダイナミズムである。つまり、ウェルテルの自我は神的本性の発現としてあり、ウェルテルはこのダイナミズムによって滅びるわけである。つまり、ウェルテルの自我は神的本性の発現としてある。無限であらねばならない、しかし一方それは人間的実体であるエロスによって実現されねばならないから有限であらざるを得ない。ウェルテルはロッテと出会う前にすでに滅んでいる。ウェルテルの苦悩はロッテが人妻であるところから来るのではなく、およそ人間的愛が有限であって、結婚という市民的拘束の中でしか実現しないという認識から来るのであって、ウェルテルの神的に高揚した自我はこの限定によって滅びる。このようなウェルテルの精神的ダイナミズムを誤解したベルリンの啓蒙主義者ニコライは、ウェルテルの苦悩が全く合理的に解決できると信じたのである。彼は『若きウェルテルの喜び』という小説を書いて、その中でアルベルトが身をひき、ウェルテルとロッテがめでたく結ばれるという悲喜劇的な結末を描き、ゲーテの不合理を諷刺した。しかるに、ゲーテのウェルテルは愛の挫折に基づくウェルテルの苦悩と死を描いたものではなかった。むしろ人間の本性に潜む神的実体としての愛が人間的愛として地上で実現できないことが判明したとき、その認識はウェルテルの自我を崩壊せしめるけれども、しかしそのような愛の形而上的本質そのものは、ウェルテルの自我の崩壊の過程を通じて、ますます純粋化し、普遍的価値として永遠化されていく。ウェルテルの苦悩はこの愛の形而上性から来るのであって、ウェルテルの死は単にこの愛の価値の絶対化に他ならない。つまり、この作品は、まさにウェルテルの死を通じて、ウェルテルの生の全的意味を開示するわけである。

ゲーテの『ウェルテル』には教会を非難する言葉は一行もないにもかかわらず、教会がこれを冒瀆の書とみなしたのは、理由がないわけではない。というのも、ウェルテルが自らの生を自殺によって完結し、絶対的に意味付けること以上に神に対するヒューブリス（不遜）は考えられないからである。カトリシズムには洗礼、婚姻、終油といった七つの秘蹟サクラメントというものがあって、人間の生を誕生から死にいたるまで神の恩寵として意味付けている。プロテスタンティズムではこれが二つに緩和されているが、いずれにせよキリスト教では人間の生を誕生と死で区切り、意味付けるのは神の権能である。キリスト教で自殺が罪とされるのは、おそらく人間の死自体神の摂理に基づくのであって、人間は自らの死を決定することができないからである。しかしこの論理を裏返せば、自殺こそ神の摂理に逆らうべく人間に残された唯一の道であって、ゲーテの『ウェルテル』のように自殺をある意味で讃美している書物ほどにキリスト教に対する冒涜は考えられないだろう。しかるに、それによってゲーテの『ウェルテル』が非キリスト教的・無神論的になってしまうのであればことは簡単だが、まさにそれがキリスト教的精神風土から生まれていることにこの作品の難しさがある。作品の随所に見られる聖書からの引用が単にこのことを裏付けるのみではない。むしろ、人間の生を形而上学的に解釈すること、生の精神化そのものが本来キリスト教的なのであり、そのことによって人間の生はダイナミックな構造を現すわけである。確かにゲーテの『ウェルテル』は教会の正統的教義から見れば、異端の精神を表現しているわけで、教会の発禁処分は全く正しい処置であったのだが、しかしキリスト教の歴史は、まさにキリスト教の生命が異端によって養われ、異端を同化して不死鳥のようにたえず復活するものであることを教えている。ウェルテルの愛がロッテへの人間的愛として地上に執着する一方、地上では絶対に実現され得ない純粋な神的価値として来世に投影されるのは、あの二律背反する二つの魂を結び付けようとする衝動、キリスト教的・ゲルマン的な根源的エネルギーを反映している。

さて、『ゲッツ・フォン・ベルリヒンゲン』や『若きウェルテルの悩み』で一躍有名になったゲーテは、フランクフルトの銀行家シェーネマンの娘リリーと婚約することになる。彼女の美貌といい、屈託のない性格といい、フランクフルトの上流市民の娘リリーは、おそらくヴェッツラーのシャルロッテ以上に、ロッテのイメージを地上で再現していたと言えるかもしれない。しかも彼女はロッテのような不自由な身ではなく、ゲーテがその気になれば結婚は可能であったはずである。しかるに、ゲーテはリリーから身を振り切るようにして逃げたわけだが、ここには二つのヒューブリスがひそんでいる。まず『若きウェルテルの悩み』において、ロッテに対する望みなき恋に悩み苦しみ、あげくの果てに自殺してしまう青年を描いたゲーテが、現実にはすぐさま踵をかえしてロッテの再現ともいうべきリリーと婚約してしまうというのは、どこか虚偽的に思われないだろうか。というのも、これは芸術の仮象に対して現実の生が反逆したことを意味するわけだが、一方ゲーテが婚約者のリリーを振り切って遁走するとき、彼は再び芸術のために現実の生に対して罪を犯したことになるからである。そしてそのような美学に基づくならば、ゲーテが『ウェルテル』において企てたように、作者が小説の「私」、つまり自己の分身をして自殺せしめること以上に虚偽的なものはないだろう。しかしウェルテルの自殺とは実を言うと、ウェルテルの生が完結し、それが生の全的意味を開示するための戦略なのであって、それによってウェルテルの生はまさに芸術として対象化されたわけである。芸術的に表現された生とはそれ自体一つの高次の生であって、単に茫洋と拡がっているにすぎない生の散文的現実よりは、はるかに神の真理に近い。生そのものが真実で、生の尺度でもって芸術の虚偽性を測るわれわれ日本人の感覚からすれば、芸術そのものがすでに高次の生として絶対的真理を語るという思想は理解しにくいことである。しかしそのような生と芸術の乖離自体、生をたえず精神的に意味付けようとするキリスト教的・ゲルマン的な感性の本質的なダイナミズムから来る。

二〇世紀ドイツの大作家であるトーマス・マンが小説の主題として生と芸術の皮肉な関係をしばしば描いているが、これは本来芸術が普遍的真理であって、散文的現実に対してそれ自体より高い生であるという芸術の生に対する優位の観念から来る。そのトーマス・マンが『恋人ロッテ』という小説の中で、ゲーテとヴェッツラーのシャルロッテ・ブッフとの関係を取り上げているが、それはおそらくマンにとっての恰好の題材になったと同時に、ゲーテの『ウェルテル』の本質を鋭く照明するものともなっている。一八一六年の九月、ゲーテが六七歳、シャルロッテが六三歳のとき、シャルロッテが娘を連れてワイマールを訪れ、偉大な詩人ゲーテと再会するという事実があるが、トーマス・マンはこの事実を大きく長編小説に発展させている。フリーデリケ・ブリオンに対してゲーテが犯した罪が、やがて『ファウスト』の中で主人公が自己を罰する形で贖われたことほどに天才の不遜を意味するものはないと言えるが、シュトラースブルクのフリーデリケが天才の不遜の犠牲となって滅んでいくのに対して、ヴェッツラーのシャルロッテは実にこの犠牲に堪え、けなげに人生を渡り、犠牲を栄光に転じていく。フリーデリケがゲーテに関する記録、つまりゲーテが自分に向けて書いた手紙類をほとんど焼き捨ててしまったのは文学史家にとっては大きな損失であるが、しかしこの事実は天才が犯すヒューブリスの無気味さを幾分理解させてくれる。一方ゲーテがシャルロッテに対して犯した罪は、『若きウェルテルの悩み』がロッテの私生活を暴き出し、公衆の面前に暴露したという事実に尽きるものではなく、ゲーテが『ウェルテル』という作品を通じて、シャルロッテの人生を言わば自己の巨人的運命の中に巻き込んでしまったことにあるだろう。ウェルテルが崇拝したロッテの形姿は、シャルロッテにとって言わば外側から押し付けられた運命であって、彼女の人生はゲーテが作り出したイメージの外側にはみ出すことができないわけである。シャルロッテが大衆的人気の的になり、行く先々でロッテ、ロッテと付きまとわれる姿は、シャルロッテの栄光と同時にシャルロッテの犠牲を物語るものである。しかるに、シャルロッテにとっても、芸術は神聖で、それ自体高次の生なのであって、天才によって打ち立てられた自己の生の記念碑にみずから反逆する理由もない。それは言わばシャルロッテの社会的評価でもあり、彼女は積極的にゲーテの名にあやかり、そこから自分の栄光を作り出そうとする。ところで、シャルロッテは自分が青い目であるのに、ゲーテが描いたロッテが黒い目の持主であることに深い嫉妬すら覚えるのだが、そういう箇所では生と芸術のまことに皮肉な関係が端的に描かれているわけである。

一方『若きウェルテルの悩み』を書いたゲーテが銀行家の娘リリーと婚約したことに矛盾はなかったと言えるだろう。何故ならば、結局自殺したのはエルザレムであって、ゲーテではなかったのだし、『若きウェルテルの悩み』においてエルザレムのように弱い自己を対象化して、それを一つの芸術に昇華してしまうことほどに強さの表現はないからである。つまり、『若きウェルテルの悩み』において自己の生を精神化し得たゲーテは、それだけ一層生に執着したわけである。それが精神のダイナミズムというものである。では何ゆえにゲーテはリリーから身を振り切るようにして逃げたのであろうか。その答えもまた『若きウェルテルの悩み』の中に含まれているわけで、ゲーテはこの作品の中で、ロッテに対する愛の挫折ではなく、人間的愛そのものの挫折を描いている。リリーは結局ゲーテ以外の男性と結婚し、平凡で幸福な人生を送ることになるが、『若きウェルテルの悩み』を書いたゲーテにはそのような結婚を実現することは不可能だったであろう。ゲーテにもファウストと同様相反する二つの魂があったわけで、いかに生に執着しても、そこから再び崇高な霊たちの世界に向かって飛び立つことを阻むような生は、不可能であったと言えるだろう。その意味でゲーテ自身もまた芸術のために自己の生を犠牲にしたわけである。天才のヒューブリスは、何よりもまず自己自身に対してもっとも大きな犠牲を強いたわけである。

一方、ゲーテがリリーとの結婚を断念した事情は、フランクフルトにおけるゲーテの生活環境と密接な関係を持っている。そもそも『若きウェルテルの悩み』はフランクフルトの精神風土から生まれた作品であると同時に、フランクフルトの生活に対して終止符の意味を持ったはずである。ウェルテルの悲劇は、何よりも才能と感受性に恵まれた有能な青年が無為の生活の中で才能を擦り減らして破滅してゆく物語であって、ウェルテルを情熱的な恋に駆り立てるものは無為の生活である。ウェルテルが無為にならざるを得ないのは、彼がアルベルトのように市民的・職業的拘束に身を投ずることによって有能とはなり得ないからだが、しかし無為がしばしば情熱に変貌するのは、無為自体が本来拘束からの脱却の表現であるからである。

ともあれ、ゲーテの『ウェルテル』ほどに、一八世紀ドイツにおける市民的イデオロギーの混迷を反映した作品はないだろう。フランクフルトの上流市民の出であったゲーテは、いかにフランクフルトの都市貴族が伝統的な慣習に固執して、不自由な生活を送っていたかを知っていたわけで、ここにはいわゆるアンシャン・レジームと市民階級との対立はなかったわけである。ゲーテが『ウェルテル』においで儀礼と体面のみを重んずる貴族だけでなく、屋敷の周りに柵を巡らす市民をも嘲笑したのは、このようなフランクフルトの生活実態が作品に反映したことを意味するだろうが、それにもかかわらず、ゲーテの『ウェルテル』が追求している愛や人間性は市民的イデオロギーの最も美しい表現となったわけである。しかしゲーテの普遍的文化への衝動が『ウェルテル』においてかくも奔放な精神的ダイナミズムをあらわしたとき、それがたとえゲーテの市民的自意識の反映であったとしても、それはもはやゲーテをフランクフルトの生活圏内に閉じ込めておくことはできなかったであろう。

さて、一七七五年十一月以来、ゲーテはザクセン・ワイマール公国の王子カール・アウグストのさしあたりは友人ないし助言者という立場でワイマールに赴くが、翌年にはすでに内閣の一員として正式に任命されることになる。これはゲーテの生涯における最初の大きな区切りであって、この日付をもって、一応若きゲーテの時代は終わったと言えるだろう。その後幾度かフランクフルトに立ち寄ることはあっても、ゲーテにとって今やワイマールこそ終生の本拠地となる。もちろん、その後のゲーテの生涯を区分する重要な時期を挙げることもできる。ゲーテのワイマール招聘以後第二の区切りをなすのが、一七八六年九月三日から一七八八年六月一八日までの約二カ年に及ぶイタリア旅行であろう。ワイマールにおいてそれに至る最初の一〇年間はゲーテの生涯でおそらく最も謎めいた時期で、伝記的資料にも乏しい。ゲーテが晩年に書いた自叙伝の『詩と真実』はフランクフルト時代を対象としている。一方ゲーテの『イタリア紀行』はゲーテ自身によって書かれた最初の自伝的な記録であるから、結局『詩と真実』と『イタリア紀行』との間の一〇年間を埋めるべく、一貫した記録がないことになる。もちろん、日記や手紙類から生活の断片的事実を明らかにすることはできるが、ゲーテ自身によって打ち立てられた自伝的記念碑がない。さらに、『タッソー』、『イフィゲーニエ』、『ヴィルヘルム・マイスターの修業時代』等の大作はいずれもこの時期に書き始められたものだが、その完成はイタリア旅行の時期、ないしはそれ以後に持ち越される。つまり、この時期には、叙情的な小品を除き、完成された作品は全くないに等しいだろう。

さて、ワイマールの最初の一〇年間が文学史家にとって謎めいて見えるのは、とりわけこの時期にゲーテ像が変容したことによるものである。ゲーテはカール・アウグスト公に仕え、内閣の一員として、鉱山の経営、道路や水路の開発、新兵募集の業務等に携わることになるが、これは確かに『ウェルテル』の作者に想像できることではない。もっとも、『ウェルテル』がフランクフルトの無為の生活に終止符を打ったとすれば、ワイマールにおける活動への転身は、それ自体矛盾する事柄ではなかったと言えるだろう。いずれにせよ、ワイマールの一〇年間は、このようにゲーテが自己の青春像を拒否し、みずから変容していく時期である。比喩的に言えば、ワイマールの一〇年間は、言わば蛹の状態であったと言えるかもしれない。不毛なライプチヒ時代の後に多産なシュトラースブルク時代がやってきたように、この不毛なワイマールの一〇年間の後に多産なイタリアの時期が続くことになる。

さて、このワイマールの一〇年間ゲーテを精神的に支配し続けたシュタイン夫人の存在はあまりにも有名である。美しいリリーへの恋の感情をみずから断ち切り、恵まれた結婚の可能性を無残に破壊して、しかる後に七人の子供の母親である年上の人妻に一〇年間思いを寄せるというのは、尋常なことではない。しかし、フリーデリケとシャルロッテを天才のヒューブリスの犠牲にし、あやうくリリーさえも自己の巨人主義的運命の巻き添えにしてしまいかねなかったゲーテにとって、これはある意味で無難な女性関係であったと言えるかもしれない。これこそまさに典型的なプラトニック・ラブというもので、この関係が長続きしたのは、二人の間に単に精神的な愛が支配していたからである。それが官能的な愛であるならば、かならずや激しい恋の情熱に駆られて、行き着くところまで行ってしまったであろう。グレートヒェンやロッテの形姿を通じて、ゲーテ自身がそのような官能的な愛を描いたのであり、また『親和力』のオティーリエの形姿を通じて官能的な愛がいかに精神的に解決しにくいかをも示している。最初から諦念に充ちた男と女の精神的な愛とは、それ自体すでに愛のアレゴリーであって、ファウストが冥界のヘレナと結婚するようなものである。ゲーテとシュタイン夫人との精神的な交わりもおそらくそのような天上的結婚を意味したのであって、そこにはどこか冥界の雰囲気が漂っていたわけである。それは確かに不自然な関係であって、ゲーテの精神的ダイナミズムが滅びないためには、彼は至高の霊界から天下って、もう一度しっかりと地上にしがみつく必要があったわけである。かくしてゲーテは、かつてリリーから逃れたように、今やシュタイン夫人からも逃れなければならなくなるが、トーマス・マンはその間の事情を見事に表現してくれている。

「ゲーテは憂鬱になり、病気になり、もはや口もきかなくなって、肉体的に衰えていった。——そこで彼は逃げた、またしてもあわてふためいて逃げたのだが、この逃亡には、清浄のあまりに神経を衰弱させるような情事が、決定的ではないにしろ大きな誘因になっていたのである。すなわち宮内女官シャルロッテ・フォン・シュタイン夫人との関係であるが、これは、理解しにくいぐあいに彼の生涯の一〇年間を支配した、いくらか曖昧な、妙に恍惚とした、あまり健康でない情熱であり、ありそうもないほどに長びいた、半ば神秘的な罹病《りびょう》とでもいうべきもので、もしそれがもっと長くつづいたならば、もし彼がそれから逃げ出していなかったならば、それはたしかに彼の天性、彼の自然性、地霊性に、重大な害をおよぼしたことであろう。この自然性、地霊性を欠くとき、彼の詩精神は薄められ、弱められて、生色を失う危険にさらされたのである。」

（佐藤晃一訳『永遠なるゲーテ』人文書院）

さて、トーマス・マンがこのようにゲーテのイタリア旅行を逃亡と形容したのは誠に正しいことである。ゲーテは下男にだけ行き先を告げて、保養地のカールスバートからイタリアへ向けてこっそり旅立つ。ゲーテは「ローマに入った日は、わたしの第二の誕生日である、真の再生の日である」と述べたが、このときゲーテは三七歳であった。しかしながら、このゲーテの言葉を文字どおりに受け止めるのは危険である。何故ならば、ゲーテはこの二年間に変容を遂げたのではなく、あくまでもワイマールでの最初の一〇年間における変容がこのイタリアの時期に完成したにすぎないからである。『ヴィルヘルム・マイスターの修業時代』の第三巻の冒頭に有名なミニヨンの歌が掲げられている：

Kennst du das Land, wo die Zitronen blühn,
Im dunklen Laub die Gold-Orangen glühn,
Ein sanfter Wind vom blauen Himmel weht,
Die Myrte still und hoch der Lorbeer steht,
Kennst du es wohl?
Dahin! Dahin!
Möchte ich mit dir, o mein Beschützer, ziehn.

あの国をご存じですか
レモンが花咲き、暗い葉陰に金色のオレンジが実り
青空からは微風がそよぎ
ミルテは静かにロルベールは高くそびえる
あの国をご存じですか
そこへ　そこへ
わたしを守るあなたと行きましょう

ここには生まれ故郷のイタリアを思う少女ミニヨンの口を通して、ゲーテ自身のイタリアへの憧れが表現されている。Kennst du das Land（ご存じですか、あの国を）と問うとき、そこには未知の世界への憧れがある。しかし wo 以下で、レモンが花咲き、暗い葉陰に黄金色のオレンジが実る世界は、明確な輪郭を持ち、想像力の中ですでに見られ、体験されている。これはミニヨンの歌が秘めているパラドックスで、ゲーテ自身、イタリアを体験するまえに、内面の想像力の世界でイタリアを先取りしていたわけである。さて、ゲーテ自身イタリア旅行において自己の再生を経験したと言っているほどであるが、それはいかなる事情を意味するであろうか。シュトラースブルク時代にゲーテの詩人としての誕生があったのと同様の意味で、イタリアの時期に詩人としての再生を見ることができるであろうか。実のところ、ゲーテは画家を志してイタリアに赴くのだが、ティシュバインやハッケルトといったすぐれた画家との交友を通じて、ついにこの初期の念願を放棄するに至っている。ゲーテが言う再生の事情は、シュトラースブルクにおける詩的再生の言わば逆を意味するもので、ゲーテが青春において確立した詩の観念を一掃するようなものである。ゲーテがイタリアでなお『ウェルテル』の亡霊に付きまとわれたと苦々しく語っているのも、そういう事情から来る。

とりわけ、北方的な霧と霞の世界を描く『ファウスト』ほど、この時期のゲーテから遠いものはなかったはずだが、こともあろうに、『ファウスト』の形象群の中で最も荒唐無稽なものに属する《魔女の厨》の場面がローマで成立している。一見これほどに体験と詩の法則に反する事柄はないわけだが、シュタイガーはこの矛盾をゲーテの色彩論の「補色」(geforderte Farbe) の概念を援用して説明しようとしている。色彩論によると、明るく照明された対象を見詰めると、目はみずからの内部にその補色としての暗い色を生み出すとされているが、それと同様に、明るいイタリアの天空の下で、ゲーテの内部にはかえってその対立像としての不透明によどんだ陰鬱な幻想世界が呼び覚まされたと理解される。つまり、《魔女の厨》はゲーテのイタリア体験が詩に昇華されたものではなく、むしろゲーテの内部に生き続けている北方的・ゲルマン的な世界が曇りないイタリアの風土で言わばその反作用として形象化されるに至ったと理解される。しかるに、この解釈では、ファウストの形象群とイタリアの風土との鋭い対照は正しく把握されているが、その対照そのものが何を意味するかという洞察が欠けている。つまり、この解釈は結局のところゲーテのイタリア体験の解釈であって、その観点に立てば、ローマにおける《魔女の厨》の成立はイタリア体験の補色でしかないということであろう。一方『ファウスト』解釈の立場に立つならば、ここにはほとんど矛盾はない、むしろこともあろうにローマで《魔女の厨》が成立したことは必然的であったと言えるかもしれない。そこでまず『ファウスト』の筋書に《魔女の厨》を置いてみると、ここでファウストは魔女の媚薬を飲みほして若返る儀式を通過するわけで、このような荒唐無稽な題材は、距離を置いて描かれたために確かに一層醜悪なものとなったはずである。イタリア体験を経たゲーテにとって、ゲルマン文化に由来する『ファウスト』の世界はおのずから自己諷刺の形象となったわけである。しかるに、そのような自己諷刺となった《魔女の厨》の場をローマで書く必然性は、シュタイガーが言うように、全集出版のために原稿の締切り日が迫っていたというような外的強制から来たとは必ずしも言えない。《魔女の厨》がローマで成立することになった必然性は、むしろ《魔女の厨》の場そのものによって十分に説明できるものである。《魔女の厨》の荒唐無稽な形象の中にあって、ふとファウストが覗いた鏡にえもいわれぬ美女の姿が浮かび上がってくる。

はて不思議だ。この魔法の鏡には、
なんという気高い女の姿が映っているのだろう。
愛の女神よ、お前の持っている最も速い翼を貸して、
この女のいるところへ連れて行ってくれ。
こうして少し離れたところにおらずに、
近寄ってしかと眺めようとすると、
あの姿は霧に包まれたようにかすんでくる——
こんなに美しい女体があろうか。
一体、女というものはこうも美しいものなのだろうか。
このゆったりと身を横たえた姿は、
諸天の精髄ではあるまいか。
この地上に、かくも美しいものがあろうとは。

（高橋義孝訳）

この詩句はドレースデン国立絵画館にあるジョルジョーネの『眠れるヴィーナス』をモデルにしているということだが、このこと自体ここでは本質的なことではない。要するに、ファウストはここで至高の美に開眼するわけで、それがガラクタ市のような没趣味な《魔女の厨》の中であるだけに、それは周囲との鋭い対照として描かれている。そもそも《魔女の厨》の場はグレートヒェン悲劇の導入部で、次のメフィストの言葉は、鏡の中の美女がファウストとグレートヒェンとの出会いの動機付けであることを示している。

あの薬を飲んだからには、
女という女がヘーレナのように見えてくるのさ。

ところで、ファウストが鏡に映ったヘーレナだと思って、グレートヒェンを愛してしまうことを暗示するこの

▶眠れるヴィーナス

メフィストの陰の言葉は、『ファウスト』全体の構想を射程に置かなければ、十分には理解できない。というのも、ファウストはなるほどメフィストに欺かれてグレートヒェンを愛してしまい、ぬきさしならぬ状況で滅びてしまうけれども、『第二部』では再び生まれ変わってヘーレナと結婚することになるわけで、ヘーレナはファウストにとって美の究極の目標である。しからば、《魔女の厨》の鏡に美の女神ヘーレナが顕現するためには、すでに『ファウスト第二部』を射程に入れた構想が出来上がっていなければならない、というよりむしろ『ファウスト』全体の構想は、ローマで《魔女の厨》とともに成立したと言えるわけである。そのように考えるならば、《魔女の厨》がゲーテのイタリア体験に対して補色の関係にあるのではなく、むしろ《魔女の厨》自体がファウストとヘーレナ、すなわちゲルマン文化とラテン文化を補色の関係でとらえていることになる。このことはシュタイガーの解釈と決して同じではない。シュタイガーの解釈では、ゲーテ自身は補色の関係に言わば無自覚であって、従って《魔女の厨》の成立はほとんど偶然的となってしまう。それに対してわれわれの解釈では、ゲーテ自身がゲルマン文化とラテン文化との補色関係を意識していたことが《魔女の厨》をもたらしたわけで、従って、《魔女の厨》の場自体がはじめて『ファウスト』における文化的総合の主題を浮かび上がらせたことになる。

ともかく、ゲーテのイタリア体験の重みは、必ずしもそれによって詩的題材が豊富になったことを意味するものではない。ローマにおける官能的愛を謳歌した『ローマ悲歌』は帰国後の内縁の妻クリスチャーネ・ヴルピウスとの同棲生活をローマ風に歌ったものにすぎないし、またシチリアの岸辺を舞台にし、ホーマーの精神に基づいて構想された悲劇『ナウジカ』は結局断片に留まっている。イタリア体験はゲーテの詩の内容を豊かにしたというよりも、詩の形式を完成に導いたわけである。散文にとどまっていた『イフィゲーニエ』が韻文に書き改められ、古典的風格を得たのは、イタリア体験の一つの帰結である。しかし『タッソー』の完成は、おそらく『イフィゲーニエ』よりも遥かに深くイタリア体験と絡み合ったと言えるかもしれない。というのも、ゲーテの『タッソー』が長らく完成に至らなかったということは作品の主題と深く関連しており、『タッソー』の悲劇自体、主人公であるイタリアの詩人タッソーが未完の、あるいは完成し得ない叙事詩をパトロンの公爵アルフォンソに献呈したことから始まる。作品とは詩人の自我の一部であって、作品が完成されるためには自我が完成されなければならない、しかるに黄金時代を決定的に喪失している詩人タッソーは常に周囲の世界から疎外された存在であり、詩人の人格は調和的完成に至り得ないわけである。そういう詩人に調和的完成を与え、従って作品を完成させる唯一の力は公女の愛であるが、それはすでに社会的葛藤を孕んだ関係であって、詩人をますます孤独に追いやる結果となってしまう。一方未完のままパトロンに献呈された作品もまた政治の波に翻弄されて存在根拠を失ってしまう。何故ならば、詩人の自我が真の意味で実在していないとすれば、詩人の自我の一部である作品は亡霊のように精神界をさまよう他はないからである。このようなタッソーの運命は、『タッソー』という作品を完成し得なかったゲーテ自身の運命でもあり、初期のワイマール時代の自伝的内容を反映している。しからば、イタリアにおいて『タッソー』が完成されたということは、単に散文を韻文に書き換えるといった外的変化にとどまらず、作者の自我の深層の変化を意味するであろう。ゲーテはイタリアにおいて幸福になり、タッソーの悲劇を内的に克服したから、タッソーの悲劇は外化され、対象化されて、作品としては完成したわけである。『ファウスト』の《魔女の厨》の場にしても、鏡に映った美女がドレースデン国立絵画館にあるジョルジョーネの『眠れるヴィーナス』に基づいているとすれば、それ自体美の開眼をイタリア体験を踏まえて書いているわけではない。むしろ至高の美の理念は、ミニヨンの歌のパラドックスと同様ゲーテの内部にすでにあったのであり、それがゲーテをイタリアに赴かせたわけだが、一方それはゲーテがイタリアの土を踏むことによって、つまり、内なるイタリアと現実のイタリアとが重なり合うことによってゲーテ自身の体験となり得たわけである。そのとき詩人の自我の深層の構造は作品の形式となったのであって、イタリア体験は『タッソー』を完成させたと同時に『ファウスト』を完成に導く高次の理念をもたらしたわけである。

さらにゲーテはシチリア島で、あらゆる植物の原型をなす「根本植物」(Urpflanz)を見たと信じ、帰国後そのことをシラーに語ると、シラーはそれは理念であって、目に見えるはずはないと反論する。ゲーテによれば、すべての植物は根本植物の変形であって、従ってすべての植物の形態は根本植物をモデルにして発生的に理解できるというものである。それはゲーテの植物に対する形態学的関心から言わば理論的仮説として浮かび上がったモデルとしての形態であるが、そのような根本植物が言わば植物の種として経験的にシチリアかどこかに存在しているかどうかは疑問で、その点ではシラーの正しさを認めねばならないだろう。つまり、地上におけるすべての植物は多かれ少なかれすでに根本植物の変形であって、ゲーテが見たと信じた根本植物もおそらくあらゆる変容の可能性を最も多く含んだ近似的な根本植物にすぎなかったに違いない。少なくとも、理論的には根本植物は経験的に存在する必要はないし、むしろすべての経験的形態を発生的に理解するためには、根本植物自体は純粋仮説として経験から超越していた方が理論的には一貫するだろう。ところでゲーテが根本植物を見たと主張したことは、これを単純に背理として退けるには、余りにも深くゲーテの哲学と絡み合っている。確かに根本植物はゲーテの頭の中で出来上がった形態学上の作業仮説であって、ゲーテは根本植物を植物のアプリオリな本質としてすでに知っていたわけだが、しかしそれはあくまでもシチリアで発見されることによって真理となったわけである。例えばここでゲーテが手にした一本の草が根本植物であるか否かといった判別が問題なのではなく、仮にシチリア帰りの旅行者がワイマールのゲーテに同じ草を提供したとしても、彼がそれを根本植物と認めたかどうかは疑問である。真理は常に全体において直観されるのであって、旅行者となったゲーテがシチリアの風土で棲息する植物のある変種を垣間見たとき、年来抱き続けてきた根本植物の思想がにわかに天啓のようにひらめくのである。ゲーテがあくまでも根本植物を見たと主張したのは、それが経験的に直観されたからであるが、一方シラーのように、それが理念であって目に見えないものだとするとき、それは単なる思考の産物となり、数学的抽象におちいる危険を冒すことになる。

ともかく、ゲーテがイタリアで根本植物を発見したということは、イタリアにおける美の開眼と同様に必然的であった。ゲーテはイタリアで古典主義者になったと同様自然科学者にもなったわけである。つまり、ゲーテは美の認識を通じて自然の深層にまで突き進むわけで、そこに自然科学者としてのゲーテの誕生がある。しからば、ゲーテは詩人であったし、自然科学者でもあったというような理解の仕方はおそらく誤りで、ゲーテはむしろ自然の観察が詩となるような領域に到達しようと考えたわけである。シチリアにおける根本植物の発見と『ナウジカ』の構想はおそらくその意味で無関係ではなかっただろう。ゲーテは文化のみならず、文化の基盤をなす風土を理解しようとしたわけで、根本植物はイタリアの風土におけるゲーテの自己了解の形式である。つまり、ゲーテが理論的にはすでに構想していた根本植物をシチリアで発見したと信じたとき、彼はシチリアの自然を直接に理解し得たわけであり、そのとき三千年間ヨーロッパ文化の規範であり続けた地中海文化もまたにわかにアクチュアルな意味を持ったはずである。古典的美を風土的基盤において理解しようとした点ではゲーテもまたヴィンケルマンの後継者であったわけだが、しかしヴィンケルマンにとって古典的美があくまでも規範であり続けたとき、自然の深層を理解したゲーテにとって古典的美の規範的性格はむしろ崩れたと言えるだろう。ゲーテは『ナウジカ』においてホーマーを模倣しようとしたのではなく、むしろあくまでも地中海的風土における自己了解を作品に投影することによってホーマーに挑戦したわけであって、その意味で『ナウジカ』はオリジナルな古典とならねばならなかっただろう。『ナウジカ』が断片にとどまったということは、その試みが失敗に帰したことを意味しているが、しかしだからと言って、古典的美の規範的性格が保持されたわけではない。むしろドイツ人たるゲーテがいかに地中海的風土に身を置いてもホーマーになり変わることができないと認識されたとき、擬古典主義的理想は決定的に崩れたわけで、美の基準は今や完全に相対化されたわけである。これはゲーテのイタリア体験の全く逆説的な帰結であったのだが、しかしそれはやがてゲーテとシラーが確立したドイツ古典主義において極めて生産的な意味を現したと言えるだろう。何故ならば、『ナウジカ』の試みが失敗していなかったならば、『ヘルマンとドロテーア』や『ヴィルヘルム・マイスターの修業時代』のようなドイツの現実を題材とする古典は生まれ得なかったからである。従って、イタリアにおけるゲーテの再生とは、一方では非ドイツ的・ヨーロッパ的な詩人としての再生であったと同時に、他方では極めてドイツ的なものへのザルトモルターレ（宙返り）を意味したと言えるだろう。

しかしながら、後者の再生の生産的な意味が現れるのは帰国後約一〇年経ってゲーテとシラーの親交の時期で、しからば、帰国直後の単に非ドイツ化してしまったゲーテがワイマール社会との距離を痛切に意識したのは当然であろう。イタリアから帰ったゲーテはもはやもてはやされる詩人ではなく、自ら孤独を求め、自然研究に勤しむわけで、そこにあの超然としたアポロ的詩人像が確立することになる。おまけにゲーテは造花工場で働く身分の低いイタリア女性のクリスチャーネ・ヴルピウスと同棲することによって、シュタイン夫人とも絶交となるわけで、それはワイマール社会からの距離の現実的な帰結である。翌年一七八九年には息子のアウグストが誕生するが、なにしろクリスチャーネとは正式に結婚していないので、アウグストは私生児の身分である。ゲーテがクリスチャーネと結婚しなかったのはワイマール社会の反撥をおそれたからだが、しかし、アポロ的詩人に現実から超然とするための現実的基盤を提供したのは、他ならぬクリスチャーネであったわけで、それは彼女が内縁の妻であることによって可能となったのである。かくしてシュタイン夫人との精神的な愛はクリスチャーネにおいて官能的な愛へのザルトモルターレを経験するが、しかし両者は、社会的拘束を伴わない自由な愛であったという点では、完全に一致したわけである。つまり、シュタイン夫人とクリスチャーネは単にゲーテの精神的ダイナミズムの両極を担い、支える現実の基盤にすぎなかったわけである。

さて、ゲーテがイタリアから帰国した翌年一七八九年には、フランス革命が起き、まもなくナポレオン戦争時代に突入する。ワイマール宮廷はプロイセンの王家と親戚関係にあるので、ゲーテも必然的にこの世界史的な大事件に巻き込まれていく。ワイマールのカール・アウグスト大公がプロイセンの連隊長としてフランスに出征したとき、ゲーテは彼に同行して従軍することになる。この戦乱の時期はゲーテにとって文学的には実りある時期ではなかったようである。革命の状況から生まれた『庶出の娘』というドラマは、私生児として社会から隔離されて育った貴族の娘オイゲーニエが政治的な権力争いの渦に巻き込まれて身を滅ぼしていく過程を描いているが、この庶民不在の革命劇は政治劇としては理解しにくく、同時代の評価は余りかんばしくなかったようである。それというのも、このドラマ自体、必ずしもゲーテの保守的な姿勢を描いているわけではないにしても、明白に反時代的・反政治的な姿勢、つまり、ゲーテ時代からの距離を反映したからである。かくして、ヘルダーが「君の私生の娘より、君の私生の息子の方が好きだ」と妙に当てこすったとき、長年維持されてきたヘルダーとの友好的関係も、この一言で永久に破壊されてしまう。それにしても『詩と真実』の記述にあるとおり、すでにヘルダーの辛辣さには慣れていたはずのゲーテがこの程度の皮肉にそれほどの衝撃を受けたのは、単にクリスチャーネとの内縁関係といった私生活上の負い目だけから来るとは言えないだろう。

『タッソー』がゲーテの自我の一部であったように、『庶出の娘』もゲーテのナルシス的な自己愛の産物であって、ゲーテの自我と微妙な関係でつながっている。ただ、『タッソー』はイタリア体験をへて幸福になったゲーテの自我によって、つまり、黄金時代を喪失した不幸な詩人タッソーの運命を内的に克服したゲーテの自我によって完成されるわけで、『タッソー』という作品自体は芸術的調和に達したのであり、また作品の末尾のアントニオとタッソーとの和解がそのような自我の調和を暗示してさえいるわけである。しかるに『庶出の娘』の場合には、ゲーテの三部作のうちの第一作が出来上がるとすぐに公表されるわけで、そのために作品自体は断片にとどまり、ゲーテ自身はタッソーの運命を繰り返すことになる。しかるに、この不幸な作品成立の事情は作品の主題とまたしても密接に絡み合っているわけで、出現と同時に死を宣告され、社会から決定的に葬り去られるオイゲーニエはゲーテの自己愛の形姿であり、また自己愛の喪失の表現である。しからば、ゲーテは早まって作品の一部を公表したため作品は断片にとどまったというよりも、『庶出の娘』はゲーテの自己愛の喪失を描いたドラマであることによって最初から断片であるべく運命づけられていたと言った方がより適切であろう。何故ならば、自己愛という自我の中心を失った詩人には作品の完成がないということが、すでにタッソーの悲劇であったからである。

ともかくヘルダーの皮肉は、作中人物のオイゲーニエをゲーテの実の息子と意図的に比較することによって、すでに『庶出の娘』とゲーテとの微妙なナルシス的関係を鋭く突いているのだが、それ以上にヘルダーの皮肉がゲーテにこたえたのは、息子のアウグストが幸福なローマの愛の現実の帰結であったとき、ゲーテ自身は、ますますつのりゆく歴史の嵐を前にして、イタリアの幸福な日々からの訣別を決定的に迫られたわけで、そのためオイゲーニエの形姿はゲーテの自己愛の喪失の表現として息子アウグストとはすでに皮肉な対照であったからである。タッソーの悲劇がイタリア体験によって、つまりゲーテが古典主義へ移行することによって、内的に克服されたとき、『庶出の娘』はイタリア体験の産物としての古典主義、つまり、ゲーテの内的なイタリアがドイツ社会で真に認められることなく疎外されていく悲劇なのであって、この悲劇はもはや異文化への逃亡によってではなく、現実を直視することによって、つまり黄金時代の決定的喪失の認識によってしか解決され得なかったはずである。ヘルダーの皮肉を寛大に受け止めるにはゲーテは余りにも追い詰められていたわけだが、しかしこの危機の克服を通してのみ、あの『マイスター』や『ファウスト』のようなゲルマン文化の壮大な自己表現が可能となったわけである。

さて、フランス革命直後の戦乱の時期に日々進捗していたのは色彩論であり、従軍するかたわら、ゲーテは自然の色彩現象にたえず注意を向けている。ゲーテの色彩論は教育的部門、論争的部門、歴史的部門の三つからなる大著であるが、そのようなものの存在は一般に知られてはいないようである。またゲーテの色彩論を論じるためには、事柄の性質上、近代自然科学の全容を射程に置かなければならないとすれば、それはゲーテ研究者にとっても、本来手に余る代物である。ともあれ、ゲーテは自己の文学作品に対する批評はおおむね寛大に受け止めたが、色彩論に対する批評には敏感に神経を尖らせるところがあった。色彩論はおそらくゲーテが最も多く情熱を注いだ著作であったにもかかわらず、もっとも報われるところの少ない著作であったと言える。『ウェルテル』で西洋的名声を一挙に確立し、その『ヴィルヘルム・マイスターの修業時代』はフランス革命、フィヒテの『知識学』とともに時代の三大傾向（F・シュレーゲル）と評され、さらに西欧近代のオデッセイ（プーシキン）となった『ファウスト』を完成し得たゲーテに、なお不満が残るとすれば、それはゲーテがニュートンを打倒して新しい自然科学の金字塔を打ち立てることができなかった点にあるだろう。

さて、教育的部門はゲーテの色彩論の原理的な部分であり、それはさらに「生理的色彩」、「物理的色彩」、「化学的色彩」と三つに区分されている。生理的色彩とは、われわれの目が独自に持っている色彩のことである。つまり、われわれが自己の内部に色彩を持っているから、外部の色彩を識別できるというのが、ゲーテの色彩論の重要な命題である。物理的色彩とは、それ自体色を持たない素材を用いて作り出される色彩のことで、外側の条件がなくなれば、色彩も消えるという現象である。例えば、プリズムは色を持たないけれども、色を作り出すわけで、この現象の最も良い例である。化学的色彩とは物質に付着して長時間持続している色のことである。そこでゲーテの色彩論が最もアクチュアルな意義を帯びるのは、そのいわゆる根本現象（ウアフェノメン）の領域である。ゲーテは色彩現象を光りと闇、そしてその中間の不透明な媒体という三つの要素で促える。われわれが不透明な媒体を通じて光りを見ると赤みがかった黄色が現れるが、それは例えば夕焼けの現象で、日没の太陽が赤く見えるのは、光線が斜めから射せばより多くの濃密な媒体を通過することになり、ちょうど不透明の媒体を通して光りを見る現象になるというわけである。それに対して、光りを受けた不透明な媒体を通して闇を見ると、この媒体は青く見える。例えば空が青く見えるのは、太陽に照らされた大気を通して宇宙の闇を見るからである。ともあれ、ゲーテはこの二つの現象を色彩の根本現象と名付けて、それをさらに別の原理でもって説明することを断念する。むしろゲーテはあらゆる色彩現象をこの根本現象をモデルにして説明しようとする。このようなゲーテ的思考様式がアクチュアルな意義を現すのは、言うまでもなく、それがニュートンの光学と対比された場合である。ニュートンはそれ自体無色の光りをスペクトルに分解することによって、色彩を光りの波長と屈折率でもって説明するのだが、それはすでにわれわれの常識でもある。しかるに、ゲーテに言わせるならば、ニュートンは暗箱の中に小さな穴を通して光りを導き入れているわけで、この実験装置そのものがすでに光りの自然の性質を歪めていることになる。この実験装置から生じるスペクトル現象自体、ゲーテの根本現象の観点からすれば、特殊な派生的現象にすぎないのであって、それを色彩現象の原理とすることは言わば逆立ちした論理となってしまう。またゲーテはニュートンが便宜的に用いている直進する光りの平行な束といった観念も否定している。例えば太陽から来る光りは太陽のあらゆる地点から発するが故に実際は無限に交錯しているわけで、そうなると、実体として存在しているものは、抽象的な光りというよりも、あくまでも具体的な光る物ということになる。

あるいはまたゲーテが考えた生理的色彩の観念がどのようなものかは、次の文章が最も鮮明に印象づけてくれる。

「冬のハルツ旅行で、私は夕方にかけてブロッケン山から下ったことがあったが、そのとき上や下へと向かう広い斜面には雪が積もり、荒野も雪に覆われ、あちこちにある樹木や突き出した絶壁、また木や岩の密集した地帯もすっかり霧氷で覆われ、折しも、太陽はオーデル湖の方角に沈もうとしていた。

一日中雪の黄色い色調にすでに微かにすみれ色の影があるのに気付いていていたが、照明された部分の高揚した黄色の反射を受けると、それが今ではHochblau(至純の青)と言うべきものになった。

しかし太陽がついに日没に近付いて、深まる靄のために極度に弱められた光線が私を取り巻く世界をまことに美しい深紅の色に染めると、影の色が、透明さにかけては海の緑に、美しさにかけてはエメラルドの緑に比べることのできる緑の色調に変わった。その現象はますます活発になり、妖精の国にいるような気がした。というのも、すべてが二つの生き生きとしたまことに美しく重なり合う色で覆われたからだが、しかしついに日没とともにこの華麗な現象も灰色のたそがれに移行し、徐々に失われて、月と星の明るい夜に変わったのであった。」

(アルテミス版『ゲーテ全集』第一六巻、四七頁)

これは冬のハルツ旅行の際の経験を叙述したもので、生理的色彩を裏付けるための経験的事実として『色彩論』に収録されているのだが、自然観察がそのまま詩となってしまうような、このような文章こそゲーテの『色彩論』の趣旨を最も雄弁に物語っている。しかし、これは詩人の印象的な風景描写といったものでは全くなく、あくまでも正確な観察に基づく客観的な自然描写である。しかるに、この描写は単なる即物的な経験的事実を列挙しているのではなく、むしろ自然そのものが今はじめて発見されたかのように、作者にとって新しい相貌を呈することによって、この現象そのものが詩となってしまう。自然が客体として対象化され、数量化されるとき自然科学が始まると考えるならば、ここでは観察される対象である自然と観察する作者の主体が不可分の関係にある。ここで叙述されている自然現象そのものは、日中の雪の黄色の色調にすでにすみれ色の影が存在していたのが、日没が迫り、周囲の雪の世界が深紅の光りに覆われると、今や影が緑色に変化したことを語っているが、影の色は実は太陽光線に照明された雪の表面が作者の網膜に要求する補色であって、従ってここでは自然現象は外界の光りと作者の目の主観的な働きの交互作用として把握されているわけである。このように外界の自然とそれを観察する目の主観的で能動的な働きが原理的に不可分であるのみならず、自然現象そのものが目の能動的作用の産物であるとき、自然観察はおのずから詩となってしまう。このように自然の根本現象は、ゲーテにおいては、常に人間的感性を構造的契機として含み、人間的感性によって能動的に生産されることによって、同時に詩となるわけである。根本現象は客観的であると同時に主観的であり、量として対象化されると同時に人間的主体と不可分の質の次元を開示する。もちろん、こうした見方は結局のところ自然を対象としているのではなく、人間を対象とする広い意味の人間学だと言えるかもしれない。なぜならば、自然現象が目の主観的作用によって生産され、例えば影の色が網膜の補色として生じるとすれば、自然現象そのものは目によって対象化されたわけではないだろう。つまり、自然を客体として対象化することが本来目の主観的機能であって、主観的機能そのものが客体としての自然の一部として、つまり対象の影として対象化されるならば、ここには解きがたいパラドックスが生じてしまう。というのも、対象の影もまた対象であるならば、対象の影の影が生じるといった具合に、この論理自体馬鹿馬鹿しい悪循環に陥ってしまうからである。

さて、ゲーテが詩人としての再生を経験したのは、シラーとの親交の時期、つまり一七九四年から一八〇五年シラーの死に至る約一〇年間である。ゲーテがシラーに対して、「あなたは私に第二の青春をつくってくれました、そしてほとんど詩人でなくなろうとしていたのに、再び詩人にしてくれました。」（高橋健二『ゲーテ評伝』一六二頁）と言ったのは有名であるが、この言葉をイタリアにおける「再生」と重ね合わせると、明らかに矛盾が生じる。イタリアから帰国してから約一〇年間ゲーテの詩的な創造活動が沈滞していたということ自体イタリアでの再生の深いパラドックスを意味しているが、実はゲーテのイタリア体験はむしろシラーとの出会いを通じてはじめて生産的な意味をあらわすのである。若きゲーテの誕生がヘルダーの理論的裏付けを通して可能となったとすれば、シラーとの親交を結んだ次の一〇年間は確かに第二の青春と呼び得る多産な時期である。しかしその詩的活動の生産的な意味は全く対照的であって、シラーとの出会いは若きゲーテが解き放った奔放な諸力を今や古典的に完成させる契機となったわけである。

さて、ゲーテとシラーとの友情は、おそらくドイツ文化に与えられた最高の名誉称号である。ワイマールの劇場前広場にはゲーテとシラーの銅像が立ち、またワイマールの納骨堂にはゲーテとシラーの柩が並べて置いてある。とはいえ、この神話化された友情ほどに自明でないものはないだろう。この性格も経歴も境遇も全く異なる二人の詩人の間には親しい交わりを可能にするようないかなる現実的な基盤もなかったわけである。むしろそのようなタイプを異にする二人の詩人の間に友情が成立したこと、つまり両者の距離が克服されたということが本来記念碑的なことであって、それは精神史的な事件とも言うべく、生産的な意味をあらわすことになる。かつて若いゲーテがヘルダーを追い求めたように、デビューしたばかりの年下のシラーが、すでにワイマールの巨人と呼ばれるゲーテに接近する現実的動機は十分にあった。しかし、ゲーテが最初シラーを敬遠したのも大いに理解できることである。イタリアから帰国したばかりのゲーテにとって、『群盗』でデビューしたシラーは、ゲーテがすでに背を向けている疾風怒濤の再発のように思えたことであろうし、おまけにシラーによってすっかり文壇の名声を奪われてしまったことは二重に敬遠の理由になったはずである。実際上ワイマールに移住してからのゲーテの文学活動はほとんど私的な圏内にとどまっていたが、それもワイマールの宮廷からもらう高給のおかげで、生計のために公衆に訴えるような作品を書く必要は全くなかったからである。一方シラーは病身に鞭打って一日に一〇時間も書き続けなければ食べていけない状況にあり、この二人の詩人の生活条件には雲泥の差があった。シラーの作品にはしばしば不自然で未成熟の箇所が見られるが、それもあるいはこうした生活の悪条件が祟ったのかもしれない。ゲーテはほとんどの作品を十数年かけて、ゆっくり生長するのを待って完成しているが、詩作で生計を立てているシラーにとって、そのような悠長な創作振りは求めても不可能であっただろう。

さて、このように身分も経歴も性格も異なる二人の詩人が親交を結ぶに至るのだが、その直接の契機は、シラーがゲーテに「ホーレン誌」に寄稿してほしいと依頼してきたことによるものである。こうして生じたゲーテとシラーとの交わりは、『ゲーテ・シラー往復書簡』として今日に残されているが、これは実に含蓄に富む共著とも言うべきものである。シラーの批評的才能は優れており、ゲーテの『ヴィルヘルム・マイスターの修業時代』や『ファウスト』に対する批評は未だに模範的なもので、作品理解の基礎資料となっている。トーマス・マンのゲーテ批評なども優れたものの一つであるが、シラーの場合批評を通じてゲーテの創作活動に直接参加し、創作を促しているわけで、それは文字どおり生産的批評であった。かくしてゲーテは『マイスター』や『ファウスト』という未完にとどまっていた作品をシラーに読んでもらい、批評してもらうことによって、これらの作品の独自性と意義を逆に自覚させられるわけである。

さて、もちろん、シラーの方こそゲーテから得るところは多かったのである。シラーの有名な美学論文『素朴文学と感傷文学』は、まさにゲーテ体験から生まれたものである。シラーがゲーテと自己との作風の違いを分析して、天才ゲーテの前に自己の作風を守り、正当化しようとしたことが、この論文のそもそもの動機であるが、このシラーの論文の意義は、最近の学者であるペーター・ソンディが指摘するところでは、従来ある意味で誤解され、矮小化されてきたようである。ゲーテが生来自然と調和した詩人であるのに、自分（シラー）は自然の調和を闘い取らねばならない詩人であるという風に、シラーの言わばへりくだった立場が強調されてきたが、この論文が対象としているのは、単にゲーテとシラーの相違ではなく、本質的には古代詩人と近代詩人との相違なのである。しかも、ここではゲーテを古代詩人として安易に設定しているのではなく、むしろゲーテが古代的資質を多く持っているが故に一層近代詩人としての葛藤を経験しなければならないということである。ゲーテがイタリアで再生を経験し得たのはゲーテの古代的資質のおかげであったのだが、それがシラーを通じて近代への橋渡しを見出さなかったならば、おそらく生産的な意味を持たなかっただろうと想像するわけである。ゲーテのイタリアにおける「再生」が危険な逆説となったのは、自然と調和し得たはずの古代詩人としてのゲーテが詩作の真の衝動には恵まれなかった点である。ゲーテがシラーの批評に刺激されて創造を開始したのは、未完にとどまっていた『マイスター』や『ファウスト』、つまりゲーテの内的資質が、シラーの歴史哲学的なパースペクティヴによって促えられ、にわかに緊張を孕んだものになったからである。元来『マイスター』や『ファウスト』もゲーテの近代的自我を反映して生じたもので、シラーの理論的な裏付けを待ってはじめて構想されたというわけではない。しかしシラーとの出会いがなければ、そのような構想を実現すべき現実の要請は自覚されないまま、ゲーテは歴史的瞬間を逸したかもしれないし、また歴史的瞬間を逸すれば、構想も変容したはずである。ともあれ、古代的資質を持ったゲーテをむしろ近代的詩人として捉えることによって、シラーはゲーテを正当に評価すると同時に、自己自身の立場をも正当化する。何故ならば、ゲーテほどの自然と調和した天才も結局のところ感傷詩人であらねばならないとすれば、自然との調和を求めるシラーが感傷詩人であるのは、思うに当然であるからである。ゲーテとシラーの作風の相違を分析することがそもそもの動機であったとしても、シラーの『素朴文学と感傷文学』は、ペーター・ソンディのパノラマ的展開が示しているように、本質的にはヴィンケルマンに発し、ヘルダーを経て、モーリッツへと至るいわゆる新旧論争を踏まえ、その延長線上で理解できるものである。シラーがカントを勉強していたことは有名であるが、ヘーゲルは逆にシラーの美学論を母胎として、そこから歴史哲学的構想を引き出し、新旧論争を集約することによって、その『美学』を体系化するわけである。

さて、しかしながら、ゲーテとシラーの接近の動機は、単に文学理論の観点だけでは十分には説明できるものではない。ヴィンケルマンからヘルダーを経てシラーに至る新旧論争の過程は、擬古典主義からの脱却の過程であると同時にゲルマン文化の自己発見の過程でもあった。しかるにヴィンケルマンにとってドイツ人はギリシャの芸術を模倣すべきものであり、またヘルダーにとっては、ゲルマン文化へのコペルニクス的展開はなおシェークスピアを軸として行われたのに対して、シラーにとっては今やゲーテこそゲルマン文化の代表となったわけである。あるいは少なくともシラーの動機としては、ゲーテからゲルマン文化を代表するような諸特質を引き出し、ゲルマン文化のカノンを構築したかったと言えるのではないか。縮刷版的小国に分裂した当時のドイツのみじめさを誰よりも痛切に感じていたのはシラーであって、そこにあの『群盗』や『たくらみと恋』のような絶対主義権力との政治的闘争を主題とするドラマが生まれてくるわけである。しからば、シラーのゲーテへの接近は本来極めて政治的な動機に基づくものであって、シラーとゲーテとの連携は、来るべきドイツ国民国家への文化的プログラムを準備することになったわけである。それは、マイネッケがゲーテ・シラーと同時代のフムボルトについて指摘するように、非政治的な普遍主義に基づく人間性の文化であったわけだが、しかしそれにもかかわらず、それは極めて政治的であり、ドイツの文化的使命の自覚に根差している。シラーの『美的教育に関する書簡』やゲーテの『文学的サンキュロテイズム』は本来文学と政治との拘わりを追求したものであり、彼らが来るべき国民国家における文学の積極的な政治的役割を確信していたことを裏付けるものである。ゲーテが『文学的サンキュロテイズム』においてドイツには古典を生み出す国民的基盤がないと認識したのと裏腹に、『ヘルマンとドロテーア』や『ヴィルヘルム・マイスターの修業時代』がゲーテのドイツ国民としての自覚から生まれたことは疑いようもなく、その意味で『ヴィルヘルム・マイスターの修業時代』はもはや単なる演劇的使命ではなく、国民的使命を担うものとして改作されることになる。このように考えるならば、シラーの素朴と感傷の観念は、もはや単にシラーのゲーテに対する自己正当化の試みでもなく、また単に古代文学と近代文学との優劣を問題にするものでもなく、むしろドイツ文化そのものの構造的契機を意味すると言えるだろう。つまり、シラーは素朴と感傷のいずれかに優位を与え、それをドイツ文化のカノンとしたのではなく、素朴と感傷の観念はすでにゲーテの『ウェルテル』において典型的に発現しているような精神的ダイナミズムの表現であり、両者の緊張した関係こそまさにドイツ的な特性であることが認識されている。かくして、ゲーテの『ファウスト』は、今やこの精神的ダイナミズムの自覚的表現となり、主人公みずから自己の内部に潜む根源的エネルギーを「二つの魂」として確認する。ゲーテがより多く素朴であり、シラーがより多く感傷であるという認識は、事実としては多分正しいだろう。しかしながら、両者が歩み寄り、両者の緊張した関係がそれぞれの内部に生産的な高揚をもたらし、あたかもドイツ文化の内的緊張がこの二人の詩人の関係に具現されたかのように見えることが神話的なのであって、そうでなければゲーテとシラーの性格的対照そのものは本来意味のない事柄である。

さて、ともかくゲーテの『マイスター』や『ファウスト』が完成したのは、シラーに負うところが大きいと言えるが、そのシラーも一八〇五年に肺炎のため亡くなっている。あるときゲーテがシラーを訪問したとき、シラーが不在であったため、ゲーテはシラーの仕事場でシラーの帰宅を待っていると、なんとも気分が悪くなり、嘔吐を催したので、窓を開けて助けを求めたことがある。その結果、シラーの机の引き出しに腐ったリンゴが置いてあって、それが悪臭を放っていることが判明したのである。このように、シラーは不自然な状況の中に身を置いて、自分で自分を鞭打ちながら、詩作したわけである。ゲーテが体験の詩人で、ゲーテの文学の一行も体験されていない行はないと言われるのに対して、シラーは言わば精神力だけで創作しているところがあった。例えば、シラーがスイスを舞台とする戯曲『ウィリアム・テル』に、ゲーテからスイスの描写を聞いて、それを上手に取り入れているところなどを、ゲーテはむしろ賞讃している。対照的な詩人のタイプにトルストイやドストエフスキーが挙げられるが、ゲーテとシラーのように対照的な詩人が共同して生産的に活動した例は稀であって、そのことはゲーテとシラーの人間的偉大さを物語るのみならず、ドイツ的精神性の構造的ダイナミズムから来るとも言える。

ともかく、一八〇五年シラーの死はゲーテにとって大きな損失であったばかりでなく、彼の人生の区切りともなった。一八〇六年にプロイセン軍はイエナでナポレオンに敗北し、これをもって神聖ローマ帝国は名実ともに消滅することになる。カール・アウグストはプロイセンの味方であったから、ワイマールもナポレオンの軍に占領されることになる。このとき二人の暴兵がゲーテの家に侵入し、ゲーテは危うく命を失うところであったが、クリスチャーネの機転で助かることになる。その恩返しとして、ゲーテは命拾いした一八〇六年九月一四日の日付でクリスチャーネと正式に結婚することになる。一八年間文字通りの家政婦としてゲーテに仕えたクリスチャーネが法律上ゲーテの正妻の地位に昇格したわけである。それに対する世間の反発はものすごく、みんなが戦争で貧乏籤を引いていると き、ヴルピウス嬢だけが突飛なことの好きなゲーテのおかげで富籤を引き当てたと噂したものである。成人するまで私生児にとどまったゲーテの息子をからかったクライストの諷刺詩『早熟の天才』について、高橋健二氏のゲーテ評伝で言及されているが、それによると「前代未聞の早熟の天才／おやじとおふくろの婚礼に／せがれが祝辞をたてまつった」と言われている。

さてともかく、ゲーテの身辺には大きな変化があった。シラーの死、フランス軍によるワイマールの占領、クリスチャーネとの正式の結婚などがそれである。そしてこの時期一八〇六年に『ファウスト第一部』が出版される。『ヴィルヘルム・マイスターの修業時代』にせよ『ファウスト第一部』にせよ、いずれも本質的には楽天的構想で、この激動期にあって、ゲーテが人類の進歩に大きな期待を持っていたことが裏付けられる。ルカーチは一八〇六年神聖ローマ帝国が崩壊し、同年ゲーテの『ファウスト第一部』が成立したことを象徴的な一致と解釈しているが、このときゲーテは五七歳であって、一八〇六年は世界史の転回点であると同時に、ゲーテの人生の総括と転回をもたらしたわけである。『ファウスト第一部』の「賭け」をめぐる主要モチーフは未解決のままとどまっていたが、ファウストは救われるというファウスト救済の根本命題が定まり、全体がその枠組の中に位置付けられたのは、ゲーテがこの激動期を極めて楽天的な視点で促えたことを示すものである。しかるに、ゲーテの歴史に対する楽天的なパースペクティヴを裏付けたものは、フランス革命とナポレオンの出現に他ならないわけである。ワイマールがナポレオン軍に占領され、アウグスト大公がナポレオンの監視下に置かれたとき、ゲーテは悲憤慷慨するにもかかわらず、それが彼を反ナポレオン感情に駆り立てることはなかった。

ここにゲーテの微妙な立場があるわけで、ゲーテの非政治性と世界主義が非難される所以がある。しかるに、世界史の動きはゲーテがナポレオンに期待したような普遍ヨーロッパの方向には進まなかったわけで、ナポレオンは一八一三年ライプチヒの戦闘で対ナポレオン連合軍に敗れることになる。実のところ、ドイツ人はナポレオンの出現のおかげではじめて愛国心というものを学んだわけで、ここにドイツ国民性の感情的源泉がある。しかるに、ゲーテにとっては、この対ナポレオン感情に支えられたプロイセンによる国家統一ほどに恐ろしいものはなく、それはゲーテにとって最悪の事態、野蛮と混沌を招く道であった。ゲーテにとってはドイツ人の教養が依存しているフランスに戦いを挑むことなど論外で、今やヨーロッパに顕在化し始めた文化と野蛮の対立の方が遥かに重要な関心事となり、フランスに対するドイツ国民感情の高まりを言わばその不吉な前兆と考えたわけである。

さて、そのナポレオンとゲーテとの対談は有名である。一八〇八年一〇月二日ナポレオンの招きに応じて、ゲーテはエアフルトに赴き、ナポレオンと会見することになる。ナポレオンがゲーテについて「あれこそ人間だ」と言ったのも、よく出来た話である。この対談で最も興味深いのはナポレオンはゲーテの『ウェルテル』に関する批評である。ナポレオンはゲーテの『ウェルテル』を七回も読み、エジプト遠征にまで携帯していったということである。そのナポレオンがゲーテの『ウェルテル』に関して、「傷付けられた名誉心と情熱的な恋愛との二つの動機の混在があるが、これは不自然で、恋愛がウェルテルに及ぼす圧倒的な力の印象を弱める」と批評したわけである。英雄ナポレオンが恋愛の動機を重視したのも興味深いことだが、ナポレオンにとって「傷付けられた名誉の動機」が余計なものに見えたというのは、理解に苦しむところである。問題になる箇所は、ウェルテルがロッテのもとを去り、貴族社会に交わって、ウェルテルが市民の身分であるために屈辱を受けるところを指している。いわゆる社会的モチーフを扱っているところである。そもそも矛盾のない社会はあり得ないし、むしろ矛盾した社会だから、その中に生きる人間は創造性に駆り立てられるわけである。もちろん、だからと言って矛盾そのものが良いものだと言えば、詭弁となるが。ともかく、ゲーテをウェルテルの情熱に駆り立てたものは、ゲーテが単に思春期にあったからではなく、封建遺制が近代化を阻んでいるヨーロッパの矛盾した社会に生きていたからである。社会から疎外された若者が恋愛の情熱に駆り立てられるのも決して不自然なことではないだろう。もちろん、小説自体社会を認識させる手段などではなく、むしろ人間を社会変革へと促す刺激剤のようなもので、ナポレオンがゲーテの『ウェルテル』をそのようなものとして受け止めたことの方が重要である。つまり、ナポレオンもゲーテの『ウェルテル』を通じて、社会の矛盾を認識したというよりも、むしろ矛盾した社会に生きる人間としてウェルテルの暗い情熱に駆り立てられたわけである。しかし認識と感性を統一する芸術作品の自立性という観点ではナポレオンの批評はおそらく誤りで、結局ゲーテ自身改作の際にナポレオンの批評を取り入れてはいない。むしろナポレオンの批評自体フランス的感性に基づく常識的な見方で、これを天才のひらめきとして神話化するいわれはないわけである。

さて、ゲーテはナポレオンからレジョン・ドヌウル十字勲章をもらうわけで、そのことについてトーマス・マンの『恋人ロッテ』に興味深い記述がある。オーストリアの砲兵大将コロレエド伯爵がゲーテ家を訪問したとき、ゲーテは礼服にレジョン・ドヌウル十字勲章を吊って出たわけである。大将はゲーテに向かって「この野郎」と怒鳴りつけたそうだが、ゲーテは後で「どうしてだろう、ナポレオン皇帝が一度戦いに負けたからといって、わたしは彼からもらった十字勲章をもはや佩用してはいけないのだろうか」と言ったそうである。ドイツ全土が愛国心で沸き立っているとき、ゲーテの取ったこの態度はやや挑発的なものである。不幸なのは息子のアウグストである。ナポレオンに対する解放戦争のさなかにあって、ワイマールもプロイセンにならい志願兵を募集することになる。アウグストは父親の山彦のような存在で、もちろんナポレオンの崇拝者であったが、志願兵募集に際して、世間体から名前を登録しないわけにはいかなくなる。そこで息子が父親に無断でやっと五十番目に登録すると、父親のゲーテは怒り、なんとかそれを取り消そうとする。こうしてゲーテの威光により、アウグストは名目上の指揮官である皇太子の名目上の副官にさせられる。ところで一八一四年パリが陥落して、志願兵たちは手柄を立てて帰ってくる、そしてアウグストにあからさまに嘲笑を浴びせる事態となる。そしてある男が、アウグストが臆病なのはもともと血筋が卑しいからだと母親の身分をほのめかしたとき、ついに決闘沙汰になる。しかし、これまたゲーテの威光でまるめられて、相手がアウグストに謝罪することで決着となる。

偉大な父親を持った不幸なアウグスト・フォン・ゲーテはアル中であった。トーマス・マンの『恋人ロッテ』はゲーテが自分に拘わる人間をすべて自己の運命の中に巻き込んでいくという巨人のヒューブリスを描いているが、息子アウグストほどにその犠牲を多く蒙った存在はないだろう。つまり、アウグストには父ゲーテを超えるような才能も意欲もなく、生きることの意味が父親の強い引力で吸い取られ、父親の存在の一部でしかなかったから、言葉を変えれば、彼の人生は自分のためのものというよりも父親ゲーテのためのものであったから、彼は本質的に無意味な人生を送ったことになる。アウグストのもう一つの不幸は、妻のオティーリエ・ポーグヴィッシュがプロイセン崇拝者であったことである。ワイマールがフランス軍に占領されたとき、彼女は負傷したプロイセン将校をかくまい、看護するわけで、彼女はこの若いプロイセン将校にひそかに恋心を抱くに至る。そのオティーリエとアウグストとの結婚を可能にしたのは、またしてもゲーテの威光であり、オティーリエが愛した相手はひょっとするとアウグストの方ではなく、父ゲーテの方であったかもしれない。この不幸な息子アウグストは一八三〇年一〇月ゲーテより一年半早くこの世を去っている。彼はローマで客死し、死因は肝臓病であったが、これは明らかに長年の飲酒癖が祟ったものである。

さて、これまで見てきたかぎり、すでにゲーテの人生にはいくつかの区切りと転生があった。一七七五年にゲーテがワイマールに移住したとき、彼はもはや夢想に耽る詩人ではなく、行為する人間であった。『ウェルテル』の作者に会うためにワイマールを訪れた多くの人々が礼節を守る実務家しか見いだせず、失望している。『ウェルテル』を書いた自由奔放な詩人に林道を開発したり、鉱山を経営したり、新兵を募集したりできると思えるであろうか。しかし、ゲーテの偉大さは、実のところ、この転生にあるわけである。ゲーテにとって詩とは人間の多様な営みを包括するもので、そこに彼の世界の大きさがある。ゲーテが詩人にして実務家であったところから『マイスター』のような類い稀な作品が生まれてきたわけだが、ロマン主義者のノヴァーリスにとっては、この作品は詩に対する冒涜とさえ思えたのである。若きゲーテがドイツのロマン主義運動の先駆けをなしたのに対して、一七七五年以後の作品、『イフィゲーニエ』、『タッソー』、『マイスター』、そして『ファウスト第一部』は、いずれも意識的にロマン主義的傾向に異を唱えている。これらの作品を生み出した時期［一七七五年から一八〇六年まで］は古典主義の名のもとに包括できる。この約三〇年は、初期ワイマール時代、イタリア旅行、そしてシラーとの親交の時期を含むわけで、そこから単一の傾向をポジティヴに引き出すことは困難である。しかし一応若きゲーテに対する対立のイメージとして捉えることができるだろう。

もちろんゲーテの古典主義をこれほど大きく包括的に捉えることに問題はある。狭い意味での古典主義はイタリア旅行の時期に確立したと見るべきであるが、しかし理論的に自覚されたのはゲーテとシラーとの親交の時期で、この一〇年間に限定される。しかし古典主義を広義に解することもできるだろう。例えば、ゲーテの『イフィゲーニエ』はなるほどイタリアにて韻文に書き改められ、古典的な完成を見たわけだが、しかし散文による初稿はすでに初期ワイマールの一〇年の時期に属していたわけで、従って、『イフィゲーニエ』が構想され、完成され、さらに理論的に自覚されるプロセスを包括するためには広義の古典主義概念が必要になる。

しかしいずれにせよドイツ古典主義という文学史的概念が事実上ゲーテとシラーの古典期の活動を指しており、それがシュレーゲルやノヴァーリスを中心とするドイツ・ロマン主義運動の中の孤島にすぎなかったことを念頭に置く必要がある。古代ギリシャを模範として創作する立場でも、ヘルダーリンとゲーテを同じカテゴリーで捉えることはおそらく難しいだろう。しかしペーター・ソンディという学者がヘルダーリンを擬古典主義の克服という観点で捉えているのは偶然でなく、ドイツ・ロマン主義運動自体が多かれ少なかれヨーロッパの擬古典主義にたいする反動であったとき、ゲーテとシラーの古典主義もまた実のところ擬古典主義を克服し、止揚した段階として理解されるわけである。一般にKlassizismus（擬古典主義）とは古代ギリシャ・ローマの美を規範とするヨーロッパの伝統的な様式概念である。これは一七世紀のラシーヌやコルネーユのフランス古典主義、さらにはそれを模範とするドイツのゴットシェットの美学、さらにそれに闘争を開始したヴィンケルマンもなおこの範疇に属している。しかるに、Klassik（古典主義）とは本来古典そのもののことで、ソフォクレスやエウリピデスを形容する用語ではあり得ても、この古典を模範とする後世の芸術は、すべて古典にならうという意味では擬古典主義と言うべきものである。そこで、ゲーテとシラーを擬古典主義ではなく、意識的に古典主義と呼ぶとき、そのニュアンスの違いを理解する必要がある。例えば、ゲーテの『イフィゲーニエ』はギリシャ神話を題材にしてドラマ化したエウリピデスの作品をさらに改作したものである。従って、ゲーテの『イフィゲーニエ』自体、ギリシャの古典をモデルにしているという意味で、擬古典的であって、ラシーヌと同様擬古典主義に属するだろう。ところが、狭い意味のゲーテの古典主義に属する作品は、『ヴィルヘルム・マイスターの修業時代』や『ヘルマンとドロテーア』のように近代ドイツの題材を扱ったもので、古典の伝統から一見して断絶している。つまり、近代ドイツの題材を扱ったものが『ウェルテル』のようにロマン的ではなく、古典的と呼ばれることにドイツ古典主義の思想的な立場があるわけである。ゲーテとシラーは今や、ヴィンケルマンのように古代芸術の「高貴な単純さと静かな偉大さ」を模倣すべしとは言わず、近代の題材からこの普遍性を確立しようとする。そこにゲーテとシラーの古典主義の戦略的な意味がある。

さて、しかしながら、ゲーテとシラーの古典主義がその主張通りに受け取られたとは言えない。特に西欧的なレヴェル、イギリスやフランスの側から見れば、ゲーテを古典主義者と呼ぶいわれはなく、ゲーテ像はあくまでも『ウェルテル』の延長線上にあったと言える。イギリスのスコット、あるいはフランスのユーゴー、バルザック、スタンダールが継承発展させたものは、『マイスター』や『ファウスト』を含めてもなおロマン的なゲーテ像であった。これはドイツ古典主義が持っているヤーヌスの顔で、ドイツに向かっては普遍的・ヨーロッパ的なものを代表し、ドイツの外に向かっては極めてドイツ的・ロマン的なものを代表している。

さて、一八〇六年『ファウスト第一部』を完成したとき、ゲーテは五七歳であった。確かに『ヴィルヘルム・マイスターの修業時代』と『ファウスト第一部』をもってすでにゲーテを偉大な詩人と呼ぶことはできるが、そこにはまだあのゲーテの神話的な偉大さはないと言えるだろう。東洋でも六〇歳を還暦といい、ある種の転生を暗示する思想があるが、人間六〇年も生きれば精神的にも一応完成し、達観の境地に至るのかもしれない。つまり、六〇歳は泣いても喚いても仕方がないから、諦めようと思う年齢かもしれない。ところで、ゲーテはまたしても模範的で願わしい、しかも追随を許さない仕方で、転生を試みる。ゲーテの壮年が青春と対立する文学的形式を持ったことは、すでに述べたが、今やゲーテにおいて老年の詩が開花するわけである。私個人はまだ多分壮年の時期に属しているので、青春と壮年の境地を体験的に裏付けることはできるが、老年の境地がどのようなものか、想像を逞しくするほかに術がない。詩や文学は、ひょっとすると老年にとって、壮年におけるほど無縁ではないのかもしれない。ともあれ、近代の社会生活は不可避的に詩や文学を排除する方向に向かっている。職業的な必然性がすべての有能な男子から詩や文学を味わう余暇を奪ってしまうわけである。こうしてゲーテを論じる私がある種の自己嫌悪に悩まされるのも、どうも詩や文学は有能な男子にはふさわしくない、女子供の慰めでしかないのではないかという先入観にさいなまれるからである。二〇世紀の作家トーマス・マンやムジールの偉大さは結局のところこの二〇世紀の信念を容赦なく見通しているところにある。マックス・ウェーバーが認識し、予言した「職業的に化石化する社会」は、しかしすでにゲーテの老年の時期に西欧社会に深く進行したわけであって、そこからゲーテの老年の文学の一つの傾向がもたらされたわけである。『ヴィルヘルム・マイスターの遍歴時代』は『ヴィルヘルム・マイスターの修業時代』の延長として企画されたものではあるが、この『遍歴時代』を統一する原理はいかにも老年にふさわしいものである。そこには老年の持つネガティヴな作用もあるわけで、全体はある種の無機的成分の寄せ集めで、青春の有機的な生成発展の法則はここには通用しない。しかるに、全体としてルーズな、便宜的な構造が単に老年の消耗を意味するには、あまりにも意識的で、思わせぶりで、予言的である。職業的で真面目な論議が叙述の大枠を決定しており、本来の詩や文学、つまり個人的な葛藤に属するものは短編小説として挿入してあるだけである。ここではロマンに埋没することは構造的に不可能で、読者は言わば一夜の夢の後、しらけきった気持ちで真面目な論議に直面することになる。主人公の遍歴は幾分中世の「渡り職人」を比喩的に利用しているが、そこにはいかなる個人的な野望も冒険もなく、主人公は単に上からの要請、社会的なメカニズムの支配に服しているだけである。こうして遍歴する人々は別名諦年者 die Entsagenden と称するわけだが、この諦めとは決して老年からくるものではなく、むしろ時代の要請なのである。この『遍歴時代』は、二〇世紀のわれわれにまで及ぶ認識の射程を持っているが、しかしゲーテにとってはもはや死後の世界など責任を負いかねるわけで、それは一種の冗談、しかし非常に真面目な冗談として語られているわけである。

さて、いつからゲーテの老年が始まったのか、何をもって老年の入り口と呼ぶべきか、一考に値する問題である。一八〇六年ゲーテが五七歳のとき『ファウスト第一部』が完成し、その翌年一八〇七年に、早くもゲーテは『ヴィルヘルム・マイスターの遍歴時代』に取り掛かっている。ところで、一八〇七年にゲーテは同時に小説『親和力』を書き始めているが、これは元来『遍歴時代』の中に挿入すべき短編として企画されたものである。しかるに、この小説『親和力』は『遍歴時代』の語りの枠組を言わば突破し、単独の小説として完成されるに至った。『遍歴時代』に挿入すべき短編としては量的にも限度を超えているのだが、とりわけ内容的に『遍歴時代』にはふさわしくないものになったと言えるだろう。

この『親和力』という小説は発表当時すでに評価がまちまちであったが、ネガティヴな評価は概ねこの作品の不道徳な傾向に向けられている。最初にエードアルトとシャルロッテという結婚したばかりの中年の貴族の夫婦が登場してくる。若い頃二人は相思相愛の間柄であるが、事情があって別々の結婚をすることになる。ところが、それぞれの相手がこの世を去ったので、今はじめて二人は結ばれて、誰憚ることもなく、愛を語り合うことができるようになる。ところで、この夫婦はそれぞれ、つまりエードアルトは有能な大尉を、シャルロッテは友人の娘オティーリエを館に引き取ることになる。しかるに、この中年の夫婦にとって、全く予想さえしなかった、不幸な事態が発生する。つまり、エードアルトがオティーリエを愛するようになり、シャルロッテにとっても、情熱に差こそあれ、やはり大尉が好ましい存在になっていく。親和力とはそもそも化学用語であって、A－Bという結合に他のC－Dという要素を加えると、A－C、B－Dという結合が生じたということである。ここでは、この図式が人間関係の比喩として用いられているわけである。この比喩自体すでに不道徳な遊びであるが、結果としては、オティーリエが自殺し、エードアルトがその後を追うことになり、登場人物の悪ふざけが罰せられることになる。この作品に対する評価がまちまちであるのも、この作品が二義的で、独特の曖昧さを含んでいることと関係している。この作品は極めて道徳的とも言えるし、極めて不道徳とも言える。ゲーテが非キリスト教的であると非難されたとき、彼は「私はオティーリエを餓死させた。これでもキリスト教的でないと言うのか」と反論している。確かに、この小説の中にはある種のカント的定言命法が支配しており、オティーリエは自分を裁き、罰し、自らの命を絶つわけである。しかるに、この結論自体、作品に満ち満ちている不道徳なイメージや観念に対する単なる弁明としか思えない。なぜなら、読者が想像力の中で体験するものは、プロセスであって、結論ではないからである。

この『親和力』という小説はゲーテが書いた唯一の思想小説ということになっている。ゲーテは常に体験から出発し、体験を形象化するのだが、思想から出発し、思想に形象を与えるという手法はゲーテにとっては本来無縁である。ゲーテはエッカーマンとの対話で述べている。

「大体において、何か抽象的なものを具象化するやり方は、詩人としての私の流儀ではなかった。詩人として何か特定の観念を表現したいと思ったとき、私ははっきりとした統一があって、全体が一目で見渡せるような小さな詩でそれを試みた。――比較的大がかりな作品で意識的に一貫した理念の描写を求めた唯一の例が、私の『親和力』である。この小説はそれだけ悟性には掴めるものになった。しかしだからと言って、それだけ良くなったわけではない。むしろ私の意見では、文学作品は悟性にとって掴みにくく測りがたくなればなるほど良くなるということだ。」

山下肇訳『ゲーテとの対話』（岩波書店）

さて、しかし、ゲーテのこの見解にもかかわらず、『親和力』がゲーテの体験から生まれたものでないとは言えない。エッカーマンの『ゲーテとの対話』には全く逆の見解も見られる。「この作品にはゲーテが体験しなかったものはただの一行もないが、ただの一行も体験そのままではない。」という記述がそれである。さて『親和力』における体験なるものを、『ウェルテル』の背後のシャルロッテ・ブッフのようなモデル的人物で裏付けることが問題なのではない。モデルのあるなしを問わず、この作品が問題的なゲーテの自我から生まれ出たことは疑いようもなく、ウェルテル・タッソー的な自我が解決済みのものではなく、単に深く潜行していたにすぎないことを、読者はこの作品において発見するわけである。この小説が不気味な印象を与えるのは、根底にカオスとニヒリズムを宿しているからで、一見整然とした理知的構造があたかも退廃した雰囲気を美しく飾っているかのように思えるからである。

さて、ともかく、ここではゲーテの老年の門に位置するこの作品が、達観した境地とは似ても似つかぬ、自我と世界の生々しい葛藤を再び提示していることを確認しておきたい。それは『ウェルテル』に始まり、『高められたウェルテル』と称する『タッソー』を経由して、再度『親和力』において噴出したゲーテ的自我の根本形式である。『ウェルテル』以後の三〇年間、ウェルテル的な自我が基本的に克服されて、『ヴィルヘルム・マイスターの修業時代』や『ファウスト第一部』といった古典的なピラミッドが立脚する調和的な世界観は揺るぎもしないと思われたのに、ここに再び世界と自我が乖離し、地下的な情念が噴き出してくるわけである。しかしながら、それによってゲーテが滅びるわけではない。ここではむしろ詩的に形象化することによって自我の問題を解決するという、あの全く独特のゲーテ的形式があるにすぎない。『ウェルテル』を書くことによってゲーテが青春の自我を克服したように、今やゲーテは老年への過渡期に位置して、自我を試練にかけ、自我に対して実験を試みている。『ヴィルヘルム・マイスターの遍歴時代』の諦念とは老年の構えであり、作者が自己に課した定言命法であるが、その諦念という力の場で本来動いていたにすぎない『親和力』の人々、特にエードアルトとオティーリエとの関係に、作者の自我が共鳴し、独立した論理を発展させたわけである。かくして、この作品の結論にある諦念の思想から出発し、その諦念に至るプロセスで作者は今一度自我の危機に直面する。そして諦念に至るプロセスが自我の危機とその克服であったという点で、『親和力』は、若き日の『ウェルテル』と同様、今や老ゲーテの体験文学である。

さて、『親和力』を『ヴィルヘルム・マイスターの修業時代』から『遍歴時代』への境界に位置付けてこれを老年への門として解釈してきたが、ここには単にゲーテの老年における人生観の変化が現れたのみではない。それは世界史の動きに対応した世界観の変化でもあった。ゲーテの古典的世界観が確立したのは、政治的にはナポレオンの独裁が確立し、ナポレオンの存在が人類の希望の星と思えた時期にほぼ対応している。一八〇六年プロイセンがナポレオンに敗北したこと自体ゲーテにとってはなお楽天的世界観を破壊するものではなく、それに『ファウスト第一部』の完結が対応している。しかるに、この時点からヨーロッパの政治的な形勢は大きく反動化するわけで、ゲーテ自身はナポレオン崇拝者であったとしても、ドイツ国民はプロイセンを中心として愛国心で沸き立つことになる。この愛国的な国民感情に対応しているものが、ドイツ・ロマン主義運動であり、ゲーテの古典的世界観は事実上この時点で国民的な基盤を失ったことになる。ところで、ゲーテ自身ドイツに対する愛国心がなかったというのは誤りで、彼はむしろドイツの現実をリアルに見詰めて、ドイツの運命を未来に託していたにすぎない。さらに、ゲーテの愛国心はナポレオンをも許容するもので、ナポレオンに敵対するものではなかった。

そこからあの老ゲーテの類い稀な世界が生まれたと言えるだろう。『西東詩集』が成立する政治的状況は、まさにこのようなものであった。若いゲーテがヘルダーに導かれてドイツの民間伝承や自然詩を発掘したのは本質的にはロマン的と言える活動に属するわけだが、これは今やロマン主義者たちによって受け継がれたのである。しかるにゲーテがロマン主義者たちに加担し得なかったのは、ゲーテにとってゲルマン文化の源泉に立ち返るのは良いが、だからと言って、ドイツの伝統をカトリック的な中世と結び付けて、再び聖職者どもの支配する社会を導くことなど論外であったからである。さて、West-östlicher Divan（西東詩集）がロマン的精神から生まれたと言えば、語弊があるかもしれない。この詩集はゲーテ独特の現在感情と異国的・東洋的なものへの憧れを巧みに融合させたもので、格調高い遊戯の世界を開示してくれる。ゲーテは一四世紀のペルシャの詩人Hafisの世界に沈潜し、再び詩的な創造へと駆り立てられる。世界史の時刻は、ナポレオンと連合軍が対峙し、一八一三年ライプチヒの戦闘でナポレオンの運勢が下り坂になり、ヨーロッパの反動体制が確立する時期である。このときゲーテが東洋の世界に憧れたこと自体現実からの逃避であり、その意味ではロマン的であるが、しかしそこには愛国感情に煽られて歴史の時間を中世に逆戻りさせるような錯誤はないわけである。むしろゲーテが東洋の詩人ハーフィスの世界に逃れたのは、ロマン主義的な時代精神に距離を保ち、無時間的な境地へ抜け出るためであった。この東洋的な異国趣味自体ゲーテの古典的世界から見ればロマン的なものへのサルトモルターレ（とんぼ返り）というべきものであったが、しかしこの遠くのものへの憧れはゲーテ独自の現在感情と結合して、比類のない老年のスタイルを形成している。

さて、ペルシャの詩人ハーフィスとは酒と女と愛と知恵を歌い、ティムールが征服戦争に明け暮れていた時代に、自由奔放に生活を享楽した詩人である。ちょうどナポレオン戦争に明け暮れていたヨーロッパにあって、ゲーテの立場はハーフィスのそれと重なり合う。二十数年前にイタリアへ逃走したときのように、今度はゲーテは、観念的には東洋へ、しかし現実にはライン・マイン地方へと旅立つ。こうしてフランクフルトの富裕な銀行家ヴィレマーに嫁いだ才色兼備のマリアンネ・ヴィレマーと知り合うことになる。このときゲーテは六五歳、マリアンネは三〇歳であった。今やハーフィスの世界におけるHatemとSuleikaの愛のデュエットは現実の基盤を得たわけである。もちろんマリアンネは人妻であるから、ゲーテとマリアンネとの関係は諦念を前提とした愛の遊戯であった。しかし、およそゲーテの多数の恋人たちの中で、ゲーテと詩作において肩を並べることのできた女性はマリアンネがただ一人で、ここに類い稀な詩による愛の対話が成立する。こうしてゲーテは、かつてフランクフルトを去ってから約四〇年の後に、再びフランクフルトにて晩年の春を迎えることになる。『西東詩集』は、まさに青春と老年、愛の衝動と諦念、真面目さと遊戯を結合して、比類のない老年の文学となった。それはまたハーテムとズライカという恋人同士の愛のデュエットに尽きるものではなく、まさに西洋と東洋を結び付ける境地で、これこそ世界文学の理念を実現したものである。

さて、ゲーテの老年が常にこの『西東詩集』に見られるように充実し、達観した境地であったとは言えない。一八一六年には妻のクリスチャーネがこの世を去っている。一八一七年には息子アウグストがオティーリエ・ポーグヴィッシュと結婚することになる。そして一八二三年ゲーテが七四歳のとき、一七歳の少女Ulrike von Levetzowに求婚するが、望みかなわず、そこから『マリエンバート悲歌』が生まれる。若い頃銀行家シェーネマンの美しい娘リリーとの婚約をみずから解消し、その後一〇年間年上の人妻であるシュタイン夫人への謎めいた憧れを抱き続けたゲーテは、イタリア旅行後身分の低い教養のない娘クリスチャーネと同棲し、私生児を生んで罰金まで払うが、それでもなお一八年間正式に結婚することを渋っている。七四歳の老ゲーテの前に現れた美しい少女ウルリーケ・フォン・レヴェツォーはかつての恋人リリー・シェーネマンの面影を持っていたそうであるが、このたびゲーテはワイマール大公を仲人にして、言わば力ずくで、結婚にまで持ち込もうとする。人生において常に優柔不断であったゲーテをそれほどまでに果断にしたのも、やはり老年の境地であろうと思われる。それにしても七四歳にしてなお不可能な願望を持ったことは、あの偉大なゲーテにしては、余りにも人間的なことである。ところで、この美しいウルリーケ・フォン・レヴェツォーは八〇歳を過ぎる高齢まで生きたが、一生を独身で過ごしたそうである。

さて、ウルリーケ・フォン・レヴェツォーに対するこの最後の恋の情熱を経験して後、ゲーテはめっきり老い衰えたそうである。もはや好きなダンスを踊ることもなく、女性を愛することもなくなった。さて、しかしながら、およそこのときから一八三二年ゲーテの死に至る一〇年間はあの神話的とも言えるゲーテ像が完成される時期である。あの謎めいた、神にも等しい老ゲーテの人間像は、しかしエッカーマンという晩年のゲーテの忠実な同伴者がなければ、完成されるには至らなかったであろう。エッカーマンは影のようにゲーテ像に奉仕した人物で、ゲーテの生涯の最後の局面を伝えるエッカーマンの『ゲーテとの対話』は、ゲーテ像における画竜点睛の趣がある。この『対話』の中で老ゲーテの人間像が余りにも生き生きと浮き彫りにされているので、とかく読者はこの『対話』の作者のことを忘れて、「これこそゲーテだ」と考えがちである。それほどにこの『対話』はゲーテの精神界に溶け込んでおり、ゲーテの著作集の一部、しかも圧巻と評価されているわけである。

さて、『ファウスト』、つまり、その第二部が完成されたのは、実にゲーテの生涯の最後の一〇年においてであり、しかもエッカーマンの助手としての支えに負うところが大きい。『ファウスト』が完成されるということがあり得るとすれば、それは君のおかげだ、とゲーテはエッカーマンに語っている。このゲーテの言葉自体すでに謎めいている。つまり、『ファウスト』は、ゲーテほどの詩人でも完成しようと思って完成できるものではない、『ファウスト』の完成とは時間との勝負を意味するということである。『遍歴時代』などはある程度便宜的に完成された面があるが、ゲーテの『ファウスト』に対して取った立場はそれと全く違う、機会だけが提供できる詩的創造行為を前提としたということである。つまり、これまで、書きためたものを整理し、分類するだけで済むような悟性の仕事ではなく、言わば天から降ってくる言葉を掴み、書きとめるような仕事をしなければならないということである。

さて、ゲーテの『ファウスト』を、プーシキンにならって、「西欧近代のオデッセイ」と呼んでみることとする。これ自体含蓄に富む比喩であるが、この比喩からして、ゲーテの『ファウスト』が巨大な包括的概念を提示していることが分かる。ゲーテの見解によると、『ファウスト』の時間は、ヘレナの誕生からミソルンギにおけるバイロンの死に至るヨーロッパの三千年を包括しているということである。しかるにゲーテの『ファウスト』が単に空虚な一般概念を提示しているのでないのは、西洋文化を構成する諸要素が今一度ゲーテの自我を通して、あくまでも一回的な体験として提示されているからである。ゲーテの『ファウスト』が西洋文化の総体を表現しているとしても、それはゲーテの限りない自我への執着から言わば結果的に生じたものである。『ファウスト第二部』に従事していたゲーテの生涯の最後の一〇年間は、このナルシス的な自己愛の究極の境地を示しており、生きることと書くことが同義であったから、『ファウスト』が前もって完成されるという観念は馬鹿げたことであった。従って、ゲーテの『ファウスト』は遺稿として残されたのであるが、そもそも『ファウスト』が完成された姿において生前に発表されることなどあり得ないほどに、それはゲーテの自我そのものであった。ゲーテが懸案の第四幕を仕上げ『ファウスト第二部』を完成したとき、彼は「私のこれから先の命は、むしろ全くの贈り物だといってもよいだろう。今後、まだなにか出来るかどうかということは、結局もう問題ではない」と言っている。そしてゲーテは『ファウスト』を遺書として封印する。その後ゲーテはなお数カ月生きるが、その間もう一度封印を解いて手を加えている。『ファウスト』が完成されたと言えるとすれば、一応事実的にはゲーテの死によって完成したわけだが、そもそも『ファウスト』の完成とは何を意味したのであろうか。

ファウストの昇天の場面で、ファウストの魂が地上への執着を少しずつ衣のように脱ぎ捨てて天上へ昇っていくプロセスが描かれているが、実にファウストの死はプロセスとして描かれている。世界文学の中でこれほど奇想天外なパラドックスが描かれたことがあるだろうか。西洋において「魂の不死」という観念はキリスト教の伝統とともに古いわけだが、人間の地上的生存が来世の純粋な精神的形態へと移行するプロセスを段階的に描き出し、地上と来世の間に横たわる茫漠たる空虚、つまり真の地獄を、詩的比喩を用いて解消してしまうというのは、ゲーテ独特のものである。そこでは魂が天上界へ昇るプロセスが、蝶が蛹から誕生するようなメタモルフォーゼとして表現されている。そもそも人間の魂が死後肉体を離れて、なお大きく成長するというのは、晩年のゲーテの「非常に真面目な冗談」の一つと言えるだろう。八〇代のゲーテの境地を想像する資格はまだわれわれにはないのだが、しかし魂の連続的な精神化のプロセスとは、八〇代のゲーテにとっては、実のところ極めてリアルな観念ではなかっただろうか。ゲーテの生涯の最後の局面において、自己の存在を徐々に精神化し、来世における第二の生存の形式へ変容せしめることは、今やゲーテの最大の関心事ではなかっただろうか。これはゲーテ自身の地上的生存がメタモルフォーゼ、つまり変容として解釈されたのみではなく、その解釈をあの世にまで延長しているわけで、ゲーテの自我への執着はまことに知的に一貫しているわけである。

第三章　『ウェルテル』の解釈――愛と死の論理――

Wenn das liebe Tal um mich dampft,und die hohe Sonne an der Oberfläche der undurchdringlichen Finsternis meines Waldes ruht, und nur einzelne Strahlen sich in das innere Heiligtum stehlen, ich dann im hohen Grase am fallenden Bache liege,und näher an der Erde tausend mannigfaltige Gräschen mir merkwürdig werden; wenn ich das Wimmeln der kleinen Welt zwischen Halmen, die unzäligen, unergründlichen Gestalten der Würmchen, der Mücken näher an meinem Herzen fühle, und fühle die Gegenwart des Allmächtigen, der uns nach seinem Bilde schuf, das Wehen des Allliebenden, der uns in ewiger Wonne schwebend trägt und erhält; mein Freund! Wenn's dann um meine Augen dämmert, und die Welt um mich her und der Himmel ganz in meiner Seele ruhn wie die Gestalt einer Geliebten —dann sehne ich mich oft und denke: Ach könntest du das wieder ausdrücken, könntest du dem Papiere das einhauchen, was so voll, so warm in dir lebt, daß es würde der Spiegel deiner Seele, wie deine Seele ist der Spiegel des unendlichen Gottes! —Mein Freund —Aber ich gehe darüber zugrunde, ich erliege unter der Gewalt der Herrlichkeit dieser Ershceinungen.

谷はぼくをめぐって、かすみのうちに煙っている。高い太陽の日ざしはぼくのいる森の深い闇の表面にたゆたって、なかの聖殿には、ほんの幾すじかの光が忍び入ってくるだけだ。そういうとき、ぼくは音をたてて流れる谷川のほとりの深い草のなかに身をよこたえ、大地に近々と顔をよせて、数限りないさまざまの草に目をとめる。そして茎の森林のなかでの小さな生きものの世界のうごめき、這っている小虫や羽虫などの究めつくせぬ無数の姿を、胸に抱きとめるように感ずるのだ。そしてさらにぼくは感ずる、われわれを自分の姿にかたどって創造された全能者の存在を。われわれを永遠の歓喜のなかにただよわせながら支えている至高の慈愛者の息吹を。すると友よ！　ぼくの眼はわれしらず濡れてきて、ぼくをめぐる世界と空はすっかりぼくの魂のなかに、まるで恋人のおもかげのようにやすらうのだ。――そのとき、ぼくはどんなにあこがれに駆られて思うことか、ああ、ぼくにこれを表現することができたなら、ぼくの内部に今こんなにも満ちあふれ、こんなにも熱くたぎっているものを画面に吹きこむことができたなら、そしてそこにぼくの魂を映しだすことができたなら、ちょうどぼくの魂が無限である神を映しているように、と。――友よ！、だがぼくはその思いのさなかに力がつきてしまう。それらの現象の壮麗な力におしひしがれてしまうのだ。

（五月一〇日の手紙からの引用）[1]

この箇所は主人公ウェルテルの友人ヴィルヘルムにあてた二回目の、五月一〇日の手紙から引用したものである。ここにはまだロッテもアルベルトも登場しておらず、従って、主人公によって意識されているわけではないが、しかしこのような自然描写にも後半の悲劇的な破局を用意する独特の危機的な雰囲気が漂っている。描写はかなり具体的な自然の観察に基づいているが、しかしこのテキストが示しているものは、決して客観的な事実だけの自然描写ではない。あるいはまた単なる情景描写とか印象風景といったものでもない。主人公が身の回りの世界に向かって「全能者」(der Allmächtige) とか「慈愛者」(der Alliebende) とか呼びかけるとき、それはすでにダイナミックな対話の構造であって、すべての描写が主人公の内的パトスに蔽われてしまう。周囲の自然は主人公により、神のごとき存在として対象化されているが、実はそれは主人公の内なる本質から溢れ出た自然なのであって、主人公の自我は自然と一体化して、主人公の自我の豊かな存在感・充実感は豊饒な自然と重なり合って現れてくる。従って、主人公は周囲の自然にやさしく抱擁されているのみではなく、自然は主人公の愛そのものでもあり、まるで「恋人のおもかげ」のように主人公の魂の中に安らっている。また一方では主人公はそれらの「現象の壮麗な力」に圧しひしがれてしまうと感じるが、それは主人公によって予感された高貴な神的な存在が実は主人公の内なる人間的本質に根差すものであって、従って、主人公は単に対象としての神的自然を讃美するだけの状態に止まってはいられない、一歩進んでその人間的実体に接近しなければならないという心の悶えを意味している。ともあれ、自然の崇拝にとどまらず、自然と合一したいという願望がもっている独特の危機的雰囲気は、同じく若きゲーテの作品である抒情詩『ガニュメート』に純粋に表現されている。

Ganymed

Wie im Morgenrot
Du rings mich anglühst,

1　作品からの引用はすべて手塚富雄訳を用いる。

Frühling, Geliebter!
Mit tausendfacher Liebeswonne
Sich an mein Herz drängt
Deiner ewigen Warme
Heilig Gefühl,
Unendliche Schöne!

Dass ich dich fassen möcht,
In diesen Arm!

Ach, an deinem Busen
Lieg’ich schmachte,
Und deine Blumen, dein Gras
Drängen sich an mein Herz.
Du kühlst den brennenden
Durst meines Busens,
Lieblicher Morgenwind,
Ruft drein die Nachtigall
Liebend nach mir aus dem Nebeltal.

Ich komme! Ich komme!
Wohin? Ach, wohin?

Hinauf, hinauf strebt’s,
Es schweben die Wolken
Abwärts, die Wolken
Neigen sich der sehnenden Liebe,
Mir, mir!

In eurem Schoße
Aufwärts,
Umfangend umfangen!
Aufwärts
An deinem Busen,
Allliebender Vater!

うららかな朝の光の中に
あなたはわたしを包みこんでしまう
春よ　わたしの恋人よ
あなたの永遠の暖かさの
神聖な感情が
幾重にも愛の歓喜で
わたしの胸を締め付ける
無限の美よ！

あなたを抱きたい
この胸に！

ああ　あなたの胸に身をよこたえながら
わたしは喘いでいる
あなたの花が　あなたの草が
やさしくわたしの胸を撫でる
さわやかな朝の微風よ
あなたは焼くようなわたしの胸の渇きを
癒してくれる
霧深い谷間から
夜鳴き鶯がわたしを招いて呼んでいる

わたしは行く　わたしは行く
でもどこへ？　どこへ行けばいいのか？

上へ上へと心は駆ける
と、雲が下へと降りてくる
わたしの憧れに沿うように
雲はなびいてわたしを招く
もっともっと近くへ！

あなたのふところに包まれながら
上へと向かう
抱きつつ抱かれながら！
あなたの胸に抱かれ
上へと向かう

最愛の父よ！

ここでもまた自然は作者の主体を「愛の歓喜」でもって幾重にも包む「恋人」であり、また同時に「聖なる感情」、「無限の美」、「最愛の父」として呼びかけられている。そしてここでもまた「父」として対象化された自然の高貴な神的本質は作者の内に潜む人間的実体なのであって、自然は神聖な宗教性として啓示される一方極めて人間的な実体としてのエロスの相貌を呈示する。このガニュメートの詩で純粋に表現されている自然と自我の混淆、つまり聖なる感情とエロスとの混淆は、『ウェルテル』の呈示部、つまりロッテもアルベルトもまだ登場していない前段階におけるウェルテルの自我の問題性と全く重なる。

ところで、このような自然崇拝として表現される自我の内容がたえず抒情詩のかたちを取ったのは不思議でない。なぜならば、抒情性とは本来人間の内に潜む音楽性ともいうべき自然現象なのであって、それは詩的活動の原動力であるのみならず、およそ高貴な精神的活動を育む前提でもある。しかし抒情性とはある予感にも似た感情としてなお具体性を欠いた自然であって、たとえばガニュメートの詩に表現された自然は、まだ輪郭をもたない抽象的な気分に他ならない。『ウェルテル』という作品を魅力的にしているものも本来この作品に漂っている抒情的雰囲気であるが、『ウェルテル』の場合には単なる気分にとどまらず、そこから劇的・叙事的な構成へと発展し、小説というリアルなジャンルに到達している。すでに最初の引用文が示しているように、ウェルテルは単に抽象的な詩的気分に浸っているのではなく、彼が自己の本性としての自然をたえず「全能者」として、「慈愛者」として、あるいは「恋人」として外化し、対象化していることに注目しなければならない。彼は常に普遍的なものを探求する主体なのである。そしてその際若きゲーテが自然を普遍的規範とするとき、ガニュメートという神話的・伝統的形象を媒介者として選んでいるように、すでに自然の存在そのものが人間化・擬人化されて、再び歴史的世界へと関連していく。因みに、美少年であるために鷲に化けたゼウスによって天上にさらわれたというガニュメートの神話を背景にしているので、自然もまた「最愛の父」と呼ばれている。ともあれ、ウェルテルの自然崇拝は単なる自己陶酔に終わるのではない。むしろウェルテルの視線は、自然を規範としながら、おのずから歴史的・社会的現実に向けられていく。そしてそのような緊張した文学的手法から、牧歌あり、諷刺あり、そして悲歌的雰囲気の漂うあの『ウェルテル』の世界の類い稀な多様性が生まれてくる。

五月一二日の手紙には泉の場面が印象深く描かれている。このような牧歌的な局面自体ウェルテルの豊かな感受性によって捉えられ、発見された現実であって、従って、そこには幾分非現実的な雰囲気が漂っている。

ぼくにはわからない、このあたりには人を迷わす精霊がただよっているのだろうか、それともこの世ならぬいきいきした想像力がぼくの胸にやどって、それがぼくの周囲のいっさいをこんなにも楽園のように変えてしまうのだろうか。町を出るとすぐそこに泉がある。ぼくはその泉に魔法の力でひきよせられてしまうのだ。まるでメルジーネとその妹たちのように。――つまり、ある小さな丘をおりて行くと、一つの岩穴の前に出る。そこをまた二〇段ほどおりると、この泉があって、この上もなく澄みきった水が、大理石の岩間から湧きでているのだ。上部をとりかこんだ石の井桁、あたりをおおうている高い木々、顔に吹きつけてくる涼しさ。これらすべてに、人をひきつけずにはおかないもの、そして何か身ぶるいを誘うような趣があるのだ。

ぼくは、毎日そこに一時間ぐらいすわっていないことはない。すると町から娘たちがやってきて、水を汲む。人生でいちばん無邪気で単純な、それでいて、いちばん欠くことのできない仕事だ。昔は王女たちさえしたことだ。ぼくがそこにすわっていると、族長時代のおもかげがいきいきと、ぼくをめぐってよみがえってくる。

（五月一二日の手紙）

このような現実自体ウェルテルの感受性の浸透を受ける

ことによって幾分幻想的雰囲気を帯びているが、しかしその幻想とはわれわれ現代人の逃避的な夢とはまったく性質の異なるものである。ウェルテルは目の前の現実に「族長時代のおもかげ」をみているが、それは言うならば、歴史的教養を身につけた主観にのみ許される想像力なのである。つまり、ウェルテルの自然という価値基準は決して超時間的なイデアなのではなく、むしろ「古代」の黄金時代という歴史的観念と分かちがたく結び付いている。すなわち彼は三千年前のヨーロッパの古代社会の生活様式を理想的尺度として現実を測っているのであり、尺度と現実がうまく重なり合えば、世界は牧歌的像へと収斂する。

このようなウェルテルの歴史的教養は、他ならぬ彼の愛読書のホメロスから汲みとられている。ホメロスはウェルテルが描写する自然や人間社会の諸現象を貫く赤い糸なのである。ウェルテルの生活を一瞥するならば、例えば次のような場面がある。

町から一時間ほどのところに、ワールハイムという村がある。丘にそったその位置がとてもおもしろい。その村を出て小道を登っていくと、ふいに谷ぜんたいが見わたせるのだ。年のわりに元気で愛想のいい飲食店のおかみさんが、ブドウ酒やビールやコーヒーをついでくれる。なによりもいいのは、二本の菩提樹で、枝を八方にひろげて、教会の前の小さい広場をおおっている。その広場をめぐって、百姓家や納屋や屋敷などがあるのだ。こんなにも親しみのある、くつろいだ広場は、見たことがないといっていいくらいだ。ぼくはそこへ飲食店のなかから小さなテーブルと椅子を持ち出さして、そこでコーヒーを飲み、ぼくのホメロスを読むのだ。

（五月二六日の手紙）

菩提樹、教会の前の広場、ホメロスなど言わばウェルテルの理想化された生活のパターンで、牧歌的・庶民的生活がその中で営まれるための舞台装置のようなものである。とはいえ、ウェルテルは常に素朴な農夫の生活や庶民的な恋愛のみを追求しているのではない。画家として、芸術家として現実に向かうとき、ウェルテルの姿勢はにわかに意識的・問題的になり、自己の立場を思想的にも弁護する。「自然だけが無限に豊かで、自然だけが偉大な芸術家をつくるのだ。」と彼は主張する。かくしてウェルテルの自己主張は直ちに市民社会の教養俗物に対する挑戦状となり、理想のための悲劇的な闘争へと変貌する。つまり、『ウェルテル』の世界の社会諷刺の局面は、本来自然における牧歌の追求が裏返されたものである。しかし自然的規範や牧歌の追求がこのように必然的に諷刺的局面、つまり理想のための戦いを伴わねばならないとすると、どうやら自然や牧歌もそれ自体安定し、充実した現実なのではなく、ややもすると存在根拠を失って幻影化してしまいかねない。そしてそのような不安定な意識が交ざりあっているために、ウェルテルは同時に主観的な夢想家でもあり、理想へ憧れる感傷家（センチメンタリスト）でもある。

さて、しかしながら、ウェルテルは、一九世紀のロマン主義者たちのように、もはや理想を現実化することを諦めてしまって、内面に美の世界を構築しようとするのではない。五月二六日の手紙と五月二七日の手紙で描写されている農家の主婦と子供たちの生活自体素朴なもの、自然なもの、無垢なものとして讃美をこめて描かれており、主人公がいかに当時の時代精神とも言うべきルソーに影響されているかを示している。周知のごとく、ルソーは文明社会の頽廃を攻撃し、人類原初の自然状態を理想としてそれに対置したわけだが、それがフランス革命の大きな思想的原動力となったことは否めない。つまりウェルテルもまた、そのような思想が単なる反社会的な逃避ではなく、あくまでも古代的な生活様式が現実の諸関係の中で実現し得ると考えた、そういう時代の人間である。そしてそこから主人公の諷刺的姿勢も生まれてくる。例えば次のような箇所がある。「お若いかた！　恋をするのは人間的なことです。ただ、あなたは人間的に恋をしなければなりません！　あなたの時間をお分けなさい。一部を仕事にあて、休養の時間を恋人にささげなさい。あなたの財産をよく計算なさることです。必要経費をさしひいて、残った分で恋人に贈り物をすることを、わたしはとやかく言いません。ただあまりたびたびではいけない、恋人の誕生日とか命名日くらいになさるがよろしい」。こうなるともうウェルテルは単なる牧歌的・逃避的恋愛を求めているというよりも、近代社会の必然的に悟性的配慮に支配されざるを得ない冷たく強張った市民生活を深く問題視している。ウェルテルの愛とは生活の部分などではない、人間の内に可能性として潜む神的な本性の開示であり、生活の意味そのものである。そしてそのような神的愛として把握される人間存在の意味こそ大きなユートピアの力なのであり、固定した狭苦しい現実を打ち破る社会変革の精神的起爆力となったものである。またこのような主人公の革命的とも言える情念は小説の語りの姿勢にも大きく反映している。例えば、ウェルテルは、五月三〇日の手紙で、若い農家の下男と未亡人との恋愛を讃美しているが、主人公はそこに古代的で素朴なエロス的恋愛の理想を投影している。しかしここでは決して一九世紀や二〇世紀のリアリズムの小説におけるような身分不相応な恋愛の顛末が問題なのではなく、むしろ社会的底辺に位置する農家の下男にすらいかに愛を通じて高貴な人間性が示されるかが問題である。高貴な恋愛感情が宮廷叙事詩におけるように貴族階級によって独占されてきたことを考えるとき、人間性という共通の土俵でそれが農家の下男にも与えられることは本来革命的である。

ともあれ、『ウェルテル』の呈示部がすでに牧歌に終始しているのではなく、諷刺的、ないし悲歌的な局面への傾斜を示している。しかしこれまでのところでは、ウェルテルは世の中の営みに対する単なる傍観者にすぎず、ちょうどファウストが大宇宙の符に向かって、「すばらしい見物だ。しかし、ああ、やはり一つの見物にすぎぬ」と言うようなもので、ウェルテル自身はまだ現実の中に真に実在しているわけではない。ファウストが主観と客観を媒介するために命がけで地霊を呼び出さねばならない、そういう瞬間がウェルテルにとっても必然的に起こらねばならないだろう。『ウェルテル』という作品の筋の要をなしているロッテ体験とは、ウェルテルにとってそのような主観と客観を媒介する出来事である。ところで、周知のごとく、ヴェッツラーでのシャルロッテ・ブッフとの出会いがこの小説の直接の動機となったわけで、六月一六日の手紙に記述されているようなロッテとの出会い、また舞踏会の模様などヴェッツラー体験と事実上重なる。また未亡人の法官、ロッテを頭にしてロッテをめぐる六人の子供たちなど、ロッテをめぐる生活環境は実際の体験からそのまま採用されたものである。ここではいわゆる男と女の愛のみが本質的テーマではない。ロッテを取り囲む子供たちに対するウェルテルの愛着を見ても、ウェルテルにとって、ロッテを中心とする生活の営みに一員として加わり、言わば共同体的な生活の雰囲気を享受することが問題となる。例えばウェルテルとロッテを結び付ける契機は文学的教養なのであり、彼らがゴールドスミスの『ウェークフィールドの牧師』を共通の愛読書として認めあい、意気投合するとき、彼らは特定の恋愛関係を超えて、普遍的・精神的な共同体に属している。ちなみに、ゴールドスミスの作品は当時の若者が愛好した近代的牧歌の典型であり、ゲーテが『詩と真実』の中で描いているように、まさに詩と真実の絡み合いとして現実の中に存在していた牧歌である。

六月一六日の手紙に記述されている舞踏会の場面はゲーテの『ウェルテル』のなかの最も印象深い描写の一つであろう。田園における舞踏会のモチーフや、舞踏会が最高潮に達した頃に雷雨が襲ってくるといった筋だてなど、状況設定は本来牧歌的なものである。しかし自然描写と人間観察がリアルに絡み合う真に迫った描写は、おそらく牧歌的な枠組を超えてしまうだろう。ここでは牧歌的・田園的な状況において、諷刺と諧謔と悲歌の絡み合うダイナミックな人間のドラマが展開している。したがって、描写も叙事的で平坦に進行するのではなく、劇的な緊張を孕んでいる。例えば、ウェルテルはロッテに婚約者がいるという事実を二度意識させられる。一度目はロッテと出会う前に、ある友人から間接的にその事実を聞いて知らされ、二度目は舞踏会が最高潮に達したとき、ロッテの口から直接聞かされる。つまり、ここにはウェルテルが一度目はこの事実を半分意識し、二度目は完全に意識するという時間的プロセスがある。仮に、この出来事の報告者であるウェルテルが単に叙事的な語り手として出来事を過去として語っているのであれば、この意識のプロセスは存在しないはずで、彼は完全な、つまり二度目の意識の視点で物語るであろう。しかるに彼は一人の主人公として出来事の中心にあり、まさに時間的プロセスを体験している。そこでゲーテが五、六頁の描写を挟んでウェルテルにこの事実を二度意識させていることが描写の劇的な性格を特徴付けている。というのも、もし仮に半分の意識、つまり意識下の意識もなしに、ウェルテルが舞踏の最中に突然この事実を知らされたとすれば、描写は全く悲喜劇的なものになってしまうだろう。それに対して、もしウェルテルが一度目にこの事実を完全に意識していたとすれば、ウェルテルは単なるドンファンであり、不道徳な恋愛の顛末が問題となったことであろう。そこでウェルテルがアルベルトとロッテとの関係を半分意識しながら、しかもロッテに対する純真な愛が抗いがたく高まっていくが故に、ウェルテルがロッテから直接にこの事実を知らされて意識が完全になる瞬間は真に悲劇的なのである。つまり、このプロセス自体すでに悲劇的な葛藤なのであり、ロッテに婚約者がいることを意識するということが、他ならぬウェルテルのロッテに対する愛がもはや撤回しがたい事実となっていることの確認をもたらすわけである。このような人間的葛藤自体あるいは市民悲劇の題材ともなり得るかもしれないが、ここでは叙事的に描写されて小説となったわけで、かくして、われわれはここに叙事的なものと劇的なものとの混交という、後にゲーテとシラーによって自覚された近代文学の特質を見いだすわけである。

ところで、ウェルテルがロッテとアルベルトとの関係を意識するというようなことは、われわれの人生ではすでにほとんど悲喜劇的な結末を意味するのだが、それがゲーテの小説ではむしろ悲劇の前提となり、いよいよ人間的葛藤を深めるというのは興味深いことである。ところで、ウェルテルとロッテとの関係は、本来ルソー風に主観主義的に解決することもできたはずである。ルソーの長編小説『新エロイーズ』では、恋人同士は階級的な壁に阻まれて結婚はできないけれども、精神的には結ばれている。ところがウェルテルはロッテとアルベルトとの関係を是認した上で単に魂だけでロッテと結ばれるという、いわゆるプラトニック・ラブに満足するものではなく、ウェルテルのロッテに対する愛は本質的にエロス的愛であって、そこにゲーテの『ウェルテル』の固有の問題が発生してくる。しかもウェルテルのロッテに対する愛はウェルテルの高揚した宇宙的自我の存在根拠でもあって、それはまた単なるエロス的な愛の成就によっても満足させられないであろう。ここにウェルテルの愛の本質的矛盾・悲劇性があるわけで、ウェルテルとロッテの愛は結婚によって成就するエロス的愛であると同時に普遍的・精神的な共同体を実現するものである。ウェルテルとロッテは、嵐が去って後、もはや二人の愛が現実には不可能であることを潜在的には自覚しながら、なおクロプシュトックという合言葉によって、魂の愛を誓いあうことができる。

このことはまたウェルテルの自我の深いディレンマの表現でもある。八月八日の手紙で、ウェルテルは、自分は決して「あれか」、「これか」で割り切れる人間ではなく、常にその中間をくぐり抜けようとしていると反省しているが、これはまさにウェルテルの本質を突いている。ウェルテルは、ロッテにアルベルトという婚約者がいるにもかかわらず、愛の対象としてのロッテを諦めることができない。もちろん、このことはウェルテルの性格の問題でもあるが、同時に『ウェルテル』という作品の根本動機にかかわる問題でもある。つまり、ここでは高貴な人間性が一方的に神から人間に付与されるのではなく、まさに愛を通じて生身の人間に主体的・能動的に顕れることが重要であって、かくして主観的なものと客観的なもの、精神的なものと感覚的なものは、ちょうど両者が合体して一個の生身の人間を構成するように、不可分の関係にある。従って、ルソーやカントに代表される啓蒙主義的な倫理観から見れば、ウェルテルとロッテとの曖昧な関係がなお継続されること自体不可能であって、それは純然たる魂の上での解決に至るか、つまり諦念に至るか、あるいは合理主義者のニコライがゲーテの『ウェルテル』を諷刺して書いたと言われる『若きウェルテルの喜び』という作品におけるように、アルベルトが身を引いてウェルテルとロッテがめでたく結婚するという、この二者択一しか存在しないであろう。しかるにウェルテルが「あれか」、「これか」に満足できないということは単にウェルテルの優柔不断な性格を意味するのみでなく、まさにエロスの衝動が人間の内に潜む神的本質であって、それは市民的道徳によって「あれか」、「これか」の部分に解消され得ないということを意味している。

ともあれ、ウェルテルとロッテがクロプシュトックという合言葉のもとにお互いの愛を確認し合うとき、同時に二人の永遠の別れの予感が漂う。つまり、この瞬間ウェルテルにとって、ロッテは現実のロッテであることを止めて、永遠の憧憬の対象に転化したと言えるだろう。ゴールドスミスの『ウェークフィールドの牧師』がウェルテルとロッテのなお現実的な牧歌的関係を象徴しているとすれば、クロプシュトックは、ウェルテルにとってロッテが愛の対象というよりは憧憬の対象となり、従って愛が感情的には一層高揚する悲歌的局面を特徴付けている。そこで今やある種のパースペクティヴの転換が起きるわけで、牧歌的局面はそのような意味での悲歌的色彩を濃くしていくわけである。ウェルテル自身がそのような意識の転換を次のように反省している。「ああ、遠いかなたは未来に似ている！　大きいほのかな全体が、ぼくたちの心の前に静かに横たわっている。ぼくたちの感情もぼくたちの目もそれに溶けこむ。そしてぼくたちはあこがれる。ああ！　ぼくたちの全存在を投げ出し、ただ一つの偉大なすばらしい感激の歓びに満たされたいと。だが、ああ！　急ぎ足でそこにつき、『かなた』が『ここ』になってみると、いっさいは今までと同じだ。ぼくたちはぼくたちの貧しさのなかに、狭さのなかに立っている。そしてぼくたちの魂は、するりと逃げていった慰めを追ってあえぐのだ。」ここでは、ウェルテルが「かなた」を喪失してしまったということではなく、むしろ「かなた」と「ここ」という人間存在の矛盾が、今やシラー風に言って、素朴（naiv）な関係ではなく、感傷的（sentimentalisch）な関係になったということであろう。

一方『ウェルテル』の世界は牧歌的・悲歌的な関係で割り切れるものではなく、諷刺的・諧謔的な要素も大きな比重で含んでいる。すでに舞踏会の場面でも、ウェルテルは単に悲壮感に浸っているのではなく、よく人間を観察し、社会諷刺に近い描写を見せている。実際小説の前半でウェルテルがロッテと営む生活自体しばしば諷刺と諧謔を含むたくましい現実として描かれており、それはウェルテルの感傷性にいささかも侵食されていない。例えば、七月一日の手紙に描写されている牧師館の訪問の際に登場してくる人物はまず耳の遠くなったよぼよぼの老牧師である。いったいこの人物がウェルテルのロッテに対する愛といかなる拘わりを持つであろうか。「ロッテの姿を見るなり、老人は生き返ったようになった。節の多いステッキもおき忘れて、ロッテを迎えようと立ち上がりかけた。ロッテは走り寄って、老人をなだめてすわらせ、そのそばに腰をおろし、父親からの挨拶を伝え、牧師が老後にもうけた末っ子のきたならしい少年を抱きしめた。ほんとうに君に見せたいようだった！　老人の相手をしていたわり、半分聞こえなくなったその耳に聞こえるように声を高め、若くて丈夫だったが急死したひとたちや、カルルスバートの温泉のききめを話し、老人が次の夏そこへ出かけるという決心をほめ、でもこの前お目にかかったときよりずっと元気よくお丈夫そうだと話すその様子を」。このほとんどユーモラスな描写には、ウェルテルの激情は全くなく、ロッテに対する愛がけろっと冷めたかのような印象さえある。もちろんウェルテルの関心はすべてロッテに注がれており、ロッテの光りに照らされてはじめて老牧師も末っ子のきたならしい少年もウェルテルにとって意味を持つものになっている。しかるにウェルテルの愛とは本来ウェルテルの心情の吐露であり、従って抒情的に表現された悲しみの旋律であって、対象としてのロッテよりは、より多くウェルテルの心を語っている。ところが、ここではロッテはもはやウェルテルの内面に響く旋律ではなく、生活の営みの中で実に生動する形姿として対象化されている。このように『ウェルテル』という作品は全く対立する根本動機を総合しているわけで、それはウェルテルの鮮烈な愛の告白であるかぎり一人称形式であるが、事物を対象化し、客観的な現実を描いているかぎり三人称形式であり、世界の広がりを包摂する叙事的なジャンルに属している。従って、ウェルテルは愛の激情を語る抒情的主体であると同時に三人称形式で把握される客観的現実の構成員でもあり、一人の作中人物でもある。つまり、ウェルテルは本来万有をガニメートのように抱いている感情の巨人であるが、それが現実の諸関係の中で相対化され、限定されるということが、この作品の根本形式である。例えば、自殺をめぐるウェルテルとアルベルトとの議論でも、現代の良識ある若者ならば、ほとんどアルベルトの正しさを認めるであろう。つまり、読者は感情ではウェルテルに共鳴できるが、しかし悟性ではウェルテルを承認しないこともあり得るわけで、それはまさに作品の論理そのものがウェルテルにアルベルトを対置する構造となっているからである。

また例えば、牧師館訪問の際に、ウェルテルは老牧師の娘婿のシュミット氏を槍玉にあげて、不機嫌の悪徳を攻撃しているが、しかしウェルテルの主張は必ずしも説得的ではない。例えば、ウェルテルが「幸福な人を見ても、その人を自分が幸福にしてやっているわけではない、これがその人には我慢できないことです。」とか、あるいは「ある人の心を支配できる立場にあるからといって、その心のなかからおのずとわいてくる単純な喜びまで奪ってしまうような人は、呪わしい。この世のどんな贈り物、どんな好意も、わたしたちがみずから喜んでいる一瞬がそういう暴君のねたみぶかい不機嫌によってにがくされてしまったことを、償うことはできません。」と言うとき、このような欠点はまさにウェルテル自身に当てはまることである。相手の不機嫌を悪徳として攻撃しておきながら、自分はとことんまで感傷に溺れて、ついには涙を流し、社交の場をだいなしにしてしまうというのは理屈に合わないことである。同様にロッテに対する一方的愛がロッテの生活をおびやかしてしまうと仮にも気付いたならば、ウェルテルはもはや感情の巨人ではなく、理性の人であったであろう。しかるにウェルテルに気付かれないウェルテル自身の自己矛盾は、読者には作品を通じて明らかにされるわけである。とはいえ、作者はウェルテルを直接批判するようなことはしない。むしろウェルテルをして徹底的に感情におぼれさせ、理性を失わせ、ついには自殺させることによって、感情の巨人主義が破綻する論理を描いたにすぎない。ウェルテルは疑いもなくゲーテの分身であり、ゲーテの愛の悩みがウェルテルの口から語られたにすぎないが、しかしゲーテには一方自分が作品を書いているという意識が明白にある。例えば、作品の論理として、ウェルテルは破滅する人間として対象化されており、従ってウェルテルの愛読書がホメロスからオシアンへ変化することがウェルテルの破局の前触れとなるが、これは明らかに小説が要求するプロットであり、虚構である。何故ならば、伝記的に見れば、ゲーテは最初ヘルダーの影響で熱烈なオシアン崇拝者となり、自分で翻訳もしたわけだが、まもなくホメロスの門下となり、オシアンに背を向けたのみでなく、感傷的な疾風怒濤の傾向からも脱却している。

さて、七月三〇日の手紙、つまりこの作品の二度目の悲劇的転回として、アルベルトが帰ってくる。そのことによって、ウェルテルが「神の似姿」から有限な人間の生の条件に突き落とされてしまったことは確かである。ウェルテルとアルベルトとの関係は、「高められたウェルテル」と呼ばれる悲劇『タッソー』ではタッソーとアントニオとの関係として繰り返され、一層典型的に描かれている。ところでこの場合、感情的人間と理性的人間との対立が本質的問題であろうか。もちろん、こうした対立は確かにわれわれの人生の一つの相でもあり、また読者が感情的人間であるウェルテルやタッソーの立場に身を置くのは当然のことである。なぜなら、こうした対立が苦悩として体験されるのは感情的人間においてであり、その苦悩を知らないということが他ならぬ理性的人間を作るのであり、したがって、読者は主人公の苦悩を追体験することによってしか、この人生の本質的な相を理解し得ないからである。ところで、この作品のむずかしさは、アルベルトの存在がまさにウェルテルの苦悩の原因であるにもかかわらず、アルベルトがいなければウェルテルの苦悩は存在しないかというと、かならずしもそうでない点にある。『若きウェルテルの喜び』を書いてゲーテの『ウェルテル』を諷刺したニコライは、まさにこの点を誤解したわけである。ニコライの草案では、大山鳴動した後にアルベルトが理性的に身を引き、ウェルテルとロッテがめでたく結ばれるという悲喜劇的な結末が示されている。ところがウェルテルにとって、理想の実現は必ずしもロッテとの結婚そのものではなく、仮にそのようなものが可能であったとしても、ウェルテルはそれを破壊してしまうであろう。ウェルテルにとって愛を通じて開示されるのは人間の神的本質であり、愛における成就を願うのも愛そのものの神的な促しであるけれども、それが結婚という極めて人間的な目標に到達した瞬間に、愛は神的な無限の可能性を喪失してしまうということが本質的なディレンマである。このことを『ファウスト』の場合と対比させて見れば、問題は一層明瞭になる。そこでも情熱的なファウストと悟性的な醒めた悪魔のメフィストが対立しているが、そこではメフィストはファウストがグレートヒェンを所有するための障害ではなく、むしろ取り持ち役である。メフィストとしてはファウストにグレートヒェンを所有させ、ファウストの高貴な愛を平凡な人間的愛として成就させることが狙いである。ところで成就した愛は結婚を通じて恒常化され、誠実の美徳に高められもするが、しかしそこにはもはや愛が与える感動や緊張、不安や希望、生きる喜びそのものである愛は消滅してしまう。しかるに一方この人間的法則に逆らうならば、成就した愛は獣的であり、悪魔的であり、罪である。かくして、グレートヒェンはファウストに捨てられ、嬰児を殺し、罪人として処刑されるが、それと同時にファウストの愛の高貴な神的本質も滅んだわけである。このようにファウストは行動することによって滅びるが、ウェルテルは行動しないことによって滅びると言える。未亡人への恋に狂って殺人を犯す若者や、ロッテへの結ばれぬ恋のために精神錯乱に陥る書記など、ウェルテルの周囲で、言わばウェルテル自身の潜在的な可能性が実現されてゆくと、ウェルテルは彼らの運命に激しく同情するが、しかしそれは所詮この世のEntweder —Oder、「あれか」「これか」の相でしかないから、ウェルテル自身の運命とはなり得ない。ではウェルテルとロッテが結ばれるということはこの世の「あれか」「これか」の相以上のものであろうか。およそ行動することが自己を「あれか」「これか」に限定するものであるとき、ウェルテルに残された唯一の行動は、自殺であり、「あれか」「これか」の論理を主観的には拒みながら客観的にはもっともラディカルに実現することである。

Das volle, warme gefühl meines Herzens an der lebendigen Natur, das mich mit so vieler Wonne überströmte, das rings umher die Welt mir züinem Paradiese schuf, wird mir jetzt zu einem unerträglichen Peiniger, zu einem quälenden Geist, der mich auf allen Wegen verfolgt. Wenn ich sonst vom Felsen über den Fluß bis zu jenen Hügeln das fruchtbare Tal überschaute und alles um mich her keimen und quellen sah; wenn ich jene Berge, vom Felse bis auf zum Gipfel, mit hohen, dichten Bäumen bekleidet, jene Täler in ihren mannigfaltigen Krümmungen von den lieblichsten Wäldern überschattet sah, und der sanfte Fluß zwischen den lispelnden Rohren dahingleitete und die lieben Wolken abspiegelte, die der sanfte Abendwind am Himmel herüberwiegte, wenn ich dann die Vögel um mich den Wald beleben hörte, und die Millionen Mücken schwärme im letzten roten Strahle der Sonne mutig tanzten, und ihr letzter zuckender Blick den summenden Käfer aus seinem Grase befreite, und das Schwirren und Weben um mich her mich auf den Boden aufmerksam machte, und das Moos, das meinem harten Felsen seine Nahrung abzwingt, und das Geniste, das den dürren Sandhügel hinunter wächst, mir das innere, glühende, heilige Leben der Natur eröffnete: wie faßte ich das alles in mein warmes Herz, fühlte mich in der überfliessenden Fülle wie vergöttert, und die herrlichen Gestalten der unendlichen Welt bewegten sich allbelenbend in meiner Seele. *Ungeheure Berge umgaben mich, Abgründe lagen vor mir, und Wetterbäche stürtzten herunter, die Flüsse strömten unter mir, und Wald und Gebirge erklang;* und ich sah sie wirken und schaffen ineinander in den Tiefen der Erde, alle die unergründlichen Kräfte; und nun über der Erde und unter dem Himmel wimmeln die Geschlechter der mannigfaltigen Geshöpfe. Alles, alles bevölkert mit tausendfachen Gestalten; und die Menschen dann sich in Hauslein zusammen sichern und sich annisten und herrschen in ihrem Sinne über die weite Welt! Armer Tor! der du alles so gering achtest, weil du so klein bist.—-Vom unzugäglichen Gebirge über die Einöde, die kein Fuß betrat, bis ans Ende des unbekannten Ozeans weht der Geist des Ewigschaffenden und freut sich jedes Staubes, der ihn vernimmt und lebt. —Ach, damals, wie oft habe ich mich mit Fittichen eines Kranichs, der über mich hin flog, zu dem Ufer des ungemessenen Meeres gesehnt, aus dem schäumenden Becher des Unendlichen jene schwellenden Lebenswonne zu trinken und nur einen Augenblick in der eingeschränken Kraft meines Busens einen Tropfen der Seligkeit des Wesens zu fühlen, das alles in sich und durch sich hervorbringt.

Bruder, nur die Erinnerung jener Stunden macht mir wohl.

ぼくの心に満ちている、生きている自然にたいする熱烈な感情は、あれほどにもぼくを喜びにあふれさせ、ぼくをかこむ世界を楽園につくり変えていたのに、いまはきびしい拷問者、迫害の霊となって、どこにいてもぼくにつきまとってくる。かつては岩の上から川を越えてあの丘陵までつづく豊饒な谷を見わたし、あたりのすべてのものが芽ぶき、みなぎるのをながめたものだ。また、ふもとからいただきまでうっそうと大木におおわれているあの山々、美しい森かげにうねりくねっているあの谷々に見入ったのだ。そしてしずかな川はささやくアシのあいだをすべるように流れ、やさしい夕風がゆすぶりながら吹き寄せて来るいとしい雲をその水面に映していた。森をにぎわす小鳥の声は四方からぼくの耳にせまり、夕日の最後の赤いかがやきのなかには数しれぬ蚊の群が勇みたって舞踏し、カブト虫は太陽の最後のひらめきを浴びて草むらから解放され、うなりながら飛びたったのだ。そして、ぼくをめぐるざわめきに誘われて地面に目をうつすと、ぼくの立っている固い岩々には苔がすがりついていて養分を吸いとり、やせた砂丘の斜面にははるか下まで灌木が生いつらなっていて、自然の内にひそむ灼熱する神聖な生命をまざまざとぼくに開いて見せてくれたのだ。そういうとき、ぼくはどんなにか、それらすべてをぼくの熱い胸のうちに抱きしめ、みなぎりあふれる豊かさのただなかに自分が神になったとかさえ思ったことだろう。そして、きわまりない世界の壮麗なもろもろの形姿が、ぼくのたましいのうちに、あふれる活気をもってひしめき動いたのだ。巨大な山々はぼくをかこみ、深い谷は眼前によこたわり、渓流はたぎり落ちて足もとを流れ、森と山並みは鳴りひびいた。そのとき、ぼくはあのありとあらゆる究めがたい力が大地の底で入りみだれて作用しあい、働きあうのを見た。そのなかでつくりだされたもろもろの種族が、いま地をおおい、空の下にむらがっているのだ。生きとし生けるものが千様の姿で世界をおおうている。その中にあって、人間は、小さな家に寄り集まって身をまもり、そこに巣をつくって、広い世界を支配しているつもりでいる！　あわれな愚かな存在！　おまえは自分が微小だから、万物をそのように軽んじる。——だが永遠の創造者の霊は、近づき難い山岳から人跡未踏の荒野をすぎて未知の大洋の果てにいたるまで、吹きみなぎり、それを感得して生をいとなむ万物を、塵あくたのような存在にいたるまで喜びとしているのだ。——ああ、そのとき、ぼくは、どんなにか頭上を飛んで行くツルのつばさをかりて、果てしない海原のかなたの岸をさしてゆきたいとあこがれたことだろう。無限の者のあわだつ杯からみなぎる生命の無上のよろこびをすすり、ほんの一瞬でも、この胸のかぎられた力のなかに、いっさいをみずからの内部にみずからの力によって生みだしている至高の存在者の至福のひとしずくを味わいたいと、願ったことだろう。

友よ、あの当時を思い出すことだけが、ぼくを元気にしてくれる。

（八月一八日の手紙）

ここに八月一八日の手紙から自然描写を引用してみた。すでに引用した五月一〇日の手紙の自然描写と対比させるとき、主人公の境遇の変化が文体に如実に反映していると言える。このテキストはおよそ五つの段落に区分できると思うが、まず第一の段落で動詞の時称のコントラストが注意を引く。「ぼくの心に満ちている、生きている自然にたいする熱烈な感情は、あれほどにもぼくを喜びにあふれさせ、ぼくをかこむ世界を楽園につくり変えていたのに、いまはきびしい拷問者、迫害の霊となって、どこにいてもぼくにつきまとってくる」。この文章の主語を構成する動詞は過去形で、述語を構成する動詞は現在形であり、かくして主語と述語の乖離が主人公の意識の分裂を端的に表現している。五月一〇日の自然描写では動詞の現在形が全体の基調をなしており、時称のコントラストは存在していない。すでに述べたように、そこでは主人公をめぐる豊かな自然は主人公の自我そのものであり、主人公の内面に予感された神的本質としての高貴な人間性が自然に投影され、かくして自然は神的存在として現れたのであり、客体としての自然は主人公の主観的意識そのものであった。五月一〇日の自然描写はまだいかなる対立も知らない主人公の幸福な自我を語っている。それに対して、八月一八日の自然描写では、主人公はかつての、つまり五月一〇日の時点での幸福な自我を喪失したことをはっきり意識しており、それは動詞の過去時称と現在時称との鋭い対立として自然描写の文体に反映したわけである。この自然描写の第二段階は三つのwennによって導かれる従属文から成り立っているが、これは五月一〇日の自然描写と共通した文体的特徴である。両者に共通して言えることは、wennによって導かれる従属文は本来自然の客観的描写を構成する独立した空間なのであって、それが主文を通じて主人公の主体に連結されている。ところが八月一八日の自然描写の場合幸福な自我を反映した楽園のような自然は今や過去として対象化され、それが主人公の現在の意識に対置されているために、自然描写は一層高揚した印象を与えている。つまり、ここでは自然への讃歌が五月一〇日の自然描写よりはるかに壮麗さを増しているが、しかも基調としての喪失感が全体に漂っている。これはどうやら従属文中の動詞の過去時称の文体的効果だと言えるだろう。第三段階になると、wennによる従属文が溶解し去り、Ungeheure Berge umgaben mich, Abgründe lagen vor mir...「巨大な山々はぼくをかこみ、深い谷は眼前によこたわり……」という風に並列的文体となっている。この場合動詞の過去時称はもはや過去を指示するというよりは、一種のパトス的現在として文体に喪失感を与えている。そして第四段階では「その中にあって、人間は、小さな家に寄り集まって身をまもり、そこに巣をつくって、広い世界を支配しているつもりでいる！　あわれな愚かな存在！　おまえは自分が微小だから、万物をそのように軽んじる。」と現在時称で統一されており、高揚した自然描写は主人公の冷めた意識の原点に引き戻される。そして最後の段落で「友よ、あの当時を思い出すことだけが」とあるとき、読者は改めてすべてが過去の回想であることに気づかされる。

ともあれ、この二つの自然描写を比較検討することを通じて、われわれは『ウェルテル』という作品の独特の発展論理に気づかされるだろう。つまり、ウェルテルは自然と楽園を喪失するが、それは今は内面の理想として記憶の中で生き続けるのであり、主観的・感情的には一層高揚した実在となっていく。このようなプロセスの文体的表現を、われわれは牧歌的・諷刺的表現に加えて、悲歌的局面として特徴付けることもできるだろう。

そこでこのような発展論理の延長線上で、第一部の最後の局面、ウェルテルがロッテに別れを告げる日の前夜を物語る九月一〇日の手紙を検討してみよう。

九月一〇日の手紙

ロッテは月の光の～問いをかけるとは！

月の光りがこれほど美しく詩情豊かに描かれるというのは、思うに、第一部ではこの最後の局面だけである。五月一〇日の自然描写では真昼の世界が描かれており、そこでは太陽こそ神的存在者としての自然を象徴していたと言えるだろう。そして八月一八日の自然描写では、豊かな自然は今は失われた楽園として過去へ投影され、現在の自然はひからびて、破壊者であり、怪物であり、墓場であり、主人公の自我の喪失を印象深く表現していた。しかるに今や、この最後の局面では、時刻は夜であり、おぼろな月明かりの中で主観と客観の区別は再び消滅してしまう。この周囲を闇で囲まれた世界には、もはや現実の厳しさは及んでこない。ここでは事物の輪郭は重なり合い、過去と未来は一つに溶け合ってしまう。ウェルテル、ロッテ、アルベルトという昼間の世界ではもはや和合し得ない人々も、ここでは睦まじくお互いにいたわり合うことができる。彼らが来世や冥界のことを思うのは、ほとんど偶然ではなく、かくしてロッテの口から最も大切な存在であった母の臨終の場面が全く自然に語られる。この不思議な幻想空間では、ロッテが語って聞かせる故人の物語が、これから起きるであろう別離、大切なものの喪失の予感と重なり合う。しかもなお、ここでは本来悲しいはずの出来事が現実の厳しさを失い、慰めに満ちたやさしさを帯びている。この局面ではすべてが過去の物語である。それはあたかも冥界のように過去と現在の対立を失った非現実の空間であり、すべての物語がそうであるように、現実の拘束に対する想像力の自由を提供する。かくしてウェルテルとロッテは来世での出会いを誓い合うのだが、それがキリスト教的・伝統的な魂の不死の観念とどの程度かかわるか、問うこともできるだろう。というのも、現世でかなえられない願望を来世へ投影すること自体本来キリスト教的であり、魂の不死の観念もそこに根差している。しかるに、ウェルテルとロッテの来世での出会いの願望は必ずしも地上的愛の厳しい断念に基づくのではなく、むしろ心理的にみれば、あくまでも地上的愛に対する未練の表現にすぎず、したがって、世俗的・人間的であり、非キリスト教的である。

さて、月の光のモチーフがオシアンの世界を連想させるのは偶然ではない。ウェルテルがロッテを去る日の前夜の冥界のような雰囲気は、すでにウェルテルの自我の根本動機において、オシアン的世界の前触れとなっている。

一〇月一二日の手紙

吹きすさぶ嵐のなかを〜自分も死んでゆきたい！

ここに引用したテキストにおいて、父祖の霊、洞窟の霊のうめき声、少女の慟哭などがオシアンの世界の典型的な雰囲気をなし、すべて過去に起こったある悲劇的な出来事を暗示している。ところで、この感情的に高揚し、幾分悲壮味を帯びた文体では肝心の悲劇的な出来事の輪郭が朦朧とかすんでおり、どうやら話の内容よりも語りの形式の方が問題のようである。というのも、ここではある悲劇的な出来事について語られているというよりも、むしろある悲劇的な出来事を語る白髪の吟唱詩人の存在について語られているのであり、この詩人が他ならぬ英雄であり、またこの詩人にもまもない悲劇的な死が待っているわけである。従って、ここにはまったく独特の世界が展開しており、悲劇的な出来事と、それを語り伝える形式が巧妙に結合されているわけだが、この過去の出来事の伝承、ないし受容という独特の語りの構造がオシアンの世界を特徴付ける。つまり、ここでは悲劇的な出来事そのものよりも、それを語り伝える視点、言わば思い入れの形式が問題で、そこに限りなく高揚する感傷的文体があると言える。しからば、主人公の最後の言葉のある種のディレンマも理解できるわけで、ウェルテルはまさに自分がオシアンの悲劇的な死を助け、それによってオシアンの悲劇の目撃者となり、したがって、それを語り伝える立場に身を置くと同時に、自分もまた悲劇的英雄として受容される存在に身を投じるということであろう。

ハンブルク版の編者トゥルンツはオシアンの世界の verschachtelt（箱入れ文的）な語りの構造を指摘しているが、これはオシアンの世界を特徴付けるものとして重要である。つまり、ある過去の悲劇的な出来事を語り伝える視点の歴史的連鎖が本来オシアンの世界を構成していると言えるだろう。このように考えるならば、オシアンの世界が主人公にとって持つ意味は、その悲劇的な内容に自己投影することにあるのではないと言える。この場合、悲劇的な出来事が、偶然の仕業によって、罪のない人間に逆らいがたく起こっているのが特徴的である。ところで、このようなオシアンの世界にウェルテルとロッテが自己投影するとき、その思い入れの構造によって、二人の愛は最高の精神的共同体として認証されるが、しかしそれによって二人の愛の悲劇性が深まるわけではない。トゥルンツは一二月二〇日の手紙におけるアルベルト殺害の想念をひきあいに出して、ウェルテルの悲劇とオシアンの悲劇との平行関係を指摘しているが、しかしウェルテル、ロッテ、アルベルトといういわゆる三角関係は、必ずしもオシアン的な世界の肉親が絡む悲劇的プロットと重なるとは言えないだろう。むしろ同じ手紙の中で、「美しい夏の日の夕方、あなたが丘にのぼられたら、どうかわたしを思い出してください」とウェルテルが言うときの回想のモチーフこそオシアンの延長線上で理解できるものである。

すでに分析してきたように、何よりもウェルテルの悲劇性の人間的・理知的本質が、オシアンの世界の偶然的・超人間的な悲劇性と相入れないものである。つまり、ウェルテルにとってオシアンの世界が持つ意味は、ウェルテルがオシアンの詩との出会いによって、自己の悲劇的状況の認識に至ることにはない。むしろウェルテルの悲劇は自己のディレンマの理知的認識から出発し、ますます出口のない状況に追い詰められていく自己破壊のプロセスである。それに対してオシアンの詩との出会いが持つ意味は、ウェルテルの喪失した自我が復活することにあり、むしろ悲劇性の理知的本質に対する感情の復権にあると言えるだろう。もちろん、オシアンの中心的なモチーフが死であることによって、今やウェルテルの自殺の動機も本格化するわけだが、しかるにオシアンの契機はまさに死の悲劇性を止揚することにあるだろう。というのも、オシアンの世界では、死者が地上から俊別された冥界に宿るのではなく、生存するものと死者との独特の精神的交感が描かれているのであって、しからば死とはむしろ積極的な実在であり、この世の「あれか」「これか」に対する超越的・非現実的な空間を開示すると言えるだろう。ウェルテルにとってはこの世の「あれか」「これか」の相こそまさに魂の死なのであって、かくしてオシアンの世界を契機として、ウェルテルの自我拡大の衝動が新しい意味で始まることが重要である。

さて、小説の筋をたどるならば、ウェルテルが一七七一年の九月にロッテのもとを去り、一七七二年の九月にロッテのもとへ帰ってくるまでの一年間、頁数では全体の約六分の一に相当する部分に、いわゆる社会的モチーフが織り込まれている。つまり、ウェルテルは公使のもとで勤務する身となり、今やはじめて職業的生活を営むわけだが、形式主義的な公使と自由奔放なウェルテルは最初から折り合いが悪く、ウェルテルは窮屈な思いを忍んでいるところへ、ふと居合わせたある貴族社会の会合でウェルテルは、市民の身分であることによって、深く名誉心を傷つけられる事態となる。ここではもはや恋仇であるアルベルトの存在や、形式ばって居心地の悪い上役の単なる性格がウェルテルの悩みの種となっているのではない。ここではウェルテルの苦悩はウェルテルが市民であることから発生するわけで、諸悪の根源は現存する身分社会そのものであることになり、かくしてウェルテルの愛と苦悩は今や革命的な情熱へと傾斜していく。この小説が展開する舞台がまさにフランス革命の前夜であることを思えば、ここに描かれた貴族社会の諷刺は、この小説の根本動機を新たな角度から照明することになるだろう。ナポレオンはゲーテの『ウェルテル』を七回読んだと言われており、周知のごとく一八〇八年エアフルトでのゲーテとナポレオンとの会見に際しても話題はこの小説に及んでいる。フリードリヒ・フォン・ミューラーの報告するところによると、ナポレオンはウェルテルの傷付けられた名誉心と情熱的愛の二つのモチーフが混在するのは不自然で、愛がウェルテルに及ぼす圧倒的な力の観念を弱めると判断したようである。ゲーテはナポレオンの指摘の正しさを一応は認めながらも、それによって改作を心がけたとも思えない。ところで、この小説の根本動機が革命的であり、市民的イデオロギーを反映するとき、第二部に織り込まれた社会的モチーフは構造的に必要不可欠のものとなるだろう。とはいえ、フランス革命の成果を収拾し、アンシャンレジームを追放し、西欧に市民社会の到来を招いたナポレオンが、この小説の根本動機を読み違えたとも思われない。というのも、行動の源泉となり、社会変革の起爆力として作用したのは他ならぬウェルテルの愛の力であり、傷付けられた名誉心という被抑圧階級のルサンティマンではなかったことを思えば、ナポレオンの理解の仕方は正しいわけだが、しかし一方ウェルテル自身は結局革命家にはなり得ない弱い人間であり、ドイツの非行動的な感傷的若者なのであり、芸術作品としては主人公の社会的挫折の動機は必要となるはずである。しからば何故に革命家になり得ない感傷的若者の物語が革命的行動を促す力となり得るのか、と問うこともできるだろう。それはまさに行動的な、ウェルテルとは対照的な人格であるナポレオンがこの小説を七回も読んでいたことによっても示されるように、この作品の中で描かれている愛が社会的逃避の愛でなく、まさに人間的行動の普遍的意味であり、したがって、社会的ユートピアの力を孕んでいたからであろう。つまり、ウェルテルは非革命家であり社会的行動では挫折する若者であるけれども、その愛そのものは全く革命的である。そしてその愛が革命的であることによって、ウェルテルはその愛の意義を確証するために、他ならぬ自殺というラディカルな行動を選ばねばならなかったわけである。ここにロッテに対するアルベルトの愛とウェルテルの愛の本質的違いがある。八月一〇日の手紙でアルベルトは宮廷の官職について相当な収入を得ていると報告されているが、アルベルトは貴族社会にうまく順応することができるし、現体制を基本的には肯定している。それに対して、ウェルテルは意識的な革命家ではないけれども、その愛によって促される行動的規範は、実行されるならば、本来革命的なものである。例えば、自殺をめぐるアルベルトとの論争で、ウェルテルは次のような発想を示している。「盗みが罪悪であることは疑いない。しかし自分と自分の家族をさしせまる餓死から救うために盗みを働いたものは、罰に値するだろうか、同情に値するだろうか？正当な怒りにかられて不貞な妻とその卑劣な誘惑者を生贄にした夫、また歓喜のひとときわれを忘れて、抑えがたい恋の歓喜に身をまかせた少女にむかって、だれがいちばん先に石を投げつけることができよう。われわれの法律、あの冷血な杓子定規でさえ心を動かして、刑罰をさしひかえるじゃないか？」これはもはや感情家と理性家との対立などではないであろう。アルベルトがあくまでも実定的な法の基盤を擁護しているのに対して、ウェルテルの思想を実現することは他ならぬ革命を意味するであろう。実際、フランス革命において王侯貴族をギロティンにかけたジャコバン主義の精神とはこのようなウェルテルの思想の実現であった。この小説の後半でウェルテルは愛に目がくらんで殺人を犯した農家の下男を弁護しているが、このときアルベルトとウェルテルの対立がにわかに鋭くなるのも偶然ではない。このようにウェルテルは前提として非行動的・非革命的なのではなく、その愛によって促される行動の規範は極めて革命的であるにもかかわらず、それが現実の諸関係の中で挫折するとき、ウェルテルに残された唯一の道は自殺でしかなくなる。しかるに自殺もなおウェルテルにとっては愛の意味を実現する一つの行為であり、しかもその愛の意味が革命的であるかぎり、革命的行為である。

さて、これまで分析してきたように、ウェルテルは愛を通じて他ならぬ世界を発見したのであり、したがってロッテ体験とは愛の神的・普遍的本質が開示する世界体験でもあった。七月一八日の手紙でウェルテルは言っている。「ウィルヘルム、ぼくたちの心にとって、愛のない世界は何だろう。あかりのない幻燈のようなものだ！　ちいさいランプをいれるやいなや、色とりどりの光景がきみの白い幕にあらわれる。それがただの写し絵、一時の幻影にすぎなくても、ぼくたちが子どものようにその前に立って、不思議な光景に心をおどらすなら、それはやはりわれわれの幸福をつくるのだ」。これは愛の普遍的原理であって、ロッテ体験の前半は、まさにロッテの愛を通じて、いかにウェルテルにとって世界が楽園の相貌を呈するかを示している。ところでロッテ体験が破局に向かうにつれて、ウェルテルは楽園をも喪失していく。一年前は楽園であったワールハイムの広場も、今では来るべき破局の前兆でしかない。ウェルテルがかつて写生の題材にしていたハンスという男の子は死んでしまうし、また例の未亡人に恋をした農家の下男に再会してみると、彼もまた恋人のもとから追放された身となっている。かくしてウェルテルが楽園を喪失する過程もまた自然の相貌として呈示される。

一一月三日の手紙

いまだって同じ自分〜雨乞いをするように。

このようにウェルテルの心境に対応して自然も人間の営みも変化してしまうので、この作品全体があたかもウェルテルの心象風景であるかのように見られがちである。しかるに、ウェルテルの魂のひからびた状態は本来神から見捨てられた状態を表示するピエティスムス（敬虔主義）のDüreに対応すると言われており、単なる主観的な気分の表現ではない。そもそも『若きウェルテルの悩み』(Die Leiden des jungen Werther) というタイトル自体「キリストの受難」(Christi Leiden) を踏まえたもので、このようなキリスト教神学との平行関係はゲーテの『ウェルテル』の根本動機を全く新しい角度から照明することになるだろう。

一一月一五日の手紙

神のみ子さえ〜瞬間なのだ。

この箇所で「神の子さえ、自分のまわりに集まるのは、父なる神から与えられた人々であると言っているではないか」はヨハネ伝六章四四に対応し、さらに「わが神！　わが神！　なぜわたしをお見捨てになるのですか？」は、マタイ伝の七章四六からの引用となっている。このようにウェルテルは聖書からの直接の引用を踏まえて、自己の愛の苦悩をイエス・キリストの受難に対応させて語るわけである。元来『ウェルテル』の根本動機が福音書の解釈から出ていることを最初に発見し、問題として提唱したのはヘルベルト・シェーフラーという人であるが、彼は愛をめぐるウェルテルの苦悩と死がキリストの受難を踏まえて解釈される事態を、キリスト教の世俗化と捉えたわけである。「世俗化」の概念自体、マックス・ウェーバーの『プロテスタンティズムの倫理と資本主義の精神』という画期的論文以来言わば周知の概念であって、シェーフラーの見方もおそらくその影響下にあると見ることができるだろう。したがって彼もまた（物質的、ならびに精神的な財貨が教会の支配権から剝奪されるという意味での「世俗化」の概念に従い）、ウェルテルの異性崇拝を時代的傾向としての信仰の基盤の喪失と結びつけて考えているわけである。ゲーテがどの程度キリスト教的であったかという難問は簡単には答えられないが、少なくとも、この場合ウェルテルは自然という神的一者と直接結びつくことによってイエスの人格と言わば対等の関係にあり、教義に見られるような、人間の原罪、「神の子」であるイエスの媒介、イエスの贖いの死における神の恩寵の実現といった間接性は一切排除されており、したがってキリスト教の実定的な力と対立している。教会がゲーテの『ウェルテル』を冒瀆の書とみなしたのは言うまでもなく、ここにはフォイエルバッハのキリスト教にたいする唯物論的解釈を先取りするものがあると言えるだろう。つまり、ゲーテの『ウェルテル』においても、彼岸に投影された神的本質がエロスという余りにも人間的な衝動を通じて開示され、したがって神的本質が実は人間的本質であることを暴露しており、根本動機としてはキリスト教的価値の転倒を潜在的には含んでいる。恋に破れた若者が悩みぬいて自殺するというような話は、われわれ日本人の感覚からすれば、おそらく月並みな小説のプロットにもなりにくい、馬鹿馬鹿しさがあり、そこにゲーテの『ウェルテル』のなんとなく分かりにくいむずかしさがあるが、それはこの作品のキリスト教神学に対立する精神構造を前提として把握することができない文化的隔たりのためであろう。

さて、これまで分析してきたかぎり、ウェルテルは愛を体験する抒情的主体であるのみならず、その体験を普遍的に語る叙事的な語り手でもあった。そして語り手は言うまでもなくロッテ体験について語るわけだが、その愛のテーマ自体、他ならぬ愛の私的な営みを通じて愛の普遍的・神的な本質を明らかにすることにあったと言えるだろう。ところで、ウェルテルとロッテの地上における愛の不合理が明らかになるにつれて、愛の形而上的・超感性的な本質が一層全面に現れてくると言える。というのも愛の苦悩とは他ならぬ愛の形而上性から来るのであって、すべての動物の中で人間だけが愛の苦悩を知るということは人間の内部に潜む神的本質のためである。人間以外の動物は愛は知っていても、おそらく愛の苦悩は知らないだろう。ウェルテルが愛のために苦悩するのは、ウェルテルが愛を通じて人間の神的な本質を予感したからであり、しからばウェルテルの愛が苦悩を通じて一層絶対化され、形而上的本質を現すのも不思議ではないだろう。今やウェルテルの苦悩は自己破壊の論理となり、自殺というラディカルな帰結をとるわけだが、愛のための死とは他ならぬ愛の絶対化であり、愛という人間的本質を純粋な価値として彼岸へ投影する企てに他ならないであろう。かくしてウェルテルの自殺は決して生存からの逃避なのではなく、自己絶対化の試みであり、愛に生きたウェルテルの人生は死においてはじめて一貫化し、積極的な意味をあらわすことになる。つまりウェルテルは愛という天上的な価値に対する犠牲となるわけで、ウェルテルの死を通じてウェルテル自身が抹殺されるならば、愛の純粋な本質は一層神的価値として絶対化されるわけである。しかしウェルテルを自殺させるということは作者の側から見ればあくまでも読者に対する技巧であり、戦略であって、そこに『ウェルテル』が芸術作品として自己完結する論理がある。

ところで、ウェルテル自身はもはや自己の死についての語り手とはなり得ないわけだから、このことは作品美学的に見れば、形式上のアポリアを意味するだろう。つまり、この作品が小説という叙事的な形式をとっている以上、どこかでパースペクティヴの転換が必要となるであろう。ウェルテルが愛を体験する叙情的主体であると同時にその愛の普遍的本質を対象化する叙事的語り手であるというのは本来この作品が持つ形式上の矛盾であるが、この対立する傾向のせめぎあいから最終的には「編者」が登場してくる。この「編者」は主人公の死後の時点において出来事をすべて過去として対象化し得る視座に立っているわけだが、では何故この作品はこの「編者」の視点で統一され、ちょうどホメロスの『オデッセイ』のように、すべての出来事が過去として語られる時点から出発しなかったか、と問うこともできるだろう。そのときわれわれは亜流と化したジャンルの法則に対して、この『ウェルテル』という作品が持つ本源的なものの優位（卓越性）に気づかされるのであって、その抒情性と劇性と叙事性を混淆する独自の本質は、人間の内なる自然からほとばしり出ることによって全く一回的な原初の輝きを示すわけである。

さて、ウェルテルが自殺に追い込まれていく論理を理解させるために、「編者」は二つのエピソードを紹介している。その一つは、ハインリヒという精神錯乱におちいった若者の話であるが、この若者のロッテに対する情熱、実を結ばない不幸な愛は、客観的にはウェルテルの立場と何の相違もない。これはウェルテル自身がたどったかもしれない一つの運命である。「天上の神よ！　あなたはこのように人間の運命をおさだめになったのですか？　理性に達する前と、まさにそれを失ったあとを除いては、人間が幸福になれないように！　あわれな男！　それでもぼくはおまえの悲しみや、おまえをやつれさす精神の錯乱がうらやましい！」しかし、この精神錯乱の、つまり理性喪失の幸福ほどにウェルテルにとって忌むべきものはなく、彼はこれを断固として拒否する。ウェルテル自身はこの意識の麻痺という本来の死を逃れるために実は自殺を選んでいるわけである。「人間、この半神とたたえられるものは何だろう！　いちばん力を必要とするその時に力が抜けてしまうのだ。喜びにおどりあがるときも、悲しみに沈むときも、同じように引きとめられ、にぶい冷やかな意識につれもどされるではないか。無限のものの充実の中に融けこんでしまおうと願うまさにその瞬間に。」このようにウェルテルの自殺は、ちょうどファウストが命をかけて地霊を呼び出すのと同様、「無限なるものの充実」を求める衝動であり、それは近代の市民生活において現象する意識の沈滞、つまり本来的な死から逃れるための魂の喘ぎである。

一方「編者」はウェルテル自身がたどり得たであろうもう一つの可能な運命として、例の未亡人を一筋に愛した農家の下男の破局を紹介する。この男はライヴァルを殺害することによって、ついに逮捕される結果となる。ところで、この男はウェルテルにとって単なる犯罪者なのではなく、愛という高貴な人間的本質のために犯罪に追い込まれたわけで、かくしてこの男を弁護するウェルテルは明らかに実定的な法の基盤と対立することになり、法の擁護者であるアルベルトと実践的にも対立することになる。このようにウェルテルは単に感傷におぼれる若者ではなく、実践的にも反社会的な行動へと駆り立てられる情念の激しさを持っている。しかるに、二人とも救われないと認識するとき、ウェルテルの社会的敗北も今や決定的となったわけで、かくしてウェルテルの自殺は、本来ウェルテルの愛の情念に潜む反抗の論理の最終的帰結となるわけである。

しかし、ウェルテルをこのように自己破壊に追いやってしまうロッテの存在とは結局何を意味したのであろうか。ロッテはウェルテルに向かって言う。「ウェルテル、お感じになりませんの？　あなたはあなたご自身をだましていらっしゃるのです。ことさらにご自身を滅ぼそうとなさっていらっしゃるのです！　どうしてわたしを、ウェルテル、よりによってわたしを？　わたしはひとのものですのに、どうしてそれを。わたし、こんな気がします。そうではないかしら。わたしをご自分のものになさることができない、できないというそのことが、あなたの心をそんなにひきつけているのではないでしょうか？」この言葉は余りにも鋭く、また余りにも悲しくウェルテルの愛の本質を突いている。しかし、ウェルテルの愛は全くの片思いに終わってしまうわけではない。オシアンを朗読しているうちに、二人は地上的愛の不合理をしばし忘れて、一つの悲しい思いで結ばれ合うことができる。舞踏会の場面におけるクロプシュトックと同様、オシアンは二人を精神の王国で結び合わせる合言葉である。それは最高の願いがもはや地上では絶対に実現し得ないという確信において、もっとも悲歌的な局面であると言えるだろう。しかるに、ウェルテルが最後にロッテから奪う口づけは地上における愛の成就でもあって、かくしてウェルテルはほのかな罪の香りの漂う愛の炎を飲みほし、愛の神々しい彼岸的な雰囲気を地上において実現してしまう。このようにウェルテルのロッテに対する愛はあくまでも地上において実現されるべきエロス的愛であることが確証されたわけだが、しかしウェルテルの愛は決してそれ以上不倫の道を突き進むことはない。「あれか」「これか」を拒むウェルテルの無限の愛とは所詮刹那の愛なのであって、それはいかなる意味でも現実化されることによって生命を失う愛である。こうしてウェルテルのロッテに対する愛は成就の瞬間においてすでに非現実化されるのであり、そこには霊界の雰囲気が漂うわけである。そしてこの刹那の愛の高揚が地上において色あせることなく、永遠化され、神聖化されるためにはなおウェルテル自身の死が必要であり、こうしてウェルテルの自殺は非現実化された最高の愛を保証する最後の現実的基盤となるわけである。

第四章

ゲーテ「ゲッツ・フォン・ベルリヒンゲン」のジャンル史的意義[1]――史劇と市民劇の系譜――

一、「ゲッツ」の成立史的事情

ゲーテの戯曲「ゲッツ・フォン・ベルリヒンゲン」という作品にアプローチするにあたり、ハンブルク版の注を参考にすると、この作品は一七七一年の秋、すなわちゲーテがシュトラスブルクで学業を終えて、フランクフルトに帰郷して後、妹コルネーリアの強い促しのもとに書き下ろされたものである[2]。しかしゲーテの脳裏には、すでにシュトラースブルク時代において、「ゲッツ」の構想はあったわけで、その契機を為したものは他ならぬ文学史的に重要なシュトラースブルクにおけるゲーテとヘルダーとの出会い、そしてヘルダーの影響という周知の事柄である。そこでゲーテはともかくこの作品を六週間で書き上げたわけだが、それに対するヘルダーの批評、多くのものが「単に思考されたもの」（nur gedacht）であり、シェークスピアが君を「駄目にした」（verderben）というヘルダーの不評は、文学史的に余りにも有名である。ところでヘルダーの手紙そのものは残存していないわけで、これらの事情はむしろゲーテのヘルダーへの返信から引き出されたものである[3]。ともかくヘルダーの「ゲッツ」に対するネガティブな評価のうちでシェークスピアがゲーテを駄目にしたということは、具体的には、この作品の中で多くの場面が演劇論上の節度を破って、ルーズに並列されている事情を意味しており、ドラマを引き締める中心点のないことを意味している。そこでヘルダーの批評のもう一つの「単に思考された」が果たしてヘルダーに由来するものかどうか、疑問がないわけではない。というのもnur gedachtを「単に虚構された」とか「単に頭の中で考えた」という意味に解するなら、これはいかにもゲーテ的な発想であって、ゲーテが六〇年代のレッシングの理論上の産物を継承しない

1　この論考は以下に収録されている：茨城大学教養部紀要第一一号（一九七九年）
2　Goethes Werke, Hamburger Ausgabe Bd 4. S. 483.
3　Ebd.

で、いきなりシェークスピアに傾斜したというのも、若きゲーテがまさに「単に思考された」ものでない、真実の体験を目指したからである。つまり、そこにゲーテがシェークスピアの記念日に際して「シェークスピアほどに自然なものはない」と叫んだという、若きゲーテの（かかる表現が可能ならば）自然主義の本質があったと言える。そうであれば、ヘルダーの批評と言われるものは、実はゲーテ自身の反省の表現であり、新しい方法論的な自覚であったとも言える。実際ゲーテは「詩と真実」の中で述べているように[4]、一七七一年成立のいわゆる初稿「ゲッツ」の欠陥をいちはやく自覚したわけで、一七七三年にはこれを改作した。一般にゲーテの「ゲッツ」として通用しているのはこの改作に由来するものであって、日本語訳もこれをテキストにしているのだが、実際、初稿「ゲッツ」を決定稿と比較するなら、ヘルダーほどの人でなくとも、初稿「ゲッツ」の問題性は直ちに分かるだろう[5]。そこで我々にとって肝心な点は、第一に初稿「ゲッツ」から削られたネガティブな要素こそ後のゲーテ的世界の発展の萌芽を含んでいなかったかということであり、第二に改作によって「ゲッツ」にどのような新しい要素が加わったかという、この二つの疑問である。

さて、「ゲッツ」の内容に立ち入る前に、一体「ゲッツ」という作品がゲーテの世界の中でどの程度の重要性、射程距離を持っているのか、大雑把に把握しておきたい。周知のごとく、ゲーテは処女作「ゲッツ」でデビューしてから約二年後に、有名な「若きウェルテルの悩み」で西欧世界を震撼させたわけで、「ウェルテル」の作者の背後に「ゲッツ」の作者は影を潜めたとも言えるだろう。ところで「ゲッツ」から「ウェルテル」に至る過程にゲーテは「シーザー」、「プロメトイス」、「マホメット」、「ファウスト」、「クラヴィーゴ」、「シュテラ」等の作品を手掛けているが、このうちさほど重要性のない「クラヴィーゴと「シュテラ」を除けば、すべて断片である[6]。しかも「シーザー」、「プロメトイス」、「マホメット」、「ファウスト」はいずれも歴史的・神話的な形象を題材としており、その点で「ゲッツ」の兄弟と言い得る。その中で一六世紀ドイツにおいては、「ゲッツ」と故郷を同じくする「ファウスト」のみが将来性を孕んだ芽であったわけで、これ

4　ゲーテ「詩と真実」（人文書院）S. 114.
5　初稿「ゲッツ」はハンブルク版にも部分的に収録されているが、全体を収録したものとしてはアルテミス版、Gdenkausgabe der Werke, Briefe und Gespräche, Zürich, Artemis Verl. Bd 4: Der junge Goethe を参照した。なお日本語訳（人文書院）は決定稿に基づいている。
6　Emil Staiger: Goethe, 4. Aufl. Zürich Atlantis Verl. 1964 Bd 1. S. 147.

はやがてゲーテ的宇宙へと発展する運命であった。しかるに「ゲッツ」と約二年の間隔で隣接する「ウェルテル」は、これまた短期間で一挙に書き上げられた作品で、その密度の高い感情の表出と魂の震撼は、まさに「ゲッツ」の様式原理と対立するものでさえあるだろう。それどころか「ゲッツ」を一読した印象では、むしろ「マイスター」の前身の「ウアマイスター」に近いものがあり、一六世紀の騎士的ドイツと一八世紀の市民的ドイツという題材の相違にもかかわらず、共通した原理、つまり作者が自我の表出を抑え、できるだけ客観的・即物的な描写に迫るという、本質的に非抒情的な様式原理がある。

しかるに「ゲッツ」の本質にある、すでに述べたところの不統一や虚構性を問題にする場合、その直後の「ウェルテル」における感情の噴出と決して無関係ではないだろう。つまり、「ゲッツ」において指摘されているかかるネガティブな要素は、作品美学的な要素を度外視するならば、まさに歴史的に一回的なこの作品の個性、つまり作品の本質的なディアレークティックであって、その意味で我々はこの作品の発生に興味を持つのである。

さて、ゲーテの「ゲッツ・フォン・ベルリヒンゲン」自体、他ならぬ歴史的人物、Gottfried von Berlichingen (1480–1562) の自伝に基づいてこれをドラマ化したもので[7]、初稿のタイトルはGeschichte Gottfriedens von Berlichingen mit der eisernen Hand dramatisiertとなっており、すでにタイトルに含まれているGeschichte（出来事）とdramatisiert（ドラマ化）の二語がこの作品の様式的矛盾をある程度露呈している。ところでゲーテが一六世紀のドイツに題材を求めたことがすでに祖国愛の情熱を示しているのだが、これはJ・メーザーの「ドイツにおける強者の時代こそは、名誉の偉大な感情、最高の身体的美徳、独自の国民的偉大さを示した時代である」という思想に直接に影響された所産である[8]。しかるにヘルダーによって導かれたシェークスピアの世界との出会いがなければ、ゲーテの「ゲッツ」はなお存在しなかったと言っても過言ではない。ではゲーテはどのようにシェークスピアを理解し、それを受容したのであろうか？　これはまさに記念碑的ともいえるグンドルフの「シェイクスピアとドイツ精神」という本の中で優れた叙述を見出しているので、我々はかかる研究を前提として進まなければならない[9]。周知のごとく、ゲーテは生涯に亘ってシェークスピアの崇拝者であったのであり、一八

7　Goethes Werke, Hamburger Ausgabe Bd 4. S. 483.
8　Ebd. S. 485.
9　Frierich Gundolf: Shakespeare und der deutsche Geist. 竹内敏雄訳、岩波書店。

世紀ドイツ精神史と言ってもよい「ヴィルヘルム・マイスターの修業時代」はその記念碑ともなっている。特に「マイスター」の中の「ハムレット」解釈は一つの権威のごとくその後のシェークスピア観に作用した面もあるが、しかしその際に人は、そこで問題なのが、あくまでもシェークスピアのドイツ精神に及ぼす作用であり、シェークスピアの受容史であることに気づかず、ゲーテの独断的な解釈と受け止めたきらいがある。

そこで若きゲーテがシェークスピアをどのように受け止めたかは、「シェークスピアの日に」という講演の中で叫びにも近い表現を見出している。「私はまだ、シェークスピアについて大して考えてみたわけではない。私にできるのは、せいぜい漠然とした予感に過ぎない。シェークスピアを読みだしたら、もうその最初の一ページが一生涯離れないほど私を虜にしてしまった。はじめて一作を読み終えると、生まれついての盲目が魔法の手で一瞬のうちに視覚を取り戻したような気がしたものだ。私は自分の存在が無限に広がったのを、実感をもって認めることができた。すべてのものが始めてのように新しく感ぜられた。なれない光に照らされて、私は目に痛みを覚えた。私は次第に目が見えるようになった。よきものを感謝をもって認識するわが守護神のおかげで獲得したものを、私は今もしかとこの身に感じている[10]。」

これはまさしくシェークスピアによる開眼を感謝の念をもって表現した言葉である。しかし若きゲーテを含む当時の疾風怒濤時代の詩人たちにとってシェークスピアが意味するものは、ゲーテ自身の言葉によって端的に示されるように、まず何よりも次のことである。「規則ずくめの演劇とはもはや縁を切るべきことを、私は一瞬たりとも疑わなかった。場所の統一は牢獄のようにせせこましく、筋と時間の統一は我々の想像力をしばりつけるわずらわしい桎梏と思われた。私は自由な大気に飛び上がり、自分には手も足もあるということをあらためて感じた。自分の穴に閉じこもった規則ずくめのお歴々がどんなに多くの不正を私に加えたか、どんなに多くの自由な魂たちがまだその中でもがき苦しんでいるか、それがわかった今、もし、私が彼等に挑戦状を叩きつけ、彼等の塔を突き倒そうと日々努めぬとすれば、私の心臓は張り裂けてしまうだろう[11]。」

およそコルネーユやラシーヌに代表されるところの一七世紀フランス文化に対するドイツ的な戦いはすでに一世代前から始められていたのであり、レッシングの偉大な先駆的事業を忘れてはならない。またこの場合誤解されてはなら

10　中央公論社「世界の名著」所収の「ヘルダー・ゲーテ」S. 299.
11　Ebd. S. 300.

ないことは、ここには一九世紀後半に現れた民族主義・国家主義はおよそ関係がないことであり、レッシングは一七世紀のコルネーユを批判しつつ一八世紀のディドロを受け入れている。厳密に言ってレッシングが敵対したものは、一七世紀フランス文化そのものではなく、それがいわゆる縮刷版的小国に分裂したドイツに直輸入されたもの、つまり、ミニベルサイユ文化と言えるものであった。しかるにレッシングが理論的にはシェークスピアとソフォクレスを同列において、シェークスピアを称揚しつつも、なおその市民劇がディドロの系譜を継承しているのに対して、今や初めてゲーテがシェークスピアというドイツ文化にとっての処女地に根を下ろしたのである。そこでレッシングの「ミンナ・フォン・バルンヘルム」がディドロの影響下に成立した記念碑的な市民劇として、一七六七年以後劇的なジャンルの性格を規定したのに対して、すでに一七七一年、恐らく市民劇の最盛期において、全く傾向の異なるゲーテの「ゲッツ」が現れる(12)。これはハーマンやヘルダーにおいてドイツ啓蒙主義が辿った反合理主義への傾斜の一つの帰結であって、もはやレッシングはゲーテの「ゲッツ」や「ウェルテル」を正当に評価することはできなかった(13)。

二、ゲーテにおける史劇の基盤 —— シェークスピアの「ヘンリー六世」との比較の試み

さて、最初の一ページからゲーテを魅惑したものは、シェークスピアの世界の雰囲気であって、その緊密に構成された劇的な必然性ではなかったと言えそうである。もっとも、この雰囲気こそはシェークスピアのドラマトゥルギーの本質にある要素であって、例えばレッシングにとって、「賢者ナータン」の世界が東方の雰囲気を持つことはさほど問題ではなかったのに対して、シェークスピアの世界では、「アントニーとクレオパトラ」において、クレオパトラの持つエジプトの女王としての雰囲気は重要な要素である。ディドロの系譜を辿る市民劇においては、大雑把に見て、従来の教会の権威に基づく宗教的教育に対置されるところの、美的・倫理的教化の場としての劇場が問題であって、そこに「賢者ナータン」というジャンルが位置し

12　Roland Mortier: Diderot in Deutschland 1750–1850. Stuttgart, Metzler Studienausgabe. 1972, S. 71.

13　「ゲッツ」に関しては市村仁「ゲッツ小論」ゲーテ年鑑（日本ゲーテ協会）1966. S. 25.「ウェルテル」に関しては、Goethes Werther als Modell für kritisches Lesen. Materialien zur Rezeptionsgeschichte, zusammengestellt und eingeleitet von Karl Holtz. Stuttgart, Ernst Klett Verl. 1974.

ていた[14]。それはあくまでも現在の倫理的問題を扱っており、日常的に進行する市民生活の場を対象としたが、対象の発生、つまり歴史的に規定された存在は問題ではなかった。それ故、若きゲーテがシェークスピアによって啓示され、シェークスピアの雰囲気として把握したものは、もちろん、単なる気分といったものではなく、「歴史」として把握された世界の概念であった。その際、それをゲーテがむしろ「自然」として捉えたのは、極めて特徴的なことである。つまりそれは啓蒙主義の遺産としての合理主義的自然の延長線上にありながら、しかも幻想的なもの、妖怪じみたものを包括したのであり、非合理化した自然と言えるものであった。これこそゲーテ的直観の本質であって、この点についてはマイネッケの「歴史主義の成立」の中で印象深く描かれているので、さらに立ち入って論じる必要はない[15]。ゲーテ自身現在の中に聳え立つ過去の存在の妖怪じみた性格についてしばしば言及しているのだが、しかしこのような過去と現在の一致、過去の存在との一体化は、何よりも若きゲーテの創作上の秘密、「シーザー」、「プロメトイス」、「ゲッツ」、「ファウスト」といった歴史的・神話的な形象に対する作者の偏愛となって現れている。それ故またゲーテの「ファウスト」の形象に対する姿勢は、レッシングのファウスト改作の試みとも本質的に異なっている。ゲーテが捉えようとしたものは、現在の空間に漂っている過去の亡霊、幻想的存在なのであって、例えば「ファウスト」の主人公は最初に「高い円天井の狭いゴシック式の部屋」という歴史的な規定性を伴って登場する。さらに「ファウスト」の言語そのものが最初に伝統的なKnittelversの詩形をもって始まり、それがやがて一八世紀流のオシアン的雰囲気や疾風怒濤風のパトスへと移行してゆくと言った具合である。このようにゲーテにあっては、まず存在の発生（Genesis）が問題である。

このように考えるならば、ゲーテが「ゲッツ」の題材に向かった姿勢は、まずゲッツという人格の悲劇性そのものが眼目ではなかったと言えそうである。もちろん、ゲーテがシェークスピアにかくも深く啓発されたのは、その根底に、独自の悲劇的な魂の震撼を経験したからであったが、しかしゲーテが「ゲッツ」の題材をシェークスピア化しようとしたとき、意外にもゲッツの人格を巡る歴史的規定性、一六世紀ドイツの世界の雰囲気の描写が優位を占めることになった。つまり、それはゲッツの人格の悲劇であるよりも前に、騎士道、秘密裁判、農民戦争、神聖ローマ帝国、宗教改革、ジプシーといった一六世紀ドイツの歴史絵

14　市民劇の一般的性格については前掲書Roland Mortier.

15　F・マイネッケ「歴史主義の成立」（筑摩書房）。

巻となったのである。これがまさしく初稿「ゲッツ」の世界であって、主人公自体一六世紀の雰囲気の一成分でしかない。特に初稿の第五幕における妖婦アーデルハイトやジプシーを巡る抒情主義と悪魔主義は「ファウスト第一部」のブロッケン山の雰囲気を先取りしているが、これは決定稿においては完全に姿を消さねばならない要素であった。つまりゲーテにおいてはまず最初に一六世紀の空間の雰囲気的描写が問題であって、次にゲッツの人格の悲劇性を巡る構想が改作を余儀なくさせたということであろう。

　ではゲッツの人格における悲劇性とはどのようなものであったのだろうか？　ここには、まさにヘルダーやメーザーが代表している一八世紀の思想が深く沁み込んでいる。すでに言及したように、メーザーは個人的な多様性や完全さを抑圧してしまう一八世紀の法秩序と戦争方式に対して、一六世紀の無政府時代における強者の権利を称揚したのである。ゲーテがゲッツの形姿に着目したのは、このような思想的背景を持っている。またここにはヘルダーによってドイツに導入されたルソー主義の本質があり、一八世紀をデカダンスの時代と見做し、原初的な自然状態を理想化する思想が浸透している。ところがこのように観念的な時代傾向そのものはまさに「単に思考された」ものであって、悲劇的な魂の震撼とは元来無関係である。つまりそこから出てくるものは、高々時代につきまとう不正の観念であって、その漠然とした敵手と対決するゲッツ自体もまた、正義や自然の抽象的な観念とならざるを得ないであろう。少なくとも、このような問題意識、つまり一八世紀の史観を一六世紀の騎士的題材に盛り込んだ劇は、もはやシェークスピアの史劇からいかに遠いかは想像できるだろう。確かにシェークスピアもまたその史劇「ヘンリー六世」において、ばら戦争という身近で、切実なイギリスの過去を出発点としている(16)。この「ヘンリー六世」という三部作は、言うまでもなく、フランス悲劇のように、同じ場所で二四時間以内に一つの出来事が完結するといった三一致の法則を守ったものではなく、それを本質的に打ち破っている。その秘密は恐らくばら戦争というイギリスの切実な過去であり、悲劇的な題材の豊富さなのである。ヘーゲル流に言えば、まさに内容が形式を打ち破ったのであり、内容が同時に形式となったのである。従っ

16　「ヘンリー六世」に関しては、King Henry the sixth, the arden edition of the works of William Shakespeare, 並びに菅康男氏の邦訳（筑摩書房）と解説を参照した。なお、シェークスピア学者にあっては「ヘンリー六世」第一部がシェークスピアに属するか否か疑義もあるようだが、今日ではこれがシェークスピアの初期作品であることは定説のようである。因みにルカーチの歴史小説論（白水社）やF・グンドルフのシェークスピア研究では「ヘンリー六世」をシェークスピアの作品として統一的に理解している。

て、シェークスピアにとっては、ばら戦争の題材を三一致の法則で縛ることは馬鹿げたことであったに違いないのだが、しかしそこから派生してくる叙事的な性格はあくまでも結果にすぎないのであって、個々の局面は劇的な迫真性をもって描かれているのである。そこで描かれているものは、世界が没落する必然性であって、個々の人物はその必然性に耐え、その必然性を是認する。悲劇的な魂の震撼とは、かかる運命の必然性をまさに一回的な体験として劇的に再現することに他ならない。そこには恐らくエリザベス朝という絶対王政を支える史観の本質があるのだが、諸人物はあくまでも必然的なものとして捉えられた歴史を肯定するのであり、その必然性の彼岸に、かくあるべき時代像など描きはしない。歴史は一回的で繰り返されないものであって、リチャード三世のような特異な性格が発生する論理は、封建制解体期におけるマキャベリズムと同様に、必然であり、歴史的一回性を意味する。つまり、それは決して理想的形姿ではない。しかるにゲーテにあっては、一八世紀をデカダンスの時代と定立して後、その反定立としての普遍的人間性と自然が問題であったとすれば、ゲーテの歴史的構想はシェークスピアのそれと逆方向に向かっている。すなわち、シェークスピアにおいては騎士階級の没落と封建的倫理の崩壊が必然であったのに対して、ゲーテにおいては、むしろ新しい意味の騎士的倫理の崇拝、騎士ロマン主義の発生を意味する。もちろん、シェークスピアにおいても、没落する騎士階級を美化する面がないとは言えないが、しかし騎士的倫理を文化的理想として時代に対置することは思いもよらないであろう。

さて、シェークスピアによる開眼の結果として生まれた「ゲッツ・フォン・ベルリヒンゲン」という戯曲自体、このように本質的に矛盾を含んでいることになる。すでにグンドルフが指摘しているように、そこには二つの力が働いていて、それらがお互いに助け合うよりは、むしろ妨げあっているのである。そこで初稿「ゲッツ」においては曖昧なかたちで含まれていた矛盾が、決定稿では自覚されることによって一層先鋭化したわけで、ゲーテ自身告白しているように、同時に多くの貴重な雰囲気的要素を失うことにもなった。しかるにゲーテがシェークスピアから学んだものは、多くの疾風怒濤の作家たちのように、単なる表面的な自然主義に堕するものではなく、まず何よりも現在を構成する歴史的性格を認識し、一六世紀ドイツを現在に呼び戻し、ドイツの過去と一体化して、それを現在の一成分として把握した点にある。従って、それはばら戦争のプロセスを生き生きとした局面において現在に浮かび上がらせたシェークスピアの手法と何ら変わるところはないだろう。しかし、シェークスピアの「ヘンリー六世」における悲劇的な諸局面があくまでも封建制解体の死の舞踏であるのに対して、ゲーテの「ゲッツ」の場合には、過去から浮かび上がってくる形象は雰囲気としての自立性を要求する。それは抹殺される必然として過去から浮かび上がるのではなく、過去は独自の空間として現在に対置される。しかし現在の関心事としての不正やデカダンスも形象化を要求しているのであれば、これは一種のディレンマである。確かに「ヘンリー六世」もまた多くの不正や奸計に満ちており、諸人物はそれによって滅びる。しかし彼等自身も策略をめぐらす人間であり、権力への意思を体現しており、権力主義は彼等の人間性の本質にある。彼等は人間性内部の弁証法によって滅ぼされるのであり、そこにシェークスピア史劇におけるネメシス（復讐）の構造がある。しかしゲーテの「ゲッツ」は高貴な人間性であるにもかかわらず、不正と奸計によって滅ぼされるのである。

三、「ゲッツ」の提示部の分析

さて、以上のことから、「ゲッツ」を生み出した二つの拮抗する衝動、一方では一六世紀ドイツの過去を雰囲気として浮かび上がらせる目的と、他方では時代的傾向として把握された不正やデカダンスの観念を描出するという目的のディレンマが理解できるだろう。そこでこのような観点から、具体的に作品の世界に立ち入り、この作品の力学的構造を明らかにしたいと思う。初稿「ゲッツ」の最初の場には、二人の騎士と農夫と御者が登場して、ヴァイスリンゲンをめぐる農夫と御者の会話を二人の無名の騎士が立ち聞きして、それをヴァイスリンゲンの敵手であるゲッツに報告するために退場してゆくという設定がある。この場は決定稿と比較するならば、明らかに筋の上での停滞を示しており、ヴァイスリンゲンとゲッツのいずれが主人公であるかさえ明確ではない。御者はヴァイスリンゲンの騎士的な美徳や気前の良さを称賛するが、それに対して農夫は彼の宮廷的な洗練と騎士的粗野の欠如を非難する。しかし農夫はそれをゲッツに関連させているわけではない。農夫が非難しているものは単にヴァイスリンゲンのみではなく、一般的に騎士階級そのものであって、しかも騎士的存在の直接的な粗暴さではなく、その間接的な搾取の構造である。しかるに決定稿では御者と農夫の会話は完全に削られて、ゲッツ側とヴァイスリンゲン側の騎士たちの争いで置き換えられている。確かにそれによって決定稿ではすでに第一場面から劇的な運動が生じたわけで、ゲッツが高貴な人間性としてクローズアップされ、ヴァイスリンゲンはバンベルクの僧正を中心とする不正の館に属する人物であることが判然とする。今やゲッツ側の二人の騎士もジーファースとメッツラーという名称を持ち、第五幕の農民戦争の首謀者がメッツラーであることによって、作品としての一貫性も生じる。また、この二人の騎士の会話から、ゲッツの高貴な人格に加えられた不正、それに対するゲッツの抗争としてヴァイスリンゲンを待ち伏せしている状況が浮かび上がる。元来、バンベルクの僧正が契約を破ってゲッツの小姓を捕らえるというモチーフは、初稿「ゲッツ」ではゲッツの妻のエリザベートによって語られているのである。このように決定稿の諸場面ではゲッツをめぐる葛藤の構造が浮き彫りにされるが、しかしその反面、御者と農夫の会話によってもたらされる中世庶民の独自の雰囲気、歴史的な階級の構造が消失したことになる。

さて、最初の二幕を通じて初稿と決定稿の間に構想上の大きな差はなく、おおむねゲッツとヴァイスリンゲンという二人の騎士の人間的抗争が中心テーマである。ここではシェークスピアの「アントニーとクレオパトラ」の劇的な展開の仕方が図式として当てはまる。すなわち、シェークスピアのこの劇では、オクティヴィアス・シーザーとマーク・アントニーはシーザー暗殺以来のローマの抗争における戦友であるが、アントニーはエジプトの女王クレオパトラの妖魔に捉えられ、徐々にシーザーの支配権から独立してゆく。しかし一時的にアントニーはローマに帰国して、シーザーの姉のオクティヴィアと結婚して、ここに政治的な和解が成り立つ。しかしシーザーの予感した通り、二人の友情を固めるためのこの美徳の権化は、皮肉にも二人の友情を切り崩すための槌となる(17)。ところでゲーテの場合にも、ゲッツとヴァイスリンゲンは少年時代をカストールとポルックスのように過ごした間柄であり、ヴァイスリンゲンはその後奢侈と追従にみちた宮廷生活に毒されてゲッツから離反してゆくが、しかし一時的にヴァイスリンゲンはゲッツの館に捕らえられている間にゲッツとの友情を再確認して、ゲッツの妹マリアと婚約する。そこで、ヴァイスリンゲンがゲッツとマリアを裏切って、バンベルクに寝返り、妖婦アーデルハイトと結婚することが劇の前半の緊張を与えている。このようにシェークスピアの「アントニーとクレオパトラ」との外面的な類似にもかかわらず、すでにグンドルフが指摘しているように、ここにシェークスピアの影響の本質を問題にはできない。シェークスピアの劇では世界帝国の成立という歴史的な瞬間が個々の人物の弁証法として提示されており、友情や恋愛はあくまでも英雄の悲劇的没落の色彩豊かな背景であり、雰囲気にすぎず、独自のテーマとして浮かび上がることはない。しかるにヴァイスリンゲンの場合、ゲッツに対する友情の破棄とマリアに対する不義は、ヴァイスリンゲンの没落の心理的原因であり、彼は内面的に断罪される。ヴァイスリンゲンの没落は歴史的な出来事としての必然性を持たず、歴史から遊離した善悪の問題である。

さて、次に主人公のゲッツが初めて登場するHerberge im Waldの場合は初稿のままである。最初に少年ゲオルクとゲッツとの対話があり、続いて僧マルティンとゲッツと

17 「アントニーとクレオパトラ」(第三幕第二場) シーザーの言葉を参照。

の対話になっている。ところでこの場面でもゲッツの悲劇の構造は明確ではない。ゲッツは最初に、仲間の裏切りからバンベルクの僧正を取り逃がしたことに対する穴埋めとしてヴァイスリンゲンを捕らえようという決意を述べる。しかし、場面の雰囲気として浮かび上がるものは酒盛りをするゲッツの姿であり、何ら悲劇的な予感はない。この場面では、もっぱら少年ゲオルクと僧マルティンの視点から、主人公ゲッツに対する崇拝が語られる。少年が主人のハンスのだぶだぶの鎧を着て現れ、幾分ユーモラスな雰囲気を持った会話が展開するが、その中で少年ゲオルクは早く戦場で活躍したいという願望を述べ、それに対してゲッツは思いやりに満ちた制御の姿勢を示す。ここにはいかにも父親と息子の対話の雰囲気があるが、しかし、ゲオルクはゲッツの息子ではない。ゲッツにはカールという実の息子があり、これは全く修道院向きに育ったひ弱な性質で、乱世に適した人格ではない。これは幾分奇妙なことである。この劇の最後の場面でゲオルクの戦死の報を聞くことがゲッツの精神的な致命傷となるわけで、少年ゲオルクこそはゲッツにとって最も大切な存在であってそれを失うことがゲッツの悲劇と言っても過言ではない。しかるにゲオルクはゲッツの息子ではない。これをシェークスピアの「ヘンリー六世」におけるトールボット父子の悲劇と比べるならば、いかに悲劇の構造が異なるかが分かるだろう。トールボット父子の場合には、父と息子が祖国愛と君主に対する忠義において一致しており、何よりも騎士的な名誉を重んじている。そこで父子の自然な情愛は騎士的な徳と矛盾するわけで、危地から逃亡することが恥である以上、父は息子を救い得ないし、息子は父を救い得ない。その矛盾の解決は父と息子が同時に死ぬこと以外になく、かくて父と子の最初の出会いが死の瞬間となる。この場合、トールボット父子の悲劇はまさに父と子の関係であることによって意味を持つわけで、これがゲッツとゲオルクのような関係であるならば悲劇の魂を失うであろう。ここでは家父長的な倫理の崩壊が歴史的な必然性としてトールボット父子の周囲にめぐらされているわけで、トールボット父子の悲劇はその最後の局面として、過去を一瞬美化する。しかるにゲッツの場合には、息子カールは騎士的倫理から見れば不肖であって、ゲッツの活躍はせいぜい一世代にすぎないのであれば、ゲッツの存在自体封建的な家父長の観念から遊離した地点に求めざるを得なくなる。また、「これからは、りっぱな男が必要だ。いっておくが、ひどい時節がやってくる。大名どもは、今嫌っているような男を、探し出して、金銀を差し出すようになるぞ。」（第二場）というのがゲッツの時代把握であるならば、ゲッツの存在はすでに息子によって裏切られたことになる。そこでゲオルクのゲッツに対する敬愛、忠誠、崇拝はゲッツにとって最も大切なものになるが、しかし、この二人の関係の設定自体幾分歴史的な規定性から遊離して観念的たらざるを得ない。つまり、ゲオルクとゲッツがあたかも父子のように振る舞うことは一八世紀流の共同体の観念だと言い得るかもしれない。

　次に僧マルティンの登場を検討してみよう。これもまた劇のダイナミズムにとってはネガティヴなエピソードだが、形象空間の独自性という点では印象深いものがある。ここでもまた僧マルティンの視点からゲッツの人格が称揚されるが、少年ゲオルクの存在が世代的・年齢的なコントラストを示すのに対して、僧マルティンの存在は、僧侶と騎士という生活様式のコントラストを示している。少年ゲオルクが幼少であることによって、騎士的存在の充実を未だ知らないのに対して、僧マルティンは修道者として禁欲的な生活原理を課せられている。そこでゲッツの酒盛りの最中に僧マルティンが現れて、ゲッツが酒を勧めると、僧マルティンがこれを断って一杯の水を求めることは、両者のコントラストを非常に具体化する。一方、バンベルクの僧正の館が階級的なヒエラルキーの構造を問題として含んでいるのに対して、ここでは単に生活様式や人生的理想の相違が浮き彫りにされる。エンゲルスの「ドイツ農民戦争」が明らかにしているような一六世紀のドイツの社会的階層の観点で見れば[18]、ゲッツが没落しつつある騎士階級として諸侯(Fürsten)の下位に位置するのに対して、僧マルティンは修道院分長(Prior)に仕える下層僧侶の身分である。従って、僧マルティンとゲッツとの対話は単にゲッツの存在の「自然」(Natur)を称揚するのみではない。ゲッツと僧マルティンを結び付けるものはあくまでも平民的な感情であって、僧マルティンは生活の独自の雰囲気を持っている。それは初稿から削られた御者と農夫の対話と同様にある歴史的な真実を伝えている。なぜなら、一六世紀農民が常に農民戦争として、つまり被抑圧者のイデオロギーとして捉えられないように、僧侶階級もまた常にバンベルクの館、つまり不正の象徴として捉えられないからである。

「僧マルティン：この世に不自由でないものがございましょうか！　何よりも不自由であるのは、人間らしくできないことです。貧乏、禁欲、服従、——この三つの定めはその一つ一つが人間の自然にとって我慢しがたく、すべてが耐えがたいものです。そして一生涯この重荷を背負って、それよりもっと苦しい良心の責め苦を受けながら這いつくばるなんて！　旦那さん！　あなたの生涯の苦労なんて、人間が生きて育ち、栄える最良の本能さえ、神に近づくという間違えた欲望のおかげで呪詛する階級の惨めさに比べたら何でもない

18　エンゲルス「ドイツ農民戦争」(岩波書店、大内力訳)及び大内力氏の解説。

ことですよ。」

このように僧マルティンは、ゲッツが自然そのものであるとすれば、自然の信奉者であり、その意味で世俗的・平民的な感情の持ち主である。僧マルティンは相手が鉄腕騎士のゲッツであることを発見すると、次のように叫ぶ。「さては、あなたさまはゲッツ・フォン・ベルリヒンゲンさま！　あなたさまにお会いできたことを神に感謝せねばなりますまい。大名たちに憎まれ、虐げられたひとびとには慕われているあのおかたに」と。しかしこの劇において、諸侯と対立するゲッツの姿は浮かび上がるが、被抑圧者の味方としてのゲッツの像は必ずしも明確ではない。マルクスがゲッツを「あわれな奴」と評したのは周知の事柄である(19)。この言葉が歴史上の人物を指しているのか、ゲーテによって創られた人物像を指しているかは判然としないが、少なくともゲーテがこの人物を題材として選んだことと、この人物の歴史的規定性が逆にゲーテの創作に限界を与えたこととは表裏の関係にあるので、マルクスの批評は両者に同時に向けられていると言ってもよいだろう。確かに僧マルティンの言葉にかかわらず、ゲッツの悲劇性は見えてこない。何故にゲーテのゲッツが人格としての独自の雰囲気を持ちながら、しかも悲劇的な形姿に高まり得ないかは、ゲッツの果たす歴史的役割の弁証法の認識が欠けているところから来るのであろう。例えばフランス革命を題材とするビュヒナーの史劇「ダントンの死」においては、革命がSaturn（土星）のごとく自ら生み出した子ダントンを滅ぼしてゆく革命の真の弁証法が描かれている。この場合、ダントンが革命をもたらしたのではなく、革命がダントンをもたらしたわけで、ダントンは民衆を愛するが故に、民衆によって滅ぼされ、民衆の欲望を先取りするが故に、民衆によって復讐される(20)。このビュヒナーの作品自体ゲーテの「エグモント」を継承している面があるが、すでにネーデルラントの独立戦争を題材とするゲーテの「エグモント」でも、史劇「ゲッツ」の延長線上にありながら、歴史的人物の弁証法の認識としては、「ゲッツ」よりも一層深化を示している。ゲーテの「エグモント」の場合には、エグモントは民衆の代表者であるけれども、民衆の不在というネガティヴな動機で滅びるわけで、悲劇の弁証法は幾分神秘的でデモーニッシュなもので蔽われてしまう。しかしエグモントはもはや独裁者アルバの奸計によって滅ぼされる単なる受動的存在ではない。彼はすでに自己の運命を深く認識しており、自己の運命から逃れようとは

19　ルカーチ著作集第三巻（白水社）S. 174.
20　Peter Szondi: Schriften I, Frankfurt am Main. Suhrkamp, 1978. S. 254. Dantons Tod.

しない。彼はアルバの仕掛けた陥穽に愚かにも陥るのではなく、あくまでも自覚的に死地に赴くのである。ゲーテが「エグモント」において初めて理解を示したデモーニッシュで超現実的なものとは、元来歴史的人物の弁証法に関わるものだが、ビュヒナーの「ダントンの死」なども思想的にはその延長線上にあると言える。ダントンがロベスピエールを訪問し、故意に自己の死を招くべくロベスピエールの怒りを掻き立てるところなど、独裁者アルバに対するエグモントの姿勢と並行している。しかるに「エグモント」において到達したゲーテの悲劇の認識はゲッツの段階では未だない。「エグモント」における神秘的・超現実的な領域が、新しい歴史的・政治的世界の弁証法の認識に由来するのに対して、ゲッツは単に自由奔放な個人であり、ゲッツの存在はややもすると、歴史的・政治的な次元から遊離してしまいかねない。

四、「ゲッツ」の家族と一八世紀の社会構造

　さて、修道院の禁欲生活に閉じ込められた僧マルティンの羨望の対象となっているものは、単に酒盛りをするゲッツ、戦場で活躍するゲッツのみではない。これらがゲッツの体現する自然の属性であることは言うまでもないが、今や戦利品を携えて家庭に帰るゲッツを安らかな眠りが待っている。ゲッツは今や鎧を脱ぎ捨ててベッドに身を横たえることができるが、これを僧マルティンの羨望に満ちた眼差しは「幸福」と言い、「天上の予感」と称える。さらにゲッツを待ち受けている女房に関して、僧マルティンは「貞淑な奥方をもたれたかたはしあわせです。二倍の人生を生きます」と言ってゲッツを祝福し、「被造物の鏡」とも言うべき女性を知らない自分をいまいましく思う。そこで次の場面では、僧マルティンの祝福通りに、ゲッツはヴァイスリンゲンと三人の従僕を捕らえてヤークストハウゼンのゲッツの城に帰ってくる。今や、そこではゲッツの妻のエリザベート、ゲッツの妹のマリア、ゲッツの息子のカールが一つの纏まった世界を形成している。このような家庭的で親密な場もまたゲッツの自然の一属性である。つまり、戦場で活躍する自由奔放で強力な個人は、今や家庭という保護された領域で正真正銘の個人となる。ここには幾分ゲッツを巡る一六世紀的題材に、一八紀の社会的構造変化が浸透してきたと言えないだろうか？

　この点については、J・ハーバーマスの著書『公共性の構造転換』が啓発的である(21)。この著作は近代西欧を特徴付ける社会学的類型としての家父長的小家族に着目し、それを市民革命のイデオロギー的準備としての啓蒙主義哲

21 Jurgen Habermas: Strukturwandel der Oeffentlichkeit 8.Aufl. Berlin, Luchterhand 1976.

学、ならびに小説や市民劇といった文学的ジャンルの発生と関連させている。自由、個人、普遍人間性といった近代的概念は、かかる個人的で親密な家族的形態を母胎として発生してきたものなのだが、その際これらの概念は、元来が主観的・内面的なものであり、つまり、プライビットなものでありながら、しかもたえず公的なものとしての権利を主張するところに特徴がある。一七、ないし一八世紀における家族はまさに私的であることによって政治的機能を果たしたとすれば、革命以後のブルジョア社会では、家庭生活は文字通り私的な営みであって、歴史的・政治的な必然性から脱落してしまう。このように家父長的な小家族を社会学的に新しい私的な領域として措定して、これを公的で政治的な機能と関連させながら、その生成と機能喪失を問うことがこの書のテーマと思われるが、これは近代文学の理解にとっても示唆に富むものである。すでにソンディは「市民的悲劇の理論」において、ハーバーマスの家父長的小家族のモデルとしてディドロの Le père de famille（一家の父）を取り上げ、これを分析している[22]。元来市民劇自体、市民的ジャンルとして発生してきた小説の派生的形態とも言うべきもので、これはディドロのリチャードソンに対する崇拝によっても裏付けられる。これらの市民的ジャンルに共通したテーマは、宮廷的・バロック的な気まぐれ、つまり公的・政治的世界の専制主義に対して、私的で親密な世界を対置し、隔離された内面生活を称揚することである。従って、市民的感傷主義とは文字通り私的なものの讃美なのだが、階級的意思の表現としては潜在的に公的なものを志向している。

そこで次に我々はゲッツの家族がどのようなものかを考えてみよう。ヤークストハウゼンのゲッツの城では、ゲッツがヴァイスリンゲンを連れて登場する前に、ゲッツの妻エリザベート、ゲッツの妹マリア、ゲッツの息子カールの間に交わされる会話は騎士的世界の雰囲気というよりも、「ウアマイスター」で描かれているような小市民的世界の雰囲気に近いのではなかろうか？　およそ封建的家族においては公と私の区別はなく、政治的世界における騎士としての任務は、父と子、夫婦といった家庭的な倫理と相互に浸透しあっていると言えよう。シェークスピアの「リア王」においてはリア王と三人の娘との関係はクローズアップされるが、三人の娘の母親の存在は全く欠落してしまう。ここでは公であると同時に私である歴史的・政治的世界の弁証法に関わる者のみが登場するわけで、独自の形象空間としての家庭は描写に値しない。従って、リア王の三人の娘やヘンリー六世の妻のマーガレットのように、まさに女性であることによって、特殊な歴史的役割を果たす

22　Peter Szondi: Die Theorie des bürgerlichen Trauerspiels im 18. Jahrhundert. Frankfurt am Main, Suhrkamp 1977. S. 124.

ことはあっても、市民文学におけるように家庭の保護者としての女性の美化は全く問題にならない。しかるにゲーテのゲッツの場合には、ヤークストハウゼンの城は主人公の個人的生活の場としての独自の空間を形成している。例えば、ゲッツが自分の衣服をヴァイスリンゲンに貸し与えるところや、食事に関する会話など日常的なレヴェルを描いており、歴史的・政治的な使命を幾分忘れさせてしまう。こうしたゲッツを巡る家族の問題を「エグモント」と比較するなら一層明瞭になるだろう。この「エグモント」という史劇もネーデルラントのスペインからの独立に関する伝記的な資料を題材としているわけだが、史実にあるエグモントは大家族をかかえた人物である。ところがゲーテはこの家族の側面を全く削り去ってエグモントを独立した英雄としてクローズアップし、この英雄と庶民的な少女クレールヒェンとの恋愛に照明を当てたのである。しかるにシラーはそのことでゲーテを批判したし、その他にもこの劇に関して種々の誤解を示しているようである(23)。概して、シラーは人間を善と悪に鋭く分ける傾向があり、「エグモント」の演出に際しても、アルバの残忍さを強調しようとしている。ともかくゲーテがエグモントから家族を削り去ったことによってエグモントの悲劇は可能になったわけで、ゲッツに比べればはるかに市民的な題材を用いながら、しかも歴史的・政治的な世界の弁証法への深化を示すことで、それは新しい意味での史劇になったと言えるだろう。

　さて、「ゲッツ」の場合には、一六世紀的題材に余りにも深く市民的感情が流れ込んでおり、ゲッツの果たす歴史的役割の弁証法が描かれているというよりは、それは市民的な自由崇拝、英雄崇拝の所産である。それ故一方ではゲッツの世界はたえず不正とデカダンスによっても囲まれている。ゲッツはヴァイスリンゲンと僧正によって代表される宮廷的な洗練や気まぐれと戦う一方では、息子カールによって代表されるようなひ弱な世代と戦わねばならない。これは幾分不整合だが、これは当時のドイツの市民的イデオロギーの混迷から来るものといえよう。なぜならゲーテは宮廷的・バロック的な専制主義と戦う反面、小市民的な狭隘さ、来るべき文化のデカダンスとも戦わねばならないわけで、古い世代と新しい世代を同時に敵にまわしているからである。そこにゲーテが一六世紀的題材を取り上げたことの一つの意味がある。それは過去であることによって積極的な意味を持ったのだが、一方余りにも深く現在の関心事、「単に思考された」ものがそこに流れ込んだのである。

　ヤークストハウゼンのゲッツの城では、それ故、ヴァイ

23　Goethes Werke, Hamburger Ausgabe Bd 4. Trunz 教授による注参照。

スリンゲンの運命のみならず、ゲッツの息子カールの運命をめぐって、エリザベートとマリアの対話が展開する。初稿ではこれはかなりの比重を持ったテーマであったように思われるが、決定稿では大分縮小され、また変質している。シュタイガーがその不快さを指摘しているように(24)、初稿ではゲッツの妻エリザベートは幾分ゲッツの思想的代弁者という役割を持っているようである。初稿から削られたものに、次のようなカールを巡るエリザベートとマリアの対話がある：

「マリア：私の兄は坊やを修道院に送るなんて決心できるかしら？
エリザベート：きっとそうなるわ。カールが将来どんな騎士になれるか想像するだけでいいわ。
マリア：きっと立派で高貴な、崇高な役割でしょうね。
エリザベート：もしかして何百年もたって、人間性がひどく衰えたころにはね。今じゃ地所の所有だってままならないから、家長になれるのは男たちだわ。カールが奥さんをもらうとしても、彼の方が女らしく見えるでしょう。」

この対話はカールを修道院に送るか否かをめぐっているが、マリアがカールに気高い騎士としての役割を期待するのに対して、エリザベートはこの世の中で息子カールに相応しい場所は修道院しかないと断言する。「カールが妻を娶れば妻も彼ほどに女らしくはない」とか「ひ弱なものは修道院に逃げ込むしかない」とか、母親の息子に対する言葉としてはかなり不自然である。初稿のエリザベートにしろ、アーデルハイトにしろ、シェークスピアの「ヘンリー六世」におけるマーガレットのような女傑の傾向を示しているが、アーデルハイトはともかくとして、初稿のエリザベートは必ずしもゲーテ的な本質から生まれた形姿ではなかろう。少なくとも決定稿においてはエリザベートの形姿は変質し、息子に対する姿勢は次のように変わる。

「マリア：カール、あなたは将来あなたのお城で敬虔なキリスト教的騎士になることでしょう。自分の地所にしたって、やるべきことはたくさんあるわ。りっぱな騎士だって戦場に出れば、正義よりも不正のことを多くするのだから。
エリザベート：マリアさん、あなたはなんてことを言うの。坊やが将来ますます勇敢になって、私の夫に不実なことをしているヴァイスリンゲンのようにならな

24　Ebd. Emil Staiger Bd I. S. 90.

いことを、神様にお祈りしているのよ。」(25)

このようにエリザベートの息子に対する断罪は、息子の将来に対する期待で置き換えられているが、これは市民的な感情の表現として自然だと言えよう。

五、ヴァイスリンゲンの悲劇性

さて、ゲーテの「ゲッツ」があらかじめ如何なる構想もなしに作者の気の向くままに書き下ろされたものであるだけに、この作品の生成には興味深いものがある。この作品の中心テーマは一六世紀の騎士ゲッツ・フォン・ベルリヒンゲンの運命であるのみならず、すでにヴァイスリンゲンの運命、つまりフリーデリケ体験の告白という論理を持ったのだが、一方ヴァイスリンゲンを誘惑するアーデルハイトも単にヴァイスリンゲンに対する関係においてではなく、独自の運命として作者の興味をひいた。この点については、「詩と真実」における作者自身の告白が明らかにしている。

「構想も腹案も立てないで、ただ想像力とある内的な衝動とのおもむくままにまかせたのだから、最初のうちは主題からはずれることもまあなく、初めの数幕は目指す意図に完全に沿った出来栄えだと見られたが、それに続く各幕、ことに終わりの方では、ある不思議な激情が知らぬまにわたしの心をらっし去っていた。アーデルハイトを愛すべき姿に描き上げようと努めているうちに、わたし自身彼女にぞっこん惚れこんでしまい、思わず筆は彼女にばかり走って、彼女の運命に対する関心が圧倒的になり、それでなくとも終わりごろにはゲッツは置き忘れられたかたちで、やがてただ不運にも農民戦争に参加するために帰ってくるにすぎないのだから、芸術上の拘束をかなぐり捨てて、新領域で腕試しをやって見ようと考えていた作者の胸中で、魅惑的な一女性がゲッツを押しのけてしまったことも、思えば当然すぎることだったのだ。わたしの文学の本性が自分をたえず統一へと駆り立てたから、この欠陥、いやむしろこの咎めるべき行き過ぎにすぐ自分でも気づいた。そこで今度はゲッツの自叙伝やドイツの古文書のかわりに、自分自身の作品を念頭において、それにますます多く歴史的かつ国民的な内容を与えよう、そしてそこに付きまとう仮構的な要素、または単なる激情的な要素を消し去ろうと努めたが、そのためにむろん少なからぬものを犠牲にしたのは、人間的な嗜好は芸術的な信念に譲歩せざるを得なかったからである。こうして例えば戦慄すべき夜のジプシーの

25 作品からの引用は井上正蔵訳『ゲッツ・フォン・ベルリヒンゲン』（人文書院）を利用する。

場面にアーデルハイトを登場させ、美しい彼女の出現に奇跡を行わせて、なにか大したことでもやり遂げたつもりになっていた。それからさらに詳しく検討を加えた結果は、彼女をその場面から削ってしまい、また第四幕と第五幕でフランツと彼の女主人とのあいだの恋のいきさつがくだくだと述べてあったのもしごくあっさり片付いて、ただその主要な契機だけを浮かびださせるにとどめた(26)。」

さて、このような初稿の段階では、特に第五幕においてアーデルハイトを中心としたメロドラマ的発展があったわけだが、これは劇の統一のために決定稿では削られたのである。しかるに第五幕は初めて主人公ゲッツの悲劇の前提とも言うべき農民戦争を描いているわけで、またしてもゲッツの悲劇の認識がアーデルハイトの抒情的・悪魔的雰囲気のために押しのけられたとすれば、今や劇の統一のための部分的修正が行われたとしても、それによってゲッツが新しい生命を得て生まれ変わったとは言えないだろう。これはゲーテの「ゲッツ」の限界であって、決定稿においてもドラマの中心は、ゲッツ、ヴァイスリンゲン、アーデルハイトの運命へとそれぞれ分散しているのである。

そこで次に我々はヴァイスリンゲンの死の場面を考察してみよう。およそこのドラマの中で悲劇的な局面を示しているのはこの場面だけであると言ってもよいだろう。ヴァイスリンゲンの最初の独白の部分を引用してみよう：

「おれはこんなに体の具合が悪くて、弱っている。骨という骨が空洞になってしまった。忌まわしい熱病が骨の髄までむしばんでしまった。昼も夜も心が落ち着かず、休めない。うつらうつらするかと思えば、もう不吉な夢を見る。昨夜も森の中でゲッツに会う夢を見た。やつは剣を抜いて決闘を迫った。おれはおれの剣を掴もうとしたが、手が動かない。そのときやつは剣を鞘におさめる。さげすんだようにおれを見て、その場を立ち去った。——奴は捕まっている。だのに、おれは奴がこわい。なんという、あわれなおれだろう。おれの言葉が奴に死刑を宣告した。それだのに夢の中の奴の姿におれは罪人のように怯えている。奴を殺すのか、ゲッツよ！　ゲッツよ！　おれたち人間は自分で自分を動かせない。悪魔がおれたちを動かす力をもっている。だから、奴らの地獄の意志でおれたちは亡びる。（彼は腰をおろす）つかれた！　つかれた！　おれの爪はなんと青いことか！　——冷たい、冷たい身を食い滅ぼす汗がおれの体を縛っている。視界はぐるぐる回る。ああ、眠れると良いのだが。」

26　ゲーテ「詩と真実」（人文書院）10巻。S. 114.

この独白で示されているように、ヴァイスリンゲンの敵手であるゲッツは捕らえられ、まさにヴァイスリンゲンによって死の宣告が下されたのである。しかもなおヴァイスリンゲンは犯罪者のようにゲッツの幻覚の前で震えている。彼は自己をあわれな人間と呼び、「悪魔がわれわれを動かし、その地獄の意思を貫徹してわれわれを亡ぼす」と言っており、ここにはデーモンの支配として把握されたゲーテ的な悲劇の観念の最初の萌芽がある。さて、ヴァイスリンゲンの没落を招くに至った背景を述べるならば、ヴァイスリンゲンは元来アーデルハイトに誘惑されて、ゲッツとその妹のマリアを裏切ったにもかかわらず最終的にはアーデルハイトと彼自身の部下フランツに裏切られてアーデルハイトによって毒殺されるのである。従って、ここにはドラマの複雑な人間関係が一つに集中したわけで、ゲッツに死の宣告を下す瞬間がまさに自己の没落の瞬間と重なる。勝利と敗北、成就と死という悲劇的イロニーがここにはある。このような解きがたい矛盾を持ったヴァイスリンゲンの前にかつての恋人マリアが現れて、兄のゲッツの赦免を求める。そこでヴァイスリンゲンがゲッツの死の宣告に署名した書状を破るとき、ヴァイスリンゲンの没落は英雄的な高まりを示すわけで、我々はここにいわゆる悲劇のカタルシスを経験する。なるほど、ヴァイスリンゲンが自己自身の死の宣告を部下フランツの口から知らされるのはその直後であるが、最初の独白がすでに死の予感に充ちていて、ヴァイスリンゲンの没落と自己克服は必然的なものとして統一されている。この場面自体緊密に構成されていて、悲劇的な魂の震撼をもたらすのである。これは作者の原体験が表出したものであって、単なる虚構から生まれる感情ではない。フリーデリケ体験という実在する根源的な感情がなければ、この場面の迫力は生まれなかっただろう。

しかるにこれはドラマの唯一の悲劇的局面であって、ゲッツの部下ゲオルクの死は単に回想されるだけであるし、ゲッツ自身の死は観念的・問題的であって、魂の内側から発動するものではない。そこでヴァイスリンゲンの挿話を「ゲッツ」という史劇の枠内に置いて見るとき、一方では現在の感情の表出は悟性的な関連のために抑えられねばならなかったし、他方では史劇の統一そのものが損なわれねばならなかったと言えるだろう。ゲーテが「クラヴィーゴ」においてヴァイスリンゲンの問題を一層発展させねばならなかったのはそのためだが、しかしだからと言って、「クラヴィーゴ」において悲劇性が一層深まったとは言えない。確かに「クラヴィーゴ」は均整のとれた市民劇であって、ヴァイスリンゲンのテーマが本来市民劇というジャンルに相応しいという作者の自覚から生じたと思われるが、しかし感情そのものはすでにマンネリズムである。

さて、しかしながらヴァイスリンゲンの没落そのものは極めて個人的・内面的なものであって、罪のあがないと徳の浄化を意味するが、政治の論理としては甚だ不整合である。ヴァイスリンゲンは最後の局面において、ゲッツに対する死の宣告を撤回するわけで、そうなるとゲッツ自身の没落の必然性は失われてしまう。実際歴史上の人物も生きながらえて、その自伝において農民戦争を回顧しているわけであるから、シーザーやダントンのような悲劇的人物とは言えない。シェークスピアの「リチャード三世」においては老齢の王妃マーガレットが過去を回想しているが、この場合、生きながらえていることがすでに悲劇的であり、運命の不条理を吐露する存在である。この場合、叙事的な回想そのものが悲劇的感情、現在の迫力を伴っている。ところがゲーテの「ゲッツ」の場合には、悲劇のカタストローフと叙事的な距離感は並行して進んでおり、例えば彗星の出現と皇帝の死は相俟って不吉な時代の象徴となり、個々の悲劇的死よりは一時代の終焉が問題のようである。ゲッツの死が意味するものは時代のデカダンスという一般的観念に包摂されてしまう。すでに指摘したように、ゲーテの「ゲッツ」の中で真に悲劇的な場面はヴァイスリンゲンの死のみであるが、例えばゲッツの部下のゲオルクは主人の運命的なイロニーを背負ったがために滅びるわけで、それはもっと悲劇的な局面として、独自の現在として描かれ得たかもしれない。なぜなら、農民戦争がその指導者のゲッツを裏切り、乗り越えてゆくことがまさにゲッツの運命であり、ゲオルクはかかるゲッツの運命に対する犠牲なのであるから。一方ヴァイスリンゲンの部下のフランツが主人を裏切り、その罪の贖いとしてフランツの死があるとすれば、それは同時にヴァイスリンゲンの死を必然的にしている。シェークスピアの「アントニーとクレオパトラ」の中でアントニーから離反してシーザー側に寝返った部下の死がすでにアントニーの没落を先取りしているのと同様である[27]。しかるにゲッツの部下のゲオルクがヴァイスリンゲンの部下のフランツと並行関係にあることは確かであり、ゲオルクのゲッツに対する忠義がもっと悲劇的な局面において美化されることがあってもよかったかもしれない。そうすれば、あるいはゲッツの生死にかかわりなく、ゲッツの没落の内的動機が示され得たであろう。

　このように想像してみることはゲーテの本質からしてあながち不自然ではないだろう。例えば第三幕の戦闘のさなかで、沼に沈んでゆく傭兵のあわれな結末が印象深く描かれているが、ここでは社会的底部の喜劇が英雄たちの戦乱に巧みに織り込まれたのである。また敵対する二つの農夫の家族が結婚によって和解するエピソードは、まさに結婚によってヴァイスリンゲンという片腕を失ったゲッツと

27　「アントニーとクレオパトラ」第四幕第九場。

は対照的に、ある庶民的な真実を伝えている。このようにゲーテにとっては、庶民的な底部も、バンベルクの館と同様に感情移入の対象となり得るが、ここにはまさにゲーテがシェークスピアから相続した自然主義の本質がある。シェークスピアの場合には、「ヘンリー六世」における反乱の首謀者ケイドの死さえ、死の道化との戯れといった独自のユーモラスな空間を形成している[28]。しかるにゲーテの「ゲッツ」の場合には、農民戦争の首謀者メッツラーも、忠義なゲオルクも単にその死が回想されるのみであって、劇の空間の中で生き生きと実在してはいない。従って、ゲッツに対するメッツラーとゲオルクの立場は裏切りと忠義の、つまり白と黒のコントラストをなすわけで、これはゲーテの描写としては幾分生硬である。ゲッツの妻エリザベートの嘆きはもっぱら農民戦争に加担したゲッツの人格の悲劇に向けられており、農民戦争そのものの悲劇性は捉えられていない。なぜなら、悪党のメッツラーが葬り去られるだけでは農民戦争が解決しないように、農民戦争とのかかわりを持たなければゲッツの人格が救われるというものではないからである。しかしゲッツと農民戦争とのかかわりが必然的なものと認識され、ゲッツの人格の弁証法が示されるとすれば、これはもはや劇の構造そのものを破壊せずにはすまないだろう。ビュヒナーやハウプトマンが実現している劇を七〇年代のゲーテに要求すること自体不条理である。しかるにゲーテ自身が「ゲッツ」の限界を認識していたことは、すでに「エグモント」の構造に反映しているのである。

六、市民悲劇のテーマと発生の歴史的条件

さて、ヴァイスリンゲンはゲッツに捕らえられてヤークストハウゼンの城に滞在するうちに、ゲッツの妹マリアに恋をし、やがて婚約する。そこでヴァイスリンゲンはゲッツとエリザベートに祝福されてヤークストハウゼンの城から解放されるが、その直後にバンベルク側に寝返ってしまう。今やヴァイスリンゲンを呪縛しているのはバンベルクの館における妖婦アーデルハイトである。このプロセス自体シェークスピアの「アントニーとクレオパトラ」の図式に対応しているのだが、すでに述べたように、シェークスピアのこの劇の場合、アントニーがローマに帰国する前にアントニーとクレオパトラの恋愛は前提となっており、従ってアントニーの政治的独立への意志はすでに兆候としてある。シーザーの姉のオクタヴィアの存在は政治的なバランスを保つための支えであり、しかも最後の支えでしかない。そこでアントニーのオクタヴィアへの不義は、直ち

28　シェークスピア「ヘンリー六世」第二部第四幕第一〇場。

にシーザーの怒りという政治的帰結をもたらす。ここでは宇宙を支える三本の柱のうち一本が生き延びるという政治的必然が本質的テーマである。アントニーはシーザーとオクタヴィアに対する裏切りという道徳的悪によって滅びるわけではない。むしろアントニーはクレオパトラへの愛という自己の運命を最後まで生きることによって滅びるわけで、主題そのものは恋愛ではなく、恋愛としての政治的失策である。しかるにゲーテの「ゲッツ」の場合には逆である。ヴァイスリンゲンは文字通りアーデルハイトに誘惑されるのである。そしてマリアへの愛こそヴァイスリンゲンの運命であって、その愛のために不実な自己を断罪する。一方、ゲッツとヴァイスリンゲンの政治的交渉そのものにも、動性を欠いている印象がある。

「ゲッツ：おまえはドイツで誰にも劣らないほど自由で高貴な生まれではないのか。皇帝に仕えるだけの独立した身ではないのか。それだのに臣下にペコペコしているね。僧正が何だと思うのか。彼が隣人だからか。おまえを虐めるからか。彼を虐め返す腕もないのか、友人もいないのか。神にだけ、皇帝にだけ、そして自分にだけ従う自由な騎士の価値を誤認しているね。我儘で嫉妬深い坊主の第一のおべっか使いとして身を貶めているね。

ヴァイスリンゲン：おれにも言わせてくれ。

ゲッツ：どんな言い分があるのか。

ヴァイスリンゲン：おまえは狼が羊飼いを見る目で諸侯を見ている。諸侯が領民や領地のために良かれと思ってしていることをおまえは咎めるのか。諸侯は一瞬も不正な騎士たちから守られていないのだよ。彼等はすべての街道に出没し、村や城を荒らしまわっているではないか。そうかと思えば気高い皇帝の国土は外敵の脅威に晒され、皇帝が町々に救いを求めると彼らとて自分の命を守るのが精一杯だよ。そうであればドイツを安定させ、法と正義を守り、身分の高下を問わず、平和の恵みに浴すべき手段を考えるよう諸侯に進言するのはりっぱな精神ではないかね。だったら、ベルリヒンゲンよ、遠く離れた皇帝が自らも守れないときに、我々が手助けの近いところに赴くのを悪く言うのはおかしいよ。」

ここにはゲッツとヴァイスリンゲンとの間の政治的駆け引きよりは、人間的な主義の相違が一層浮き上がっている。ゲッツは自由な騎士としての生き方を主張するが、これは神と皇帝と自己自身に従属することに他ならない。しかるに皇帝ではなく、皇帝の配下である諸侯に従属するヴァイスリンゲンの生き方はゲッツのアンティテーゼであり、自由と独立を放棄したことになる。それに対してヴァイスリンゲンは自己自身さえ守りきれない皇帝に仕えるよりも、もっと身近な諸侯に保護を求めることが悪いとは言えないと自己弁護を企てる、言うまでもなく、ここには諸侯に分裂した神聖ローマ帝国の現実、しかも単なる歴史物語ではなく、一八世紀のゲーテ時代まで存続している現実がある。これはばら戦争を経験したエリザベス朝のイデオロギーといかに異なっていることか！　すなわち、封建諸侯のエゴイズムと権力への意志がまさに自己の墓穴を掘るという歴史的段階の認識がここには欠落している。ゲッツはあくまでも理想主義者であるし、ヴァイスリンゲンはシェークスピアが描くような悪党、マクベスやリチャード三世のような野心の権化へと高まる形姿ではない。またゲッツのような生き方も、確かにそれ自体一八世紀的近代化のイデオロギーを反映しているのだが、いかにも保守的であって、封建的なヒエラルキーの構造を本質的に変えるものでないことは、ゲッツがこれほどに皇帝への忠義を唱えながら、しかも皇帝に対する裏切りの廉で捕らえられるという経緯（第四幕第二場）によっても認識される。これはゲッツを形象化することによって得られた作者の認識でもあり、ゲッツの存在の悲喜劇が作者の目から逃れたはずはない。

さて、このようにゲーテの「ゲッツ」はシェークスピア的な意味での史劇としてはまさに限界を示したわけで、それは他の何らかのジャンルへと発展しなければならなかったのである。シェークスピアの劇が「ヘンリー六世」から「リチャード三世」──マキャベリズムの形姿化──へと必然的に発展したとすれば、ゲーテの「ゲッツ」は歴史的な題材から発展しながら、そこには「クラヴィーゴ」、「シュテラ」、「ウェルテル」──市民的感情の表現──へと発展する萌芽が生じたと言えるだろう。少なくともゲーテの「ゲッツ」に登場するヴァイスリンゲンの場合、権謀術数を旨とする権力主義の形姿化と見るよりも、市民的悲劇の主人公と見る方が遥かに自然である。すでに述べたように、ヴァイスリンゲンはアーデルハイトを知る前に、マリアを知り、マリアへの恋に目覚める。そこで、すでにゲッツとヴァイスリンゲンの出会いそのものが政治的和解や勢力のバランスを意味するものではなく、二人は過去の幸福な時代を想起することによって、自己の存在を発見する。ヴァイスリンゲンとしては、宮廷的・バロック的な生活によって毒された自己を断罪し、新しい人間として生まれ変わることが問題である。これはヴァイスリンゲンとマリアの恋愛の前提である。ヴァイスリンゲンは次のように言う。

「マリアさんよ、あなたが私よりも思いが深くないことを恐れるよ、でも悪いのは私自身だったし、これから先は一歩ごとに何と希望がわたしに伴うことか！　すっかりあなたのものになり、単にあなたや善良な人々とともに生き、世界から遠く離れて、二つの心がお互いに与え合う歓喜だけを楽しむこと！　この単純な唯一の幸福と比べたら、侯爵の恩恵も世界の称賛も何の意味があろうか。わたしは多くを希望し願ってきたが、これはすべての希望や願いを超えるものだよ。」

このようにヴァイスリンゲンのマリアに対する恋愛は決して政治的なテコどころではなく、むしろ政治に対置される存在である。それは世界から離れたところで二人だけに与えられる幸福であって、この二人の人間を心によって一体化する喜びに比べれば君主の寵愛も微々たるものでしかない。しかるにヴァイスリンゲンとマリアの心の恋愛にとってもはや君主の寵愛は敵ではなくなったとしても、なおエロス的な愛は最も身近な敵である。ここではエロスとアガペーという西欧的愛の一般的図式を当てはめることもできるが、ここで問題なのは特殊な市民悲劇のテーマである。さてヴァイスリンゲンはマリアへのアガペー的恋愛とアーデルハイトのエロス的恋愛の間に引き裂かれた存在だが、このようなテーマの最も身近な例としてはレッシングの「ミス・サラ・サンプソン」が挙げられるだろう。このテーマにはある程度市民悲劇の類型があると言えるが、その源流を探れば、イギリスの劇作家リロの「ロンドンの商人」がある。そこで我々が問題としたいのは、市民悲劇が発生する歴史的条件としてのそのテーマ性との相関関係である。従来、悲劇と喜劇のジャンルの区別ははっきりしており、悲劇が歴史的・神話的な題材を用いた国王劇に終始し、主人公も王侯貴族に限定されてきたのに対して、一般庶民が登場するのは、喜劇という別のジャンルに限られていた。シェークスピアにおいてはすでに悲劇的なものと喜劇的なものの様式混淆が起こっているが、しかし悲劇の主人公になれる特権が一般庶民に与えられているとは言えない。この点では「ミメーシス」の著者アウエルバッハも(29)、「文学と芸術の社会史」の著者ハウザーも指摘しているように(30)、シェークスピアは徹底した貴族主義者である。そこでリロが「ロンドンの商人」において悲劇の「階級条項」(Ständeklausel)、つまり主人公は王侯貴族に限られるという条件にクレームを付けたのは、さしあたりルカーチが一般化しているような階級闘争の表現とはずれがあり、何よりも悲劇の効果という美学的論争を主眼としている(31)。しかるにリロの「ロンドンの商人」が、台頭する

29　E・アウエルバッハ「ミメーシス」(筑摩書房)。
30　Arnold Hauser: Sozialgeschiche der Kunst und Literatur, Ungekürzte Sonderausgabe in einem Band. München, C. H Beck'sche Verlagsbuchhandlung. 1975.
31　Ebd Peter Szondi: Die Theorie des bürgerlichen Trauerspiels S. 18.

市民階級の意識の表現としての市民悲劇たる所以は、単に悲劇の主人公が商人であることにのみあるのではなく、作品のテーマそのものにある。

そこでソンディはウェーバーの「プロテスタンティズムの倫理と資本主義の精神」を引き合いに出して、市民的エートスの観点からこの作品を分析している(32)。すなわち、このリロの「ロンドンの商人」において、アガペー的恋愛とエロス的恋愛の間に引き裂かれる悲劇の形姿が初めて独自のテーマとして、つまり単なる政治的テーマの背景としてではなく提示されたわけだが、ここで主人公バーンウェルの悲劇とは、市民的・功利的倫理としての合理性に対する裏切りであり、市民的軌道からの脱線を意味する。つまり、主人公は計算と節約を旨とする市民的徳を逸脱して非合理的な情念に身を委ねたがために滅びるのである。一方、主人公バーウェルを破滅させる悪女ミルウッドは非合理と衝動の形姿となっているが、この場合合理に対する非合理の勝利といった一九世紀的テーマは問題でなく、あくまでも合理の名において、非合理的な情念や衝動が断罪されるのである。このようにリロの「ロンドンの商人」は市民的美徳ともいうべき合理的エートスの賛歌となっているが、一方バーンウェルを破滅させるミルウッドと対立するマリアの形姿がある。ミルウッドが非合理性そのものによって、バーンウェルがそのようなミルウッドの誘惑によって滅びるのに対して、マリアはまさに誘惑に対する自己克服の形姿であり、まさにそのことによって合理的エートスに対する犠牲である。

ともかくここに市民悲劇の重要なテーマとも言うべき誘惑と犠牲の起源があるが、それは元来合理からの誘惑であり、合理に対する自己犠牲であったと言えよう。しかるにレッシングの「ミス・サラ・サンプソン」もリロのこの劇の構造を継承していると言えるが、ソンディが指摘するように、フランスのディドロやドイツのレッシングに与えた影響において、「ロンドンの商人」のマリアの像がクローズアップされているのは顕著なことである。元来、マリアは誘惑によって市民的軌道から脱落して身の破滅を招く主人公の相補的概念と言うべきものである。つまり、マリアはまさに誘惑に打ち勝つことによって滅びるわけで、市民的美徳に対する犠牲である。市民的美徳がここでは狭い意味の合理や節制であるならば、マリアの像はラツィオ（合理）の勝利に対する影の存在である。しかるに周知のごとく、市民的イデオロギーとしての啓蒙主義が合理主義と感傷性の二面を持っているように、マリアの像が自立性を獲

32 Ebd S. 63.

得して、市民的美徳の権化に変質してゆく。従って、レッシングの「ミス・サラ・サンプソン」において[33]、リロの「ロンドンの商人」と同じような人間関係において、主人公メレフォントは気高いサラと、ミルウッドの姉妹ともいうべきマーウッドの間に引き裂かれる存在であるが、作品のテーマとしてはサラの高貴な姿がクローズアップされて、悪徳の形姿マーウッドと対立するかたちで、誘惑される主人公の悲劇性そのものは二次的である。ここではサラにおける市民的美徳の浄化が中心テーマと言えよう。これは新しい感傷主義的ジャンルの発生を意味するのであって、従来の悲劇のように行為の弁証法が問題ではなく、出来事はおよそ内面的な徳の浄化の過程である。アリストテレスが悲劇の要件としてあげている「恐怖とあわれみ」を適用するなら、ここで問題になるのは、サラの死の場面においても恐らく恐怖ではなく、もっぱらあわれみ(Mitleid)であって、舞台は観客を威圧するものではなく、舞台は観客に自己を発見させ、それを日常的な徳の形成に役立てるのである。「ミス・サラ・サンプソン」においては未だ存在しているマーウッドのような悪の形姿自体、このようなジャンルの本質からすればなお外面的にすぎる出来事であって、レッシングのその後の発展、ディドロの影響下に成立した「ミンナ・フォン・バルンヘルム」や「賢者ナータン」ではかかる悪党が姿を消し、ほとんどすべての人間が善人となってしまうのも顕著な事柄である。

　さて、若きゲーテは一般に信じられているほどにはレッシングからの断絶を経験していない。「クラヴィーゴ」や「シュテラ」は明らかにレッシングを継承した作品である。しかるにクラヴィーゴ自体ヴァイスリンゲンの延長であって、ゲーテ自身告白しているように[34]、「ゲッツ」という史劇の枠内では十分に展開しきれなかった内容を「クラヴィーゴ」で集約したわけである。元来市民劇自体、歴史的・神話的題材を拒否して、日常の市民生活において現象している美徳と悪徳の表現であったように、「クラヴィーゴ」はゲーテのフリーデリケ体験の形象化である。つまり、マリアを捨てるクラヴィーゴの形姿において、ゲーテはフリーデリケを捨てた自己を断罪したのである。この作品自体ゲーテの体験内容に極めて忠実と言えるのだが、それだけにこの作品は単一な構造であって、象徴的な豊かさも多層的空間も持ってはいない。最後の局面における雰囲気的な広がりが対話の単調な構造を打ち破っているのが唯一の魅力である。しかるに「ゲッツ」の空間におけるヴァイスリンゲンの挿話の方が遥かに多彩な雰囲気を示してい

33　Karl S.Guthke; Das deutsche bürgerliche Trauerspiel, Stuttgart, J. B. Metzlersche Verlagsbuchhandlung 1972. S. 32.
34　Goethes Werke Bd 4. S. 544.

る。というのも、ここではフリーデリケ体験の内容に即したマリア対ヴァイスリンゲンの関係以上に、ヴァイスリンゲンを誘惑するアーデルハイトの方が独自の存在を持っているからである。ここには明らかにレッシングの「ミス・サラ・サンプソン」との並行関係があるが、レッシングにおいては気高いサラの形姿の背後に悪女マーウッドは消えてゆく存在であったとすれば、ゲーテにあっては、むしろマリアの存在は色あせた影のようなもので、妖婦アーデルハイトの方が遥かに生き生きした実在感を保っているのである。

七、「ゲッツ」の視点から見たゲーテのジャンル史的展開

そこで次に現れた「ウェルテル」や、すでにこの年代(七〇年代のはじめ)に構想されていた「ファウスト」や「マイスター」に、それはどのような関わりを持つのであろうか? 元来ゲーテが六〇年代の市民劇を継承しないでシェークスピアの世界に没入し、ドイツ史を題材とする史劇を試みたことは、ファウスト流に言って、「さあ、逃げ出せ、広い世界へ出て行け(35)」という欲求の現れと言える。過去はまさに波乱に富んだ世界であって、それは市民劇における家庭的絵画や内面的・道徳的次元を打ち破ったと言えるであろう。しかしすでに分析したように、「ゲッツ」は必ずしも市民劇的テーマを本質的に克服しているとは言い難いのであって、主人公のゲッツはある歴史的役割を体現しているというよりは、むしろ無政府時代における自由な個人である。ゲッツは必然的・宿命的なものと闘う個人であって、その意味では反政治的ですらある。それに対してヴァイスリンゲンの方は政治家であり、彼は闘うのではなく、決断する立場に置かれているために、より多く必然的・宿命的なものの支配を受けている。しかし例えばシェークスピアの「マクベス」と比較するなら、アーデルハイトは幾分マクベス夫人の性格を持っているが、ヴァイスリンゲンの方は余りにもひ弱で憂鬱で内面的である。彼は決して政治的な野心家ではない。すでにヴィーラントも指摘しているように、ヴァイスリンゲンは首尾一貫した悪党ではなく、気の弱い好色漢である(36)。ヴァイスリンゲンがゲッツを裏切ってバンベルクに寝返るのは、決して政治的意思ではなく、むしろ文字通りアーデルハイトに誘惑されるのである。従って、ヴァイスリンゲンの没落は市民劇のクライマックスであって、罪の贖いとしての死であ

35 「ファウスト第一部」四一八行。
36 Christoph Martin Wielands Werke, München, Karl Hanser Verl. Bd 3. S. 290.

り、徳の浄化を意味する。それは政治的・歴史的な観点から把握された没落でなく、ゲーテの内面的な自己断罪の行為である。しかるに、ゲーテがこの内面的な告白の要素だけを「クラヴィーゴ」においてさらに発展させようとしたとき、それはジャンル史的にはレッシング流の市民劇へ逆戻りしたと言えるだろう。そこで「クラヴィーゴ」、「シュテラ」を経て「ウェルテル」における自然爆発をもたらしたものは、再び「さあ、逃げ出せ、広い世界へ出て行け」という衝動の産物であろう。しかるに「ゲッツ」において把握された歴史としての世界から、「ウェルテル」における自然としての世界に至るプロセスは決して直線的なものではなく、その間に「プロメトイス」や「マホメット」に代表されるような神話的次元の経由が必要であったと筆者は思う。つまり、歴史が死の舞踏に充ちた悲劇としての世界概念であるならば、神話は「死して成れ(37)」の世界、つまり悲劇の救済を意味する。それは個であると同時に永遠であり、悲劇であると同時に安らぎと実在感に充ちている。ゲーテの「ウェルテル」の根源的・抒情的な気分がガニュメート賛歌と同一のものであることを見逃すならば、「ウェルテル」の自然の本質を理解し得ないであろう。つまり主人公の悲劇的な死とその背景の自然の永遠のたゆたいはまさに表裏の関係にある。それは歴史と自然の総合の結果として発生したものである。しかるに「ウェルテル」における自然感情の噴出は、ゲーテの生涯においてはむしろ一回的であり、二度とこれほどの強度に達してはいない。「ファウスト」も「マイスター」もむしろ「ゲッツ」の雰囲気に近く、「ゲッツ」の延長線上に置かれるのである。

　ゲーテの「ゲッツ」がウオールター・スコットに影響を与え、新しい歴史小説のジャンルの成立を促したのは偶然ではなく、ゲーテの「マイスター」自体、「ゲッツ」の叙事的な様式原理が一層発展したものと思われる。この作品では「ウェルテル」のような危機的瞬間の描写は問題ではなく、作者はもはやウェルテル的自我に没入しているのではなく、むしろ自己を歴史的・社会的な背景において客観化しようとする。この作品は様式的には「ゲッツ」と「ウェルテル」を総合したもので、それ故そこには再びウェルテル的危機や、シェークスピア崇拝という若き日のゲーテ自身がテーマ化されているのだが、それはもはやそれ自体の意義を持っているのではなく、ヴァイスリンゲンのエピソードが一六世紀的空間に位置付けられていたように、一八世紀ドイツという歴史的構想の中に位置付けられる。従って、主人公は単にシェークスピアの崇拝者ではなく、シェークスピアの崇拝そのものがドイツ的受容の形態

37　Selige Sehnsucht, in; Der west-oestliche Divan.

として捉えられ、「マイスター」という作品の構造を決定している。また主人公の情熱と危機も「ウェルテル」のような根源的・抒情的な気分から発動するものではなく、恋愛と演劇的情熱は、市民的家庭に浸透してくる時代精神のいたずらにすぎない。ここではもはや恋愛は悲劇的な意味を失い、ある市民的家庭と貴族的家庭が結婚によって合流するという階級的な和解の物語となるが、かかる作品の歴史構想そのものは、もはや若きゲーテのシェークスピア的・悲劇的世界観から生まれたものではなく、明らかに一八世紀的・啓蒙主義的な楽天観を示している。

さて、なかんずく「ファウスト」は一六世紀的題材とそのテーマ性において「ゲッツ」を継承している。ファウストもまた一六世紀ドイツにおいて実在した人物とされるが、しかし「ゲッツ」に比べれば遥かに神話的であり、魔法がかった世界を提示している。ファウストはゲッツのように乱世に生きる武将、反宮廷的な野人ではないが、しかし同様に宗教的な異端者であり、神に逆らう人間である。ファウストもまた一六世紀的雰囲気を携えて登場してくる。しかるにファウストはゲッツより遥かに内面的・思索的な形姿であり、すでに前提としてゲッツとヴァイスリンゲンの対立を止揚している。ファウストもまたすでにマーローが形象化しているように、ルネッサンス的・世俗的な行動家だが、その行動は神話的・観念的であり、一方その内面的・問題的な性格はゲーテ的な告白の要素に無理なく適合したと言えるだろう。そこで「ファウスト第一部」のグレートヒェン悲劇は再びヴァイスリンゲンの主題を取り上げているのだが、これは「クラヴィーゴ」のような単一な構造ではなく、まさにファウストの宇宙に位置づけられている。ヴァイスリンゲンの悲劇自体非歴史的・反政治的な性格を持ち、史劇の枠からはみ出している感があったが、今やグレートヒェン悲劇は歴史的・政治的な側から照明を受けている。グレートヒェン悲劇そのものは市民悲劇の延長であり、小市民的家庭の内部が独自の空間を形成して、独自の意義を持って浮かび上がる。それはもはやゲッツの家庭のように、主人公の付属物ではない。

元来市民劇が自覚された市民階級の階級闘争の表現となるためには、家父長的小家族の内部の私的・感傷的生活の讃美というイデオロギー的前段階を経なければならなかった。それはディドロの「一家の父」が典型的に示しているような世界である。しかし私的・家庭的な讃美とは、実は市民階級の政治的無能と裏腹であって、市民的な自由や克己とは必然性に対する忍従の美徳とも言える。ディドロの影響下に成立したレッシングの「ミンナ・フォン・バルンヘルム」は、七年戦争におけるザクセンとプロイセンの敵対関係から引き出された真の人間的エッセンスと言うべき作品で、ゲーテが正しく評価しているように、この作品は「人々の目をこれまでの文学的・市民的世界からより高くまたより重要な世界へと開いた」のであり、そこには「ザクセンの女性たちの優雅さと愛らしさが、プロイセンの男性の価値と品位と頑迷さに打ち勝つ」[38]、つまりルカーチ流に言えば、主人公の政治的な克己主義が克服される[39]、過程が描かれている。しかるにこのゲーテのレッシング評には、幾分ゲーテ自身のテーマが鳴り響いているのであって、ミンナとテルハイムの対話の単一な構造自体、ややもすると歴史の運動から遊離してしまうだろう。その意味で「賢者ナータン」はレッシング的ジャンルの最後の帰結であって、ここには「悪を欲して善をなす」という歴史的世界の一種の原罪は消滅してしまう。

さて、ゲーテのファウストはすでにゲッツとヴァイスリンゲンの対立を止揚しており、内面的であると同時に行動的であり、私的・個人的であると同時に歴史的・神話的である。ファウストは今やヴァイスリンゲンのように誘惑されて没落する人間ではなく、まさに誘惑することによって没落する人間である。ゲーテのフリーデリケ体験はもはや単に直接に吐露された悲劇的絶望感ではなく、遥かに深い象徴的な意味を獲得する。つまりファウストはヴァイスリンゲンのように前提として好色漢なのではなく、結果としてそうなるに過ぎない。彼はグレートヒェンに真実の愛を傾け、憧れ、充実した美しい瞬間を享楽する。ファウストはあくまでも個人である。しかるにファウストは一方では歴史的・政治的な役割を体現しており、ゲーテ自身がデモーニッシュと名付けた必然的・宿命的なものにたえず支配されている。つまり、ファウストは単なる個人ではなく、シーザーやナポレオンが代表しているような世界史的個人なのである。それは個人の意思であると同時に必然的・不可避的なものの意志である。ゲッツが外部から迫ってくる必然性と闘う個人であるとすれば、ファウストは今や自己の内部に敵を持っている。悪魔メフィストフェレスとの契約は単にファウストの内側の敵の象徴にすぎない。かくしてファウストが享楽するところの「美しい瞬間」は同時にファウストの運命としての必然的・不可避的な意思によって滅ぼされねばならない。しかもそれは単にグレートヒェンの悲劇なのではなく、自己に反逆するファウストの悲劇であり、ここに自由意志と必然性の弁証法的関係が正しく認識されている。また恋愛のテーマが単なる政治的雰囲気としてではなく、独自のテーマとして歴史的・政治的な側から把握されたということは、ここにゲーテがシェークスピアとレッシングから相続したものの総合が実現したと言えるだろう。

さて、「エグモント」もまた「ゲッツ」を継承しており、

38　ゲーテ「詩と真実」（人文書院）第二部第七章。二四六頁。
39　ルカーチ著作集第四巻『ミンナ・フォン・バルンヘルム』

しかもゲッツとヴァイスリンゲンの対立を前提として止揚している。そこでファウストがヴァイスリンゲンの性格をより多く受け継いでいるとするなら、エグモントはむしろゲッツの後継者である。「ファウスト第一部」におけるグレートヒェン悲劇がフリーデリケ体験の最後的な解決を与えたとするなら、エグモントはもはやフリーデリケ体験の残滓を一切含んでいない。もちろんエグモントの構想自体ゲーテのワイマール招聘以前に遡るのであり、「ファウスト」の制作と並行しているから、「エグモント」がフリーデリケ体験の克服の結果を意味すると単純に規定するわけにはいかない。しかし理念史的に見るならば、エグモントは「ファウスト第二部」においてグレートヒェン悲劇を克服した主人公に近いものがあり、発端から「小世界」よりは「大世界」に位置する人物である。しかるに「エグモント」においてもまた市民的小世界は独自の空間を形成しており、クレールヒェンとその母、及びクレールヒェンの恋人ブラッケンブルクはそこに位置付けられている。これは「ファウスト第一部」におけるグレートヒェンを中心とした小市民的家庭と並行している。しかるにファウストが悪魔メフィストフェレスの力を借りてグレートヒェンを誘惑し、小世界の幸福を破壊し去るのに対して、エグモントとクレールヒェンの恋愛そのものにはかかる不幸の影はない。つまりグレートヒェンがファウストに誘惑されて、瞬間を享楽し、結果として身の破滅を招くのに対して、クレールヒェンはエグモントに対する恋愛が如何に身分不相応で危険なものであるかを自覚しており、彼女は進んで身を捧げる。「ファウスト第一部」がなお市民悲劇の誘惑や忍従や犠牲のテーマを扱いながら、それを世界史的な問題と関連付けたとするなら、「エグモント」においては市民悲劇的なテーマが本質的に止揚されたと言えるだろう。なぜなら、庶民的な娘のクレールヒェンが英雄エグモントに自覚的に恋愛し、進んで身を捧げるとすれば、誘惑も忍従も犠牲も本質的に意味を持たなくなるからである。

これは恐らく「エグモント」の新しい意味であって、これを例えばシラーの「たくらみと恋」と比較するなら、両者のテーマの相違がはっきりするだろう。シラーのこの作品自体レッシング以来の市民悲劇を継承しており、しかもその最後の記念碑と言えるかもしれない。この作品についてはアウエルバッハが「ミメーシス」の中で、優れた分析を行っている(40)。彼はこの作品が「個人の運命の中に同時代の現実全体をひびかせようとする最初の試み」であると評価するが、同時にこの作品には「真に完全な現実全体に至るには何かが欠けている」ことを正しく指摘している。彼はこの作品が極めて政治的な傾向を持っており、煽動的

40　E・アウエルバッハ『ミメーシス』「楽師ミラー」の章。

でさえあることを指摘するが、同時にこのドラマの構造そのものがメロドラマでしかないことを見抜いている。この作品には従来の市民悲劇における誘惑や忍従や犠牲のテーマがなお生々しく描かれているが、ここには市民悲劇が潜在的に持っていた政治的傾向が自覚的に表面化したと言えるだろう。しかるにこの作品では絶対主義的悪が煽動的に攻撃されているにもかかわらず、政治的・歴史的役割を果たすべき中心人物が欠けているのである。悪人さえも徹底した悪党になるには余りにも保守的な小物であり、ドイツの現実の現象面が正しく捉えられているが、しかしそれ以上のものではない。従って、ルイーゼの犠牲的死そのものは従来の市民劇を克服するものではなく、如何に観客の涙を誘うとも、政治的麻痺の表現でしかない。

このようにシラーの「たくらみと恋」と比較するなら、「エグモント」の狙いが何であるかはっきりするだろう。この作品はゲーテの苦心の作であったにもかかわらず、概して不評であった。すでに述べたように、ゲーテが史実にあるエグモントから家族の側面を削り去ったことをシラーは非難したが、この作品を従来の市民劇の克服として捉えるならば、作者の意図も理解できる。ここではもはや公的なものと私的なもの、必然的なものと自由、善と悪の非弁証法的な対立が問題ではなく、ゲーテがまさしくデモーニッシュなものとして把握したところの個と全体の統一が問題である。従って、現実の現象的な模写ではなくて本質的な把握が必要となるところでは、中心の形姿は自ずから象徴的な雰囲気を保持しなければならなくなる。しかるにエグモントは史実として明確な人物であり、ファウストのような神話的・象徴的な形姿ではなかったから、ゲーテのテーマと素材とのかかわりは確かに不自然さを免れなかったであろう。ただ、「エグモント」における作者の狙いは新しい意味を持っている。

さて、エグモントは英雄であるにもかかわらず、劇中では何ら英雄的行為を行わず、劇の空間で生起するものと言えば単にエグモントとクレールヒェンの恋愛という私的・個人的な事柄であるというのも、シラーの非難の対象となったことである(41)。これは確かにエグモントが相続したヴァイスリンゲンの相であって、彼もまた英雄となるには幾分気の弱いドンファンである。しかもエグモントは革命家の形姿なのである。ところでこの劇の中で革命的・煽動的な役割を果たしているのはファンゼンだが、これに対するエグモントの姿勢は極めて保守的である。ここには農民戦争の首謀者メッツラーに対するゲッツの姿勢と何ら変わるものがない。「群盗」や「たくらみと恋」の作者に比べれば、ゲーテが如何に保守的な思想家であり、また作中の

41　Ebd. Goethes Werke. Bd 4. Trunz教授のエグモントの注。

人物がそれを語っているかが分かる。しかるに庶民的な少女クレールヒェンのエグモントに対する英雄的な献身と英雄的・悲劇的な死そのものは、シラーの想像し得ない事柄であろう。これはもはや市民的意識に浸透している忍従の美徳ではない。ここにはまさに革命の現象は拒否するが、革命の精神そのものは常に肯定するというゲーテの立場が躍如としている。つまり、ゲーテはファンゼンにおいて革命として現象する個々の集団的意思を表現したとするなら、革命の本質そのものは必然的・不可避的なものとしてデモーニッシュな個人が担うと考えたのであろう。その意味でエグモントは革命の意思を運命として背負っている悲劇的な個人である。その際、個人が体現しているところの必然的・不可避的な意思は、差し当たりゲーテの目には神秘的でデモーニッシュなものと感ぜられたのである。

　ともかくエグモントはもはやゲッツのように全体の意志と戦う個人ではなく、全体の必然的・不可避的な意思を担う個人である。そこでエグモントもまたゲッツと同様に作者の保守的・反革命的な意思を相続しているにもかかわらず、偉大な個人が果たす政治的・歴史的役割の弁証法的核心が捉えられている。つまりエグモントは、もはやゲッツのように農民戦争を拒否することによって人格的に救われる人物ではなく、自由なる個人であると同時に全体の意志に支配される人物なのである。従って、エグモントの敵手であるアルバもまた単に悪の形姿と受け取るなら、作者の意図を誤解するであろう。シラーが「エグモント」の演出の際アルバの残忍さを強調しようとしたとき作者ゲーテがこれに抵抗したのは、それなりの意味を持っている。つまりアルバもまた絶対主義的権力という政治的・歴史的役割を担った人物であって、単に邪悪な人間であるわけではない。アルバにもまた悲劇的なイロニーがないわけではない。なぜなら、独裁者アルバの果たす歴史的役割は、まさに息子フェルディナントさえ自己の反逆者にしてしまうところにある。従って、劇の空間の中ではアルバは勝利者であり、没落するのはエグモントであるが、しかしアルバ自身の悲劇的没落は単に未来に延期されたにすぎない。エグモントの没落が、ベートーベンの作曲が示しているように、勝利の凱歌と解釈され得るのもそのためである。

　さて、しかしながらゲーテの「エグモント」にはシラーが指摘するように、偉大な行為が欠けていることも確かである。劇の空間で生起することそのものは、エグモントがアルバの奸計に陥って敗北することである。もちろんエグモントは単に受動的な存在ではなく、むしろ自己の運命に対する忠実さから滅びるにすぎない。しかるにこのドラマが最終局面においてオペラへの宙返りを経験しなければならなかったということは、そこに悲劇のポジティヴな核心が浮かび上がらなかったことと表裏の関係である。さて、ゲーテが「エグモント」を完成したのはイタリア滞在の時期、つまりフランス革命の前夜に当たる。ゲーテはその直後フランス革命という世界史的事件とデモーニッシュな個人と言うべきナポレオンの出現を経験したのである。しかしこれらの出来事はゲーテの「エグモント」における詩的な先取りの正しさを示しているとはいえ、作品そのものには如何なる構造的な変化ももたらさなかった。第一に「エグモント」は完成されていたし、第二に革命が進行するにつれて、暴力と恐怖という革命の現象的側面がゲーテに拒否の姿勢を取らせたからである。ゲーテは新しい「エグモント」を構想するには現実を赤裸々に捉える若き日の自然主義者はもはや遠い存在であった。すでに言及したように、ビュヒナーの「ダントンの死」はフランス革命を題材とした史劇の試みだが、ここにはゲーテの「エグモント」を継承している面が随所に感じられる。例えばダントンとロベスピエールの対話は、エグモントとアルバの対話に対応し、クレールヒェンの役割は二人の女性に与えられている。また主人公のダントンはエグモントと同様に刹那の享楽家であり、未来のために現在を犠牲にすることはない。ダントンもまた自由な個人であると同時に必然的・不可避的な意思であり、革命がまさにダントンを乗り越えるのである。またダントンは自己の運命に忠実な受動的存在だが、その没落がすでに敵手のロベスピエールの没落を先取りしている点も「エグモント」に類似している。もちろんゲーテの死後成立したビュヒナーの作品は、ゲーテの「エグモント」より遥かにリアリスティックである。元来ゲーテの「ゲッツ」がドイツの国家的統一の必要性の認識から出発している点では絶対主義的史観をドイツに移植しているわけだが、そこには封建諸侯の解体の契機は必ずしも悲劇の核心となっていなかった。そこでもし我々がエンゲルスの「ドイツ農民戦争」におけるような一八四八年の唯物史観に立つならば、ゲーテが農民戦争をゲッツの没落の必然性として、つまり自由と必然の弁証法的統一として十二分に捉え得なかったことは、確かにゲーテの「ゲッツ」の限界であるかもしれない。しかし、それは同時にゲーテが認識したところのドイツ史の限界でもあり、エグモントの一見神秘的で受動的な存在は、かかる「ゲッツ」の限界の克服という意味においてのみ正当に評価できるだろう。

第五章

ゲーテ「イフィゲーニエ」の新解釈——三つの古典的戯曲のモチーフ的関連(1)

ゲーテの「イフィゲーニエ」を幾つかの言葉で描写しようと思うならば、ヴィンケルマンの「高貴な単純と静かな偉大さ」を引き合いにすることはできるだろう。しかしその意味するところは、差し当たり途方もなく巨大と思われる。一七八九年にヴィンケルマンを継承するシラーがゲーテの「イフィゲーニエ」をして、「そこには古代人すら到達できないほどの、感銘を与える偉大な静けさがあり、威厳があり、情熱の激しい爆発においてさえ(2)美しい真剣さがある」と判断したが、彼自身一八〇二年一月二一日にはクリスチャン・ゴットフリート・ケルナー宛てに、「しかしそれは大層現代的で非ギリシャ的であり、それをギリシャ的な作品と比較すること(3)がどうして可能であったか理解できない」と書いている。ゲーテの「イフィゲーニエ」がシラーという同一の批評家に対してそれほど異なる対立的な像を提示したのだから、多くの解釈者がこれまでにこの作品からそれぞれ自分の像を構成したとしても不思議ではない。そうであれば、ゲーテの「イフィゲーニエ」が、アルツール・ヘンケルのように(4)、それが「褒められもし、謗られもした」という観点で正当にもヘレナの運命と比較することはできるだろう。しかし人がゲーテの「イフィゲーニエ」をヘレナと比較できるということは、唯の洒落を意味するのではなく、同時に本質的にイフィゲーニエの神話的な性格を語っている。そして神話は、つまり、様々な解釈者によって企画されたイフィゲーニエの様々な像が本質的に帰着する人間性の神話は、この作品が長いことドイツ市民階級にとって教養理想として規範的役割を演

1 この論考はゲーテ年鑑にドイツ語で収録されている：Zur neuen Interpretation von Goethes "Iphigenie auf Tauris", Der motivische Zusammenhang zwischen den drei klassischen Dramen. ゲーテ年鑑第二五巻（日本ゲーテ協会、一九八三年）

2 Geothes Werke: Hamburger Ausgabe, 8. Aufl. München 1977. Bd. 5. S. 412.

3 Ebenda S. 414.

4 Arthhur Henkel: Iphigenie auf Tauris, in: Das deutsche Drama, hg. von Benno von Wiese, Düsseldorf 1958. S. 170.

じてきたことと関連している。

　神話というものが時間に対して強靭なものでないように、ゲーテの「イフィゲーニエ」は今日人間性の神話とともに過去のものになりつつある。従って、人が今日作品を過去から救うべく、ゲーテの「イフィゲーニエ」の永遠性をたゆまず攻撃するというのはある意味で不思議なことである。例えばローベルト・ヤウスはまさにこの作品が構造原理として「救済する女性」という神話に属しているから、ゲーテの「イフィゲーニエ」を神話の運命から救い、そこに現今のアクチュアルな意味を持ち込むことは不可能であると主張している(5)。しかし最近ヴォルフディートリヒ・ラッシュがヤウスのテーゼから出発してゲーテの「イフィゲーニエ」に関して包括的な研究を出版したことを考えるとき(6)、ヤウスのテーゼの独特の逆説は理解できる。少なくとも人は、神話の崩壊にもかかわらず作品自体はなお生き続けるものだと言うことができる。そしてそのようなイフィゲーニエのいわゆる否定的な像に関して、一九六七年のアドルノの論文は明らかに切っ掛けとなったのである(7)。人間性の神話にとって裏付けとなるこのドラマの一般的に評価された像が、イフィゲーニエの純粋な魂が蛮族の王の怒りを鎮め、人間的葛藤を調停し、ついには円満な終結をもたらすという筋書にあるとき、アドルノは、まさにこのドラマの終結の調和にある種の不協和を発見したのである。

　ゲーテが「イフィゲーニエ」において、エウリピデスの「タウリスのイフィゲーニエ」を下敷きとして利用し、改作しているので(8)、共通の伝統的素材をここで手短に言及することは得策であろう。もちろん、ここでは単なる神話的な素材が問題ではなく、この神話と関わるギリシャの悲劇詩人の加工が問題である。エウリピデスの「イフィゲーニエ」は、母を殺したオレストがデルフィの神託に基づいて友人のピュラデスとともにタウリスに渡り、そこから女神の像を故郷に持ち帰り、この行為を通じて母殺しの罪を贖うという悲劇的なアトレウス家の歴史の局面を扱っている。しかし他方、タウリスでの神官としてのイフィゲーニエの存在は、例えば、ラシーヌの「アウリスにおけるイフィゲーニエ」が前提としているような神話的な局面の知識がなければ、十分には理解できない。つまり、観客はタ

5　Hans Robert Jauß: Racines und Goethes Iphigenie, in: Rezeptionsaesthetik, hg. von Rainer Warning, 2. Auf. München 1979.
6　Wolfdietrich Rasch: “Goethes auf Tauris” als Drama der Autonomie, München 1979.
7　Theodor W. Adorno: Zum Klassizismus von Goethes Iphigenie, Neue Rundschau 1967. S. 586.
8　Ich habe als Text benutzt, Euripides “Iphigenie im Taurerlande”, ins Deutsche übersetzt, von Ernst Buschor, München 1972.

ウリスでの姉と弟の再会では、悲劇的な前史へある程度遡らねばならない。かつてギリシャの軍勢がトロヤを征服し、ヘレナを罰するためにアウリスに集結するとき、女神ディアーネは将軍のアガメムノンに怒り、順風を拒んでいる。女神はカルハスの口を通してアガメムノンの娘イフィゲーニエを犠牲として要求する。そしてイフィゲーニエの犠牲を通じてやっと女神の怒りは収まる。しかし女神はイフィゲーニエを小鹿と交換し、イフィゲーニエを雲で包んでタウリスに運び、そこで彼女は救われ、神官として女神に仕えることになる。従って、オレストが登場し姉と弟の再会が成立する以前に、ドラマの提示部で何故イフィゲーニエが孤独な状況に置かれているかが解明されねばならない。エウリピデスでは神話は観客のコンセンサスとしてすでに前提されており、提示部は本質的に何一つ解明する必要がないから、提示部は型にはまったものである。それに対して、ゲーテにおいて提示部はすべての神話的連鎖の一部であり、それ自体がすでにテーマ的であり、それは徐々に筋の過程で観客に明らかにされるものである。

　ともあれ、エウリピデスにおいてはすでに伝統的なイフィゲーニエのドラマの根本モチーフ、姉と弟の再会、聖なる神像の略奪、姉と弟の帰還等は揃っている。しかしエウリピデスにおいてイフィゲーニエ自身が策略を練り、トーアスを騙し、又は、彼女自身が夢に欺かれて弟が死んだと信じることで復讐心から捕虜達の犠牲を決意するとき、そのようなイフィゲーニエの残酷な像が人間性の理念を一挙に破壊するであろうことは余りにも明らかだ。さらに指摘できることは、エウリピデスにおいては神々の仕掛けがやっとドラマの円満な終結をもたらしていることである。それに対してゲーテのドラマでは、まさにイフィゲーニエの高貴な人間性がトーアス王の怒りを鎮め、本質的な悲劇的葛藤を調停し、ついには円満な終結をもたらしているのである。ゲーテの「イフィゲーニエ」において姉と弟の帰還を承認する王の言葉が、冷たく突き放す「行くがいい」から和解的な「ごきげんよう」に変化するとき、ここで作品の調和が手短に保証されていると見るのは、不当ではないだろう。

　さて私はドラマのこの円満な終結においてある種の不協和を発見したアドルノの既述の論文をさらに説明する。彼の意見によればこの事情は、イフィゲーニエではなく、むしろトーアス、つまり、蛮族の王の人間性がやっと人間的葛藤の円満な解決をもたらしていると理解できる(9)。さらに姉と弟の帰還を支えるトーアス王は彼がタウリスに置き

9　Theodor W. Adorno, a.a.O., S. 596.

去りにされるのだから[10]、彼は人間性の勝利に参加できないと言うことができる。しかし世俗的な権力者を抑圧された者達の側に置くアドルノの見解が作者が意図したドラマ的様式の解釈となり得るかは疑わしい[11]。この場合アドルノの意図は、調和的と評価されたドラマの様式的な意味で詩人と読者が了解しあう無意識の意識をイデオロギー的本質として暴露するために、ある種の様式的断層を指摘することにあったと言える。

　ともあれ、ハンス・ローベルト・ヤウスとヴォルフディートリヒ・ラッシュがゲーテの「イフィゲーニエ」に対する異なる立場においても、アドルノの影響下にあることは明らかである。この二人の解釈者の共通の立場は、ゲーテの「イフィゲーニエ」をもはや人間性の祝祭として捉えることではなく、その中に、批判的で解放的な要素を積極的に示すことにある。ハンス・ローベルト・ヤウスはラシーヌの「イフィゲーニエ」を分析し、その中に極度に先鋭化した神的な気まぐれと人間的無力の関係を見ており[12]、その本質的な悲劇性は身代わりのヤギとしてのエリフィレスの導入では曇らされるものではない。そしてラシーヌの「イフィゲーニエ」の分析から出発して、ハンス・ローベルト・ヤウスは、エウリピデスの歴史的に遠い、古代的な神話ではなく、ラシーヌの悲劇が頂点に導いた厳しい真剣さと神的きまぐれの錯綜した二義性がゲーテの近代的な「イフィゲーニエ」を触発したのではないかとの仮定に至っている[13]。さらに彼は、その基本テーマが本来神々と人間の争いにあったゲーテの「イフィゲーニエ」が恐るべき神像を愛すべき神像に変えることでその本質的な悲劇性を止揚し、批判的な潜在力を失ったのではないかと述べている[14]。ゲーテの「イフィゲーニエ」が今やアクチュアル化できるか否かは未定であるけれども、ハンス・ローベルト・ヤウスがゲーテの「イフィゲーニエ」の「途方もなく人間的な冒険」としての根源的で解放的な意味を目に見えるものにしたことは疑えない。

　ヴォルフディートリヒ・ラッシュは、ゲーテの「イフィ

10 Hans Robert Jauß übernimmt Adoros These, a.a.O, S. 378.
11 Christa Bürger ist auch dieser Meining: Der Ursprung der bürgerlichen Institution Kunst. Literatursoziologische Untersuchungen zum klassischen Goethe, Frankfurt a. M. 1977, S. 186.
12 Hans Robert Jauß, a.a.O., S. 354.
13 Ebenda S. 363.
14 Ebenda S. 374.

ゲーニエ」に関する包括的な研究においてアドルノとヤウスの成果を継承し、この線上でオリジナルな像を再び構築しようとしている。彼はゲーテの「イフィゲーニエ」の根本テーマを啓蒙され成熟した人間の神々に対する闘争として提示するが、彼はその徹底したテキスト批判を通じて、「救済する女性」（ヤウス）の神話が如何なる根拠もないことを証明している。その結果、確かにイフィゲーニエの人格から神話を作ることに貢献した筋書、つまり、オレストがイフィゲーニエに触れられて癒されるという筋書に、現実の筋のプロセスにおいて如何なる根拠も発見できないことが分かる。ヴォルフディートリヒ・ラッシュは、彼が一八世紀の神学論争をゲーテの「イフィゲーニエ」の背景として説明し、この作品が当時のアクチュアルな精神的基盤に位置付けられてはじめて「冒険」としての真のオリジナルな意味を啓示し得ることで、新しい研究の側面を開いたのである。そうなると、ゲーテの「イフィゲーニエ」が教会的・正統的な神観念と批判的に対決しており、その際、例えばタンタルス家が彼らの祖先のタンタルスに対する神々の憎しみを相続するというモチーフは、単に当時アクチュアルなキリスト教的原罪に関する論争との関連においてはじめて表象できることが示される。さらに彼は、ゲーテの「イフィゲーニエ」の「途方もなく人間的な」テーマは、オレストの治癒がキリスト教的で聖なる神の恩寵の観念にあるのではなく、まさに自分から、つまり、自立的に成立することにあることを強調している(15)。

ともあれヴォルフディートリヒ・ラッシュは、一八世紀の啓蒙主義の直接的な継承者としてのゲーテ像を明らかにし、ゲーテの「イフィゲーニエ」の根本テーマを構成する神々と人間との闘争を当時の神学的論争に位置づけている。その際、彼がゲーテの「イフィゲーニエ」の様式的完成を、アドルノのように否定したり、ヤウスのように否定的に判断したりするのではなく、端的に評価し、言わば内容的に、彼が作品の問題性から歴史的基盤へ遡ることで作品の閉鎖性を粉砕しているのである。

しかしヴォルフディートリヒ・ラッシュの提示は私にとって全く問題がないわけではない。例えばイフィゲーニエの未曾有の行為が彼女の純粋な魂の真実さにあり、彼女がトーアス王に対して神像の略奪という計画された企画を暴露し、それによって愛する身内を危険に陥れることが従来の観念である。人がトーアス王に対する彼女の告白をアトレウス家の先祖の残虐行為と比較するとき、ここではもはや殺戮の合言葉ではない言葉の治癒的威力が強調されていることは明らかである。しかしヴォルフディートリヒ・ラッシュは、神像略奪の該当する計画は彼女の告白の時点

15　Wolfdietrich Rasch: Schuld und Sühne des Orest a.a.O.

ではすでに暴露されており、イフィゲーニエはこの企画の挫折に基づいて、トーアス王に対して真実を、それを通じて彼を説得する力を行使すべく、言わば戦略として提示するという意見である。この仕方で、彼はある程度道徳的な視点で、イフィゲーニエの聖なる人格を格下げするのである[16]。この考察方法は必ずしも説得的ではない。なぜなら、イフィゲーニエが啓蒙主義の策略を行使できるのは、必ずしも登場人物としてのイフィゲーニエが策略を練らない事情にあるのではなく、対話の本質にある。このドラマは、本質的にドラマ的現実を構成する言葉が、行為的ないし実践的次元を廃棄するように作られている。例えば冥界におけるオレストの瞑想はそれ自体すでにドラマ的現実であり、それは母殺しに由来する彼の罪の現実の必然性を端的に廃棄してしまう。従って、ヴォルフディートリヒ・ラッシュのように言葉の不真を仮説的に構築された現実の因果性で証明するのは説得的ではない。

ともあれヴォルフディートリヒ・ラッシュがゲーテの「イフィゲーニエ」で人間性、ないし「救済する女性」の神話を特殊的な意味のテキスト批判を通じて粉砕し、この作品のオリジナルな批判的・解放的な意味を文献学的に論証したことは積極的に評価できる。しかし彼がゲーテの「イフィゲーニエ」を「自立性」（Autonomie）のドラマと名付けるとき、それは差し当たりこのドラマがカント的な意味で人間の自立性の思想を提示していると理解できるが、しかしこのドラマが端的に内容的、ないし形式的な自立性を保持しているということではない。この関連で、つまり、このドラマが内容的、ないし形式的な意味で本当に自立しているのかという視点で、私は新しい問題提起が必要と考えている。例えばハンス・ローベルト・ヤウスは、「ゲーテの『イフィゲーニエ』が過去の遊戯（バルザー）とならないためには、調和的な古典性が放棄され、歴史的現実の隠された葛藤がドラマの中に持ち込まれ、こうして古典性の閉ざされた形式が粉砕され、終結が再び未定となり、無時間的テーマが活躍できるものにならねばならない」と言っている[17]。しかしゲーテの「イフィゲーニエ」が構造原理としてそれほどに自己完結した世界を提示しているかは疑わしい。タンタルスの僭越と苦悩が劇的に重要な局面でライトモチーフ的に繰り返されているけれども、この本質的に悲劇的なモチーフは最後まで解決されず、不協和に留まっている。すべての人間的葛藤を解体するオレストの冥界のヴィジョンにおいて、それにもかかわらず苦悩するタンタルスは現れるのであり、こ

16　Wolfdietrich Rasch: Iphigenies Schuld und Rettung, a.a.O.
17　Hans Robert Jauß, a.a.. S. 377.

の悲劇的な基調は神託の思いがけない転換が成立させる円満な終結においても、どうやら解決されてはいない。ゲーテの「イフィゲーニエ」の第四幕の最後にある運命の女神の歌の解釈で、追放され苦悩するタンタルスのモチーフが最後的に現れるが、それに関してギュンター・ミュラーはゲーテの「イフィゲーニエ」の調和的な小宇宙を粉砕しかねない反人間的・反オリュンポス的威力について語っている[18]。この場合、このモチーフは確かにイフィゲーニエが引用する歌に現れるのであり、それはオレストのヴィジョンと同様にある程度ドラマ的現実としての対話の外側にある。従って、むしろオレストの神託における賢明な解釈が対話的次元でもたらす思いがけない理想的な人間間的(zwischenmenschlich) 状況[19]が、悲劇的な世界原理一般を否定してしまうほどラディカルに作用するものではないと仮定できる。

ゲーテの「イフィゲーニエ」では、イフィゲーニエがトーアス王に告白するアトレウス家の歴史は次の三つの局面に分類できる。a) タンタルスの墜落、b) アトレウスとティエストの血の復讐、c) アガメムノンの娘イフィゲーニエの生贄。最後の局面はさらに次の五つの局面に分類できる。一、イフィゲーニエの犠牲、二、クリテムネストラによるアガメムノンの殺害、三、オレストによるクリテムネストラの殺害、四、オレストとイフィゲーニエの再会、五、イフィゲーニエとエレクトラの再会。イタリア紀行においてゲーテは最後の局面を扱う「デルフィのイフィゲーニエ」のドラマ的構想に言及しているが、しかしこれは成立しなかった[20]。これら最後の五つの局面は一種の因果的関係を提示しているが、最初のa、b、cの関係は簡単には洞察できない。例えば、アガメムノンに対する女神の怒りが先行する歴史のどの局面に由来するかを知ることはできない。それ故、ヴォルフディートリヒ・ラッシュのようにタンタルスの過失と墜落をキリスト教的原罪の構想から捉えようと試みるのは問題がないわけではない。私はイフィゲーニエの告白から該当する箇所を引用する：

それがタンタルスです。しかし神々は
人間と同様に歩むことを拒みます：
死すべき人間は余りにも弱く、

18 Günter Müller: Das Parzenlied, in: Die deutsche Lyrik, hg. von B enno von Wiese, Duesserdorf 1956.
19 In diesem Zusammenhang siehe; Erika Fischer-Lichte: Problem der Rezeption klassischer Werke —Am Beispiel von Goethes "Iphigenie", in: DeutscheLiteratur zur Zeit der Klassik, hg. von Karl Otto Conrady, Stuttgart 1977.
20 Emil Staiger: Goethe, 4. Aufl. Zürich und Freiburg im Breisgau 1964. Bd 1. S. 383.

異常な高みでは眩暈をおこしてしまいます。
彼は高貴でないわけでもなく裏切者でもなかったのです、
ただ奴隷となるには大きすぎ、偉大なゼウスの仲間となるには
ただの人間でした。
彼の過ちも人間的でした。裁きは厳しく
詩人たちは歌っております。思い上がりと
不誠実が彼を神々のテーブルから
いにしえの地獄の恥へ突き落したのです。
ああ、そして彼の一族のすべてがその憎しみを受け継いだのです。[21]　(v. 315－326)

この最後の行は原罪の構想を基礎づけているが、そこから内容的な一貫性を引き出すことはむずかしい。タンタルス一族の祖先であるタンタルスは高貴でないわけではなく、裏切者でもなく、ただ彼は神々の高みで眩暈を起こさないためには弱すぎたのである。そして彼の過ち自体が人間的であるならば、彼はきっと人間的次元では過ちを犯さなかったのである。後世の詩人たちが単に彼に人間的罪を、つまり、過失と不誠実を転嫁したのである。このタンタルスは神々と闘争し、従って、その罪が後世には不遜と見える、ゲーテによって敬われる巨人たちに属している。それに対してアトレウスとティエストは、神が彼らの額に鉄の輪を被せた（v. 331）事情を考慮しても、終始人間的罪を犯している。従って、人はトーアス王とともに問えるだろう：

それは先祖の罪か、それとも自分の罪か？　(v. 327)

しかしタンタルスの墜落は、イフィゲーニエの犠牲の局面とは、因果的ではなく、テーマ的に狭い関連にある。なぜなら、この局面では神的気まぐれと人間的無力の関係が再び先鋭化して台頭する。イフィゲーニエの生贄における神的気まぐれの複雑な二義性は女神の善意の意志とは本来両立するものではない。女神ディアーネが犠牲の祭壇からイフィゲーニエを救い、タウリスへ運ぶことで、女神はイフィゲーニエの存在を世界から隠し、それを事実上消滅させたのである。クリテムネストラのアガメムノンへの復讐、そしてオレストのクリテムネストラへの復讐は、イフィゲーニエの死を前提として起こっている。なぜなら、イフィゲーニエの生贄がすでに初めにまやかしとして見抜かれていたならば、アトレウス家の人々は悲劇を免れていただろう。従って、タウリスにおける姉と弟の再会におい

21　作品からの引用は氷上英広訳『タウリスのイフィゲーニエ』（人文書院）を利用する。

て、神的気まぐれの本質は見抜かれねばならないだろう。しかしイフィゲーニエが終始女神の救済の行為に期待し、悲劇的な前史が終始善意の神の像に覆われることは、本質的に啓蒙主義の策略を構成する。そして善意の神の像が対話的次元でカント的命法として貫徹し妥当とされることは構造原理であり、それをもってゲーテの「イフィゲーニエ」の本来の問題性がある。

ともあれ、タンタルスの不遜と墜落は、エウリピデスの「イフィゲーニエ」にはない。ゲーテはその他神々の食卓で神々の全知を確かめるために、息子ペロープスの肉を差し出す伝承のタンタルスをすっかり削除し[22]、彼をアトレウス家の歴史に断層をもたらす形姿として高めた。この事情は、ゲーテがタンタルスを他のアトレウス家の形姿から意図的に区別し、この形姿において神的気まぐれと人間的無力をテーマ的に取り上げたことを示している。しかしこのドラマが如何なる悲劇的な結末をも避ける方へ傾斜するので、タンタルスに関するこの本質的に悲劇的なモチーフがこのドラマの枠内では十分に展開しなかったという推定が成り立つ。

タンタルスのモチーフの視点では、ゲーテの他の古典的戯曲、つまり、「トルカット・タッソー」と「庶出の娘」がむしろこのモチーフとの関連にあることは、ある意味でおかしなことである。「タッソー」又は「庶出の娘」においては神々はもはや存在しないが、その代わり世界を支配する諸侯爵があり、さらにそこには政治的諸勢力の並列関係と上下関係がある。そしてフェララの宮廷で侯爵の寵愛を失い追放されるタッソーは、神々の寵愛を失い、ゼウスの食卓からいにしえの地獄の恥へ突き落とされるタンタルスの運命を地上的レヴェルで繰り返す。タッソーの悲劇的核心は確かに彼がまだ完成していない、あるいは完成し得ない叙事詩を侯爵に捧げる性急さにある。そしてタッソーが作品の完成を先取りするように、月桂冠は性急に彼に贈られ、ローマにおける真の褒章を先取りしてしまう：

あなたを首都で飾るはずの
あの冠のただの先取りです。[23]　(v. 484—485)

しかし不遜が不遜として現れるのは、本来、人間が真の成就に対して常に早すぎることにある。イフィゲーニエは、「あなた方神々は、急いでほしいとあなた方に子供っぽく願う、我々の嘆きを悠然と聞き流している。しかしあなた方の手が、黄金の天の果実を、未熟なままでもぎ取る

22　Goethes Werke: Hamburger Ausgabe Bd 5. S. 447.
23　作品からの引用は実吉捷郎訳『トルクワートー・タッソー』（人文書院）を利用する。

ことは決してない。そして性急にそれに逆らい、酸っぱい果実を食べて死に至る者は嘆かわしい」(v. 1108－1114)、と言う。ともあれ、ゲーテの「イフィゲーニエ」の枠内では、どのような誤謬がゼウスの食卓からのタンタルスの追放を引き起こしたかは明らかでない。なぜなら、後世の詩人が彼に転嫁する不遜と不誠実は端的に結果であり、墜落の原因ではないからである。

ともあれ人は、「トルカット・タッソー」又は「庶出の娘」において、タンタルスが神話的領域で被った不興が歴史的次元で、政治的テーマとして深まり、具体化されるということができる。「トルカット・タッソー」においてゲーテは一般的に近代詩人の運命を描いたのではない(24)。詩人の生粋の価値が気まぐれに作用する政治的要素に陥り、公的な評価に至らないという運命において、特殊的な意味で、初期のワイマール時代に由来する政治的テーマが展開している。「庶出の娘」が政治的なテーマを扱い、一つの器となり、そこにゲーテが何年もフランス革命とその結果について書き、そして考えたすべてを相応しい真面目さで書き下ろすことを望んだと、一般に知られている(25)。テオ・シュタメンはこの前提においてこのドラマの解釈を試みている(26)。しかし彼が特殊的な意味で、つまりフランス革命との関係で政治的なテーマを裏付けることができたかは、私にとって疑わしく思われる。むしろゲーテが「庶出の娘」において、初期のワイマール時代からの彼固有のものとなっていた、すでに幾らか悲劇的な色彩を持つ政治的テーマを最後的に方法的に取り上げ、それを撤回しがたく悲劇的に認証したことがありそうに見える。なぜなら、ワイマールの国民劇場におけるゲーテの活動とそこから生じた彼の古典的戯曲は、理論と実践の関係のように、すでに彼の政治的姿勢を反映しているからである。

かくして古典的戯曲の三部作においてモチーフ的関連を探るとき、「庶出の娘」がもしかしたら「タッソー」以上にタンタルスのモチーフを継承し、具体化していることが明らかにある。やがて宮廷において侯爵令嬢として承認されるはずの庶出の娘としてのオイゲーニエは、落馬し、その切っ掛けで王に会うのが早まり、王は今やひそかに彼女を侯爵令嬢として承認する。この王の承認と彼女に贈られた衣装は、彼女を公的に侯爵令嬢として認証する日の真の輝きを先取りするものであり、それを通じて彼女は気まぐれな政治的要素に陥り、それが彼女の存在を今や撤回しが

24　In diesem Zusamenhang siehe: Wolfdietrich Rasch: Goethes "Torquato Tasso", die Tragödie des Dichters, Stuttgart 1954.
25　Goethes Werke: Hamburger Ausgabe Bd 5. S. 591.
26　Theo Stamen: Goethe und die Französischen Revolution, eine Interpretation der "Naturlichen Tochter", München 1966.

たく危うくする。かくして侯爵は直ちに王との出会いの後、すでに娘の運命を認識する。

愛する娘よ！　こうなって欲しくなかった！
やっと少しずつ狭い境遇から出て、
広い世界に慣れて欲しかった。
やっと少しずつ学んで愛すべき希望を
多くの気高い願望を諦めて欲しかった。
ところが突然思いがけない落馬が起こって
おまえは憂いと危険が渦巻く
領域へ転落したのだ。
(v. 460―467)

しかし衣装箱を開けるのが早すぎるオイゲーニエの行為が過失と見做せるかは疑問である。この行為の象徴的意義は、実践的な視点では、タッソーが未完成の叙事詩を献呈するときほど重くはない。無垢の少女が気まぐれな政治的要素に陥る事情を、人がなおタンタルスのモチーフの線上で考察するとき、ここでは神的気まぐれと人間的無力の関係はもはや隠されずに登場する。タンタルスとタッソーを破滅に追いやるものも、それが不遜であれ、性急さであれ、いずれにせよそれは政治的世界における自らの過失である。

さて今やオイゲーニエの運命は、前史におけるイフィゲーニエの運命と同一であることが判明する。この意味において、ジーグルト・ブルクハルトがゲーテの「庶出の娘」を「アウリスのイフィゲーニエ」として解釈しているのは正しい(27)。従って、人が「庶出の娘」の観点から再び逆に「イフィゲーニエ」問題に光を当てるとき、ゲーテの「イフィゲーニエ」の構想における悲劇的な根本相が明らかになる。我々は今や、イフィゲーニエがオイゲーニエと同様に追放され、生きながら埋葬された女であることを認識する。ただし彼女の存在の隠された原理においては、その矛盾を永遠に断罪された祖先の止揚できない像が象徴している。この仕方で考察するとき、人はゲーテの「イフィゲーニエ」における対話の調和的な小宇宙がむしろ非現実の空間を提示し、オレストを追跡する復讐の女神のような現実の必然性がこの聖なる領域から締め出されているという仮定に至る。「外側には復讐の女神たちが待ち伏せしている／そしてわたしがこの森から出ると、／彼らは鎌首をもたげて／四方八方から埃をたてながら台頭し、獲物を駆り立てるのだ」(v. 1134―1138)。

　ゲーテの「イフィゲーニエ」の神話的層に属する、イフィゲーニエの生きたまま埋葬された存在、オレストの母殺し、そしてデルフィにおける女神の像を持ち帰るべき神

27 Sigurd Burckhardt: “Die natürliche Tochter”: Goethes “Iphigenie in Aulis?”, in: Germanische-Romanische Monatsschrift 1960.

託は、本来、リアルなタウリスの小宇宙を外側から囲む必然性を提示していることが認識される。従って対話の背景としての神話的世界がむしろ象徴的次元で現実を構成することを人が洞察するとき、ゲーテがその「イフィゲーニエ」で歴史的現実を疎かにしているという誤解は容易に排除できるだろう。それ故にゲーテの「イフィゲーニエ」のドラマ的緊張、ないし、アクチュアリティは、終始、神々の意志としての神託の解釈を巡っている。

ともあれ、オレストとピュラデスに女神の聖像を故郷に持ち帰ることを命じる神託は、「庶出の娘」の中の王がオイゲーニエを誘拐し、追放することを秘書に許す命令と比較できる。デルフィの神託についても同じように言えるだろう。

> 正義も、裁きも問題ではない。
> ここには暴力がある。ぞっとするような暴力が。[28]
> (v. 1747－1748)

しかしここで人は、問題を政治的な勢力の悪として狭めないように注意する必要がある。ここではむしろ本質を失った精神は単に幽霊として現れるという事情が問題である。この精神はオイゲーニエを失った侯爵から積極的な本質を要求する。「分かたれた生命を閉じるのは誰か？／抹殺されたものを再び完成するのは誰か？」という侯爵の問いかけに、僧侶は「それは精神だ」と答える。侯爵はオイゲーニエの死を前提にしてオイゲーニエの本質を取り戻す。「おまえは在った。今も在る。神はおまえをかつて完成し、おまえを考え、そして現実に示した。／おまえは無限なもの、永遠なものに預かったのであり、だから永遠にわたしのものだ。」(v. 1722－1725)

「庶出の娘」の視点で見るとき、ゲーテが「イフィゲーニエ」で如何に大胆に啓蒙主義の策略を行使しているかが分かる。

> 復讐の女神から逃れるために、わたしがアポロ神に
> 助言と解放を求めたとき、彼は言いました。
> 「タウリスの岸辺で、嫌々ながら聖堂に留まる
> 姉をギリシャに持ち帰りなさい。そうすれば
> 呪いは解ける」と。
> われわれはそれをアポロ神の妹と解釈したのですが、
> 彼が考えていたのはあなただったのです。
> (v. 2111－2117)

デルフィの神託が悲劇的葛藤の前提であり、従って、唯

28　作品からの引用は伊藤武雄訳『庶出の娘』（人文書院）を利用する。

一のリアルな、しかしなお撤回し得る必然性であることを考えるとき、このドラマの根本主題はこの必然性が最後には廃棄されることにある。神託のSchwesterがアポロ神の妹ではなく、オレストの姉を意味することは差し当たり言葉の遊戯であるが、しかしそこには疑いもなく啓蒙主義の策略が感じられる。ゲーテの「イフィゲーニエ」において、伝統的な形式での神託の成就を促進しているのはピュラデスであるが、しかし彼が神々の意思を自らの目的に利用し、それを通じて自らの犯罪を正当化するのは、ほとんどすでに神聖な神託の晴朗な嘲笑である。そして今や女神ディアーネがどうやらイフィゲーニエと同一化されるとき、神託は最後の世俗化に屈する。この神託の解釈が神像の略奪の必然性を止揚し、悲劇的状況下で思いがけない、ほとんど喜劇的な解放感が生じることは明らかである。

しかし人はさらにこの神託の解釈の別の機能をも考慮する必要がある。我々は今や、イフィゲーニエがドラマの提示部では生きたまま埋葬された女であることを知っている。イフィゲーニエもオイゲーニエと同様に公的に死を宣告されたのであり、彼女は生きていても名前のない女であり、救われても単に影にすぎない。従って、このドラマの解放的な意味は、差し当たり女神に奉仕する謎めいた巫女が次第にその素性の秘密を放棄し、ついにはアガメムノンの娘として聖堂から歩み出るプロセスにある。人間的運命から永遠に脱却した名前の無い女に精神の聖堂における人生が課せられるのは偶然ではない。人が従来姉と弟の再会を単にオレストの治癒の側から見てきたのは不思議である。その際オレストは、彼女を神々に近づける不毛な内面性から彼女を解放するという重要な役割を演じている。そして今やオレストの賢明な神託の解釈はイフィゲーニエを聖堂に縛り付ける女神の呪いを決定的に破壊するのであり、それを通じて彼女は今や純粋な人間として独自の同一性に達する。従って、この解釈の解放的意味を、人が女神をまさにイフィゲーニエの疎外された形態として暴露し、そこからイフィゲーニエの純粋に人間的な実体を取り出すことに見るとき、イフィゲーニエをこの解放的行為を通じてむしろ女神にし、「救済する女性の神話」を作り出すヤウスのテーゼはもはや理解できなくなる。リアルな必然性としてのイフィゲーニエの矛盾した存在、オレストの母殺し、さらに神像の略奪が対話的レヴェルで見たところ廃棄されるゲーテの「イフィゲーニエ」の小宇宙はなるほど非現実の世界を提示するが、しかしこのドラマは、人間関係の美しいモデルが真理として、つまり、言わばカント的な公準として現実に作用し、現実を変え得るという、ゲーテの根本的に啓蒙的な、しかし強度に隠微な姿勢を少なからず保証するのである。

第六章

ゲーテ『親和力』解釈――「喪失」の美観(1)

一、作品の受容史

『親和力』という作品に関して、ゲーテはエッカーマンとの対話で次のように述べている。「大体において、何か抽象的なものの具象化を目指すというのは詩人としての私の流儀ではなかった。しかし詩人として何らかの理念を表現しようと思えば、例えば、『動物のメタモルフォーゼ』や『植物のメタモルフォーゼ』、あるいは『遺言』などのように決定的な統一が支配し、全体が見渡せるような、小さな作品でそれを試みた。比較的大きな作品で、意識的に一貫した理念に沿って描写を試みた唯一のものが私の『親和力』である。そのためこの小説は悟性にとって理解しやすいものになったが、しかしそのためにより良くなったとは言えない。むしろ私の意見では、測りがたく、悟性にとって掴みがたくなればなるほど、詩的作品はそれだけ良くなるということだ。」(2)このように作者の立場から見れば『親和力』は理念に基づいており、悟性にとって捉えやすい作品ということになるが、ゲーテはあるとき、『親和力』の内容を簡単に要約すれば、「欲情の目で女を見る者は、姦淫したるなり」というキリストの言葉に帰着するとも述べている(3)。またクネーベルが『親和力』の道徳的内容に疑念をはさむと、ゲーテは「私はあなた方のためではなく、少女達のためにこの作品を書いたのです。」と答えている(4)。このようなゲーテの証言を、例えば同じくゲーテ自身の「真の詩人は行為の破壊性、情操の危険性を結果において証明して見せる仮装した説教師である」(5)という言葉と重ね合わせると作者の意図は一貫するわけで、いかにも『親和力』という作品はカントの定言的命法に基づく道

1　この論考は大学の一般教育及び定年後の市民講座のために纏められた。
2　Gespräch mit Eckermann, 6. Mai 1827. Goethes Werke. Hamburger Ausgabe, Bd. 6 (verkürzt: HA). S. 625.
3　Goethe an Joseph Stanislaus Zauper,7. September 1821. HA S. 625.
4　HA, S. 623.
5　HA, S. 625.

徳的理念を形象化した作品ということになる。

しかしこのような作者自身の証言は『親和力』という作品にちりばめられている多くの不道徳な観念に対する弁明の観があり、すでに出版当時ヤコビはこの作品の不道徳性を非難し、オティーリエの死を「情欲の昇天」と形容している(6)。実際この小説の結末における少女オティーリエの聖者としての死ほどに二義的なものはない。確かにオティーリエは自己の罪を贖い餓死するわけであり、結果としては峻厳な道徳的理念が貫徹することになる。しかし悲劇的カタルシスの体験とは常に二義的なものであり、読者は破局をもたらす様々な不道徳な観念をあくまでも想像力を通じて体験しながら、結論に至るわけである。つまり『親和力』の結論は道徳的であり、かつまたそのような結論は悟性にとって理解しやすいものでありながら、その結論に至る過程そのものは不道徳なのであり、しかもそれは感情に訴える体験の層として悟性による理解を超えているわけである。従来『親和力』の受容史において、この作品の道徳性をめぐり、評価はまっぷたつに割れているが、概して作者に好意的な評価がこの作品を道徳的と判断しているのに対して、この作品を不道徳とみなす立場が作者ゲーテに対する批判と結び付いているのも奇妙なことである。後者の立場を代表し、かつまた『親和力』の受容史においておそらく最も画期的な意義を持つのがベンヤミンの『親和力』解釈であるが、彼は論文の冒頭で注釈(Kommentar)と批判(Kritik)とを区別し、作品の真理内容は批判を通じてはじめて把握されると述べている(7)。この難解な論文自体解釈を必要とするほどであるが、おそらくベンヤミンから見れば、『親和力』を道徳的と判断する、作者に対する好意的な解釈はいずれも作品の表層構造をとらえたものであり、従って注釈に属することになるのであろう。もちろん、ベンヤミンの論文が画期的であったのはその深く作品の本質に迫る示唆的な解釈のためであり、必ずしも『親和力』を不道徳と判断する批判的姿勢のためではなかったであろう。いずれにせよ作品の道徳性をめぐる論争自体、作者に対して好意的であれ、批判的であれ、作品の本質に迫るものがなければ不毛である。

例えばベンヤミンのオティーリエの死の道徳性をめぐる次のような論評は、道徳・不道徳の判断以前にオティーリエという形姿の本質を深くえぐって興味深いものがある。「オティーリエは自己を閉ざしている。それのみではない。彼女のすべての言葉と振る舞いが彼女をその閉鎖性から導き出すことができない。両手をひろげて祈るダフネ・モ

6 HA, S. 645.

7 Walter Bejamin: Goethes Wahrverwandtschaften, Insel Verl. Frankfurt am Main 1964. S. 5.

チーフから訴えてくる彼女の植物的な寡黙さが彼女の存在を被い、暗くしている。そのときたいてい誰の存在をも明るく照明するはずの極度の窮地においてさえ、そうである。彼女の死の決意は、最後まで周囲の人々にとって知られないのみならず、それは全くの秘密裡において彼女自身にも捉えがたく形成される。そしてこのことがその死の道徳性の根にまで達しているのである。というのも、どこであれ、決意することにおいて道徳的世界は言葉の精神に照らし出されているものである。いかなる道徳的決意も言語的形態なしに、厳密に言って伝達の対象とならずに出現することはない。従って、Ottilieの完全な沈黙において彼女を精神化する死の意志の道徳性は疑わしくなる。そこには実際決意ではなく、衝動がある。従って、彼女の死は、彼女がそれを二義的に表現しているような、神聖な死ではない。彼女は軌道を踏み外したと悟るが、この言葉は実際ただ単に死のみが彼女を内的な破滅から守ってくれることを意味している。かくしてそれは運命の意味における犠牲であり、聖なる贖いではない。つまりそれは気まぐれな死であり、神的に上から下される死のみが人間にとって聖なる贖いとなる事態を意味してはいない。Ottilieの死は、その汚れない存在と同様、破滅から逃れる魂の最後の逃げ道にすぎない。彼女の死の衝動には休息への憧れがある。それがいかに彼女の内なる自然的本性に由来するかを示すことを、ゲーテは怠っていない。オティーリエが食事を断って死ぬとき、彼は小説の中で、彼女がいかにしばしば幸福なときにも食事を拒んだかを描いている。」(8)このようにベンヤミンの論評自体、オティーリエの形姿に関する優れた洞察にもかかわらず、グンドルフにたいする批判を通じて『親和力』の道徳性をめぐる論争にはまり込んでいるわけだが、これはキリスト教的文化圏における作品受容の宿命でもある。ともかく、最近エーバルト・レッシュによって編集されたゲーテ『親和力』に関する論文集においても(9)、ベンヤミンを踏襲する解釈は少なく(10)、むしろグンドルフ流にオティーリエの死を神聖とみなす解釈が支配的であるが、いずれにせよ聖者というようなキリスト教的先入観を上からかぶせるよりは、むしろ唯物論的であれ、ベンヤミンにおけるように、人間の本質の深部を照らし出すような解釈の方が啓発的である。

8　Ebenda S. 73.
9　Goethes Roman “Die Wahrverwandtschaften”, hg. v. Ewald Rösch (verkürzt: Rösch). Darmstadt 1975.
10　ベンヤミンを踏襲していると思われる論文として例えばズーアカンプのものを挙げることができる。Peter Suhrkamp: Goethes “Wahrverwandtschaften”, in: Rösch.

ハットフィールドも指摘するように(11)、『親和力』には一見して非ゲーテ的と言える要素が多く存在しており、その最も著しいのが小説の結末におけるローマ・カトリック的要素である。オティーリエは罪を犯したと信じ、ついには餓死するまでに禁欲の生活を送り、その死においては奇跡を行う。彼女は聖者と呼ばれ、巡礼が彼女の墓を訪れる。礼拝堂の装飾や活人画において聖母マリアに扮するオティーリエなど同時代のナザレ派の芸術を反映している。それにもかかわらずオティーリエの形姿に謎めいたものを感じた敬虔な読者はそれを異教的なものと関連付けたわけだが、そのことを示唆されたゲーテが「なに、私が異教的だって？　私はグレートヒェンを処刑し、オティーリエを餓死させたではないか、一体連中にはこれでもキリスト教的ではないというのか？　これ以上にキリスト教的なものが望めるだろうか？」(12)と応じたのは有名である。この種のゲーテの証言が単なる弁明でないとすれば、何故にゲーテは意識的に『親和力』という作品を謎めいた沈黙で被ったのだろうか。ゲーテはツェルターに宛てた手紙で「私は多くを表現したと同時に、多くを被い隠した。」(13)と書いている。またベンヤミンが指摘するように、『親和力』に関しては断片すら残っておらず、ゲーテはこの作品の構成的技術を示すようなものをすべて焼却したわけである(14)。確かにゲーテの重要な著作がほとんど初期の草稿を残していることを考えれば、これはまことに不思議なことである。

二、作品の成立史

さて、『親和力』をめぐるゲーテの様々な証言は結局のところ読者の立場に立った作品理解の処方箋であって、作品の構想における作者の真の動機を被い隠すものである。周知のごとく、『親和力』は当初晩年の長編小説『ヴィルヘルム・マイスターの遍歴時代』の中に挿入されるべき一短編として企画されたものであり、一八〇八年四月十一日の日記には、『五〇才の男』とともに言及されている(15)。『遍歴時代』は『修業時代』の延長として企画されたもので、そのスタイルはいかにも老年にふさわしいものであ

11 Henry Hatfield: Zur Interpretation der "Wahrverwandtschaften", in: Rösch.
12 Varnhagen von Ense, Tagebuch vom 28. Juni 1843. HA, S. 623.
13 An Karl Friedrich Zelter. 1. Juni 1809. HA, S. 621.
14 Benjamin, S. 33.
15 Benno v. Wiese: Anmerkungen zu Goethes "Wahrverwandtschaften" HA, S. 662.

る。この作品は別名『諦念者たち』と呼ばれているように、ここでは社会の要請を自覚した人々の職業的論議が叙述の大枠を構成し、友情、愛、結婚、家庭をめぐる個人的葛藤、つまり本来の詩は短編小説として枠物語の中に挿入されているだけである。ここでは悲劇的破局をもたらしかねない夢や情動の世界は言わば額縁を嵌められた絵のように社会の枠組の中に位置付けられるわけで、それ自体が社会の基盤を揺るがすほどに野放図に発展することは構造的に不可能である。『親和力』の第一章で、エードアルトとシャルロッテの苔小屋における出会いが物語の出発点をなすのはその意味で象徴的なことである。ここでシャルロッテは苔小屋の窓を通して館を見下ろす眺望がちょうど額縁を嵌めた絵のように見える位置にエードアルトを座らせ、二人だけの自足した生活を享受したいと願う（ハンブルク版ゲーテ全集第六巻二四三頁：以下Ha, S. 243と略記）。しかしそれがエードアルトの大尉を呼びたいという願望によって否定され、現在の幸福の基盤を揺るがす人間的葛藤へと発展するとき、それは『親和力』が『遍歴時代』の諦念の枠組を突破し、固有の悲劇的小説として独立すべき運命を同時に物語っていることになる。

ともあれ、『親和力』が『遍歴時代』の諦念という力の場で発展した作品であるとき、この作品の構想における動機が老年の問題と深く絡んでいることは確かである。この小説の主題はおそらく愛や結婚について語るより前に死をめぐっており、ある独特の宗教的感情が前面に現れている。そしてゲーテの場合冥界が地上から峻別されるのではなく、ほとんど神話的自然と呼べるような地上的生存の形式であったことがこの作品に謎めいた性格を与えているわけである。すでに小説の冒頭から愛をめぐる人間的葛藤は来世への予感と深く関連している。エードアルトは苔小屋に向かう途中小道が二つに分かれている場所で、墓地を抜ける近道を意識的に避けて遠回りして行く。そして第二章で苔小屋からの帰途、今度は逆にミットラーに会うために、つまり死を希求するかのごとく性急に墓地を抜ける近道を通り、シャルロッテが施した墓地の模様がえに直面することになる（Ha, S. 254）。

エードアルトの墓地を避ける感情とは裏腹に、シャルロッテは墓石を側面に移動し、中央の土地を均してクローバーを植え、墓地を快適な空間に変えてしまっている。この美的に秩序付けられた空間の整然と並べられた墓石において死者たちの記憶は平均化され、平等化されるわけで、小説の第二部ではこのことが宗教的感情を傷付けるとして檀家より苦情が出て、訴訟沙汰となる。死者がどこに埋められているかが遺族にとっては大切だと檀家の側が主張するのに対して、シャルロッテとしては、「私たちの人格、縁故関係、それに生活環境を、死んでからまでもそんな風にかたくなに無理やり続けていこうとするよりは、せめて死んだあとぐらい、すべての人間は平等に帰するのだという風にあっさり考えたいものです[16]」(Ha, S. 363) と述べている。シャルロッテにとっては生存する人々の現在の幸福が大切なのであって、死者たちもまた生存する人々の記憶の中で培われ、美化されて現在の幸福に寄与するものでなければならないだろう。そしてそれがまた死者たちを敬うことにもなるわけである。しかしそうなると死者たちはあくまでも生存する人々の記憶の中で生き続けるわけで、それ自体の固有の存在を持ち得ないことになる。ところが宗教的感情にとって大切なのは死者の固有の存在であって、それは多かれ少なかれ、ある固有の事物に対する魔術的な執着心となってあらわれる。この場合死者の記録や肖像画のように精神的に透明な媒体よりも、むしろ無意味な事物、例えば死者の所持品等に執着するという非合理的感情が問題であるが、その究極のものが死者の肉体、ないしは死者を葬った場所である。そのように考えるならば、シャルロッテの生存者と死者を媒介する思いやりに充ちた墓地の模様変えには意外に死者たちに対する不遜が隠れてはいないであろうか? それ故、墓地に足を踏みいれたエードアルトが奇妙な意外感に打たれて浮かべる涙は二義的な意味を持っている (Ha, S.254)。彼がシャルロッテの手を握りしめるとき、それはシャルロッテへの愛の表現であり、彼もやがては愛するものの手によって葬られることへの感謝の思いであるだろう。しかしこのときエードアルトの意識の底で眠っていたある敬虔な感情が傷付けられたのであり、それは己の死への思いと重なり、満たされない生の空虚を痛切に感じさせる契機となる。

三、小説の主題

さて、従来『親和力』の道徳性をめぐる論争は、言うまでもなく、「結婚」という市民社会の制度をめぐって展開している。『親和力』はトルストイの『アンナ・カレーニナ』やフロベールの『ボヴァリー夫人』と並んで一九世紀ヨーロッパ文学が生んだ最も深刻な姦通小説の一つであり、そこには市民革命を経て成立したヨーロッパ社会の一般的危機が反映したと考えることもできる。ゲーテの『親和力』においても、「結婚」という社会的制度の理念をミットラーが代表し、この社会的掟を侵害した二組の男女の不倫の関係が最後には罰せられるとき、神聖とされる「結婚」の制度の本質が人間的葛藤を通じて鋭く照明されると同時に再確認されることになる。オスカール・ヴァルツェルは、ロマン主義の風潮がもたらした、そしてゲーテ自身も『ヴィルヘルム・マイスターの修業時代』で少なからずそれを助長することになった男女の性道徳の乱れを矯

16 作品からの引用はすべて浜川祥枝訳(潮出版社)に依存する。

正するために、ゲーテが『親和力』を書いたとすら考えている[17]。このような一般的法則の勝利という捉え方はグンドルフを始めとして確かに『親和力』の受容史を特徴付けており、ヘッベルもまた「結婚」がこの小説の中心的テーマであると考えるわけだが、しかし彼はそうであれば社会的制度の基盤としての「結婚」を対象化するには本来不道徳なエードアルトとシャルロッテの結婚を「結婚」の典型として描いているのは承認できないということである[18]。

そこでこの小説のそもそもの前提をなすエードアルトとシャルロッテの結婚がどのような事情で成立したかを知る必要がある。すでに第一章の苔小屋における対話で、我々はシャルロッテの口を通して、二人が若いころ相思相愛の間柄でありながら、双方の両親の都合で引き離され、それぞれ年をとってはいるが財産家の相手と結婚することになり、最近になってそれぞれの相手が他界したために晴れて結ばれることになったいきさつを知ることができる。つまり、二人の愛は青春においては成就しなかったわけで、成就していたら獲得したであろう人生の幸福を、つまりそれが仮に一時的であったにせよ、瞬間の充実を決定的に喪失したことになる。こうして二人の結婚はこのすでに一度失われた幸福を取り戻すためのかたくなとも言える努力によって成立するものである。この小説の後半で挿入される《隣り同士の奇妙な子供たち》という短編と対照させるとき、このことの意味は重大である。この短編では愛し合う若者と少女が同じく運命の気まぐれによって引き離されそうになるわけだが、決定的な瞬間における少女の命を賭けた行動は二人の愛を成就に導くことになる。ここでは愛の衝動が社会的因習の拘束を打ち破り、貫徹することになる。イギリスの旅行者が披露するこの物語が館の人々に違和感を与えるのも偶然ではなく、短編の中の男女のほとんど野蛮とも言える決断は啓蒙され洗練された館の人々との鋭い対照として描かれているわけである[19]。若いころエードアルトとシャルロッテがお互いに別々の結婚をすべく愛を断念したときに自己欺瞞を犯したとすれば、今再び結婚によって昔の愛を再確認するのも自己欺瞞である。この結婚の虚偽性はすでに聡明なシャルロッテには最初から見抜かれていたわけである。「あなたはぜひ正式に結婚したいと言って下さいましたが、私は、すぐにはお受けしませんでした。私たちはだいたい同じ年齢でしたから、男であるあなたはそれほど年をお取りになっていなかったのにたい

17　Oskar Walzel: Goethes “Wahrverwandtschaften” im Rahmen iherer Zeit, in: Rösch. S.36.

18　H. G. Barnes: Ambiguität in den “Wahrverwandtschaften”, in: Rösch. S. 310.

19　Vgl. Benjamin, S. 64.

し、私のほうは年をとってしまっているに違いないと思ったからです。それでも、最後には私との結婚こそあなたにとって、唯一の幸福だとお考えになっていらっしゃるように思えて、お断りできませんでした。」(Ha, S. 246)。こうしてシャルロッテは娘のルティアーネと姪のオティーリエを寄宿学校に入れて、館におけるエードアルトとの二人だけの生活を開始することになる。シャルロッテにとってこの結婚の目的は、失われた過去を記憶の中で追体験することであり、「いっしょに見ることの出来なかった世界をせめて思い出のなかで旅行してまわること」(Ha, S. 247) である。失われた幸福という空虚の中で過去世界が広がれば広がるほど、この知的に虚構された幸福の論理はできるだけ狭い現在の空間を求めるわけで、二人だけの生活を楽しむためにシャルロッテが構築した苔小屋はその意味でシャルロッテの人格の拠り所である。この小説の風土を構成する館を中心とした地方貴族の領地もまた多かれ少なかれ世間から隔絶した非歴史的空間であり、エードアルトの留守を守り、終始館の生活を維持するのがシャルロッテであるのも偶然ではない。

ともあれ、このように『親和力』の提示部における主題は夫婦の愛というよりも、失われた愛であり、この失われた愛を美しく装飾し、現在の愛として虚構して見せるのが他ならぬ「結婚」という制度である。つまり、シャルロッテの苔小屋と同様に「結婚」という制度もまた知的に虚構された幸福の拠り所である。苔小屋の窓から館を見下ろすように、人生を見下ろしているシャルロッテにとって、二人の愛はすでに固定された人生の意味として永遠であり、そこには発展があってはならない。このつつましい愛の幸福の単調な持続は、確かにエードアルトが指摘するとおり (Ha, S. 247)、すでに隠者の生活に似ている。つまりエードアルトとシャルロッテの結婚は言わば『遍歴時代』の諦念から出発する。しかし二人の愛が現実の愛であるかぎり、それは生活の内容として実現されなければならなかったはずで、二人の過去に向けられた愛の虚構性はまもなくエードアルトの側で露呈されることになる。というのも、エードアルトにとっては二人の結婚は失われた幸福を取り戻すための現実の第一歩なのであり、過去の喪失という内面の空虚は現実の活動に向かってたえず彼を駆り立てることになるからである。そして活動への要請がたえず未知のものへ、未来へと向かうとき、それはすでに時間の契機であり、大尉という第三者の介入を通じて、館の無時間的生活は徐々に歴史的世界の病理に感染していくことになる。

四、親和力の比喩

大尉が館に到着すると、装飾を施した苔小屋に案内され、シャルロッテは、ちょうどその日が二人の守護聖人の祝日であり、共通の名前のオットーが夫と夫の友人の大尉を結び付けていることに注意を喚起する（Ha, S. 258）。エードアルトと大尉は少年時代に二人ともオットーと呼ばれていたわけだが、エードアルトは気まぐれな理由からこの名前を大尉に譲ることになる。従って、エードアルトはオットーであると同時にオットーでないことになり、ここにはシャルロッテの大尉に対する微妙な関係が投影されることになる。つまり、大尉はエードアルトと名前を共有しているのだから、第三者として夫婦の関係の中に割り込んで来た全く未知の要素ではなく、すでに既知の夫婦関係の中に組み込まれた事実であり、そうであればシャルロッテは言わばエードアルトの分身のように大尉に接することができるだろう。ここに大尉の存在を意識の中で無害化しようとするシャルロッテの本能が働いている。つまりシャルロッテはあくまでも夫を介して大尉に接触するのであり、そのかぎりにおいて、大尉との間に不倫の関係は成立しないはずである。しかし仮に一層親密に大尉と接触したとしても、それが夫婦関係の事実に還元され、正当化されるとしたら、それは不倫な関係を容認する口実となってしまうだろう。一方エードアルトにとって、オットーという名前を大尉に譲ったとき、彼は自己自身との関係を失ったのであり、それは彼がシャルロッテへの愛、つまり真の幸福を断念するという自己欺瞞に対応している。つまりオットーとはエードアルトの喪失した自己なのであり、従ってオットーという名前を帯びた大尉の訪問は彼が自己の中心の空虚を見つめ、自己自身へと回帰する契機をもたらすことになる。

オティーリエが館に呼ばれると、ここにこの小説のタイトルである親和力という化学用語が暗示する人間関係が成立する。オティーリエが到着する直前に、三人はなおこの用語をめぐり意味深長な会話を展開している。要するに、図式的に言って、AとBという成分を組み合わせた物質にCとDという成分を組み合わせた物質を混合すると、お互いに親和力が働いて、AとC、ないしBとDという成分の組み合わせからなる物質が生じるということである。三人はこのような物質の相互作用を人間関係に比喩的に適用し、大尉とオティーリエを館に呼ぶことによって、エードアルトと大尉、シャルロッテとオティーリエの組み合わせが生じるかもしれないという風に、無難な解釈をするわけだが、しかしこの真面目な冗談は実際はエードアルトとオティーリエ、シャルロッテと大尉という男女の組み合わせを生じ、深刻な人間関係へと発展していく。ここではもちろん親和力という物質の相互作用は社会の比喩であり、それは一人一人の人間関係のみならず、階級や職業に基づく人間集団の関係をも包括している。しかしこの親和力に関する論議において従来見落とされがちなのは、人間の自己自身に対する関係である。この性質に関して言葉が交わされた後、大尉は締めくくって次のように言う。「それではここで、ある重要なことをちょっとついでに述べさせていだだきますならば、液状であるということによって可能になっている百パーセント純粋なこの自分自身との関連が、はっきりと、しかも例外なく、球形であらわれるという特色を持っていることです。落下中の水滴は球形です。水銀の小さな粒についてはあなたがご自身でお話しになりました。溶かした鉛を落下させた場合でさえ、すっかり固まるだけの時間的余裕があれば、下に落ちてきた時には球形をしているのです」(Ha, S. 271)。実際この小説で親和力という図式のもとで展開する人間関係において他者愛とならび自己愛が重要な契機として働いており、他者愛もまた一種の自己愛であるという特徴を帯びている。苔小屋においてオットーという名前の共通の過去が一同にもたらした満ち足りた気分の中で、それでもなおエードアルトが四人目の不在を痛切に感じて、シャルロッテにオティーリエの招待を促すのも偶然ではないだろう。エードアルトのオティーリエへの愛が深まっていく過程は同時に自己の幼年時代への回帰を意味している。こうしてシャルロッテの配慮と裏腹に内面に生じた空白を埋めるために、エードアルトは一同を案内して領地を一望におさめることのできる丘の頂上まで上っていくが、そのときエードアルトは池のほとりの「成長ぶりは申し分なく、若々しく健康で、縦にも横にも拡がる勢いを見せている」(Ha, S. 260) プラタナスに注意を喚起する。エードアルトが幼年時代に、彼の父が根こぎにするよう言いつけた若木を救ってみずから植えたのであり、彼はその木立にあたかも自己の分身であるかのような愛着を抱いている。そしてやがてそのプラタナスを植えた日付とオティーリエの誕生日が重なることを発見したとき、彼は自分がオティーリエと結ばれるべく遠い過去から運命づけられていたと理解する。

五、社交的形式の真実と虚偽

エードアルトのオティーリエに対する関係が自己愛としてほとんど一心同体の境地へと高まるとき、エードアルトとシャルロッテとの間には距離があり、対話がすでに背後に沈黙を宿している。例えば、エードアルトは朗読を好んでいるが、その最中に背後から書物を覗きこまれることを非常に嫌悪している。あるときシャルロッテが背後から本を覗きこんでいるのに気付いたエードアルトが乱暴な口調でそれを非難するときほど、夫婦の間の亀裂を感じさせるものはないだろう (Ha, S. 269)。つまり妻であるシャルロッテもまた単に観客の一人であり、夫が演出した芝居に甘んじ、その背後の心の秘密を覗きこむことはできないわけである。しかしそのことが不和を導くのではない。むしろ無気味なのは夫婦の対話が何事もなかったかのように継続されることで、このときもまたシャルロッテは如才なく振る舞い、社交の場がだいなしになりかねない不手際を修正し、溝を埋めることに成功するわけである。シャルロッテは夫婦の関係においてもお互いに秘密を保持することは当然のことと前提しているわけで、シャルロッテの方にも秘密がないわけではない。シャルロッテとの結婚前に旅行から帰ったエードアルトは偶然にオティーリエと会うことになるが、実はそれはシャルロッテがオティーリエに有利な縁組の機会を提供すべく故意に仕組んだものであった(Ha, S. 253)。このシャルロッテの理性的判断は結果として正しく、エードアルトとの結婚は誤りであることが判明したわけだが、シャルロッテ自身決定的破局を迎えるまでこの事実を直視することを避けている。この事実を直視したならば、彼女は直ちに自分とエードアルトとの結婚の虚偽性を認識したはずである。つまりシャルロッテがこの事実をエードアルトにたいしてのみならず、自分自身にたいしても秘密にしたのは他ならぬ儀礼と体面のためであり、こうして彼女はこの秘密がやがて運命のイロニーとして公然と現れるまで結婚という社会的因習に引きずられて時を過ごすことになる（Ha, S. 460)。

館の人々の儀礼的な社交の形式にもかかわらず、各人はそれぞれの秘密を宿し、そこに存在の拠り所を見出している。それは自己自身との関係に止まらず、各人の周囲世界との関係、つまり自然や物象との関係をも規定しているのであり、そこに彼らの活動の美的な性格が生じてくる。各人はそれぞれ生活の遊戯空間を美的に構築するディレッタントである。すでに苔小屋の装飾はシャルロッテにとって第三者の介入を拒む夫婦の幸福の象徴であり、彼女の活動は苔小屋を中心として自己流に発展してきた。大尉が来て、専門的な観点で彼女の造園のディレッタンティズムが指摘されると、彼女は曲がりくねった小道、つまり全体との関係を潔く放棄するが、しかし苔小屋はそれだけ一層彼女の内面の拠点となり、秘密の空間を形成することになる。それはまた全体の計画を大尉に譲ったとき、言わばその代償として彼女の内面に芽生えた大尉への愛に対応しており、やがて大尉との離別が必然的となると、彼女は一人苔小屋に来て、社交の場では見せることのできない情念の発作に身を委ねることになる（Ha, S. 314)。

六、オティーリエにおける公然の秘密

さて、自己自身に対する関係を最も著しく体現しているのがオティーリエの形姿である。彼女の場合自己自身に対する関係が、例えば、シャルロッテにとっての苔小屋、あるいはエードアルトにとってのプラタナスの木立のように、外的な対象への秘密めいた愛着として示されるのではない。むしろ彼女の存在そのものが秘密であり、一個の物かあるいは愛すべき獣のような沈黙を宿している。すでに読者は寄宿学校の助手の手紙から彼女の性格について間接的な予備知識を与えられている。これはちょうど『ファウスト第二部』でヘレナが観客の前に言葉による自己紹介を

通じて直接登場するのと対照的である。そして助手の手紙自体がすでにオティーリエの形姿の謎めいた沈黙を暗示している。そこには次のような記述がある。「オティーリエさんが何かを要求なさったとか、いわんや何かをぜひにとお願いになったことは、私の経験した限りではこれまでについぞなかったということでございます。これに反して、滅多にないことではございますが、オティーリエさんが、何か他人から要求されたことを拒否なさろうとすることはございます。その場合オティーリエさんがなさる仕草は、いったんその意味を悟った人間にとっては絶対的な意味を帯びて参ります。そういう場合、オティーリエさんは、両手の掌を上にあげてから組み合わせ、それを胸にあてると同時に、こころもち体を前へ傾け、ぜひかくかくしかじかのことをしてくれと要求している相手を一種独特の眼つきでじっと見つめるのですが、その眼つきを見ると、相手のほうは、自分の要求なり希望なりは、それが何であるにせよ、すべて放擲してしまってかまわないという気にさせられます」(Ha, S. 280)。小説の結末でオティーリエがエードアルトの希望を最後的に拒むときこの仕草が繰り返されるのが印象的で (Ha, S. 473)、このとき以来彼女は話すことを止め、食事を断って自殺することになる。ベンヤミンが指摘するように、オティーリエの死の決意は言葉の精神によって照明されることなく、謎めいた沈黙に被われている。

オティーリエが館に到着すると、彼女は出迎えたシャルロッテの足元に体を投げだし、その両膝を抱く仕草をする。シャルロッテはこれをオティーリエの卑下の感情と受けとめて当惑するのだが、オティーリエは「ただ何となく、私がまだおば様のお膝のところまでしか背が届かなかったあのころ——そのくせもう絶対おば様は私を可愛がって下さっていると信じこんでいたあのころ——の思い出にふけりたいだけなんです」(Ha, S. 281) と淡泊に答える。この言葉自体彼女の内奥の秘密の中心を暗示しているが、しかしそれはこれ以上言葉にはならず、独特の仕草で表現されるわけである。この仕草は、オティーリエが幼いころ母親をなくしたときに、シャルロッテの膝にもたれて朦朧とした意識の中でシャルロッテの愛を確信したときの記憶に結びついているのみならず、やがてオティーリエがシャルロッテの子供を溺死させ、自己の罪を自覚する夜も、彼女はこの同じ姿勢を取ることになる。到着の翌日エードアルトがシャルロッテに「感じのいい、話好きな娘さんだね」と言うと、シャルロッテが「だってあの子、まだ一言も口なんか利いていませんよ」と答えるくだりがあるが (Ha, S. 281)、ヴィーラントはこの言葉のために、もし自分が侯爵であれば、ゲーテに騎士領を提供するだろうと言ったそうである[20]。確かにこの何気ない対話ほどにオティーリエの存在の秘密を適確に表現しているものはないだろう。オティーリエ自身はほとんど植物的な寡黙さを保っているにもかかわらず、彼女が居合わせるだけで男たちは饒舌になり、会話は活気を帯びてくる。

しかし実はオティーリエほどにいかなる秘密も宿していない存在もない。彼女には、シャルロッテにおけるように、社交的儀礼の背後に隠された深層の自我が宿っているのではなく、彼女の他者に対する関係は自己に対する関係のように透明である。彼女には誰かが手から何か落としたとき、すぐに腰をかがめ、急いでそれを拾ってあげるという癖があるが、それが上流社会の礼儀に常にかなっているわけではないことをシャルロッテに指摘されると、彼女は次のようなエピソードを語る。「英国王チャールズ一世がいわゆる王を裁く人たちのまえにお立ちになった時、王が持っておられた小さい杖の金製の握りがはずれて落ちました。そういう場合、みなが自分の面倒を見てくれるのに馴れ切っていらっしゃった王は、あたりを見まわされ、今度も誰かが拾ってくれるものと期待しておられるご様子でした。ところが、誰も動こうとしません。そこで王は、みずから腰をおかがめになり、握りを拾いあげられました。いことか悪いことかは知りませんが、その話が酷く可哀そうに思えましたので、その時以来私は、誰かの手から物が落ちるのを見ると、自然に腰をかがめてそれを拾おうとするようになったのです」(Ha, S. 284)。このようなオティーリエにおける他者に対する献身的な思いやりは、社交的儀礼にかなうというよりも以前に、彼女の自然の本性に由来するものである。従って、むしろオティーリエにおいて、館の人々の社交的儀礼の背後に隠された虚偽が公然の秘密として現れ出るわけである。例えば、朗読の最中にシャルロッテが背後から本を覗いたことでエードアルトが彼女を非難したことについてはすでに触れたが、オティーリエがする同じ行為をエードアルトは咎めることをしない(Ha, S. 296)。またエードアルトのフルートにオティーリエがピアノで伴奏すると、それはシャルロッテが夫の拙劣な演奏に巧みに調子を合わせた合奏と異なり、オティーリエはむしろエードアルトの欠点を自分のものとして習得しているために、一心同体であるという意味で完璧な合奏となってしまう(Ha, S. 297)。背後から本を覗きこむというオティーリエの無作法に示されているのはエードアルト自身の虚偽であり、オティーリエの不完全な演奏に現れたものはエードアルト自身の欠点である。つまり、オティーリエの自然な無垢の本性は言わば館の人々の不自然な関係を正

20　Thomas Mann: Zu Goethes "Wahrverwandtschaften", in: Rösch. S.158.

直に映し出す鏡のようなものである。

七、エードアルトの愛の偽装性

さて、『親和力』の人々の中で最も問題的な形姿がエードアルトである。オティーリエにおいて自己への関係がすべて他者への献身的な思いやりという形で現れるのに対して、エードアルトにおいては逆に他者への関係がすべて自己への関係によって規定され、エゴイスティックな相貌を呈するのである。そしてエードアルトの自己への関係はシャルロッテの苔小屋のように社交的儀礼の背後の秘密の空間を形成するのではない。これまでプラタナスの木立に対象化されていたエードアルトの自己愛は今やオティーリエへの他者愛として顕在化し、オティーリエへの愛を通じて公然と現れてくる。二人の愛が一心同体の境地に高まるからと言って、両者の愛の決定的な違いを見逃すことはできない。つまり、オティーリエの自己愛が他者愛であるとすれば、エードアルトの他者愛は自己愛であり、両者はちょうど一つのメダルの表裏を形成している。確かにエードアルトの性格には子供らしい無邪気さがあり、それがオティーリエの無邪気さと自然に溶け合うことができる。だからオティーリエもまた遠い昔からエードアルトを愛していたような気がしてくる。語り手はこのあたりの事情を次のように語っている。「オティーリエは、エードアルトとシャルロッテが宮廷でいちばん評判の高かったカップルだったころのことまで覚えていると言い張り、そんなごく小さい時のことを覚えているはずはないと反論されても自説をひるがえさず、ことに今でもありありと覚えている例として、エードアルトが入ってきたとき自分がシャルロッテの膝の中に隠れたことがあると話した。そして、それはエードアルトが怖かったからではなく、子供心にびっくりしたからだと言ったが、本当は、〈エードアルトからとても強い印象を受けていたから。エードアルトがとても好きになっていたから〉とつけ加えても差しつかえないところだった」(Ha, S. 290)。こうして二人の愛がエードアルトの青春に、そしてオティーリエの幼年に回帰するとき、過去の若さと無垢がそのまま現在に再現されたかのような錯覚が生じてくる。しかしエードアルトがすでに一回的な青春を決定的に喪失した男であることを想起するならば、二人の間に埋めることのできない深淵が横たわっていることに気づかされる。つまり、オティーリエの無邪気さが自然であるとき、エードアルトの無邪気さは擬装された自然、意識のこわばりによって歪められた自然である。

従って、《隣り同士の奇妙な子供たち》のように、二人がエロスの衝動で単純に結ばれるということは、エードアルトにとって本来不可能である。二人は散策の途中道に迷い、断崖の薮を下って水車小屋に達することがあるが、シュテックラインが「ロマン的エロス」(Romantischer

Eros）と評した密林の描写は隣り同士の奇妙な子供たちを結び合わせる「短編」の水の描写に対応するものである[21]。密林もまた館の洗練された人工の空間に隣接するパン（森の神）の領域であり、自然の衝動を象徴している。「オティーリエが軽い足どりで、恐れや不安の様子もなく、石から石へと見事にバランスを取りながら自分のあとについて来るのを見るたびにエードアルトは、天使が自分の上空を舞っているような」思いに捉えられるわけである。そしてエードアルトは、「オティーリエによろめいてほしい、足を滑らせてほしい、そうすれば相手をこの腕で抱きとめてこの胸に押しつけることができるのにと」危うく思いそうになりながら、その想念を打ち消そうとする。その理由はまもなく明らかになるように、オティーリエが父の肖像入りのメダルを胸にぶらさげており、それが彼女を傷つけはしないかと恐れるからである。そこで後ほどオティーリエがエードアルトの説得に応じてそれを取りはずすと、エードアルトは「自分とオティーリエのあいだを隔てていた壁が取り払われてしまったような」安堵感を覚える。これについてシュテックラインは「すべては口実である。実際彼は当然のこととして邪魔な障害を取り除きたいだけなのだ。彼の中には無意識のうちに誘惑する男の配慮の行きとどいた戦術が働いている。父の肖像を取り除くことによって、メダルに具体化されている家庭や宗教の力への少女の結びつきを緩めるのだ。」[22]と述べている。父性愛と見るには余りにも強くエロスの衝動が働いているが、しかしそれは野蛮な抱擁へと傾斜する愛ではない。《隣り同士の奇妙な子供たち》がエロスの衝動に身を任せるとき、それはお互いに相手の家族や婚約者との結びつきを断ち切ったのであり、しかも結果としては二人の結合は家族の祝福を受け、社会との連帯を回復することになる。エードアルトにとってそれが不可能であるのは、彼が道徳的であるからではないだろう。むしろ刹那の衝動に身を任せて成就すれば、決定的に壊れてしまうような愛がここでは問題である。彼にとって、オティーリエへの愛は自己愛そのものであり、従って、彼がいかに深くオティーリエを愛したとしても、オティーリエの形姿は汚れない純粋な存在として永遠の無垢を保っていなければならないだろう。エードアルトは決してオティーリエを傷つけてはならないが、しかしオティーリエはまた決してエードアルト以外の男性に属してはならない。オティーリエが父の肖像をエードアルトに委ねるとき、彼女は社会との連帯を失うが、しかし彼女はエードアルトを通じて社会との連帯を回復することはな

21　Paul Stöcklein: Wege zum späten Goethe, Darmstadt 1984. S.29.
22　Ebenda S.30.

い。ここにエードアルトのほとんど迷信的とも言える愛のエゴイズムが生じてくる。というのも、エードアルトが最も恐れるのは、オティーリエが館から追放され、世間の荒波に翻弄されることで、彼はオティーリエが館を去れば自分のものとなるが、館でシャルロッテの保護に委ねられているかぎり、オティーリエを断念すると誓約して、自らは旅に出るわけである (Ha, S. 344)。そしてやがてこの誓約に違反して、シャルロッテがオティーリエを寄宿学校に戻すことを決定したときに、それが破局への前触れとなる。

八、冥界の諸力との秘儀的結婚

さて、この小説の叙事的構成の中心に置かれた別亭の建設は、シャルロッテの苔小屋の延長線上において理解できるものであり、二組の男女の恋愛の進行とパラレルに呼応しながら、象徴的な意義を帯びている。シャルロッテの自己愛が投影された苔小屋が大尉の登場によって全体における位置付けを失い、シャルロッテの自己愛を埋葬する空間となったとき、別亭の建設は今や拡大された館の人間関係を集約する場となり、各人の自己愛を反映しながら、共通の遊戯空間として構築される。それは物語の時間に対応し、起工式がシャルロッテの誕生日に、上棟式がオティーリエの誕生日に、そしてその完成がエードアルトの誕生日に対応しているが、館の人々の憩いの場として計画されたものは結局住む人々を失い、オティーリエとエードアルトを埋葬して後、生き残ったシャルロッテの影のような人生を埋める空間となる。別亭は永遠を希求する人々の生の記念碑であり、人々の自己愛を埋葬する空間としてすでに冥界である。シャルロッテが墓石を移動し、墓地を美的に装飾したとき、死者たちはその固有の隠れ場から解放され、生存する人々の身近に引き寄せられたのであり、今や身近なものとして死後の世界へ思いを馳せる人々の営みはそれ自体冥界の雰囲気を帯び、生活そのものが墓碑の中で凝固してしまうかのようである。

別亭の建設は本来シャルロッテの苔小屋が大尉の全体計画のために存在根拠を失ったことの代償として企画されたものであり、シャルロッテの誕生日をその起工式で祝うという計画には大尉のシャルロッテへの愛が投影されている。それはまた本来苔小屋の延長として館を中心とした造園の構図に位置付けられていたわけである。それは生きることを欲するシャルロッテの願いに対応し、先祖が重視した生活の経済的・社会的連帯の上に立脚する遊戯空間であったわけである。しかしそこに今やエードアルトの自己愛が投影されるとき、それは社会との連携を失って、野放図な自然力の象徴となり、冥界の諸力を呪縛する結果となる。別亭の立地に関してオティーリエの意見を促すと、オティーリエは周囲の自然を一望に収めるが、森が館への視界を遮っているために、それ自体別世界の雰囲気をもたらす地点を提案するわけである。この他者への関係を排除する提案がすべてを自然と自己との関係として捉えるオティーリエの本性の自然に由来するものであることはあきらかである。しかしこのそれ自体ナイーヴな判断にエードアルトの自己愛が共鳴するとき、狂喜した彼は大尉が丹誠こめて仕上げた地図に鉛筆で乱暴に長方形を書き込み、汚してしまうわけで（Ha, S. 295）、エードアルトのこわばり、歪められた自然は館の人々の亀裂を一層増大させる結果となる。

別亭の起工式の場面は親和力に関する談話と同様に人間関係の比喩を弄ぶ思わせぶりな観念の遊戯である。建物の礎石を掌る左官は人間関係の深層に精通した錬金術師であり、神秘めいた左官の口調にはこの小説の作者が時折顔を覗かせるのである。彼は別亭の建設の最も重要な職務を担当しており、この日彼は人々を掘り下げられた地下の狭い空間に招待し、仕事の秘密を垣間見させるわけである。この深みで行われる儀式は、「多くを表現すると同時に多くを隠した」この小説の秘密をも暗示しており、読者は隠し、沈黙で被うことがこの小説の技法であることを知らされる。それは埋葬の儀式であり、登場人物たちが自己の生存の記録を後世に向けて埋葬するように、作者もまたこの小説を書く行為によって自己愛を埋葬したわけである。オティーリエがエードアルトに促されて父の肖像を吊した金の鎖を埋葬するとき、ここに二人のほとんど秘儀的とも言える結婚が成立する。

ともかく、別亭の起工式は、本来夫婦の契りを漆喰という法律で固めるための儀式であったにもかかわらず、オティーリエの金の鎖が埋葬されたとき、「自然のままでも好意を寄せあっている人間」（Ha, S. 300）を漆喰で固める皮肉な結果となってしまう。そこに今や地下世界への秘儀的な関係が生じたのであり、この小説の登場人物たちが運命と名づける自然の諸力が復活することになる。それは人間の理性を超えた気まぐれな力への信仰であり、物象の復権である。こうして左官が打ち砕いて儀式を封じるために投げたグラスは一人の職人により受け止められて落下を免れることになる（Ha, S. 303）。このEとOの文字が彫り込まれているグラスは若いころエードアルト自身が作らせたもので、エードアルトがオットーという自分の固有の名前を大尉に譲ったことを考えれば、二つの頭文字は彼自身のものである。しかしそれを自己とオティーリエの結合の象徴と受けとめたエードアルトはそれを買い戻し、運命の護符として所有することになる。ともあれ、この運命の護符は二義的である。というのも、エードアルトはオットーという名前を他者に譲ることによって、すでに自己自身を葬ったわけであり、オットーという過去の自己を象徴するコップはそれ自体彼の墓碑である。

ともあれ、エードアルトがコップに魔術的な力を託すとき、それは物象の復権であり、この人間と自然の秘儀的関係において、ベンヤミンが神話的と呼ぶ自然の諸力が台頭してくる。しかしこのいわゆる自然力は必ずしも外界の自然に宿っているわけではなく、むしろそれはエードアルトの意識のナルシズムの形態である。ナルシズムという概念が本来水面に映った自分の姿に惚れこむ美貌の青年の神話に由来するように、それは自己自身との透明な関係において他者を排除する意識である。頭文字のOは彼自身であると同時にオティーリエなのであり、エードアルトのオティーリエへの愛は明確な他者との関係ではなく、自己愛に包摂されている。一方ナルシズムは現実には人間の幼児期に発生する意識形態でもあって、幼児は一切の他者との関係を考慮せず、自分は常に世界の中心にあり、望むものは何でも手に入ると信じているわけである。その意味で池のほとりのプラタナスは明らかにエードアルトのナルシズムの象徴であって、幼児期における無際限の自己中心主義を暗示している。プラタナスはエードアルトにとって幼年時代の記憶そのものであり、それは意識が文明化され、洗練されることによって喪失した黄金時代への憧れと結びついている。オティーリエの存在はエードアルトにとってこの消滅した黄金時代があたかも再現されたかのようなイルージョンをもたらすのであり、プラタナスを植えた日付とオティーリエの誕生日が重なるとき (Ha, S. 334)、それは彼にとって意識の深層で眠っていた幼年時代の発見に等しく、他者の介入を拒む自然との直接の関係、愛し、欲し、所有するという幼児期の本能が目覚めることになる。

九、「結婚」の虚偽性の露呈

さて、このエードアルトの自己愛はオティーリエへの愛を通じて高揚するわけだが、しかし幼年時代が決して回帰してこないように、それは二度と満たされることのない内面の空虚である。それは自己の中に無際限の願望を育むナルシズムであり、それが他者との関係において実現されたならば、ちょうど『ファウスト第二部』の結末でフィレモンとバウキスを殺害する高齢のファウストのような暴君を生み出すことであろう。エードアルトの自己破壊的な内面の燃焼も、他者との関係においては、たえず犯罪と虚偽の可能性を宿している。伯爵と男爵夫人の訪問はこのようなエードアルトのナルシズムを他者との関係において現実化する契機となる。エードアルトは喪失した過去の空虚に駆り立てられる人間であり、二人の訪問は彼にあたかも失われた青春が再現されたかのような錯覚をもたらす。エードアルトは伯爵と共に青春の思い出にふけりながら、まるで恋人と逢い引きでもするかのように、深夜にシャルロッテの部屋を訪れる。伯爵がシャルロッテの美しい足を誉め、恋人の靴を杯にして乾杯するという昔のサルマート人の風習に言及すると、それがエードアルトの冒険心を煽り、その日のうちにもシャルロッテの靴に接吻すべく妻の部屋を訪れるわけである。それは決してシャルロッテへの愛ではなく、伯爵がもたらした社交界の軽薄な恋愛技法に感染したにすぎない。こうしてエードアルトとシャルロッテは恋人同士の逢い引きのように一夜をあかすのだが、それは二重の姦淫であることが露呈される。エードアルトは、自分が抱いているのはオティーリエだとのみ思いこみ、シャルロッテの心には、近くまた遠く、大尉の姿が浮かんでいる。こうして「その場にいないものと現在するものとが、お互い惹きつけながら、恍惚のうちに交錯し絡みあう」(Ha, S. 321) ことになる。夫婦の社交的儀礼とそれぞれの秘密の二重構造は肉体の抱擁において頂点に達するわけで、この夫婦の行為の虚偽性はやがて公然の秘密として誕生するシャルロッテの息子に刻印を残すことになる。シャルロッテの息子は眼はオティーリエに体格は大尉に類似することにより、二重の姦淫を露呈するわけだが、ここでもまた無垢の自然は人間の罪悪を映し出す鏡となってしまう。それは、ベンヤミンが指摘するように、ちょうどオティーリエの存在が無垢であるが故に周囲の人々の罪悪の犠牲となってしまうのと同じ論理である[23]。

しかし館の人々の中でおそらくエードアルトほどにいかなる秘密も保持できない人間もないだろう。彼の内奥の秘密はオティーリエへの愛において他者の目にたえず顕在化するのみではない。それは誰よりも彼自身にとってそうなのであり、オティーリエとの愛の過程が同時に自己との出会いであり、過去において喪失した幸福の発見であるというのが彼のナルシズムの本質である。あるときエードアルトのために、オティーリエは契約書の筆写を引き受けるが、その筆跡は次第に変化してやがてエードアルトの筆跡と一致することになる (Ha, S. 323)。そのときエードアルトはオティーリエの愛を確信するのみならず、自己自身をも知るわけであり、そのような一心同体の愛の恍惚境を体験して後、彼自身が変貌するわけである。その意味で別亭の棟上式はエードアルトとオティーリエの愛の頂点に位置付けられる。シャルロッテの誕生日を祝う起工式がエードアルトの自己愛を埋葬する儀式であったとすれば、今やオティーリエの誕生日を祝う棟上式において、エードアルトのオティーリエへの愛はエゴイスティックなまでに公然と現れてくる。花火を打ち上げるという無謀な企画が事故を招き、危うく溺死者を出すことになるが、シャルロッテの助言に対してエードアルトは「ぼくたちがいなくたって、仮死状態の奴は息を吹きかえすし、生きてる奴は体を乾かせるだろう」と冷淡に答える。こうしてすべての観客が退いて後、エードアルトとオティーリエが二人だけで眺める花火の光景ほどにエードアルトの内面の空虚を象徴するも

23　Benjamin, S. 70.

のはないだろう。「オティーリエの興奮したか弱い心には、生まれてはまた消えていくこの騒々しい火花の群は、ころよいというよりはむしろ不安を掻きたてる」もので、オティーリエがおずおずとエードアルトにもたれかかると、これでオティーリエは完全に自分のものになったと、彼は全身で感じとるわけである（Ha, S. 338）。しかしこのとき空と水面に炸裂する閃光はエードアルトの無際限な自己愛の象徴として、他者としてのオティーリエの存在をすでに非現実化してしまうわけである。

一〇、礼拝堂の装飾 —— 死の観念との戯れ

さて、第二部第一章は第一部第一章に対応し、再びシャルロッテの墓地の模様変えのことが話題になる。シャルロッテが墓石を移動し、整然と並べ変え、中央の空地にクローバーを植えて、墓地をほとんど美的な遊戯空間に変えてしまったことについてはすでに言及したが、ここではそのことが訴訟沙汰となる。弁護士が館を訪れて、遺族の苦情を代弁して次のように語る。「人々の関心はこの石そのものにではなく、その石の下に納められているもの、その石のそばの大地に眠っているものにあります。つまり、問題は、記憶とかいうものよりはむしろ、埋葬されている人間そのものであり、現在の事柄なのです。懐かしい故人を抱擁する場所としては、墓碑の中よりは土饅頭の中のほうがふさわしいし、情も籠るというのはたしかです。何しろ、墓碑など、それ自体としてはもともと大した意味はありませんからね」（Ha, S. 362）。第一部と第二部の冒頭がいずれもシャルロッテの墓地の改造をめぐる論議で始まるのも偶然ではない。すでに親和力の比喩において他者との関係のみならず、自己への関係がこの小説の主題と大きく関連していることについて触れ、自己への関係を重視しながら、人間的葛藤の本質を分析してきたが、もう一歩踏み込んで考えるならば、他者への関係が社会の範疇に属するとき、自己への関係は人間と自然の関係として捉えることができるだろう。そしてここでは死後の世界もまた自然の範疇に属するのであり、それが人間と物象との秘儀的関係へと発展していくことになる。この小説で様々な物象が人間的な意味を帯び、あたかもドラマの中の登場人物のように振る舞うのもそのような作品の主題と関連している。シャルロッテが墓地の改造によって人間と死者との関係を純粋の記憶に還元したとき、死者たちは現在を構成する人々の社会的関係に解消し、固有の世界を失ってしまうことになる。墓地の模様変えには、言わばシャルロッテの抱く人間関係の理想像が投影されたのであり、墓地は平均化され、平等化された人間関係の比喩として現実の社会に対置されることになる。しかし今や問題となるのは死者たちの固有の存在であり、そこに人間と自然との秘儀的関係、つまり宗教が生じてくる。死者たちは人間の記憶や想像裡の冥界

に宿るのではなく、人間を超えた自然に帰するのであり、そこから人間と死者たちを媒介する物象の役割が生じてくる。例えば、墓碑や故人の肖像や所持品などは単なる物象ではなく、故人を愛したものにとっては、ほとんど魔術的な力を帯びるわけで、死者たちはそれらの具体的な事物において固有の存在を保持するわけである。

ともかくシャルロッテの墓地の改造は、冥界の非合理な力を意識的に排除する試みであったわけだが、それは彼女の苔小屋の装飾と同様すでにエードアルトによって否定されたのであり、物象の魔術的な力に対する迷信的な執着によって、彼は自然そのものを冥界に変貌させてしまう。しかもなおエードアルトの自然との関係はそのナルシズムにおいてあくまでもシャルロッテの墓地の改造の延長にすぎず、夜空に炸裂する花火のように人工的であり、自然の固有の存在を非現実化しているわけである。今や人間と自然とのオリジナルな関係を構築するという課題がオティーリエに託されるのであり、第二部はこの主題をめぐって展開することになる。大尉が去り、エードアルトが去って、今や館にはシャルロッテとオティーリエのみが残されるが、その空隙を埋め、シャルロッテとオティーリエの媒介者として登場してくるのが建築技師であり、彼は早速礼拝堂の装飾という活動を通じて館の生活に新しい局面を導入することになる。第二部冒頭においてシャルロッテの墓地改造の試みが否定されたとき、彼女自身ほとんど脇役としてオティーリエの背後に後退することになるが、今やオティーリエを中心とする惑星のように、建築技師、ルティアーネ、伯爵と男爵夫人、助手、イギリスの侯爵などが現れては消えていくことになる。館の人々の活動はシャルロッテの苔小屋の装飾に始まり、それが大尉の全体構図によって否定され、別亭の建設へと発展したが、それが今や建築技師の活動によって再びある意味で否定されることになる。礼拝堂の装飾はシャルロッテの墓地改造が否定されたことの代償として生じるのであり、それ自体その延長線上にあって同じく現在の生と死後の生を媒介する試みである。シャルロッテがあくまでも地上の生活の観点を来世に投影することによって死者に対して不遜を犯したとすれば、建築技師の試みはむしろ過去の黄金時代を美的に再現することによって、地上の生活を言わば冥界に変貌させてしまうことにある。しかしいずれにせよそこに実現されるものは人間の自己自身に対する関係に帰着する。館の人々の活動は自己愛の営みであり、多かれ少なかれ自己を自然に投影するナルシズムの行為であり、この自己自身との関係が人間相互の社会的関係と交錯することによって悲劇的葛藤へと発展するわけで、かくして建築技師によって装飾された礼拝堂は文字どおり死の館となり、最初にシャルロッテの息子が、次いでオティーリエが、そして最後にエードアルトが葬られることになる。しかし礼拝堂に現出されたナルシズムの空間は予め地上の生と冥界を媒介するものであり、そこにおいて悲劇的なものはこの小説の基本構想において反悲劇へと転ずるわけである。

さて、礼拝堂の装飾という共通の活動を通じて建築技師の中にオティーリエに対する密かな愛が芽生えるわけだが、それはおのずから彼の作品に痕跡を残すことになる。「建築技師が一人で引きうけていた顔の部分も、次第に、あるまったく独自の特色を示すようになった。すなわち、どの顔もオティーリエに似てきはじめたのである。おそらくこの若者の場合、現実のものにせよ芸術作品の描かれるものにせよ、人間の顔というものについてまだ固定観念を持っていなかったその魂にたいし、美しいオティーリエの身近にいるということが余りにも強烈な印象を与えたため、だんだんと、眼から手への道中において何一つ失われないようになってきた、いや、最終的には、眼と手がまったく一致して作業するようになったのだ。それはともかくとして、最後に描かれた可愛らしい顔の一つは、完璧の出来ばえで、まるでオティーリエ自身が天上から見おろしているかと思えるほどだった。」(Ha, S. 372)。これはちょうどオティーリエの筆跡が愛を通じてエードアルトの筆跡に次第に似てきて、ついには一致するのと同じ事情である。このように建築技師自身オティーリエの分身であり、共通の性格を持つ男女の調和的な関係がここに形成される。エードアルトとシャルロッテの対話が常に背後に沈黙と秘密を宿していたのに対し、この二人はほとんど言葉による対話を必要としていない。建築技師が描く天使がおのずからオティーリエに似てくるとき、彼のオティーリエへの愛は礼拝堂の装飾という活動そのものに公然と現れるのであり、建築技師のオティーリエへの愛、つまり他者への関係は彼の自己自身に対する関係であり、そこには自己愛と他者愛の分裂がない。それを受けとめるオティーリエもまた同じ論理であり、こうして二人の活動は透明な思念の空間を形成することになる。「個々の部分を見れば馴染みがあるのに、全体としては初めて接するような感じを与えるその場の光景は、オティーリエを喜ばせた。立ったままでいたり、あちこち歩いたり、ぼんやり眺めたり、じっくり眼をこらしたりしたあげく、椅子の一つに腰をおろしたが、上を見あげたりあちこち見回したりしているうちに、まるで自分が、存在していると同時に存在していないかのような、自分というものを感じていると同時に感じていないかのような、これらすべての物が自分のまえから、そして自分自身すらも自分のまえから消えてしまう運命にあるかのような気がし、それまで非常に勢いよく照らされていた窓に日光があたらなくなってはじめてオティーリエは、夢想から醒め、急いで館へ戻った」(Ha, S. 374)。自分によく似た天使が天井から見おろしている礼拝堂で佇むうちに、オティーリエは自分が存在していると同時に存在していないかのような独特の非在感におそわれるわけだが、それは自己の存在から、そして時間の拘束から離脱する一種の恍惚境であり、オティーリエはこの透明な思念の空間に溶け去り、消滅するという夢幻的境地を経験する。この神秘的体験がエードアルトの誕生日の前夜に当たることを自覚するオティーリエにとって、それは明らかに死の予感であり、実際オティーリエはちょうどその一年後のエードアルトの誕生日の前夜に死を迎えることになる。

この詩的に表現された冥界にはゲーテ独自の宗教感情が反映していると言っても過言ではないだろう。それは言わば芸術宗教であり、人間と芸術との秘儀的な関係を表現している。オティーリエ自身建築技師が対象化した自己の形姿と神秘的に合一しているわけで、彼女はその体験においてすでに芸術であり、自己自身を一つの客体として外側から眺めているわけである。そして芸術が客体であるかぎり、それは自然に帰属するのであり、自然と共に永遠である。ここで問題となるのは芸術を媒介として生じる人間と自然の秘儀的関係である。芸術が人間精神の外化された形態として永遠であるという意味では、芸術は単に歴史的であるだろう。しかし人間が自己の有限の生命を芸術に託し、第二の生としての芸術において永遠の生命を希求するとすれば、それはすでに宗教的であり、芸術の営みはそれ自体神話である。

ここにまたオティーリエと建築技師の芸術に対する関係の相違も現れてくる。建築技師の芸術に対する関係は歴史的であり、彼は土饅頭の中から発見された過去の遺物を収集しており、「それらはすべて、引きだしや仕切った箱に納めたうえ、刻み目をつけて布で掩った板の上にきっちりと、また持ち運びもできるよう整理されていたから、厳粛な用途を持ったこれら昔の品々も、持主のこうした取りあつかいのおかげで、何かしら装飾品のような趣きを帯びており、シャルロッテとオティーリエは、まるで小間物商の小箱をでも見るように、これらの品物を見やって目を楽しませる」(Ha, S. 367) のである。ここにはシャルロッテの墓地の模様変えとほとんど同じ論理があり、建築技師もまた過去の遺物を整然と並べ、秩序づけて、目を楽しませるわけである。歴史的距離をおいて眺めるとき、過去の人間の生は単に物象としての存在であり、博物館の陳列された骨董品のように美的な快感すらもたらすのである。この物象に対する歴史的関係は、裏返せば、虚無感情に等しく、このディレンマをオティーリエの日記は次のように語っている。「あの建築技師が集めている、背の高い土饅頭や石の蓋などに死体といっしょに掩われていた武器や古い道具が、死後まで自分の人格を保存したいという人間の配慮の空しさをわたしたちに実証しているというのは本当だ。でも、わたしたちはもともとそういう矛盾した存在である。あの建築技師にしても、そういう先祖の墓を自分も暴いたことを告白しているくせに、それでもなお子孫のため記念碑作りという仕事を止めようとはしないのだから」(Ha, S. 369)。こうして礼拝堂における神秘的体験を経て後、オティーリエにおいて芸術に対するより積極的な関係が生じてくる。再びオティーリエの日記には次のように記されている。「古代民族のある想念は、真面目であり、場合によっては大いに役だつように思われる。すなわちこれらの民族は、自分たちの先祖について、大きな洞窟の中で台座に腰をおろしてあたりに散らばりながら、無言の会話をかわしている姿を思い浮かべていたのである。そして、新たに入って来た者が目上であると、一同立ちあがり、その人に歓迎のお辞儀をしたのだ。きのうわたしが、礼拝堂の中で腰をおろし、自分が坐っている彫刻入りの椅子の向う側にさらにいくつかの椅子があちこち置かれているのを見た時、この古代民族のような考え方はとても親しみのある優雅なものに思えた。そしてわたしは、ひとりでこう考えた。〈どうしてお前は、ずっと坐っていてはいけないのだろう？　自分の中に閉じこもったまま、長い長い間じっと坐っていて、親しい人たちがやって来たら、その人たちを迎えるために立ちあがり、優しくお辞儀しながらその人たちに席をすすめてはどうしていけないのだろう？〉」（Ha, S. 375）

こうしてオティーリエ自身礼拝堂に埋葬され、エードアルトがやがて死者として訪れるのを待つことになる。そしてオティーリエの肉体は、透明なガラスの蓋の下に生きた姿のまま保存されることになるわけで、これは『ヴィルヘルム・マイスターの修業時代』のミニヨンの場合と同様である。魂がそれ自体として永遠なのではなく、ミニヨンもオティーリエも死後その美しい姿が物象の輝きとして保存されるわけで、その肉体が芸術として永遠である。ミニヨンもオティーリエも死後、芸術として物象化されたことによって自然に帰属するのであり、自然という永遠の生命の中で「死して成れ」を経験することになる。もちろん、これは文字どおりに受けとめる必要はなく、あくまでも比喩なのであり、ここでは芸術として外化された人間精神の客体における秘儀的関係が問題である。そこにはまた作者ゲーテ自身の芸術作品に対するナルシズムの関係が投影されているわけで、芸術作品が他者として対象化されるのではなく、永遠に作者の自己そのものであるという信仰と結びついている。

建築技師もまたナルシズム的関係によってオティーリエと結ばれている。彼が描く天使がオティーリエに次第に似てくるとき、愛の対象としてオティーリエは自己自身に対する関係へと変化し、彼もまたオティーリエとの一心同体の境地に達するわけである。あるいはまた彼が活人画で演出した聖母としてのオティーリエが現実のオティーリエであるかぎり、それはオティーリエへの愛の表現であり、対象としての芸術はなお自己自身との秘儀的関係を保っている。しかし礼拝堂に永遠にとどまるオティーリエと礼拝堂をやがて去っていく建築技師との間には大きな違いがあるだろう。オティーリエは礼拝堂の天使として、また活人画の聖母として死ぬわけだが、建築技師はオティーリエという自己の作品に対しても最終的には歴史的関係を持つことになる。オティーリエが埋葬された夜、建築技師は礼拝堂を一人訪問して物言わぬオティーリエの亡骸と向かい合い、最後の訣別の涙を流し、永久に去っていくわけである。

二、ルティアーネと社会の戯画

さて、このようなオティーリエの自己自身に対する関係と鋭い対照において描かれているのがルティアーネの形姿である。オティーリエが礼拝堂において体験する神秘的な恍惚境が自己自身との対話であるのも偶然ではなく、建築技師とオティーリエを結びつけているものは言葉ではなく、活動である。ルティアーネの一行が館を訪れてくると、我々は再び言葉を媒介とする社交的儀礼の世界に引きもどされるが、この貴族社会の諷刺画において言葉が相互の理解をもたらすのではなく、人間関係にとって破壊的に作用しているという意味で、それはほとんど言葉そのものの諷刺となっている。この社交界において言葉は饒舌として氾濫するにもかかわらず、この世界の女王であるルティアーネが最も好む催しは言葉を用いない活人画と無言劇である。彼女が無言劇において建築技師にマウソロスの墓を描いて欲しいと依頼すると、彼はそれを完璧に描くのだが、ルティアーネはさらにその上に骨壷を描くように依頼し、全体の構図を破壊してしまう（Ha, S. 380）。これは明らかに建築技師とオティーリエの関係のパロディであり、それ自体意識的に言葉を媒介とせず、二人が協力して一つの芸術を創造する試みであるにもかかわらず、そこからはいかなる相互理解も生まれてはこない。またあるときルティアーネは一人の詩人を味方に引き入れようとしてその詩人の作品をギター伴奏で歌うのだが、この詩人に聞こえてきたのは母音だけである（Ha, S. 391）。さらにまた彼女は朗読で成功を収めようとするが、遺憾ながら彼女はそれに身振りを加えて、朗読の効果をだいなしにしてしまう（Ha, S. 391）。しかしルティアーネにおいて言葉の機能が十分に発揮されるのはその破壊的な批評であり、彼女が訪問して鄭重なもてなしを受けた家庭は、帰途すでに彼女の毒舌によって批評されると、すべて滑稽な人間関係になってしまうわけである。この言葉による真の対話を喪失した社会はすでにそれ自体仮装舞踏会であり、ルティアーネは日常生活においても様々な仮装で現れる。彼女の関心は常に他者との関係に向けられており、その独善的な行為によって獲得する他者の評価が彼女の人格のすべてである。しかし彼女が猿への偏愛を示し、知人に猿との類似点を探して喜ぶとき、彼女の自己自身との関係もこの人間の最も醜悪な戯画に投影されていることが分かる（Ha, S. 382）。

ともあれ、ルティアーネにおける他者への関係は突きつめればエゴイズムである。例えば、ある憂鬱病の少女で、彼女は弟妹の過失による死に責任を感じてふさぎこみ、社交界を避けているが、ルティアーネは独善的な思いやりによって彼女を社交界に引き出そうとして、失敗する（Ha, S. 400)。人々が社交的儀礼の背後に心の秘密を隠すということはシャルロッテにとってはなお許容された事実であるのに対して、ルティアーネの批評的精神にとっていかなる沈黙の空間もあってはならず、すべては言葉によって照射され、他者への関係に還元される。つまり、彼女は社会のすべての隠された病理を暴き出すことによって、彼女自身が社会の病理を代表しているわけである。従って、彼女は自己を猿へ投影することによって自己自身をも戯画化しているわけである。このように彼女自身言葉の氾濫と饒舌の中で自己を喪失しているわけだが、これは単に文明の相として現れた時代精神の一つの類型にすぎないわけである。

ルティアーネにおける他者に対する独善的エゴイズムが最も典型的に現れているのがミットラーの場合である。ミットラーの登場はライトモチーフとして終始小説の重要な局面で繰り返されるのだが、それはすべて館の人々の儀礼的関係の背後に隠された人間的葛藤を顕在化させ、深める役割を担っている。結婚の道徳を擁護するミットラーとそれを論難する伯爵とは敵対関係にあり、エードアルトとシャルロッテの結婚の崩壊が始まる第一部第九章において両者が同時に館を訪問する場面が印象的であるが、しかしミットラーの俗流道徳と伯爵のアナキズムには結局本質的な違いはない。聖書の文句を金科玉条とするミットラーの道徳哲学は既存の規範と価値を他者に押し付ける独善主義にすぎず、エードアルトとシャルロッテを隔てる心の溝、つまり文化の基盤を空洞化している空虚に対する洞察が欠けている。むしろミットラーの道徳哲学そのものがその自己満足において空虚そのものであり、一生独身でありながら結婚の道徳を雄弁に語るこの男はそれ自身道徳の自己諷刺である。こうしてルティアーネが憂鬱病の少女を一層破滅に追いやるのと同様に、ミットラーもまたオティーリエを破滅に追いやるわけである。

ルティアーネが猿への偏愛によって自己を戯画化するように、また結婚の道徳を代表するミットラーが独身であるように、他者への関係が真の自己愛、つまり自己自身との調和によって裏付けられないとき、道徳は形骸化し、アナキズムへと転ずる。それに対置されているのがオティーリエの形姿である。チャールズ一世に関するエピソードが示すように、彼女の他者への思いやりの行為は常に自己との調和的統一の表現である。ルティアーネをめぐる社交界の喧噪のさなかにオティーリエをたえず自己省察に駆り立てるものは道徳の源泉としての自己自身の調和であり、それがオティーリエの日記を終始貫いている赤い糸である。彼女の日記にエードアルトへの愛への言及がないことが指摘されているが[24]、彼女にとってエードアルトへの愛は自己の喪失に等しかったわけである。オティーリエの筆跡がエードアルトのそれと一致するように、他者と合体し、他者の立場に身を置くことがオティーリエの愛であるとき、彼女のエードアルトへの愛は自己喪失の過程である。というのもエードアルト自身も文明の病理に感染しており、オティーリエの愛に報いるには余りにも自己中心的である。夜空に炸裂する花火を眺めながらオティーリエとの合一の感情に酔うときほどに、エードアルトにおける愛の不能が露呈されることもない。それに対して、建築技師の描く天使がオティーリエに似てくるとき、建築技師のオティーリエに対する愛は彼女に再び自己自身との調和をもたらすのであり、それが以後彼女の他者に対する関係を規定することになる。そして彼女の諦念の感情もまた自己と自然の調和的関係の中から生まれてくるのであり、彼女は「明るいこの空のした、輝くこの太陽のもとで、とつぜん、自分の愛は、完成するためには完全に己を捨てた愛にならなければいけないことをはっきり認識する」(Ha, S. 425) に至る。

一二、子供の死と罪の贖い

オティーリエのエードアルトへの愛の新しい局面を端的に特徴づけているのが彼女のシャルロッテの子供に対する関係である。実際『親和力』に登場する人々の中でエードアルトとシャルロッテの子供の存在を純粋に受けとめているのはオティーリエのみである。同時代のグリムはこの小説の中で子供が犬のように死んでいくことについて言及しているが[25]、それはオティーリエ以外の登場人物には当てはまることである。すでにエードアルトとシャルロッテの二重の姦淫から生まれた子供は大尉とオティーリエに似ることによって両親の愛にとって無縁の存在となっている。仮にシャルロッテが大尉を諦めることができたとしても、子供への愛はたえず大尉との関係、つまり彼女が喪失した自己愛を想起させるわけで、彼女は決して自己との調和的関係に至ることはできないだろう。それに対して、エードアルトの子供に対する関係はほとんど詭弁である。大尉が子供に対する父親の義務を想起させると、彼は次のように答える。「子供には自分たちの存在が絶対必要だなどと思いこむのは、親の思いあがりにすぎんよ。生きてさえいれば、食べるものと他人の援助ぐらい、誰だってありつけ

24　Rudolf Abeken: Über Goethes "Wahrverwandtschaften", in: HA, S. 630.
25　Wilhelm Grimm: 3. Dezember 1809, in: HA, S. 641.

る。それに、早く父親をなくした息子は、うんと快適な恵まれた少年時代を送ることは出来なくても、そのためかえって世間知をふつうより早く身につけるという点で、たぶん得をするのだ。つまり、世間に順応する必要を早くから覚えるわけで、じっさいこいつは、人間誰しも、おそかれ早かれどうしても覚えさせられることなんだからね。ただしぼくの子供の場合、そんなことはぜんぶ問題にならない。子供がもっとたくさんいたって、養育に困るような経済状態ではないのだし、それに、たった一人の子供にあまりたくさん財産を集中するのは、親の義務ではぜんぜんないし、子供自身のためにもならないよ。」(Ha, S. 448)。そのくせ彼はその直後オティーリエに対しては父性愛の極致のような配慮を示し、「ぼくたちの家を離れ、社交界でもぼくたちの庇護を受けることが出来ず、野卑で冷酷な世間をみじめにさまよう羽目になったら、オティーリエはいったいどうなるだろう?」(Ha, S. 451) と叫ぶのである。

子供に対する純粋な関係を育むのは一人オティーリエのみである。こうして子供を腕に抱き、本を読みながら湖畔を散歩する美しい処女という、一幅の絵のような構図が成立するが、ここには『親和力』解釈の一つの鍵が潜んでいる。オティーリエの本性における無垢の自然が美的ナルシズムに終わらないためには、他者としての現実の子供との遭遇が必要である。ここに建築技師が演出する活人画と現実とのパラレルな関係が生じてくる。活人画という虚構の空間で聖母マリアを演じたオティーリエは、現実にもシャルロッテの子供を抱きながら聖母さながらに無垢の自然を体現している。活人画で聖母として子供を抱くオティーリエにとって、子供はいかなる意味でも他者ではないだろう。しかしそれがシャルロッテの子供の誕生とともに現実のものとなったとき、子供の存在は彼女にとって道徳の源泉であり、それはやがて彼女の美的ナルシズムの空間を決定的に破壊せずにはいない。彼女は湖畔の散歩の途中でひそかに館に戻ったエードアルトと再会するが、エードアルトのエゴイスティックな愛に感染して再び自己との調和を失ったオティーリエはその直後子供を溺死させてしまう。こうして湖の上の孤立無援の状況で、活人画さながらの光景が展開する。「子供を裸にし、自分のモスリンの服で拭いてやった。胸のまえをそっとはだけ、生まれてはじめてそれを、何一つさえぎるもののない空に向かって曝した。そしてまた、生まれてはじめて生身の人間を、清らかな裸の胸に押しあてたが、ああ、それはすでに生きてはいなかったのだ。可哀そうな子供の冷たい足は、オティーリエの胸を、心臓のいちばん奥深い部分まで凍らせた。眼からはとめどなく涙があふれ落ち、それが、硬直した子供の体の表面に、暖かさと生命の輝きとを与えた」(Ha, S. 457)。

子供を溺死させてしまった夜、シャルロッテの膝に頭をもたせ掛けて、朦朧とした意識の中で、オティーリエはシャルロッテと大尉が自分の運命について語り合っているのを聞いている。子供の死によってエードアルトとの結婚を継続する必然性はなくなったわけで、彼女は大尉に向かってはっきりと離婚に同意する。彼女は今や運命のイロニーを自覚するわけで、運命の意志はかつて自分が意図したエードアルトとオティーリエの結婚を実現しようとしているると理解する。そうであれば、運命の意志に従うことによって過去の錯誤を撤回することが、今となっては最も理性的判断となるに違いない。しかし、このシャルロッテの判断を言わば自分の上に下される神託のように聞いていたオティーリエの内奥に彼女自身の決意が生まれてくる。「私は決してエードアルトのものにはなりません。神様は、自分がどれほど醜い罪のなかに身を窶しているかを、恐ろしい方法で私に悟らせて下さいました。私は、この罪を償いたいと思います。私にこの決心を変えさせようなどとは、どなたもお考え下さいませんよう」(Ha, S. 463)。

　オティーリエにこの決意をもたらしたものは子供の死に対する責任の自覚であり、子供の死が二度と撤回し得ないという事実の認識である。彼女は自分が罪を犯したことを悟るわけである。シャルロッテは自分自身が離婚に同意するだけで、運命の意志が貫徹するのであり、従って、過去の錯誤は修正できるとなお楽観的に考えている。それどころかエードアルトは自分本位に「今度のことは一種の天の配剤であり、おかげで、自分が仕合わせになるのを妨げていたすべてのものが一挙に取り除かれた」(Ha, S. 461) とすら考えている。大尉もまた「四人が皆それぞれ仕合わせになるためには、こういう犠牲もまたやむをえなかった」と考え、「エードアルトから奪ったものにたいするもっとも完全な代償として、自分で生んだ子供を腕に抱いているオティーリエと、死んだ子よりもっと正当な権利をもって自分に生き写しである息子を膝に置いている自分自身」を脳裏に描いている (Ha, S. 461)。このように四名の主要な登場人物の中で、子供の死が絶対的喪失であるという認識を持っているのはオティーリエのみである。すでに二重の姦淫から生まれた子供は、オットーという名前を帯びることによってそれ自体両親が絶対的に喪失した幸福の象徴であり、運命の犠牲として両親の罪の刻印を帯びて生まれてくる。オティーリエを子供に結びつけているものは、ベンヤミンが指摘するように、無垢であるが故に罪ある人々の犠牲となる運命であり、オティーリエは子供の死の責任を引き受けることによって、子供とともに館の人々の犯した罪を贖うわけである。

　ともあれ、子供の死が絶対的喪失であり、かつあったかぎり、シャルロッテが理解するように、オティーリエがエードアルトから奪ったものをその愛によって埋め合わせることはできないだろう。むしろ子供の死に対する罪を自覚したオティーリエは自己の幸福を犠牲にすることによってのみ、つまり、エードアルトとの結婚が彼女にとって究極の幸福であればあるほど、エードアルトを完全に諦めるという条件においてのみ、自分を許すことができると考えるわけである。こうして今やオティーリエにとって自己の幸福を断念するということが、つまり不幸の烙印を押されることが、他者との関係の前提となるわけである。ルティアーネの思い上がった善意が憂鬱病の少女を破滅させてしまうのと反対に、不幸を経験したものは相手を理解し、導くという点で、社会に対する有利な接点が生まれる。今やオティーリエに残された道は寄宿学校に戻り、教育活動に従事することである（Ha, S. 467）。ここにオティーリエの助手に対する関係が生じるわけで、それは一つの諦念の形式として『ヴィルヘルム・マイスターの遍歴時代』にふさわしい主題を予告している。

一三、オティーリエの死 —— 喪失の美観

しかしこの諦念の決意はカントの定言的命法のような客観性を持っているわけではない。シャルロッテがその際彼女に決して偶然にエードアルトに出会うことのないよう助言するように、その決意自体あくまでも情念の論理として、オティーリエの内奥の自然に由来するものであり、従って、より強い情念の論理が働けば崩れるものであることが予想される。建築技師がもたらした幸福なナルシズムの空間も、また助手との不幸な諦念の関係も、結局オティーリエが自己との調和を求める過程であるが、それはいずれもエードアルトとの運命的出会いによって破壊されることになる。こうして寄宿学校に向かう途中エードアルトに再会することになったオティーリエは、エードアルトとともに館に舞い戻ることになるが、それ以後彼女は沈黙し、食事を断って死に至る。彼女の友人たちへの最後の手紙に「でも、私の心のことは、どうか私自身にお任せ下さい。」（Ha, S. 477）とあり、こうして彼女の死の決意は沈黙に被われている。確かにベンヤミンが指摘するように、彼女の死の決意が道徳的なものであるならば、それは言葉の精神によって照明されねばならないだろう。子供の死に対する罪を引き受けたオティーリエが自己の幸福を断念することによって罪を贖い、贖罪の女として社会に復帰したならば、それは道徳的帰結であり、真の対話への道であっただろう。しかしこの決意は再びエードアルトとの出会いによって崩壊したのであり、彼女はエードアルトへの愛を諦めることはできなかったわけである。そのことは彼女が誕生日の贈物としてエードアルトからもらった旅行鞄を初めて開き、その中から一着分だけ布地を取り出し、エードアルトの誕生日を祝うための晴着を裁断したことに示されている。エードアルトを断念して寄宿学校に向かうオティーリエが旅行鞄を部屋に残したまま旅立つのと著しい対照である（Ha, S. 469）。そしてナニーがそれを見て、「まあどうでしょう、お嬢さま、これ、お嬢さまにぴったりの花嫁衣裳ですわ！」と叫ぶように（Ha, S. 483）、彼女がそれを

着てエードアルトの誕生日の前日に死を迎えるとき、それはある種の秘儀的結婚を意味している。少女が装身具や衣装を入れた贈物の箱を開けるというモチーフはゲーテの種々の作品に現れるが、例えば、『ファウスト第一部』で悪魔が調達した宝の小箱をグレートヒェンが開ける行為は、ほとんど彼女の処女性の放棄を意味するだろう。『庶出の娘』でも主人公のオイゲーニエは贈物の衣装箱を開けて、身の破滅を招くが、それは私生児として育った思春期の少女が、保護された秘密の環境から危険に満ちた政治の世界に巻き込まれていく過程に対応している。オティーリエもまた旅行鞄を開ける行為において、自己の閉ざされた秘密を開示したのであり、そのことによって彼女の死は同時にエードアルトへの愛の成就であることが暗示されるわけである。

ここには確かにヤコビをして「情欲の昇天」と言わしめた事情がある。しかしオティーリエの死を不道徳と見る者は、一方で何が道徳的であるかを考える必要がある。結婚のモラルを擁護するミットラーのように、既存の形骸化した規範を上から押し付けるだけでは、それは人間の真実に対して虚偽であり、罪を犯すことになり、それ自体が不道徳になるということが問題なのである。エードアルトとシャルロッテの結婚自体すでに最初から虚偽を宿していたにもかかわらず、そしてその虚偽がシャルロッテの子供に公然と現れたにもかかわらず、ミットラーの俗流道徳はむしろこの虚偽を単に制度として固定する意図しか示すことができない。彼が聖書からの文句を二度引用し、一度目は洗礼の際に老牧師を、二度目はオティーリエを死に追いやるとき、それはむしろ聖書そのものに対する冒瀆となってしまう。ミットラーの道徳は、人間の本性としての自然への洞察を欠くことによって、むしろ反道徳へと転じるわけである。それに対して、オティーリエが愛という人間の真実において一度も自己を欺くことができなかったが故に破滅するとすれば、それは既存の道徳の虚偽性をむしろ内側から照明することになるだろう。そしてそこから真の道徳的作用、つまり教育的効果も生まれるわけで、そのことを端的に示しているのがオティーリエのナニーに対する浄化の作用である。

オティーリエに仕える農家の少女ナニーは、野卑で衝動的な、自然の本能をむきだしにした性格であるが、この少女がオティーリエにまとい付きながら庭園を散歩する様子は、P・シュテックラインが上手に譬えているように(26)、聖者を仰ぎ見る獣のイメージである。この少女は嫉妬深くオティーリエが子供の面倒を見ている間は遠ざかっているが、子供の死後は再びオティーリエに接近してくる。そし

26　Stöcklein, S. 54.

て寄宿学校までオティーリエに同伴することになると、嬉しさの余り吹聴してまわり、はしかに罹ってそれができなくなる。そのために一人旅のオティーリエが途中でエードアルトに再会することになるわけで、そうなると、ナニーもまたある意味ではオティーリエの破滅に加担していることになる。それどころかオティーリエが沈黙し、食事を断つ局面で、彼女に代わって食事するのがナニーで、単なる食い意地のために崇拝する女主人を死に追いやることほどに彼女の獣じみた性格を端的に示すものはないだろう。ところがオティーリエの死後精神錯乱に陥り、監禁された部屋から抜け出し、階上から葬列に向かって飛び下り、手足も砕けたと思われる瞬間オティーリエの柩に触れて起き上がり、恍惚としてオティーリエの昇天の奇跡を物語るわけである。こうしてオティーリエから許されたナニーはまるで人が変わったようになり、礼拝堂でオティーリエの柩の監視役を務めるわけである。彼女の人格の変貌を端的に示すのが建築技師に対する姿勢である。「青年は――そして少女もしばらくは――黙っていた。しかし、青年が再び眼に涙を浮かべるのを見、すっかり悲しみに没入しているように思えた時、ナニーは、真実と力にあふれ、好意と確信にみちた態度で話しかけた。その結果、青年は、相手の雄弁にびっくりしながらも気を取りなおすことが出来、美しいオティーリエがあの世で生き続け、活動し続けているさまを思い浮かべた。涙は乾き、悲しみも薄らいだ。オティーリエには跪いて、ナニーには心の籠った握手をして、それぞれ別れを告げ、ほかには誰にも会わず、その晩のうちに馬で立ち去った。」(Ha, S. 488)

この『親和力』という知的に洗練された、高度に精神的な織物の最も重要な最後の局面で主役を演じるのが、全編を通じてほとんど意識されることもなかった取るに足りぬ少女である。文化として洗練される以前の、ほとんど野卑とも言える自然をナニーほどに体現している形姿はないが、その対照的な有りようにもかかわらず、ナニーとの結びつきは、オティーリエの本性がなおかつ自然であったことを示している。館を訪問したイギリスの侯爵のお供が行う振子の実験でも、シャルロッテと異なり、オティーリエは自然との親和関係を証明している。またオティーリエとエードアルトに共通する偏頭痛はこの自然との繋がりの象徴以外のものではないだろう。しかし自然とは他ならぬデモーニッシュなものが現れる領域であり、生命と死、秩序と混沌、美と醜、善と悪といったすべての矛盾せる概念を包括している。従って、自然はまたそれ自体道徳の対立命題であるにもかかわらず、道徳の源泉でもある。ミットラーにおけるように、内的生命を失い、形骸化した道徳的規範が人間的真実に対して罪を犯すようになれば、道徳そのものが自然という根源的活力によって生命を得て、復活しなければならないだろう。オティーリエが体現しているのはそのような積極的な規範を内側から生み出すデモーニッシュな自然であって、それがミットラー流の俗流道徳観に対置されているわけである。そうであれば、自然の本能をむきだしにした野卑な少女ナニーの人格における変貌ほどにオティーリエの死の神聖さを啓示するものはない。彼女はオティーリエの聖者としての昇天の目撃者であるのみならず、彼女自身がオティーリエの聖別の論理を、より低いレヴェルにおいてではあるが、自ら体現しているわけである。

しかしながらオティーリエの死において道徳的な理念が自然に対して勝利するのではない。なぜなら、道徳的な理念が肉体を貫いて輝き出るために、彼女の肉体、つまり自然が抹殺されるのではないからである。オティーリエの死において美徳が顕現されるというよりも、美徳はむしろオティーリエの肉体と共に埋葬されるわけで、建築技師がオティーリエの死の証人となるとき、そこにはある独特の喪失の感情が漂う。「すでに一度、この恰好でベリサリウス将軍のまえに立ったことがあった。思わず知らずいま同じ姿勢をとったわけであるが、今度も、それは何と自然だったことだろう！　ここでも、ある限りなく尊いものがその高みから墜落していたのだから。そして、将軍の場合、一箇の男性が持っていた勇気、知恵、権力、地位、ならびに財産が、取りもどす術もなく失われてしまったことへの嘆きがあり、国民にとってにせよ君主にとってにせよ、決定的な瞬間に際会した場合になくてはならないさまざまの性質がそれ相当に評価されず、かえって非難され排斥されていたのにたいし、いまこのオティーリエの場合には、ついさきごろその充実した深みから自然によって呼びさまされたばかりの、これとは違った種類のじつにさまざまの秘やかな長所が、その当の自然の冷淡な手によって早くもまた抹殺されていたのだ。滅多にお眼にかかることのない、美しくも愛らしいこれらの長所の平和な影響力は、貧困なこの世においては、いかなる時代にあっても、喜び溢れる満足感で迎えられ、憧憬をこめた悲哀とともにその不在が嘆かれるものであるのに」(Ha, S. 487)。このように建築技師の訪問によって、活人画の光景が再現されるとき、オティーリエの死は予定された死であったことが判明する。礼拝堂の天井から見おろすオティーリエによく似た天使はすでにオティーリエの墓碑であり、活人画において聖母マリアに扮するオティーリエはすでに過去の形姿であり、今やオティーリエの美しい肉体そのものが彼女の墓碑となるとき、このナルシズムの空間にはほとんど予定調和的な美観が漂うのである。

この意味で、オティーリエの死における悲劇性を疑うベンヤミンの見解は確かに正しいわけだが[27]、それにもかか

27　Benjamin, S. 74.

わらずこの『親和力』という小説の悲劇性を疑うものはいないだろう。というのもこの作品そのものが作者ゲーテのある独特の喪失の感情から生み出されたものであり、オティーリエ自身最初からすでに絶対的喪失の形姿であるからである。同時代のベッティーナはオティーリエの形姿が六〇歳のゲーテのある非合理的な情念の層に起因していることを感じとっていたようである。彼女はゲーテ宛ての手紙に「ゲーテよ、あなたは彼女に惚れ込んだのでしょう。あのヴィーナスがあなたの情熱の沸き立つ海から立ちのぼったということを私は前から予感していました。そして涙の真珠をちりばめられた後、彼女は再びこの世のものならぬ輝きの中で消滅していくのです。」[28]と書いている。美しい肉体はオティーリエの本質としての無垢の自然そのものであり、それは死後再び自然に戻り、美そのものとして永遠化される。中世の聖者たちとのオティーリエの親和関係が暗示しているように、彼女が体現しているものは失われた自然なのであり、彼女の存在は過去の黄金時代をつかの間再現して見せるが、その死においてそれがすでに絶対的な喪失であったことを改めて認識させる。

ともあれ、すでにこの小説の前提であるエードアルトとシャルロッテの結婚が失われた幸福を再現する試みであったように、六〇歳のゲーテの作品『親和力』は見まがうべくもなく、ある老年の相を現す。オティーリエの形姿は絶対的喪失の感情に由来することによって限りなく純粋なのであり、またそれ故に汚れることなく埋葬されねばならない。その意味でまたオティーリエはゲーテの限りない自己愛の所産なのであり、作者の無際限な自我への固執を体現するエードアルトは滅びねばならない。しかしいずれも作者の自己愛を体現しながら滅びることが作品形成の論理であって、作品自体は芸術として、他者として外化されることになる。そうであれば、作品形成の論理とは作者にとっては自己愛の埋葬のプロセスであって、完成された作品自体作者にとっての墓碑を意味するであろう。ゲーテ自身「この小説において癒されながらも閉じることを拒む深い情熱の傷、治癒を恐れる心を誰も見逃さないであろう」[29]と言ったように、『親和力』は人生において失われた幸福という二度と癒されない傷を表現している。オティーリエの形姿のモデルとなったミンナ・ヘルツリープへの愛だけで説明するには、この作品で表現される喪失の感情は余りにも深いものがある。ここにはひょっとするとゲーテの芸術家存在の根底に潜む影の側面が暗示されているのかもしれない。かつて『ウェルテル』でデビューしたゲーテ

28 Bettina an Goethe, 9. Nov. 1809. HA, S. 649.
29 Aus den Tag-und Jahresheften, 1809. HA, S. 625.

はフランクフルトの富裕な銀行家の娘リリー・シェーネマンと婚約するが、まもなく身を振り切るようにして、ワイマールに向けて逃走する。偉大な芸術家存在の代償として要求されたものは常にこの平凡な幸福であり、ゲーテの人生はほとんどこの平凡な人間的幸福からの遁走に似ている。そしてこの喪失感が癒されることのない傷のようにゲーテの人生に伴っており、それは『ファウスト第二部』の終幕で、死の直前にファウストの前に出現する「憂い」というデーモンにおいておそらく、その究極の姿を現すことになる。ゲーテが偉大な芸術家存在の代償として自己愛に対して犯した罪は癒されることのない傷となってゲーテに復讐してくる。この絶対的な喪失の感情を裏返せば、それは限りない自己愛であり、フィレモンとバウキスを殺害するファウストにおけるような、他者に対する無際限のエゴイズムである。一方『親和力』のエードアルトにとっては、オティーリエとはそのような自己愛の対象として人生の意味そのものであり、そのような意味のためには自己の生命すらほとんど無価値なものとなる。彼は戦争で偶然に拾ったとも言える自分の生命を最後にオティーリエの祭壇に犠牲として捧げることになる。彼は自己のすべての秘密を暴露して後、生命の抜殻となって死んでいく。

しかしファウストが「憂い」の呪いを活動の意欲によって克服するように、絶対的喪失の感情を克服する秘密もまたゲーテの芸術家存在に潜んでいる。つまり彼は自己への限りない固執の論理として、この世のものならぬ美の形姿を生み出すわけだが、それはもともと現実ではなく、冥界に由来するものであるので、深い沈黙に被われている。オティーリエの純粋な処女性とはこの形姿の非現実性でもあり、それは決して他者との関係において現実化し、汚れてはならないわけである。その意味において、オティーリエは作者ゲーテにとってもナルシズムの関係にあり、ゲーテの自己愛の象徴として心の秘密を宿したまま埋葬されるわけである。オティーリエの美しい肉体とは秘密そのものであり、従って、それは滅びてはならない。それはちょうど『親和力』という作品自体が作者ゲーテの心の秘密を宿しながらゲーテの生の記念碑として永遠であり、「多くを表現すると同時に多くを隠す」言語において、読者を月光の魔力によって惹きつける事情に対応している。

第七章

ゲーテ「ファウスト」の古典的構想における「無形式」の概念[1]

このテーマにおいて私は、ゲーテの「ファウスト」の基本構想をある程度照明できると希望している。周知のごとく、「ファウスト」はゲーテの死の直前に一つの作品として完成されたものであり、その成立過程がゲーテの生の青春と老年を包括するのは言うまでもなく、それは重要な文学史的局面、「疾風怒濤」、「古典主義」、「ロマン主義」をも包括している。かくして成立過程は同時に文学史的諸局面でもあり、ファウスト文学が自ら様式変化を繰り返しながら、「ウアファウスト」から「断片」を経て、「ファウスト第一部」に至り、それからさらに「ファウスト第二部」まで展開したとき、この作品を一つの様式概念で集約することは問題外である。

人がゲーテ「ファウスト」の古典的構想と呼ぶところのものは、一般的に言って、ゲーテがシラーと連携した世紀の転換期における「ファウスト」の問題性として捉えることができる。W・ビンダーはすでに、恐らくゲーテがこの時期に書き留めたと思われる最初の「覚書」に基づいて、「ファウスト」の古典的構想を明らかにしようと試みた[2]。この論文で、最初の「覚書」における、同時に「賭け」のキーワードでもある「享楽」がStreben（追求）の対極概念として積極的な意味を獲得していることは、確かに興味深い[3]。しかしこの論文で、第一の「覚書」の諸図式、すなわち、「形式と無形式の優先」、「空虚な形式に対する、無形式の内容の優先」、「内容は形式をもたらすものであり、内容のない形式はない」、及び「これらの諸矛盾を統合するのではなく、ばらばらにする」等が、単にワー

1　この論考は東京の国際学会で口頭発表されたものであり、以下に収録されている：Der Begriff des Formlosen in der klassischen Konzeption von Goethes “Faust”, IVG: Akten des VIII. internationalen Germanisten-Kongresses Tokyo 1990.

2　Wolfgang Binder: Goethes klassische Faust-Konzeption, in: Aufsätze zu Goethes Faust I, hg. v. Werner Keller. Darmstadt-S. 106–150.

3　Ebd. S. 130.

グナーの場面に適用されているのは(4)、私にとって説得的ではない。

すでに言及されたように、世紀の転換期における「ファウスト」の古典的構想の局面は、その「ファウスト第一部」の完成の局面でもある。青春時代の「ウアファウスト」や一七九〇年に部分的に公表された「断片」はすでに在ったが、しかしゲーテの「ファウスト」はそもそもこの時期に一つの作品として完成されたのである。そしてそれが「ファウスト第一部」として公表されたという事情は、その第二部がすでに予定されていたことを意味するであろう。従って、「ファウスト」の古典的構想とは、全ファウスト文学の構想でもあり、それは詩的な箍 (Reif)、つまり、ほとんど書かれていない第二部をも含めて、全体を包括すべき枠を問題にしている。この意味でこの局面において成立した「天上の序曲」は非常に重要であり、そこでは第二部の結末におけるファウストの魂の救済がすでに先取りされている。そのような形式に対する観点からJ・ミュラーは古典的構想において、作品のほとんど均整的な構造を仮定したのである(5)。そしてまたファウスト文学の究極的な形態もある程度古典的構想に基づいており、天上のプロローグは天上のエピローグに対応し、「主」の予言も、主自身は再び登場することはないが、現実に成就する。

しかし私が先に言及した「覚書」の諸図式は、明らかにそのような古典的な様式原理には一致しない。そしてそれは単にワーグナーの場面に限定すべきものではなく、むしろファウスト文学の全体を射程に置いている。なぜなら、この図式は本来ファウスト伝説の本質に由来するものであり、この本来無形式の素材が古典的に、つまり、形式的に如何に克服できるかという問いかけにおいて、作者の基本姿勢がその中に反映しているのである。そして実際、古典主義時代に成立した「ファウスト第一部」は「ワルプルギスの夜」と「ワルプルギスの夜の夢」において、古典的原理に背馳する方向性へ、すなわち、「これらの諸矛盾を統合するのではなく、ばらばらにする」方向性へ前進したのである。

それ故、人は差し当たり、この観念が本来どこに由来するかを問わねばならない。すでに言及したように、古典的構想はゲーテがシラーと連携した事情と緊密に関連している。周知のごとくゲーテは「ファウスト」に関する作業を一七九七年六月に、シラーの批評に刺激されて再び開始し

4 Ebd. S. 122.
5 Joachim Müller: Prolog und Epilog zu Goethes Faustdichtung, in: Aufzätze zu Goethes Faust I. S. 215–246.

たのであり、彼は最初にシラーに、自分の夢を真の予言者として読み解いてくれることを依頼する(6)。そして最初の「覚書」はこの状況で成立するのであり、その際、無形式の概念は明らかにシラーの批評と関連している(7)。従ってシラーの批評は疑いもなく一七九〇年のいわゆる「断片」に基づいているから、無形式の概念も「断片」の解釈から成立していることが仮定できる。もちろん、それが内容的に「断片」の問題圏に属することは確かであるが、だからと言って人は「覚書」の成立を一七九〇年以前に無条件に置く必要はない(8)。

　ともあれ、「断片」の時期には二つの場面、「魔女の厨」と「森と洞窟」、及び「賭け」の帰結が追加されたが、しかしグレートヒェン悲劇の結末は削除され、ドラマの全体がドームの場面で終わっているから、確かに「断片」は「ウアファウスト」よりも、もっと断片的である。人が無形式の概念に対応するものをそこで求めるならば、「魔女の厨」以上に適切な場面はないであろう。メフィストが魔女に「ワルプルギスの夜」で再会することを約束するのが偶然ではないように、これら両方の場面は同じ様式原理に由来する。そして「ワルプルギスの夜の夢」がH・ヤンツが指摘するように(9)、ファウストの「第一部」と「第二部」の間の幕間劇として二つの部分の間の空隙を埋め、今や「ファウスト第二部」の「仮装舞踏会」や「古典的ワルプルギスの夜」で無形式の概念が壮大に展開し、かくて「無形式」が最後にはまさに全ファウスト文学の形式概念であることが判明するとき、差し当たりは作品全体の構想において「魔女の厨」の意味を問わねばならない。それ故、人が「覚書」の図式を作品の深層構造を探る意味で追及するならば、それは内容的には「断片」の局面、つまり、イタリア時代に遡る。

　ゲーテ自身シラーとの往復書簡でファウストの世界を北方の幻と呼ぶとき(10)、無形式の概念は本来ファウスト文学の素材にある無形式性として、すなわち、地中海の南方的風土の古典的晴朗に対置されたゲルマン文化の属性とし

6 Brief an Schiller am 22. Juni 1797.
7 Brief an Goethe am 23. Juni 1797.
8 Heinz Otto Burger weist auch auf den Zusammanhang des ersten Paralipomenons mit dem Fragment von 1790 hin : Motiv, Konzeption, Idee—das Kräftespiel in der Entwicklung von Goethes Faust, in: Deutsche Vierteljahrschrift. Bd. XX 1942. S. 40.
9 Harold Jantz: The Finction of the “Walpurgis Night’s Dream”, Monatshefte 44. 1952.
10 Brief an Schiller am 5. Juli 1797.

て理解できる。かくして我々にとって、「魔女の厨」という、すべてのファウスト的形象の中で最も荒唐無稽な形象がローマで成立した事情ほどに違和感を与えるものはない。シュタイガーはこの逆説を、眼が明るい対象を見つめるときに自己の中に生産する補色の概念で説明しようとする(11)。しかしこの啓発的な解釈は、私にとっては、本質的にゲーテのイタリア体験の解釈であり、「魔女の厨」は単にその補色にすぎないことになる。しかし内面の補色に対置されるゲーテのイタリア体験とは本来何であろうか？　そのようなものがそもそもあるとすれば、それは形象化されたのではないか？　この意味で「魔女の厨」の成立は、ゲーテがイタリアで構想した「ナウジカ」の断片と補色関係にある。ヴィンケルマンの後継者として古代的な美を追求してシシリーに到達したゲーテは、シシリーの風土を基盤として、ホーマーの精神から「ナウジカ」を構想する(12)。「ナウジカ」においてゲーテはホーマーを模倣したのではなく、むしろホーマーに挑戦したのであり、彼はイタリアにおける独自の自己感情をそこに投影することで、「ナウジカ」はこの意味で古典主義のオリジナルな作品とならねばならなかった。しかし「ナウジカ」はまもなく破産し、断片となった。人がこの断片の抒情的な気分から想像できるように、それが破産した根拠は、おそらくこの試みがクロード・ロラン流の牧歌的風土を超えるものでなかったことに帰着するであろう。それはゲーテのイタリア体験の成果におけるパラドックスである。ゲーテが地中海の風土に身を置いても一人のドイツ人としてホーマーに成り代わることはできないと認識されたとき、擬古典主義の理想はその独自の論理において決定的に崩壊する。しかしこの事情はゲーテとシラーによって建立されたドイツ古典主義において、むしろ生産的なものであることが示された。なぜなら、「ナウジカ」が破産しなかったとすれば、「ファウスト」や「ヴィルヘルム・マイスター」においてドイツの現実を描いた古典主義は成立し得なかったであろう。

かくしてゲーテが「魔女の厨」をローマで書かねばならなかったという事情は、シュタイガーが暗示するように、おそらくゲーテがゲッシェンでの全集の出版を最後的に取り決める必要があったという外的で偶然的な事情から来るものではないだろう(13)。なぜなら、「魔女の厨」の場面自体単に風刺の試みとして終わるのではなく、すでにイタリ

11　Emil Staiger: Goethe. 3. Aufl. Zürich 1962. Bd. 2. S. 51.
12　Vgl. Walther Rehm: Griechentum und Goethezeit, 4. Aufl. Bern und München 1968. S. 142.
13　Eml Staiger ebd. S. 51.

ア体験の積極的な意味を提示している。「魔女の厨」の荒唐無稽な形象の中で、ファウストが覗き込むと、鏡の中にジョルジョーネの眠れるヴィーナスのような美しい裸体の美女が現れる。そしてこの像は「魔女の厨」のすべての荒唐無稽で没趣味な形象とのコントラストとして、明らかに来るべきより高い世界を暗示している[14]。ともあれ、「魔女の厨」はグレートヒェン悲劇の提示部であり、メフィストの次の言葉は鏡の中の美女がファウストとグレートヒェンの出会いを動機付けている。

あなたがこの飲み物を飲んだからには、
あなたはどんな女にもヘレナを見ることになるでしょう
(v. 2603－2604)

しかしこのメフィストの背景の言葉は、我々が全ファウスト文学の構想をすでに念頭に置かなければ十分には理解できない。なぜなら、ファウストはメフィストに欺かれて、単に市民の一少女に惚れこみそれを通じて崩壊するが、彼は「第二部」では生まれ変わってヘレナと結婚するわけで、ヘレナは究極的な美の理想である。こうして「魔女の厨」の場面は、メフィストの言葉によって単にグレートヒェン悲劇の導入部分であるのみではなく、グレートヒェン悲劇自体がヘレナの幕への導入部分である。ヘレナが「魔女の厨」の鏡に現れるためには、すでに第二部を射程に置くファウスト構想がなければならない、あるいはむしろ、全ファウスト文学の構想がローマにおける「魔女の厨」とともに成立したと仮定しなければならない。少なくとも「魔女の厨」はシュタイガーが意図するようにゲーテのイタリア体験と補色関係にあるのではなく、「魔女の厨」自体がゲルマン文化とラテン文化とのコントラストを補色関係で捉えていることになる。ゲーテ自身がゲルマン文化とラテン文化の補色関係を意識したという事情が「魔女の厨」の場面をもたらしたのであり、その中で初めて文化的総合のテーマが浮かび上がり、それがやっと第二部で壮大に展開されることになる。

さてしかし今や我々は、ゲーテをイタリアまで運命のように追いかけた北方世界とは本来何であったかを問わねばならない。「魔女の厨」の魔法的雰囲気はファウストの書斎と何か共通のものを持っているが、しかしその中にはもはや神秘的なものは潜んでいない。語る獣たちとは単に生のアレゴリーであり、そこには没趣味で月並みな、人間社会の本質的に表面的な営みが反映している。それは生の精神的媒体を単にアレゴリー的に提示しているのであり、そこでは真理と誤謬、意味と無意味、精神と物質が未分化の

14 Vgl. Harold Jantz: The eternal-womanly, in: The Mothers in Faust, Baltimore 1969 pp 31–46.

まま支配している。この意味で「魔女の厨」は風刺でもある。メフィストと獣たちの対話は、獣たちが平凡な詩人たちであり、それ故詩人たちが風刺の対象になっていることを我々に認識させる。しかし風刺の対象は流行の詩人たちに限られていない。

おお、どうかお願い
汗と血で
この冠を繋ぎ合わせてください！　(v. 2450―2452)

周知のごとく、汗と血で冠を繋ぎ合わせるというモチーフは、首飾り事件以後のフランスの政治的状況を仄めかしている(15)。しかしここでは風刺自体ではなく、世界を寓意的に提示する流儀が自ずから風刺に傾斜するという事情が興味深い。獣たちの会話が突如一八世紀の政治的状況との切実な関連を示すことが偶然ではないように、「魔女の厨」の様々な形象は大世界の寓意を提示している。そして大世界を何らかの形で目前に提示することがそもそも魔法の本質であるとすれば、寓意とはすでに一種の魔法である。かくて例えば若い子猫たちが弄ぶ大きな球は、ちょうど大世界が今日テレビの画面に現れるように、一つの大世界を提示している。しかし「魔女の厨」がそのような様々な形象で大世界を眼前に提示し、それが世界を抽象化し、諸像に還元するとき、「魔女の厨」もまた転び行く大世界自体のように、カオスの相貌を示すことになるだろう。メフィスト自身「魔女の厨」における様々な客体を扱う術を知らない。しかし「魔女の厨」を襲うカオス（混沌）は、帰宅した魔女が古い城主のメフィストを認識できないときに最も明瞭になる。メフィストは時代の趨勢について語る：

今回だけはおまえを許してやろう。
何故と言って、会わなくなってから
大分時がたったからなあ。
世界を舐めつくす文化とやらが
悪魔にまで及んできてな。
北方の幻なんて今じゃどこにも見られない。
おまえが角や、尻尾や、爪を見ることもなかろうな？
(v. 2492―2498)

そうなるとここではゲルマン文化のラテン文化への対立ではなく、むしろ伝統的文化の対立、つまり、ゲルマン文化の内部での啓蒙された近代的文化への対立が問題である。そして後者が似非神秘主義の愚昧さに陥るとき、鏡に映ったヘレナは来るべき、より高い美の世界の予感とし

15　Theodor Friedrich und Lothar J. Scheithauer: Kommentar zu Goethes Faust. Stuttgart 1960.

て、時代のカオスに対して鋭いコントラストを形成している。

かくて古典的構想における無形式の概念は近代世界の属性として理解できる。もちろん、ヨーロッパ社会がカール大帝以来広い意味のゲルマン文化に由来することを考えるならば、人はそれをゲルマン的とも呼べるだろう。いずれにせよ、ここには奇妙なパラドックスがある。イタリアはゲーテにとって未知の世界であるが、しかし同時にミニヨンの歌が象徴するように(16)、魂の故郷でもあり、彼はそこで新しく生まれ変わることができた。しかし今や初めて彼を運命のように後から追いかけたゲーテ自身の文化の本質が未知の大世界として示される。「ナウジカ」が彼の魂のドラマであったとき、今や「魔女の厨」、ゲーテを囲む未知の大世界が描かれるのであり、それは掴みどころのない多次元的な大世界であり、それを克服することがイタリアで新しく生まれ変わったゲーテの使命であった。フランス革命の前夜において、ヨーロッパの社会と文化の来るべきカオスを予感したゲーテは文化的原現象としての失われた黄金時代を求めてイタリアへ逃亡する。しかし「ナウジカ」が生産的であったとすれば、ゲーテは本質的に近代世界の感傷詩人であったことだろう。そして「ナウジカ」が破産することで歴史の彼岸への逃亡が不可能として示されるることが、まさに「魔女の厨」を成立させたのである。そして今や歴史のカオスを克服すべく努めるそのような意思が寓意を産出し、それが個人を超える歴史の諸力、すなわち、それ自体匿名の非人格的世界を擬人的な一人称形式で登場させるとき、寓意とは「無形式なもの」の形式である(17)。「魔女の厨」ですでに諸寓意の前形式を呼び出したこの無形式の大世界はファウスト文学の根本テーマとなったのであり、それは今や「第二部」で「仮装舞踏会」からヘレナの幕への過程において壮大に展開される。そしてやっと近代世界におけるカオスの超克の後、ファウストとヘレナの結婚、つまり文化的総合が可能になる。

16　Wilhelm Meisters Lehrjahre, 3. Buch , 1. Kapitel.
17　Vgl. Heinz Schlaffer: Faust Zweiter Teil. Die Allegorie des 19. Jahrhunderts. Stuttgart 1981.

第八章

『ファウスト』改作の歴史―マーローからゲーテへ―(1)

狂気が混じり合っており、全体としてこれが人間であり、人類であり、かつまた包括的な宇宙であると感じさせる。そのような作品は単なる一つの文学作品に留まるものではない。ちょうどホメロスや旧約聖書の世界と同様、民族の栄枯盛衰に関して語り継がれ、蓄積された集団的意識が一つの作品に凝縮したもの、歴史的事実であると同様誇張され、虚構されたもの、一言で言えば、神話である。

ところで、ファウスト神話は近代の神話であり、歴史的事実と虚構が混ざり合い、民衆の集団的意識を通じて蓄積され、増幅されて、ある象徴的な形態を取るに至ったのである。そしてギリシャ神話の題材が、古代ギリシャから西洋近代に至るまで、伝統的な文学的題材であったのと同様、ファウストの題材も一六世紀のイギリスの劇作家マーローから一八世紀ドイツの詩人ゲーテを経て、二〇世紀の著作家トーマス・マンに至るまで、多様な改作と変容の歴史を示している。

では、そのようなファウスト神話の起源はどこにあったたであろうが、そこには崇高なものと低俗なもの、悲劇的なものと喜劇的なもの、学問と魔術、叡知と迷信、理性と

誰でも知っているが誰も読まないのが古典と言われており、ゲーテの『ファウスト』などもその部類に属するのかもしれない。しかし現時点でも『ファウスト』の日本語訳は数種類市販されており、森鷗外の『ファウスト』訳(一九一三年)以来多数の翻訳の試みがあり、すでに一世紀ほど確実に日本の読者を得ている作品でもある。これがドイツの古典であることを念頭におくとき、すでにこの事実だけでも驚くべきことである。

さて、ファウストと言えばゲーテというように、ファウストをゲーテというドイツの詩人と切り離して考えることは難しいが、それはまたドイツの国民文学でもあり、ドイツの国民性と切り離して考えることも難しい。ファウスト伝説を有名にしたのはゲーテであったが、しかしまたゲーテを有名にしたのもファウスト伝説であったと言えるかもしれない。ゲーテの『ファウスト』を一読した人は気づいたであろうが、そこには崇高なものと低俗なもの、悲劇的なものと喜劇的なもの、学問と魔術、叡知と迷信、理性と

1　この論考は情報メディア学会で依頼された講演に基づき、下記に収録されている：特別講演：「ファウスト」改作の歴史―マーローからゲーテへ――：第四巻第一号。二〇〇六年三月。

のだろうか。一六世紀ドイツにファウストという名の人物が実在したのであり、その人物にまつわる様々なエピソードが語り継がれ、民衆の想像力の中で増幅して、事実と虚構の区別がつかなくなったときに、神話が発生したのである。

そこでまずファウストという人物の足跡を辿ってみよう。ファウストについては実在する多くの著名な人々の記録の中で言及されているが、奇妙なことに、ファウスト自身が書いた記録は存在していない。

ここでは付録の資料で、『ファウスト説話』に関する主要参考文献の(一)Hans Henning: Faust-Variationen. Beiträge zur Editionsgeschichte vom 16. bis zum 20. Jahrhundert.「ファウストの変遷。一六世紀から二〇世紀に至るまでの出版史への寄与」という本を参考にしながら、話を進めたいと思う。ちなみに、この本の著者であるハンス・ヘンニングはワイマールのドイツ古典主義中央図書館(現在のアンナ・アマーリア后妃図書館)にかつて勤務し、ファウスト文献を所管した著名な学者で、三部からなる膨大なファウストの書誌を刊行している。またワイマールの中央図書館が二万件のファウスト文献を有し、世界一であり、それについでアメリカの図書館に六千件が所蔵されていると言われている。

歴史上のファウストの初期の古文書の記録が発見されている。付録の資料で「歴史上のファウストを裏付ける主要文献」の三であるが、それは一五二〇年二月一二日バンベルクの司教に仕える出納係が、ファウストが主人のために天宮図を作成したことに対して一〇グルデンを支払ったことを記録している。ファウストは司教のために誕生時の天宮図を作成し、運勢を占ったわけで、このことからファウストが占星術師であり、しかも司教に依頼されているのだから、かなり著名であったことが窺える。

ついでファウストがインゴルシュタットの町から追放されたことが一五二八年六月一七日の市参事会の記録に残されている(同資料の四)。追放の理由は記されていないが、ヘンニングによれば、当時星占いは罪ではなかったから、それ以外の何らかの理由に拠るのであろうということである。ともあれ、この記録の中で、ファウストはDoctor Jörg faustus von Haidlbergと呼ばれており、ファウストは博士であり、名前がJörg = Georgであり、出身がハイデルベルクということになる。

さらに、一五三二年五月一〇日のニュールンベルクの議事録はファウストが滞在許可の申請をして、それが拒否されたことを記している(同資料の五)。その理由は、Doctor Fausto, dem großen Sodomiten und Negromantico「途方もない獣姦者にして霊媒術師たるファウスト博士」という命名が示すように、ファウストのあしき風聞にある。しかし、ここでもファウストは博士であり、魔術師であり、人々に強い印象を与えるが、当局に睨まれる人物として浮かび上がってくる。ともあれ、ここにファウストの一二年間の足取りが把握できるわけで、ファウストが一五二〇年にBambergに、一五二八年にIngolstadtに、そして一五三二年にNürnbergの近辺に滞在したことが裏付けられる。

以上は公的な文書の類であるが、私的な文書によっても裏付けることができる。たとえば同資料の八、Johannes Manliusの『メランヒトン談話集』で、これはメランヒトンとその友人達の談話を収録したものである。周知のごとく、メランヒトンは神学者であり、人文主義者であり、ルターとともに宗教改革の指導者である。この談話の中でメランヒトンは、ファウストが自分の故郷の町Brettenの近くの町Kundling（今日のKnittlingen）で生まれたと述べている。さらにファウストの死の局面についても次のように物語っている。「何年か前、この同じヨハネス・ファウストが死の前日ヴュルテンベルク地方の村で大変悲しそうに座っていました。彼は通常はまことに恥知らずな男で、至るところで卑劣な生活を送り、ときにはその放蕩の故にほとんど命を失うほどであったので、宿屋の主人がいつもはそうでないのに何故そんなに悲しい顔をしているのかと尋ねると、彼は主人に、夜中に物音が聞こえても驚いてはならないと答えたのです。真夜中に家の中が大きく揺れ動きました。朝になってもファウストは起きて来ようとはしませんでした。そしてほとんど真昼になって、主人は幾人かの男を伴って、彼が寝ている寝室に行きましたら、彼はベッドの傍らで死んでおり、悪魔が顔を背の方にねじ曲げておりました。」と。メランヒトンはここでファウストのことをヨハネス・ファウストと呼んでおり、公的な文書のゲオルク・ファウストと異なっているので、どうやらメランヒトンは二人の人物を混同しているようである。ハイデルベルク大学の学籍簿に一五〇九年一月一五日の日付で学士号を授与されたジメルン出身のヨハネス・ファウストなる人物が記述されている。メランヒトン自身はその数日前にハイデルベルク大学への入学を許可されており、従って彼はこのヨハネス・ファウストなる人物との出会いを経験し、後年それが名前の混同をもたらしたと考えられる。この学籍簿の人物とファウストを同一視する解釈もあるようだが、ヘンニングは、これをありそうもないこととしている。

その理由は、神学者のトリテミウスなる人物が一五〇六年にファウストとともにゲルンハウゼンの町に滞在しており、そのときファウストはすでに放浪生活を始めている。そしてトリテミウスが報告しているファウストは一五〇六年の時点ですでに名の知れた人物で、少なくとも二〇代半ばであろうから、当時の大学の入学年齢が一三歳〜一六歳程度であることを踏まえれば、ハイデルベルク大学のファウストとは一〇年の隔たりがあるというわけである。

さて、私的な文書の中でもファウスト文献において最も重要なものがこのトリテミウスなる人物の書簡である（同資料の一）。これはファウストに関する最も早い証言を含むのみならず、魔術師としてのファウストの詳しい性格を描写している。それは数学者ヨーハン・ヴィルドゥングに宛てた一五〇七年八月二〇日の手紙である。トリテミウスはルターやメランヒトンのような大物ではなかったようだが、学識に優れ、蔵書家であり、妙なことに図書館学の祖と言われている人物である。スパンハイムの修道院長を二三年間勤め、その後ヴュルツブルクの修道院に移ったという経歴を持ち、ブランデンブルク公爵の要請に応じて彼と旅行を行っているが、その彼がブランデンブルクからの帰途、一五〇六年ファウストと同時期にゲルンハウゼンに滞在したのである。

このラテン語で書かれた手紙はファウストについて、「自分を霊媒術の王と称するGeorg Sabellicusなる人物は浮浪者、空疎なほら吹き、詐欺師で、もうこれ以上、神聖な教会を貶めたり、嫌悪すべき事柄をあえて吹聴したりすることができないように、叩きだすべき輩です。」と冒頭から激しい語調で書き出されている。さらに「彼が無価値であることは私には分かっております。昨年、ブランデンブルクからの帰途、ゲルンハウゼンの町の近くでこの男に会ったのですが、宿屋で人々は、彼が厚かましくも実行したというろくでもない事柄を、縷々私に話してくれました。彼は私が居ることを知ると、すぐさま宿屋から逃げ出し、誰に説得されても、私の前に顔を出そうとはしなかったのです」と。トリテミウス自身が本来魔術師の風貌を持っており、自分への嫌疑をファウストに転嫁している向きもあるが、ファウストのゲルンハウゼンにおける実在を疑う根拠にはならないだろう。

ともあれ、文献資料に基づいてファウストの足跡を辿ると、付録の資料でも示したように、ゲルンハウゼン、クロイツナッハ、エアフルト、バンベルク、インゴルシュタット、ニュールンベルク、さらにケルン地方に転々とし、放浪生活を営んでいたことが分かる。またトリテミウスの証言に基づいて逆算すれば、ファウストは一四八〇年頃、クニットリンゲンで生まれたことになる。

ファウストの死に関する記録としては一五四八年ヨハネス・ガストの『食卓の会話』（同資料の七）と一五六五年の『ツィメルン伯爵の年代記』（同資料の九）があるが、後者によれば、「ファウストは生涯にわたって様々な不思議な事柄を実行し、それについては特別な論文が書けるほどだが、ついにはStaufen im Breisgau（今日のFreiburg）の領地で高齢にて悪霊に絞め殺された。」とある。またこの『年代記』の別の箇所にもファウストの死に関する言及があり、「ファウストはこの頃Staufenか、あるいはそこから遠くないブライスガウの町で死んだ」とあり、「この頃」という文言が一五四一年のレーゲンスブルクにおける帝国議会の開催と符号しており、また一五四〇年以後ファウストの生存の記録が途絶えるので、どうやらファウストは一五四〇年頃フライブルクにて六〇年の生涯を閉じたことになる。

一五四八年ヨハネス・ガストの『食卓の会話』もファウストの死を証言しているが、その記述はすでに非常にエピソードに近いものがある。

さて、ファウストの死はおおよそ一五四〇年頃と推定されており、ファウスト伝説を最初に文学に昇華して、以後文学的原型となった『ファウスト説話』の成立が一五八七年であり、この約半世紀の間に、歴史的事実からの距離が増すにつれて、ファウストの人物像にまつわるエピソードが虚構を付け足しながら増幅していく様が理解できる。そのようなファウストの説話形成の前段階として重要なものが二つあり、一五七〇年頃ニュールンベルクのChristoph Rosshirtにより書き残された「ニュルンベルクのファウスト物語」（同資料の一二）と一五八〇年頃Zacharias Hogelによって収録された「テューリンゲンとエアフルト市の年代記」（同資料の一三）である。これらの文献はもはやファウストの実在に関する歴史的事実を裏付けるには余りにもエピソードに被われているが、ファウスト説話の形成の観点から見れば、重要な歴史的過程を裏付けるものである。

その他にもファウストに言及する一六世紀の文献は数多く存在するが、いずれもファウストの死後三〇年近く経てからのものであり、それらが証言としてオリジナルなものであるのか、すでに挙げた原典から汲み取られているのか、口承に基づくのか、あるいは自らエピソードを形成しているのかは、決めがたいものがある。ただ注目すべきは、ファウストの説話形成にとって重要なもう一人の立役者であるファウストの弟子ワーグナーの実在に関する手掛かりが全く存在しないことである。さらにファウストに関する記述であっても、教会当局の弾圧を恐れて、名前を伏せている場合も多くあり、歴史的なファウスト像を大きく変えるような発見は今後期待できないようである。

ともあれ、ファウストと関わり、ファウストに関する証言を与えているのは、トリテミウス、メランヒトン、ルター、アグリッパといった歴史に名を残すような、著名な人々である。ところがファウスト自身には自伝も著作もない、一片の筆跡すら残されていないわけである。しかるに、ファウストの死後三〇年の間にこの人物をめぐり、様々なエピソードが形成され、それらがさらに尾鰭を伴って語り継がれ、民衆の想像力の中で印象深い形姿として蘇るわけである。ファウストは民衆の想像力の中に実在している。そこには確かに集団的妄想といった社会心理学的要因が作用しているわけで、ファウストはまさに時代の産物であった。

ではファウスト神話を生み出す時代とはどのようなものであったのだろうか。ファウストが生きた一六世紀初頭は社会的変動の時代であった。封建制度が崩れ始め、新しい社会階級が台頭しようとしており、支配階級は血の弾圧によって、自己の地位を保持しようと試みる。下級貴族は政治的独立のための経済的基盤を失い、しばしば反乱を起こすが、彼等を支えるべき市民階級が未だ未成熟であったために、彼等は自己の政治的役割を自覚するに至っていない。ルターの立場も歴史の弁証法から見れば、混迷している。彼の九五箇条の提題を発端として宗教改革が起こり、それがやがて農民戦争にまで発展していくわけだが、農民が急進的になり、略奪を始めると、そのような行為は福音書の精神に反するとして、背を向け、諸侯の側に加担することになる。騎士戦争が農民の勢力まで巻き込んで社会を根底から揺さぶったのがドイツ農民戦争（一五二四年―二五年）で、トーマス・ミュンツァーを指導者としてこの革命運動は急進化するが、まもなく諸侯の軍隊に鎮圧され、無防備のまま殺戮された農民の数は一〇万人に達したと言われている。これはちょうどファウストが生きた時代であり、ファウストの神話形成と密接に関連していると言えるだろう。社会的下層民が大きな夢と可能性を抱くが、まもなくそれは抑圧されて、夢と可能性が内面化する時代である。ファウストの形姿はそのような庶民の想像力の中で神話的な実在に達したのであり、それ故に当局から見れば、ファウスト神話は危険な社会的現象であったに違いない。そして一五八七年に最初に成立した『ファウスト説話』がまさにルターの立場で書かれたということが、後のファウスト文学の伝統を決定したわけで、ファウストは悪魔と契約して、人間のすべての可能性を享楽し尽くすわけだが、しかしそれは罪であり、断罪すべきことであり、ファウストは地獄に落ちるべき運命として描かれることになる。

さて、ファウストの死後約半世紀を経て一五八七年に『ファウスト説話』が成立するわけだが、それは先行する流布本や口承による多様なエピソードを採録し、編集し、かつ新たに書き加える形で、一つの文学作品として完成されたものである。しかし未だに作者名が特定されていないし、また一五八七年の段階ですでに種々の異本が成立している。この本は当時のベストセラーで、出版の年にすでに五版を重ねたのみならず、ほぼその直後に、これまた匿名で英訳が出版されている。

まずは一五八七年の初版の表紙には、タイトルとして「ヨーハン・ファウスト博士、魔法使いにして妖術師の物語、如何に悪魔と一定期間契約し、その間どんな不思議な冒険を見たり、企んだり、実行したりしたか、そしてついには当然の報いを受けたか」とある。さらに出版に関しては、「マイン河畔のフランクフルトにて、ヨーハン・シュピースにより出版される。一五八七年」と記され、さらに公爵や伯爵への序文とともに、「キリスト者への序文」が添えられている。

さて、『ファウスト説話』は小説でもなく、物語でもない、多様なエピソードをルーズに繋ぎ合わせたような構成で、特別に技巧を凝らした作品ではない。『ファウスト説話』は台頭する初期市民文化がもたらした作品であるが、そこにはまだ自覚された市民意識はなく、従って、主人公の内的発展によって全体を統一する小説的一貫性は見られないのである。

さて、『ファウスト説話』は、ファウストの悪い見本に従わないように、読者に警告するために書かれた書物である。この本は、読者が悪魔の助けを借りて既存の体制から逃れようとする願望を可能なかぎり、押しとどめようとする意図を示している。この説話の著者は、まず「キリスト者への序文」の中で、何人もこの物語を通じて思い上がりや追随に陥ることがないように、警告と改善に寄与するものだけを取り上げたのであり、危険な呪文の類は削除したと述べている。

さて、このファウスト本はルター的立場で書かれている。フランクフルトのシュピース社は厳格なルターの側の論争文を出版しており、ルターからの引用やメランヒトンに関する知識はファウスト本の著者がルター的立場に帰属していたことを示すものである。

もちろん、ファウスト本の内容は単に善と悪、天国と地獄といった神学的問題のみを巡っているのではない。ファウストは天国のみならず、地獄のことも知らなければ博士と呼ばれるに値しないと考え、神学者としての道を踏み外した人間であり、宇宙の秘密を知るべく悪魔に身を委ねた人間である。つまり、宇宙の秘密を知ることが神に挑戦することであり、罪であるわけである。

歴史上のファウストが生存した期間が、すでに明らかにしたように、一四八〇年から一五四〇年までとすれば、それがほとんどコペルニクスの生涯に対応していることに驚かされる。ちなみに、コペルニクスが生きた期間は一四七三年から一五四三年までである。周知のごとく、伝統的な地球中心のプトレマイオス体系では当時の観測事実を説明することが難しく、不自然な技巧を必要としたわけで、コペルニクスの地動説自体はそのような理論的難点を取り除き、天体の運行をより合理的に説明するための天文学的要請から生まれたわけである。ところが当時の神学や哲学自体大地の不動性に立脚して構築された観念の体系であるから、コペルニクスの地動説によって常識の基盤が崩れるわけで、それは科学上の革命であるのみならず、精神革命そのものであったと言えるだろう。

ともあれ、ファウストが生きた時代は近代科学が胚胎した時代であり、天文学、医学、化学等に関する新しい知識が生み出されるが、それに携わる人々は多かれ少なかれ星占いや錬金術といった魔術師の行為を兼ねており、科学と魔法はほとんど区別することができなかったのである。

ファウストは公爵夫人に異国の果物を提供したり、クリスマスの頃夫人達を自宅の庭に招き、花の咲き乱れる真夏の光景を現出したりするが、これは地球が丸く、ある地域が冬であれば、他の地域が夏であるという科学的知識の応用であり、ファウストの魔法とは「速い知性」である。ファウストの世界旅行や天国と地獄への旅など誠に幻想的な体験であるが、現代の我々にとってそれは現実の体験であり、近代科学は結局のところこのファウストの「速い知性」を実現したものであることが分かる。

ファウストが生きた一六世紀初頭はコペルニクスが地動説を唱え、ルターの宗教改革が始まった時期で、精神革命は農民達の現実的な要求と結合して、革命的な運動に発展していくわけだが、ルターはまもなく諸侯の側に立ち、その運動は押しとどめられることになる。神話上のファウストは真理を探求する人間であり、現実的な制約を超えて無限の可能性を追求する人間であり、革命的に前進する時代を反映している。ところがファウスト説話の著者はすでに農民の反乱が鎮圧された時期に、ルター的立場で書いているわけで、そこに『ファウスト説話』の独特の歪みが生じてくる。つまり、著者は民衆の想像力の中で生きているファウストの形姿に教会の立場で輪郭を与えたのであり、それを嫌悪すべき見本、警告として提示するのである。しかし、こうした改造にもかかわらず、認識を求め、神学の制約を超えようとする、民衆に崇拝されるファウスト、つまり、新しいルネッサンス的人間像が神学的警告の裏に透けて見えるわけで、それが様々な改作を促し、たえず変容するファウスト神話の原動力となったのである。

さて、ファウスト本の影響はドイツ国内に留まらず、フラマン語（ベルギーの公用語、オランダ語に近い）、オランダ語、フランス語、チェコ語に翻訳されるが、最も速く、かつ最も重要なものが英語訳で、それに基づいてすでに一五八八年か一五八九年にはクリストファ・マーロー（Christopher Marlowe）の戯曲、The Tragicall History of D. Faustus（フォースタス博士の悲劇）が成立するわけで、これは一六世紀における文学的改作の最高峰である。ここにはルター主義的な立場から書かれた『説話』の反動的歪みがなく、ファウストの無際限の衝動、現実の制約を超えて、知識と真理を求めるルネッサンス的人間像が浮き彫りにされている。この戯曲のドイツにおける初演は一六〇八年であるが、ファウスト劇の原型はマーローの改作によって生まれるわけで、その後ドイツでは、マーローの劇がイギリスの旅役者を通じてかなり自由に書き換えられ、卑俗化したもの、あるいは人形芝居にまで低下したものが、一八世紀まで継承されることになる。そして若きゲーテがファウストの題材に遭遇するのは、実にこの人形芝居を通じてである。

物語的形態としては一五九九年にヴィドマンによって大幅に改作されたものが現れる。これは一七世紀のバロック小説とも言うべきもので、全体は三部からなり、元々の二二七頁が七〇〇頁に膨れ上がることになる。また章毎に道徳的な回顧の形で教訓が付してあり、主たる傾向は、もはやファウストの知識への衝動ではなく、俗界を享楽する喜びである。その後七五年間ファウスト本の出版は途絶えるわけだが、それはファウストの知識への衝動が一七世紀の人間にとってさほど重要性を持たなかったことによると考えられる。やっと一六七四年になって、Pfitzerにより改作された新しいファウスト本が現れる。これはヴィドマンを踏まえるもので、一五八七年の初版に遡るものではない。そして一七二五年に無味乾燥な、ほとんど筋書きだけに限定した四、五〇頁のファウスト本が、ある「キリスト教信奉者」と名乗る匿名の人物により、出版されることになる。こうしてPfitzerの改作とある匿名の作者の簡略本が一八世紀への橋渡しとなり、ファウスト文学の最高峰としてのゲーテの『ファウスト』に繋がるわけだが、ファウスト本に関してゲーテ自身が知っていたのは、どうやらPfitzerのものと簡略本で、それ以前のものについては知らなかったようである。

さて、ファウストの題材が英語圏に導入されたということは、それが当時のドイツ語圏よりも洗練された言語と文学の次元に高められたことを意味するであろう。周知のごとく、この時代はシェークスピアの時代であり、シェークスピアを愛好する国民に受け入れられるためには、ファウスト本の言語と様式は洗練される必要があったと言えるだろう。そしてそれを踏まえてマーローがファウストの題材をドラマに改作するわけで、それによって、ファウストの題材は、シェークスピアの作品と比べても見劣りしないエリザベス朝時代の作品として、まさに世界文学の檜舞台に上ることになる。ファウスト本の英訳者も匿名であるが、一五九二年の現存する最古の英訳本にはtranslated into English by P. F. Gent.（P・F・ジェント氏により、翻訳される）とあり、このGentをヘンニングはGentlemanと解釈している。つまり、ファウスト本の英訳は「紳士的」なのであって、このジェントはあくまでも翻訳の洗練されたスタイルを暗示している。

ともあれ、マーローによってファウスト劇の原型が成立したわけで、ドイツはイギリスの旅役者を通じてマーローの劇を知ることになるが、それは民衆受けするように、書き換えられ、卑俗化したもの、あるいは人形芝居になったものである。マーローの劇が正しくドイツ語に翻訳されたのはやっと一八一八年、ロマン主義の詩人ヴィルヘルム・ミュラーを通じてである。マーロー以後、ファウスト劇はオランダやフランスにも波及し、近年フランスのファウスト劇も発見されているようだが、ともかく、二世紀の後に、ファウストの題材は新たな土壌から養分を吸収して、ゲーテの『ファウスト』を生み出すことになる。ファウストの主題の歴史的変遷が興味深く思われるのも、実に一六世紀のマーロー、一八世紀のゲーテ、二〇世紀のトーマス・マンという世界文学の頂点がこのファウストという伝統の上に出現しているからである。その意味で、ファウストは確かに西洋近代の神話と言えるかもしれない。

さて、ファウスト本は一五八七年の初版以来、約一〇年間に二二版を重ねたのみならず、それはニュールンベルクやエアフルトのファウストの逸話を加えて、種々の異本を生み出すわけである。さらにそれは、ファウスト説話のストーリーの延長線上において、ファウストの弟子ワーグナーや、ワーグナーの弟子ヨーハン・ドゥ・ルーナを立役者とする継続本を生み出すことになる。そしてそれ以後、一八世紀のレッシングやゲーテがファウストの改作を試みるまで約一七〇年が経過することになる。一七世紀はファウスト文学にとってはやや下火の観があるが、しかし、ヘンニングによると、それは決して空白の期間ではなく、ファウスト文学の伝統は底流において連綿と続いているようである。アレキサンダー・ティィレはFaustsplitter（ファウストの木端）というタイトルで、ファウストについて言及した細切れの文献を収集しているが、そのような文献は一六〇〇年から一七九〇年までに四三〇件もあり、一七世紀においても、ほとんど毎年ファウストに関する言及を裏付けることができる。しかもそれはドイツに限らず、イギリス、フランスに及び、数は少ないがチェコ、イタリア、スペイン、アメリカ、そしてロシアにおいても、見いだすことができる。

さて、一八世紀の後半になると、にわかにファウスト文学が盛んになる。ゲーテのファウストの前段階として文学史的に重要なのがレッシングのファウスト改作の試みであるが、しかし、レッシングとゲーテはその頂点にすぎず、裾野には多くのファウスト改作の試みがある。レッシングの他に名を挙げるならば、Weidmann, Maler Müller, Wagner, Lenz, Klinger, Soden, Schink等があるが、彼等は今日ほとんど名を忘れられた作家達である。彼らはいわゆる文学史的にSturm und Drang（疾風怒濤）の作家達で、ファウストは疾風怒濤時代を反映する形姿として描かれている。フランス革命の前夜を生きるこれらの作家達は来たるべき社会的変動を予感するが、しかし未だ新しい時代の明確な観念を持っていない。従って、彼等が描く文学の核心も、この時代相を反映して、支配体制に対する抗議とはなるが、しかし古い体制を打倒する標語を含まず、未来の市民社会の理想像をも提示するに至っていない。その意味で彼等はゲーテの『ファウスト』の前段階に留まっている。

さて、文学史的に大きな問題をはらんでいるのが、レッシングのファウスト改作の試みである。

Gotthold Ephraim Lessing (1729–1781) はドイツ啓蒙主義を代表する劇作家で、従来のフランス古典劇の亜流に留まるドイツ演劇を否定し、シェークスピアの精神を取り入れて、ドイツ市民劇の創始者となった人である。当時のフランス古典劇の手法を遵守する学者が、悪名高いゴットシェートで、レッシングはゴットシェートとの論争において、シェークスピア的手法に合致するファウストの題材を取り上げる。ところが、レッシングのファウスト改作の試みは、ゴットシェートによって拒否されたのは言うまでもなく、親しい友人達からも途方もない企画として受けとめられている。当時の風化し、人形芝居にまで低下したファウスト劇は、民衆に娯楽として受け入れられるための装飾や道化芝居に充ちていたわけで、同じ題材から市民悲劇が生まれるとは到底想像できなかったからである。すでに、レッシングの友人であるメンデルスゾーンが警告したように、「ああ、フォースタス、フォースタス」と叫ぶだけで、桟敷の観衆が大笑いするというのでは、悲劇とは程遠いものがあるだろう。

結局レッシングのファウストは断片に留まったのであり、今日数少ない場面が文学書簡の中に収録されているにすぎない。その中で比較的に完成度が高いのが、〈ファウストと七人の霊たち〉の場面で、ファウストは登場する七人の霊達の速さを確かめている。ここではファウストに奉仕するときの速さが問題だが、伝統的なファウスト文学では、ファウストは人間の思考のように速い悪魔を選ぶことになっている。ところがレッシングのファウストにおいて、人間の思考は真理と美徳に関するときはのろいと言われて退けられるとき、ここには明らかに善と悪の基準の変化が感じられる。従来のファウスト文学におけるように、人間の行動範囲を宇宙にまで広げる知性が、危険なもの、悪魔的なものとして、捉えられているわけではない。人間の思考自体はもはや悪魔の領分ではなく、人間に帰属するものとして、肯定されたことになるだろう。

しかしそこからどのような悲劇が予想できるだろうか？　例えば、マーローの『ファウスト』においては、ファウストの世界認識への衝動、人間の知的活動を神の次元にまで高めることが不遜（ヒューブリス）であり、それが悪魔的なものとして断罪されているわけである。ルネッサンス的な人間の全面的な解放の思想が教会にとって、危険なものと見做されたこと、それが正統的な神学体系を脅かしたということが、悲劇の核心である。ところが、レッシングにとって、学問や知識は人間に宿る高貴な衝動で、それ自体神的本質である。そうなると、ファウストの知識欲とキリスト教的神学との矛盾から悲劇が展開することは、もはやレッシングにとって不可能である。知識と学問を体現するファウストは断罪されるのではなく、むしろ救済されるべきで、こうしてレッシングにおいて、はじめてファウスト救済の構想が現れる。レッシングの友人のブランケンブルクが報告するところでは、レッシングはファウストで夢芝居を企画したということで、悪魔との契約に基づくファウストの人生が夢であったとすれば、悪魔が最後に所有するファウストの魂は幻にすぎないわけで、悪魔は騙されたことになる。そしてファウストは教訓的な夢の後、一層真理と美徳を確信するに至るというものである。もちろん、これは語り伝えられたことに基づいて、類推したにすぎないわけである。いずれにせよ、レッシングの『ファウスト』は断片に留まったわけだし、その原因がファウストの題材とレッシングの主題との深いディレンマに宿ることは明らかである。しかしレッシングが悲劇と喜劇が混在するシェークスピアの精神からファウストの題材を再発見したということは重要で、その延長線上にゲーテの『ファウスト』が位置している。ゲーテもまたファウストは救済されるべきものと認識したわけだが、彼は同時に悲劇にとってふさわしくない道化芝居的要素をもファウストの体験の諸相として包み込むような精神の包括性、自然性を所有したわけで、ファウストはまさにゲーテにとって格好の題材となったのである。

さて、若きゲーテは一六世紀の騎士ゲッツ・フォン・ベルリヒンゲンの伝記に基づいて、これをシェークスピア風に改作した戯曲を書いて、一躍「疾風怒濤」を代表する作家となるが、一六世紀の伝説に基づく『ファウスト』も『ゲッツ』とほぼ同時期に書き始められた作品である。ところが『ゲッツ』が六週間で書き上げられた作品であるのに対して、『ファウスト』は六〇年を要し、ゲーテの死後遺稿として出版されるのである。つまり、疾風怒濤時代のゲーテの『ファウスト』も断片の運命を免れてはいなかったのである。

ゲーテの『ファウスト』の起源に関しては諸説があるが、今ではボイトラーの説が定説となっている。ボイトラーはゲーテの生家であるフランクフルトのゲーテ・ハウスの館長であった人で、ゲーテ・ハウスに保存されている古文書の中からファウストの成立史にとって極めて興味深い事実を掘り起こしたのである。それは我が子を殺したある女性の裁判に関する記録で、それにはスザンナ・マルガレータ・ブラントが一七七二年一月一四日、火曜日にフランクフルトのハウプトヴァッヘ近くの広場で、斬首の刑を受けたことが記されていたということである。判決が下りて後、首切り人は無事一刀のもとに処刑を実行できるかと問われ、首切り人はその役目を息子に譲ったことを翌日文書で役所に提出したということであるが、質問者はゲーテの母親の兄弟に当たり、文書に署名をしたのはシュロッサーという法律家で、後にゲーテの妹のコルネーリアと結婚する男性である。この時期ゲーテ自身シュトラースブルク大学で法律の資格を得て、故郷の町フランクフルトに帰省しており、ゲーテの法律学の論文でも、嬰児殺しの問題が扱われている。ゲーテの母方の祖父はフランクフルトの市長であったから、裁判所をも管轄する立場にあり、この嬰児殺しの女の事件は、家庭的事件と言っていいほどに、ゲーテの身近なところで起こったのである。

さて、このスザンナ・マルガレータ・ブラントという女性は二五歳で、クロスターガッセの大きな旅館の手伝いで、一人の姉と一人の兄を持ち、兄は兵士である。ところで、この女性が身重になり、一七七一年の夏に噂に上ることになる。取り巻きが、「彼女が最初ってわけじゃない」といって、告白を迫るのだが、女性は無実を主張する。ところが、八月二日に彼女が町から姿をくらまし、その日の夕方には、逮捕命令が出されるわけである。そして八月三日の午後には女性はボッケンハイムの市門で番人に見破られ、逮捕される。彼女は前日この市門を通って、ヘークストの方角へ逃げ、マイン川を渡ってマインツまで行き、そこでイヤリングを代価にして一泊するが、翌朝、金もなく、元気もなく、後悔に打ちひしがれて、フランクフルトに帰ってくる。

彼女は三ヵ月ほど古い中世の城壁の名残をなすカタリーナ門の塔に監禁されるわけだが、この塔はゲーテの生家から二百メートルのところにあり、ゲーテが洗礼を受けたカタリーナ教会のすぐうしろにある。

処刑は一七七二年一月一四日カタリーナ教会のすぐ前の広場で行われるが、ボイトラーは、それに関して、「古い帝国都市の荘重で陰惨な儀式」が繰り広げられたと述べている。すでに泉の傍の処刑台が大工組合によって、特別の手続きをへて組み立てられている。朝五時にフランクフルト市は見張りを倍加し、市門を閉ざし、砲兵を含む全軍団を待機させるわけである。

ゲーテ家の古文書の記録は、ゲーテの父親の秘書を務めるリープホールトという男性が市参事会の議事録から複写したもので、父親の書類束の中に保存されていたものである。この秘書の人柄と、特にその美しい筆跡について、ゲーテ自身『詩と真実』の中で言及しているが、ゲーテはさらに「市民的な平穏な生活の中にも時折恐ろしい事件が巻き起こった。時には、火災が平和な眠りを覚し、時には大犯罪が発覚して、その審理や処罰をめぐって、何週間も町が落ち着きを失うことがあった。幾度か処刑の目撃者とならねばならないこともあった」と記述している。この発覚した大犯罪が一七七二年のスザンナ・マルガレータ・ブラント事件を指すことは明らかであるが、ゲーテはそれ以上この事件について語ることを拒むのである。ゲーテにおいて、人生の闇の部分は常に美的に昇華されて文学として提示されるのであり、ゲーテの『ファウスト』の中のグレートヒェンの形姿はこの嬰児殺しの女と同じものではない。芸術として美化され、永遠化されたものと凄惨な現実の事件との間には大きなギャップがある。しかしゲーテのグレートヒェン悲劇の直接の契機となった事件が歴史的事実として明らかにされたということは意味深く、『ファウスト』の成立史の謎を解く鍵となったのである。『ファウスト第一部』の〈曇り日〉の場面は、なぜか最終稿においても散文のまま残されているが、この場面で「彼女が最初の女というわけではない」と悪魔が冷厳に言い放つ言葉は古文書の記録と重なるもので、ボイトラーはこの場面がブラント事件の直後に書かれたもので、ゲーテの『ファウスト』の最も古い層に属すると推論する。

「ウアファウスト」では、伝統的なファウストの題材を踏まえた部分は未だほとんど輪郭を得ていないが、グレートヒェンの哀れな運命の物語は、ファウストとの出会いから結末の牢獄の場に至るまで、一貫して破綻なく描かれている。実際「ウアファウスト」はグレートヒェン悲劇である、といって良いほどである。従来の体験主義的な俗流の解釈によれば、ゲーテがシュトラースブルク時代に恋におちいり、やがて見捨てることになる牧師の娘フリーデリケ・ブリオンがグレートヒェンのモデルであり、彼女に対する罪の意識がグレートヒェンの形姿において膨らみ、ファウスト文学の枠組みを粉砕してしまったという風に解釈されてきたわけである。つまり、ゲーテが現実の女性に対して犯した罪を作品の中で美的に贖うといったやや虫のいい解釈であるが、すでにボイトラーが明らかにしたように、フランクフルトの嬰児殺しの事件がグレートヒェン悲劇の直接の背景であることを念頭に置けば、このような解釈は誤りである。一方、一八世紀の「キリスト教信奉者」によるファウストの簡略本の中には、ファウストが恋におちいる市民の娘のモチーフが含まれており、グレートヒェン悲劇も伝統的なファウスト文学の延長線上にあると言えるかもしれない。しかしゲーテにとって、このファウスト本のモチーフが直接の契機になったとは考えにくい。むしろすべての要素が一つに絡み合っているのであり、ゲーテが見捨てたフリーデリケ自身スザンナ・マルガレータ・ブラントの運命を辿る可能性は十分にあったわけで、ゲーテの身近に起こった嬰児殺しの事件はゲーテにとって他人事ではなく、そこにフリーデリケと自分の運命を投影したとしても不思議はないだろう。グレートヒェン悲劇は、確かに体験の文学と理解されてもいいほどに、感情的に真実味を帯びているのである。

そしてこのことがファウスト文学の系譜において画期的なことであったと言えるだろう。そもそも一六世紀のファウスト本以来、ファウストが求める女性はヘレナ、つまり、肉体的享楽の対象としての女性で、従って、ファウスト本の中の女性は最初から魔女であり、悪魔的なものという烙印を押されていたと言えるだろう。ファウスト本の中には、肉体と精神を統合する近代的な意味での「恋愛」の観念はなかったわけである。フランクフルトの嬰児殺しの女自身、近代的な法の観念に基づくというより、むしろ中世的な慣習に基づいて、魔女として処刑されたと考えて良いほどで、ゲーテが描いているのも魔女として身を滅ぼすグレートヒェンの運命である。しかしこの運命に注がれるファウストの感情はあくまでも疾風怒濤時代の作者の自我を反映したもので、こうしてファウスト文学の枠組みの中で、ゲーテにより、はじめて近代的な恋愛が描かれたと言える。

さて、すでに述べたように、ゲーテの「ウアファウスト」は疾風怒濤時代の産物であるが、それはあくまでも断片で、それ以後一〇年ほどゲーテは『ファウスト』の制作を中断している。ゲーテは一七七七年一二月にフランクフルトの母親宛てに『ファウスト』の手書きの草稿を送るのだが、その直前にそれがワイマール宮廷の女官ルイーゼ・フォン・ゲッヒハウゼンによって複写されるわけで、それが約一世紀の後にエーリヒ・シュミットにより発見され、「ウアファウスト」として脚光を浴びることになる。ところで、ゲーテはイタリア旅行へ旅立つ際に再び『ファウスト』の草稿を送り返してもらい、それを旅行に携帯するのである。こうして『ファウスト』はイタリア滞在の時期に二つの場面、《魔女の厨》と《森と洞窟》を加えることになる。この時期にファウスト伝説の中心的なモチーフである悪魔との「契約」はまだ空白のまま留まっているが、ただ「契約」に基づくファウストの行動原理、ファウストの決意表明の部分だけが成立している。それは最終稿では一七七〇行の次の詩句で始まる「賭けの帰結」の部分である。

そして全人類が受けるべきものを、
おれは内なる自我によって味わいつくしたい。
おれの精神で、人類の達した最高最深のものをつかみ、
人間の幸福と嘆きのすべてをこの胸に受けとめ、
こうしておれの自我を人類の自我にまで拡大し、
そして人類そのものと運命を共にして、ついにはおれも砕けよう。
(v. 1770–1775)

「ウアファウスト」は、すでに述べたように、ファウストの悲劇というよりも、グレートヒェン悲劇であった。それは小市民的世界で展開する哀れな少女の物語であったが、ファウストの題材に含まれる普遍的・宇宙的な視野がなお欠けていたのである。このファウストの決意表明には明らかにファウストを私的・小市民的な「小世界」のレヴェルから世界史的・人類史的な普遍の意味を担う「大世界」へと導く意図が見える。こうしてゲーテの『ファウスト』は伝統的なファウストの題材にふさわしいファウストの悲劇に変容しつつあることが理解できるのである。

その意味で、イタリアの時期に成立した《魔女の厨》の場面は、ゲーテの『ファウスト』の中で、おそらく最も題材に忠実な場面で、醜悪、荒唐無稽、そして陰欝な世界を描いている。思うに、ファウスト伝説自体北方的なゲルマンの風土から生まれた伝説で、ゲーテ自身ゲルマンの世界の鬱陶しさを逃れるために、イタリアへ旅立ったのではなかっただろうか？　ところが、こともあろうに、《魔女の厨》の場面がローマの庭園（Villa Borghese）で成立する。この辺りの事情について、エーミル・シュタイガーはゲー

テの色彩論の「補色」の観念を援用しながら、イタリアの曇りない明るい風土がかえって内面の世界に、北方的な蒙昧の世界を「補色」として主観的に呼び戻したと解釈している。

しかしよく読むと、ここで描かれている対象は伝説の世界ではなく、むしろ伝説の形象を借りて、現代世界が描かれている。語り合う獣達は時代精神の寓意なのであり、時流にふさわしい、月並みで没趣味な、取るに足らぬ人間の営みを表現している。メフィストとの対話は、獣達が時流に合った凡庸な詩人達であり、彼等が諷刺の対象にされていることを認識させてくれる。メフィストは獣達を「詩人猿」(v. 2464)と呼んでいる。しかしここでは詩人の諷刺のみが問題ではない。詩人と呼ばれる獣達は単に表面的に現れる社会生活の精神的媒体、今日の言葉で言えば、マスメディアを表現しているにすぎない。従って、諷刺の対象は、詩人にのみ限定されているのではない。

お願いですから
汗と血で、
この冠を接ぎあわせてくださいね。(v. 2450―2452)

周知のごとく、汗と血で冠を接ぎあわせるというモチーフはフランスにおける首飾り事件以後の政治的状況を諷刺しているのである。獣達の台詞が突如一八世紀における政治的状況とのアクチュアルな関連を示すように、《魔女の厨》の場面自体、様々な形象において「大世界」の寓意を提示している。例えば、仔猿達が弄ぶ「大きな球」は大世界の危険さを意味している。

ともあれ、こうした《魔女の厨》で営まれる全体としてうさん臭く見える儀式の中で、より高い世界の理念もまた予告されている。鏡に映った美しい女のヴィジョンがそれである。鏡に映った裸体の美女はドレースデン国立美術館にあるジョルジョーネの『眠れるヴィーナス』をモデルにしているということだが、ここにも魔法のまやかしを見る必要はないだろう。ファウストはここで至高の美に開眼するわけで、それがガラクタ市のような没趣味な《魔女の厨》の中であるだけに、周囲との鋭い対照として描かれている。そもそも《魔女の厨》の場はグレートヒェン悲劇の導入部で、次のメフィストの言葉は、鏡の中の美女がファウストとグレートヒェンの出会いの動機付けであることを示している。悪魔のメフィストは声を低めて言う：

あの薬がはいったからには、
もうどんな女もヘレナそっくりに見えるのさ。
(v. 2601―2604)

ところで、魔女の媚薬を飲み干したファウストが鏡に映ったヘレナだと思って、グレートヒェンを愛してしまうことを暗示するこのメフィストの陰の言葉は、『ファウスト』全体の構想を射程に置かなければ、十分には理解できないものがある。というのも、ファウストはなるほどメフィストに欺かれてグレートヒェンを愛してしまい、追い詰められた状況で滅びてしまうけれども、『第二部』では再び生まれ変わってヘレナと結婚することになるわけで、ヘレナはファウストにとって美の究極の目標である。そうであれば、《魔女の厨》の鏡に美の女神ヘレナが顕現するためには、すでに『ファウスト』全体を射程に入れた構想が出来上がっていなければならないだろう。あるいは、むしろ『ファウスト』全体の構想は、ローマで《魔女の厨》とともに成立したと言えるかもしれない。そのように考えるならば、《魔女の厨》は、シュタイガーが言うように、ゲーテのイタリア体験に対して補色の関係にあるのではなく、むしろ《魔女の厨》自体がファウストとヘレナ、すなわちゲルマン文化とラテン文化を補色、つまり、相互補完的関係で捉えていることになる。ゲーテ自身がゲルマン文化とラテン文化との補色関係を意識したことが《魔女の厨》をもたらしたわけで、従って、《魔女の厨》の場自体がはじめて『ファウスト』における文化的総合の理念を浮かび上がらせたことになる。首飾り事件のようなフランス革命の前兆を経験しながら、ゲーテは永遠の都ローマにおいて、人類の過去と未来を展望したわけで、そのときゲルマン文化とラテン文化の相対的位置と相互依存関係が新しい人間性の理念として浮かび上がり、それが《魔女の厨》の場に反映したのだと言える。

一七九〇年に『ファウスト断片』が公表されて以来再び一〇年が経過し、ゲーテ自身五〇歳に近づいている。その間フランス革命が進行し、ヨーロッパの情勢は刻々変化し、ゲーテ自身ザクセン・ワイマール公国のカール・アウグスト大公に随行して、フランス遠征に加わっている。一方『ファウスト』は未だに断片のまま留まっていたのだが、一七九七年以来、シラーとの文学的論争を契機として、再び『ファウスト』に取り組むことになる。ゲーテはシラーに『ファウスト断片』を読んでもらい、『ファウスト』の未来を占ってもらうわけで、『ファウスト第一部』はシラーの影響下に成立したものである。シラーの思考は歴史哲学的であり、ファウストの伝統的な題材におけるゲルマン的な無形式の要素をいかに認証するか、という取り組みの中から、新しい近代文学の理念が浮かび上がってくるのであり、『ファウスト第一部』はフランス革命時代という世界史的変動から再び養分を吸い取って、新たに蘇ったファウスト文学である。

この時期にファウスト文学の伝統的題材の中の最も重要なモチーフである悪魔との「契約」が取り上げられ、「賭け」というゲーテの『ファウスト』特有の形態に変容することになる。また『ファウスト』のための三つのプレリュード（序曲）が成立し、さらに時代との関連を示す諷刺画、「ヴァルプルギスの夜」と「ヴァルプルギスの夜の夢」という二場面を加えることになる。そして「森と洞窟」の場などの位置づけが変わり、『ファウスト』全体が新しい構想において見直されることになる。

冒頭の「夜」の場のファウストの独白自体、疾風怒濤時代の産物であるが、それはワーグナーの退場の直後で中断されており、そこから一七九〇年の『断片』に公表されたいわゆる「賭けの帰結」、つまり、先ほど触れたファウストの決意表明までは全くの空白であったのだが、今やそれが満たされることになる。すなわち、二つの〈書斎〉の場がそれである。

第一の〈書斎〉の場で悪魔として名乗りを上げたメフィストにファウストの方から契約を提案したり、またメフィストの方から猶予を願い出るというのは、ゲーテの伝統的題材に対する義務感情を反映している。なぜならば、「契約」のモチーフはそもそもファウスト伝説の核心であり、それがなかったら、ゲーテの『ファウスト』は興味深い人間性のドラマとはなり得ても、本来のファウスト劇とはなり得なかったからである。しかし悪魔との「契約」はすでに時代錯誤の観念であり、この部分の改作に作者が難渋し、そのため『ファウスト第一部』の完成が遅れたのもうなずける。実際『ファウスト』全編を通じて、二つの「書斎」の場はおそらく最も不透明な部分に属するだろう。伝統的な交換条件に関するファウストとメフィストとの対話自体ユーモラスに描かれているが、「契約」が作品の根本理念に拘わることは慎重に避けられている。ともあれ、ゲーテは「契約」から「賭け」への機知に富む改作を通じてドラマの主題を伝統的観念に結び付けることに成功したわけだが、その際「契約」から「賭け」への成立史的プロセスは、その表面的な不整合を含みつつ、結局のところドラマの筋そのものを構成している。つまり、二つの「書斎」の場は、伝統的な「契約」の前提を踏まえながら、「契約」そのものを不発に終わらせるという意味で空芝居なのである。

ところで悪魔との「賭け」とは、ファウストが悪魔の提供物に対して何一つ弁済の義務を負わないという点で、一見、誠に奇妙な論理である。ちょうど買い手が屋台に並んだ珍味を少しずつ試食しながら、気に入ったものがあれば買えば良いというように、「賭け」におけるファウストは、メフィストが提供するすべての瞬間を、どれか一つが気に入るまで、無償で享受できる。ともあれ、メフィストの同意を踏まえて、ファウストは即座にあの有名な「賭け」の文句を言い放つ：

おれがある瞬間に向かって、
「とまれ。おまえはじつに美しいから」と言ったら、
きみはおれを鎖で縛りあげるがいい、
おれはよろこんで滅びよう。　(v. 1699–1702)

「賭け」の拘束力は、ファウストがメフィストの提供した瞬間に向かって「とまれ。おまえはじつに美しいから」と言ったときに発生するから、この言葉を言い放つことがなければ、彼は瞬間を自由に享楽し、それに対していかなる代償も提供する必要はない。それにもかかわらず、ファウストは最後にある瞬間に向かって「とまれ」を宣言して、死を迎えることになる。しかしこの瞬間とは失明したファウストの内面に浮かんだ未来のビジョンであって、メフィストが提供した現実の瞬間ではなく、従って、「賭け」の勝敗は厳密に言えば、未定である。伝統的な「契約」のモチーフと同様に「賭け」も『ファウスト』の膨大な素材領域を束ねる箍（Reif）の役目を持っており、「賭け」の勝敗に注目しながら、作品全体を読むことも可能であろう。しかしそこには大いに遊戯的な性格があり、もはや「契約」のように作品の悲劇的な核心に触れるものではないと言える。またファウスト自身も一切を否定するメフィスト的原理で行動してきたのであって、最後に瞬間を肯定するということは、メフィスト的否定の原理が悪であるかぎり、それ自体、善を意味するであろう。そしてそのことがファウストの天上からの救済に無理なく適合するのである。『ファウスト第一部』が完成した時期、つまり、ルカーチが象徴的一致と言っている一八〇六年、神聖ローマ帝国崩壊の時期に「賭け」は構想されたわけで、そこにはこの時期におけるゲーテの人類の未来に対するオプティミスティックな姿勢が反映したと言えるだろう。

では『ファウスト』の悲劇的な核心はどこにあるのだろうか？

伝統的なファウストにおける悪魔との契約では、ファウストは悪魔の力を借りて、富や権力、そしてエロスといった個々の人間の欲望を実現するが、その代償として魂を悪魔に提供することになる。つまり、魂はファウストの物質的欲望と対価の関係にある。ところが奇妙なことに「賭け」では物質的欲望に対する精神的対価としての魂は全く問題になっていない。つまり、ファウストにおける刹那の実現とは魂を犠牲にして物質的欲望を満たすということではなく、それ自体が魂の実現なのである。むしろ「賭け」とは魂を賭けた自己実現であることによって悲劇の連鎖を意味するが、しかし最後にそれは反転して、悲劇でなくなる。つまり、ファウストは悪魔が提供する各瞬間を否定しながら実現し、この悲劇的連鎖を通じて、限りなく自己を宇宙にまで拡大していくが、最後に肯定される瞬間は、この限りない自己拡大の論理を精神的に意味付けるもので、従って、魂と等価の関係になるだろう。しかしこの魂は伝統的なファウストの魂とはもはや同じものではなく、全く新しい象徴的な意義を帯びている。

さて、一六世紀のファウストが悪魔の力を借りて実現したものを近代文明はすべて実現し、我々をめぐる日常の現実はすでにファウストの魔法のレヴェルをはるかに凌駕している。伝統的なファウストは「速さ」を求めたが、彼はまだ馬車の時代に生きていた。その後、人間の行動範囲を広げる文明の利器は、蒸気機関車や自動車を生み出し、飛行機は改良されて音よりも速く飛ぶし、人間の宇宙への進出も夢ではなくなっている。また一人一人が携帯するパソコンからはインターネットを通じて世界の情報を瞬時に獲得することができる。ファウストが求めた人間の思考のように速い悪魔とは、もしかしたらインターネットのことであったのか、と考えさせられるが、それは我々にとってすでに日常の現実である。となると、ファウスト文学はもう終焉に至ったのかと問わねばならないだろう。

確かにゲーテ自身にもすでにこの問題意識はあったと思われる。ゲーテは生前に『ファウスト第二部』に封印して、それを遺稿として残したが、これは一九世紀において理解される作品ではなかったようである。なぜならば、この作品では主人公のファウスト自身が冒頭で一眠りするだけで、その後すっかり姿を消してしまい、やっと後半になって姿を現すので、道徳的・精神的人格を求める一九世紀の人々にとっては、まことに不十分な作品に思われたからである。実際、『ファウスト第二部』では第三幕に至るまでもっぱら「物」が、しかも無数の「物」が登場してくる。つまり、人間よりは人間に付属する「物」、商品、貨幣、黄金、そして美術品などである。それらは木や草といった自然界の物ではなく、人間が作り、意味付け、人間の存在の一部を構成するもので、従って、すでに半ば人間であるから、擬人化されて登場してくる。それはマクルーハンが人間の拡張として捉えているメディアと基本的に重なるものである。もちろん、自動車も電気もなかった時代のゲーテがメディアという明確な概念を持っていたわけではない。しかしゲーテの目に映ったのは人間をめぐる人間の拡張としての「物」が不均衡に比重を増し、人間自体がすでに「物」への付属物に見えたという事態である。つまりゲーテは文字通り「物がものを言う」世界を描いたのだが、それが現代世界のように自明のものではなかったから、詩人の感性を刺激し、表現する価値を持ったということである。そしてそのことによって『ファウスト第二部』は、おそらく一九世紀的世界観の最後の到達点を示すトーマス・マンの『ファウスト』よりも我々に近く、道徳的人格の神話を葬り去った第二次世界大戦後の現代にまで射程が及ぶと言える。

そしてそのような「物」の世界からホムンクルスのような奇想天外な形象が生まれてくる。ホムンクルスはもはや人間に付属する既存の「物」ではない。ファウストのかつての弟子ワーグナーの実験室で作られた人造人間のホムンクルスは、身体は透明なフラスコであるが、その中には人間の頭脳をはるかに凌駕する知的能力が宿っており、その宇宙の時間を計る暦には太古の昔から現代に至るまでの人類の営みが刻まれている。ホムンクルスの誕生に悪魔メフィストフェレスが手を貸したのではないかと推測する学者もいるように、確かに西洋中世の悪魔は自己の限界を認識して、ファウストを導く役割をホムンクルスに委ねている。メフィストフェレスが代表する物質的欲望が西洋近代文明をもたらしたとすれば、すでに近代文明に浸透されたグローバルな時代は新しい神話を必要とするだろう。ファウスト文学の悲劇的核心が人間と悪魔との「契約」にあるとすれば、「契約」が「賭け」に変容して遊戯化したとき、ファウスト文学はある意味で終焉に至ったと言えるかもしれない。しかしそれによって人間と「物」との根源的関係が終わったわけではない。ホムンクルスが今や「物」の世界を代表するとき、それはメフィスト的な悪の相貌を示さず、善意に満ちた偶像であり、人間が味方として欲しいと思うような霊的存在である。フラスコの中から語る偶像とは文明の自己意識であり、ヘーゲル流に言って、人間が物へ隷属する文明の「即自」(an sich) ではなく、人間が物を支配する文明の「対自」(für sich) を象徴している。しかしゲーテはフラスコの容器に収まった全知全能をやはり不十分なものと判断したわけで、彼はホムンクルスを海の女神ガラテアと結婚させることで、文明がもたらす神話を原始的な愛の原理で結論付けた。

最後にまことに幻想的なことを語ったが、ファウストが現代人のファンタジーを刺激して、我々の夢を膨らませることができるならば、ファウストの主題はまだ終焉に至ったわけではなく、さらに変容していくのかもしれない。

付録：

歴史上のファウストの生涯と足跡

一四八〇年頃　Knittlingen で生まれる

一五〇六年　Gelnhausen

一五〇七年　Kreuznach

一五一三年　Erfurt

一五二〇年　Bamberg

一五二八年　Ingolstadt

一五三二年　Nürnberg, その直後 Köln 地方

一五三四年～一五三六年　Nürnberg, Würzburg

一五四〇年頃　Staufen im Breisgau（フライブルク）で死ぬ

一八世紀に至るファウスト本の系譜

一五八七年の初版

↓一五八八年の英訳↓一五八九年のマーロー『ファウストの悲劇』↓一七世紀のファウスト演劇↓人形劇

↓一五九九年の Widman の改作↓一六七四年の Pfitzer の改作↓一七二五年「キリスト教信奉者」の改作

↓一五九三年のワーグナー本↓ヨーハン・ファウストの『手品の種袋』↓魔術本

『ファウスト説話』に関する主要参考文献

一、Hans Henning: Faust-Variationen. Beiträge zur Editionsgeschichte vom 16. bis zum 20. Jahrhundert. München 1993.
二、Hans Henning: Beiträge zur Druckgeschichte der Faust-und Wagner-Bücher des 16. und 18. Jahrhunderts. Weimar 1963.
三、Alexander Tille: Die Faustsplitter in der Literatur des 16. bis 18. Jahrhunderts. Hildesheim 1980.
四、Frank Baron: Doctor Faustus. From history to legend. München 1978.
五、道家忠道『ファウストとゲーテ』（郁文堂、一九七九年）

ファウスト本（コピーを含めて日本で入手可能なもの）

一、Das Volksbuch von Doktor Faust (1587) mit Materialien, ausgewählt und eingeleitet von Leander Petzoldt. Stuttgart 1981.
二、Das Volksbuch nach der Wolfenbütteler Handschrift, herausgegeben und neubearbeitet von H.G.Haile. Heidelberg 1995.
三、The historie of the damnable life, and deserved death of Doctor John Faustus (Faksimiledruck vom Text 1592), mit einem Nachwort von Renate Noll-Wiemann. Hildesheim 1985.
四、Georg Rudolf Widman, Fausts Leben. Hg. v. Aderbert von Keller. Tübingen 1880.
五、Doctor Johann Faust von Einem Christlich-Meinenden. Frankfurt und Leipzig 1725.
六、ヨーハン・ファウスト博士の物語（道家忠道訳、朝日出版社　一九七四年）
七、実録ヨーハン・ファウスト博士（松浦純訳、国書刊行会　一九八八年）

歴史上のファウストを裏付ける主要文献

一、Trithemius: Epistolae familiares. Trithemius an Wirdung, d. 20. Aug. 1507.
二、Conrad Mutian Rufus an Heirich Urbanus d. 3. Okt. 1513.
三、Eintrag im Rechnungsbuch Georg III, Fürstbischofs von Bamberg d. 12. Febr. 1520.
四、Protokoll der aus Ingolstadt Verwiesenen, 1528. In: Oberbayerisches Archiv.
五、Nürnberger Ratsverlaß vom 10. Mai 1532. In: Staatsarchiv Nürnberg.
六、Joachim Camerarius an Daniel Stibarius d. 13. Aug. 1536. In: Libellus Novus 1568.
七、Philipp Begardi, Index Sanitatis. Worms 1539.
八、Johannes Gast, Sermones Convivales II. 1548.
九、Johannes Manlius, Locorum Communium Collectanea. 1563.
一〇、Karl August Barack, Zimmernsche Chronik um 1565.

一一、Wierus, De Praestigiis Daemonum (Teufelsgespenst) 1568.
一二、Christoph Roßhirt, Nürnberger Faust-Geschichten um 1570.
一三、Zachrias Hogel, Chronica von Thüringen und der Stadt Erfurth um 1580.

第九章 ゲーテ『色彩論』の射程[1]

ゲーテはニュートンの色彩論の体系を切り崩すだけでは不十分で、そこに自分の趣味に合った家を建てるためには、瓦礫まで一掃しなければならないと言い放ったが[2]、これは皮肉なことに、ゲーテ自身の『色彩論』の運命を予言するものとなった。なぜなら、一九世紀の偉大な物理学者ヘルムホルツがニュートンの綻びかけた体系を繕い、補強し、巨大な色彩学の体系に仕立て上げたからで、現代の色彩学もその基礎の上に成り立っているからである。

すでに言い古されたエピソードではあるが、ゲーテがその半生を色彩研究に捧げることになる切っ掛けはある奇妙とも思える出来事である。ゲーテは宮廷顧問官ビュットナーから借りたプリズムを永らく放置したままにしているが、返却を迫られ、使いの者までよこされる段になって、ちょっと試してみようという気になったのか、プリズムで白い壁を覗くと、ただ白いだけで、光と影の境界の部分にのみ鮮やかな色模様が見られるのに驚き、言わば本能的にニュートンの理論は誤りであると確信するのである。ニュートンの理論を知る者から見れば、余りにも単純な誤解であるが、それがあの偉大なゲーテであるだけに、妙に謎めいた出来事である。

ヘルムホルツはゲーテに関する講演の中で、この点を取り上げ、「非常に小さな明るい点をプリズムで覗くと、その位置からずれて、いわゆるスペクトルと呼ばれる色模様を描き、それは単色光を直線的な配列で示すが、幅広い明るい平面を覗くと、簡単な幾何学的説明で示されるように、中央に位置する点のスペクトルは重なり合うので、すべての色は至る所で重なり合って、白を構成する」[3]と述べている。そう言われても素人には分かりづらいものがあるので、実際に幾何学的図式を用いて検討してみると、図1のようになるだろう。光源Oから発する光線pはプリズム

1 独文研究誌「飛行」三二（一九九九年）

2 Johann Wolfgang Goethe: Sämtliche Werke nach Epochen seines Schaffens Münchner Ausgabe Bd. 10. S. 328.

3 Hermann von Helmholtz: Über Goethes naturwissenschaftliche Arbeiten, in: Philosophische Vorträge und Aufsätze, hg.v. Herbert Hörz und Siegfried Wollgast. Akademie Verl. Berlin 1971. S. 29.

図１

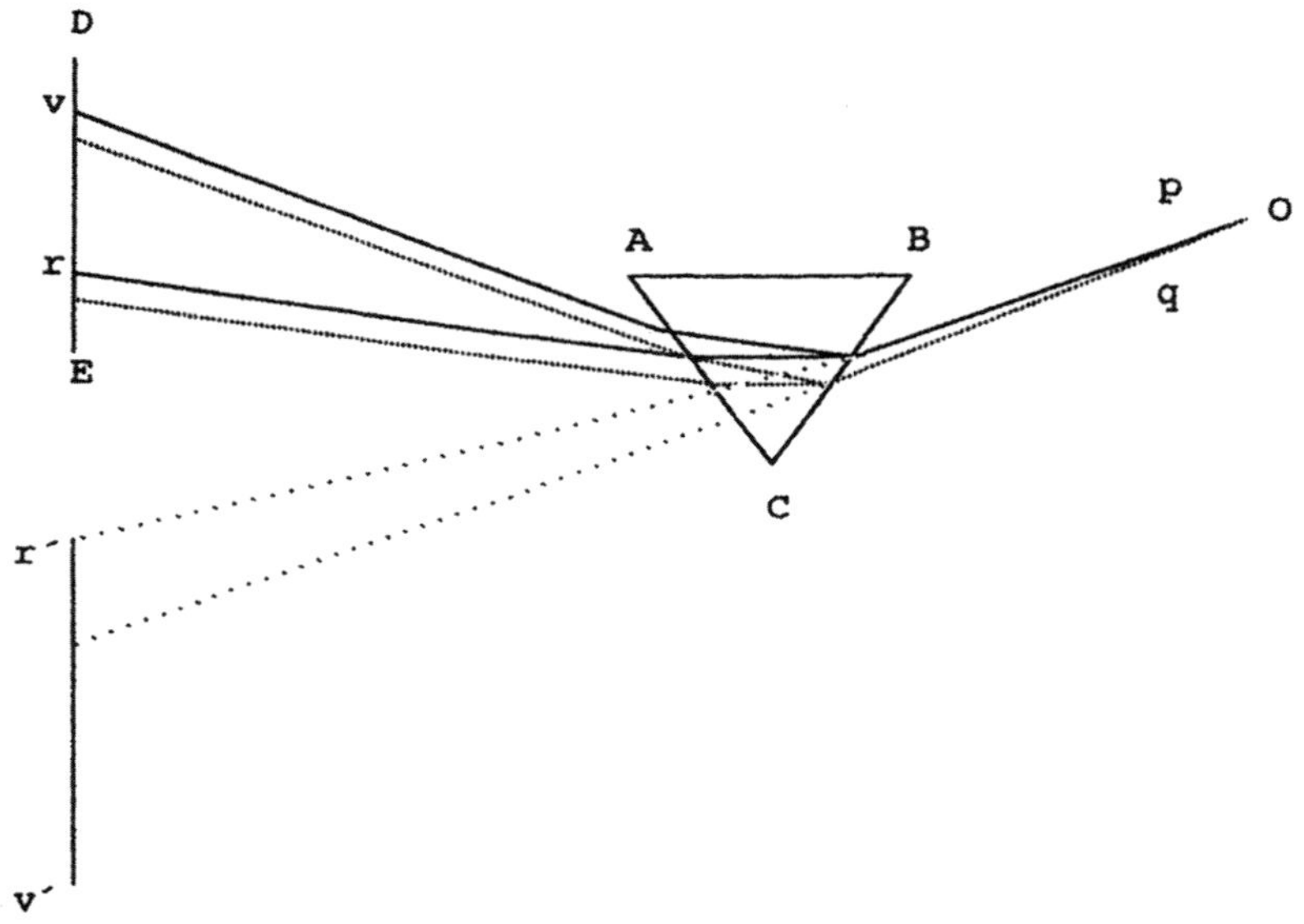

ＡＢＣで分散してスクリーンＤＥ上にスペクトルｒ～ｖを提示するが、これは最も屈折率の小さな赤（ｒ）から最も屈折率の大きい菫（ｖ）まで、いわゆる赤、橙、黄、緑、青、藍、菫という七色の直線的な配列を示すのである。これはニュートンの原理に基づく客観的なスペクトルである。ゲーテはプリズムを通して対象を見る場合を重視して、これを特に主観的方法としてニュートンに対置しているのだが、この場合もニュートンの原理を用いれば、作図上、単に光源Ｏの位置に眼が来るにすぎないのである。というのも、人間の眼自体がすでに光学的な装置であって、水晶体というレンズを通して、網膜に像を結ぶので、客観的なスクリーンの位置に眼を置くだけでは、スペクトルを像として捉えることはできない。スペクトルは分散したまま眼に到達するのではなく、眼の水晶体でひとまず一点に交わってから網膜というスクリーン上で分散するのである。そこで非常に小さな明るい点をプリズムを通して見るとき、その点がｒの位置にあるならば、光線ｐは赤い射線を意味するだろう。というのも、他の射線はすべてカットされてしまうからである。そして光線ｐよりやや下方に位置する光線ｑについては、橙の射線の位置に明るい点が位置すると考えられるから、光線ｑは橙の射線を表すことになり、赤の射線をも含む他のすべての射線はカットされてしまうだろう。そのような論理で、眼はスペクトルの七色を、下方の虚像として、順に直線的な配列として捉えることになる。

図2

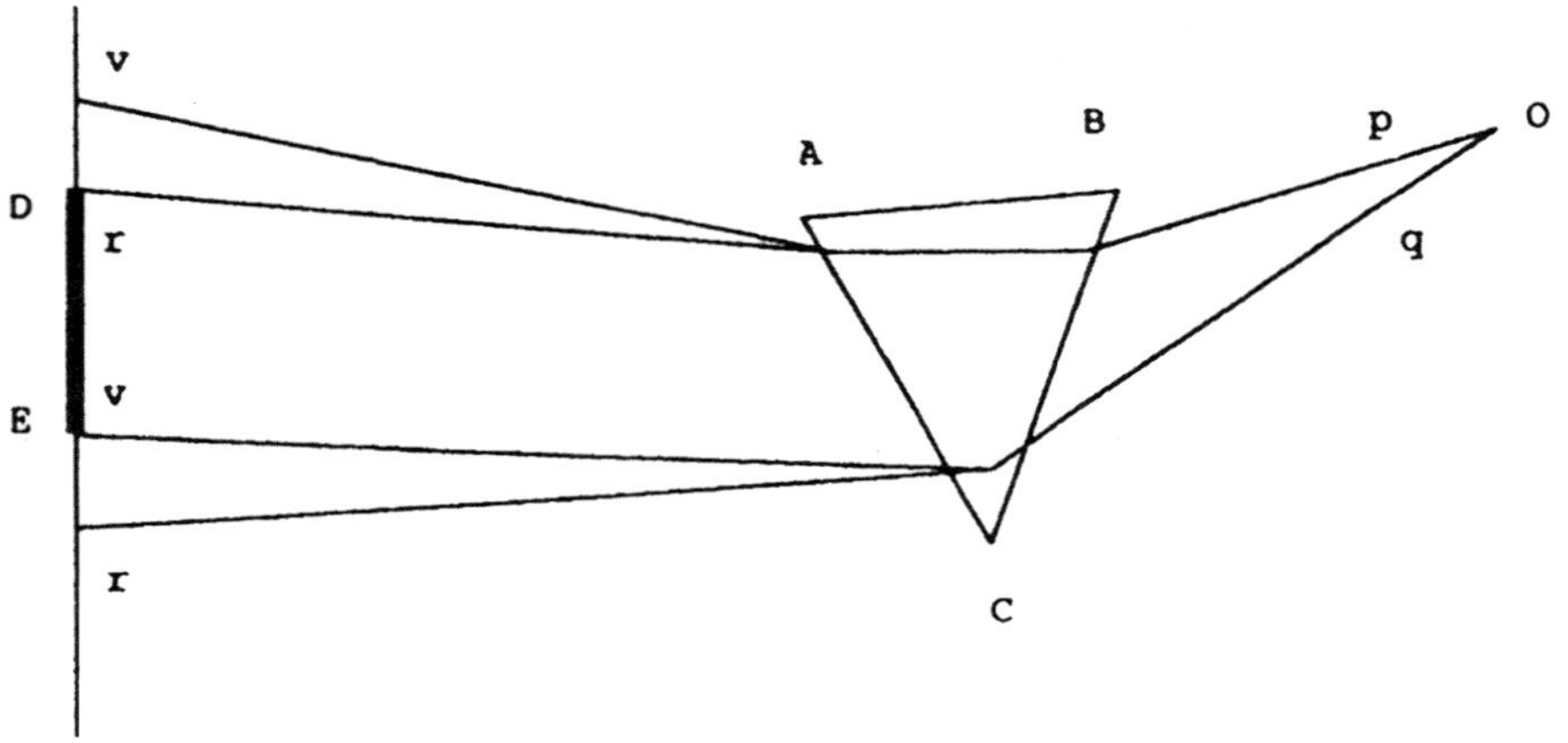

ついで幅広い白い平面はプリズムを通して見ても、ただ白いだけで、光と闇の境界にだけスペクトルが現れるという現象については、図2のように、説明できるだろう。眼の位置Oから黒い壁の上の白い帯DEをプリズムABCを通して見るとき、まず光線pについては、rの点が白い帯に接しているので、pは赤い射線を意味するだろう。それに対して光線qは、vの点が白い帯に接しているので、菫の射線を示している。そこで眼はpからqまでのすべての光線の束を網膜上に像として捉えるわけだが、中間の射線の構成は、論理を単純化するために、射線を赤（r）、黄（g）、緑（gr）、青（b）、菫（v）の五つに限定するならば、以下のようになるだろう。

r					赤
r	g				橙
r	g	gr			黄
r	g	gr	b		白
r	g	gr	b	v	白
					白
r	g	gr	b	v	白
	g	gr	b	v	白
		gr	b	v	青
			b	v	藍
				v	菫

このように白と黒の境界に現れる境界スペクトルにおいては、色相を五つに区別するかぎり、単色光と言えるのは上端の赤と下端の菫のみで、他は多かれ少なかれ混ざり合った色である。ゲーテは概してプリズムを通して対象を見る主観的方法を用いているので、彼が色彩学の基礎に置いた基本色としての黄や青もスクリーンに投影される単色光としての黄や青でないことが分かる。例えば、黄は赤と黄と緑の混色で、マテーイがoptimalと呼んでいる最も黄らしい黄であり(4)、単色光の黄よりも明るい。ともあれ、中間の色はすべての射線が均等に混ざり合うので、白色光の構成となり、従って、ただ白いだけである。

さらにヘルムホルツは講演の中で、ゲーテが根本現象の原理を基礎に置いて、光の屈折に伴うスペクトル現象をも説明していることを批判的に取り上げている。周知のごとく、ゲーテは光と闇、及びその中間の半透明の媒体をモデルとして、色彩現象を説明するのであり、媒体を通して光源を見ると、そこにまず黄が現れ、媒体の不透明度が増せば、黄は深まり、橙ないし赤へと変化するのである。その典型的な場合が夕焼けの現象である。それに対して光で照明された媒体を通して闇を見ると、青が現れ、媒体の透明度が増せば、青は深まり、菫へと変化する。空が青く見えるのは太陽に照らされた大気を通して宇宙の闇を見るからである。そこでゲーテはプリズムによって生じるスペクトルをもこの根本現象をモデルとして説明するのである。図3のように、黒い平面の上の白い図形ＰＱをプリズムを通して見ると、図形は屈折のためにずれて、ｐｑへ移動したかのように見えるだろう。これは光の屈折によって生じる図形ＰＱの虚像であるが、ゲーテはこの虚像が光を通す媒体の働きをすると考えるのである。そうなるとＰｐの地点では媒体を通して白を見るのだから、黄ないし橙が現れ、Ｑｑの地点では媒体を通して黒を見るのだから、そこには青ないし菫が現れるというわけである。しかし、ヘルムホルツが指摘するように(5)、図形ｐｑはあくまでも虚像であって、物体として存在するわけではないから、それが大気のような作用を色彩現象に及ぼすとは考えられないのである。

このようにヘルムホルツは講演の中で、ゲーテの比較解剖学や植物の変形論における先駆的な功績を高く評価する一方、ゲーテの色彩論の非物理的な思考を鋭く批判するのであり、以後ゲーテの色彩研究はヘルムホルツが構築した近代の色彩学の体系の中では市民権を失うのであり、その評価は今日なお大きく変化したとは思われないのである。

4　Rupprecht Matthaei: Goethes Farbenkreis. Neue Folge-Sonderausgabe der “Erlanger Forschungen” 15. Erlangen 1968. S. 18.
5　Helmholtz: ebd. S. 42.

図3

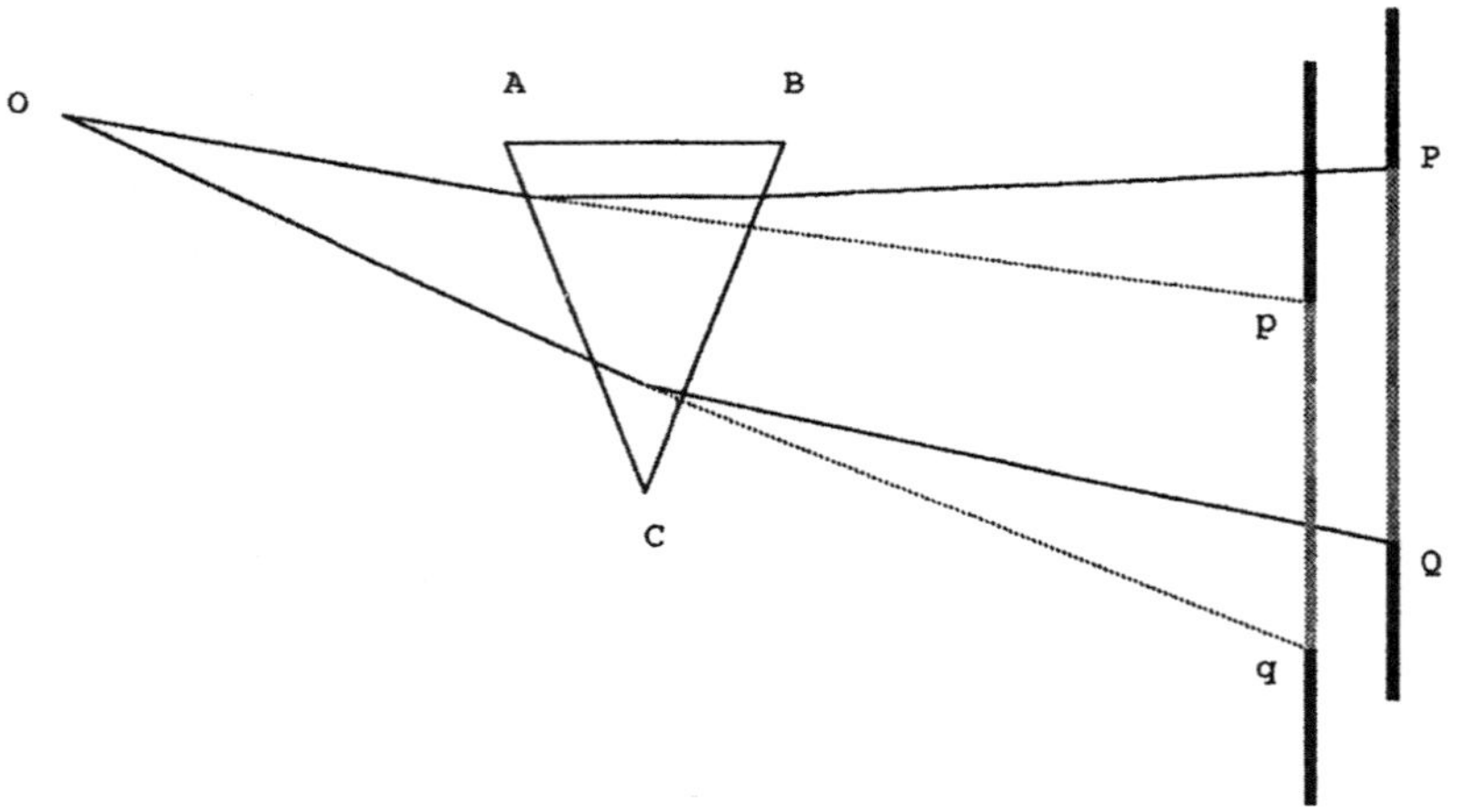

ちなみに、最近の我が国の色彩学に関する啓蒙書として金子隆芳氏(6)と大山正氏(7)の著書を挙げることができるが、両者ともにゲーテには好意的で、特に生理的色彩に関するゲーテの功績が高く評価されているが、色彩学の体系自体はニュートンの延長線上に発展したものであって、ゲーテはその意味では、言わば科学史上の奇談として周辺に位置付けられているのである。

　ところで今日に至るまでニュートンをして色彩学の権威たらしめているのは、他ならぬ「すべての色彩が白色光に含まれる」という仮説の正当性である。これはゲーテが前提において拒否したことで、この命題が否定されるならば、確かにニュートンの体系は科学史から一掃されたことだろうが、実際は色彩学に留まらず、電磁波まで包含するような近代の光学全般がこの命題の延長線上に発展しているので、逆にゲーテはまことに珍奇なドンキホーテ的役割を演じてしまったことになるわけである。ではゲーテのニュートン批判はそれほどに的外れであったのだろうか?ニュートンは光を粒子と考えていたが、すでに一八世紀において光の波動説ははるかに有力な根拠を得て、粒子説を否定するものとなっている。また周知のごとく、ニュートンは屈折望遠鏡の改良を眼目として色彩の研究を始めるの

6　金子隆芳『色彩の科学』(岩波書店、一九八八年)。
7　大山正『色彩心理学入門』(中央公論社、一九九四年)。

だが、光の屈折に伴う色収差を取り除くことはできないという結論に至り、屈折望遠鏡の改良を断念して、反射望遠鏡を考案しているのである。ところが光の分散の度合いは、屈折角は同じでも、プリズムの材質によって異なることはニュートン自身知っていたはずだから、違う材質を組み合わせれば、屈折はしても色収差のないレンズを考案できることぐらい予想できたはずで、ニュートンとしてはかなり迂闊な話である。そこでゲーテはこの事実をもってしても、ニュートンに致命的な打撃を与えられると信じたのだが、実際は色収差のないレンズの原理自体ニュートンのスペクトル理論から導かれているので、ニュートンの権威が崩れるようなものではなかった(8)。いずれにせよ「すべての色彩は白色光に含まれる」というニュートンの命題が揺らぐことはなかったのである。ゲーテにとってはこの単純な命題がまことに馬鹿げたものに見えたのだが、しかし一旦「色彩が白色光に含まれる」と仮定するとき、色彩を伴う光学現象が明快に説明できることも確かである。ニュートンの「光学」第一編に関するかぎり、ゲーテの言うとおり、「雨垂れは石をもうがつ」という方式で、同じことを繰り返し述べているにすぎないのだが、要するに、太陽光が色相の異なる複数の射線に分離できると仮定すれば、経験的に知られる種々の光学現象が一挙に幾何学的に整合する論理として理解できるものとなるのである。

もちろん、太陽光を神的な一者と考える者にとっては、ニュートンの発想は冒涜を意味するだろう。これを冒涜と感じる者はすでに科学の土俵を去り、宗教の次元に身を委ねたことになるだろう。しかしゲーテはそれほどに宗教的であったのだろうか？(9) むしろ私には、「すべての色彩が白色光に含まれる」というニュートンの命題を再検討してみる必要があるように思われる。

すでに図1で示したように、ニュートンの光の分散の原理によれば、光源から発する光線pはプリズムABCで分散して、スクリーンDE上にスペクトルr〜vを提示するのだが、窓板の小さな孔から暗室に導かれる太陽光でも実際にはある程度の幅のある光束であるので、作図は図4のようになるだろう(10)。要するに、これは図1で示される光

8　J. W. Goethe: Die Schriften zur Naturwissenschaft. Vollständige mit Erläuterungen versehene Ausgabe im Auftrage der Deutschen Akademie der Naturforscher Leopoldina. Bd. 5A. Zur Farbenlehre. Polemischer Teil. Ergänzungen und Erläuterungen. Bearbeitet von Horst Zehe. Weimar 1992. S. 345.

9　Vgl. Albrecht Schöne: Goethes Farbentheologie. München 1987.

10　より立ち入った分析については、拙稿参照「ゲーテ『色彩論』の解釈 ―― ゲーテ対ニュートンの論理」（図書館情報大学研究報告第一七巻一号、一九九八年）。

図４

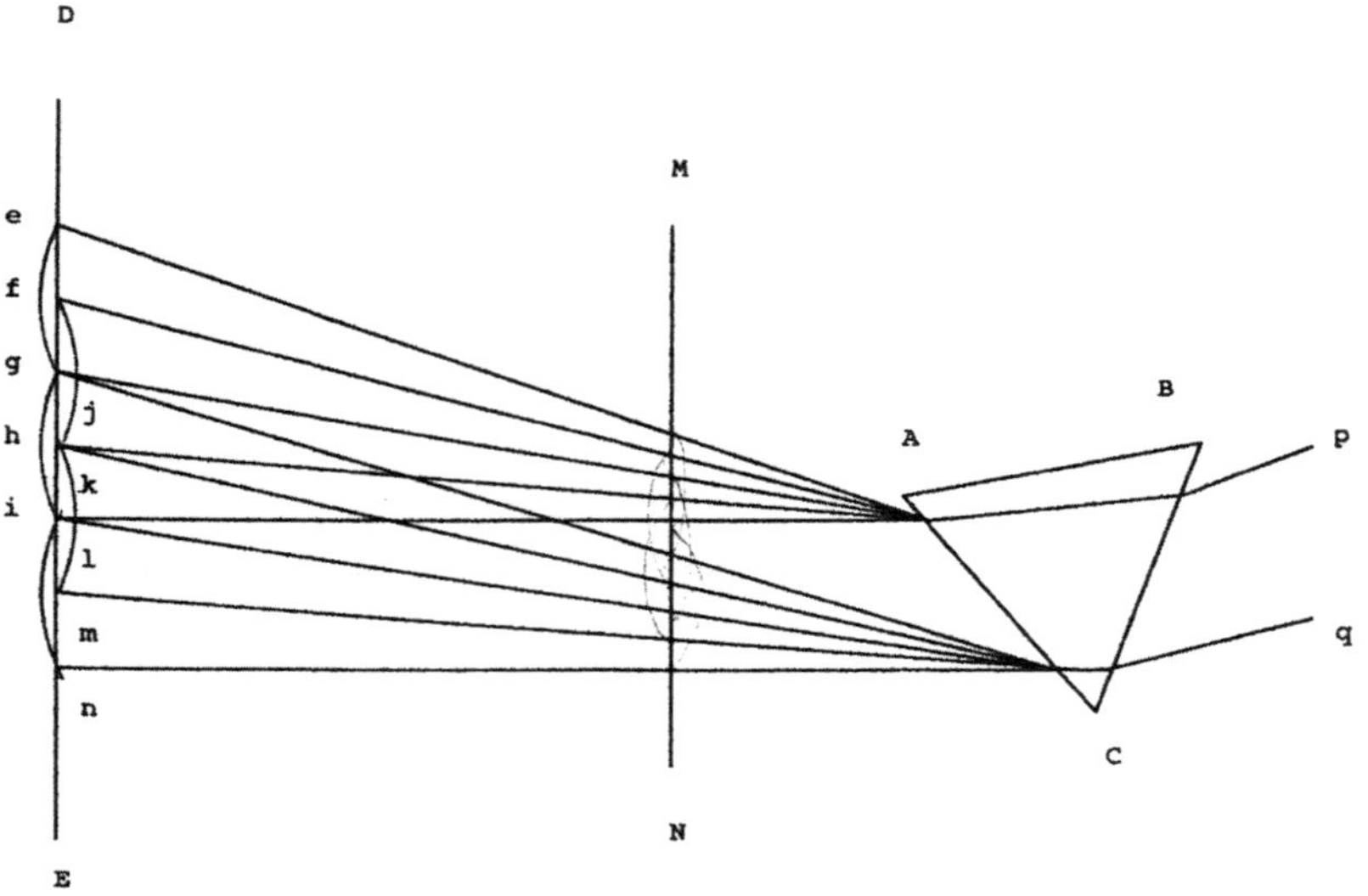

線ｐを下方に平行移動したものを束ねたものである。主観的な方法では眼は光源の位置に来るのみならず、光束は一点に交わるので、図２のようになる。しかもスペクトルの配列は暖色が上に、寒色が下に見えるので、スクリーン上の客観的なスペクトル像とは逆になる。しかし客観的方法でも、各射線は交錯するので、ＭＮの地点ではスペクトルは中央になお白い部分を残し、ＤＥの地点でもｆｇで菫と青が、ｇｈで青と緑が、ｈｉで緑と黄が、ｌｍで黄と赤が交じり合っているのである。従って、スペクトル全体としては、黄緑と青緑からなる中央の緑の部分と両端の赤と菫が鮮明で、黄と青はほとんど消滅してしまったかのように見える。例えば、ＭＮの地点で白い部分に隣接する黄は、マテーイによると、赤と緑を含むoptimalな黄であるが、これはＤＥの地点では緑を失って、単に黄と赤の混色になるので、ほとんど赤に引き寄せられて消滅してしまうと言えるだろう。そこでゲーテが緑は黄と青の混色であると考えたのは、感覚的事実としては正当な解釈である。ゲーテの図版には、より感覚的事実に適合する作図が見られる[11]。原図とは若干異なるが、スペクトルは最終段階で三色に縮小してしまうので、ほぼ図５のようになるだろう。スクリーンをプリズムの近くから次第に遠ざけていくと、まず白い部分に隣接して下端に鮮明な黄と赤、上端に鮮明

11 Corpus der Goethezeichnungen. Bd. 5a. die Zeichnungen zur Farbenlehre, bearbeitet von Rupprecht Matthaei. Leipzig 1963.

図5

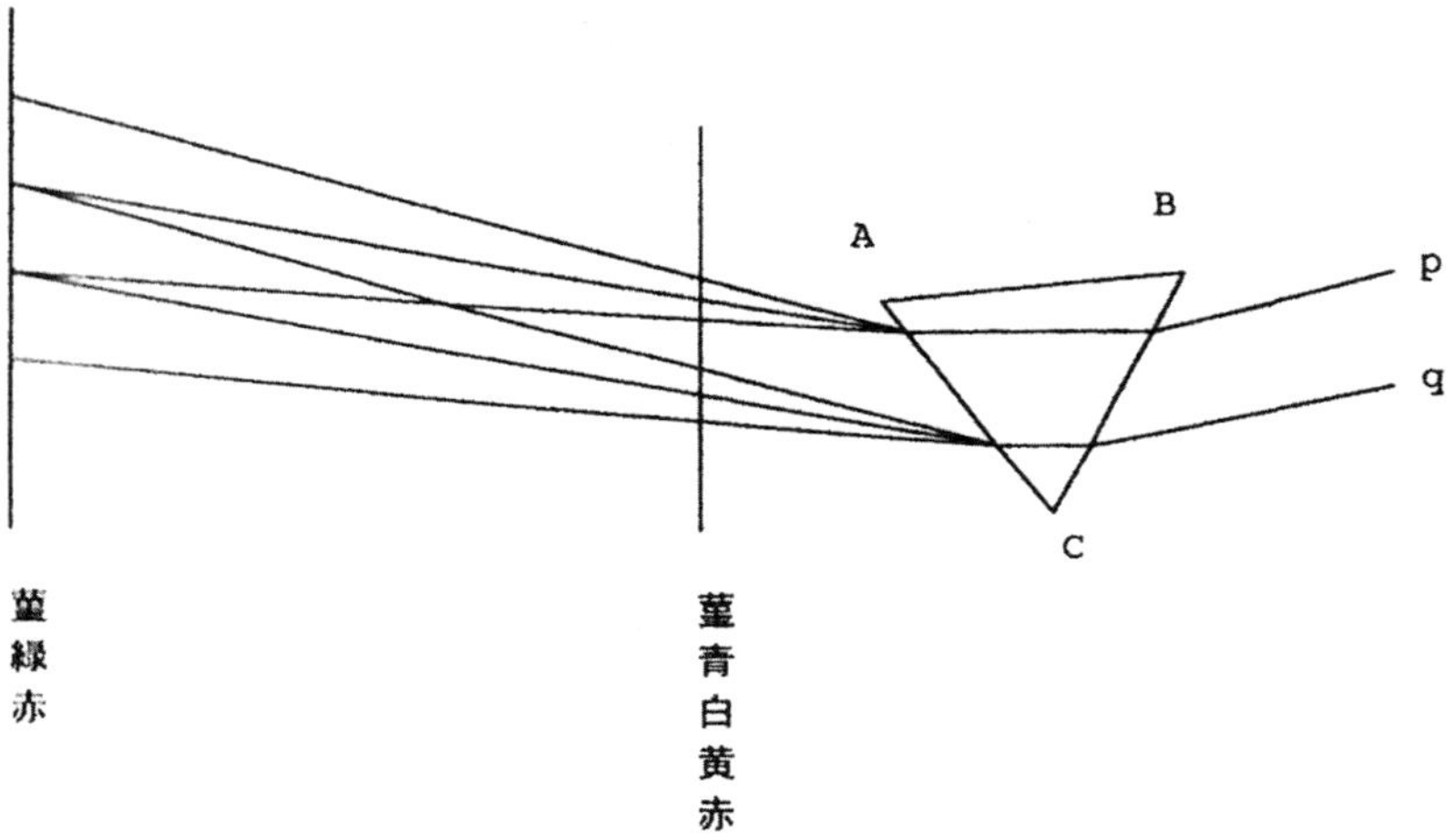

な青と菫が現れ、やがて黄と青が交じり合って鮮明な緑が出現することになる。このような解釈はニュートンの理論から見れば余り意味がないのだが、ゲーテが求めているのが太陽光の物理的組成としての単色光ではなく、あくまでも色そのものであり、色の代表としての黄と青、赤と菫、そして中間の緑がスペクトル現象において典型的に現れていることが示されているのである。

　さて、ここにはまだゲーテの色とも言うべき赤紫が存在していない。この色はどのようにして生じるのだろうか。すでに図1で示したニュートンの光の分散の原理によれば、光は赤、橙、黄、緑、青、藍、菫の七つの色相に分かれるが、ここには赤紫は存在していない。つまり、赤紫は白色光の中には含まれていないのである。ところがゲーテの主観的方法に基づき、プリズムを通して対象を見るとき、この色は現れる。図2において対象DEが白い壁の上の黒い帯であるとき、光線pとqはいずれも白色であるが、pからqまでの光束において、射線の構成を追跡してみると、以下のようになるだろう。

…………	白
r g gr b v	白
g gr b v	白
gr b v	青
b v	藍
v	菫
…………	黒……赤紫
r	赤
r g	橙
r g gr	黄
r g gr b	白
r g gr b v	白
…………	白

つまり、黒い帯は上端から次第に青みを帯び、やがて菫へ変化してそれが黒の中に溶け込むように見えるだろう。そして下端ではまず鮮やかな赤が現れ、それが黄へと変化して白の中に溶け込むように見えるだろう。そこで黒い帯が非常に狭ければ、中間の黒い部分がなくなり、上の菫と下の赤が重なり合い、赤紫の色相を示すのである。このようにゲーテの主観的方法によれば、射線は眼という一点で交わるので、眼は常に総合の働きを示していることになる。つまり、眼は菫と赤を総合して、赤紫という独自の色を自ら作り出していることになる。もちろん、ニュートンの客観的な方法でも赤紫を作ることはできるが、それは常に間接的である。例えば、二つのプリズムを上下に配置し、上のスペクトルの赤と下のスペクトルの菫を重ね合わせるか、あるいは同じことだが、プリズムを通過する光束の中央を何かで遮り、光束を二つに分けることによっても、実現することができる。いずれにせよ、ニュートンの場合にも、菫と赤を眼が主観的に総合しなければ、赤紫の感覚は生じないのであって、それは他の色相のように物理的成分として白色光の中に含まれているわけではない。ではそれはどこから来るのだろうか。それは眼の中に宿っている色である。では他の色は白色光に含まれているのだろうか？　実はそうではなく、白色光に含まれているのは眼に刺激を与える物理的成分だけで、それを七つに分ける赤、橙、黄、緑、青、藍、菫もまた眼の中に宿っているのである。ニュートンは色相を音階に対応させるために便宜上七つに分けたにすぎないのであって、それらが基本色としての必然性を持っているわけではない。しかもニュートンは各色相と光の物理的成分との量的関係を問題にしているから、赤紫のように、物理的な対応物を持たない、純粋に質的な意味しかない眼の中の色は扱えないのである。もちろん、ニュートンが赤紫の感覚を知らなかったわけではなく、彼にはそれを赤や菫から区別する必然性がなかったということである。それは言わば眼の錯覚である。

このように色彩学という観点から見れば、赤紫の存在によって、ニュートンの説明原理はすでに破綻している。ゲーテが指摘するように、ニュートンの色円には色の王者ともいうべき純粋な赤、すなわち赤紫が存在しないのである。

ともあれ、こうして色の代表がすべて出揃い、図6のようなゲーテの色円が成立する。しかしこの色円は仔細に検討すると、奇妙な二重構造で、マテーイが指摘するように[12]、ニュートンの色とゲーテの色の相互補完的関係を示しているのである。これは六つの頂点を持つ正六角形だが、二つの正三角形に分けることができ、三角形ａｂｃの頂点に位置する赤、緑、菫はニュートンの色であり、三角形ＡＢＣの頂点に位置する赤紫、黄、青はゲーテの色である。ニュートンの色円自体、単にスペクトルの赤、橙、黄、緑、青、藍、菫の直線的配列を閉じて、円環にしたものので、そこには基本色の観念はまだ現れていない。ニュートンの色は原理的には無数にあるが、これを眼が知覚するとなると、生理的機能も無限に必要となるから、はなはだ不合理である。私の知るかぎり、ヤングやヘルムホルツにおける生理光学の進展とともに、生理的機能の経済性という観点からニュートンの色にも基本色の観念が現れたのだと思う。混色の原理はニュートン以来重心の法則で表すことができるから、特定の三つの色を混合した色はすべて三

12　Matthaei: ebd. S.15.

図6

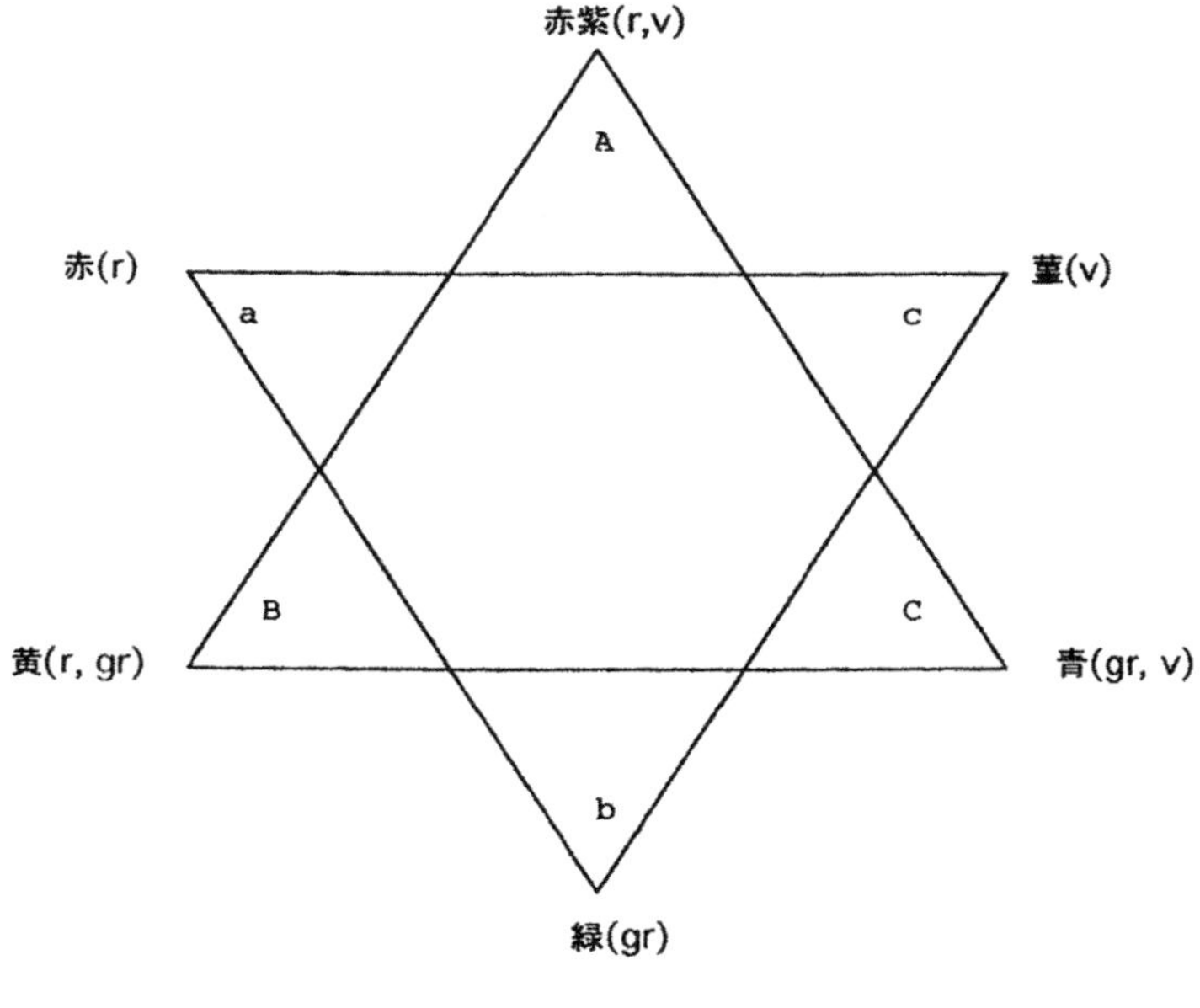

つの色を頂点とする三角形の内部に位置することになる。従って、ニュートンの色円上の三点を選んで三角形を作ると、円周上の色はほとんど三角形の外部にはみ出してしまうので、スペクトルのどの色も基本色とするには不十分である。しかし円が内包する最も大きな三角形を作るには、ニュートンの基本色としてスペクトルの赤、緑、菫を選ぶのが適切である。そうなるとニュートンの基本色とは、図7のように、スペクトルの波長幅を言わば三分割したものとなる。ところでゲーテの色はすでに述べたようにスペクトルの白い部分に隣接する、単色光に分離されない黄や青であるので、例えば黄はニュートンの色円の赤から緑までを含む色で、結局ニュートンの基本色の二倍の波長幅を持つことになる。従って、ゲーテの青はニュートンの色円では、緑、青、菫を含む色となる。そして赤紫自体ニュートンの色円の赤と菫を総合するから、これまたニュートンの色円の三分の二の波長幅を示すことになる。

　こうしてマテーイが指摘するように[13]、奇しくもゲーテの色円上において、ニュートンの色とゲーテの色が補色の関係になっているわけである。というのも、ニュートンの色が三分の一の波長幅をもつとき、それと向かい合っているゲーテの色は、ニュートンの色が排除した三分の二の波長幅を持つので、ちょうど足し合わせると全体になり、ま

13 Matthaei: ebd. S.15.

図7

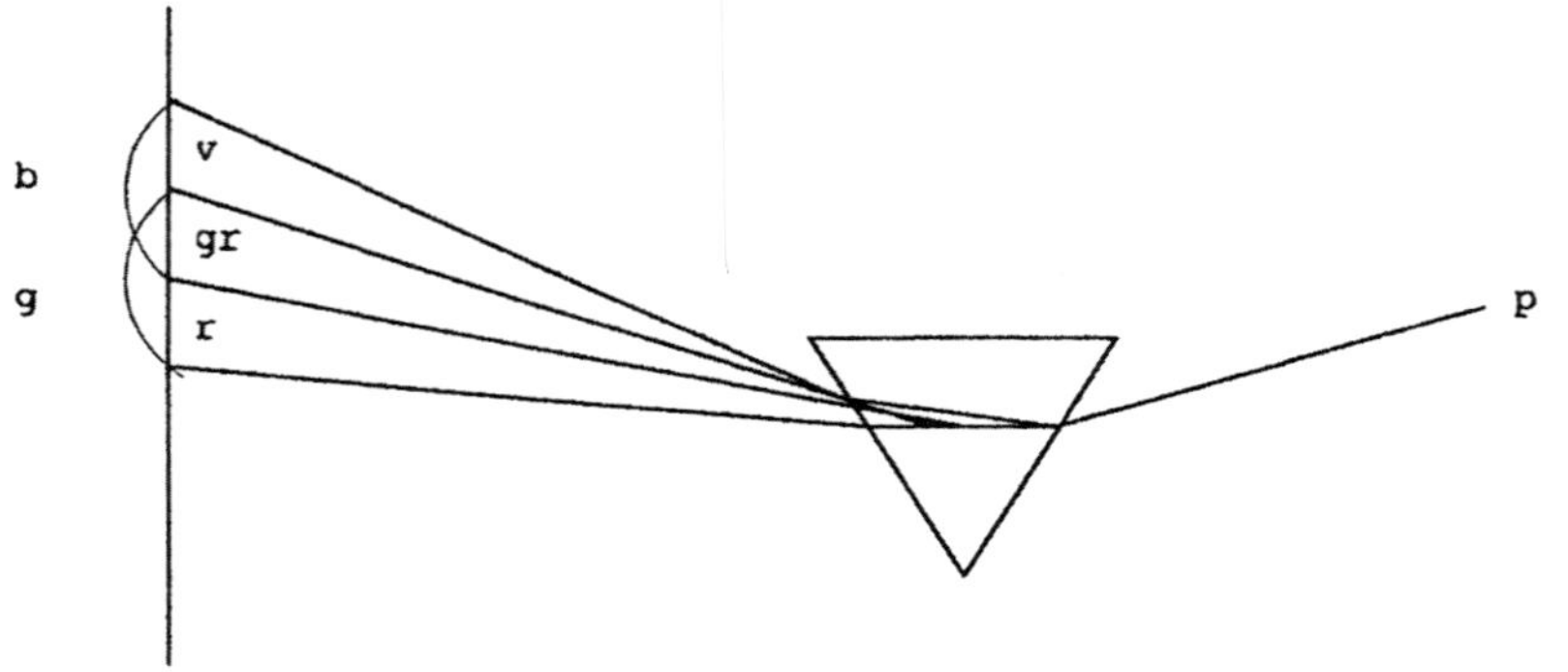

ことに調和的な関係が成立するのである。

さて、このゲーテの色円を再びニュートンの体系の中で解釈し直したのがヘルムホルツの色三角形であると、私は判断している。これは金子氏の著書の中でも扱われており[14]、図8のように、言わばニュートンの色円を内包する三角形である。先ほど、ニュートンの色円上の三点で作る三角形では円周上の色、つまり、スペクトル上の最も色らしい色がはみ出してしまうと述べたが、そうであれば逆に色円を内包する三角形を構成すれば、円周上の色を、つまり、スペクトルの色を混色の原理で示すことができるはずである。底辺のＶＲは赤紫線と呼ばれているが、赤紫は赤と菫の二色の混合であるから、重心の法則から見て、常にＶＲの直線上に位置し、孤を描くことはない。ではニュートンの色円を内包する三角形の頂点とはどのような色であろうか？　赤紫が眼の中に宿る色であることはすでにゲーテによって論証されているが、緑を表す頂点のＧｒとはどのような色であろうか？　実はスペクトル上の色は最も彩度の高い色で、これ以上に色味の濃い色は客観的には存在しないので、現実の色は円弧の内部にしか存在し得ないはずである。こうして金子氏が指摘するように[15]、ヘルムホルツの色三角形において、はじめてイマジナリー・カラー

14　前掲書四六頁

15　前掲書七九頁

図8

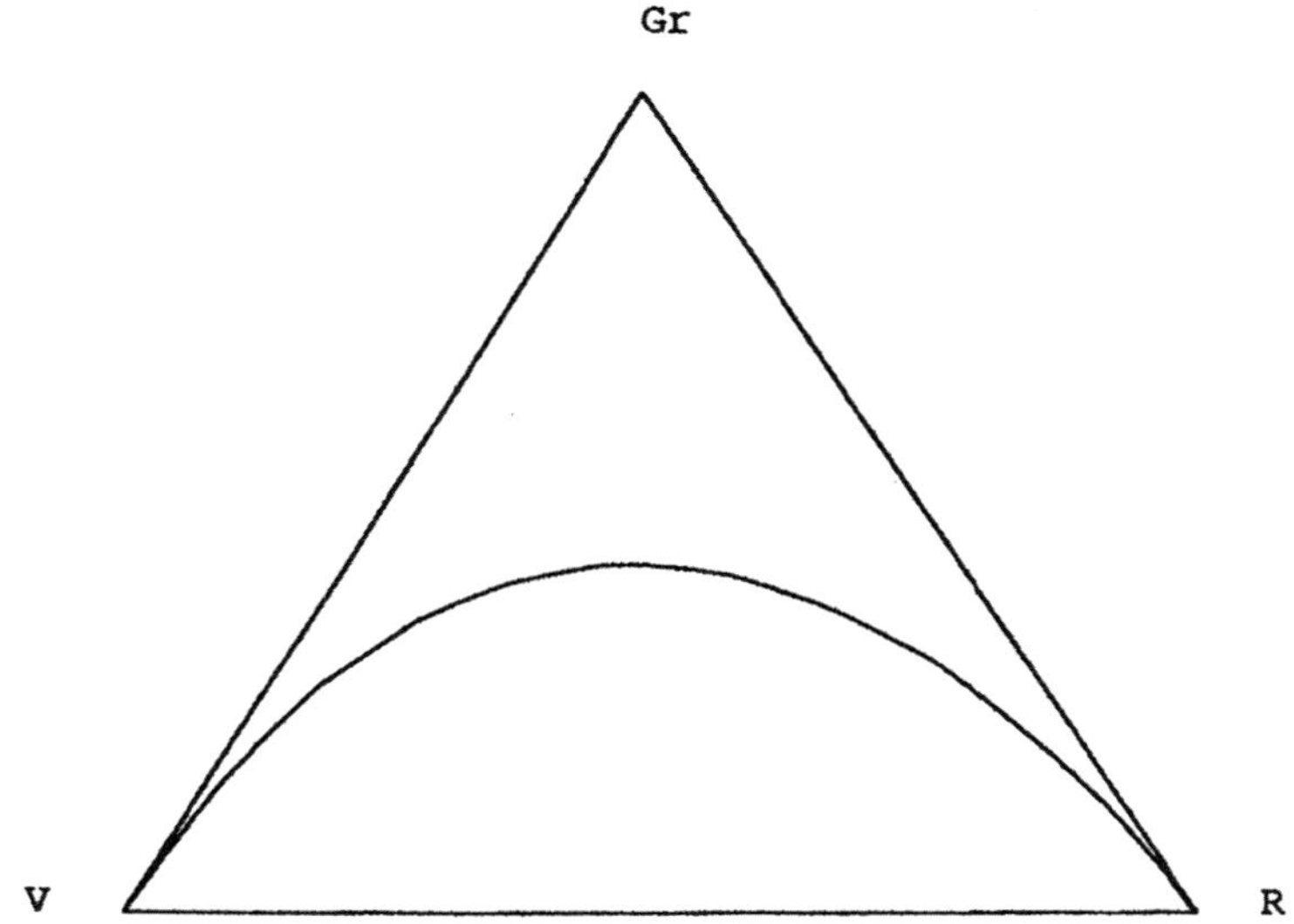

という概念が導入され、それは現代の色彩学の体系においても、ちょうど代数学における虚数のように、極めて重要な働きをする概念となっている。ともあれ、ヘルムホルツにおいてはすでに色彩学のコペルニクス的転回が起こったのであり、もはや色彩は白色光に宿るのではなく、眼の中に宿るのである。こうして近代の色彩学の体系は事実上「色彩は眼に内在する」というゲーテ的命題の上に構築されたのである。

　ところでヘルムホルツはヤングを継承するかたちで、網膜に赤、緑、菫の三基本色を知覚する三つの神経繊維を仮定することによって、色彩の生理的メカニズムを説明するのであり(16)、それは今日に至るまでヤング＝ヘルムホルツの三色説として継承されている重要な学説である。ヘルムホルツはニュートン学徒であったから、意識的にゲーテを度外視したのだが、しかし体系の基礎そのものは明らかにニュートンとゲーテの総合の上に成り立っているのである。もちろん、科学史的に見れば、ゲーテの直接的な影響を問題にする必要はなく、ゲーテの生理的色彩の観念はまずヨハネス・ミュラーやプルキンエーに影響を与え、その生産的な結果をヘルムホルツは継承したのであり、彼自身体系的著書の中でそのことに言及しているのである(17)。

　ともあれ、ヘルムホルツはニュートンの体系のアキレス鍵とも言うべき赤紫の問題を色三角形によって捉え直し、近代の色彩学の体系をニュートンの延長線上において構築したのである。さらにゲーテとニュートンの論争が複雑化した背景には、両者ともに加法混色と減法混色の違いを自覚していないという事情があったが、この二つの原理の違いはヘルムホルツによってすでに明確に自覚されている(18)。ニュートンは顔料を混ぜ合わせることによって白色を作ることに失敗しており(19)、ゲーテは逆に顔料の混色をモデルとして、黄と青の光の混色が緑を生むという誤った観念に固執したのである(20)。しかしもう一つのニュートンの弱点をヘルムホルツは克服し得なかった。それはニュートンにおける「黒」の喪失である。ニュートン以来我々

16　Hermann von Helmholtz: Handbuch der physiologischen Optik. Zweite umgearbeitete Auflage. Hamburg und Leipzig 1896. S. 346.

17　Helmholtz: ebd. S. 249.

18　Helmholtz ebd. S. 314.

19　ニュートン『光学』（島尾永康訳、岩波書店）一四七頁

20　黄と青の加法混色は二つのプロジェクターを用いて、黄と青のフィルターの透過光を重ね合わせた場合で、これは（R+Gr）+（Gr+V）＝（R+Gr+V）+Grとなり、ほぼ白色である。それに対して、減法混色は一つのプロジェクターを用いて、黄と青のフィルターを重ねあわせたときの透過光で、これは（R+Gr+V）−R−V＝Grとなり、緑である。顔料の混色は後者に当たる。

は色彩が物理学の対象であるかのような錯覚を抱いているが、それが錯覚であることを如実に示すのが「黒」である。というのも、ニュートンは各色相に対応する物理的成分を白色光の中に仮定することによって、色彩現象を物理的・幾何学的に解明することに成功したが、「黒」に対応する物理的成分は存在しないので、「黒」は存在根拠を失う。つまり、ニュートンによれば、光が存在しないことが闇であり、黒であるので、「黒」自体無でしかないのである。ヘルムホルツもまた黒を光がないことと同一視している。これはヘルムホルツの体系の欠陥であって、そこにヘーリングの学説が登場する必然性がある(21)。ヘーリングは図9のような極めて簡単な実験を提案している。二枚の白い厚紙を用意し、それを上下平行に並べて、両手に持つか、あるいは図のような装置を作り、窓辺に立つ。上の紙に丸い、あるいは四角の孔を設け、その孔から下の紙を覗く。二枚の紙を水平軸の周りに自由に回転させ、例えば、上の紙が窓の光を強く反射し、下の紙が弱く反射する形を取れば、孔から見える下の紙はすでに灰色に見える。下の紙を窓の光を遮るようにさらに傾斜させると、それはほとんど黒に見えるだろう。つまり、白、黒、灰色の感覚をもたらすものは、光の物理量と全く関係がない。一枚の白い紙だけをどのように傾斜させても、それは白いだけであるが、他の白い紙との対照において、それは白から黒へと無限に変化するのである。

図9

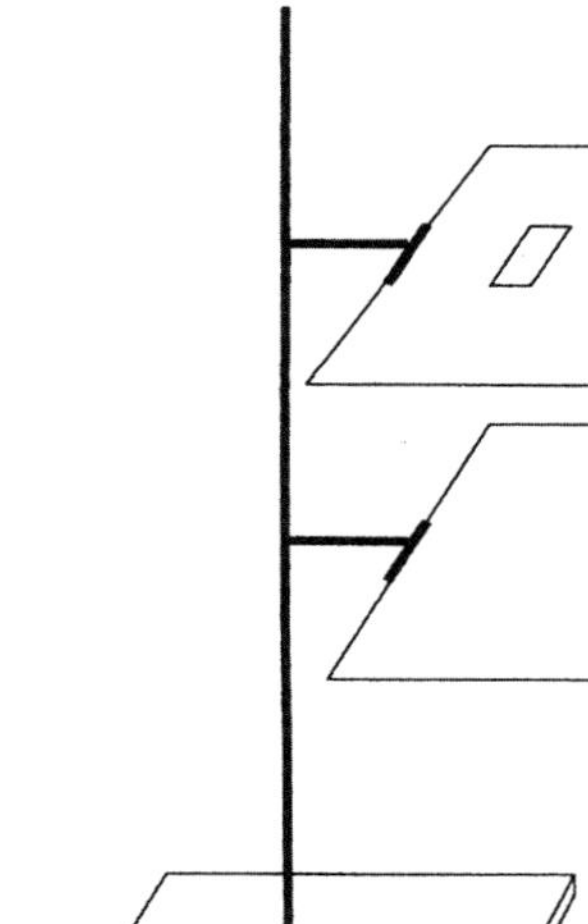

ゲーテの『色彩論』の読者ならば、こうしたヘーリングの色彩観がゲーテの直接の延長線上にあることを見逃さないだろう。「眼に暗が提示されると、それは明を要求する。明を提示すると、それは暗を要求する」（教示編三八）というゲーテの命題が想起されるように、黒は白との対照において、網膜が自ら作り出す色である。黒もまたイマジナリー・カラーなのである。大山正氏はヘーリング対ヘルムホルツの論争を、ゲーテ対ニュートンの論争の再燃と

21　Ewald Hering: Outlines of a theory of the light sense, translated by Leo. M. Hurvich and Dorothea Jameson. Harvard University Press. 1964. S. 28ff.

して捉えているが(22)、ヘーリングにおける原色としての黄と青の復活や、反対色の観念等ゲーテ的観念に非常に近いものがあり、ゲーテの『色彩論』が今日なお生産的な意味を持っていることを裏付けている。ゲーテはニュートンの色彩論を歴史上から葬り去ることはできなかったが、しかしその役割を部分に限定し、正しい色彩の認識に向かって軌道修正することには成功したわけである。科学の進歩とは無から有を生じることではなく、不断の軌道修正であって、ニュートンの権威が今なお失われないのも、彼の体系が揺るぎないからではなく、軌道修正の可能性を内包していたからである。そしてゲーテ自身もまた色彩学に関しては結局のところ部分的に貢献したのだが、しかしニュートンの体系を一掃して、そこに自分の家を建てられると考えたのは、確かにあの偉大な精神の持ち主にしては、大きな錯誤であった。

22　前掲書六七頁。

第一〇章

書評　清水純夫著『「ヴィルヘルム・マイスター」研究』(1)

清水純夫著『「ヴィルヘルム・マイスター」研究』は、ゲーテ『ヴィルヘルム・マイスター』の世界の広がり、多様さ、深さを改めて理解させてくれるすぐれた研究書である。対象としての作品自体、「ファウスト」と同様半世紀以上もかかって成立したもので、作者の青春時代において書き始められたいわゆる断片の「演劇的使命」が壮年において『ヴィルヘルム・マイスターの修業時代』として一応完成に至るが、作品の主題はさらに継続され、深められて『遍歴時代』という晩年の作品として結実されることになる。この二つの『マイスター』は成立史的にも隔たりがあり、また一見まったく性格の異なる作品であるので、これらを別個の独立した作品とみなす向きもあるようだが、著者はこれを連続として捉え、その流れを作品の背景の歴史的・社会的な状況の反映として解釈しているので、作品形態の変化も必然的であることがよく理解でき、また作品解釈がゲーテ時代の解釈ともなっている所以である。

この論考自体、著者の十年余りの『マイスター』との取り組みの結果として成立したもので、著者自身「あとがき」で全体性としての統一性はないと言われているが、それは謙遜というもので、長い時間をかけて、『マイスター』に関してこれまでに書かれた膨大な論文や研究書の重要なものをすべて網羅した上での研究がこれほどに方法論的に一貫して、均整の取れた構成をもたらしているのは、驚嘆すべきことである。方法論的には、著者自身が自覚しているように、「登場人物の意識が彼の属する階級に基本的には規定されるという、反映論の立場」である。しかしこの方法は一般に危険を伴い、ややもすると登場人物が階級や身分、地位といった社会的役割の寓意となってしまいがちだが、著者は一方で非常にすぐれた性格分析の手法を駆使しており、登場人物の個性や特徴が彷彿と浮かび上がってくるのである。その意味ではあくまでも作品内在的、解釈学的手法といえるだろう。

全体の構成は第一部が『修業時代』論、第二部が『遍歴時代』論で、第三部において、ゲーテの『ヴィルヘルム・マイスター』をモデルにする教養小説のジャンルの後裔としてのノヴァーリスの『青い花』、シュティフター

1　この論考は以下に収録されている。世界文学一九九六年。

の『晩夏』、そしてマンの『魔の山』が論ぜられ、また序論として『マイスター』の研究史が提示されている。『マイスター』の研究史など過去の基本的文献を俯瞰しているので、研究者にとっては有り難いものであるし、また『マイスター』の後裔たちの解釈にも思わぬ発見があって面白い。しかしこの研究書の中心はなんといってもゲーテの『マイスター』論で、迫力ある論考となっている。

最初に『修業時代』に登場する旅の一座の三人の女優、マリアーネ、フィリーネ、アウレーリエの形姿が市民意識の観点で解釈され、この論考の方法論的な前提がいかなるものかを理解させてくれる。

富裕な市民の世間知らずの息子ヴィルヘルムは、舞台の華やかな仮象に欺かれて女優マリアーネに打ち込むが、やがて彼女の経済的パトロンが現れて、夢破れる。一方、マリアーネの方はヴィルヘルムの子をみごもったまま捨てられ、破滅してしまう。この小説に登場する女性の冒頭に位置するマリアーネとの関係は悲劇に終わるが、そうなるべき必然性が著者の視点で説得的に描かれている。著者はまずマリアーネの出自を明らかにするのであり、マリアーネが良家の出身であって、少女時代は何の不自由もなく暮らしたが、一家の破産のゆえに旅役者の世界に転落したのであり、舞台裏の無秩序、道徳的退廃の世界を生活の場とするマリアーネの内面が秩序と節操を重んじる市民的倫理に捕らわれていることを示す。一方、市民階級にとっては、実利主義と商業主義がその存立の基盤であり、人格の普遍的完成は貴族の身分にのみ許されているので、富裕な市民の出であるヴィルヘルムはその代償として普遍的なものを求めて、演劇の世界にのめりこんでゆく。主人公がマリアーネの虚像しか見ていないように、マリアーネの方も、自分をかこってくれる経済的パトロンを見捨てて、主人公が体現する市民的理想の方に身をゆだねてしまう。こうしてマリアーネの悲劇は虚像と実像のはざまで起きる。

フィリーネは『修業時代』に登場する印象深い女性像の一人で、彼女の「たとえ私があなたを愛していてもそれがあなたに何の関係があるの」という有名なセリフが、市民階級の資本蓄積と投機を旨とする生活原理と対比されると き、改めて含蓄に富む表現と思われてくる。フィリーネはマリアーネと同じく旅役者の無秩序の世界に住む軽薄なコケットであるけれども、その享楽主義と無私無欲がこだわりに満ちた市民的節操に対して、存在するだけでイロニーとなってしまうところが面白い。そしてこの『マイスター』という作品が、ゲーテ時代に進行する資本主義化という歴史的な必然からの救済の問題をめぐっている限り、無私無欲に立脚したフィリーネの人間像は、著者の指摘するように、美的調和を目指した古典主義の人間像につながるのであり、したがって、ナターリエが体現する普遍的な愛の原理にもつながるのであろう。

劇団の座長ゼルロの妹アウレーリエは、マリアーネのように無意識ではなく、いわば意識的に市民的倫理を体現する女性で、彼女はそのこわばりのゆえに滅びる。叔母の性的放縦を見て育った彼女はひたすら禁欲的倫理を自分に課すが、この小説のヒーローでもある貴族の男性ロタリオとの出会いで、それは崩れる。ロタリオを崇拝する彼女は道を踏み外し、不倫の恋に陥るが、そのあげく見捨てられる。今や市民的倫理にそむいた彼女は自らを市民的倫理で断罪するのであり、自虐的に身を苛み、自滅する。

市民的倫理にこだわり自滅するアウレーリエと、それが数々の女性遍歴の一コマでしかない相手の貴族の男性ロタリオとは対照的だが、主人公はアウレーリエの死を契機として「塔の結社」に導かれるのであり、そこでは女たらしのロタリオが最も行動的な英雄として描かれているのである。このこと自体すでに皮肉な話であるが、それは「塔の結社」の役割とも関係することで、筆者の筆はその辺の事情を鋭く解明してくれる。ゲーテは『イフィゲーニエ』においては、母殺しの罪を負ったオレストの救済を描きえたのに、今や神々の仕掛けのように、人間的相克を解決するはずの「塔の結社」がなぜ竪琴弾きの老人を死に追いやってしまうのかという疑問を、著者は提示する。それはゲーテがフランス革命に直面して、人類一般がとうてい一枚岩などではなく、階級対立をはらんだ敵同士であることを認識したことにより、「純粋な人間性」という普遍的な理念に基づくオレスト救済に疑問を抱き始めたからではないかと、著者は推測する。そして「塔の結社」自体革命の激動から私有財産を守ることを使命としており、ロタリオの合理的な土地改革も封建制の枠内での資本主義化であることを指摘する。主人公の幼なじみで、資本蓄積と投機に専念するベルナーとロタリオが土地取引をめぐって妥協するのは、貴族とブルジョアジーが妥協することによって、つまり、封建制を温存することによってしか、近代化をなし得なかったドイツの現実を反映している。そうなると「塔の結社」自体ももはや普遍的な人間性の理念に基づくものではなく、特定の階級の利益を代表しているにすぎなくなる。これは「塔の結社」の否定的面で、それに対応するのがテレーゼの規律と抑圧で人間を鍛え上げる教育原理であり、それは資本主義に奉仕する労働者を要請する原理で、したがって、役に立たないものは排除される。ミニヨンと竪琴弾きの老人を死に追いやるのはこの教育原理である。一方、理性と感情の調和、内面的救済を目指すナターリエ的教育原理がテレーゼ的教育原理の対極としてあるが、ドイツがイエーナの戦いでナポレオン軍に敗北したとき、ドイツ古典主義の基盤は崩壊したのであり、ナターリエ的教育原理は「塔の結社」のかなたでますますユートピア化されてゆく。

『遍歴時代』は、主筋を担うのはあくまでも『修業時代』の延長としての主人公のヴィルヘルムと、その息子フェーリックスであるが、多くの短編小説が挿入されており、その中に登場する人物が現実のレヴェルにおいても登場したりして、複雑に交錯する世界である。おまけに小説の副題が示す通り、彼らは諦念者たちなのであり、この「諦念」が何を意味するのか、意味深長である。この諦念は、著者によれば、どうやら「塔の結社」の二つの側面、テレーゼ的スパルタ教育と救済を目指すナターリエ的愛の教育を引き継ぐもので、その二重性は見逃しようもない。今や歴史的必然として一層明確に意識される資本主義を反映して、テレーゼ的原理は人格の放棄としての「諦念」に到達したのだが、一方、それはナターリエ的原理の延長としての、スピノザ的な神の愛に近い無私無欲の諦念でもある。いずれにせよ、それは惨めなドイツの現実に対応する苦しい諦念であって、この苦しみを和らげるために、聖女マカーリエが登場するとされる。ところが著者はさらにマカーリエのフィリーネに対する祝福がなんの効果もないことや、また彼女が甥のレナルドーに盲目であるという、聖女の本質に潜む矛盾をも指摘し、ゲーテがマカーリエの「聖女」としての評価に疑問の余地を残し、あえて作品の価値を相対化したと解釈する。

いわばゲーテが『遍歴時代』を作品としては意識的に完結させないで、開かれたままに残したとも受け取れるが、それは作品の多元的な構造とも関係しているかもしれない。ともあれ、著者の問題意識は大いに刺激的であり、この論考の随所に啓発的な解釈がちりばめられている。特に『遍歴時代』の短編小説の解釈には冴えがあり、性格分析と社会理論の結合という著者独自の手法の効果を見事に実証している。

第二部

ゲーテ『ファウスト』論考

――近代的知性のドラマ――

神の秩序の中で生きる伝説のファウストは、悪魔と契約し、あらゆる人間的欲望を実現するが、その結果、地獄に堕ちる。彼には、神の前で個としての自由が許されなかった。神の秩序が崩壊し、個として自由になった近代のファウストは、悪魔と賭けをし、最後の瞬間まで、個としての生の可能性を追求する。しかし、富、権力、エロスを心行くまで享楽し、自我を人類にまで拡大した超人ファウストは、果たして一人の人間としての生の幸福に到達しただろうか？　ファウストと同様、われわれ現代人も、いまだにホムンクルス、――知的には世界を所有するが、透明なガラスの瓶に閉じ込められた精神である。

まえがき

本論考はゲーテ『ファウスト』の解釈の試みである。あるいは厳密に言えば、一つの読み方を提示するものである。つまり、筆者のゲーテ『ファウスト』を読み、理解する行為が、おのずから一つの解釈となってしまったのだが、これはある意味でおかしな弁明であるかもしれない。というのも、書物というものは本来、自分流儀に読んで楽しむべきもので、それが読書の喜びをもたらすものであるからだ。しかしゲーテの『ファウスト』ほどに、この読書の自明の前提を疑わしくしてしまう作品もないだろう。つまりゲーテの『ファウスト』は一口に言えば難解なのだが、実を言うと、その難解さとはこの作品の本質的な寓意構造からくるわけで、従って、自分流儀に読むといっても、しかるべき注釈書は必要である。そうなると、そのような解読の行為自体、すでに受動的な読書ではありえず、おのずから能動的な批評をもたらさずにはいないだろう。こうしてゲーテの『ファウスト』にまつわる厖大な文献は、この作品のある意味でペダンティックな本質から避けがたく生じてきたもので、それはまたその性質上、決して一つの権威的なカノンに収斂するというようなものでもない。

筆者自身、エーミル・シュタイガーの解釈を通じてはじめてゲーテの『ファウスト』の魅力に目を開かれた経緯もあり、従って、その三巻からなる著書『ゲーテ』は筆者にとってはカノン的な性格を持っている(1)。しかしそれもまたあくまでもシュタイガーの解釈なのであり、シュタイガーに沿って、いざ自分で『ファウスト』を読み直してみると、なおいかに多くの不可解な部分が残ることだろう。ともあれ、エーミル・シュタイガーの『ゲーテ』は、おそらく戦後のゲーテ研究の金字塔であり、その包括的なゲーテ理解において、戦前の学者でゲーテ的生解釈の模範とも言うべきグンドルフの『ゲーテ』を継承している(2)。しかし、内容的な側面は別として、シュタイガーにおけるこの作品の取り上げ方も、早速われわれの注意を引かずにはいない。なぜなら、シュタイガーもまたグンドルフと同様、『ファウスト』ではなく、ゲーテの「生」の全体像を目指しているのであり、この作品自体、『初稿ファウスト』、

1　Emil Staiger:Goethe. 3. Aufl. Zürich 1962.
2　グンドルフ『ゲーテ』(小口優訳、大観堂、一九四一年)。

『ファウスト第一部』、そして『ファウスト第二部』と成立史的局面において年代的に取り上げられ、従って、『ファウスト』解釈自体、いわば三巻のなかに分散してしまっている。グンドルフやシュタイガーにおけるゲーテ的「生」の哲学は、多かれ少なかれ、我が国のゲーテ観にも影響しているだろう。『ファウスト』に関しては、もはやゲーテ的「生」を礼賛するような人生哲学的解釈は見当たらないとしても、しかし逆に、ゲーテ的「生」の神話性を破壊するという意味で、作中人物のファウストやメフィストの人格を問題にする、心理主義的解釈は珍しくないだろう。

それに対して筆者の解釈は、人生哲学的なものでもなく、またある種の性格的類型を仮定することで、ファウストやメフィストを論じる心理主義的解釈でもない。この論考はゲーテの「生」そのものを対象とするのではなく、ゲーテの『ファウスト』という作品を、その全体性において統一的に捉える試み（作品の論理の分析）であり、その意味で、あくまでも作品論である。

そしてこの方向性では、過去の著名な哲学者H・リッケルトを代表として挙げることが出来るだろう(3)。しかしゲーテの『ファウスト』をドラマ的統一の論理として把握する、リッケルトの試み自体、例えば、主人公の性格分析において、しばしば心理主義的解釈に傾斜するのであり、その意味で心理主義的解釈の源流でもある。後ほど批判を試みるように、『ファウスト』という作品自体、何よりも豊饒な世界の多様性（ファウストの自我ではなく、非我）を描いているのであり、ファウストの人格の統一を前提とする理論では排除される部分が余りにも大きい(4)。それは作品の統一を「生」の統一に解消するグンドルフやシュタイガーの流儀より説得的であるとは必ずしも言えないし、実際、この論考自体、むしろリッケルトが解釈から排除している部分の分析を主眼としている。そのような筆者の問題意識の観点では、戦後の学者であるW・エムリッヒを挙げることができ、この論考は『ファウスト第二部』の部分で重要な参考文献となるが、しかしエムリッヒが単に『ファウスト第二部』だけを対象として取り上げ、『ファウスト第二部』を、それ自体独立した作品とみなしているの

3　Heinrich Rickert : Goethes Faust. Die dramatische Einheit der Dichtung. Tübingen 1932.

4　もちろん、ゲーテ『ファウスト』の随所に成立史的断層を裏づけ、作品全体を解体して、「矛盾の巣」にしてしまうことが当時の文献学の主流であったことを考えるならば、リッケルトが『ファウスト』におけるドラマ的統一を論証したことは、大きな功績であったと言わねばならない。

も、ゲーテ的「生」の統一をなお自明のものと考えているからだろう(5)。実際、『ファウスト第一部』に現れる数々のモチーフは、『ファウスト第二部』においてはじめて完結する。

　この論考に着手するための直接の刺激となったのは最近の学者シュラッファーであるが、その著書もまた『第二部』に関して重要な参考文献となる(6)。概して、リッケルトの理論が『ファウスト』の筋、つまり、表層構造を問題にしているのに対し、筆者の眼目はこの作品の深層構造であり、その観点においてエムリッヒとシュラッファーは示唆的なものを持っている。ゲーテの『ファウスト』は「近代」という時代を対象として描いているのであって、近代世界が非我の弁証法的運動として現れるとき、それは作品の深層構造となる。この意味で、近代という時代の根本相としての「資本主義」の問題からこの作品を考察するルカーチは、筆者にとって未だに重要な文献である(7)。そしてシュラッファーがルカーチを踏まえて、マルクス主義的視点からエムリッヒを捉えなおすときに、従来の『ファウスト』解釈にとって重要なパラダイム変換が起きる。英米系の学者であるE・C・メイスンの『ファウスト』は、統一的なファウスト像を提示し、『ファウスト』の全体が一七七三年、すなわち『初稿ファウスト』の段階で、すでに構想されていたとする仮説は啓発的で興味深いが、その解釈はあくまでも年代的・成立史的方法に基づいている(8)。

　しかし『ファウスト』理解が、結局のところ、年代的・成立史的に順を追って進行するものであるならば、まずは《夜》の場の地霊の場面より始め、ついでグレートヒェン悲劇の最後の破局へと向かい、そこから《魔女の厨》や《森と洞窟》の場へ逆戻りしなければならなくなってしまう。それどころか《ヴァルプルギスの夜》や《ヴァルプルギスの夜の夢》とともに、成立史的には最も新しい局面に属する三つの序曲、《捧げることば》、《舞台での前戯》、《天上の序曲》は、おしまいに取り上げねばならないことになってしまうだろう。もちろん、このような読書の処方箋自体、馬鹿げたことだが、しかしこのことは従来『ファウスト』理解が、文字と精神に乖離してしまっていることと無関係ではない。つまり、『ファウスト』の主題にかか

5　Wilhelm Emrich : Die Symbolik von Faust II. 3. Aufl. Frankfurt/M 1964.
6　Heinz Schlaffer: Faust Zweiter Teil. Die Allegorie des 19.Jahrhunderts, Stuttgart 1981.
7　ルカーチ「ゲーテとその時代」:『ルカーチ著作集４』（白水社、一九六九年）。
8　Eudo C. Mason: Goethe's Faust. Its Genesis and Purport. University of California Press, Berkekey and Los Angeles 1967.

わる重要な形象やモチーフに関しては様々な角度から繰り返し論じられるが、読書の際の躓きの石となってしまう暗黒の部分は一向に解明されないのであり、従って、場面の展開に沿った全体としての『ファウスト』理解は、結局のところ、語句に関する平板な注釈にとどまっている。

しかし我が国のようにゲーテ『ファウスト』の優れた邦訳を幾つも所有するところでは、この基礎的な注釈自体もまた、実際ほとんど蛇足の感がある。なぜなら、翻訳とは解釈であり、基礎的な語句の知識は、翻訳者の解釈を通じて、すでに邦訳に盛り込まれているからである。邦訳が注釈なしで読めるのはそのためだが、しかし逆に上手な和訳の『ファウスト』を読むかぎり、暗黒の部分に躓かないで済むという危険性もまたある。実を言うと、筆者のこの論考自体、筋に沿って読み進めていく過程でたえずぶつからざるを得なかった、筆者の理解力を超えた箇所との格闘の結果として生じてきたものであり、従って、その架橋の試みである。

ともあれ、この論考で『ファウスト』からの引用は、すべて手塚富雄氏による邦訳に依存することにした(9)。それが筆者の和訳の労を省いてくれることは言うまでもないが、すでに筆者自身、『ファウスト』の語句を巡る基礎的な理解において、手塚氏の平易な日本語による、親しみ深い邦訳に多くを学んでいるからである。もちろん、この論考が原文に基づいているかぎり、翻訳者の解釈と不整合に陥ることもあり得るわけで、そのような場合には、むしろ解釈を通じて原文と和訳とのズレが指摘されることになるだろう。

9　ゲーテ『ファウスト』(手塚富雄訳、中央公論社)

第一章　三つの序曲

一、捧げることば

この論考は、ゲーテの『ファウスト』をリッケルト流に場面の展開に沿って読む試みである。しかし、そうなると早速、三つの序曲がわれわれにとって躓きの石となってしまう。H・リッケルトはゲーテの『ファウスト』を一つのドラマとして理解し、その戯曲的一貫性を捉えようとするので、彼は最初の二つの序曲、《捧げることば》と《舞台での前戯》を単純に素通りし、《天上の序曲》から始めている[1]。しかし、戯曲的効果という観点から見れば、《天上の序曲》もまた蛇足ではないか。この場合、一つのあらかじめ固定された命題のごとく予言される円満な終局というものは、むしろ非ドラマ的な効果をもたらすであろう。例えば、シェークスピアの戯曲『マクベス』においては、悲劇的な終局は、冒頭において三人の魔女によって予言されているが、そこでは言葉の遊戯的な曖昧さが劇的緊張を醸し出している。それに対して、明晰で、確固としてあらゆる二義性を排除する《天上の序曲》の「主」の予言は、戯曲全体を一つの枠の中に嵌め込む図式のようなものである。「主」とメフィストとの間の賭けが戯曲全体に劇的緊張を与えているという意見は、必ずしも当たらないだろう。というのも、リッケルト自身も指摘しているように、「主」はメフィストとの賭けに応じているわけではないから、ここでは賭けは成立していない。

ともあれ、リッケルトが、ゲーテの『ファウスト』は一つの戯曲であるという観念から出発し、通常の戯曲的観念に属さないすべての要素を度外視してしまうのは、承認しがたいことである。なぜなら、ゲーテの『ファウスト』が戯曲であって戯曲でない、つまり、このドラマがまさに通常の戯曲的観念に属さないという前提から出発するのでないならば、この対象をめぐるすべての理論は、本来的外れであるからだ。従って、ここではまず、まさに躓きの石としての三つの序曲を、ゲーテ自身がなぜ『ファウスト』の冒頭に置いたかを考えてみることから始めよう。そうすれば、ゲーテがわれわれに躓きの石を置くためではなく、われわれを『ファウスト』世界に導き入れるために、正しく

1　Heinrich Rickert: S. 53.

振る舞っていることが分かるだろう。
「また近づいてきたか、おぼろな影たちよ、」で始まる四節八行のスタンザ形式の詩句自体、むしろ傑作としてゲーテの数々の抒情的作品に加えても良いだろう。しかし、この詩句を『ファウスト』の世界と関連付けようとすると、もはや自明のことではなくなる。この《捧げることば》は本来、作品の冒頭の辞であり、作者が当該の作品に対する自己の立場を読者に語ろうとしていることが分かる。しかし、ここでは戯曲作者というよりも、なるほどファウスト的形象と向かい合っているものの、あくまでも抒情的自我が問題のようである。それどころか、『ファウスト』の世界の「おぼろな影たち」がしかと捉えられるためには、抒情的自我が今や要請され、新たに蘇生しなければならないとされている。

しかし今わたしを捉えるのは、あの静かなおごそかな
霊たちの国への
ながく忘れていた憧れ。
わたしの歌は今ようやくつぶやきを取りもどして
おぼつかなくもエオルスの琴のように鳴りはじめる。
戦慄《おののき》がわたしをつかみ、涙はつづく。
かたくなった心もしだいになごんでゆくようだ。
(v. 25―30)(2)(手塚富雄訳)

『ファウスト』の世界を暗示する「あの静かなおごそかな霊たちの国」はともかく、「歌のつぶやき」、「エオルスの琴」、あるいは「涙はつづく」といった表現に漂う悲歌的な基調は、あらゆる文体的多様性をちりばめた『ファウスト』の言語においても、二度と繰り返されることはない(3)。
《捧げることば》は単に一つの抒情的作品であるのみならず、作者の抒情的自我を主題としている。抒情的自我の蘇生は、かつて青春の「未熟な眼」(dem trüben Blick)に浮かんだファウスト的形象に媒介されてはじめて可能となるのであり、従って、蘇生した抒情的自我とは作者の若返った自我である。しかしこのことは一つのディレンマをもたらす。つまり、一方ではファウスト的形象を青春の克服された局面として否定的に判断する作者は、他方ではその抒

2 この論考での『ファウスト』からの引用は一貫して手塚富雄訳を採用する。ただし、ひらがなだけでは却って読みづらい場合もあるので、適宜簡単な漢字で置き換える。以下訳者名は省略。
3 「エオルスの琴」の比喩は、再び「第二部」《優雅な土地》において、妖精の歌の伴奏として現れる(ここではト書きとして)。《優雅な土地》の場自体、《捧げることば》と同様、(「第二部」の)序曲であり、「エオルスの琴」は音楽的・抒情的なものの比喩として、序曲の基調となる。

情的自我を、「靄と霧」の中から浮かび上がった揺れ動くファウスト的形象に負うのである。このファウスト的形象は他ならぬ詩の根源を象徴し、それ自体、今や作者を若返らせる積極的なエネルギーである。そしてこのファウスト的形象を通じて若返った作者が、スタンザの抒情主体として目下われわれに語りかけているのである(4)。

抒情的自我の生成は、第二節において青春への追憶をもたらす。しかし、次のような詩句はどのような自伝的事実に対応しているのだろうか。

かりそめの幸にあざむかれて、美しい青春を奪われ、
わたしに先立って逝った親しい人々の名をわたしは呼ぶ。(v. 15－16)

ゲーテに見捨てられ、その初恋の犠牲となったシュトラースブルクのフリーデリケ・ブリオンも、またゲーテの婚約者で最後には彼の方から諦めることになったフランクフルトの富裕な銀行家の娘リリー・シェーネマンも、『ファウスト第一部』完成の時点においては、なお生存している。しかし、ゲーテの生涯からそのような形姿を発掘すること自体、ここではたいした意味をもってはいない。むしろこの詩句はグレートヒェンの形姿と関連させるときに、その深い意味をあらわすのではないか。『ファウスト』の作者が作中の虚構された人物であるグレートヒェンに向かって自己の青春の追憶像として語りかけるというのは、確かにおかしな理屈である。しかしこの事情は、われわれがこの作品の特異な発生形態を念頭に置いて、グレートヒェンがおそらくこの時期においては作者自身にとっても、「なかば忘れられた伝説」の一形姿のごとく浮かび上がったであろうことを想像するとき、はじめて意味深いものとなる。

このように《捧げることば》においては、ある神話的な青春が暗示されているのだが、この謎は、事実、ゲーテの青春に由来し、ワイマールの宮内女官ルイーゼ・フォン・ゲッヒハウゼンによって模写された『初稿ファウスト』が、ゲーテの死後文献学者のE・シュミットによって発見されたときに、はじめて解明されたのである。『初稿ファウスト』、あるいは通称ウアファウストは、ほとんど『ファウスト第一部』の中に解消してしまっているの

4　最近ミーヘルセンもまた、捉える視点は異なるが、この抒情詩に宿るある種のディレンマ、自我と非我、能動性と受動性の問題領域に突っ込んだ分析を示している。Peter Michelsen: Wem wird Goethes *Faust* zugeeignet? In: Im Banne Fausts. Zwölf Faust-Studien. Würzburg. Königshausen und Neumann Verl. 2000.

で、ゲーテ自身はその中にたいした意味を見いだしなかったのかもしれない。しかし、『初稿ファウスト』と『ファウスト第一部』とのあいだに三〇年の隔たりがあり、この発生形態の奇妙さそのものが《捧げることば》の主題として『ファウスト』の世界に組み込まれていることを考えるとき、この事態が作者にある種の詩的な作用を及ぼしたであろうと、想像することはできる。ゲーテ自身、アイスキュロスの戯曲『アガメムノン』に関連して言っている。「過去と現在と未来はたいそう幸福に一つに溶け合ってしまうので、ひとはみずから予言者、つまり、神に似た存在になってしまう。そしてそのことが結局のところ、大なり小なり、すべての詩の勝利というものである」[5]と。ここには時間の錯誤とも言うべきゲーテ独特の感性が表現されており、それはやがて『ファウスト第二部』の時間構造を決定する要素ともなるが、それは《捧げることば》においてもすでに暗示されている。

> わたしがいま現実に見ているものは遠い世のことのように思われ、
> すでに消え失せたものが、わたしにとって現実となってくる。
> (v. 31－32)

しかしこのような時間感覚は、むしろゲーテの『ファウスト』を古典的戯曲の「三一致の規則」からは遠ざけるものとなるだろう。ゲーテが『ファウスト第二部』のヘレナの幕に再びより高次の意味の「三一致の規則」を適用したとしても、それはもはやアイスキュロスを模範とするような古典的戯曲の観念からは遠く隔たっている。

> かたくなった心もしだいになごんでゆくようだ。
> (v. 30)

『イフィゲーニエ』や『タッソー』において舞台空間の高貴な現在を観客の前に提示してみせた擬古典主義的姿勢、つまり「かたくなった心」(das strenge Herz) は、もはや通用しない。むしろ舞台空間の彼方の「あの静かなおごそかな霊たちの国」に由来する『ファウスト』の錯綜せる形象世界は、いまやゲーテを文学理論の革命へと促す。そしてそのような作者の内的変容、あのゲーテの生涯においてしばしば繰り返される危機の体験が散文として理論化されるのではなく、抒情的自我の表現となるのは、ゲーテにおいて決して珍しいことではない。ここではゲーテ自身ではなく、ある仮装された悲歌詩人がわれわれにむかって語りかけているように見えるが、しかし『ファウスト』もまた、

5 Wilhelm von Humboldt 宛ての手紙（一八一六年九月一日）。

自伝的試み『詩と真実』と同様、虚構であると同時に作者の告白でもあると考えるならば、それは特に不思議なことでもないだろう。

この関連において「歌か、悩みか」(Lied-Leid) 問題についても言及しておこう。ここにハンブルク版ゲーテ全集より第三節を引用する。

Sie hören nicht die folgenden Gesänge,
Die Seelen, denen ich die ersten sang;
Zerstoben ist das freundliche Gedränge,
Verklungen, ach! der erste Widerklang.
Mein Lied ertönt der unbekannten Menge,
Ihr Beifall selbst macht meinem Herzen bang,
Und was sich sonst an meinem Lied erfreuet,
Wenn es noch lebt, irrt in der Welt zerstreuet.　(v.17–24)

初めの歌の幾節《ふし》かをわたしがうたって聞かせた人々は、
いまはそれにつづく歌を聞くよしもないのだ。
親しい人たちの団欒《まどい》は散り、
最初に起こった好意のどよめきは帰ってこない。
わたしの嘆きは見知らぬ世の人々にむかってひびき、
その賞賛さえわたしの心をわびしくする。
いまも生きてわたしの声を喜んで聞いてくれる人たちも、
遠く四方に散らばっている。　(v. 17–24)

五行目の mein Lied（わたしの歌）は、別の版、例えば、アルテミス版では、mein Leid（わたしの悩み）である。ハンブルク版の注でE・トゥルンツは次のように言っている。

「一八〇八年の初版のテキストでは Leid である。一八〇九年のゲーテの日記には、おしまいのところに（リーマーの手による）『コッタ版のわたしの作品の誤植』という目録が掲げられている（Weim. Ausg. Tagebücher 4, S. 374）。その箇所に Leid は Lied に変更とある。それにもかかわらず、続く版では一八一六年の再版を例外として、なお Leid が残っている。誤植目録中の多くのメモが後には顧みられなくなったため、この目録もやがて忘れられたと仮定できる。ゲーテがこの誤植を受け入れたことも有り得る。というのも、それによってなお二度繰り返される Lied に変化が生じるし（v. 23, v. 28）、それに、詩が作者の苦悩から生まれるという思想はゲーテにとって無縁ではない」(6) と。

6　Goethes Werke Hamburger Ausgabe in 14 Bänden, hg. v. Erich Trunz（以下HAと略す）. Bd.3. S. 495.　以下、原文からの引用は一貫してハンブ

歌と悩みのいずれを取るべきか、ゲーテの死後すでに二〇〇年も経っている今では、要するに判別は不可能である。このような文献学的問題は他にもいくつかあり、後代のファウスト研究者の見解が分かれるところだが、それは『ファウスト』という作品が宿している二義性でもあり、どちらが正しいかという真偽の判別が特に重要とも思われない。というのも、今やゲーテの死後の伝統的な解釈の歴史を含めてファウスト文学の全体があり、特に異文化圏の読者にとっては、ドイツ文化としてのファウスト文学が対象であり、ここにはもはや単純に作者と読者の関係は成立しないからである。とは言っても、《捧げることば》の文脈でLiedの代わりにLeidを入れてみると、五行目はやや唐突に響く。

Mein Leid ertönt der unbekannten Menge,

わたしの嘆きは見知らぬ世の人々にむかってひびき、

この手塚富雄訳の「嘆き」はいわば「歌」と「悩み」の中間をとったものか、邦訳ではほとんど問題がなくなってしまうのも不思議である。しかし、ドイツ語ではこの詩全体の基調を、いわばタッソー的自我の告白に染めてしまうような悲壮感が漂う。しかし、なぜ、ここで再び詩人の苦悩が必要なのだろうか。ここでは第一に詩人の若返った抒情的自我が問題であり、一方、タッソーの悩める悲劇的自我は、別の文脈、すなわち、《舞台での前戯》において中心的テーマとなるのである。

二、舞台での前戯

これもゲーテの『ファウスト』の一つの序曲だが、われわれ今日の読者にとって躓きの石とはなっても、作品の理解に役立つとも思われない。《捧げることば》は、すでに述べたごとく、作者が自分の作品の中に読者を導き入れようとしていると理解できるかぎり、形式的根拠をもっている。しかし、《舞台での前戯》とゲーテの『ファウスト』

ルク版による。なお、『ファウスト』に関しては、最近の特別号（Sonderausgabe）もあり、これを一読し、注釈がはるかに充実していることに驚いた次第である。異文化圏の筆者にとっては、まさに「痒いところへ手が届く」注釈である：Goethes Werke, Band III (Hamburger Ausgabe), Textkritisch durchgesehen und kommentiert von Erich Trunz. 14., durchgesehene Auflage. Verlag C.H. Beck München, 1989.
因みに、最近のフランクフルト版でも、この箇所はLiedであり、それに関するシェーネの注釈は参考になる。Albrecht Schöne: Kommentare zu Goethes "Faust", in: J. W. Goethe. Sämtliche Werke. Briefe, Tagebücher und Gespräche. Frankfurt am Main (Deutscher Klassiker Verlag) 1999. Band 7–2, S. 154.

との内容的関連について問うことは、ほとんど不毛であろう。ここでも《舞台での前戯》は、それ自体としては、ユーモアと諷刺と英知に充ちた一つの傑作と言える。しかし、多くの学者はこれを度外視してしまうので、ファウスト文献はその厖大な量にもかかわらず、ここでは極めて僅少である。この関連においてO・ザイトリンの論文を挙げることができるが、これは、皮肉な見方をすれば、《舞台での前戯》が本来、ゲーテの『ファウスト』とは無関係に成立したという事情を、非常に説得的に理解させてくれる(7)。一般的な説として、三つの序曲は一七九七年から一八〇六年の成立時期に位置するが、O・ザイトリンは、《舞台での前戯》がもっと早い時期、つまり、ゲーテが『魔笛』に従事していた時期に由来すると仮定する。ゲーテは一七九四年ワイマールにおけるモーツアルトの『魔笛』上演に刺激されて『魔笛』の第二部を試みるが、それは完成には至らなかった。そこでO・ザイトリンの仮説は、本来ゲーテの『魔笛』の序曲として準備された《舞台での前戯》が、今や『魔笛』が不発に終わったので、『ファウスト』の序曲に編入されたというものである(8)。

確かに性格付けの観点においては、このテーゼはあながち否定できない。《舞台での前戯》においては、三人の人物、すなわち、座長、詩人、そして道化が登場してくる。そしてこのそれ自体典型的に描かれた三人の対照的人物が、観客の前で生き生きとした会話を展開するのである。これらの人物を作中のファウストやメフィストの性格と関連させると、例えば「道化」の仮面の背後にメフィストが隠れていると仮定するのは、なお幾分か妥当性を持っている。確かにメフィストの性格にもしばしば喜劇的要素があり(9)、従って、道化をメフィストと関連させるのは容易である。しかし、メフィストの虚無的・犬儒的相と比較すると、道化の性格は余りにも人間愛に充ちており、O・ザイトリンのように、道化と『魔笛』のパパゲーノとの性格的類似を指摘するほうが説得的である(10)。一方、「詩人」の情熱的性格は容易にタッソーを想起させるが、しかしファウストは情熱的ではあっても詩人ではないのだから、ファウストには関連しない。むしろ《舞台での前戯》の「詩

7　Oskar Seidlin :Ist das "Vorspiel auf dem Theater" ein Vorspiel zum "Faust", in: Von Goethe zu Thomas Mann. 2. Aufl. Göttingen 1969.
8　このテーゼは最近ミーヘルセンによって否定されている。Peter Michelsen: Vorspiel auf dem Theater, In: Im Banne Fausts. S. 26. シェーネもまたこれを否定している。Schöne, a.a.O. S. 155.
9　Emil Staiger : Goethe Bd 1, S. 222.
10　Seidlin, S. 60.

人」が、彼もまたスタンザ形式で語っていることにより、《捧げることば》の抒情主体と形式の観点で関連しているという事実の方が意味深く、従って、《捧げることば》では姿を見せない抒情主体が、《舞台での前戯》では具体的な「詩人」として再び登場しているとも言えるが、しかしそれは作中の中心人物ファウストの性格と関連しているわけではない。むしろここでは、《捧げることば》の抒情的自我に、ともかくも含まれている悲劇的要素、もしかしたら先ほどのLiedの裏の意味ともいうべき「悩み」(Leid)が、本来、劇的ジャンルにふさわしく、それゆえここでも劇的に扱われているという認識の方が重要である。

ともあれ、《舞台での前戯》は、O・ザイトリンのように、『魔笛』と関連させる方がより良く理解できるのかもしれない。しかしゲーテの『ファウスト』がそれによってより良く理解できるものになっただろうか。シラーと連携していた時期の、いわゆるキセニエン論争の一環として生じた《ヴァルプルギスの夜の夢》が、結局『ファウスト第一部』に編入されたことも周知の裏付けられた事実である。だから同じような事情を彼は《舞台での前戯》についても推定したのだろう。そうなると、《ヴァルプルギスの夜の夢》や《舞台での前戯》が別の作品との関連において、また別の目的のために成立したことを百も承知のゲーテが、なぜそれを他ならぬ『ファウスト』に導入したのかという問いが、おのずから生じる。

《舞台での前戯》は、筆者の意見では、例えば「道化」がメフィストの仮面であるという風に、劇的一貫性の視点で構想されているのではないと思われる。なぜなら、《舞台での前戯》はあくまでも前戯なのであり、またしてもゲーテ自身が登場し、その中で自己の作品を読者ないしは観客に媒介することを意図しているからである。ただこの意図はもはや《捧げることば》におけるように、仮装された作者の抒情的自我によってではなく、三人の人物の劇的対決によって担われるのであり、各人がそれぞれの役に応じてゲーテの思想の一部を代表している。従って《舞台での前戯》の三人の人物は、ファウストとかメフィストといった作中人物の仮面なのではなく、むしろ作者の仮面なのであり、その意味で『ファウスト』世界を外側の三方向から照らし出す、一種の舞台照明の役割を果たしている。このように考えるならば、《舞台での前戯》は、かりにそれが、O・ザイトリンの説くごとく、『魔笛』の序曲として成立したものであったとしても、作者の意図には十分に適合したことだろう。

ともあれ、O・ザイトリンがそのテーゼを裏付けるために、人形芝居の雰囲気はもはやゲーテの人間性のドラマにはふさわしくないというとき(11)、この主張には首肯しがたいものがある。というのもゲーテ自身が、一七九七年から一八〇六年の成立時期に、人形芝居の雰囲気を意識的に『ファウスト』に導入しているからである(12)。《舞台での前戯》の意味は、むしろこのO・ザイトリンが否定していることを、強調するところにあると思われる。というのも一体、「座長」の仮面の背後に、ゲーテ以外の誰が潜んでいるだろうか？『ヴィルヘルム・マイスターの修業時代』におけるゼルローとの性格的類似が一般的に指摘されているが(13)、そこでは、崇高な芸術の擁護者としてではなく、常に芝居の興行師として現れるゼルローは、諷刺的対象として描かれている。それに対して、《舞台での前戯》の「座長」は、観客の没趣味と軽薄さを描写して見せるものの、彼自身が諷刺的対象ではない。ここで「座長」は没趣味で軽薄な観客に対して、その真の姿を容赦なく描写することで、むしろ優越した立場にあるが、そのような観客に対して困惑し、なすすべを知らない「詩人」の方は、むしろ不利な立場に置かれている。つまり、ここでは孤独な「天上の隠れ家」を求める「詩人」が賛美されているわけではない。むしろ『ファウスト』の作者はもはやタッソー＝ゲーテでないということが重要である。ここではもはやタッソーにおいて意味を持つような生粋の詩人存在の神話が問題ではなく、むしろ包括的な人間性のドラマにとって、その狭さが揶揄されている。『ファウスト』の作者のこの自己イロニーを、「座長」は次のように要約している。

この狭い板小屋を世界にして、
森羅万象を股にかけて歩いてください。
さて、ゆっくりと足早に、天からこの世へ、
この世から地獄へと経めぐっていただきましょう。
(v. 239－242)

まず、この最後の二行が、従来ゲーテの『ファウスト』の理解にとって、躓きの石となった事情が、一考に値する。これは主人公を最後に断罪するファウスト伝説の筋立てには対応するが、死後ファウストの「不死の霊」を天上へ導くゲーテの『ファウスト』には当てはまらない。従って、解釈者はこの図式を、『ファウスト第二部』第五幕の《埋葬》の場の、恐ろしい地獄のあぎとが口を開く局面に関連させたりする。しかし、ここでは厳密な意味で

11　Seidlin, S.57
12　例えば、悪魔メフィストがむく犬の姿で現れるところなど、いかにも人形芝居的で印象深いが、これはこの時期に成立したものである。
13　O・ザイトリンもこのことを指摘している。Seidlin, S.63.

の『ファウスト』の筋立てが問題ではない。この図式は、『ファウスト』の世界が包括的であって、天と地と地獄を宿しているという程度のことを言っているにすぎない。だから「地獄からこの世へ、この世から天国へ」とも言い得るだろう。しかしそうなると、逆に筋立てに厳密に対応することで、《舞台での前戯》の『ファウスト』世界に対する、本来のイローニッシュな関係が失われてしまう。

　この文脈では最初の二行の方がむしろ意味深い。ここでは例えば「狭い板小屋」が非形而上性をドラスティックに表現し、従って、天国、地上、地獄などと形而上的次元で多くを語ったところで、結局、この作品は一つのドラマであり、虚構にすぎないと暗示している。この意味で《舞台での前戯》と《天上の序曲》は相互補完的な関係にある。というのも、かりにわれわれが《捧げることば》から《天上の序曲》へと直接に読み進んだならば、当該の作品から崇高な理念劇を期待できたとしても、舞台の上で演出されるドラマを期待することはできないだろう。また事実、二〇世紀の著名な演出家であるG・グリュントゲンスは、ゲーテの『ファウスト』が小さな人形芝居の舞台設定で演出され得ることを、意識的に示したのである(14)。

　われわれはすでに、ゲーテの『ファウスト』を劇的統一として理解しようとするH・リッケルトが最初の二つの序曲を度外視し、その解釈を《天上の序曲》から始めていることについて言及した。しかし、たいていの解釈者が多かれ少なかれこの方法を支持しているように思われる。というのも、《舞台での前戯》を『魔笛』に編入してしまうO・ザイトリンはともかく、たいていの解釈者は、この最初の二つの序曲をそもそも眼中においてはいない。そのような『ファウスト』解釈の伝統からすれば、W・ケラーの論文は啓発的である(15)。彼は《捧げることば》と《舞台での前戯》における「詩人」の本質を探求し、両者の場合とも、しばしば仮定されている作者の告白の性格を否定している。ここに該当する箇所を引用してみよう。

「《捧げることば》において、ゲーテの自伝的自我と抒情主体が、その直接的な自己表白にもかかわらず、単純には同一視できないことは、ことさら言及される必要もない。両者の間に多数の関係が存することは、ゲーテ的観照形式を視野に置けば、明らかである。もっとも、個々のケースにおいて、経験的自我と媒介

14　Joachim Müller: Prolog und Epilog zu Goethes Faustdichtung, in: Aufsätze zu Goethes "Faust I", hg. v. Werner Keller, Darmstadt 1974（以下ＡＧＦと略す）S. 244.

15　Werner Keller :Der Dichter in der "Zueignung", in: AGF.

された自我をその差異性と一致性において識別する標識は、欠けているけれども。」(16)

そしてまた《舞台での前戯》については、次のように言っている。

「各人がただ自分のことしか理解していないので、それぞれの台詞において話者の狭いパースペクティヴもまた考慮されねばならない。三人の立場はお互いに相対化し、補い合う。イロニーは誰をも容赦しない。マネージャーも俳優も（あるいは観客も）、そして驚くべきことには『詩人』をも容赦しない。各人は部分真理を代表するが、しかし真理は全体なのである。」(17)

かりにわれわれが最初の二つの序曲を作者の告白とみなすならば、それ自体、いかに含蓄に富んでいるとしても、本来『ファウスト』の本質問題とは無関係であるので、『ファウスト』の読者にとってかかわりがないという、逆説的主張にも導きかねない。しかし実際、ゲーテの『ファウスト』の面白さは、告白と虚構の性格が相互に截然と分かち得ないところにある。

他方、W・ケラーは最初の二つの序曲からモルフォロギーの観念を引き出し、それを序曲の共通のテーマとして論及している。「霧」や「蕾」とは本来詩人存在の比喩なのであり、文学の生成そのものが、ここでは一つの自然現象としてモルフォロギー的観念で把握されている(18)。しかし文学の生成そのものが植物の変容のように未分化の蕾の状態から出発するのであれば、黄金時代ともいうべき原初の「青春」を追い求める詩人存在が、ケラーが主張するように、なぜ時代錯誤で幻想的に見えるのであろうか？

筆者の意見では、類型化された詩人存在の時代錯誤それ自体がここで問題というよりは、『ファウスト』のこの創作時期における作者の奇妙なディレンマが問題のようである。このディレンマは文学における漸次的な生成の観念と大胆な命法的言語の不一致にも露呈されている。

むらがり寄せるおまえたち。よしそれなら思うままに、
靄と霧のなかからわたしのまわりに現れてくるがいい。　(v. 5―6)

16　Keller, AGF S.152.
17　Keller, AGF S.166.
18　Keller, AGF S.187.

このように《捧げることば》の抒情主体はファウスト的形象に対して単に受動的に向かい合っているのではなく、それを情熱的かつ能動的に支配しようとしている。揺れ動くファウスト的形象のために要請される若々しい状態がもはや取り戻すことの出来ないものであるならば、詩人はその状態を意識的・命令的に産出しなければならないが、しかしそれは本来モルフォロギーの観念には矛盾するものである。《舞台での前戯》の「詩人」のように『ファウスト』の緩やかな成熟を期待してはならない五〇歳の詩人ゲーテは、その姿勢を「座長」の口を借りて次のように言うのである。

> 気分がどうのこうのと言ったって何になります？
> 一時《いっとき》延ばしをしている人には気分は絶対にやって来ない。
> あんたが詩人と名のる以上は、
> 詩にむかって号令をかけたまえ。　(v. 218―221)

三、天上の序曲

《天上の序曲》は、ファウストとメフィストの地上の賭け、あるいはファウストの救済との関連において、急に切実な問題を孕むかのようである。多くの『ファウスト』解説が示しているように、《天上の序曲》をすでに『ファウスト』の虚構的現実に組み入れることによって、劇的一貫性が大いに問題にされてきたと言える。その結果、当然のことながら三つの序曲の間の関連を度外視してしまったのである。あたかも、『ファウスト』の根本問題と比べると、《捧げることば》や《舞台での前戯》はほとんど蛇足とみなしてよいかのようである。しかし一方また、最初の二つの序曲を一貫して論じているW・ケラーがなぜ《天上の序曲》においても現れるモルフォロギーの観念をこの同じ関連において論及しないのか、筆者にとっては、理解に苦しむところである。それとも《天上の序曲》はもはや作者が自己の作品を読者に媒介しようと試みるための前戯ではないとみなすべきであろうか。

　そこでこの《天上の序曲》が『ファウスト』の世界とさしあたりどの程度関連しているのかを問うてみる必要がある。《天上の序曲》を虚構の次元に組み込もうとする者は、その根拠をメフィストの形姿に見いだすのである。ここではメフィストはもはや仮面をつけずに文字通りメフィストとして登場するのだから、その台詞が作中のメフィストの性格と一致しなければならないことは明らかだ。しかしメフィストの相手をつとめる「主」が『ファウスト』の世界に二度と登場してこないことを考えると、『ファウスト』の結末がすでに《天上の序曲》において予言されているという見方は疑わしくなってくる。この観点において、ファウストの救済がすでに《天上の序曲》において準備されているとみるフリードリヒ・フォールスターの問いに対するゲーテの返答は曖昧で、回避的である。「それは啓蒙主義というものだ。ファウストは高齢において死ぬが、われわれは年をとると神秘主義者になるものだ」(19)と、ゲーテは言うのである。《天上の序曲》の「主」がもう一度終局において登場することがゲーテのプランにあったかどうかさえ、本来疑わしい。メフィストがファウストの魂をめぐって天上の諸力と対決する『ファウスト第二部』の最終場面はすでに一八〇〇年頃の成立時期に属しており、従って《天上の序曲》はこのことを前提としていなければならないだろう。しかし、《天上の序曲》におけるメフィストの姿勢をどう理解したらよいだろうか。

おれは時々あの爺さんに会うのが好きだ。
そして付き合いがまずくならないように気をつけている。
悪魔にさえあんなふうに人間らしく話しをしてくれるのは、
大旦那の身で感心なことさね。　(v. 350－353)

悪魔メフィストが目下交誼を求めているこの「爺さん」が、やがてファウストの魂をメフィストの手から究極的に奪回すべき「神々の仕掛け」をもたらすのであろうか。しかし「主」の言葉はドラマの内容とも素朴には一致しないのである。

Und steh beschämt, wenn du bekennen mußt:
Ein guter Mensch in seinem dunklen Drange
Ist sich des rechten Weges wohl bewußt.　(v. 327–329)

しかし、いつかはおまえは恥じ入って、こう言うぞよ、
「よい人間は、盲目な内部の促しに動かされているときも、
正しい道を忘れてはいぬものだ」と。　(v. 327－329)

この「主」の予定調和的な世界観が、フィレモンとバウキスを抹殺し、グレートヒェンを破滅に追いやるファウストにも当てはまると、受け取るのはむずかしい。この「主」は自己の哲学を別の言葉でも表現している。

Wenn er mir jetzt auch nur verworren dient,
So werd'ich ihn bald in die Klarheit führen.
Weiß doch der Gärtner, wenn das Bäumchen grünt,

19　この対話の日付けは不明のようである。Vgl. Eudo C. Mason, S. 355.

Daß Blüt' und Frucht die künft'gen Jahre zieren.

(v. 308–311)

あれは今のところ戸惑いしながらわしに仕えている
が、
やがて澄み徹《とお》った境地へかれをみちびくことになろ
う。
庭師でも、苗木にみどりの芽がふけば、
やがて年々にそれが花を咲かせ、実をつけることを知
るではないか。

(v. 308–311)

この「主」のヒューマニスティックな姿勢は、ゲーテ自身の教養過程を反映する『ヴィルヘルム・マイスター』にこそふさわしいのではないか。言葉のニュアンスは、ここで問題なのがファウストの不道徳性というよりも、単に人間教育のモルフォロギー的観念であることを示している。dunkel（暗い、ここでは「盲目な」）とかverworren（混乱した、ここでは「戸惑いしながら」）という形容詞は道徳的悪を意味するよりも、むしろ将来展開するであろう、創造的な力を潜在的に秘めている状態を暗示している。これがほかならぬ最後の二行の意味であろう。ここでは道徳的ないしは宗教的観念はかかわりがない。主の台詞はむしろ、すでに論及した文学の生成の観念と容易に結び付くであろう。

しかし、庭師の知恵をもって人間性について語るこの年老いた「主」とは、本来、誰であろうか。『ファウスト』の序曲に繰り返し現れる人間性のモルフォロギー的観念がゲーテ固有の思想に属することは確かであり、そこにはまさしくゲーテの素顔がある[20]。ともあれ、「主」がゲーテ自身だとすると、三つの序曲と『ファウスト』の世界との関連は全く独特のもので、いわばファウスト演劇の楽屋が舞台として提示されたようなもので、それもまた『ファウスト』の面白さであるだろう。

しかしなぜゲーテの『ファウスト』にはそもそも三つの序曲が必要になったのだろうか。三つの序曲がシラーの影響下に成立したと一般的に仮定できるように、その中に『ファウスト』問題に関するこの時期のゲーテの切実な理論的関心が反映したであろうことは明らかだ。シラー

20　リッケルトは、《天上の序曲》における「主」の行為の哲学を、ファウストの魂が昇天する《山峡》の場に至るまでの、一貫した『ファウスト』の理念として捉えているが、一方、リッケルト自身、「行為」の理念がフィヒテ哲学の根本命題と一致することも指摘している。従って、《天上の序曲》の場は、天上的次元であるにもかかわらず、《山峡》の場のカトリック的精神界とはかかわりがなく、ここで語っている「主」は、まさに近代的自我としてのゲーテである。Vgl. H. Rickert: Die "Idee" des Faust und der deutsche Idealismus, in: Goethes Faust. Die dramatische Einheit der Dichtung. S. 522.

との往復書簡において繰り返し現れる観念は、『ファウスト』の途方もない素材そのものがすでに未曾有のものであり、全く新しい文学的手法を要求することを語っている。『ファウスト』の荒唐無稽な素材はある種の法則性を宿しているとしても、そこにはもはやギリシャ悲劇を模範とする詩学は通用しない。今や『ファウスト』の素材において、ヨーロッパの伝統的な詩学を拒絶する、このドイツ的個性が問題となるとき、それをいかに克服すべきかに、ゲーテの理論的関心があったに相違ない。そしてそこに至るためには、「詩人」がさしあたり抒情的自我を取り戻さねばならないことが、すでに論及したように、《捧げることば》の主題となっている。しかしこの観念に宿る革命的な意味は、規範的詩学がその分離を前提としてきたジャンルの混淆を、他ならぬ『ファウスト』の素材が要求するところにある。そしてそれ自体すでに『ファウスト』の素材が持つ近代性なのである。

　近代文学を把握し得る様々な概念を、われわれはシラーの「素朴文学と感傷文学」という論文から得ている。この試み自体、自己の文学をゲーテに対して正当化し、擁護するための動機に由来するが、しかし最近の学者ペーター・ソンディ以来(21)、われわれはもはやゲーテが素朴でシラーが感傷であるといった単純な図式に甘んじることはできない。近代文学を概念的に把握するシラーの試みにおいて、ジャンルを分離する伝統的な詩学を前提とするとき、シラーが指摘するような、ゲーテの叙事文学である『ヴィルヘルム・マイスター』における悲劇的要素やゲーテの戯曲における叙事的要素がすでにそれ自体問題的な現象であり、ゲーテの文学が素朴と感傷を同時に兼ね備えているという発見をもたらすのである。そしてそのような理論的関心にとって、ファウスト文学の荒唐無稽な形態ほどに生産的なものはなかったであろう。こうしてゲーテがシラーに『ファウスト』の断片を読み、自分に代わってそれを解釈してくれと依頼するとき(22)、それはゲーテに理論的能力が欠けていたことの証左ではなく、むしろこの時期ゲーテがいかに自己の本能に逆らってまで理論的であろうとしたかを示している(23)。しかしこの意識的な理論的作業が完成に導いた『ファウスト第一部』を見れば、この時期の理論的関心が結局のところファウストの素材における無形式性の擁護を目指していることが分かる。こうしてゲーテの理論的関心は一方では、『ヘルマンとドロテーア』におけ

21　Peter Szondi: Poetik und Geschichtsphilosophie I.u. II, Frankfurt am Main 1974.
22　シラー宛ての手紙（一七九七年六月二二日）
23　Hans Pyritz: Der Bund zwischen Goethe und Schiller, in: Begriffsbestimmung der Klassik und des Klassischen. Darmstadt 1972.

るような純粋な叙事的本質を追求することで、ジャンルのカテゴリー的分離を前提とするが、他方では発展したジャンル詩学の歴史性・亜流性を洞察しながら、文学の根源をジャンルの混淆形態として捉えることに帰着するのである。一七九七年におけるゲーテのバラード研究が彼を再び「靄と霧の道」へもたらしたのも偶然ではない。もはや規範的詩学の「三一致の規則」ではなく、抒情性と劇性と叙事性を混淆するバラードの形態が、荒唐無稽な『ファウスト』の形象世界にとって一つのモデルを提供する。しかし単純なバラードの形態のように容易には制御し得ない複雑な『ファウスト』の形象は、むしろ意識的に理論的姿勢を要求したはずで、それはおのずから『ファウスト』の三つの序曲に反映することになったと言えるだろう[24]。

そのように考えるならば、『ファウスト』の「詩人」は、むしろその多様性において、理解されねばならない。すなわち、まず第一に《捧げることば》の抒情的自我として、第二に《舞台での前戯》において、自己自身を演出し客観化する行為における悩める自我として、第三に《天上の序曲》において、人間的葛藤がもはや永遠の調和を乱すことのない神々の高みにおける安らいだ自我として。その際、三つの序曲は文学の生成を主題とし、文学の生成における三つの局面を提示している。抒情的自我の「未熟な眼」(der trübe Blick) はなお幸福なナルシス的状態にとどまり、対象と一つに溶け合う自我は客観化されない。この抒情的・音楽的気分は、あらゆる詩の根源である(例えば、若きゲーテの抒情詩『ガニュメート』[25])。ついで《舞台での前戯》は詩人の自我における主体と客体の葛藤、すなわち自己自身を客観化する劇的過程を提示する。そしてこの過程が完了し、詩人の自我が対象化されると、《天上の序曲》において「主」が登場し、その永遠に安らいだ鳥瞰する視点は、生成の過程を概念に、時間を空間に変換して、永遠の次元に高める。『ファウスト』の三つの序曲においては、第一に『ファウスト』の形式が問題であり、作品の内容的先取りが問題なのではない。いずれにせよ『ファウスト』世界と内容的関連を持ってはいない《舞台での前戯》が蛇足とみなされるならば、われわれは『ファウスト』のドラ

24 ミーヘルセンは《舞台での前戯》に、ファウストの素材をめぐるゲーテ・シラーの論争が反映していることを裏付けている。Michelsen, S. 27.

25 「抒情性」、「劇性」、「叙事性」という文芸学の基本概念自体、本来、ゲーテとシラーの文学的書簡において成立したもので、ゲーテの自己解釈でもある。実際、ゲーテほどにこの三つの基本概念を体現し得た作家はないだろう。筆者はかつて、『ウェルテル』の根源的気分が抒情詩『ガニュメート』と同質のもので、いかにそこから劇的・叙事的なジャンルとしての小説『ウェルテル』が生まれたかを論じたことがある。拙稿：ゲーテの「ヴェルター」における牧歌的、風刺的、悲歌的な局面、茨城大学教養部紀要第一〇号、一九七八年。

マとしての認証を失うことになってしまう。なぜならば、ここではゲーテの『ファウスト』が舞台の上で演出され得ることを、単にドラスティックに示しているにすぎないからだ。

従来《天上の序曲》の内容だけが問題となり、その形式が問われなかったのは不思議なことである。例えば、最初に三人の天使が登場し、次いでメフィストが、そして最後に主が登場する過程自体、本来、ニーチェが描くギリシャ悲劇の発生と衰退の論理にも対応しており、天使の賛歌が抒情的・音楽的な根源としての合唱、メフィストの対話を挑発する姿勢が劇的展開、そして「主」の独白がその展開の終結と衰退、つまり、ニーチェが指摘するところの、エウリピデスにおいて現れる叙事的傾向を暗示している、とも解し得る(26)。主とメフィストとの対話において、作者はなるほどユーモアに富む描写を狙っているが、しかしそれによって「主」の立場が相対化されると考えるのは誤りであろう(27)。「主」の普遍的な立場がメフィストの挑発にもかかわらず、自己充足し、メフィストの干渉を受け付けないことと、叙事的な自我がすべての語られ得る人間的葛藤に対して超然とすることとは、ここでは表裏一体なのである。従ってメフィストが《天上の序曲》の主を「爺さん」と呼ぶのも不思議はない。《捧げることば》の抒情主体が作者の若返った自我であるとき、「主」の立場は老齢、つまり哲学的な概念と思想の局面に対応している。

しかし『ファウスト』の三つの序曲は文学現象を三つのジャンルに分類することを目的とするのではなく、あくまでも目下カテゴリー的に分離されたそれぞれのジャンルの法則を混淆することを目指している。そしてそれを通じてゲーテの『ファウスト』は再び近代文学の原初としてアクチュアルな意味を語るのである。その際、三つの序曲は文学の生成過程を暗示するのみならず、文学のそれぞれの発展段階の要請をも表現しているのであり、かくして、《天上の序曲》は、《捧げることば》におけるほど情感的でもなく、また《舞台での前戯》におけるほど独断的でもない

26　ニーチェは「ディオニュソス的なもの」と「アポロ的なもの」という概念でギリシャ悲劇という歴史的現象を分析しているが、このニーチェ独自の二つの概念自体、「抒情的なもの」、「劇的なもの」、「叙事的なもの」という、ゲーテとシラーによって理論的に把握された詩学の基本概念を敷衍したものではないか？　本来、詩学の基本概念自体、ヘーゲル流に意識の弁証法的運動の契機として捉えることもできるわけで、ニーチェはそれを歴史の運動原理として捉え直したのではないか？　ニーチェ『悲劇の誕生』（筑摩書房、一九六〇年）参照。

27　これはシェーネの注釈でも裏付けられている。Schöne, a.a.O. S. 173.

が、やはりこの段階の理論的要請を背景として、一つの穏やかに促し、命じる文体へと収斂するのである(28)。

永遠に創りはたらく生成の力が
おまえたちのまわりに愛のやさしい垣根を結いめぐらすがいい。
そして移ろう現象として揺らいでいるものを、
おまえたちは持続する思惟によってしっかりとつなぎとめるのだ。
(v. 346―349)

28　E・シュタイガーは、詩学の基本概念の体系化に際して、抒情的本質（透入）、叙事的本質（現前）、劇的本質（企図）の順で、劇的なものを最後に叙述しているが、一方、劇中のパトス的言語と抒情的言語との緊密な関係も指摘しており、シュタイガーにおいては、文学の生成のプロセスではなく、三つの概念相互の有機的関連が問題のようである。E・シュタイガー『詩学の根本概念』（高橋英夫訳、一九六九年、ウニベルシタス）参照。なお「訳者あとがき」によれば、シュタイガーの著述は、古典主義的詩学の規範性に反逆したのがほかならぬ古典主義者ゲーテであったという歴史のアイロニーを踏まえて、それに対する解決策であったのであり、ゲーテ以後のロマン派を含む広範な詩学の試みとなっている。

第二章

《夜》の場と『ファウスト』の基本構想

一、地霊の出現＝独白の内的形式

しかし前章で論じたようなジャンルの混淆形態とは、そもそも一つのジャンルと言い得るだろうか。この問いとの関連において、最近ハインツ・シュラッファーが著した『ファウスト』研究は啓発的である(1)。『ファウスト第二部』の様式を寓意の構造として捉えるこの画期的な著作については、第二部の解釈の局面で大きな意味を持つことになるが、ここでは目下の関連において興味を引く箇所を引用するにとどめる。

「寓意的重層性は叙事的継起や劇的対立と比較対照できるかもしれない。もっとも、寓意とはそもそも一つのジャンルかという疑念に妨げられない場合のことだが。寓意にとって本質的なこと、つまりそれが読者によって直接的には認識されないということが、その反証となってしまう。読者は別のジャンルの見せ掛けの外観の背後にその秘密を探らねばならない。寓意とは自立的ではなく、寄生的なジャンルなのである。それは、描写の中に自己を隠し、その意味を解く鍵を与えるために、既存のジャンルを利用しながら、すべてのジャンルの枠をはみだしてしまう。結局のところ、それは抽象的理念としてすべてのジャンルを越えているのである。かくして、寓意文学の逆説が生じる。すなわち、いかなる特定されたジャンルもそれにとって必然的ではないが、しかしいずれか一つは不可避なのである。従ってゲーテの寓意も、それと自己同定するわけではないが、ある所与のジャンルに依存している。その『ファウスト』企画は彼に第一部と連結して、幸いなことに厳密な形態においてではないが、劇というジャンルを提供してくれる。その形式的基盤、すなわち、ゲーテが公的には悲劇と呼び、そして私的には『野蛮な構成物』と呼んだドラマにとって、寓意的構想はいかなる帰結をもたらすであろうか」(2)と。

1　Heinz Schlaffer: Faust Zweiter Teil. Die Allegorie des 19. Jahrhunderts, Stuttgart 1981.
2　Schlaffer, S. 147.

このようにH・シュラッファーもまた、この寓意的ジャンルが厳密な意味では劇的でない『ファウスト第一部』に連結してはじめて可能となっていることを否定していない。しかしすでに『初稿ファウスト』のモザイク的性格を、それが成立史の問題として単純に片付けられないとすれば、どう理解したらよいだろうか。この関連において、ファウストの最初の独白の言語的形式を、試みに分析してみるのも無意味ではないだろう。

地霊の登場に至る最初の一六八行、すなわち、すべての『ファウスト』の文体問題が萌芽として含まれているとも言える重層的な言語形態は、すでに『初稿ファウスト』に属している。そして最初の三二行はなお人形芝居に由来する伝統的なファウストの独白を継承している。しかし三八六行目の「ああ、照りわたる月よ、」以下は、すでに基調の転回を示している。またマクロコスモス（大宇宙）の符から地霊の符へと急激に変貌するファウストの姿勢は、独特のリズムを描いている。この事実に直面して、一体、この奇妙なプロセスは超人ファウストの錯綜せる性格をあらわしているのか、それとも言語的様式それ自体が錯綜しているのかという問いが必然的に生じる。かつて、後者の立場を代表する文献学者W・シェーラーは三八六行以下の基調の転回に着目し、この新しい言語的様式は別の成立史的局面に属すると仮定した(3)。しかしすでにすべての言語的層を包括する『初稿ファウスト』がE・シュミットによって発見されて以来、W・シェーラーのテーゼは根拠を失ったと言えるだろう。一方、H・リッケルトはファウストの人格を「二重性格」と定義し、ファウストの錯綜した気分をもこの性格概念によって理解したのである(4)。しかしファウストは、例えばオセローやイアゴーと同様に、そもそも一つの性格を持っていると言えるだろうか。ワーグナーやメフィストは、それぞれ特定の人間的タイプを表現することによって、確かに一つの性格を持っている。それに対してファウストは、超人としておそらくは抽象的な意味での類的人格であるとしても、個々の人間のタイプをあらわしているとは言えないから、むしろ性格のない人間である。逆説的に言って、悪魔の方がファウストよりも、

3　Heinrich Rickert: Geothes Faust. Die dramatische Einheit der Dichtung. Tübingen 1932. S. 109.

4　Rickert, a.a.O. S. 110. Oder in: Die Einheit des faustischen Charakters. in: AGF. リッケルトの「二重性格」(Doppelnatur) という概念自体、二つの全く相反する性格をあらわしており、それを一身で体現することは、すでにファウストの超人性である。リッケルト自身、同じ文脈で、ファウストの超人性 (Übermenschlichkeit) について語っている。

はるかに人間的に振る舞っている(5)。

上述の地霊の登場に至る一六八行は、その象徴的な奥行きを考慮すれば、ほとんど一行毎に解釈しなければならないことだろう。しかしここで、われわれはこの意味深長な文体を、単に形式の観点で問題にしてみたい。ファウストの伝統的独白を継承する最初の三二行は、一人称形式(Ich–Form)をもって特徴付けることができる。

Habe nun ach! Philosophie, (v. 354)
(ああ、こうしておれは哲学も)
…………
Drum hab' ich mich der Magie ergeben, (v. 377)
(魔法に没頭した。)

伝統的な独白を一つの枠に嵌め込む、この二つの完了形の文章は、ここで何かが完了したという印象を与える。ゲーテは『若きウェルテルの悩み』を閉じる完了形の文章で、その『ファウスト』を開始するのである。ファウストの誇張された台詞を幾分滑稽に響かせる伝統的なクニッテルフェルス詩形は(6)、ここでは話者がその錯綜した気分にもかかわらず、かなり自己充足しているという感を与える。ここでのファウストはなお覚めた悟性的人間であり、彼は自己の過去を記憶に呼び戻すというよりも、すべてをひっくるめて断罪し、放擲してしまうのである。しかしこの枠はすでに後置文によって破られる。

Daß ich erkenne, was die Welt
Im Innersten zusammenhält,
Schau' alle Wirkenskraft und Samen,
Und tu' nicht mehr in Worten kramen. (v. 382–385)

いったいこの世界を奥の奥で統《す》べているものは何か、それが知りたい、そこで働いているあらゆる力、あらゆる種子、それが観《み》たい。そうすれば

5　メフィストのモデルとしてゲーテの若い頃の友人メルクが指摘されるように、メフィスト的タイプの人間は珍しくないだろう。ファウストの人格にも確かに、リッケルトが指摘するように、哲学者フィヒテとの類似性があるが、しかしそれはとうてい一般的・類型的な人間のタイプとは言えない。また『ファウスト』という作品の告白的性格にもかかわらず、ニーチェも指摘しているように(『道徳の系譜』木場深定訳、岩波文庫、一二四頁)、ファウストをゲーテの人格と同一視することはできない。ゲーテにはファウストのような行動性があったわけではない。むしろゲーテは近代的自我としての行動的願望を伝説的・虚構的な人物に、実験的に投影したのではないか?

6　この解釈はシュタイガーの説を踏まえた。Emil Staiger: Goethe. Bd 1, S. 211. またシェーネの注釈でも裏付けられる。Schöne, a.a.O. S. 208.

もうがらくた言葉を掻きまわす必要もなくなるだろう
と思ったのだ。
(v. 382－385)

ここではもはや自己ではなく、「世界」の概念が問題である。そして魔法の意味とは本来この「世界」の概念に潜んでおり、それはすでにファウストの独白の狭い一人称形式を止揚してしまう。そしてこの魔法がかった雰囲気は、次の段階を用意する。

ああ、照りわたる月よ、おまえがこの苦しみを照らすのも、
これが最後であればいいに。
…………
ああ、おまえの光におしみなく照らされて
山々を尾根づたいに歩いてみたい。
山深い洞窟のほとりを精霊たちといっしょに飛びめぐりたい。
おまえのおぼめく光といっしょに野をさまよいたい。
あらゆる知識の垢を洗いおとして、
おまえの露にぬれてすこやかな自分にもどりたい。
(v. 386－397)

抒情的な響きが文体の不連続を示しているので、従来、多くの解釈者にとって悩みの種となったようである。しかしこの文脈が二人称形式(Du-Form)によって統一されることは明らかであり、最初の行「ああ、照りわたる月よ、おまえが」(O sähst du, voller Mondenschein)は、冒頭の「ああ、こうしておれは哲学も」(Habe nun, ach! Philosophie)に対して鋭い対照を形成している。月の光を「悲しみの友」(v. 391)と呼ぶ抒情的自我は、もはや自己の中に閉じこもってはいず、その幻想の中で豊かな世界を体験する。抒情的な願望の形式は、すでに地霊を出現させる言語に近づいている。

そして再びファウストが自己自身に目を向けると、彼は今こそはっきりと、自分が牢獄に閉じ込められているのに気付く。

ああ、おれはまだこの牢獄につながれているのか、
呪わしい、陰気なこの石壁の穴ぐらに。
…………
これがおまえの世界だ。これが世界といえるか。
(v. 398－409)

この描写する言語はすでに抒情的ではない。しかし一方、ここに「おまえ」として対象化された自我はファウストの主体と乖離しているから、自己認識はむしろ自己分裂

を引き起こす。

　これでもまだおまえは、おまえの心臓が、
　締めつけられて胸のなかで悲鳴をあげている理由がわ
　からぬのか。

　…………

　神は生きた自然のなかに生きよと
　人間を創ったのに、
　おまえは煤《すす》とかびにまみれて、
　けものや人間の骸骨に取り囲まれているのだ。
　(v. 410―417)

　この段階においては、一人称形式と二人称形式は同程度に特徴的である。ファウストの悲劇的パトスはこの分裂した言語において啓示される。これはもはや独白ではなく、なるほど自己自身と向かい合ってではあるが、一つの対話である。そしてこのダイナミックな言語が今や命法へ高まるのも、不思議ではない。

　さあ、逃げ出せ。広い世界へ出て行け。
　ここにノストラダムスが自筆で書いた
　一巻の神秘な書物がある。

　…………

　霊たちよ、きみらはわしのまわりにただよっている
　な、
　わしの言うことが聞こえるなら、答えてくれ。
　(v. 418―429)

　ここで語っているのは一人ファウストのみである。しかしこれはもはや通常の意味の独白ではない。霊たちへの呼び掛けは、すでに対話である。このことを正しく理解するために、われわれはこのドラマの根源の意味から出発しなければならないだろう。このドラマにおいては、霊たち自身行為する人格として登場しており、人間もまた一個の霊として、霊的世界に属している。ここでは単に人間と霊との交感の形式、つまり霊的な世界関連が問題であり、通常の人間的対話も、宇宙的現実を構成するすべての可能な象徴的形式の一つにすぎない。そしてこのことは、人間もまた霊的なものとして把握された自然に帰属しているという、他ならぬゲーテ的世界観の根本相を反映しているのである。

　ともあれ、ファウストの独白がこの段階から地霊の出現へと一直線に高まったならば、言語的様式はある意味でいっそう統一的であっただろう。なぜなら、次の命法、

霊たちよ、きみらはわしのまわりにただよっているな、
わしの言うことが聞こえるなら、答えてくれ。

は、地霊出現の場のいっそう高揚した命法に対応しているからだ。

おれは感じる、地霊よ、おまえは招きに応えておれのまわりをただよっているな。
すがたを現わせ。
おお！　胸が掻きむしられる。
五官が掘りかえされて、
新しい激情が目をさます。
おれの心がすっかりおまえの手につかまれる。
姿をあらわせ！　あらわせ！　この命をなくしてもいい。
(v. 475－481)

こうして地霊が出現する。この必然的な過程にとって、マクロコスモス（大宇宙）の場はある種の中断である。なぜなら、ファウストは再び思索する瞑想的自我の独白に陥るからである。この基調の転換は、v. 386以下のそれとは対照的に、目下高揚した二人称形式から一人称形式へのとんぼ返りを意味する。しかしそれは抒情的な一人称ではなく、叙事詩の語り手のように、すべてを高所から鳥瞰し包括するような叙事的一人称である。

万物が織り合わさってひとつの全体をなしている。
万物が万物に働きかけ、力を合わせて活動している。
天のもろもろの力が上がり下がりして、
黄金のつるべを渡しあっている。
そのすべてが、祝福にかおる翼をふるって、
天から下界へと押し寄せ、
万物のなかにその諧調をひびかすのだ。
(v. 447－453)

かりにファウストの追求の目標が全体の観照にあるのなら、ここでファウストはすでに目標に達したと言えるだろう。魔法がかったマクロコスモスの符は、「世界を奥の奥で統べているもの」を、すでにファウストに観照させる。ファウストはこれ以上に高い対象を望むことはできないだろう。ファウストは自らを神のようにすら感じるのである。

いや、おれは神のひとりになったのではあるまいか。
何もかも明るく見通せる。
おれには、この清らかな筆の跡のうちに、
生きてはたらく自然の全容がひろがっているのが見える。
(v. 439－441)

ファウストは神々の高みにあり、《天上の序曲》における「主」のように、その鳥瞰する視点から万物を眺めている。これこそ「主」がやがてファウストを導こうとする、「澄み徹った境地」ではないか。しかし目下彼はそれを拒絶し、あの呪わしいファウストの行動原理へと傾斜していくが、それはやがて『ファウスト』全体の要をなす「賭け」の言葉へと収斂する。

おれがある瞬間に向かって、
「とまれ。おまえはじつに美しいから」と言ったら、
きみはおれを鎖で縛りあげるがいい、
おれはよろこんで滅びよう。
(v. 1699－1702)

マクロコスモス（大宇宙）の符から地霊への、認識から行為への転換は、今や『ファウスト』全編を貫く根本主題となったのであり、地霊の出現はファウストの運命の諸相を貫く象徴的原点である。しかしなぜファウストはマクロコスモスの符を拒絶するのだろうか。これは読者が誰しも素朴に感じる疑問だが、その答えはある意味では単純で、マクロコスモスの符がいかに万有を包括していても、ファウストが単にそれを観照できるにすぎないからである。

すばらしい見物《みもの》だ。しかし、ああ、やはり一つの見物にすぎぬ。
無限の自然よ、おれはどこを手がかりにしておまえを捉えたらいいのだ。
おまえの乳房はどこにある？
(v. 454－456)

このようにファウストは、無限の自然を単に観照できるのみで、女の乳房のようにそれを掴むことができない。認識と観照はそれ自体としては沈黙であり、霊と人間の交感の形式ではないが故に廃棄される。しかしこの決断にはすでに深いイロニーが感ぜられる。なぜなら、ファウストは結局のところ一個の人間の運命に身を委ねようとしたのであり、そのことは万有を鳥瞰する神々の高みを自ら捨て去ることにほかならないからだ。認識を意味付けるものも人間的興味であり、認識は実践的自我に包摂されてはじめて意味をあらわすということが、地霊の場の寓意でもあるだろう。

地霊の登場の意味は今や明らかである。自然を単に観照するのみではなく、それを女の乳房のように掴み、より身近なものに感じようと願う、ファウストの対話への衝動がついに地霊を挑発し、出現せしめたと言える。たえず二人称形式（Du-Form）へと高揚するファウストのダイナミックな言語は、ついに舞台の上の視覚的現在となったのである。地霊登場の場の幻想的雰囲気にもかかわらず、地霊はファウストの夢ではない。なぜなら、対話はすでに舞台の上の現実そのものであるからだ。かくして地霊の出現は

ゲーテの『ファウスト』をドラマとして認証したことになるが、その独特の性格も今や明らかである。なぜなら、このドラマは人間相互の関係よりも、人間と霊、霊的なものとしての自然との関係、そしてそこから生じる霊としての人間の矛盾を主題としているからだ。なるほどこのドラマにおいても、ファウストと悪魔メフィストとのまさに人間的関係のように、通常の一次元的現実も導入され、それによって舞台空間の視覚的現在が保証され、ドラマが構成されるが、しかしいわば舞台の背後の目に見えない霊的世界との秘儀的関係を度外視するならば、われわれはこのドラマの根本性格を見失ってしまうことになるだろう(7)。このドラマはすでにその根源において多次元的である。ハインツ・シュラッファーが『ファウスト第二部』の本質的な多次元性として捉えた寓意構造は、本来、人間と霊との根源的・多次元的な関係、いわば自然の神話から発展したものである。

　この意味でワーグナーの場は偶然で、場違いなものに思えるかもしれない。なぜなら、終始、独白の形式で統一された《夜》の場の真ん中に挿入された、唯一の人と人との通常の対話は、必ずしも必然的には思えないからだ。しかし唐突に始まり、唐突に終わるこの本来単調な対話は、またいかなる人間的・弁証法的な関係ももたらさない。それ自体典型的に描かれたワーグナーの教養俗物的性格は、ファウストの意識にいかなる運動も誘発しないし、またファウストの感情の振幅も、すでに典型化されたワーグナーの人格にはいかなる影響も及ぼさない。ファウストの独白がすでに潜在的な二人称構造であったとすれば、この対話は潜在的な一人称構造である。ワーグナーとの対話にもかかわらず、ファウストは無際限の一人称であり、この非限定性の故に全体（類的人格）であり、個であり部分でしかないワーグナーには及びもつかない卓越した位置に置かれる。そしてこの部分と全体との関係を、ファウスト自身《市門の前》の場で明晰に定式化するが、それはまたファウストの超人性（無性格）の表現でもあるだろう。

　いや、きみの知っているのはただ一つの願いだけだ。

7　地霊は、ファウストの自我であると同時に非我（世界）であり、両者は弁証法的関係である。因みに、フィヒテ哲学において、自我は自己を非我として定立する主体であり、自我はその定立の行為においてすでに弁証法的な行為概念である。ディーター・ヘンリッヒ『フィヒテの根源的洞察』（座子田豊訳、ウニベルシタス、一九八六年）を参照。
また筆者の見解では、地霊はゲーテの抒情的根源から浮かび上がった形象であり、それ自体ゲーテ時代の歴史の時間における一回的事件（疾風怒濤時代の記念碑）である。ここには『ファウスト第二部』第三幕冒頭の現実のヘレナの独白（古典主義時代の記念碑）と同じ論理がある。ファウスト伝説の虚構的時間とゲーテが生きる現実の歴史的時間が交錯することが、『ファウスト』という作品の独特の構造原理である。

それとは別の、もう一つの願いは、いつまでも知らず
にいるのがよかろう。
ああ、おれの胸には二つの魂が住んでいる。
その二つが折り合うことなく、たがいに相手から離れ
ようとしている。
一方のたましいは荒々しい情念の支配に身をまかし
て、
現世にしがみついて離れない。
もう一つのたましいは、無理にも埃《ほこり》っぽい下界から
飛び立って、
至高の先人たちの住む精神の世界へ昇っていこうとす
る。
(v. 1110－1117)

しかしこのようにワーグナーに対して卓越しているファウストが、地霊には及びもつかない。

神の似姿であるおれが、
おまえにさえ似ていないとは！
(v. 516－517)

そして地霊自体もまた神性に対して下位にあり、神性に奉仕する存在なのである。

こうしておれは「時」のざわめく機《はた》をうごかす。
神の生きた衣を織る。
(v. 508－509)

この宇宙の神的本質から発生する多次元的な一人称構造（簡単に言えば、抒情詩の集合体）は、霊的ヒエラルヒーでもあり、寓意的関連において世界の意味を啓示する。ハインツ・シュラッファーが『ファウスト第二部』研究において寓意構造として特徴付けたこの論理は、『初稿ファウスト』にすでに潜在的に含まれている。また無数の一人称構造においてゲーテ時代の群像をファウスト世界に登場させるという点で、極めてラディカルな実験的性格を示す《ヴァルプルギスの夜の夢》などは、ゲーテがすでに『ファウスト第一部』の枠内で、この特殊な意味でのファウスト的構造原理を自覚していたことを理解させる。そのような寓意構造へと高まる傾向は、すでに示したように、『ファウスト』の言語の抒情的・根源的なダイナミズムと関連している。ゲーテの『ファウスト』はとうてい一つのジャンルに位置付けられるものではないが、しかしこの抒情性と劇性と叙事性を混淆する作品ほどに、すべてのジャンルの根源的意味を理解させてくれるものはないのである。

二、ファウストの救済と物質世界からの解放の思想

『ファウスト第一部』の《夜》の場で、ワーグナーが退出して後、ファウストは再び絶望に陥る。地霊がファウストに向かって「おびえちぢかんだ虫けらがおまえか」

(v. 498) と言い、またファウスト自身ワーグナーに向かって「そのあげく、みみずを見つけて喜んでいるのだ」(v. 605) と言うとき、「虫けら」(Wurm) とはさしあたり侮辱の表現とも受け取れる。そしてファウストが自らを「塵あくたのなかにうごめく虫けら」(v. 653) に譬えるとき、彼の絶望的気分は極限に達する。ファウストの気分がこのように二つの極、つまり神の似姿と虫けらの似姿との間で揺れ動くとき、われわれはファウストの性格を一種の心理的概念で捉えてみたい誘惑にもかられる。しかしわれわれが目下眼前に見いだすファウストは、例えば、リッケルトの「二重性格」といった概念で把握されるような単に一個の感情的人間ではない(8)。ファウストの独白は単に個人的な気分を語っているのではなく、その「虫けら」との類似性の認識において、人間の一般的運命を啓示するのである。なぜなら、ファウストが自己を「塵あくたを食って生を盗んでいるうちに、道ゆくものに踏みつぶされる」(v. 653–655) 虫けらに譬えるとき、ここで問題となるのは、ファウストの人格の過小評価ではなく、ファウストが「もとのおぼつかない人間の身」(v. 629) に突き落とされた事態なのである。ファウストのヒューブリス（不遜）、つまり超人性も本来人間と神との形而上的関係を主題としており、従って、その抒情的・悲劇的なパトスにおいて、ファウストの独白はすでに客観的な「世界」の運動を示している。ファウストに万有を観照させ、一瞬ファウストを神の存在に近づけるマクロコスモス（大宇宙）の符は、なお物言わぬ抽象的な記号の体系にすぎない。地霊の登場においてはじめて「世界」自体が言葉を語る一人称の形姿として登場するが、その「世界」の具象性はファウストの個としての存在を圧倒し、押しつぶしてしまうのである。このファウストのヒューブリスの二度にわたる悲劇的挫折は、結局のところ、ファウストを不確かな人間の運命へと突きもどしてゆく過程を提示している。そしてこの観点でみれば、ファウストをはじめて人と人との関係の次元へ導き、その神々の気分の漸次的な凋落を招くワーグナーの登場は必然的である。

　しかしファウストが自らを虫けらに譬えるとき、「虫けら」は必ずしも絶望的気分の誇張された表現ではない。ここではむしろ人間存在の二元性、つまりその神に似た側面と虫けらに似た側面が一般的に認識されており、今や後者の方を通じてはじめて人間の物質世界への関係が啓示される(9)。なぜなら、かりにここで単にファウストの絶望的気分だけが問題であるならば、次のような詩句は理解困難と

8　Vgl. Rickert, S. 262.

9　K・ブルダッハは、人間を土から造ったというCura（憂い）に関するヒュギヌスの寓話がゲーテ『ファウスト』の「憂い」のモデルになっ

なるだろう。
精神が一時《いっとき》どんな崇高なところへ舞い上がっても、
たちまち物質の垢がこびりついて、それを下へ引き下ろす。
いっぺん俗世の宝を手に入れると、より高い精神の宝が幻影に見えてくる。
われわれに生命《いのち》を授ける美しい感情も、
地上の冷気にあって、凍《い》てついてしまう。
いままでは空想が大胆に翼をふるい、
希望にあふれて無始無窮の世界にまでひろがったが、
「時」の渦巻きに巻き込まれて幸福の一つ一つが挫折すると、
萎縮したその空想には、ささやかな空間さえ分に過ぎたものになる。
そのときすぐに心の底に「憂い」というものが巣を食って、
ひそかな苦痛の種子《たね》をまき、落着きなく身を揺すぶりながら、楽しみと安らぎに水をさす。
この「憂い」はいろいろの仮面をつぎつぎに替えてかぶる。
家になり、地所になり、妻になり、子供になる、
火になり、水になり、匕首《あいくち》になり、毒になる。
おまえはいつも、当たらぬ弾丸《たま》におののき、失わぬさきからおびえるのだ。
(v. 634―651)

この詩句がなければ、ファウストの絶望は心理的にはむしろ容易に理解できるだろう。なぜなら、ファウストが地霊の拒絶をうけて、絶望に陥る劇的状況と、この詩句は見たところ直接の関連を持っていないように見えるからである。ファウストが「おれ」ではなく、「われわれ」の立場で語る一般的・格言的認識は、この劇的文脈では本来非常に違和感を与えている。ここではすでに地霊ではなく、「憂い」がもっぱら問題であるかのようだ。しかし、われ

たと仮定している。その寓話によると、「憂い」は土から人間を造ったが、それに精神を付与したものは神（Jupiter）であるので、人間の死に際して、精神は神へ、肉体は大地へ還るが、しかし人間を造ったものは「憂い」であるから、人間は生きている間は「憂い」の支配下にある、ということである。この寓話に基づくブルダッハの論証が「憂い」と人間の物質的側面との関係をめぐっているのは興味深いが、しかしこの優れた文献学的研究には歴史哲学的視点が全く欠落しているので、ゲーテがまさに何ゆえにそのような形象を『ファウスト』の構想の重要な要として利用したかが明らかでない。人間をめぐる物質的環境は、『ファウスト』の文脈においても、単なる自然の事物ではなく、人間の霊的本質が自然を同化して形成した歴史的産物であって、従って「憂い」の形象に近代文明に対するゲーテ独自の歴史哲学的解釈が反映したことは言うまでもない。
Konrad Burdach: Faust und die Sorge, in: Deutsche Vierteljahrschrift für Literaturwissenschaft und Geistesgeschichte, Bd 1. 1923.

われが「憂い」を、すでに述べたように、ファウストが自らを「塵あくたのなかでうごめく虫けら」(v. 653) に譬えるあの文脈に置くならば、「憂い」が単にファウストの内面の心理的幻覚ではなく、すでに客観的な世界の構造的要素であることが分かる。なぜなら、目下ファウストの意識が「憂い」に支配されているとしても、彼はこの「憂い」を心理的幻覚として看破し、そのなかに人間の一般的運命を認識するからである。われわれはこの「憂い」が『ファウスト第二部』の第五幕で、ファウストの死の直前の決定的瞬間に一個のデーモンとして登場し、ファウストに麻痺的作用を及ぼすのを知っている。しかし目下地霊の対立像としてファウストの意識の単なる一成分にすぎず、その後、完全に忘れられた影の存在にすぎなかった「憂い」が、ファウストの死に際して、俄かに切実な意味を担うのは何を物語るのであろうか。この謎めいた形姿に潜む寓意的本質については、『第二部』の解釈では立ち入って検討することになるが、ここでは『ファウスト』の基本構想を明らかにできる程度に言及したいと思う。

「憂い」をさしあたり心理的現象として、将来に対する取り越し苦労のようなものと解するのは、多分間違いではないだろう。しかし「憂い」が「いろいろの仮面をつぎつぎに替えてかぶる」事態をどう理解すべきだろうか。

家になり、地所になり、妻になり、子供になる、
火になり、水になり、匕首になり、毒になる。
(v. 648–649)

どうやら家には火、地所には水、妻には匕首、子供には毒が「当たらぬ弾丸」を意味するのだろう。しかし「憂い」が単なる将来に対する取り越し苦労にすぎないならば、「憂い」が火、水、匕首、毒の仮面をつけるのは分かるが、家、地所、妻、子供の仮面までつけるのは奇妙である。ここではむしろ家、地所、妻、子供に対する自我の関係、つまり私的生活圏がファウストに及ぼす心理的拘束が本質的であり、「憂い」の正体なのである。「憂い」は不幸な幻想というよりも、幸福な生活がもたらす負担感、幸福の影のようにも見える。

ともあれ、地霊が霊的世界の代表者であるとき、今や「憂い」に媒介されて物質世界が現れる。しかもその「物質世界」とは、地霊が類としての人間の創造的行為を体現するとき、「憂い」が他ならぬ一人一人の人間の生存の営みに巣くうことによって、現象するのである。そして「憂い」が人間と物の媒介者となるとき、物質世界は独自の法則を現し、一人一人の人間の意志を超えて、予測もつかない作用を及ぼし始める。しかし物質世界、つまり、物的形態としての人間存在が本来人間的霊性の産物であるとき、同じように人間の上に気まぐれに君臨する霊界と物質界が

どの程度区別できるだろうか(10)。

精神が一時どんな崇高なところへ舞い上がっても、
たちまち物質の垢がこびりついて、それを下へ引き下ろす。
(v. 634―635)

このように今や問題となる物質世界とは単なる自然の事物、山や川などではなく、すでに形成された歴史的現実であり、それはまた人間の霊的本質が漸次的に物質を同化し、自ら産出した事物の支配者となることによって可能となったものである。それは本来人間的活動の壮麗な側面である。しかし人間の霊的本質が物質を同化することによって物質の支配者となるとしても、物質世界が強大となるならば、逆に人間が物質の虜となってしまうこともありうる。人間が物質を同化し、自己を物質化することによって、必然となる疎外の過程もまた人間の霊的本質に属するとき、人間と物との関係は宿命的に見える。ここにはすでに一九世紀のマルクス哲学の核心をなす「疎外」という概念をゲーテが先取りしているとも言えるが(11)、しかし一体何が人間を自ら造った物の奴隷としてしまうのだろうか。『ファウスト』の文脈では、「憂い」がこの人間的生産性に付きまとう、はっきりとは意識されることのない影の側面を暗示しているように思われる。ここでは「憂い」が人間と物の媒介者として登場し、「いままでは空想が大胆に翼をふるい、希望にあふれて無始無窮の世界にまでひろがり」(v. 640―641) 得た人間の霊的能力を、家や地所や妻や子供の仮面ですり替えて物質化してしまうのである。そしてそのように「憂い」に支配されたファウストはもはや神の似姿ではなく、「塵あくたのなかにうごめく虫けら」(v. 653) に等しいのである。『ファウスト第一部』の《夜》の場で、ファウストはまさにそのような「憂い」に支配された状況にある。

この高い壁に取りつけた百の仕切りを

10　例えば、われわれの現代世界において、「貨幣」が物質界に属し、「メディア」(情報) が精神界に属すると言えるだろうか。実際は「貨幣」自体が「メディア」と合体して世界を動かす意識の運動となり、逆に「メディア」は単なるデータの集積として物質化し、貨幣価値に貢献している。

11　マルクスにおいて、「疎外」は資本主義の原理そのものであり、本来、人間的労働の交換価値としての外化を意味する。しかしそこには資本主義的なからくり (魔法) もあり、資本家にとって利潤をもたらす社会的富は、労働者階級、つまり、大多数の人間にとっては、敵対するものとして現れる。「疎外」は、労働という人間の本質 (生命活動) が、人間自体に敵対する関係である。マルクス『経済学・哲学草稿』(城塚登他訳、岩波文庫、一九六四年) 参照。

埋めつくしているもの、それは塵ではないか、
…………
おれの手が触れたこともない古ぼけた道具よ、
おまえはただ父に使われたせいで、ここに残ってい
る。
ぐるぐる巻かれた記録類よ。おまえらは、この部屋に
薄暗いランプがいぶっているかぎり、
いよいよ煤けてゆくばかりだ。
こんなくだらぬものを背負って汗をかくより、
さっぱりと売り払ってしまったほうがよかったのだ。
(v. 656—681)

ファウストの生が始まるこの最初の状況は、疑いもなくファウストの生の終局と平行関係にある。ドラマの冒頭でファウストはすでに若くはないが、しかし何よりもファウストをめぐる世界そのものが老いている。ファウストは物の形態で現在をかたちづくっている過去に苦悩している。それは他ならぬ個としてのファウストが類的存在としての過去と対立している状況であり、ここにもファウストの創造意欲を麻痺させる「憂い」の勢力が支配している。しかし『ファウスト』世界は、そもそもどのようなプロセスを提示しているのであろうか。ゲーテの証言によると、ファウストは約百歳の高齢で死ぬことになっているが、彼はすでに最初に五〇歳を超えているにちがいない。なぜなら、彼は《魔女の厨》で三〇歳ばかり若返り、やっとグレートヒェンに愛される資格を得るからだ。

若返り、多くの人間的理想を実現するファウストは、それにもかかわらず高齢で死ぬ。P・シュテックラインは、「憂い」を老齢の象徴と解している(12)。そうなると、ファウストが魔法を通じて生涯回避し得た老齢が、終局において「憂い」の形姿に宿り、彼に復讐するとも考えられる。このような寓話は、日本人としては言うまでもなく浦島伝説を想起させる。しかしファウストが人間の類的存在を代表する象徴的人格であることを考えると、「憂い」を単純に個々の人間の自然的年齢と同一視するわけにもいかない。むしろ人間の類的活動自体、常に「憂い」と結託した老化の過程なのであって、その際、人間の類的存在にも潜む老化が個々の人間の老化ほどに、はっきりと意識されないということが他ならぬ「憂い」の意味なのである。

ともあれファウストが人生の終局において到達する「人智の究極の帰結」(v. 11574) もまた、すでに最初に定式化されている。

12 Paul Stöcklein: Fausts Zweiter Monolog und der Gedanke der Sorge, in: AGF.

先祖から承け継いだ物でも、
それをおまえの真の所有にするには、おまえの力で獲
得しなければならぬ。
役に立てることができないものは重荷だ。
現在生み出したものでなければ、現在の用に立たぬ。
(v. 682–685)

この思想自体、混沌の力を征服しようと海に挑むファウストの最後のヴィジョンから、生活の知恵としては、ほとんど隔たっていない(13)。しかしそのような瞬間の要請に向かって「とまれ。おまえはじつに美しいから」と言うには未だ人間的に成熟していないファウストは、自殺を決意する。自殺は物質的存在の殻を打ち破って、純粋の霊的存在様式へ向かって飛翔するラディカルな試みである。しかしこの試みはファウストの地上の生活を用意する動機となり、一方、ファウストの霊的存在への変容は、終局の現実の死においてはじめて可能となる。この不発に終わった自殺の動機は、後でメフィストによって皮肉られる (v. 1579–1580)。

もちろん、ここでそもそも自殺が良いものなのだと考えてはならない。重要なことは、人が自殺を死ではなく、生のほうへ向けて関連させるならば、自殺もまた積極的な意味を現すということである。それはゲーテの生き方のモットーとも言うべき「死して成れ」の思想に繋がるもので、いわゆる実存からの逃避としての自殺が単純に賞賛されているわけではない。むしろ自殺の決意が、生を生きるに価するものにする、ということが重要である。ファウストの自殺の想念はいわば神の似姿としての自己確証なのであり、それ自体、地霊の呪縛と同様、ファウストのHybris、つまり神に対する不遜の行為であり、ファウストの人格は、霊界の純粋な霊的本質と対決することによって、むしろ地上的価値を取り戻すのである。『若きウェルテルの悩み』で自殺は、文字通り自然的死の受容でもあるので、この作品の思想はしばしば誤解されている。しかしウェルテルも最後の手紙で次のように言っている。

「人間、この半神とたたえられる者はなんだろう！　いちばん力を必要とするその時に力が抜けてしまうのだ。喜びにおどりあがるときも、悲しみに沈むときも、同じように、引きとめられ、にぶい冷やかな意識につれもどされるのではないか。無限なものの充実のなかに融けこんでしま

13　リッケルトは、ここにフィヒテの社会主義思想との共通性を指摘する。フィヒテによれば、先祖からの相続遺産は直ちに相続者の財産となるのではなく、相続者はそれに値する行為を通じて、それを獲得しなければならない。H. Rickedrt: Goethes Faust. S. 136.

おうと願うまさにその瞬間に」[14]（手塚富雄訳）と。

このようにウェルテル自身、決して生の価値を否定しているのではなく、喜びであれ、悲しみであれ、無限なものの充実としての生を肯定している。むしろ「にぶい冷やかな意識」こそ、生における死として非難されている。ウェルテルの自殺がフランス革命以前のヨーロッパ社会に衝撃を与えたのは、それが他ならぬ市民的な憂いの意識、つまり社会現象の物質化に対して、ユートピアの力として解放的に作用したからである。もちろん、作品の冒頭に置かれている『ファウスト』の自殺のモチーフが、『若きウェルテルの悩み』におけるように実際に成就してはならないことは自明である。

しかし『ファウスト』における自殺の観念は、死後の世界がすでに霊的実体として把握されているので、もはやそこには、逃避的な否定的な意味合いはない。

もう心の用意は出来た。
新しい軌道をえがいて、大気を突き進み、
純粋な活動の新天地をめざすのだ。　(v. 703－705)

このように自殺は「純粋な活動の新天地」へ到達するための契機に他ならない。しかし、死後の世界が純粋な活動の領域として、これほどリアルに把握されるとき、彼岸と此岸の区別はどこにあるのだろうか。天上と地上の次元を包括するゲーテの『ファウスト』では、本来、死というものがない。死は単に変容にすぎないのである。

一方、ファウストの純粋な活動の領域は、キリスト教の彼岸とどの程度異なるのであろうか。ファウストはキリスト教との類縁関係を断固として拒否しなければならないかのようである。

あのいつくしみ深いおとずれを送ってくる
あの世界へ入ろうと、おれは努めぬ。　(v. 767－768)

ともあれ、ファウストの「純粋な活動の新天地」は単なる漠然とした彼岸の思想なのではなく、むしろ具体的にファウストの「不死の霊」が天上に迎えられる終局の《山峡》の場を先取りしているのだ。この最後の場面では、ファウストの霊的存在への変容がドラマ的な出来事として描かれている。しかしそのような変容の過程は、ドラマの次元であるとはいえ、はたしてリアルな現実として理解できるものだろうか。ゲーテ自身の次の言葉は、彼が死後の霊的活動について極めて現実的に考えていたことを教えて

14 『若きウェルテルの悩み』（一二月六日の手紙）

くれる。

「七五才にもなると、ときには、死について考えてみないわけにいかない。死を考えても、私は泰然自若としていられる。なぜなら、われわれの精神は、絶対に滅びることのない存在であり、永遠から永遠にむかってたえず活動していくものだとかたく確信しているからだ。それは、太陽と似ており、太陽も、地上にいるわれわれの目には、沈んでいくように見えても、実は、けっして沈むことなく、いつも輝きつづけているのだからね」(15)(エッカーマン『ゲーテとの対話』、山下肇訳)と。

ここにわれわれは、運命の寵児としての自己信頼を彼岸にまで延長しているゲーテ固有の宗教を見いだす。死後二〇〇年を経てもなお切実な価値を失わないゲーテの精神を不死と呼ぶことに、筆者としても、吝かではない。しかしこの不死の観念がゲーテ固有のものであり、万人に通用するものでないこともまた明らかである。『若きウェルテルの悩み』でデビューしたゲーテがヨーロッパの青春の幸運児として予定調和的感情を持ったとしても不思議ではないが、しかし自殺を遂げたウェルテルの方は、それにもかかわらず悲劇的である。《夜》の場のファウストも、自殺が必ずしも「純粋な活動の新天地」へ導くとは限らず、虚無へ解消する危険を冒すことにもなるのを自覚している。不確かな人間的運命の次元で、たえず自己信頼を戦いとらねばならないファウストの方が、従って、いっそう一般的に人間の霊的本質を体現することになる。《天上の序曲》や《山峡》の場がゲーテ固有の宗教を反映していることに疑いはないが、上に引用したゲーテの不死の観念は、ファウスト自身死後の運命を予見し得ない状況に置かれているのだから、ドラマの文脈では、むしろファウストのヒューブリスの悲劇的核心をなすものと考えられる。

ともあれ、鐘の音と合唱の声が復活祭の始まる時刻を告げると、ファウストは自殺の決意を翻してしまう。ゲーテの『ファウスト』ほどに、キリスト教の復活祭の雰囲気を、印象深く描いた文学があるだろうか。しかし一方、この場の思想構造をどのように理解したら良いだろうか。自殺はキリスト教では禁じられた不遜の行為であるが、ファウストに自殺の決意を翻させるものは、ここではキリストの恩寵のように見える。なるほどファウストは感動のさなかにあっても福音の思想を拒否している。

なるほどその福音のことばはおれにも聞こえる。しかしおれには信仰というものがない。　(v. 765)

ファウストの形姿が危険で、従って、伝説的になり得た

15　Johann Peter Eckermann: Gespräche mit Goethe, 2. Mai 1824.

のも、本来地獄の霊と結託し、キリスト教の善悪の教義を侵害したファウストが、それにもかかわらず積極的な現世の価値を創造したところから来るのであり、ファウストが主の復活を全的に認めたならば、作品の根本主題そのものが失われることになるだろう。しかし他方、伝承されたファウスト伝説の主題自体、キリスト教の教義との敵対関係にもかかわらず、それに依存しており、キリスト教の精神界を超えることができない。従って、ファウストの地上的復活はキリストの受難と復活のヴァリエーションとして理解できるが、一方、キリストの復活はファウストの「純粋な活動の新天地」をすでに先取りしている。

葬《はぶ》られたまいし主は
奥津域《おくつき》を出で、
生きの身にして気高く、
み空さして昇りたまいぬ。
蘇りをよろこびつつ
創造のよろこびに近づきたもう。　(v. 785–790)

「蘇りをよろこびつつ、創造のよろこびに近づきたもう」キリストの復活は、歴史における真理として啓示され、ファウストの純粋な活動の領域のための一つのモデルとなっている。この歴史において展開する霊性というキリスト教の思想なしに、純粋な活動の領域へ飛翔したいと願うファウストの不遜の行為は考えられない。霊的次元に実体を持つキリスト教の真理は、またたえずこの真理を視覚的にも表現することを目差してきたといえる。中世に由来する多数のゴシック様式の教会は、純粋な霊性が空間的・視覚的次元において物的形態としても表現されるというキリスト教の思想の弁証法を示している。天に向かってたえず上昇する形式意志は、鈍重な石の塊からほとんど重力に逆らい透明で浮遊する空間を構築してしまう。大聖堂の西門より一歩足を踏みいれると、人はそこに現実の霊的空間を見いだす。無限の王国を実現すべき形式意志は、石の壁をほとんど透明な透かし彫りのように細分化し、薄明のなかで壁の存在そのものを止揚してしまう。ゴシック様式は鈍重な石塊の非物質化を目差しており、しかもそれ自体物質に対する霊的支配の見事な物的表現なのである。ゲーテが学生時代にシュトラースブルクの大聖堂をしばしば訪れ、ゴシック様式の美にはじめて目を開かれたというのは、まことに有名である。ゲーテはひょっとするとその『ファウスト』において、シュトラースブルク大聖堂の設計者エルビン・フォン・シュタインバッハと競い合ったのではないか。

言語芸術作品を建築物と単純に比較できないことは確かである。しかし明らかに劇的継起においてではなく、場面の対照や均整において形式意志を表現するゲーテの『ファウスト』は、幾分、建築学的様式を連想させる構造を持っている。建築は音のない音楽であるというゲーテ自身の見解を踏まえるならば[16]、『ファウスト』をさらにシンフォニーに譬えるほうが適切かもしれない。ゲーテの『ファウスト』においては、一つの主題がたえず変化しながら繰返されて上昇する、一種の螺旋運動を想定することができる。『ファウスト』の根本主題を提示し、すでに天上の終局を予感させる《夜》の場は、それにもかかわらずファウストをさしあたり地上の生活へと導くどっしりとした基盤をなしている。ファウストの「不死の霊」が天に昇っていく終局の《山峡》の場が、イタリアの壁画をモデルとして踏まえていることが指摘されている[17]。しかしまた同様に、この上昇運動が平面的・静的ではなく、空間的・動的であることも指摘されねばならないだろう。ともあれ、この場に関するゲーテの証言は有名である。彼はエッカーマンに次のように語っている。

「ともあれ、救済された魂が昇天していくあの結末を、まとめるのがとてもむずかしかったということは、君にもわかるだろう。もし私が自分の文学的な意図に、輪郭のはっきりしたキリスト教的・教会的な人物や観念をとおして適当に制限できる形式と緊密さをあたえなかったら、ああいう超感覚的な、ほとんど想像もつかないようなものは、どうやってみても茫漠として、まったく捉えどころのないものになってしまうだろう。」[18]（山下肇訳）と。

この場合、キリスト教的・教会的な形象がゲーテ固有の思想を表現するための単なる手段にすぎなかったと考えてはならない。単なる形態ではなく、主題としてもここで提示されているファウストの救済された魂が、すでにキリスト教的観念に属することは言うまでもないが、その際、ゲーテ固有の意図はファウストの救済された魂を虚構的・幻想的な次元にではなく、あくまでも歴史的・現実的な霊界に導き入れることにあったと言えるだろう。いかにゲーテが異端的立場であったとしても、われわれ東洋人から見れば、それがキリスト教の制度としての精神界であることは言うまでもない。従って、キリストの復活を祝う復活祭の鐘の音と合唱の声は、やがてファウストの救済がそこにおいて成就することになる霊的・現実的次元をはじめに啓示するのである。

《山峡》に展開する終局の場は、地上の営みがなお生き生きと描かれる絵画的風景を提示している。ファウストの沈黙せる魂を除いて諸人物がなお相互に思想を交換し合うこ

16　Maximen und Reflexionen 776. HA Bd. 12. S. 474.
17　G. Dehio: Alt-Italienische Gemälde als Quelle zum Faust, Goethe-Jahrbuch, 1886.
18　Eckermann, 6. Juni 1831.

のひなびた地方は、それにもかかわらず、現実の風景ではなく、聖別された霊界の比喩であり、それ自体、内面化された空間である。このことをリアルに表象するためには、われわれは再びゴシック様式の教会の内部空間を想起すればよい。それは神の国の比喩であるのみならず、神の国に至るプロセスをも表現している。西側正面が死者の世界、東の祭壇が天国、そして中央部の身廊が地上の世界に相当するとされる大聖堂の空間は、それ自体一つの宇宙であり、そこで人は神の国へ至るプロセスに参与し、このプロセスを現実のものとして体験する。垂直に聳える丸柱、穹窿の高み、祭壇の奥行き、壁の薄明の輝きなどが神の無限の王国を現出させる。ファウストの魂の昇天を純粋の霊性として描く終局の場は、このようなキリスト教的文化圏に見られる数々の宗教的観念の芸術的表現を踏まえているのである。

ともあれ、ファウストの「不死の霊」が昇天するプロセス自体、螺旋的上昇運動なのであり、ゲーテはこの本来描写し得ない出来事を区分し、段階づけるために上下の物理的・空間的尺度を導入している(19)。これこそまさに建築学的比喩ではないか。まず「法悦の教父」が、上に下にただよいながら、霊と肉に分かれた人間存在の矛盾を体現する。ついで低い地帯で、「瞑想する教父」が、神秘的な過程を開始するが、その際、彼はあたかも『ファウスト第一部』《夜》の場のファウストの錯綜した気分を繰り返すかのようである。

> わたしの胸も願わくばその恵みの火を受けたい、
> わたしの精神は混濁して冷たく、
> よどんだ官能の獄舎のなかに
> きびしく鎖につながれて悩んでいるのだから。
> (v. 11884—11887)

中ほどの高所にいる「天使に似かよう教父」がやっと人間と霊を媒介する役割を担う。

> わたしの目のなかへ降りておいで。

19　「山峡」の場の天上のヒエラルヒーは、シュミットによれば、本来新プラトン主義的思想に由来するものである。彼によれば、この場は三つの主たるグループに組織されている。隠者たちの後に天使が続き、最後に女性たちが登場する。そしてこの三つのグループは段階的に上昇する領域で相互に関連し合っている。またそれぞれの領域に上昇の契機がある。まず低い地帯の瞑想する教父に続いて、中ほどの高所にいる天使に似かよう教父が登場し、天使の領域を暗示する。ファウストの魂を運ぶ天使も、地上に近い若い天使から、より完成された天使へと進む。女たちのグループも、贖罪の女たちから栄光の聖母を経て、永遠の女性へと高まる。Jochen Schmidt, Die "katholische Mythologie" und ihre mystische Entmythologisierung in der Schlußszene des "Faust II", in: Aufsätze zu Goethes "Faust II" hg. v. Werner Keller. Darmstadt 1991. S. 392.

これは地上のことや世間のことはよく見慣れている目
なのだから。
それを自分のものとして使うがいい、
このあたりの様子をよくごらん。　(v. 11906―11909)

「この世を早く去って昇天した童子たち」の登場がはじめて天上の雰囲気を醸し出す一方、「天使に似かよう教父」はこの早世した地上の経験をもたない童子たちを自分の体内に受け入れ、自分の目を通じて彼らに地上の世界を観照させながら、天と地を結ぶ。従って、われわれは未だ天国にいるのではなく、天国へのプロセスに参与するのであり、このプロセスが他ならぬ神の国である。このことはまたしてもわれわれに、天と地の媒介をあらゆる形態で表現しているゴシック様式の教会建築を想起させる。あたかも大聖堂の穹窿を仰ぎみるかのように、われわれの視線はたえず上に向かって上昇する。

ではもっと高いところを目ざして昇って行きなさい。
神さまがついていらして、
永遠にきよらかなみ手で力を添えてくださるから、
目に見えぬ成長をつづけてゆくがよい。
(v. 11918―11921)

かくしてついに、天使たちが「ファウストの不死の霊をはこんで、より高い空中をただよいながら」現れる。

霊の世界の高貴なひとりが
悪から救われました。
どんな人にせよ、たえず努力して励むものを、
わたしたちは救うことができます。
それにこの人には天上からの
愛が加わったのですから、
至高の幸に住む天上の群れは、
心から歓んでいまこの人を迎えるのです。
(v. 11934―11941)

もちろん、様々な浮き彫りや壁画において伝承されたキリスト教的伝統から借用した比喩的表現が直ちにゲーテをキリスト教的にするわけではない。この絵画や建築のモチーフを用い、言語の象徴力を駆使して構築された空間は、ファウストの救済された魂を受け入れる一つの枠にすぎない。しかしそれは一体どのような救済を意味するのだろうか。ここに引用した詩句について、ゲーテはエッカーマンに次のように語っている。
「この詩句に、ファウスト救済の鍵がある。つまり、ファウスト自身の裡に最後までますます高まっていき、ますます純粋になっていく活動があり、天上から彼を救おうとする永遠の愛があるということだ。このことは、われわれが

自己の力だけではなく、さしのべられた神の恩寵が加わってはじめて昇天できるのだという、われわれの宗教観と完全に一致していることになる。」[20](山下肇訳)

グレートヒェンを破滅に追いやり、最後になおフィレモンとバウキスを殺害するファウストに「ますます高まっていき、ますます純粋になっていく活動」があるかどうかは、もちろん疑わしい[21]。死に臨んでなお飽くことのない活動の意欲を未来に投影するファウストは、罪の後悔と内面の道徳的浄化を期待する立場から見れば、非難を免れない。しかしファウスト救済の文脈は、そもそもファウストの生の道徳的総括が問題というよりも、ファウストの「ますます高まっていき、ますます純粋になっていく活動」が今やはじめて力強く開始されたかのような印象をあたえる。なぜなら、ファウストの救済は生の到達点というよりも、むしろ「純粋な活動」の出発点となっているからである。

地上の痕をとどめているものを運ぶことは、
わたしたちにはつらいことです。
たとえ燃えない石綿でできていようと、
それは清浄なものではありません。
強力な精神が
地上のもろもろの元素を
引き寄せて肉体にすれば、
しっかりと結びついた
霊と肉との複合体は、
どんな天使も二つに分けることはできません。
ただ永遠の愛だけが、
精神を地上の囚われから解き離すことができるのです。
(v. 11954－11965)

この霊化し、内面化する天上のプロセスは、地上における人間的活動にまさに対置されている。

Dem Herrlichsten, was auch der Geist empfangen,
Drängt immer fremd und fremder Stoff sich an; (v. 634–635)

精神が一時どんな崇高なところへ舞い上がっても、

---

20 Eckermann, 6. Juni 1831.

21 ケラーはエッカーマンの証言を疑問視して、エッカーマンの様式化の才能が「より高くより純粋な」という付加語的形容詞を追加したのではないかと推測している。Werner Keller, Größe und Elend, Schuld und Gnade: Fausts Ende in wiederholter Spiegelung, in: Aufsätze zu Goethes "Faust II" hg. v. Werner Keller. Darmstadt 1991. S. 338.

たちまち物質の垢がこびりついて、それを下へ引き下ろす。
(v. 634–635)

ここではすでに「憂い」の形姿に関連して論じたように、ファウストの地上的活動の弁証法的本質が問題である。ファウストの活動が創造的エンテレヒーの絶えざる外化と物質化の過程であるとき、このエンテレヒー、つまり、光りは、すでに最初の「書斎」の場でメフィストが予言するように (v. 1349–1358)、物質の現象形態へますますはまり込んでいく。しかし現実化する霊であるメフィストの決して知らない逆の過程が今ここに始まる。地上の領域で自己を実現したファウストのエンテレヒーは滅びるのではなく、今や霊的次元に止揚される。この今や開始された創造的衝動のエンテレヒーへの内面化過程は、すでに死の直前の盲目のファウストによって、内面の光りとして予感されたものである。ともあれ、この神秘的な出来事は、蝶のメタモルフォーゼのように、ファウストの存在様式が変容する過程である (v. 11981–11988)。ファウストの生の到達点は、ファウストの「不死の霊」が蝶の誕生のように一つの変容を経験することによって、再び新しい生の開始を告げる。そして冒頭の《夜》の場の錯綜した気分のなかでファウストが到達したいと願う「新しい日」(v. 701) は、ここに現実のものとなる。

第三章　「賭け」への過程

一、メフィストの登場

福音の思想を拒むファウストに自殺を思い留まらせるものが、まさにキリストの復活を告げる鐘の音と合唱の声であるとき、この状況はすでに『ファウスト第二部』終幕の天使の言葉（v. 11933－11941）を先取りしている。

しかしファウストはさしあたり地上的次元で若がえらねばならない。そしてこのことは再び、マクロコスモス（大宇宙）の符を拒絶し地霊に傾倒するファウストの運命の相に対応している。自殺の思想に帰着するにすぎない「純粋な活動」の理念は、天上の比喩としてのマクロコスモスの符と同様、目下のところ無力を呈するのであり、ファウストは今や地霊の指針に従い、「地上の苦悩と地上の幸福のすべてを担い、敢然と世界へ乗り出す」（v. 464－465）ことを試みる。そしてそのことは結局のところ神の恩寵であり、キリストの復活の地上におけるヴァリエーションに他ならない。なぜなら、キリストの復活は何よりもまず地上の楽園を人間に媒介するからである。

この人たちは主の復活を祝っているのだが、
それはこの人たち自身が復活したからだ。
(v. 921－922)

キリストの復活が万人にとって何を意味するかを知っているファウストは、キリストの受難のおかげで万人はまた《夜》の場のファウストの苦悩をも免れていることを知っている。なぜなら、福音の思想に帰依する者は、キリストと同じ苦悩を繰り返す必要はないからだ。それが神の摂理の意味であり、その基盤の上に民衆の生活と幸福がある。

ともあれ、このように地上の生活が福音の思想を通じて、それを承認しないファウストにも結局のところ媒介されるのであれば、このことはファウストのヒューブリス（不遜）の放棄に他ならないだろう。従って、ファウストは今後「おれ」ではなく、「われわれ」の立場で生活を始めることになるだろう。しかし民衆の生活に関するファウストの関与を「われわれ」でもって特徴づけることができるだろうか。復活祭を楽しむファウストの独白は、民衆の生活に対する賛美でもって終わっている。

Ich höre schon des Dorfs Getümmel,

Hier ist des Volkes wahrer Himmel,
Zufrieden jauchzet groß und klein.
Hier bin ich Mensch, hier darf ich's sein!　(v. 937–940)

もう村のほうからどよめきが聞こえてくる。

これこそ民衆のほんとうの天国だ。

老いも若きも歓びの声をあげている。

「ここではおれも人間だ。人間らしく楽しんでいいのだ」と。　(v. 937－940)

この原文の方はハンブルク版より引用したが、別の版（例えばアルテミス版）[1]では、最後の行に引用符が付いている。上の手塚富雄訳はアルテミス版を踏まえたものと思われるが、もともとこの箇所に引用符が付くか否かは、ファウストが民衆の生活にどうかかわるかという点で重要である。「ここではおれも人間だ。人間らしく楽しんでいいのだ」という信条に、原文のほうではファウスト自身が帰依したことになるが、邦訳のほうではその信条は民衆のものであり、ファウストの庶民的生活からの距離は余りにも明らかだ。ここも文献学的に議論の対象となる箇所だが、しかしともかくこの二つの解釈が成り立つということ自体、ファウストの本質にある二義性から来るのであり、また文字通り二義性そのものでもある[2]。

ともあれ、ファウストが民衆のように幸福でないということが《市門の前》の場の劇的緊張をなすのであり、またその意味において、この場がメフィストの登場を準備する。ここで庶民的生活を代表する人々、職人の徒弟、女中、農夫、兵士、そしておまけに乞食までが典型的に描かれており、彼らはそれぞれの階級の処世術を行使しながら、社会の一般的秩序に貢献している。良家の息子が身分の低い女中の後を追い回し、秩序を侵害することはあっても、それは一方では良家の娘の貞操感を強め、社会の均衡を正しく保つのに役立っている。庶民的本能の核心は保守主義であり、それを「第三の市民」は適確に表現する。


よそではいくらでも頭のぶち割りっこをするがいい。

上を下への騒動も結構。

けれどわが家にだけは浪風立つな、ですよ。

1　J. W. Goethe: Gedenkausgabe der Werke, Briefe und Gespräche. Hg. von Ernst Beutler, Bd. 5.

2　ミーヘルセンもこの箇所に立ち入った解釈を加えているが、しかしその解釈は一貫してファウストの民衆からの距離を前提としている。Peter Michelsen: Fausts Osterspaziergang, in: Im Banne Fausts. S. 59. 一方、シェーネはファウストも民衆の感情を共有しているとしている。Schöne, a.a.O. S. 234.

(v. 869―871)

このように庶民的生活の幸福は本来自己保持本能にあり、従って、良家の娘もまたたえず隙を窺って侵入してくる、かんばしからぬ生の要因に気をくばる所以がある。

アガーテ、あっちへ行きましょうよ。あんな魔法使いのお婆さんと
人なかで話をするなんて、気をつけなくちゃ。
聖アンドレアスさまの晩に、
わたしの未来の夫の姿を見せてくれたことはあるんだけれど。
(v. 876―879)

この良家の娘のタイプにグレートヒェンも含まれていないだろうか。なぜなら、彼女もまたこの保守的な市民的階層に属しているからである。

ここに現れるファウストのディレンマは、彼が本来庶民的幸福の敵であるどころか、ワーグナーとは異なり、はるかに深く庶民的生活に共感するところにある。それに対して、復活祭の晴朗なお祭り騒ぎも「身の毛もよだつ騒々しさ」(v. 946) でしかないワーグナーには、むしろ庶民的感受性が欠落している。研究室に閉じこもり、ほんの日曜日などに、しかも遠くから望遠鏡で覗くように世間を眺めることが彼の処世術であり、他ならぬそのような自己保持本能において彼もまた庶民の一類型なのだが、しかしそこにはいかなる悲劇的危機感もない。それに対してファウストの本質に潜む悲劇性は、およそ人間の幸福が庶民的幸福以外にないということにあるだろう。もちろんその際、庶民 (Volk) の概念は、いわゆるプロレタリア的大衆ではなく、それ自体、「自然」の属性として理解されるものである。しかし神がその中で生きよと人間を創って置いた原初の「生きた自然」(v. 414) としての庶民的生活に対して、復活祭のファウストがアウトサイダーにとどまるということが、はじめてファウスト問題の本質を明るみに出す。そしてやがてファウストがグレートヒェンへの愛において、この庶民的な幸福を真の意味で体験するであろうとき、ファウスト的矛盾の構造は最も先鋭化されて浮かび上がる。

ここでなおわれわれは、メフィストの登場の前提をなすファウストのヒューブリス (不遜) がいかにして再び噴出するかを検討してみよう。ファウストが目下老農夫から祝杯を受けるのは、先行する場面で、彼が毒杯を復活祭の朝に捧げようとしたことと奇妙な対照をなしている。ともあれ、ファウストのヒューブリスの新しい前提を誘発するものは、またしてもキリストとの比較であるように見える。ファウストとその父がかつて村を疫病から救ったときのことを老農夫が想起させるとき、ファウストは地上の救済者として天上の救済者に対置される名誉を帯びる。

人を助けることを教え、そして助けをお授けくださる
天にいます方に頭を垂れて、お礼をなさるがよい。
(v. 1009 − 1010)

このファウストの言葉は、「憂い」と対面したときの最後の告白（v. 11442 − 11446）に較べると、なお薄気味悪いほどに卑下の感情に充ちている。

しかし目下ファウストの言葉の謙虚な意味合いが聞き逃され、ワーグナーが民衆の崇拝を誇張し、彼を天上の一者と同一視するに至り、ファウストはほとんど迷信的な姿を現す。今や民衆の喝采は侮りのように聞こえ、ファウストの民衆からの距離はますます拡大し、彼はついに自己のなかに犯罪者を発見したように思う。

おれもその毒薬を何千という患者に盛った。
患者たちは痩せしぼんで死んでいった。おれはこのとおり生きていて、
人を殺して褒められるという苦い経験を味わわなくてはならないのだ。
(v. 1053 − 1055)

五〇歳のファウストの過去は、中世の学問の四分野を嘲笑する冒頭の独白同様、ここでも余りにも唐突に描かれており、そこからファウストの自伝的人物像が浮かび上がってくるとは言えない。このファウストの告白を素朴に事実と認めてしまうならば、われわれは果てしない伝説の迷路に陥ってしまうことになるだろう。ファウストが過去において民衆の救済者であったか、殺戮者であったかという問いは、事実、高齢のファウストも殺人を犯すことを考えれば、無意味ではないが、ドラマの文脈からは答えが出ない。しかしこのファウストの告白は、ドラマの筋の辻褄としてよりも、むしろ感情値として、つまり、ファウストの自嘲のラディカルな表現と解すべきだろう。

かくして今や《市門の前》の場の結末が、再びファウスト的気分への傾斜を示すのもうなずける。

だがこの瞬間の美しい幸福を、
こんな憂鬱な話でそこなうことはやめにしよう。
夕日の燃える色に染められて、
緑に包まれた農家があちこちに輝いているのを見るがいい。
日は刻々に傾き、きょう一日も暮れようとしている。
ああして日は向こうへ去って、新しい生をうながすのだ。
ああ、わしに翼があって、この地のいましめから飛び立ち、
あの日輪のあとを、どこまでも、どこまでも追いかけることができたらなあ。
(v. 1068 − 1075)

最初の「だが」(Doch) は《夜》の場への平行関係を示唆し、ファウスト的気分の高揚の起点をなしている。

だが、どうしておれの眼はあそこに釘づけになって離れぬのだ?
(v. 686)

こうしてファウストの「純粋な活動の新天地」を求める衝動が、ここに復活したかのような感を与える。しかしファウストはここでもはや自殺については語らないのである。《夜》の場の結末と比較するとき、ここに全く新しい主題が浮かび上がったことは見逃せない。なぜなら、ファウストはここではもはや肉体の殻を抹殺し、霊的世界へ飛翔することを目差してはいないからである。

ああ、こころの翼は自由に羽ばたいても、
肉体の翼がそれに伴うのは容易なことではない。
(v. 1090−1091)

鳥の翼をもって飛翔したいという願望は、もはや純粋な自己滅却の衝動などではなく、むしろ地上的生活の拡大への現実の願望である。そしてこのファウストの願望に応えるものは、もはや天使の合唱ではなく、悪魔メフィストフェレスの登場である。一八九一年リリエンタールが模型飛行機で空を飛んだとき、鳥の翼を借りて雲の上を飛びたいという人類の夢はついに実現した。現実には不可能であるが故に、人間の自然に対する霊的支配の比喩としてゲーテが用いたファウストの飛行の夢は、ゲーテの死後半世紀の後、現実化したわけである。しかしだからといって、ゲーテの『ファウスト』が時代錯誤に見えるのではなく、むしろここで、ゲーテがファウストの魔法を、すでに当時魔法の段階から脱却しつつあった近代文明の総称として把握していたという事情が興味深い。

ともあれ、すでにしばしば論議されてきたファウストの告白も、このファウストの飛行の願望の文脈で語られていることに留意しなければならない。

ああ、おれの胸には二つの魂が住んでいる。
その二つが折り合うことなく、たがいに相手から離れようとしている。
一方の魂は荒々しい情念の支配に身をまかして、
現世にしがみついて離れない。
もう一つの魂は、無理にも埃《ほこり》っぽい下界から飛び立って、
至高の先人たちの住む精神の世界へ昇っていこうとする。
(v. 1112−1117)

従来のファウスト解釈では、このファウストの二つの魂を高尚な学究的精神と粗野な現世の生活意志との対立とし

て捉える向きもあるが、はたしてそのようなものだろうか。そうであれば何故にワーグナーは一つの衝動しか知らないのだろうか。そのような精神の自己分裂は、むしろワーグナー流の教養俗物的生活様式にこそ似つかわしいのではないか。ワーグナーが一つの衝動しか知らないというのは、彼がファウストの二つの魂のいずれかに価するというのではない。というのも、ワーグナーの魂は明らかに「荒々しい情念の支配に身をまかして、現世にしがみついて離れない」わけでもないし、また「無理にも埃っぽい下界から飛び立って、至高の先人たちの住む精神の世界へ昇っていこうとする」わけでもないからだ。ファウストの二つの魂は精神の分裂を意味するわけでもなく、またリッケルトが理解させようとしているように、二重性格から来るものでもない。むしろ二つの魂とは高揚した統一の表現なのであり、「荒々しい」、「しがみついて」、「無理にも」といった形容詞がすでにファウストの性格の総体を特徴づけているように、それ自体、精神的統一のダイナミズムを表現している。つまり、ファウストの願望はまさにみずから自覚した精神の対立を止揚することを目差しているが、一方、ワーグナーにはこの魂の動的緊張が欠けている。ファウストの衝動とは単に地上的願望の実現にあるのではなく、地上的次元における精神的自己実現を目差している[(3)]。ファウストの飛行の願望とは、鳥の翼を借りて、まさに来世への憧れを地上において現実に達成することを目差している。そしてそのような現実の自我拡大の衝動こそ、ファウストの危険な妄想なのであり、ワーグナーにとっては、十分に警戒する根拠がある。

しかし地上的次元で来世と現世を統一する手段はもはや鳥の翼にとどまらず、魔法の外套でもあるだろう。

3　「天上的なもの」と「地上的なもの」の二律背反は、本来、ゴシック様式の大聖堂が象徴するような、キリスト教的精神界の形而上的宇宙である。それはリッケルトが把握するファウストの「二重性格」(Doppelnatur) の根拠ともなり、「賭け」の論理ともなる。しかし、それを「個」としての人間ファウストが一身で体現すること自体、すでに超人性 (Übermenschentum)＝類的人格であり、ファウストの「二つの魂」自体、「近代」という時代の弁証法的運動の契機ではないか？　リッケルトは、一貫して『ファウスト』の「行為」の理念を論じることによって、ファウストの「二つの魂」＝フィヒテ的な近代的自我を問題にしているにもかかわらず、その「性格」の統一の理論からは時代を捉える視点が見えてこない。思うに、カントが神の存在証明を断念して、存在の基礎を人間的自我の先験的能力（悟性のカテゴリー）に置いたときに「近代」が始まったと言えるが、カントを出発点とするドイツ観念論の哲学はフィヒテ、シェリング、ゲーテ、シラーを経由してヘーゲルにおいて集大成される。つまり、それ自体歴史の弁証法的運動であって、近代的自我はヘーゲルにおいてはじめて自己意識（精神現象学）となり、ゲーテ『ファウスト』に対応する形而上的宇宙となる。その意味で、ルカーチがゲーテの『ファウスト』とヘーゲルの『精神現象学』との平行関係を指摘するのは、卓見である。ルカーチ『ゲーテとその時代』（ルカーチ著作集4、白水社、一九六九年）一六七頁参照。

そうだ。せめて魔法の外套でも手にはいって、
それに乗って、未知の国々へ飛んで行けたらいいのだ
が。
(v. 1122–1123)

この「魔法の外套」とは結局「魔法」の総称にすぎないのであり、それは主人に二十四本の足を提供する六匹のロバであったり、少女の心に媚びる宝の小箱であったり、あるいはまた、帝国を経済危機から救う「紙の化物」であったりする。そしてそのようなファウストの地上における自我拡大の欲望が、悪魔メフィストフェレスの登場を促すのである(4)。

しかしファウスト伝説の「契約」のモチーフはなお有効だろうか。伝説によれば、ファウストは悪魔と契約し、霊界の力を借りてあらゆる現世の願望を実現するが、しかしその代償として二十四年の期限が来たとき、魂を悪魔に譲り渡さなければならない。ワーグナーの警告や、また悪魔がむく犬の姿で登場する筋立てなど、なお薄気味悪い人形芝居の雰囲気を印象づけている。ワーグナーの警告は、なお悪魔の陰惨な交換条件を暗示するかのようである。しかし一度ゲーテの『ファウスト』の主人公が交換価値として悪魔に何を提供できるかを問うてみるならば、伝統的観念は切実さを失うのである。

なぜなら、近代文明が鳥の翼(飛行機)や六匹のロバ(資本主義)、あるいは何にでも変容し得る「紙の化物」(マネー)といった悪魔の提供物をすべて実現し、素朴な魔法を遥かに凌駕してしまったとき、悪魔と人間の交換条件などもはや問題にはならないからだ。そしてまたファウストが悪魔の知恵を借りて現世の願望を実現したとしても、彼はそれを通じ、享楽者として「世界」を浪費しながら、ますます文明の論理へはまりこみ、単に文明の精神を代表するに過ぎないからだ。このことはすでにファウストが悪魔に委ねられている状況を意味し、ファウストがすべての刹那を実現しながら、それに執着してはならないという、あのファウスト的追求の奇妙なパラドックスを生み出すのである。そしてこの意味において「契約」が「賭け」に改造されねばならなかったとすれば、そのことによってファウストの悪魔的本質もいっそう高揚しなければならなかっただろう。

二、ファウストの「行為」

メフィストの登場から「賭け」に至る過程は二つの《書

4 ミーヘルセンは、ファウストの鳥の翼を借りた飛行の夢を実現するために、メフィストがむく犬の姿、つまり、地上を這う動物の形態で登場するというイロニーを指摘している。Michelsen, a.a.O. S. 73.

斎》の場によって提示されるが、その際、最初の《書斎》の場が「賭け」の動機付けという観点では空芝居に終わっているのが注目すべきことである。ここではなおファウストの方から悪魔に「契約」の提案をするが、メフィストが猶予を願う（v. 1420－1421）。

伝統的観念に従えば、メフィストは本来ルチファーの使節であるので、このことを地獄の帝王と相談するために、一旦は引き下がらなければならないということもあるだろう。しかしゲーテの『ファウスト』では、ルチファーの形姿はそもそも存在していないので、この仮定は成り立たないし、またそのようなプランがあったとも思われない。メフィストの呪縛やペンタグラムをめぐる悪魔の願いなど、舞台効果としては申し分のないものと思われるが、ドラマの「筋」に貢献しているわけではないから、リッケルトの注釈も、ファウストの次の文句に集中している。

こう書いてある。「初めに言葉ありき。」
ここで、もうおれはつかえる。どうしたらこれが切り抜けられるか。
おれは言葉というものをそれほど重く見ることはできぬ。
おれに精神の光がみちているなら、
別の訳語を探らねばならぬ。
これはどうだ。「初めに思いありき。」
筆があまり軽くすべらぬよう、
第一行に念を入れることだ。
いっさいのものを創り、動かすのは、「思い」だろうか。
これはこう置くべきだ。「初めに力ありき。」
だが、こう書いているうちにもう、
これではまだ物足らぬとささやく声がする。
あっ、霊のたすけだ。とっさに考えが浮かんで、
おれは確信をもって書く。「初めに行為ありき。」
（v. 1224－1237）

ファウストがこのような具合にヨハネ福音書の「言葉」に飽き足りず、それを「行為」に翻訳すると、むく犬が唸り始め、怪物に変貌していく。そこでファウストがLogosを「行為」（Tat）に翻訳すると、なぜメフィストがそれに反応し、騒ぎ出すのかということが議論の核心となるのは言うまでもない。最初の《書斎》の場のファウストは、その荒々しい情念を鎮め、神と人間へのほのぼのとした愛に目覚めかけているので、本来、悪魔の攻撃に対しては最も堅く守られている。一般的に言って、悪魔は人間の内面に不満がくすぶっているときが最も歓迎される。それ故、そのような状況に置かれているファウストを狙って来たメフィストとしては期待はずれであり、しかもLogosの訳をめぐるファウストの思索が、キリスト教的に妥当

な「言葉」から出発し、「思い」、「力」を経て「行為」へと帰着するとき、それはファウストのデモーニッシュな本質（Hybris）への回帰であると同時に、リッケルト流に言えば、それは《天上の序曲》における、ファウストを行為へと促す「主」の立場とも合致するから、ファウストは神意にかない、悪魔にとっては手出しのできない人間になってしまう。従って、リッケルトの見解では、ファウストの訳業が「行為」に帰着することは、メフィストにとっては最も不本意な状況であり、メフィストはそれに抗議するために大芝居を演じるということになる(5)。

しかし、はたしてそのような解釈が成り立つだろうか？　ファウストの「行為」に対するメフィストの大芝居は、ファウストの「行為」に抗議するためではなく、それを大いに歓迎するためではないか？　リッケルトの解釈は、《天上の序曲》における「主」とメフィストの賭けとの論理的整合性を前提とするので、解釈にそのような無理が生じるのではないか？　このことはまたリッケルトが、地霊とメフィストとの関係を否定している事情とも関連する(6)。

そこでまず、われわれとしては悪魔メフィストが、ゲーテの『ファウスト』では、地霊によって派遣されている事情を念頭に置かねばならない。このことを裏付けるために、《森と洞窟》の場から、次のファウストの台詞を引用できる。

> ああ、人間にはけっして完璧が授けられないことを、
> おれはいまつくづくと感ずる。おまえが与えてくれたのは、
> おれを神々の近くにまで高めてくれるこの純粋な喜びばかりではない、
> あの道連れをおまえはそれに添えてよこしたのだ。だが、それはもう
> おれが手放すことのできない道連れなのだ。そしてそいつの冷酷無恥なやりかたによって
> おれというものがおれ自身の眼にも卑しいものになり果て、そいつの吐く言葉一つで、

5　Heinrich Rickert: Goethes Faust. Die dramatische Einheit der Dichtung. Tübingen 1932. S. 166. Oder in: Die Einheit des faustischen Charakters, in: AGF S. 303.

6　リッケルトは、メフィストを地獄の使者（ルチファーの部下）として位置づけ、メフィストを地霊の使者（Sendling des Erdgeistes）とする、ゲーテ自身の証言に基づく解釈一般を否定している。それはリッケルト流の厳密な論理性の視点では作品自体に宿る不整合でもあるだろうが、しかしそれは解釈の幅を広げるという意味で、むしろ作品の面白さでもあるだろう。またそのこと自体、伝説の題材が近代的に変容したことをも裏付けている。H. Rickert: Goethes Faust. S. 118, S. 208, S.219, S. 239.

おまえの贈り物がまったく価値をなくしてしまうのを、忍ばねばならないのだ。　(v. 3240－3246)

《曇り日》の場のファウストの言葉もそれと平行関係にある。

「ああ、偉大な大地の霊よ。あなたはわたしにあの荘厳な姿を現わしてくれたではないか。わたしの意図も心も知りつくしているではないか。それがどうしてこの恥知らずにわたしを結びつけたのか、人の災難をよろこび、人の破滅に舌なめずりするこの卑劣漢に。」

このようにゲーテの『ファウスト』において、地霊とメフィストとの関係を問えるということ自体、リッケルト流のドラマ的整合性に基づくというよりは、象徴的関連性に基づいている。言語の厳密な論理性に基づけば確かにそこには不整合もあるが、しかしリッケルト自身も認めているように論理で割り切れるのは地上的生であって、超地上的な霊的世界はむしろ曖昧であることによって成立する。すでに地霊出現に関して述べたように、『ファウスト』という作品はドラマの虚構的現実の背後の霊的世界との秘儀的関係を持つことによって世界の広がりと奥行きを表現している。それはいわば作品の深層構造なのである。地霊はすでに『初稿ファウスト』の段階で、《曇り日》の場面で回想されており、ゲーテの『ファウスト』の基本構想に、最初から象徴的関連としては、含まれていたと考えられる(7)。そのような基本構想を前提にして、メフィストの形姿は《森と洞窟》においては地霊の使節として、《天上の序曲》における「主」とメフィストの関係と同様、いわば後から認知されることもできたのである。いずれにせよ地霊の登場は、疑いもなくメフィストの登場との平行関係を示すのである。ファウストがマクロコスモス（大宇宙）の符を斥け、地霊の符に傾倒するのは、ファウストの意識の思索から行為への変化に対応している。

敢然と世界へ乗り出し、
地上の苦悩と地上の幸福のすべてを担い、
暴風と戦って、
難破する船のきしみにもたじろがない勇気を、おれは感ずる。　(v. 464－467)

このファウストの活動への意欲が地霊の台頭を促すのであり、「地霊」の場以来、活動の理念はゲーテの『ファウスト』の根本主題となる。そしてその主題はすでに《市門

7　Eudo C. Mason: the "Erdgeist" controversy reconsidered, in: The Modern Language Review, 1960.

の前》の場でも変化して現れる。

ああ、この大気のなかに、霊たちがただよって、
天と地のあいだのことを司っているものなら、
金色に染められたあの靄のなかからここへ姿を現わして、
おれを新しい、変化に富んだ生活へ連れ出していってほしい。
(v. 1118―1121)

そしてここでもまたこのファウストの地上的活動への意志が、すでに論及したように、メフィストをむく犬の姿でおびき寄せたとすれば、メフィストが地霊の使節として、特別にファウストのために宛てがわれた霊であると、考えることに無理はない。このことはまた、ファウストが「神の生きた衣を織る」(v. 509) 地霊には及ばず、今やファウストの地上的活動をむく犬のように同伴する、より低い霊のメフィストに匹敵する事情を物語る。それが他ならぬ地霊がファウストを拒絶する理由である。

おまえはおまえに理解できる霊に似ているのだ。
おれには似ていない。
(v. 512―513)

そのように考えるならば、地霊の登場はメフィストの登場に対応しており、メフィストが今やファウストの「行為」に積極的に反応し、自らの役割を十分に意識したうえで登場していることが分かる。とはいえ、目下「行為」の包括的概念を定式化し得たファウストがこの抽象に甘んじ、マクロコスモスの符を眺めるファウストのように思索し、瞑想する自我に留まってしまうということは、大いにあり得る。そしてその意味でも、メフィストの登場は必然的である。なぜなら、《天上の序曲》の「主」は、すでにメフィストを次のように定義したからである。

人間の活動はすぐたゆみがちになる、
すぐ絶対的な安息を求めたがる。
だからわしは、刺激したり引き込んだりする仲間を人間につけておく、
それを悪魔として働かせておくのだ。 (v. 340―343)

このようにメフィストはファウストを行為へと駆り立てることで、神意にかなうと同時に、また疑いもなく地霊の機能をも相続している。しかしそのことによって地霊の存在も、《天上の序曲》の「主」と同様、雲散霧消してしまったわけではない。《森と洞窟》の場で、ファウストはグレートヒェン体験を通じての自我の霊的高揚に対して、なお地霊に感謝の言葉を捧げている。

崇高な地の霊よ、おまえは惜しみなく授けてくれた、

おれの望んだすべてのものを。おまえは徒らに、
焔のなかに現われて、顔をおれにふり向けたのではなかったのだ。
壮麗な自然をおれの領土として与え、
それを感じ、それを味わう力を授けてくれた。
ただ冷ややかに眺めるばかりでなく、
自然のふところ深く分け入ることを許してくれた、
親しい友の胸中を見るように。　(v. 3217－3224)

ファウストが、それにもかかわらずメフィストを地霊の使節とみなすのは、不整合を意味しているのではない。むしろ問題の核心は、人間的活動の本質が、本来、弁証法的なものであり、活動が人間的霊性を高めはするが、しかしそれがまさに人間的霊性の現実化・外化を通じてである限り、また必然的に人間を物質化しなければならないというところにあるだろう。このことはまた人間が霊的存在としては不完全であり、神と獣、精神と物質の中間に位置する事情を物語る。ファウストを神々に近づける活動の純粋な霊性、すなわちファウストの「ますます高まっていき、ますます純粋になっていく活動」はエンテレヒーという名で呼ぶことができる。例えば、眠れるファウストの深層の自我を担い、活動の純粋な霊的側面を体現する『ファウスト第二部』第二幕のホムンクルスは、このエンテレヒーの象徴として印象深い。純粋な霊性としてのエンテレヒーは、ちょうどホムンクルスがやっとこれから生成しなければならないように、まだ存在しているとは言えず、完全な実体として把握され得るためには、まず地上的・物質的な現象形態を獲得しなければならない。人間の霊的完成も、結局のところ、地上的・人間的な活動を通じて可能となるのであり、その意味では、「純粋な活動の新天地」を求めて自殺を決意するファウストは、むしろ精神的無力を露呈してしまう。そして自殺の決意を翻し、地上的次元で復活するファウストが結局神の摂理にかなうように、ファウストを活動へと駆り立てる悪魔メフィストも神の意志に包摂される。

この視点から、ファウストとメフィストの対話を、新たに照明してみることもできる。メフィストは自己紹介して自分を次のように定義する。

つねに悪を欲して、
しかもつねに善をおこなうあの力の一部です。
(v. 1335－1336)

純粋な霊性としての活動と比較するとき、メフィストはここでは単に地上的・人間的活動の弁証法的本質を体現しているように見える。このメフィストの自己定義がさしあたりファウストにとって「謎めいた言葉」(v. 1337) に思えるのは、ちょうどスフィンクスの謎がオイディプスに

とって自己自身の本質を謎として提起しているにすぎないのと同じ事情である。ギリシャ神話には、妖怪スフィンクスの「朝に四本足、昼に二本足、夜に三本足のものは何か」という問いに対して、オイディプスが「人間」と答えたことで、スフィンクスは墜死したという話がある。メフィストは人間の外部の異界から来る悪魔ではなく、本来、人間の本質に宿る悪の諸要素を代表し、従って、自己自身に単に類的人格としてのファウストを映し出しているにすぎないわけで、それがメフィストのイロニーである。彼は単に人間的活動の否定的な、従って、決してはっきりとは意識されない、あるいは意識したくない側面を挑発的に体現する。そして地霊もまた同じような意味で、人間の類的活動の全体を象徴している。

　生の潮《うしお》、行為の嵐のなかを
　おれは波打って昇り、また降る。
　かなたへ往き、こなたへ還る。
　生誕と死、
　永遠の海の満干《みちひ》だ、
　経緯《たてよこ》に織り交う糸、
　燃える命、
　こうしておれは「時」のざわめく機《はた》をうごかす。
　神の生きた衣を織る。
　　　　　　　　　　　(v. 501 — 509)

　ファウストが地霊の恐るべき顔を凝視し得ないのは、地霊が火山の噴火や地震のようないわば人間の能力を超えた、自然の威力を体現するところから来るのではない。生誕と死、創造と破壊を自己の内に統合する地霊の本質は、単に人間の類的活動の全体を象徴しているにすぎない。一方、歴史現象自体、ゲーテにおいてはすでに自然現象でもあり、永遠に反覆する自然の掟と同様に非人間的である。そのような地霊の途方もない顔を凝視することは、個々の人間を瞬時に抹殺するに等しい。地霊もまた、疑いもなくメフィストフェレス的虚無主義を内包している。しかし地霊をメフィストから隔てるものは、地霊が人間の類的活動の全体を、その繰り返される破壊の相にもかかわらずなお肯定し、人間的創造行為を積極的な意味で体現しているところにある。それに対して、メフィストはこの論理を転倒させ、人間の創造的活動そのものを破壊のための口実とみなすことによって、全体の意味を否定してしまう。ともあれ、ファウストがメフィストの「謎めいた言葉」を理解できないのは、彼がなお、地霊の顔を正面から見据えることができないように、人間的活動の否定的側面を十分には自覚し得ていないところから来る。

　もちろん、メフィストが体現する「悪を欲して善を行う力」は、すでにフィヒテやヘーゲルにおいて現れる歴史の運動原理としての弁証法の概念で捉えることは可能で、そこには時代的な共通性がある。従って、ゲーテにおいても、個々の人間は利己的な欲望に基づいて、つまり、悪を欲して行動しても、社会全体としての、類としての人間は善に向かうという意味（理性の狡智）(8)で捉えることもできるだろう。『ファウスト』の文脈に戻して言えば、人間の類的本質は、かりにそれが地霊のように全体としては破壊の相を包含するとしても、なお善は全体で、悪は部分にすぎないのであり、メフィスト自身そのことを暗黙のうちに承認している。ただ、メフィストはまさに人間の創造的活動を破壊のための口実とみなし、また破壊、つまり悪がそもそも悪魔の存在根拠をなすのだから、この人間的命題を悪魔的命題に逆転させたにすぎない。一方、メフィストの言葉がキリスト教の善悪の教義に対する諷刺を含んでいることも見逃せない。十字軍や魔女裁判のことを念頭に置けば、キリスト教が善の名において多くの破壊や殺人、つまり悪を犯したことも歴史上の事実であり、メフィストの立場には明らかに一八世紀の啓蒙された精神が反映している。とはいえ、メフィストは中世の悪魔として、結局のところキリスト教の善悪の教義を超えられないということが、この言葉によってすでに暗示されている。なぜなら、メフィストがいかに善悪の教義を転倒させても、悪は善の影にすぎず、善がなければ悪もまた存在し得ないからである。

柴田翔氏によれば、ファウストの行為の破壊的本質がメフィストをおびき寄せたということである(9)。この解釈は疑いもなくグレートヒェン悲劇の局面については当てはまるだろう。しかしメフィストが代表する悪を破壊の側面にのみ限定するならば、次のようなメフィストの自己規定はどのように理解できるだろうか。

人間という阿呆くさい小宇宙は
たいてい自分を全体だと思っていますがね ——
わたしなどは、部分のまた部分です。最初は一切であって、
やがて胎内から光を生み出したあの暗黒の一部です。
ところがその光は心驕《おご》って、母なる暗黒と
本家争いをやり、空間の取りっこをしている。
だが、それがうまくいかないというのは、どうあがいたところで、
光は物体にしばられたものだからです。
光は物体から流れ出る、物体を照らしてそれを美しく

8　ヘーゲル『小論理学』（松村一人訳、岩波文庫）（下巻）二〇五頁。
9　柴田翔：『「行為」とメフィストーフェレスの出現』—『ファウスト第一部』「書斎の場Ⅰ」をめぐって—、『内面世界に映る歴史』（筑摩書房、一九八六年）所収。

見せる、
しかしたった一つの物体にも行く手を妨げられる。
そういうわけで、遠からず光は
物体とともに滅びるでしょうよ。　(v. 1346 − 1358)

ここでメフィストが代表しているものは、破壊や罪ではなく、暗黒である。闇から脱却し、母なる夜と本家争いをする光りがそれにもかかわらず最後には物体とともに滅びてしまうという言辞は、ゲーテが自伝の『詩と真実』において描写しているルチファーの神話を想起させる(10)。ゲーテの観念によると、神性は自己自身を生み出し自己自身を生産する本質であり、従って、生み出された神性もまた自己自身を生み出しつつ再生産すると言われている。このような論理は、文字通りに受け止めれば、生物界の繁殖の原理であり、これを精神界の原理に適用しているのもゲーテ的であるが、ともあれ、そうなると、生み出された神性はそれ自体全体であるが同時に神的一者の一部である、つまり無限であると同時に限定されるという論理を生じることになる。一方、宇宙の健全な秩序が保たれるためには、いわば気象学的な意味でのバランス、集中と拡散の平衡関係が前提となる。ゲーテは自然研究において「高揚」と「対極性」という二つの概念を駆使しているが、自己自身を再生産する論理が自然界の「高揚」の原理から来るとすれば、集中と拡散は「対極性」の原理である。ともあれ、ルチファーの神話は、神より創造の権能を与えられたルチファーが自らの起源を忘れ、集中に陥ったがために、そこからわれわれが物質の属性として表象する重さや、固さや、暗さが発生してきたと物語る。そして今や平衡を取り戻し、神の摂理に従って拡散を促進すべく、光りが生じたとされる。それがいわゆる創世期、旧約聖書の天地創造の時代であり、神性との原初の連帯を回復するために、人間（アダムとイヴ）もまた創造される。ここにはゲーテ的自然観とキリスト教的神話の独特の融合があるが、しかし神の似姿としての人間は再びルチファーの誤謬を繰り返し、集中に陥ることになる。メフィストが闇を宇宙の起源として主張するとき、それはこのようなゲーテの宇宙発生論ではルチファーの時代に対応しているようだから、メフィストの主張によれば、メフィストの祖先はルチファーであるとも言えるだろう。しかし実際はむしろ人間自体がルチファーの役割を演じているのであり、メフィストは単にそれを自己自身に反映させているにすぎない(11)。

しかしメフィストが闇を宇宙の起源とし、自己を闇の一

10　HA Bd.9. S.351.
11　母胎としての宇宙の闇から神的意志としての光が生じるというメフィストの思想自体、古代ギリシャの宇宙観に由来するが、すでに精神とし

部と定義するとき、メフィストの役割が直接に光りを妨害することになく、ただ単に光りが遅かれ早かれ物質とともに滅びるであろうと、希望的観測を述べるに留まるのも意味深長である。ここでもまた問題は人間的活動の二義性にあり、光り、つまり人間の創造的意志は物質、あるいはその再生産を通じて自己を実現するが、一方、人間が「憂い」に隷属し、物質を神格化している限り、物質とともに滅びる危険を冒すということだろう。そうなると、物質化もまた一種の罪であり、メフィストが代表する悪は破壊と物質化の両面を包括することになってしまう。そもそも物質的基盤の破壊が創造を促す前提であるかぎり、破壊自体は悪ではないわけで、そのように相互に相殺し合うかに見える二者が、ホメロスが描く怪物のスキュラとカリュブディスのように、両面から人間を脅かしているというのがメフィストの認識であろう。実際、人類は一度も与えられた現実に甘んじたことはなく、常に存在を再創造しながら、自然の掟のように前進してきたのであり、それが他ならぬ地霊の恐るべき顔である。しかし人間的創造とは常に破壊を前提としており、従って、メフィストが破壊をまさに人間的創造の現象形態として捉えるとき、彼にとっては、人類の歴史は混沌と闇へ向かっての悲劇的過程以外のものではなくなる。

三、「契約」から「賭け」へ

悪魔のメフィストが破壊、ないしは罪を自己の支配領域とみなすとしても、彼自身は全く行為する主体ではない。行為する主体はあくまでも人間のファウストであり、メフィストは単に彼を行為へと駆り立て、破壊ないしは罪へと導くことによって自分を正当化しているに過ぎない。第一の《書斎》の場でそのようなものとして自己を定義するメフィストにファウストの方から契約を提案したり、またファウストを行為へと駆り立てねばならないはずのメフィストが、行為からは最も遠のいている憂鬱な時刻にファウストを訪問するというのも、ゲーテの伝統的先入見に対する義務感情から来るのかもしれない。なぜなら、「契約」のモチーフはそもそもファウスト伝説の核心であり、それなしでは、ゲーテの『ファウスト』は多分興味深い人

ての言葉を前提とするキリスト教的観念とは対立する。ゲーテと同時代の哲学者シェリングは、自然哲学的観点から、この思想を深く掘り下げている。ただし、シェリングは悪の起源を求めて原初としての自然の根源的一者へ遡行するが、メフィストが体現する悪はすでに歴史的に条件付けられ、弁証法的に善を推進することで、神的一者に包摂される。シェリング著『人間的自由の本質』（西谷啓治訳、岩波文庫）六一頁以下参照。

間性のドラマとはなり得ても、本来のファウスト劇とはなり得なかったであろう。しかし「契約」がすでに時代錯誤の観念であれば、この部分の改作に作者が難渋し、そのため『ファウスト第一部』の完成が遅れたのもうなずける。実際『ファウスト』全編を通じて、二つの《書斎》の場はおそらく最も不透明な部分に属するだろう。伝統的な交換条件に関するファウストとメフィストの対話自体ユーモラスに描かれているが、「契約」が作品の根本理念にかかわることは慎重に避けられている。ともあれ、ゲーテは「契約」から「賭け」への機知に富む改作を通じてドラマの根本主題を伝統的観念に結び付けることに成功したわけだが、その際「契約」から「賭け」へのプロセスは、結局のところ、ドラマの筋そのものでもある。しかし一方、二つの《書斎》の場は、伝統的な「契約」の前提を踏まえながら、「契約」そのものを不発に終わらせるという意味では、空芝居なのである。

第一の《書斎》の場で、ファウストがメフィストに「契約」を提案すると、メフィストの方から猶予を願うという事態を、メフィストの策略として動機付けることはむずかしい。一方、第二の《書斎》の場ではメフィストの方から自主的にファウストを訪問するが、これは一見メフィストの策略のようにも見える。なぜなら、ファウストの内面に不満がくすぶっている状況が、悪魔にとっては、「契約」を提案するための絶好のチャンスとなることは言うまでもないからだ。しかしファウストの不満と絶望がいわば限界状況において呪いへと転ずるとき、それがそもそも良いチャンスと言えるだろうか。

それにしてもおれは呪う、餌やペテンで人間の魂を俘にし、
騙しすかして、それを
この肉体、この悲哀の洞窟に
閉じこめておくすべてのものを。

…………

恋の成就のあの最高の喜びをおれは呪う。
希望をおれは呪う。信仰をおれは呪う。
そして何よりもおれは呪う、このくだらぬ生存への忍耐を。
(v. 1587—1606)

このようにファウストが愛、所有、名誉のみならず、およそすべての人間的価値を否定し去るとき、「契約」の前提はそれによってむしろ崩壊してしまうだろう。この呪いはファウストよりも、どちらかというとハムレットにふさわしいかもしれない。ファウストの伝承された形姿には、なるほど彼が悪魔の力を借りてあらゆる地上的価値を実現し、その代償として最後には破滅するという観念はあるが、しかし彼がハムレットやウェルテルのように絶望の極

限状況で滅びるという観念はなじまない。従って、第二の《書斎》の場では、メフィストの方がある意味で悪魔の役割を放棄して幾分人間的になり、ファウストの方が悪魔よりも悪魔的になっていく状況がある。というのも、ファウストの呪いは、その感情の誇張された身振りを払い捨てるとき、次のようなメフィスト的虚無主義からどれほど隔たっているだろうか。

わたしはつねに否定してやまぬ霊です。
しかもそれを正当の理由があってやっている。なぜなら、生じてきたいっさいのものは、
滅びてさしつかえのないものです。
それを考えれば、何も生じてこないほうがましだ。
(v. 1338 − 1341)

ここでゲーテは意図的にファウストとメフィストの役割を交換したとすら考えられる。なぜなら、混沌と闇が結局のところ人間の内部以外にはなく、また事実ファウストがすべての地上的価値を破壊し去るとき真の地獄が見えてくることを考えるとき、このことは決して不思議ではないからだ。従来、ファウストの呪いによる美的世界の破壊を嘆き、ファウストに失われた美の再建を促す妖精の合唱もまた、解釈者にとって悩みの種となったようである。この善意の妖精たちをメフィストが自分の部下と呼ぶことに不一致を感じる解釈者も多い。

あれはわたしの身内の
子供たちです、
お聞きなさい。なんとおませに
仕事や生の愉しみをあなたにすすめていることか。
血も心も凍りつく
孤独の生活から、
ひろい世界へ
あなたをさそい出そうというのですよ。
(v. 1627 − 1634)

シュタイガーのように、解釈者によってはドラマの文脈を度外視し、妖精の合唱を直接作者の声と解する場合もある(12)。しかしここではメフィスト自身が人間的役割を演じ、ファウストを行為へ促そうとしていることを考慮すれば、必ずしも不一致はない。そもそも次のようなメフィストの言葉自体が全く悪魔的ではない。

煩悶をもてあそぶことはおやめなさい。

12　Emil Staiger: Goethe, 3. Aufl. Bd. 2, S. 345. Zürich 1962.

それははげ鷹のようにあなたの生命《いのち》をついばむだけです。
どんなくだらぬ連中とでも付きあってみれば、
人間は人間といっしょであってこそ人間だということがわかりますよ。
(v. 1635－1638)

またメフィストがファウストの書斎から抜け出すための手段として用いる妖精の合唱も、それ自体、必ずしもメフィストの邪悪な意図を表すとは言えない。合唱はむしろファウストを行為へと促す内面の衝動を含み、いわばドラマの筋の全過程を、夢における願望の成就として比喩的に先取りしている。

消えゆけよ、頭上にかかる
おぐらき穹窿《アーチ》。
青きみ空よ、
きよく、やさしく、
あらわれ来たれ。
(v. 1447－1451)

これはファウストが広い世界を体験すべく、冒頭の「高い円天井を頂いた狭いゴシック式の部屋」から脱却していく過程に対応している。

その衣《きぬ》の
ひらめく裾は
野山をおおい、
あずまやをおおう。
あずまやには恋する二人、
思いをこめて、
いのちのかぎり契りをむすぶ。
(v. 1463－1469)

この愛の牧歌は、グレートヒェン体験における成就の予感ではないか。このように合唱は決して空芝居なのではなく、ファウストの願望を夢、つまり意識の深層において目覚めさせることによって、劇的機能を充たしている。なぜなら、夢はいわば霊界に通じており、従ってまた未来にも通じているからだ。その典型的な例が、『ファウスト第二部』において、ファウストとヘレナの結婚を夢の中で先取りするエロティックなレダの幻想である。その際、ホムンクルスがこのファウストの夢を現実へと媒介する役割を担うのであり、ホムンクルス自身、いわばファウストの深層の自我を体現し、ファウストとヘレナの愛の成就をみずから先取りしている。かくして、メフィストの部下である妖精たちが美的世界の破壊を嘆き、ファウストに失われた美の再建を促すとき、これはファウストの呪いが彼の意識の深層に及ぼしたカタルシスの表現でもあり、結局のところ、あの復活祭の朝の鐘の音と合唱の声が天上よりもたらしたファウストの救済の一つのヴァリエーションである。

　ともあれ、ある種の人間的類型を仮定する性格分析の手法がゲーテの『ファウスト』ではいかに不毛であるかが判る。例えば、第一の《書斎》の場で神と和解したファウストと第二の《書斎》の場で世界を呪うファウストがリッケルトの「二重性格」で説明できるだろうか。そこには確かに感情の大きな振幅があるが、しかしドラマの構築原理そのものが言葉のシンフォニーとして根本主題の多様なヴァリエーションを目差しているので、それは必ずしも一人物の性格や心理として統一的には理解できない。例えば第二の《書斎》の場のファウストの呪いは、必ずしも第一の《書斎》の場でメフィストがファウストの手を逃れ、従って「契約」が不成立に終わったことから来る不機嫌のせいではない。

　ファウストの呪いは、むしろファウストの「賭け」の提案を意味付ける前提である。

もしおれが、これでいいという気になって安楽椅子に
寝そべったら、
おれは即座にほろびるがいい。
きみがうまい言葉でおれをおだてて
おれをおれ自身に満足させたり、
快楽でおれをたぶらかしおおせたら、
それがおれの最後の日だ。
賭けをしよう。
(v. 1692－1698)

　ファウストの「賭け」の提案は、ファウストがメフィストの提供物に対して何一つ弁済の義務を負わないという点で、まことに奇妙な論理である。ちょうど買い手が屋台に並んだ珍味を少しずつ試食しながら、気に入ったものがあれば買えば良いというように、「賭け」におけるファウストはメフィストが提供するすべての瞬間を、どれか一つが気に入るまで、無償で享受できる。となると、ファウストの方でも策略がないわけではなく、すべての地上的価値を予め否定しておくということは、メフィストの提供物を値切る買い手の知恵ということにもなる。

悪魔風情《ふぜい》が何を見せるつもりか。
人間の精神が高みを目ざして努力するとき、
それがきみらに理解されたためしがあるか。
それともきみは、いくら食べても腹のふくれぬうまいものをもっているのか。
純金でありながら、水銀のように落ち着かず、
いつ指のすきまからこぼれ落ちるか知れないもの、
どっちに賭けても勝てない賭け、
おれの胸に抱かれていながら、もうながし目で
隣の男と約束するようなおぼこ娘、
流星のようにすばやく消える
不滅の名声、そんなものを持っているか。
摘まないうちに腐る木の実、

年じゅう若葉を茂らす木、そういうものをもちあわし
ているなら見せてもらおう。
(v. 1675－1687)

こんな風にファウストの方がいわば先手を打って悪魔の提供物をすべて眉唾物と見破るところを見ると(13)、彼にとっても悪魔の商法は未知ではないらしい。しかしそれにもかかわらずメフィストがファウストの「賭け」の提案に応じるとき、彼の方でもなんらかの提供物がやがてファウストに気に入るであろうと、堅く確信しているかのようである。ともあれ、メフィストの同意を踏まえて、ファウストは即座にあの有名な「賭け」の定式を言い放つ。

おれがある瞬間に向かって、
「とまれ。おまえはじつに美しいから」と言ったら、
きみはおれを鎖で縛りあげるがいい、
おれはよろこんで滅びよう。
葬いの鐘が鳴りわたって、
きみは従者の任務から解放される。
時計はとまり、針がおちる。
おれの一切は終わるのだ。
(v. 1699－1706)

「賭け」のいわゆる法律的な拘束力は、「賭け」の結果が定まり、ファウストがメフィストの提供した瞬間に向かって「とまれ。おまえはじつに美しいから」と言ったときに、発生するに違いない(14)。ファウストが瞬間に向かってこの宿命的な言葉を言い放つことがなければ、彼は瞬間を自由に享受し、それに対していかなる代償も提供する必要はない。しかしファウストにはそもそも何が提供できるだろうか。ファウストがよろこんで滅び、死後のことなどメフィストに任せるというとき、ファウストの方では魂のことなど一向に気にならないように見えるが、メフィストの方ではそれを勘定に入れているのだろう。そしてメフィストが劇の終幕でファウストの魂をめぐって天上の諸力と争い、敗北を喫するとき、彼の方では「賭け」の勝利にもかかわらず、正当な代価が横領されたと考えるのももっともである。そこでわれわれとしては、メフィストが本当に「賭け」に勝ったのかどうかを吟味してみなければならない。ここにファウストがドラマの終局で「賭け」の定式を言い放つ決定的瞬間の言葉を引用してみよう。

そのとき、おれは瞬間に向かってこう言っていい、

13　シェーネはこの詩句を先行する呪いのヴァリエーションと捉えている。Schöne, a.a.O. S. 259.

14　「賭け」の論理構造の分析として、小堀桂一郎『ファウストの地上の賭における賭物の問題』（日本ゲーテ協会編ゲーテ年鑑第二巻、一九六〇年）が参考になる。

「とまれ、おまえはじつに美しいから」と。

おれの地上の生の痕跡は、
永劫を経ても滅びはしない、——
こういう大きい幸福を予感して、
おれはいま最高の瞬間を味わうのだ。
(v. 11581–11586)

「憂い」のために盲目にされたファウストは、死霊たちが自分のために墓を準備する鋤の音を聞いて、自分が命じた「掘割り」の工事が日々進捗しているものと思い込み、そのような状況で最後の言葉を言い放つ。従って、メフィストは自分の勝利をすっかり確信し、この状況に対してまことに正鵠を射る批評を行う。

どんな快楽にも飽き足らず、どんな幸福にも満足しない、
次から次と欲しいものを追っかけまわした男だった。
ところが、最後の、つまらない、からっぽの瞬間を、
気の毒にも引き留めようとした。(v. 11587–11590)

しかしファウストが「とまれ。おまえはじつに美しいから」と言う瞬間は実は未来のヴィジョンであり、現実には存在していない。ましてメフィストが提供した瞬間などではない。このように「賭け」の結末は決定的な瞬間において未定となるが、しかしメフィストとしては、多分とうに勝利を確信していたが故に、ファウストの魂に対する権利を主張できる十分な根拠があると信じたのかもしれない。なぜなら、ファウストの魂自体、かつての「血で書いた証文」(v. 11613)と同様、ペダンティックな事後承認の手続きにすぎず、内実はすでに決定済みであるからだ。では結局のところ不毛な結果を招いた「賭け」の提案にメフィストがよろこんで応じたとき、メフィストにはどのような勝利の公算があったのだろうか。

そのためには有名な「賭け」の定式に含まれているパラドックスを予め理解しておかねばならない。A・R・ホールフェルトはファウストの提案の何が本来「賭け」の条件を構成しているかを問い、その際、いわゆる「瞬間」をめぐる文句を「賭け」の前提条件からドラスティックに排除している[15]。彼によると、ファウストとメフィストの「賭け」を成立させる条件はむしろファウストの文句の前半に含まれており、「もしおれが、これでいいという気になって安楽椅子に寝そべったら、おれは即座にほろびるがいい。」(v. 1692–1693)という文句が「賭け」の前提条件を正確に規定しているという。そうなると後半の「瞬間」を

15　Alexander Rudolph Hohlfeld: Pakt und Wette in Goethes "Faust", in: AGF

めぐる文句は、前提条件から導かれる帰結として、前半の文句に基本的に組み込まれることになり、従って、「瞬間」の内容もそれによって規定されることになる。そうであればファウストは安楽椅子に寝そべったり、うまい言葉でおだてられ、快楽にたぶらかされる「瞬間」に向かっては、決して「とまれ。おまえはじつに美しいから」とは言わないだろう。この論理はなるほど説得的だが、しかしそうであれば、メフィストは何故そのような不利な「賭け」の条件から勝利を期待したのだろうか。ファウスト的追求の理念に含まれる二義性が、筆者の意見では、「賭け」の事情をまことに複雑にしているように思われる。ファウスト的追求（Streben）はただ単に人間的美徳の一つの極にすぎないという認識こそ、ここでは大切なのであり、かりにそれがもう一つの極、つまり「とどまること」（Verweilen）の美徳と競い合いながら、最後には両者の可能な調和を実現するというのでなければ、まことに馬鹿げたことなのである。それに「とどまること」（Verweilen）自体、必ずしも安楽椅子に寝そべったり、快楽にたぶらかされたりするだけではなく、およそ一般的には人間的向上の目標ではないか。なぜなら、人間はそもそもとどまるために前進するからだ。ファウストが「とまれ。おまえはじつに美しいから」と言うべき「瞬間」が最後に訪れることがなかったならば、ファウストはまことに不毛な生涯を送ったことになるだろう。

かくして「賭け」の論理は、ファウストが生涯背負わねばならない十字架のようなものとなった。「契約」が目標に基づいて地上的価値を実現する行為を前提とするとき、「賭け」における人間的行為は二律背反の構造であり、地上的価値はまさに否定されるために実現されることになってしまう。「賭け」の論理は、ファウストが安楽椅子に寝そべり、永遠の怠惰をむさぼるか、あるいは常に新しいものに向かって永遠に渇望するかのいずれかであり、この二者択一は相殺されることがない。メフィストがファウストに対する勝利を確信し得たのもこの状況に基づいており、そのことをメフィスト自身、ファウストの背後でほとんど誇らしげに語る。

あの男は運命から、しゃにむに
前へ前へと突進する精神をさずけられた。
あんまりせっかちに走りつづけるから、
地上の快楽を素通りしてしまったのだ。
これからはふしだらな生活や
他愛もない茶番劇のなかにまきこんで、
もちにかかった鳥のようにじたばたすればするほど、
くっついて離れられないようにしてやる。
そして、飽きることを知らないその食いしん坊の口先に、
うまい酒や料理をちらつかして、

永遠の飢えと渇きに身もだえさしてやる。
そうすりゃ、きゃつめ、おれに身売りをしていなくとも、
破滅に落ちるほかはないのだ。　(v. 1856 – 1867)

このように見れば、ファウストは、「賭け」に勝とうが負けようがいずれにせよ救われないことになり、メフィストの方では「賭け」の判定を待つまでもなく、自己の勝利を確信し得たといえる。こうしてファウストが現実には存在しない未来のヴィジョンに向かって「とまれ。おまえはじつに美しいから」と言うとき、ファウストの願望と現実との間には鋭い矛盾が起こり、それはファウスト的追求の悲劇的意味を、ファウストの生涯の最後の瞬間に最も明瞭に啓示するのである。しかしファウストがともかくも宿命的な言葉を言い放ち、悲劇的死に甘んじるとき、ドラマの意味としては、むしろ「賭け」の構想における楽天的な核心がそれによって救われたと解すべきものであり、そのことが本来天上から贈られる神の恩寵に無理なく適合し得たのである。

「賭け」の成立以後のファウストの「生」は、「生」の個々の局面を否定することへと向かう。しかしそれは「生」そのものを否定することと、どれほどの違いがあるだろうか。ファウストが「苦痛と快楽、成功と不満」(v. 1756 – 1757) としての「生」を享受しようとするとき、彼がなおあくまでも「生誕と墓」を包括する地霊の指針に従っていることは明らかだ。従って、柴田翔氏が指摘するように、ファウストが否定するものには「快楽」(Lust) のみならず、「喜び」(Freude) も含まれると、解し得る(16)。つまり、ここでは肉体的快楽は否定するが、精神的喜びは肯定するといった問題ではなく、「瞬間」の否定自体が自己実現の過程でもあり、従って、それは総体としては「生」の肯定でもあるだろう。ともあれ、ファウストが「悩みに充ちた享楽」、「恋に盲いた憎悪」、「吐き気のくるほどの歓楽」等に身を委ねたいというとき、それが「賭け」の論理から来ることは言うまでもないが、それは同時に地霊の指針とも符合している。なぜなら、ファウストが希求する「生」とは地霊が象徴するような類的人格の達成にあり、そこから類的「生」の全体のためには、「生」の個々の局面は犠牲にされねばならないという深いパラドックスが生じるからである。

さっぱりと知識欲を投げすててしまったこの胸は、
これからどんな苦痛もこばみはせぬ。
そして全人類が受けるべきものを、

16　柴田翔『内面世界に映る歴史』(筑摩書房) 五〇一頁。

おれの内なる自我によって味わいつくしたい。
おれの精神で、人類の達した最高最深のものをつかみ、
人間の幸福と嘆きのすべてをこの胸に受けとめ、
こうしておれの自我を人類の自我にまで拡大し、
そして人類そのものと運命を共にして、ついにはおれも砕けよう。
(v. 1768－1775)

このように今や人間性の類的全体へのファウストの自己拡大が問題となるが、しかしファウストはどのようにしたらそこに達するのだろうか。彼はなお疑いもなく思索的・瞑想的な自我に留まっており、そのことがメフィストのイロニーを誘発する。

わたしたちの言うことに嘘はない。このご馳走全体は、
神というやつでなくては消化《こな》せないのだ。
(v. 1780－1781)

このようにファウストが希求する「生」の全体は、ちょうどファウストがマクロコスモスの符と向かい合ったときのように、なおあくまでも「生」からの距離を意味するだろう。こうしてメフィストは直ちに、ファウストが詩人の助けを借りれば、マクロコスモス（大宇宙）とは言わぬまでも、ミクロコスモス（小宇宙）にはなれると暗示する。こうしてファウストとメフィストの対話は出発点に戻ってくる。

あなたは、やっぱり——あなたですよ。
(v. 1806)

今やメフィストによって提案される生支配の様式こそ、もはや詩人の知恵ではなく、悪魔の知恵に属するように見える。

六頭の馬の代をわたしが払ったら、
その馬の力はつまりわたしの力じゃないですか。
そいつに駆けさせりゃ、こっちはりっぱに
二十四本足のある男だ。
(v. 1824－1827)

マルクスがいみじくも資本主義の論理として特徴付けたこの知恵は(17)、本来悪魔に属するというよりも、人間の内に潜む合理的な自己拡大の欲望を意味している。こうして

17 マルクスは、この詩句との関連において、貨幣の威力について語っているが、「貨幣」とは、人間的労働が交換価値として外化された形態であり、従って、同時に資本主義における「疎外」の原理を語っている。カール・マルクス『経済学・哲学草稿』（城塚登他訳、岩波書店）参

近代資本主義におけるまったく新しい意味での人間性の類的統一のヴィジョンがファウストの魔法を構成するのであり、それはやがて『ファウスト第二部』第一幕の《仮装舞踏会》の場で、ファウストがプルートゥスの仮面を付けて登場し、黄金の神秘的性質と合体するときに達成されるであろう。ともあれ、メフィストがこの余りにも人間的な知恵を悪魔の贈り物としてファウストに提供するというのは皮肉である。というのも、悪魔の知恵とは本来人間の知恵であり、メフィストがこんな具合にファウストを伝統的な「契約」の状態に誘い込むというのも狡猾である。伝統的なファウストは悪魔との契約を通じて地上的願望を実現し、その代償として魂を犠牲にする。われわれのファウストは悪魔の力を借りて、あるいは悪魔の力を借りずに、地上的願望を実現しながら、知らず知らずのうちに物質世界にはまり込み、やがてその魂、つまり人格の中心を失ってしまう。

照。このマルクスの指摘は、シェーネの注釈でも詳しく紹介されている。Schöne, a.a.O. S. 266.

第四章

ファウストの「生」への媒介の過程

一、「生」の黄金の樹

「賭け」の場とファウストの「生」の最初の局面としての《ライプチヒのアウエルバッハの酒場》との間になお短い《学生》の場がある。この場は成立史的にはすでに『初稿ファウスト』に属し、ゲーテのライプチヒ体験を踏まえて、当時のアカデミズムを諷刺する場となっている。そして《学生》の場は、グレートヒェンの小市民的な家庭をめぐる伝統的なドイツ社会の描写とともにゲーテ『ファウスト』の叙事的背景を構成している。劇的な動機付けの観点で見れば、ここではアカデミズムの世界から出て行こうとするファウストと今初めてそこへ入ろうとする未熟な学生との対照が問題となる。やがて『ファウスト第二部』第二幕で失神したファウストが再びアカデミズムの世界に連れ戻されるとき、「高い円天井を頂いた狭いゴシック式の部屋」がファウスト世界の原点であることを改めて認識させられる。『ファウスト』の時間は、従って、『第一部』においても、『第二部』においても中世から出発するのであり、『第一部』では中世の悪魔メフィストが、そして『第二部』では同じく中世から生まれた霊のホムンクルスが近代への橋渡しを務める。そして目下メフィストに嘲笑される学生も、『第二部』では新しい学問思想の告知者として登場し、年おいた悪魔を唖然とさせるのである。

ファウストが学び尽くした中世の学問の四分野に対するメフィストの諷刺的言葉は、ファウストの冒頭の独白に対応し、ゲーテ時代のアカデミズムの状況をなお生き生きと蘇らせる。しかしメフィストはどのような視点で批判的なのだろうか。彼は例えば哲学に関して次のように批評する。

生命あるものを認識し、記述しようとする者が、
まず生気を度外視してかかる。
そこで部分部分はつかむことができるが、
悲しいかな、全体を結ぶ精神的靭帯《じんたい》がない。
(v. 1936－1939)

そしてまた法律学については次のように言う。

法律とか制度とかいうものは、
永遠の病気のように遺伝して行くものだ。

親の代から子の代へずるずるひきつがれ、
土地から土地へ知らんまにはびこってゆく。
そうしているうちに道理が非理になり、いい法律が悪
法になる。
後世に生まれたものは災難だ。
われわれの生まれながらの権利などは、
てんから問題になっていないのだ。　(v. 1972 – 1979)

ここでは一八世紀に盛んに論じられた自然法の概念が問題であり、メフィストは新しい「生」の概念に基づいて、中世の学問のアナクロニズムを批判している(1)。そしてこのゲーテ時代においてなお事実上存続していた中世の諸学に対して、メフィストはほとんど啓蒙的な立場に立っている。奇妙なことに中世の悪魔メフィストは、新しく構築された近代の学問（例えば、カント）を心底では礼讃しているのであり、そのことはファウストに対する次のような矛盾した姿勢にも現れる。

理性と知という
人間にさずかった最高の力をいよいよ軽蔑するがい
い。
魔法や幻のなかをこの虚言王に引き廻されて、
から元気をつけるがいい。
これであの男は完全におれのものだ。
(v. 1851 – 1855)

メフィストがこのように悪魔の役割をすっかり忘れてしまったかのように振る舞うのを非難する人もあるかもしれない。しかし理性と知が人間の最高の力であるからこそ、メフィストとしてはそれだけいっそう、ファウストをそこから引き離すべき理由を持つわけである。学生との対話でも、メフィストは真理を語ると同時に真理を逆説でもって被い隠してしまう。例えば、神学が毒と薬からなる学問とされるとき、悪魔の修辞学はいよいよ真骨頂を現す。

わしはきみを迷わせようとして言うのじゃないが、
神学となると、
正道を踏みつづけるということが、すこぶるむずかし
い。
このなかには多量の毒がひそんでいて、
それと薬を見わけることは、ほとんど不可能だ。
だからここでもいちばんいいのは、ただ一人の教授の

1　ここでは一八世紀においてさかんに論ぜられた実定法と自然法の対立が問題となっている。Theodor Friedrich und Lothar J. Scheithauer: Kommentar zu Goethes Faust（以下Fr. u. Scheit. と略す）一九七三行への注参照。

講義を聴いて、
その言葉を金科玉条として信奉することだ。
要するに、言葉にたよるにかぎる。
そうすれば安全な門を通って、
堅固な殿堂に入ることができる。　(v. 1983－1992)

ともあれメフィストの悪魔的流儀は未熟な学生を啓蒙することにはなく、むしろ神学の虚偽の側面を誇張して、これを全くの逆説に変えてしまうことにある。それに対して、学生の返答の方がむしろ素朴な真実を語っている(2)。

でも、言葉には、内容として何かの概念があるはずだ
と思いますが。　(v. 1993)

しかし概念が言葉から出てくるのでないとすれば、一体どこから出てくるのだろうか。

もうそろそろしかつめらしい物言いにはあきてきた。
ひとつ悪魔の地金《じがね》を出すか。　(v. 2009－2010)

メフィストの鋭い批判はゲーテ時代の化石化した学問に向けられており、そのような悪魔の本質には、疑いもなく近代的知性が宿っている。そしてメフィストが未熟な学生をからかいながら、医学の本質から色恋の道を説くとき、メフィストはどうやら「生」の概念に一歩近付いたかのように見える。そしてついに彼は、中世の学問を根底から覆すに足る「生」の真実を言い放つ(3)。

いいかい、きみ。すべての理論は灰色で、
緑に茂るのは生命の黄金《こがね》の樹だ。　(v. 2038－2039)

学生自身、メフィストのこのはなむけの言葉にすっかり感心するけれども、「生」の真実について何一つ予感してはいない。というのも、この対立命題の真実の、従って、悲劇的な意味は、本来アカデミズムの世界から出て行こうとするファウストに向けられているのであり、そこへ今初めて入って行こうとする学生にとっては何の痛痒もないはずである。学生の願いに応えてメフィストが記念帖に書き残す「なんじら神のごとくなりて善悪を知るに至らん」というラテン語の詩句も、それが学生にとって嘲笑的な意味を持つのは、学生がその言葉の真の意味からはなお遠く隔たっているからだ。楽園の蛇がアダムとイヴを唆すときに

2　もちろん、ゲーテ自身は中身のない言葉の使用を嫌った方である。Fr. u. Scheit. 一九九七行参照。
3　H・ポリッツァーが黄金の樹の寓意を単なる感覚的生とみなしているのは不十分に思われる。Heinz Politzer: Vom Baum der Erkenntnis, in: AGF

用いるこの言葉は、本来キリスト教における原罪と楽園喪失の観念と結び付いている。しかしこの場合もロゴスの「行為」としての解釈同様、キリスト教的原義からのズレが前提とされる。学生が退却して後、メフィストが一人つぶやく言葉は、本来先行するラテン語の詩句に対するメフィスト独自の解釈であろう。

この古い文句のとおり、おれの姪《めい》の蛇の言ったとおりになるがいい。
やがて、おまえも神に似ていることが苦の種になるだろう。(v. 2049―205)

そうなると、メフィストが学生の記念帖に書き残すこの言葉は、本来、呪いを意味する。しかしその呪いの意味は、将来もアカデミズムの世界に自己満足する「学生」に該当するとは言えない。むしろこの言葉が今や学問の確実な基盤を離れて生のカオスへ転落していくファウストに向けられるとき、その呪いの意味が判然とする。ラテン語の詩句は、従って、単に目下ファウストを訪れている「神に似ること」の苦難に充ちた運命を物語ると言えるだろう。なぜなら、神の似姿であるにもかかわらず、地霊にさえ匹敵し得ないファウストが学問の殿堂を捨てて「生」の黄金の樹を求めること、それがファウストの悲劇であるからだ。

ファウストのガウンを着てファウストに変装したメフィストと学生との対話は、それ自体としては主役の存在しない幕間劇であり、ある空虚な中心を巡って堂々巡りしている。メフィストの役は学生の立場から見れば、虚と実を兼ねて本来二義的である。しかしファウスト的運命の展開の予告とみれば、この幕間劇は俄かに緊張を孕み、メフィストが発する隠微な言葉は、中心の「生」の真実を暗示する。

二、ライプチヒのアウエルバッハの酒場

「生」の全体を内なる自我において味わい尽くしたいと欲するファウストは、今やメフィストと連携して「生」の様々な局面を駆け巡ることになる。そしてその最初の局面が《ライプチヒのアウエルバッハの酒場》の場である。先行する《学生》の場と同様、この場も『初稿ファウスト』に属し、両者ともにゲーテのライプチヒにおける学生時代の記念碑となっている。伝承によれば、神話的形姿としてのドクトル・ファウストゥスもライプチヒのアウエルバッハの酒場を訪れたということであり、かくしてファウスト伝説とライプチヒにおけるゲーテ固有の体験は、溶け合って一つの類い稀な空間となり、今や永遠の文学の欠かせない局面を構成する。『初稿ファウスト』では、ファウスト自ら魔術師の役割を演ずるが、決定稿ではその役割を演じ

るのは、終始メフィストである。確かにここでもファウストは相棒と一緒に登場するが、「みなさん、今晩は」(v. 2183)と最初に挨拶する他に、ただ一度だけ次のように言う。

おれはそろそろ引きあげたい。　(v. 2296)

《ライプチヒのアウエルバッハの酒場》は、おそらくゲーテの『ファウスト』の中でも一番分かり易い場面であり、本来注釈など必要としない。しかし、個々の局面は明晰だが全体としては計り知れないというゲーテ『ファウスト』の様式原理は、ここでも当てはまる。この場の唯一無二の雰囲気はそれ自体としてはよく分かるが、しかしそれは『ファウスト』の全体においては何を意味するのだろうか。というのも、ゲーテ『ファウスト』のすべての局面は、ファウストの自我の視点において解釈されねばならないのではないか。ここではファウストは単なる傍観者であり、従って、読者も傍観者としてこの場面を通り過ぎればいいとも言える。ともあれ、メフィストの次の言葉は、どうやらこの場の寓意を語っている。

まず何より先にあなたを
陽気な会合にお連れしましょう。
これを見れば、人間がどんなに気軽に暮らせるものか、よくわかりますよ。
ここの連中には毎日が祭日です。
知恵は足りんが、大満足で、
自分の尻尾《しっぽ》を追いかける子猫のように、
てんでにくるくる廻りの踊りをおどっている。
つけがきいて飲んでいられるうちは、
二日酔の頭痛でもしないかぎり、
天下泰平という連中です。　(v. 2158−2167)

《ライプチヒのアウエルバッハの酒場》の陽気な雰囲気は、種々の茶番劇に対する興味が示しているように、若きゲーテにとって決して無縁のものではなかった。『初稿ファウスト』自体、本来若きゲーテの本質にある粗野な民衆的精神から生まれたものである。若きゲーテが分身のウェルテルのように滅びずにすんだのも、彼がファウストのように二つの魂を宿していたからであり、一方の魂が無理にも埃っぽい下界から飛び立って、至高の先人たちの住む精神の世界へ昇っていこうとしても、他方の魂が荒々しい情念の支配に身をまかして、現世にしがみついて離れなかったからである。

ともあれ、この場の寓意は、人間がまず「生」を享受すべきものだということにあるだろう。シュタイガーがこの場の精神をErgo Bibamus(故に、乾杯!)という標語でもって特徴付けるとき、この精神は、古今東西「生」を享受しようと欲する学生達の普遍的な合言葉の感がある(4)。つまり、ドイツ帝国は崩壊する――故に、乾杯！　恋人が不実である――故に、乾杯！　等々である。しかし「生」が享楽に変わる秘密は一体どこにあるのだろうか。例えばジーベルの恋の悩みは、すでに「生」を苦くするに十分である。しかしこの恋の悩みがブランダーによって、毒を盛られた哀れな鼠のバラードとして歌われるとき、恋の悩みは哀れな鼠に投影され転嫁されて、「生」を苦くする悩みは毒を抜かれてしまう。ゲッツやエグモントの悲劇的死をもたらしかねないドイツ帝国の運命も、ここではいまいましい政治の歌として脇へ押しやられる。

> いまいましい歌だ。ちぇっ。政治の歌はやめろ。
> みんな、毎朝神に感謝するがいい、
> 神聖ローマ帝国の心配なんかしなくていいことを。
> すくなくともおれは、皇帝でも宰相でもないことを、
> 大した儲けものと思っている。　(v. 2092－2096)

人間はどうやら大世界では幸福にはなれないものらしい。《ヴァルプルギスの夜》でもメフィストは相棒に小さな世界を薦めている。

> まあ、大きな世界のほうは勝手に騒がしておきなさい。
> わたしたちはここでしんみりと落ち着きましょうや。
> 大世界のなかにいくつもの小世界が出来るのは、
> なんといっても、むかしからの慣わしですよ。
> (v. 4042－4045)

メフィストのこの言葉は、《ライプチヒのアウエルバッハの酒場》の精神をも言い表している。メフィストが登場し、愉快な連中に蚤のバラードを披露するに及び、酒宴の賑わいは今や佳境に達する。このバラードは本来宮廷に媚びる佞臣の姿を諷刺したものであり、次のリフレーンはこの政治的悲惨を止揚する効果を帯びる(5)。

> おれたちならば蚤どもが、
> チョピリと刺してもすぐ潰す。　(v. 2239－2240)

4　Emil Staiger: Goethe, Bd. 1. S.229.

5　これはシェーネによれば、元々ワイマール宮廷で厚遇されるゲーテ自身の自己風刺であったが、後でフランス革命を背景として、宮廷の腐敗を揶揄するものとなった。Schöne, a.a.O. S. 280.

しかしこのリフレーンは、思い上がりのために、連中に蚤が実際には潰れていないことを忘れさせる効果も持っている。今やメフィストが悪魔の本性を現す。メフィストが幻の酒を振る舞うと、連中は、ちょうどホーマーの『オデッセイ』に出てくるキルケの魔法に掛けられた仲間達のように、まもなく野獣化してしまう。

愉快だ、愉快だ。めっぽう愉快だ。
五百の豚の寄り合いだ。
(v. 2293－2294)

しかしシュタイガーが肯定的に捉えているように(6)、この豚の視界における充実感にも捨てがたいものはある。ここには神に似ることによって不幸となっているファウストとは対照的に、愛すべき獣に似ることによって幸福となっている人間がある。人間もまた動物であるかぎり、人間的幸福には常に一抹の獣的快楽の要素も混じるだろうが、獣的快楽の要素が大きくなればなるほど幻滅もまた大きい。メフィストはここで彼らをペテンにかけるのみならず、ペテンにかけたことを知らせて、快楽と幻滅を同時に演出して見せる。この場は、ファウストの世界遍歴の中で最初に否定される瞬間であるが、それはファウストが享楽する前に、すでにメフィストによって否定されている。

三、魔女の厨

地霊の使節としてのメフィストは、ファウストを「生」へと媒介すべく、彼を今や《魔女の厨》へ案内する。《ライプチヒのアウエルバッハの酒場》においても、なおファウストは現実の傍観者に過ぎなかったとすれば、このファウストの「生」からの距離は、今や《魔女の厨》において解消されねばならない。しかしそのために必要な手続きは、さしあたりファウストにとって忌むべきこととして拒絶される。

おれには、気ちがいじみた魔法の世界は性《しょう》にあわぬ。
このけがらわしい掃溜で、
おれの心身の健康を取りもどせるときみは思うか。
(v. 2337－2339)

ファウストを若がえらせる儀式自体、もちろん単なる魔法の装置というよりも、結局のところ現実の、ファウストの意識を変容させる「生」のプロセスである。このプロセスは理念と現実の距離を止揚する弁証法的運動であり、主人公を「生」へと媒介するこの必然的な手続きは、彼が主観的にはそれを拒否したとしても、結局のところ、現実化

6　この箇所でのシュタイガーの解釈は含蓄に富んでいる。Staiger, S. 229.

される。

《魔女の厨》において、語り合う獣達の魔法がかった雰囲気は、ここで特に重要とも思われない。そこには必ずしも幻想的なものはない。むしろ彼らは「生」の寓意なのであり、月並みで没趣味な、結局のところどうでもよい人間の営みを表現している。彼らは目下ファウストが導き入れられることになる、「生」という現象の精神的媒体、今日の言葉で言えば、メディアを提示している。ここでの「生」はなお真理と誤謬、意味と無意味、精神と物質が未分化のまま混在している半神・半獣的状態にある。しかし「生」が不純なものであればあるほど、それだけいっそうファウストに媒介される「生」は現実的と言えるかもしれない。グレートヒェン悲劇からプラトニックな愛の神話を作り上げるのは、伝統的偏見である。むしろ逆に、グレートヒェンの愛は性的愛なのであり、従って、ファウストがグレートヒェンと出会う前に魔女の媚薬を飲み干すことは恥辱というよりも、必然である。そのような性愛が《魔女の厨》において用意されなかったならば、そもそもグレートヒェン悲劇自体、導入し得なかっただろう。というのも、《夜》の場のファウスト、つまり、あの孤高の、神の似姿を僭称する超人が、何の動機付けもなしに市井の一少女に惚れ込むというのはいかにも不自然であり、ゲーテのリアリズムに反するからだ。ファウストのグレートヒェンへの愛における純粋な霊的過程は、従って、《魔女の厨》における半神・半獣的領域から出発するのであり、それが本来ファウストの「生」である。

《魔女の厨》はおそらく一つの諷刺でもある。メフィストと獣達との次の対話は、獣達が凡庸な詩人を表し、従って、凡庸な詩人が諷刺の対象にされていることを認識させる(7)。

尾長猿達　乞食達にほどこす薄いお粥を煮ているの。
メフィスト　なるほど、それじゃお客さんは大勢だと
見えるな。
(v. 2392－2393)

メフィストは獣達をドラスティックに「詩人猿」(v. 2464) と呼んでいる。しかしここでは詩人の諷刺そのものが問題ではない。詩人と呼ばれる獣達は、単に表面的な社会生活における精神的媒体を表現しているにすぎない。諷刺の対象は、従って、詩人にのみ限定されているわけではない。

お願いですから
汗と血で、

7　Fr. u. Scheit. V. 2392.

この冠を接ぎあわせてくださいね。　(v. 2450－2452)

周知のごとく、汗と血で冠を接ぎあわせるというモチーフは、フランスにおける首飾り事件以後の政治的状況を諷刺している[8]。そして獣達の台詞が突如一八世紀における政治的状況とのアクチュアルな関連を示すというのも偶然ではない。なぜなら、《魔女の厨》自体、様々な形象を通じて大世界＝政治的世界の寓意を提示しているからであり、「大世界」はここでは魔法の装置で俯瞰され、目の前に提示されている。そして「世界」が魔法によって透視され、ある種の記号に還元されるとき、それはすでに「寓意」の構造である。つまり、仔猿達が弄ぶ「大きな球」は、ここでは「大世界」そのものである[9]。

これが世界だ。
上がったり降《お》りたり
いつもころころ転げている。
それはガラスのような音がする。——
いつ壊れるかわからない。
なかは空っぽだ。
ここはきれいに光ってる。
こっちはもっときれいに光ってて、
「おれは元気だ」といばってる。
わしのかわいい息子たち、
あんまりそばに寄っちゃいけない。
うっかりすると命にかかわる。
球は素焼だ。
こわれたらかけらがあぶないよ。　(v. 2402－2415)

《魔女の厨》は変転する大世界の影響下にあるのみならず、この「大世界」を魔法がかった寓意的形姿によって呪縛しているのであり、従って、それによって今やぐらつき始めた脆い世界そのものと同様、取るに足らぬ事物のある種の混沌を提示する。メフィスト自身《魔女の厨》の様々な客体を扱う術を知らず、従って、獣達によって嘲られる。

8　Fr. u. Scheit. V. 2450.

9　柴田翔氏はこの比喩を政治的世界の危険さと解しているが、それは妥当な解釈である。"Der Großkophta" oder das Ende der klassischen Harmonie (日本ゲーテ協会編ゲーテ年鑑二五巻)。
一方筆者にとって、これは幾分今日のマスメディア社会の比喩のようにも思える。例えば、我々はテレビの画面を通じて大世界を表象する。しかし眼前にあるものはあくまでもテレビという物質にすぎず、大世界は決して実体を現すことはない。しかもテレビに見入る我々は、そのとき既に大世界のカオスに巻き込まれてしまっているのであり、テレビは単なる大世界の寓意、現実の仮象にすぎないことが判明する。

阿呆なひとだ。
鍋もご存じない、
釜もご存じない。

(v. 2423－2425)

こうして《魔女の厨》を見舞う混沌は、帰宅した魔女がかつての主人メフィストを識別できないときに、最も顕著に現れる。魔女が主人を識別できないことに対するメフィストの怒りをもって判断すれば、デモノロギーの世界の序列はかなり厳格なのであろう。しかしメフィストは今や時代の変化に対応して、寛容を迫られる（v. 2492－2502）。

変化したのはもちろん外側の徴だけではない。サタンの旦那という名前すらすでにおとぎの国に追いやられてしまった。ではこの啓蒙された世の中で、メフィストの悪魔的資格を保証するのは何であろうか。メフィストが卑猥な身振りを悪魔の紋章とするとき、どうやら人間の性的欲望がなおかつ悪魔の管轄領域に属しているらしく見える。そうなると魔女の媚薬は性的行為に押される悪魔の烙印に他ならず、それだけいっそうメフィストは権威主義的に、あたかも性的行為を原初の悪として意味付けるかのように、古い媚薬を要求する。ファウストが若返るプロセス自体、従って、人間の性的側面、つまり言葉を換えれば獣性の認証の儀式なのであり、そのことによってファウストは確かに悪魔的にはなるが、結局のところ、より人間的にもなる。

しかしこれが《魔女の厨》がファウストにとって持つ意味のすべてであろうか。ここで営まれるうさん臭い儀式は、かりにここで高次の世界の理念がはじめて提示されていなかったとすれば、いかなる意味ももたらさないだろう。鏡に映った美しい女のヴィジョンは《魔女の厨》の没趣味な現実と鋭く対立し、すべてにはじめて意味を付与する。

これはどうしたことだ？　なんという美しい姿が
この魔法の鏡に映って見えることだろう。
愛の神々よ、おまえのいちばん速い翼を貸して、
おれを彼女のいる広野へ連れていってくれ。
ああ、おれがこうして離れて立っていないで、
思いきって鏡に近づいてゆくと、
その姿はまるで霧に包まれたようにぼんやりしてしまう。
女性というもののもっとも美しい姿がこれだ。
そうか、女性とはこんなにも美しいものだったか？
ここにゆったりと身をよこたえた肉体には、
天の魅力という魅力があつまっているのではあるまいか。
これほど美しいものがこの地上にあろうとは。

(v. 2429－2440)

美しい裸体の女を映し出す鏡は、確かに魔法の装置である。しかしここにも没趣味な魔法のまやかしを見る謂れはない(10)。というのも、鏡の映像自体、ファウストの内面のヴィジョンでもあり、美への開眼を語るファウストの感動的な言葉は内面の真実を伝えて、周囲のうさん臭い現実と鋭く対立しているからだ。それが他ならぬファウストを行為へと促す、つまり、ファウストを「生」へと媒介する根本の動機を目覚めさせる。

ともあれ、仔猿が弄ぶ「大きな球」が大世界の寓意であるように、ファウストが眼前に見る「鏡」もまた未来世界を透視し、美しい女の形姿において、来るべき「美」の世界を予告している。ファウストは今はじめて地上的次元で高次の存在を予感するのであり、マクロコスモス（大宇宙）の符がやがてファウストの「不死の霊」を導き入れる天上空間を予告するように、鏡の映像は「永遠の女性」の理念の最初の顕現であるとも言える。そして「大世界」が本来『ファウスト第二部』の舞台であるように、鏡に映った美女もまた『ファウスト第二部』においてはじめてヘレナとして実体化される。ここでは鏡に映った裸体の美女は「美」のエッセンスとして「寓意」であり、従って、ファウストが近付くと遠ざかる、つまり、それを現実のものとして捉えることができない。『ファウスト第二部』の宮廷の場でファウストが冥界から呼び出したヘレナ、つまり自ら虚構したヘレナ劇に介入して爆発を惹き起こすときのように、ここでも理念と現実、寓意と肉体の区別を度外視することの危険さがある。ここでもかりにメフィストの知恵がファウストのヴィジョンを現実化する術を心得ていなかったならば、鏡の中のヘレナはファウストを滅ぼしかねなかっただろう。

10　リッケルトは、鏡に映った美女を『第二部』第三幕に登場する高貴な「ヘレナ」ではなく、単に官能美を表現しているという意味で、「イヴ」と位置づけているが、その必要があるだろうか？　『第二部』第一幕において、ファウストの魔法で幻出された「ヘレナ」も官能美であるが、これは第三幕のヘレナと直結する。ヘレナが神話的な美女であるのは、それが官能美と倫理性を兼ね備えているからではないか？　《魔女の厨》の鏡に出現するのは神話的な美女としてのヘレナであり、それによってファウスト文学全体の骨格が浮き彫りになる。筆者はここではヤンツの意見に賛成である。「このイメージがファウストにとって何を意味し、またゲーテがどのような意味付けを意図したかを理解しようと思うならば、ここにたいそう感動的に表現されている、ファウストに対する高揚させ、純化させる効果を念頭に置き、メフィストフェレスの品位を落とす注釈を度外視しなければならない。ヴィーナスの社《やしろ》であるとはいえ、それは深い宗教性に充ちている。詩の基調と作品に一貫しているイメージの持続に対する感覚を持つ者ならば、ここやまた『母たち』の場で、ある種の批評家達にはお気に召すと見えるメフィストフェレス的解釈を、余りまじめに受け取るわけにはいかない。単に断片的なアプローチと頭だけの読書がそのような成果に導くのである。」と。Harold Jantz: The Mothers in Faust, Baltimore 1969. S. 36. 参照。

およしなさい、およしなさい。いまに女という女の最
上品を、
生き身で近々と拝ましてあげますから。
(声をひくめて)
あの薬がはいったからには、
もうどんな女もヘレナそっくりに見えるのさ。
(v. 2601－2604)

こうして媚薬の効能が現れ、ヘレナの寓意がグレートヒェンの形姿に宿り、ファウストが市井の一少女に現実に恋をするとき、ファウストとグレートヒェンの愛の過程には、獣性への下降という意味で悪魔の烙印が押されることになる。しかし一方、愛のみが「生」の意味を啓示し、人間を神々の次元へ高めもするという「生」の真実、つまり愛における高次の過程を、悪魔のメフィストは洞察することができないのである。

第五章　グレートヒェン悲劇の諸相

一、ファウストの愛の物的担保

『ファウスト第一部』は四六一二行から成り立っているが、そのうち二六〇四行、すなわち半分以上がいわばグレートヒェン悲劇の提示部である。つまり、ファウストはグレートヒェンへの愛において、はじめて自己の「生」を体験するのであり、従って、それに至る諸局面は、ファウストに「生」を媒介するための手続きと考えられる。

ともあれ、ついにファウストとグレートヒェンの出会いが成立する。ファウストがはじめてグレートヒェンに出会う《街》の場を読むと、ファウストがいかに行動的人間に変貌したかが分かる。《魔女の厨》における劇的な動機付けがなかったならば、《夜》の場の思索的・瞑想的なファウストと、このいくらか軽薄な好色漢とを結び付けることはむずかしい。メフィストが登場すると、ファウストは即座に要求する。

さあ。あのむすめを手に入れてくれ。　(v. 2619)

Hör, du mußt mir die Dirne schaffen!　(v. 2619)

このDirneはおぼこ娘といった程度の意味で、現代ドイツ語における「売春婦」の意味はない(1)。従って、ここには特に軽蔑的なニュアンスはない。しかしファウストの口調には、自分が気に入った商品を即刻調達せよ、とメフィストに命じている感がある。ともあれ、ファウストがここで手に入れようと欲する「むすめ」が、享楽の対象であることは余りにも明らかである。それに対して、メフィストの返答の方はむしろ控え目で、慎ましやかに聞こえる。

あれですか。あれはいま教会からの帰りがけですよ。
なんにも罪やとがはないと、坊さんから言いわたされてね。
わたしはその懺悔席のすぐそばをそっと通ってみたんだ。
懺悔するようなことはなんにもしてないのに、懺悔に行った。

1　Fr. u. Scheit. V. 2619.

まるで無邪気なむすめですね。
ああいうのはわたしの力に及びませんね。
(v. 2621－2626)

メフィストのこの言葉を文字通りに受けとめるならば、グレートヒェンは純真すぎてファウストを堕落させる手段としてはふさわしくない、従って、メフィストはファウストの要求に不承不承応じているにすぎない、といった解釈にも導きかねない。そのような解釈から、多分、プラトニックな愛の神話が生まれたのだろう。それに対してE・C・メイスンは異議を唱えている(2)。彼はむしろこの事態を、グレートヒェンが純真無垢で敬虔であればあるほど、彼女を通じてファウストを堕落させるためのメフィストの意図には適合すると解釈している。筆者もこの意見に賛成である。しかしここでは単に一般的な意味で純真無垢な少女がある好色漢によって誘惑されるという事態ではない。グレートヒェンがさしあたり悪魔も手に負えないほどの、カトリック的な意味での敬虔な少女であるにもかかわらず、最後には誘惑されて悪魔の支配圏に陥ってしまうことを考えるならば、メフィストの言葉に含まれるイロニーはいっそう隠微さを増す。ともかく、メフィストはグレートヒェンが純真無垢であるから、控え目なのではない。むしろメフィストは目下、《魔女の厨》において、悪魔の儀式を通過したファウストが、いかに厚顔な色男として振る舞うかを悠然と眺めているにすぎない。

おれなら、七時間も暇がありゃ、
あんなむすめを騙すのに
悪魔の手は借りまいよ。
(v. 2642－2644)

もちろんメフィストとしても、ファウストに解雇されることを心配する理由などない。むしろファウスト自身が悪魔的に振る舞えば振る舞うほど、メフィストは自らの存在根拠が意味深くなると確信している。ファウストが犯すすべての罪を悪魔に転嫁すれば良いというのは伝統的偏見である。グレートヒェン悲劇の全過程を通じて、ファウスト自身が終始行為者であり、一方メフィストは傍観者、注釈者、探偵、あるいはとりわけ経済的パトロンである。おまけにメフィストの意図は、グレートヒェンを堕落させることにあるのではない。むしろメフィストは、ファウストがグレートヒェンを堕落させることによって、自ら堕落することを狙っている。かくしてメフィストにとっては、いわば鼻先に突き付けた獲物でもって焦らせば焦らすほど、ファウストの悪魔的・獣的本質がいっそう鮮明に浮かび上

2　Eudo C. Mason: Mephistos Wege und Gewalt, in: AGF.

がることの方が重要である。従って、まもなくファウストがグレートヒェンに宝石箱を贈ることを提案するとき、この好色漢の常套手段ほどに悪魔にとって歓迎すべきものはない。そしてファウストが今よりメフィストの意図に沿って、グレートヒェンとの恋愛の全過程を経験するであろうとき、このプロセスはメフィストの視点から見れば、ファウストの自ら一歩一歩身を卑しめていく獣性の証明以外のものではない。

　今やファウストはグレートヒェンの留守中の部屋に案内される。しかしファウストはメフィストの意に反し、高貴な感情に身を委ねてしまう。

> この神聖な場所にたちこめている
> やさしいたそがれの光りよ。よくおれを迎えてくれ
> た。
>
> …………
>
> おお、愛らしいその手。神々の手のような！
> このささやかな家もおまえが住んでいることで天国と
> なるのだ。
>
> （v. 2687－2708）

　マクロコスモス（大宇宙）の符において天上の秩序を予感し、先行するヘレナのヴィジョンでこの世のものならぬ「美」の顕現に遭遇したファウストは、今や眼前に現実の天国を垣間見る。この光景が天国にふさわしくないと言うなら、天国とは一体どのようなものであろうか。ファウストの自我の深みに目覚めた高貴な感情は、まず天上的なエロスの意味を味わわせる。しかし、現実の性愛の意味は、そのような高貴な神々しい感情が現実の成就とともに滅びてしまわねばならないというところにある。「永遠の女性」の神話は、結局のところそのような現実の価値の天上的な昇華の形態なのであり、つかの間の成就において滅びてしまわねばならないが故に、いっそう純粋に恒常的彼岸へと投影された現実の価値なのである。

　グレートヒェンの部屋を訪れたファウストが今や躊躇し、おのれの行為を後悔するのは、そのような愛の高貴な感情に由来する。グレートヒェンを誘惑するために来たファウストはおのれを恥じ、はじめて愛の天上的雰囲気を予感する。ファウストは今や、愛が低俗な快楽ではなく、高貴な感情であり、愛がはじめて自我の高揚をもたらし得ることを認識する。しかし理性がファウストに対して、グレートヒェンを決定的に諦め、破局を未然に回避するよう促したとすれば、愛の天上的な意味もまたそれと同時に失われてしまったことだろう。ファウストがグレートヒェンを諦めることができないということは、愛が本来デモーニッシュな力であり、理性によって単純に制御されるものではないという事実から来る。こうしてファウストは愛の高貴な、しかし逆らい難い衝動に身を委ねてしまう。

今や悪魔メフィストフェレスとの連携がファウストのグレートヒェンへの愛において決定的な意味を持つ瞬間がやってくる。メフィストがファウストの命令に応じて宝の小箱を用意すると、ファウストは一瞬躊躇を感じる。ファウストの姿勢におけるこの微かな変化を理解しないメフィストは、ファウストを皮肉って言う。

何を言ってるんです。
せっかくの宝を使わずにおく気にでもなったんですか。
そんなら忠告しますがね、あなたも浮気ごころを起こして、
大事な時間をつぶすなんてことは、およしなさい。
わたしもこれ以上骨を折ることはご免こうむりましょう。
まさかあなたはこれが惜しくなったんじゃないでしょうね。
まったく、わたしひとりがやきもきして ――
(v. 2738－2744)

ファウストの躊躇はむろん彼が宝を惜しむところから来るのではなく、愛が本来測り得ないものであり、かりに物的な価値尺度でもって測るならば、愛はほとんど無限の価値に等しいという事態を意味している。そしてそれにもかかわらずファウストがグレートヒェンに宝の小箱を贈るならば、それはグレートヒェンが彼に捧げる愛の交換価値となり、彼がグレートヒェンを享楽の対象として所有することを正当化してしまうだろう。宝の小箱の危険さは、それがファウストの愛から高貴な意味を奪い、それを月並みな **welsche Geschichte**（イタリアの小説、v. 2652）に変えてしまうことにあるだろう。しかし一方ファウストの物的な贈り物が、つまり、彼の気前よさが、彼の愛の深さから来ることも確かであり、こうして宝の小箱を贈ることが、ファウストのグレートヒェンへの接近の必然的な第一歩となり、それを通じてファウストは自ら悪魔の策略に陥ってしまう。

ファウストとメフィストが退いて後、グレートヒェンはなお薄気味悪い雰囲気の漂う部屋に戻り、不可解な戦慄を覚える。グレートヒェン自身、すでにファウストの情念に感染しており、デモーニッシュな愛の破壊的な威力に晒されている。こうしてグレートヒェンが衣服を脱ぎながら、その無防備な状態で歌うバラードは彼女の純粋な魂の表白となり、内面の無意識の願望を表現する。従って、このバラードの劇的機能は、その主題と密接に絡み合っている。トゥーレの王は、妃が先立つときに形見として遺した金の盃を、死に臨んで、海へ投げ入れる。

さかずきは波にのまれ、波をのみ、

海底《うなそこ》深く沈みました。
王の眼もしだいに深く沈みました。
もう飲むこともない人でした。　(v. 2779－2782)

このバラードは、死に至るまでの誠実な愛と、その物的な担保としての金の盃を主題とする。「金の盃」は誠実の象徴であり、従って、持続する愛のエートスである。妃の死を超えて生きる「金の盃」は誠実を意味するのみならず、誠実な愛そのものとしてなお現存している。しかし王にとってのみ意味を担い、普遍妥当性を要求しない盃は海へ、すなわち愛のディオニュソス的根源へと投げ返されねばならない。こうして「金の盃」は王の死を超えてなお生き延びるのではなく、王の愛とともに滅びる。愛の担保としての「金の盃」が海底へ沈むとき、愛の終わりは同時に愛の成就であり、新たな性愛の始まりを暗示している(3)。

今やバラードを歌い終わったグレートヒェンが、目の前に見いだすファウストの愛の物的担保としての宝の小箱は、従って、先行する「金の盃」との意味深い対照として理解できる。この宝の小箱が金の盃と異なり、いかに危険なものであるかが分かる。バラードが誠実な愛へのグレートヒェンの純粋な願望を表現するとき、宝の小箱がそのような彼女の内面のエートスにいかに破壊的に作用するかを知らず、彼女がそれを開けてしまうのは悲劇的イロニーである。このような筋立ては、同じように女主人公のオイゲーニエが自分に贈られた宝箱を開き、自ら破局を招く『庶出の娘』との平行関係を感じさせる。「宝の小箱」を「金の盃」から区別するものは、金の盃が王一人にとってのみ内面の価値を有するのに対し、宝の小箱が普遍的な物的価値であり、従って、本質的に不誠実とならざるを得ないということにあるだろう。この宝の小箱の特質は、従って直ちに、牧師がそれに色目を使い、横領してしまう結果を招く。この事態が意味する痛烈な諷刺は、牧師がグレートヒェンの愛から単に物的担保のみを奪い取り、それだけで自己満足するが、一方愛の高貴な核心はグレートヒェン自身に委ねられてしまうということにある。つまり、教会は宝の小箱を得るが、純粋な魂を失うのである。物的な担保自体、真の愛にとって本質的にはどうでもよいことである。しかしそれが奪い去られてみると、それは今やはじめて愛の十全の意味を意識させる。

3　ロスは最終節のモチーフを、特別の祭りのときに、死者の名誉のために蜂蜜酒を満たした杯を飲み干すという古代ゲルマンの風習と関連させている。そうなると、このモチーフはある種の愛の成就を暗示しているのではないか。Werner Ross: Johann Wolfgang Goethe "Es war ein König in Thule", in: AGF.

落ちつかぬようすで、
自分でも、いったい何がしたいのか、したらいいのか、わからずに、
あけくれ、あの贈り物のことを、
それよりもその贈り物をしてくれた人のことを、思いつづけていますよ。
(v. 2849－2852)

こうしてグレートヒェンは自分に贈られた第二の宝箱を撤回する根拠をもはや失ってしまう。というのも、意識された愛がすでに撤回し得ない事実であるとき、宝箱は今こそ愛を保証する物的担保であり、愛の高貴な感情を飾る王冠となるであろう。しかしもはや母親にも牧師にも打ち明けることのできない愛は、グレートヒェンをますます不実な隣の女に近付けることになり、結局、彼女を教会の教義の裏切り者にしてしまう(4)。

マルテの夫についてのエピソードがメフィストによって語られる《隣の女の家》の場もまた、この同じ文脈において見ることができる。というのも、メフィストが虚構するエピソードはまさに不実な愛を主題としており、その意味で、グレートヒェンが歌うバラードの対極をなしているからだ。しかもメフィストがマルテを訪れる意図は、単に彼女の夫の死を告げるためというよりも、むしろグレートヒェンの面前で、婚姻に基づく愛がいかに不実なものであり得るかを語り、彼女にとって自明のタブーを破ることにある。このメフィストの心理戦略は巧みである。夫が何かを遺してくれたかマルテが知りたがると、メフィストは彼女の期待を裏切って言う。

そうです、大事なことをひとつ頼まれました。
供養のために、ミサを三百ぺんあげてほしいということです。
ほかには、わたしは手ぶらでして。　(v. 2930－2932)

そこでマルテはメフィストの策略に陥り、本音をさらけ出してしまう。

なんですって？　メダル一つ、宝石一つ、残さない。
旅回りの職人だって、そのくらいは財布の底に、
記念のためにしまっておいて、
たとえ飢えても、乞食をしても、手放しはしないものなのに。
(v. 2933－2936)

4　シェーネはグレートヒェンの形姿をドラスティックに魔女と解しており、それによってグレートヒェン悲劇に新しい視点を導入している。Albrecht Schöne: Götterzeichen, Liebeszauber, Satanskult, München 1982. S. 178.

こんな具合にマルテとその夫との間には誠実な愛の形見は遺されていない。そしてこの事実が他ならぬ助言者のマルテに当てはまるとき、結婚と愛の誠実を結び付ける必然性は失われる。それに物的担保がそもそも誠実な愛の意味を担うとすれば、宝の小箱はすでにファウストの誠実を裏付けるものとなってしまう。こうしてメフィストは即座に、婚姻に基づかない愛の幸福を、グレートヒェンに勧めることができる。

それはね、ご亭主でなくとも、いい人ができて、うれしい仲になればいいでしょう。
かわいい、いとしいひとと抱きあうのは、
この世のいちばん大きい楽しみですよ。

(v. 2946－2948)

もちろん、ここではマルテの夫の不実が問題なのではない。結局のところ、メフィストは敬虔を装うマルテの中にいかに多くの悪魔的本質が宿っているかを、暴いてみせてくれる。海賊で得た報酬が話題になると、マルテは少なからぬ興味を示す。

まあ。どうしたんでしょう、それを。どこかへ埋めたんじゃないでしょうか。

(v. 2979)

そしてメフィストが一年喪に服して後、新しい配偶者を求めるように勧め、自分が名乗りを上げると、彼女はこの提案にも無関心ではいられない。しかし所有欲や情欲を宿すマルテが、そのような悪魔的本質を断罪する教会以上に悪魔的と言えるだろうか。

おのが欲を棄てれば、利益《りやく》にあずかる。
教会の胃の腑《ふ》は丈夫でな、
これまでにも地所や領地をいくつも呑み込んだが、
それでもついぞ腹をこわしたことがない。
教会だけだ、よろしいかな、
よこしまな財宝を腹におさめて消化することができるのは。

(v. 2835－2840)

マルテは確かに、教会によって悪魔的と烙印を押された諸特質を宿している。しかし悪魔的な諸特質は、教会の教義自体が善と悪の二元論に基づく限り、教義の基盤そのものでもある。そしてそのような非人間的な二元論は、今や教会によって断罪された、他ならぬグレートヒェンの純粋な魂が、取持ち屋のマルテに導かれて、徐々に悪の道にさ迷いこむ過程を通じて、はじめて克服される。

二、自己中心的愛と献身的愛

もう一度《街》の場で、メフィストは主人のファウストにグレートヒェンとの出会いを約束するが、ただし、マルテの夫シュヴェールトラインの死を偽証するという条件付きである。そこで、ファウストは激昂する（v. 3059–3066）。ファウストが偽証を拒むのもその真実の愛に由来し、彼がもはやグレートヒェンを享楽の対象として所有したくない気持ちを反映する。というのは、真実の愛への手続きも、真実でなければならないからだ。そこでメフィストの提案はファウストの沸き立つ情熱に水を差し、彼を神々の高みから引き降ろすことになる。しかし結局のところメフィストの方が正しい。ファウストが無限だの、不滅だの、永遠だのと名付ける熱情の火が遅かれ早かれ消えるとき（というのも、ファウストの愛が地上の愛であるかぎり、そうならざるを得ないのだ）、そのとき、ファウストのグレートヒェンへの愛は、シュヴェールトラインの死の偽証にまさるものではなくなってしまう(5)。かくして、メフィストはここでファウストの愛の疑わしい前提を明らかにしたのであり、ファウストの天才的自我に潜むディレンマは、グレートヒェン悲劇の過程を通じて、ますます本質的な問題として浮かび上がってくる。

5　Fr. u. Scheit. V. 3065.

それに対して、グレートヒェンの愛は全く違った現れ方をする。グレートヒェンも、ロッテと同様、さしあたり母親の代わりに子供の世話をする少女として印象に残る（v. 3125–3135）。ロッテ、ナターリエ、オティーリエと同様、グレートヒェンの形姿もまたあの類い稀な処女と母性の結合を示すのである。この疑いもなく聖母マリアの原型に由来するゲーテの永遠の女性達は、しかし聖女というよりも世俗的形姿であり、その愛は常に生活と結び付いた純粋の倫理を表現する。不幸な愛故に滅びるオティーリエも、グレートヒェンも、結局、正常な市民的結婚に基づくならば、幸福になれたであろうはずの女性達である。ロッテやグレートヒェンの生活環境が、すでに誠実な愛の表現となっているのも不思議ではない。グレートヒェンの日常的活動自体、彼女の愛の一部であり、彼女の敬虔な情操は、一八世紀ドイツ社会にまで及ぶ伝統的な小市民的家庭のエートスにほかならない。従って、グレートヒェンの幸福は、キリスト教的教義に啓示された神の秩序に基づく限り、損なわれることはない。それに対して、ファウストの愛は神々の次元にまで高揚する自己中心的な衝動であり、それは本質的に不誠実とならざるを得ない愛である。なぜなら、愛の対象を一つに限定する愛が誠実な愛であるとき、ファウストの万有を抱きしめるガニュメート的愛にとって、限定自体すでに自己矛盾に他ならないからだ。

ともあれ、結婚を前提としてのみ愛することが許されるという原則は、すべての市民的少女と同様、グレートヒェンにも当てはまる。しかし、グレートヒェンが《庭》の場で、花占いに身を委ねるとき、彼女は自らこの市民的愛の原則を破ってしまう。

愛していらっしゃる―― いらっしゃらない (v. 3181)

こう繰り返しながら、ついに彼が自分を愛しているという結論に到達するとき、彼女は不幸な自己欺瞞を犯したと言えるだろう。というのも、グレートヒェンは一体ファウストが自分を本当に愛しているかどうかを知るために、花占いでもって占う必要があっただろうか。むしろグレートヒェンは花占いによって、自分の感情を占ったと言ったほうがよい。この花占いの行為には、むしろ市民的掟を去り、愛の不確かな衝動に身を委ねるべきか否か、という彼女の内面の躊躇が反映している。そして彼女が究極的にエロスの衝動が促す謎めいた神託に身を委ねると、デモーニッシュな愛の恐るべき相貌が現れる。

愛しているとも、おまえを。この花の占いを
神のお告げだと思うがいい。おまえを愛している。
このことばの意味がわかるかい。おまえを愛している
のだよ。 (v. 3184−3186)

このようにファウストが自分は彼女を愛しているという結論を二度繰り返すとき、この神託は彼の愛を正当化し、撤回しがたいものにする。ファウストの自我をこの確証された愛において無限に高める花占いは、しかし結局グレートヒェンの内面のエートスを踏みにじり、彼女の市民的幸福を滅ぼす契機となる。ファウストがグレートヒェンの両手を握ると、彼女は身震いする。これは彼女が今や確実な基盤を失い、禍に充ちた運命に身を委ねたことの内的確信の表現である。しかしこの取り返しのつかない第一歩は、さしあたり彼女に、結婚に基づかない愛なればこそ与え得るような無限の幸福をもって報いる。このように内面の市民的掟をすでに踏みはずした少女が、愛の幸福をなおかつ市民的結婚の枠内で可能と考えることが、結局のところ花占いの悲劇的イロニーを意味する。つまり、花占いを通じて、ファウストが市民的な意味において自分を愛していると捉え直したグレートヒェンは、自己の全存在をファウストに委ねるのであり、こうして二人は最初の接吻を交わす。しかしメフィストが小屋の戸を叩き、二人の別れの時刻を告げるとき、われわれはファウストの「生」における宿命的な瞬間が、まもなく訪れるであろうことを予感する。

今や《森と洞窟》の場において、このようなファウス

トの天才的自我における愛の問題が基本的主題として展開される。グレートヒェン悲劇のちょうど真ん中に置かれた《森と洞窟》の場は、劇的事件に対して叙事的な距離の表現であり、ここでは劇的事件そのものがいわば対象化される。思うに、『ファウスト第一部』の四六一二行のうち二六〇四行までがいわばグレートヒェン悲劇の提示部であり、グレートヒェン悲劇自体、《森と洞窟》の一五六行と《ヴァルプルギスの夜》及び《ヴァルプルギスの夜の夢》の五六三行によって中断され、従って、グレートヒェン悲劇自体一二八九行、つまり『ファウスト第一部』の四分の一にすぎないとき、『ファウスト第一部』がグレートヒェン悲劇を核として、いかに重層的な構造を示すかが分かる。

ともあれ、《森と洞窟》の場は、グレートヒェン悲劇の主人公が、地霊を挑発したあの超人であることを改めて想起させる。《森と洞窟》の場の冒頭の独白で、ファウストが呼びかける「崇高な霊」が《夜》の場の地霊であることは疑いようもない。しかしファウストがかつて自分を拒絶した地霊に、感謝の言葉を捧げる事態は何を意味するのだろうか。その意味を理解するためには、もう一度《夜》の場を想起しなければならない。マクロコスモスの符を眺め、自己を神々の高みに置くファウストが、結局失望してマクロコスモスの符に背を向けるのは、そこにはいかなる人間的接点も見いだすことができないからである。しかしファウストはそのことによって、大宇宙から訣別したわけではない。むしろファウストが地霊を挑発する試みは、そのような大宇宙の認識を行動的自我に包摂し、大宇宙を人間的興味によって貫くことを意味している。しかし大宇宙に意味を付与するものは、結局のところ、大宇宙の中心としての人間的「生」なのであり、そこへ至る道は学問的行為よりも、愛によって可能となるという認識が、ここでは重要である。中世の学問の四分野を学び尽くし、「世界を奥の奥で統べているもの」(v. 382) を認識しようと欲するファウストは、まだ「生」そのものが何であるかを予感していない。地霊はそのようなファウストを拒絶することによって、学問的行為をも包括し得るような総体としての「生」の概念を暗示する。従って、《森と洞窟》の場で、ファウストが地霊に感謝の言葉を捧げるのは、明らかに新しい状況を反映しており、グレートヒェンの愛を通じてはじめて、ファウストに大宇宙を意味付ける「生」の概念が啓示された事態に対応している。

しかしファウストの「崇高な霊」への語りかけが、終始、自然の中で高揚した自我の感情を語っているというのは、不思議に思えるかもしれない。グレートヒェン悲劇が『初稿ファウスト』に属するのに対して、《森と洞窟》の場はゲーテのイタリア旅行の時期にはじめて成立したものであるので、この不一致は成立史的断層に由来すると、つまり、ファウストの地霊への感謝の言葉は、イタリア体験を通じて高揚したゲーテ自身の自我の告白であると考えられてきた(6)。しかし愛と自然感情との結合は、『若きウエルテルの悩み』以来、終始、ゲーテ固有の形而上学に属する。『ファウスト』においても、『ウェルテル』においても、自我を高め、宇宙へと拡大するものは、愛に他ならない。愛とはまさに自我の中心であり、愛という自我感情なしには宇宙自体いかなる意味も持たない。この意味で、ウェルテルが失われた愛による自我感情の喪失を描く八月一八日の手紙と、ファウストが愛を通じて高揚した自我感情を語る《森と洞窟》の場は、対照的である。しかしファウストやウェルテルにおける愛はいずれも結局のところ自己愛であり、「永遠の女性」として神話化されているグレートヒェンにおける自己犠牲的な愛とは異なる。

　グレートヒェンの献身的愛は、今やファウストの包括的な「生」の根拠となり、ファウストの自我を自然へと高める。しかし誠実、つまり持続する愛が、結婚の基盤においてはじめて意味を持つであろうとき、悪魔と結託したファウストは、この神の掟を承認することができない。なぜなら、道徳的基盤において可能となる愛の持続はすでに停止であり、悪魔との「賭け」において定式化されている宿命的な瞬間をもたらすであろう。そしてまた人間的愛自体、神の掟に護られることがなければ、永遠とはなり得ない。ファウストの永遠の愛とは瞬間の愛でもあり、自然の掟に従って凋落の時を待つ他はない(7)。それが結局ファウストやウェルテルといった感情の巨人達における愛の運命なのである。そしてその意味で、《森と洞窟》の場は、ファウストのグレートヒェンへの愛における頂点であり、ファウストは今や自己の矛盾を自覚するに至る。

ああ、人間にはけっして完璧が授けられないことを、
おれは今つくづくと感ずる。おまえが与えてくれたのは、
おれを神々の近くにまで高めてくれるこの純粋な喜びばかりではない、
あの道連れをおまえはそれに添えてよこしたのだ。だが、それはもう
おれが手放すことのできない道連れなのだ。そしてそいつの冷酷無恥なやりかたによって
おれというものがおれ自身の眼にも卑しいものになり果て、そいつの吐く言葉一つで、
おまえの贈り物がまったく価値をなくしてしまうのを、忍ばねばならぬのだ。
(v. 3240－3246)

6　例えば、E・シュタイガーは次のように言っている。「彼自身変容した。だからファウストも変容して登場する。」と。Staiger, Bd. 2, S.52.

7　「永遠」とは、ファウストの愛においては、愛の感情の強度を意味する。Fr. u. Scheit. V. 3065.

このように地霊と比較して全く違った機能を持つメフィストが、それにもかかわらず地霊の使節であるという事態は、すでに地霊自身によって暗示されている(8)。

おまえはおまえに理解できる霊に似ているのだ。
おれには似ていない。
(v. 512－513)

すでに述べたように、地霊が総体としての「生」の概念を代表するとき、「生」そのものを知らないファウストが地霊に匹敵し得ないことは言うまでもない。ファウストの地霊への感謝の言葉が示しているように、それにもかかわらずファウストは地霊の指針に従い、「生」へと媒介されたのである。しかし地霊により媒介された「生」が頂点に達し、愛を通じてファウストの自我が神々の次元へと高まると、今こそファウストは地霊に匹敵し得ないことが判明する。つまり、ファウストは総体としての「生」を、人間の身で担うことの不遜を償わねばならない。なぜなら、愛の自我感情は神々の次元にとどまることはできず、ますます悪魔の支配領域へと下降して行かねばならないからだ。

あいつは、おれの胸のなかに、あの愛らしい姿を追う
狂熱の焔を、これでもかこれでもかと煽りたてる。
こうしておれは欲情から享楽へとよろめき、
その享楽のさなかに、また新しい欲情への渇きに身を
焦がすのだ。
(v. 3247－3250)

Er facht in meiner Brust ein wildes Feuer
Nach jenem schönen Bild geschäftig an.
So taumlʼ ich von Begierde zu Genuß,
Und im Genuß verschmachtʼ ich nach Begierde.
(v. 3247–3250)

「あの愛らしい姿」(mit jenem schönen Bild) でもって、ファウストが《魔女の厨》における鏡に映った裸体の美女のことを想起しているとは考えにくい(9)。ヘレナは現実にはは存在していないのだから、そのような考えは、かりにあ

8　メイスンはこの関係をはっきりと規定している。「地霊は消える際に、ファウストに向かって〈おまえはおまえに理解できる霊に似ているのだ。おれには似ていない。〉と叫ぶ。この場面を通じて霊という言葉が使われる特別の流儀から見て、地霊自身が語る〈おまえに理解できる霊〉というフレーズは曖昧な、言質をとらない比喩的な意味で言われているのではなく、ある特定された霊に言及しているのであり、そうだとすれば、言及されていると説得的に仮定できる唯一の霊はメフィストーフェレスである。」と。Eudo C. Mason: Goethes Faust. Its genesis and purport, Berkeley and Los Angeles 1967. S. 164.

9　Fr. u. Scheit. V. 3248.

の理想像が、メフィストが意図したように、グレートヒエンの形姿に宿り、従って、ファウストがグレートヒエンのことを想起していると考えなければ、意味を持たないだろう。いずれにせよ、ファウストがこの文脈で愛の対象としてのグレートヒエンを念頭においているのでないならば、《森と洞窟》の場自体意味がない。ドラスティックに言って、《森と洞窟》の場はファウストとグレートヒエンの恋愛のプロセスにおいて、最初の接吻（庭の中の小屋）と、二人が一緒に過ごす夜（マルテの庭）との間に置かれており、従って、最後の二行におけるBegierdeとGenußを、引用した手塚富雄訳のように、欲情と享楽、つまり欲望とその充足との関係で捉えるのは、厳密に言えば正しくないだろう(10)。《森と洞窟》の場は、一七九〇年の『断片』ではなお《井戸のほとり》の場の後に置かれており、そこではグレートヒエンは恋愛のプロセス自体を過去の出来事として想起している。

けれど――そうなるまでの道筋は、
ああ神さま、なんとよかったことだろう。うれしかったことだろう。
(v. 3585－3586)

しかし決定稿においては、《森と洞窟》の場はむしろ恋愛のプロセスにおける初期段階に位置付けられ、愛の高貴な意味が語られる。なぜなら、ファウストは目下欲情の対象としてのグレートヒエンから遠ざかろうとしているからだ。

悪党め。ここを離れろ。
あの美しいむすめのことはもう言うな。
あの甘やかな肉体の魅力を、
半分狂いかけているおれの五官に思いださしてくれるな。
(v. 3326－3329)

それに対してメフィストは言う。

これはどういうことでしょう。娘のほうでは、あなたがもう逃げたものだと思いこんでいる。
実際、もう半分逃げ出しているんだから。
(v. 3330－3331)

このことはいわゆる恋愛の末期症状とは受け取れない。つまり、ファウストはグレートヒエンを誘惑した後で、今や彼女を見捨てようとしているという風には受け取れないのである。というのも、ファウストの次の言葉は、どうや

10　シェーネも、この場の位置的変化によって、「享楽」に意味のズレが生じていることを指摘している。Schöne, a.a.O. S. 316.

ら恋愛の初期段階を暗示するからである。

いや、おれはあれのそばにいる。たとえどんなに遠く
離れていても、
おれは忘れはしない、放しはしない。
そうとも。おれは、主《しゅ》の体《からだ》さえ、ねたましくなる、
こうしているうちも、娘《あれ》が唇をつけると思うと。
(v. 3332 – 3335)

メフィストの皮肉な注釈も、やはり恋愛の初期段階を暗示すると見た方がよいだろう(11)。

そうでしょうとも。わたしでさえあんたに妬《や》けてくる
ことがある。
ほら、バラの花にかくれて草を食《は》んでいるあのむっち
りした双子《ふたご》の子鹿を思うとね。
(v. 3336 – 3337)

このように《森と洞窟》の場は、ファウストのグレートヒェンへの愛が肉体的支配という観点では、唇と乳房（双子の小鹿）にとどまり、下半身がなお残されている事態を暗示している。人間の自我感情は愛を通じて神々の次元へと高まるが、一方、人間は愛を通じて悪魔の支配領域へと陥る危険をも冒す。しかしファウストが最初の接吻の後、愛の高貴な感情に浸っている限り、メフィストは彼を掌中に収めることができない。ファウストはグレートヒェンから遠ざかろうとし、一方、メフィストは相手を新たな欲情へと駆り立てようとするのは、どうやら女の下半身が悪魔の支配領域に属するからであろう(12)。

ともあれ、《森と洞窟》の場において、ファウストがまだ悪魔の掌中に陥っていないことを顧慮するならば、GenußとBegierdeを欲望と充足の関係で捉えることはできない。すでに《森と洞窟》の場の文脈において、genießen (Genußの動詞形) は低俗な意味での対象の享楽を意味しているのではなく、むしろ自然の享楽、つまり自然感情の高揚を意味している(13)。

崇高な地の霊よ、おまえは惜しみなく授けてくれた、
おれの望んだすべてのものを。おまえは徒らに、

11　Fr. u. Scheit. V. 3337.

12　A・シェーネが明らかにしているように、グレートヒェン悲劇の構想自体、もともとそのような中世の魔女教義を踏まえている。前掲書参照。ただし、シェーネの最近のファウスト注釈（フランクフルト版）では、この視点は見られない。

13　Genußの概念については、Wolfgang Binder: Goethes klassische "Faust"-Konzeption, in: AGF 参照。

焔のなかに現われて、顔をおれにふり向けたのではなかったのだ。
壮麗な自然をおれの領土として与え、
それを感じ、それを味わう力を授けてくれた。
(v. 3217－3221)

Erhabner Geist, du gabst mir, gabst mir alles,
Warum ich bat. Du hast mir nicht umsonst
Dein Angesicht im Feuer zugewendet.
Gabst mir die herrliche Natur zum Königreich,
Kraft, sie zu fühlen, zu genießen. (v. 3217–3221)

　このようにGenußをgenießenの名詞形と考えるならば、BegierdeとGenußとの関係は、むしろファウストの愛の二律背反、すなわち、ファウストのグレートヒェンへの愛が真実であればあるほど、従って、それがファウストの自我感情を神々の次元へと高めれば高めるほど、それだけいっそうそれはまた情欲へと傾斜せざるを得ないという事情を意味している。従って、ファウストは高貴な愛の感情と低俗な情欲との間でよろめくのであり、そのことがメフィストのイロニーを誘発する結果となる。メフィストの猥褻な身振り(v. 3291)が愛の性的側面を示唆し、ファウストの神的愛の平凡な結末を暗示していることは明らかだ(14)。そうなると、ファウストの決意すべきことは、この平凡な愛のプロセスを辿るか、それとも書斎のドクトルに舞い戻るかのいずれかでしかない。ファウストがグレートヒェンを愛しているが故に書斎に逃げ込むとすれば、それは自己欺瞞で、メフィストの非難を受けるのは言うまでもない。

　かくしてファウストは、メフィストの意図通りに、愛の全過程を辿ることになる。しかしメフィストが促進する愛のプロセスとは、もちろん恋人達の幸福な結婚に終わるのではなく、ファウストがグレートヒェンを誘惑し、そのあげく見捨てることによって、罪を犯す結果へと向かう。そこにメフィストの存在根拠がある。その際、メフィストは幸福な結婚へ至る道が、「生」の全体を包括しようと欲するファウストの巨人主義には、すでに矛盾するものであることを知っている。こうしてファウストの自我拡大を可能ならしめた愛の現実的関係は、家や地所、妻や子供といった「憂い」の領域で停止する前に、破壊されねばならないという地霊の符の恐るべきパラドックスが現れる。そして今やファウストの自我を神々の次元へと高めた愛は、破局へ向かって傾斜し始める。

14　Fr. u. Scheit. 三二九一行への注。

三、ファウストの信条と愛における罪

《マルテの庭》でグレートヒェンより教理問答を受けるファウストは、自己の信条を次のように表現する。

すべてを抱きとっているもの、
すべてを支えているもの、
それは、きみをも、ぼくをも、またそれ自身をも、
支えており、抱きとっているのではなかろうか。
われわれを覆うているあの大空のふくらみ、
われわれに踏まれるこの大地の揺るぎなさ。
そして永遠の星たちは、
やさしいまなざしで昇ってくる。
(v. 3438 – 3445)

ここにはなおファウストの地霊への感謝の言葉の余韻が感ぜられる。グレートヒェンの愛を通じて神々の次元へと自己を高め得たファウスト的自我は、なお神の理性でもって正当化されねばならないのだろうか。そうだとすれば、宇宙を包括する愛以上に神的なものはない。それは永遠なる愛の息吹であり、虚ろな名前に還元され得るものではない。

感情がすべてだ。
名前は、うつろな響き、散ってゆく煙だ、
天上の火を包みかくしているだけだ。
(v. 3456 – 3458)

このようなファウストの信条自体、いわゆる汎神論という名で呼ばれる敬虔な宗教性の表現でもある。E・M・ウィルキンソンは、ファウストの信条が本来神の名に関する伝統的な神学論争に由来するものであり、従って、教会の正統的な教義と矛盾するものではないと指摘している(15)。この論者の見解によると、次のようなグレートヒェンの言葉も、ファウストの信条が教会の教義に類似していることの証左である(16)。

あなたのおっしゃることは、みんな美しい、結構なことですわ。
牧師さまも、おおよそ同じことをおっしゃいます、
ただすこうし言葉がちがいますの。　(v. 3459 – 3461)

ともあれ、このような指摘は、ファウストの信条がもともとキリスト教の極めてデリケートな問題に根をおろして

15 Elisabeth M. Wilkinson: Theologischer Stoff und dichterischer Gehalt in Fausts sogenanntem Credo, in: AGF.
16 Wilkinson, AGF S. 564.

いることを、理解させてくれるが、では何故に、グレートヒェンは恋人に教理問答を施す必要があったのだろうか。ファウストがいかに自己のグレートヒェンへの愛を教会の言葉で美化しても、結局のところ両者の信条の本質的な違いは、両者の愛がキリスト教によっては認証され得ないという点にある。

プロテスタンティズムになお悪魔的なものの烙印が押されていた一六世紀宗教改革の基盤から、ファウスト伝説自体発生したことを考えるならば、グレートヒェンの言う秘蹟がカトリックの教義に基づくことは言うまでもない。キリストによって制定された恩寵をもたらす七秘蹟の内、ここで決定的な意味を持つのは、もちろん婚姻である。カトリックの教義では、プロテスタンティズムと異なり、婚姻もまた神の恩寵によって可能となる。ファウストの信条は、今日の視点で見れば、おそらくリベラルなプロテスタンティズムの立場を代表するにすぎないだろう。ともかく、ファウストの信条がカトリックの教義、つまりグレートヒェンの神に矛盾し、従って、グレートヒェンが内面の躊躇を隠しきれない事情がここにはある。教理問答が正統的教義の枠内での神学論争を踏まえているとしても、二人の恋人をお互いに隔てているものは、結局のところ両者の宗教的立場の相違である。そして両者の間の溝は、メフィストの存在にドラスティックに帰着してしまう。

家へお見えになるときでも、
いつも人を馬鹿にしたような顔つきをして。
それに、何かに怒っているように見えますわ。
どんなことにも親身な気持になれない人なのでしょう。
人間を誰ひとり愛せない人だってことは、
ちゃんと顔に書いてありますわ。
わたしは、あなたの胸にすがっていると、それはたのしい、
やすらかな、何もかもお任せしきったような、ほのぼのとした気持になりますの。
けれど、あの人がくると、胸がしめつけられるようになってきます。
(v. 3485－3493)

しかしグレートヒェンが描写するこのメフィストの風貌において、神学的な意味での「悪」を代表する悪魔を表象し得るだろうか。メフィストの人相の何がキリスト教における悪の観念と結びつくだろうか。人を馬鹿にしたような、半ば怒ったような顔付きは、むしろメフィストの愛における不能、「生」のプロセスからのその本質的な距離を表している。そしてメフィスト自身グレートヒェンの形容の正しさを認めている。

それにあの娘は人相見の名人だ。

わたしと顔を合わせると、なんだか変な気持になってくるという。
つまりこの面構えから、腹の底を読み取るんだな。
わたしがただ者じゃないことを、あの娘は感づいているんだ、
ことによったら、悪魔だとね。（v. 3537 – 3541）

Und die Physiognomie versteht sie meisterlich:
In meiner Gegenwart wird'ihr, sie weiß nicht wie,
Mein Mäskchen da weissagt verborgnen Sinn;
Sie fühlt, daß ich ganz sicher ein Genie,
Vielleicht wohl gar der Teufel bin.（v. 3537–3541）

このようにメフィストの人相の隠れた意味、つまり悪魔の本質はGenieである。このGenieを天才と訳すことには文脈上問題があるとしても、いずれにせよ悪魔の「ただものでない」本質が地霊の属性であると仮定することは許されるだろう(17)。それは本来ファウストの本質でもある。そしてメフィストがもはや地獄の王の臣下ではなく、地霊の使節となったとき、彼は単にファウストの神的な創造活動のニヒリスティックな側面を代表したにすぎない。一体ファウストの汎神論的宗教性にも、ある種のニヒリズムが潜んでいないだろうか。なぜなら、ファウストの愛が罪と破壊へと傾斜する情熱にあるとき、メフィストは単にこの罪と破壊、つまりファウストの愛のニヒリスティックな本質を代表するにすぎないからだ。メフィストは奇妙なことにファウストの愛における良心であり、愛の結末を先取りする冷めた意識である。グレートヒェンがメフィストに対して密かな戦慄を覚えるのも、グレートヒェンがメフィストの媒介を通じてファウストからの距離を自覚し、それによって愛の炎が消えてしまうところから来る。そしてグレートヒェンを教理問答へ駆り立てるのは、単に神の恩寵のみが愛をこの必然的なニヒリズムから救い、それに持続を与え得るという確信である。

しかしそうであれば、教理問答の直後にグレートヒェンがファウストから眠り薬をもらい、最初の夜を恋人と一緒に過ごすために、それを母親の飲物に混ぜるという事態は何を意味するだろうか。こうして恋人同士、罪を犯すことになるプロセスに、悪魔のメフィストが介入しないのも奇妙である。というのも、悪魔的情熱に駆り立てられて犯罪に陥るのは、終始ファウストとグレートヒェン自身であり、メフィストは単に二人の行方を好奇心をもって見守るスパイに留まるからである。かりにここに作者のキリスト教に対する批判的姿勢と政治的戦略を読み取ることが可能

17　Fr. u. Scheit. V. 3540.

ならば、これほどに痛烈なイロニーは考えられない。なぜなら、ファウストとグレートヒェンは、まさに教理問答がメフィストの存在にぶち当たり、それによってファウストとグレートヒェンを隔てる溝が深まるが故に、かえって獣的な愛に陥り、罪を犯すからだ。その際、メフィストは意図せずに、楽園の蛇の役割を演じることになる。教会の教義を通じて遮二無二ファウストと結ばれようと欲するグレートヒェンの頑なな気持の表現であり、まさに教理問答を通じて自分達の愛が神の恩寵によっては媒介され得ないことを認識した二人が、それにもかかわらず、愛の逆らい難い衝動に身を委ねるとき、二人は自ら悪魔の支配圏に陥ってしまう(18)。

四、嬰児殺しの少女の純粋な倫理性

《グレートヒェンの部屋》の場で、糸車に向かう孤独なグレートヒェンの姿は、《森と洞窟》の場の高揚したファウストの自我との著しい対照において、深く印象に残る。

胸はこがれ
思いはつのる。
あのやすらぎは　もう
けっして　もどってこない
(v. 3374—3377)

Meine Ruh' ist hin,
Mein Herz ist schwer;
Ich finde sie nimmer
Und nimmermehr.
(v. 3374–3377)

この場は、単にグレートヒェンの歌によって構成されている。グレートヒェンの内的危機を理解するためには、ト書きは余分である。彼女が歌うリートは、すでに彼女の全本質を表現している。S・アトキンズによれば、このグレートヒェンの抒情的独白がリートであるか否かが、議論に価するかのようである(19)。しかし何故にそのような区別が重要なのであろうか。いずれにせよ、《Meine Ruh' ist hin》「あのやすらぎは、もどってこない」が、単にグレートヒェンによって恣意的に引用されたリートではなく、彼女の内的・抒情的自我を表現する必然的形態であることは明らかだ。リート（歌謡）とは彼女の自我の形式なのであ

18　ここにはフォイエルバッハが鋭く分析しているキリスト教における信仰と愛の矛盾を表現する典型的な場面がある。フォイエルバッハ『キリスト教の本質』（船山信一訳、岩波文庫）下巻第二七章「信仰と愛との矛盾」を参照。

19　Stuart Atkins: Neue Überlegungen zu einigen mißverstandenen Passagen der "Gretchentragödie" in Goethes "Faust", in: AGF

る。《Der König in Thule》「トゥーレの王」が彼女の安らぎの表現であるとき、《Meine Ruh' ist hin》は彼女の失われた安らぎ、すなわち彼女の危機の表現である。そしてこのグレートヒェンの危機は、なお抒情的言語によって表現され、それが変化する気分に持続を与えている。韻を踏む単純な二拍子のリズムは主題に逆らい、なおある種の安らぎを感じさせる(20)。例えば、若きゲーテの《Mailied》「五月の歌」等も似たようなリズムを示す。

O Liebe, o Liebe!
So golden schön,
Wie Morgenwolken
Auf jenen Höhen!

若きゲーテの最も幸福な抒情詩が、リズムの上では、グレートヒェンの危機の表現と重なり合う。《牢獄》のグレートヒェンもまた、絶望の深淵で歌を歌う。

Meine Mutter, die Hur',
Die mich umgebracht hat!　(v. 4412–4413)
わたしの母さん、むごいひと。
わたしを殺してしまいました。

グレートヒェンの内的魂に形式を付与する抒情的本質は、すでに天上的雰囲気を先取りしている。聖母受苦像を前に祈るグレートヒェンの言葉は、すでに彼女を「永遠の女性」に近付けている。

Hilf! rette mich von Schmach und Tod!
Ach neige,
Du Schmerzenreiche,
Dein Antlitz gnädig meiner Not!　(v. 3616–3619)
お助けください。恥と死から逃れさしてくださいまし。
痛み多いマリアさま。
どうぞお恵み深く、わたくしの苦しみに

20　グレートヒェンの独白を構成する四行一〇節のリートについて、ミーヘルセンは詳細な分析を行っている。グレートヒェンの自己喪失と孤独の感情は、前半の五節ではなお受動的な悲しみの状態にとどまるが、後半の五節では、恋人との合一を希求する彼女の能動的な願望はほとんど叫びに近い情念の爆発をもたらしており、そのような彼女のたえず揺れ動く情念は、行毎に移動する弱音節の位置変化によっても示される。しかしそのような感情表現は糸車の単調な響きに似た二拍子のリズム、基調としての「通奏低音」(Basso continuo) の上に置かれている。Peter Michelsen:Gretchen am Spinnrad. Im Banne Fausts. S. 79.

お顔をお向けくださいまし。

これが孤独と窮地の極限状況におけるグレートヒェンの深奥の魂の表現であるとき、いつの日かファウストの魂を天上へと迎え入れるグレートヒェンの喜びも、同じ言語的形式によって語られる。

Neige, neige,
Du Ohnegleiche,
Du Strahlenreiche,
Dein Antlitz gnädig meinem Glück! (v. 12069–12072)

類いようもないあなたさま、
かぎりない光に包まれておいでなさいますあなたさま。
どうぞお恵み深くお顔をお向けあそばして、
わたくしの仕合わせをごらんなさってくださいまし。

それに対して、瞬間において永遠たろうと欲するファウストの動的言語はたえず危機へと傾斜し、カオスへ接近する。《曇り日》は『ファウスト』の全篇で唯一の散文による場であり、それはすでに『初稿ファウスト』に属している。ゲーテがこの場を韻文化しなかったのは、絶望の極限におけるファウストの言語が、散文において最も適切に表現され得たからではないか。散文とは無形式の元素に解体した言語であり、そのような散文がファウストの崩壊した自我を表現するとき、それはそのことによって、むしろ象徴的な意義を帯びるだろう。すべての形式へと変容し得るファウストの奔放な包括的言語は、しかしそれにもかかわらず、グレートヒェンの純粋な魂の言語をわがものにすることはできない。天上的雰囲気を感じさせるグレートヒェンの言語の歌うような響きは、すでに地上のレヴェルで、永遠の形式を先取りしてしまう。ゲーテが《牢獄》の場の韻文化に際して、「救われたのだ」(Ist gerettet v. 4611) という天上からの声を書き加えたのも偶然ではない。なぜなら、グレートヒェンの言語の抒情的形式は、彼女の純粋な魂の昇華の形態、つまりそれ自体芸術と化した言語であり、すでに天上的な不死性の領域に帰属しているからである。

しかし一体グレートヒェンはどのような罪を犯したのだろうか。グレートヒェンに、あのイフィゲーニエの道徳性があったならば、彼女は罪へと至る行為を未然に回避し得たであろう。それにもかかわらず、グレートヒェンは道徳的に不純なのではない。彼女はむしろ罪へ導く行為とその贖いを通じて、純粋な市民的倫理を体現している。彼女の罪は本来ファウストのような問題的な人間との不幸な出会いを通じて引き起こされるが、しかし彼女の高貴な情操は、彼女に内的に堕落することを許さない。彼女はむしろ自ら社会的懲罰に身を委ねる。《井戸のほとり》の場で、すでに市民的掟を破った少女達に対する社会的懲罰が開始されている。もちろん、ここで話題になっているのは単にバルバラのことだが、しかしバルバラの運命はすでにグレートヒェン自身に当てはまる。

もっとも、バルバラにおける軽薄な愛の結末は、グレートヒェンの場合に当てはまるとも言えるし、当てはまらないとも言える。なぜなら、バルバラの場合には恥辱はすでに白日の下にさらされており、彼女はすでに社会的懲罰の対象となっているからだ[21]。

だから、今度は小さくなって、
罪のじゅばんを着せられて、懺悔の席に据えられるのがあたりまえよ。
(v. 3568－3569)

しかしグレートヒェンの愛が純粋なものであればあるほど、そのような愛の結末は死に匹敵するだろう。従って、グレートヒェンの倫理性は、彼女の過ちが恥辱となり、白日の下にさらされる前に、自分自身を裁いてしまう。グレートヒェンが社会から排斥されるプロセスは、それ故、いっそう内的で、いっそう深刻である。聖母受苦像を前に祈るグレートヒェンは、バルバラのような少女なら、なお恥知らずに生き抜くことができるであろう人生のあらゆる可能性から顔を背け、ひたすら永遠を憧れている。彼女が聖母マリアに祈っているのは、罪の贖いや許しなどではない。なぜなら、彼女は愛の純粋さを汚したことはなく、愛の神には常に忠実であったからだ。彼女は単に自己の愛の純粋な意味を、社会の復讐心から護ってほしいと、祈っているにすぎない。

しかしグレートヒェンの愛において最も致命的に作用するのは、彼女の子供の存在である。ファウストの愛を喪失したことは、まだ彼女を滅ぼす根拠とはなり得ない。彼女の幸福な愛の体験は彼女の記憶の中で永遠に生き続けるのであり、それ自体はいかなる社会的懲罰によっても侵害され得ない。しかし祝福されない愛から生まれた子供は恥辱であり、不名誉の愛の最も醜い証人である。子供の存在は、ファウストの永遠の愛に欺瞞の烙印を押すばかりではない。今やそれはグレートヒェンの兄の名誉をも滅ぼそうとしている。こうして今や不実な愛が、単に市民的倫理によって罰されるのではない。むしろ市民的倫理自体、家庭という血縁関係そのものであり、従って、それは自らの基盤を破壊することによってしか不実の愛を罰することができないのである。こうしてグレートヒェンの悲劇性は、血と愛の相克として、とりわけ彼女の内面のドラマに発展す

21　Fr. u. Scheit. V. 3569.

る。《聖堂》の場の苛責の霊は、グレートヒェンの良心であり、血の権利を代表している。

おまえの胸には、
なんという罪のかたまり。
おまえはおまえの母の霊のために祈るのか。その母は、
おまえの手にかかって、長い長い業苦を受けに、あの世へ旅立ったのだぞ。
おまえの家の閾《しきい》は誰の血でよごされたのか。
そのうえおまえの胎内には、
早くもうごめくものがあって、
不吉な予感と動かしがたい存在とで
おまえを悩まし、みずからも悩んでいるのだぞ。
(v. 3785―3793)

しかしここに数え挙げられている罪の責任主体はむしろファウストであって、グレートヒェンはそれに対して単に間接的な関係にあるにすぎない。ところが、グレートヒェンを犯罪者にするのは、まさに嬰児殺しの局面である。従来、彼女の母、兄、そして子供の死がすべて一緒くたに彼女の不幸な愛の破局とみなされてきたようだが、嬰児殺しの局面は、全く新しい相貌を提示する。《聖堂》の場では、グレートヒェンは苛責の霊によってさいなまれるけれども、まだ社会的正義によって裁かれるには至っていない。そのことはグレートヒェンが失神する前に、隣の女性に救いを求めていることによっても理解できる。この時点においては、なおあくまでもグレートヒェンの内的葛藤が問題であり、その客観的な犯罪は問われていない。しかしグレートヒェンが投獄され、公的正義に委ねられる状況は、その嬰児殺しの局面によってはじめて成立するのである。

では、いかなる意味においてグレートヒェンは救われるのだろうか。『ファウスト第一部』の終局、すなわち《牢獄》の場でメフィストの「この女は裁かれたのだ」という宣告に呼応して天上より「救われたのだ」という声が鳴り響くとき、それはファウストの魂が天上へと迎え入れられる『ファウスト第二部』の終局を準備することになる。しかしこの二つの判断自体、どのような関係にあるのだろうか。この場合、メフィストの判断が天上の判断により否定され、止揚されるとも考えられる。そうなると、天上の声はグレートヒェンの罪の情状酌量を促し、一方、メフィストの方は厳格な社会的正義を代表するとも考えられる。しかしグレートヒェンの処刑は目下日程に上っただけであり、従って、メフィストの完了的表現は、この事実と符合してはいない。目下のところグレートヒェンの自己制裁だけが事実として完了しており、そしてまたファウストとメフィストはまさにグレートヒェンの脱獄を助けるために来ているのだから、メフィストの判断は単に、グレートヒェ

ンが彼らの救いを拒否することによって、自らを裁いてしまったと言っているにすぎない。

しかしグレートヒェンの自己制裁は、事実上、嬰児殺しの局面においてすでに完了している。トゥーレの王が妃の誠実の物的担保としての金の盃を死に臨んで海へ投げ入れるとき、金の盃は、それがまさに王の愛とともに滅びるが故に、愛の純粋な霊性を象徴する。しかしそのような純粋な愛とは、夢における成就であり、従って、仮象にすぎない。純粋であるが故に市民的掟を破ることになってしまった恋人達の愛が、今や子供に結晶し、子供が二人の愛を超えて生き延びようとするとき、愛は現実の弁証法を現す。私生児とは、すでにそれ自体市民的掟を破ったグレートヒェンの純粋な愛に対する社会的制裁なのである。なぜなら、グレートヒェンの子供が今や私生児の烙印を押されて生き延びるとき、それはファウストの不誠実と永遠の愛の自己イロニーを体現することになってしまうだろう。こうしてグレートヒェンがファウストの愛の最も美しい担保であるはずの子供を殺害するとき、彼女は永遠の愛のために血の絆を断ち切り、市民的掟に反逆する。しかし一方では、彼女はまさにこの行為を通じて市民的掟の犠牲となるのであり、最も純粋に市民的倫理を体現することによって、市民的掟を破った自己を裁いてしまう。グレートヒェンは結果として投獄され処刑されるけれども、彼女の市民的倫理に基づく自己制裁は、嬰児殺しの行為においてすでに完了している。天上からの声は、従って、グレートヒェンの罪の情状酌量を促すのではなく、嬰児殺しにおいて自己を制裁し、その贖いとしておのが死を受け入れるグレートヒェンの内的倫理性を、単に肯定したにすぎない。メフィストの宣告と天上からの声は、従って、対立命題なのではなく、結局のところ同一の浄化のプロセス、すなわちグレートヒェンの倫理性が天上的価値として昇華される、内的カタルシスを表現したにすぎない。

第六章　ファウストの世界体験

一、ヴァルプルギスの夜

さて『ファウスト第一部』はグレートヒェン悲劇をもって完結したと言えるだろうか。われわれは、もちろん「賭け」の帰結が『ファウスト第二部』にまで持ち越されていることを知っている。しかしそのことに留まらず、例えば「賭け」に基づくファウストの次のような決意は、どのように理解したら良いだろうか。

さっぱりと知識欲を投げすててしまったこの胸は、
これからどんな苦痛もこばみはせぬ。
そして全人類が受けるべきものを、
おれは内なる自我によって味わいつくしたい。
おれの精神で、人類の達した最高最深のものをつかみ、
人間の幸福と嘆きのすべてをこの胸に受けとめ、
こうしておれの自我を人類の自我にまで拡大し、
そして人類そのものと運命を共にして、ついにはおれも砕けよう。
(v. 1768－1775)

グレートヒェン悲劇が、ファウストのそのような決意に対応する世界体験であると言えるだろうか。ここに提示されているファウスト的主題はファウストの自我を巡っており、グレートヒェン悲劇は、そのようなファウストの自己拡大の一つの契機にすぎない。グレートヒェン悲劇自体、それがファウストの自己拡大の一つの契機として止揚され克服されねばならないという意味においては、自己完結すべきものであるが、しかし他方、それによってますます向上を目差すファウストの自我が、輪郭を得たわけではない。従って、『ファウスト第一部』はグレートヒェン悲劇の自己完結性にもかかわらず、ファウスト的根本主題の観点では、全く不完全で断片的とならざるを得ないと言える。《ヴァルプルギスの夜》をめぐる形象群が挿入されず、『ファウスト第一部』が単にグレートヒェン悲劇として完結していたならば、逆説的に言って、『ファウスト第一部』は断片的外観を免れ得たかもしれない。Ｆ・Ｔｈ・

フィッシャーのような批評家は、《ヴァルプルギスの夜》や《ヴァルプルギスの夜の夢》のような場は蛇足であるとみなしている(1)。しかし実を言うと、この二つの場はむしろ『ファウスト第一部』の断片的性格を踏まえて、その統一原理を追求していると言えないだろうか。これら二つの場は、表面的には、グレートヒェン悲劇の筋に組み込まれている。《曇り日》の場の冒頭のファウストの言葉は、確かに一つの因果的解釈を裏付けるものである。

「さぞ、もがいているだろう。絶望しているだろう。みすぼらしく世間をさ迷ったあげく、捕えられたのだ。罪の女として牢につながれ、言うに言われぬ苦しみを受けている、あのやさしい、不幸なむすめが。こんな、こんなことにまでなってしまったのか。——この裏切り者！　下劣な悪魔め！　これほどまでになったのを、おまえはおれに隠していたのだな。——何も言えまい、何も。そうやって突っ立ったまま、憎々しい悪魔の目玉をぎょろぎょろさしている。なんだ、その不服づらは。おまえがそこにいるだけで、おれは我慢ができん。——捕えられたのだ。取りかえしのつかない、みじめな身になったのだ。責めさいなむ悪霊どもと無情な裁判をする人間どもの手に引き渡されたのだ。——しかもおまえはそのあいだ、愚にもつかない暇つぶしをさせて、おれの心を眠りこませ、あのむすめの難儀が日ましにつのるのをおれに隠していた。そしてあれが寄るべもなく破滅してゆくのを知らん顔をして見ていたのだ。」《曇り日》

となると、《ヴァルプルギスの夜》や《ヴァルプルギスの夜の夢》は、ファウストがメフィストの策略によってグレートヒェンからしばらくの間引き離され、「愚にもつかない暇つぶし」をさせられているうちに、グレートヒェンが破滅してしまうというふうに、ファウストの逃亡の局面として動機付けられることになり、ずいぶん回りくどい道草になってしまうだろう。この二つの間狂言が、ファウスト自身によって「愚にもつかない暇つぶし」とみなされる事態は、それが単にファウスト自身によってすでに享受された、従って、今や止揚された自我の契機であることを意味する。ともかく、この二つの間狂言は、ファウストの根本主題の観点ではむしろ必然的で、ファウストの自我はそれを通じて世界体験に至るのであり、またその自己矛盾を通じて崩壊する。《曇り日》の場は、従って、地霊の符の予言に基づいて成就したファウストの世界体験の最後の帰結を示す。グレートヒェン体験を通じて高揚したファウス

1　Friedrich Theodor Vischer: Kritische Bemerkungen über den ersten Theil von Göthe's "Faust", namentlich den "Prolog im Himmel", in: AGF, S. 203.

トの自我は、世界体験へとますます自己を拡大し、グレートヒェン体験そのものを、自我の一つの契機として必然的に乗り越える局面に至る。しかし同時にファウストは、人間の身で総体としての神々の「生」を享受することの不遜を償わねばならないのであり、地霊の符の恐るべき予言が成就する。

　このように考えるならば、《ヴァルプルギスの夜》や《ヴァルプルギスの夜の夢》は、例えば、夢や良心といったファウストの意識下の心理的現象を表現しているというよりも、むしろグレートヒェン悲劇そのものを一つの体験的相として包み込むような「大世界」を提示していると言える。ここで問題となっているのは、グレートヒェン悲劇の背景としての「大世界」であり、この大世界がファウストの自我によって体験され、再度止揚されるとき、ファウスト的主題ははじめて統一に至るだろう。ともあれ、グレートヒェン悲劇の背景としての「大世界」とは世界史的時間に他ならないのであり、それが寓意的形象によって高次の現実として描かれるとき、あの幻想的雰囲気が生じる。しかしここに表現されている世界は、E・シュタイガーが指摘しているように、E・T・A・ホフマン流の幻想世界ではない(2)。ここでの幻想的雰囲気は、意識下の夢幻的世界をさまよう言葉の魔術から来るのではなく、抽象的概念によって把握され得るような形而上的次元を、具体的・視覚的に提示しようとする寓意的な表現手法に由来する。H・シュラッファーは最近『ファウスト第二部』との関連において、『ファウスト』解釈が常に自明のものとして前提しているこの寓意的手法を歴史哲学的に解釈し、近代文学における新しいジャンルの法則として位置付けようとしている(3)。《ヴァルプルギスの夜》や《ヴァルプルギスの夜の夢》における寓意的形象は、まだ『ファウスト第二部』におけるように表現手法として自覚され、方法的に一貫しているわけではないが、しかしすでにその前段階として実験的な性格をもっている。ここでも荒唐無稽な形象は、結局のところ寓意として高次の現実を表現しているのであり、従って、読む行為自体、もはや自明のものではなく、しばしば謎解きに類似してくる。

《ヴァルプルギスの夜》の冒頭で、ファウストとメフィストの対話が提示するブロッケン山の風景自体、すでに霊化した自然であり、そこへ鬼火が登場すると、自然の描写は含蓄に富む象徴空間へと変貌する。

せっかくの旦那の仰せだから、わたしの気軽な性分を

2　Emil Staiger: Goethe. Bd.2, S. 360.

3　Heinz Schlaffer: Faust Zweiter Teil. Die Allegorie des 19. Jahrhunderts, Stuttgart 1981.

なるたけ抑さえつけるようにしてみましょう。
ですが、稲妻型に歩くのが、わたしの癖でしてね。
(v. 3860－3862)

このような鬼火の自己紹介は鬼火の本質を明らかにするよりも、むしろ謎めいたものにしてしまう。そしてメフィストの言葉には謎解きのヒントが含まれる。

おい、おい。こいつ、人間たちの真似をするつもりか。
いいか。悪魔の名を思い出して、まっすぐに歩くんだ。
そうしないと、その命の火を吹き消してやるぞ。
(v. 3863－3865)

この鬼火は恣意的なメルヘン的形姿というよりは、むしろ人間の内面の霊的本質を視覚化したにすぎないだろう。すでにわれわれは地霊の登場の論理を明らかにし、『ファウスト』劇の根本形式を、独白の内的弁証法から発展する対話として理解したが、一方、内的なものを外在化し、視覚化することが寓意の本質であるとき、それはすでに寓意の構造でもあった。そしてその意味では、鬼火もまた地霊の登場の一つのヴァリエーションなのである。稲妻型の行路を歩む《ヴァルプルギスの夜》の道案内人は、ファウストとメフィストの行路をも稲妻型に規定するわけであり、従って、《ヴァルプルギスの夜》の迷宮を貫く人間的時間の比喩となるだろう。鬼火は《ヴァルプルギスの夜》の世界史的時間が、決して直線的に進むものでないことを弁明している。

こうして今や自然の相貌に歴史哲学的視野が啓示される。

石を洗い、草を分け、
谷川、小川は流れゆく。
いま聞こえるは、せせらぎか、歌声か。
思いをこめた恋のなげきか。
こよなき日々の思い出か。
ああ、われらは望み、われらは愛する。
そしてこだまは、遠い代の
伝説《いいつたえ》に似て、ひびきわたる。
(v. 3881－3888)

ファウストは、グレートヒェンと過ごした「こよなき日々」を回想しているのだろうか。それはまた同時にアダムとイヴの楽園、すなわち歴史的時間の原初をも暗示している。なぜなら、「歴史」とは人類の「黄金時代」からの距離に他ならず、従って、無時間的神話の崩壊の上に立脚しているからだ。自然は今や不可思議な魔神的相貌を現し、宇宙の方位が失われる世界史の危険な時刻を告げる。

しかしここはメフィストによるとなお「中の峰」で、深い谷間にマモン（黄金）が輝いているのが見える。

なるほど、不思議な光が谷いっぱいにきらめいている
な
朝焼けに似たほのかな色だ。
それが奈落の喉の
奥にまでとどいている。
あすこには湯気が立ち、むこうにはガスがたなびく。
靄と霞のなかから焔がひらめく。
それは細い糸のようになって這うかと思うと、
たちまち噴水のようにほとばしる。
幾百の筋となってからみあい、
長い狭間を埋めつくす。
と、隅々に追いつめられて、
たちまちちぎれちぎれになる。
そこですぐまた火花となって飛び散る、
金の砂を撒くように。
だが見るがいい、あの絶壁は
頂上かけて一面の火におおわれているではないか。
(v. 3916—3931)

これは言わば地質学者が透視した鉱脈の風景であり、地下の富みの壮大な描写を提示している[4]。しかしそれは同時に、歴史の次元では、産業革命を経てますます増大しつつある国民の富みを象徴しているとも言える。ヴァルプルギスの夜の祭りのために宮殿を豪奢に照明するマモン（黄金の王）とは、世界史の地下的推進力であり、この夜の祭りの真の魔王である。そして黄金の王に活気付けられて、「騒々しい客達」が次第に集まってくる。

古岩のあばら骨にしがみついていないと、ファウストは今にも谷底へ吹き落とされそうになる。メフィストの言葉を通じて、われわれは今や自然が嵐の相貌を帯びてきたことを理解する。「とわに変わらぬ緑の宮殿を支える柱」（三九四三行以下）が砕け、自然の基盤が揺り動かされる。しかしそのような瞬間こそ、魔女達が台頭する世界史の時刻であるらしい。

ブロッケン山のウリアン氏だの、はらみ豚にまたがるバウボ婆さんだの、《ヴァルプルギスの夜》の場の数々の荒唐無稽な形象は、ゲーテが精通していたにちがいない中世の絵画や伝承に基づいている。しかしそのオリジナルな意味を問うたり、諷刺の対象を特定したりする試みは、必ずしも報いられない。むしろ《ヴァルプルギスの夜》の場では、人間の獣的側面が「悪」へ奉仕するかぎり、美徳として賛美されるというユーモラスな逆説が意図されている。この意味において男と女は「悪」、ないしは悪魔への近さを競い合うことになる。

4　高橋義孝『ファウスト集注』（郁文堂）参照。

男の魔（半数合唱）
おいらはデデムシ、殻《から》を背負《しょ》ってあるく。
女はみんな先いそぐ。
悪魔のお宿へ行くときにゃ、
女は飛び出す、千歩も先へ。
他の半数
わしらはそれをとやかくいわぬ。
千歩行こうが、女は女。
どんなに女が急いでも、
ひと跳びすりゃ男が先だ。　(v. 3978－3985)

「犯罪の陰に女あり」とも言われるが、しかし戦争や革命を主導するものは、常に男である。今やすべてが高みへ、つまり「悪＝悪魔」の祭りへ向かって動いている。そのため「悪」に対して不能の清浄主義者達は、どうやら不毛であるらしい(5)。

わたしたちも、高いところへ行きたいのよう。
いつも水浴びして、からだを洗って、こんなに肌が
光っているの。
けれど一生子どもは生めないわねえ。　(v. 3987－3989)

しかしこの「いっしょに」(v. 3996) という煽情的な合言葉によって、推進される上へ向かっての一般的運動とは、何を意味するのだろうか。

おれもいっしょに連れてってくれ、連れてってくれ。
おれはもう三百年というもの登りつづけているんだが、
まだ頂上に行き着けないいんだ。
仲間といっしょになりたいいんだ。　(v. 3996－3999)

ヴァルプルギスの夜の森羅万象が邁進している頂上に、われわれ読者も、辿りつけないのである。というのも、ブロッケン山の頂上で予定されていた「魔王のミサ」は、結局、成立するには至らなかったからだ。しかしそれはなぜだろうか。

ゲーテ時代においては、すでに宗教改革以来三百年が経過しており、従って、ゲーテが宗教改革時代に由来するファウスト伝説を改作しようとするとき、彼がこの三百年を眼中に置いていることは明らかである。周知のごとく、宗教改革は中世の暗黒を打破した画期的な事件であり、多かれ少なかれ西欧近代の出発点をなしている。そこでゲーテが宗教改革以来の三百年を射程に入れて、《ヴァルプル

5　Erich Trunz: v. 3988への注。

ギスの夜》の場で、今や正統的な立場を代表するプロテスタンティズムの歩みを描こうとするとき、彼の自覚したイロニーは、ファウストの主題そのものがヨーロッパの近代化と歩調を合わせて、三百年の風化に晒されてきたということにあるだろう。従って、ブロッケン山頂のサタンの儀式は、今や啓蒙時代の「悪」の祭典でなければならない。こうしてわれわれは「きょう」という、世界史の稀な時刻を迎える。

きょう上がれぬやつは、
いつになっても上がれぬやつだ。　(v. 4002–4003)

きょう飛ばなければ、飛ぶ日はないぞえ。　(v. 4011)

宗教改革以来の三百年がヨーロッパ社会に市民階級の台頭をもたらし、キリスト教に基づく支配階級の基盤を揺るがしたことは周知である。ゲーテ自身、フランス革命において、貴族と僧侶の支配体制が市民階級の台頭によって、ついに覆されるに至る典型的な事例をまのあたりに見たのである。そして『ファウスト第一部』が一八〇六年、つまり、フランス革命を収拾して台頭したナポレオンが、神聖ローマ帝国を滅ぼすに至る年に完成されることを考えるならば、《ヴァルプルギスの夜》の祭典が、この世界史の稀な時刻を反映したとしても不思議はない。

最近A・シェーネが正確に復元しているように[6]、ゲーテの初期のプランに基づくと、《ヴァルプルギスの夜》の場は、ブロッケン山頂の「魔王のミサ」で頂点に達し、その後グレートヒェンの処刑の場を経て、《曇り日》の場に連結する予定であった。しかし決定稿では「魔王のミサ」が欠落し、グレートヒェンの青ざめた幻が処刑の場のわずかな痕跡を残すにすぎない事情は、おそらくゲーテのフランス革命に対する消極的な姿勢と関連しているであろう。周知のごとく、ゲーテはフランス革命の理念を肯定したが、革命の過程でますます表面化してくる社会的カオスとテロリズムへの傾向を、断固として拒否したのである。計画されていたサタンの儀式に、ゲーテの切実な政治的関心が反映したかどうかは、知る由もない。ともかく、ブロッケン山頂のサタン崇拝の場が欠落したとき、世界史の稀な時刻の表現は、まことに婉曲なものになったのである[7]。

今やメフィストは主人のファウストに、上方に向かう本流を逃れて脇道へ逃げ込むことを提案する。すると、ファウストとメフィストとの間に「大世界」と「小世界」をめ

6 Albrecht Schöne: Götterzeichen, Liebeszauber, Satanskult.
7 シェーネは魔王のミサの欠落を、読者または観客の社会的抑制を先取りしたゲーテ自身の自己検閲によって説明している。Schöne, S. 210.

ぐる議論が展開する。その議論で奇妙に思えることは、メフィストがファウストにより言及される上方へ向かって邁進する運動を、「大世界」とみなしていることである。

ファウスト
だがおれは、あの上のほうへ行ってみたいなあ。
ここからも火とうずまく煙りがよく見える。
大ぜいが魔王のところへ集まるのだ。
あそこへ行けば、いろんな謎が解けるだろう。

メフィスト
ところがまた新しい謎が生まれてくる。
まあ、大きな世界のほうは勝手に騒がしておきなさい。
わたしたちはここでしんみりと落ち着きましょうや。
大世界のなかにいくつもの小世界が出来るのは、
なんといっても、むかしからの慣わしですよ。

(v. 4037 – 4045)

そうなると、「大世界」は悪ないし悪魔へ向かっての一般的運動と同じものだということになる。ここにはどうやら『ファウスト』世界の構造的関連を解く重要な鍵がひそんでいるように思われる。例えば、W・ディーツェは、メフィストにより暗示される「小さな世界」が将軍、大臣、俄か富豪、著作家、さらには古道具を売る魔女やリリートにまで及ぶのみならず、とりわけ《ヴァルプルギスの夜の夢》の場を射程に置いていると考えている(8)。しかし事情は逆ではなかろうか。後ほど論及するように、「魔王のミサ」は事実上、《ヴァルプルギスの夜の夢》によって置き換えられたのであり、従って、《ヴァルプルギスの夜の夢》はむしろ「大世界」、すなわち悪ないし悪魔の形而上学を先取りしているのである。そして「大世界」が本来『ファウスト第二部』の領域であり、そこにおいてはじめて近代的な意味での悪ないし悪魔の形而上学が射程に入ることを考慮するならば、《ヴァルプルギスの夜の夢》は、さしあたり『ファウスト第一部』と『ファウスト第二部』の橋渡しの役割を演じることになる。ファウストがメフィストによりブロッケン山頂の魔王のミサを諦めるよう説得されることは、さしあたり「魔王のミサ」の欠落の弁明となり得るかもしれない。そして実際、この課題は『ファウスト第二部』において、ゲーテが近代的価値の全容を包括し得たときに、はじめて実現されたのである(9)。

8　Walter Dietze: Der "Walpurgisnachtstraum" in Goethes "Faust", Entwurf, Gestaltung, Funktion, in: AGF.
9　筆者の見解では、ブロッケン山頂の魔王のミサは、結局『ファウスト第二部』の《仮装舞踏会》へと変貌したのであり、黄金が近代的価値として積極的に肯定されるとき、黄金を体現するプルートゥスの位置は精神界の最下位から最上位へ、つまり悪から善へと逆転したのである。

このことはまたゲーテの歩んだ行路にも対応している。ファウストが大世界の喧噪を逃れて静かな小世界へ遁走するのは、ゲーテ自身の疾風怒濤から古典主義への、フランクフルトからワイマールへの移行の反映ではないか。ゲーテがレンツのように疾風怒濤に押し流されることがなかったのは、すでにメフィストの知恵との結合に由来するのではないか。そしてメフィストが描写する「魔女の世界」(v. 4016－4020)とは、ひょっとすると目下蔓延し始め、本流となった主観主義、すなわち、台頭する市民階級の精神的革命がもたらしたリチャードソン、ルソー、ゲーテを包括する広義のロマン主義を暗示していないだろうか。そして他ならぬその作品が市民革命のイデオロギー的推進力となったゲーテが、フォールスターやヘルダーリンのように、急進的なジャコバン主義へと傾斜し得なかったとき、《ヴァルプルギスの夜》の「悪魔」の形而上学が不徹底に終わったとしても不思議はない。しかしまた一方、宗教改革時代においてはなお悪魔の烙印を押されていた市民的イデオロギーが今や正義を代表し、正統的権威をアンシャン・レジームとして攻撃するとき、善も悪も三百年の歴史の過程においては、単に相対的な意味しか持ち得ないことが判明する。そしてその意味で本来、メフィスト自身もラディカルな悪ではなく、「悪を欲して善をなす」(v. 1336)悪の自己意識を代表するにすぎない。そしてそのような悪の相対性を十分に意識している悪魔のメフィストは、もはや悪の祭典から何一つ期待し得ないにちがいない。かくして、《ヴァルプルギスの夜》の悪へ邁進する運動は、悪を相対化し、止揚するプロセスに他ならず、結局のところある種の幻滅に終わる。《ヴァルプルギスの夜》は、こうしてその過程で次第次第に悪のヴィジョンを失い、色あせた平板な現実へと移行していく。

《ヴァルプルギスの夜》の脇の路地で、最初に出会うのが将軍、大臣、俄か富豪、著作家である。彼らはフランス革命を逃れてドイツへ避難した移住者達である[10]。これらの「消えかかった炭火をかこんでいる」人々は、《ヴァルプルギスの夜》においてまさに飛べない連中である。彼らはもはや新時代に歩調を合わせることができないので、その視線を過去へ向ける他はない。こうしてメフィストの峻烈なイロニーは、彼らを裁くギロチンとなる。

> わたしの樽の酒も残り少なになって濁ってきたところを見ると、
> 世の中も夕暮れ間近になりましたなあ。
> (v. 4094－4095)

10 Fr. u. Scheit. V. 4067.

次いで「古道具を売る魔女」が登場するが、彼女の商品は、手短に言って、昔の悪の骨董品である。それは近代的な悪魔であるメフィストには、もはや興味が持てない。ともあれ、ファウストが導き入れられた脇の路地にも、上昇運動はあるらしい(11)。

この人出が、みんな上へのぼろうとして渦を巻いているんです。
あなたも、押してるつもりが、押されているんですよ。
(v. 4116－4117)

そしてまもなく本来の魔王のミサの代わりにリリート、つまりアダムの最初の妻が現れる。しかし彼女もまた古い神話的悪の骨董品にすぎず、従って、「古道具を売る魔女」の商品以上のものではないので、ファウストを魅惑することはできない。彼女はすでに幻滅を体現している(12)。ファウストの視線は、むしろ名前のない美女に向けられる。こうして脇の路地も歌と踊りでつかの間活気づくが、幽霊臀部起源論者が登場するに及び、《ヴァルプルギスの夜》はすっかり幻滅に陥ってしまう。

貴様ら、まだやっているのか。あきれはてた奴らだ。
消えてなくなれ。世の中はわれわれの手によって啓蒙されたんだぞ。
悪魔のやからは、てんからルールを守ろうとしない。
われわれはこんなに聡明になった。しかるに、まだテーゲルには幽霊が出る。
何年おれは迷信の塵を知性の箒《ほうき》で掃き出しているかわからん。
しかも、まだすっかりきれいにはならんのか。言語道断、あきれはてたものだ。
(v. 4158－4163)

ここにベルリンの啓蒙主義者ニコライが、幽霊臀部起源論者として諷刺されていることは周知の事実である(13)。ともかく、その役割は、先行する時代錯誤の人々に劣らず、滑稽である。しかしニコライの滑稽さは時代遅れにあるのではなく、むしろその啓蒙されたと信じる精神が、《ヴァルプルギスの夜》の霊界を時代遅れと断罪することによっ

11　この詩句はまた多分初期のプランの残滓であるかもしれない。A・シェーネ、同上一二二頁。シェーネはファウスト注釈（フランクフルト版）でも、これを裏付けている。Schöne, a.a.O. S. 355.

12　魔王のミサの欠落によって、この形姿はラディカルな意味を失ったが、そのすべての意味を失ったわけではない。Fr. u. Scheit. V. 4128.

13　Fr. u. Scheit. V. 4144.

て、時代精神そのものが自己諷刺に陥ってしまうところにある。こうして彼が注釈者として《ヴァルプルギスの夜》を経巡るとき、彼はここの現実を、過去の珍物をおさめた博物館に変えてしまうだろう。つまり彼は霊達を裁くギロチンなのである。しかし彼の役割の滑稽さを理解するためには、もう一度、遠近法の転換が必要である。ニコライは、すでに世界から一掃されたはずの霊達の時代錯誤を指摘するために、登場してくる。しかし《ヴァルプルギスの夜》の霊界が今や回想された、詩的想像力によって再現された歴史の過程、すなわち高次の現実であるとき、この三百年の歴史を鳥瞰する視点から見れば、ニコライ自身、結局のところ霊達の最後の一変種にすぎないことが判明する。こうして霊達の注釈者として登場する彼自身、むしろ《ヴァルプルギスの夜》の珍物と化してしまう。

ともかく、《ヴァルプルギスの夜》の場のこの箇所が諷刺の試みであり、狭量な精神の持主であるニコライが、かつて『若きウェルテルの喜び』を書いてゲーテを諷刺したことに対して、ゲーテがここで彼に応酬したと考えるのは自然である。しかし諷刺だけがここでの問題ではない。むしろ今や文学的な表現手法として意識されている、時代錯誤のほうが重要である。というのも、一六世紀の精神世界にゲーテと同時代に生きている人物が唐突に顔を出すとき、それは諷刺の効果に留まらず、ある種の不協和を醸し出し、《ヴァルプルギスの夜》の高揚した気分もまた、無に帰してしまうからだ。

歌と踊りの最中に少女の口から飛び出す赤い鼠もまた、幻滅の表現である。

> いや踊っている最中に、
> あいつの口から赤い鼠が飛び出したんだ。
> (v. 4178–4179)

しかし《ヴァルプルギスの夜》におけるこうした幻滅の兆候は、単にグレートヒェンの幻が出現するための前提である。

> メフィスト、あれを見たまえ。あそこに
> 顔の青ざめた、美しい娘がひとり離れているだろう。
> 歩くにしても、ひどくのろのろしているところを見ると、
> 両脚が鎖につながれているのじゃないか。
> じつを言うと、どうもあれが、
> かわいいグレートヒェンに似ているような気がしてならない。
> (v. 4183–4188)

グレートヒェンの幻は、ファウストを現実へ引き戻すべく、ファウストの内面に目覚めた良心だとも考えられる。しかし実際ファウストは、その後《ヴァルプルギスの夜の

夢》、すなわち素人芝居を観劇し、「愚にもつかない暇つぶし」をさせられることを考えるならば、そのような動機付けは当たらない。ともあれ、グレートヒェンの幻は余りにも明らかに、すでに処刑されたグレートヒェンの形姿を描いている。

なんという嬉しさだ、なんという切なさだ。
おれは、あの眼から目を離すことができない。
だが妙だな。あのかわいい首に、
一本赤い紐が巻いてある。飾りの紐かしら。
短剣のみねほどの幅だ。
(v. 4201－4205)

グレートヒェンの兄の殺害の後、ファウストは本来逃亡中であり、彼は《曇り日》の場ではじめて、グレートヒェンが嬰児を殺し、そのかどで投獄されたことを知る。従って、ファウストがグレートヒェンを見捨てたことに対する罪を意識したとしても、彼がグレートヒェンの処刑をまのあたりに見るというのは、心理的には全く根拠がない。ここで重要なことは、ファウストがグレートヒェンの処刑された形姿を、言わば想像力によって表象するのではなく、実際、眼前に見ているという事実である。グレートヒェン悲劇の筋書は《牢獄》の場で終わっており、従って、処刑は単に近い将来に予定されているにすぎないわけで、ファウストがすでにグレートヒェンの処刑された形姿をまのあたりに見るというのは、因果的法則に矛盾する。それは未来の先取りであり、馬鹿げた時間錯誤を意味するだろう。しかしゲーテは《ヴァルプルギスの夜》の場において、まさにそのような不協和の原理を模索していると言えないだろうか。というのも、時間・空間の因果的法則を止揚するのが本来魔法であるならば、《ヴァルプルギスの夜》という「魔法」によって現出された霊的空間において、作者がグレートヒェンの処刑を、実験的に先取りしたとしても不思議ではないからだ。実際、《ヴァルプルギスの夜》に現れるグレートヒェンの幻は、グレートヒェン悲劇の筋書に組み込まれ得なかった、グレートヒェン自身の悲惨な結末のリアリティそのものなのである。踊っている少女の口から飛び出す赤い鼠が幻滅の兆候であるならば、グレートヒェンはここですでに処刑された形姿で登場してくる。《ヴァルプルギスの夜》は、本来グレートヒェン体験を通じて高揚したファウストの自我の世界体験であり、従って、グレートヒェンの愛こそは、ファウストのすべての世界体験にはじめて一つの意味を付与するところのものであった。そうであれば、グレートヒェンの幻は、ファウストの今や無意味となった「生」の比喩であり、ファウストのすべての世界体験からその意味を奪ってしまうことになる。従って、メフィストが警告を発するのは当然で、それはメドゥーザの首であり、すでにファウストの自我の原理的崩壊を予告している。

うっちゃっておきなさい。あんなものを見たって、気
持が悪くなるばかりだ。
あれは影絵です。まぼろしです。生きていやしませ
ん。
相手にするのは、よくない。
あの凍った眼で見られると、人間の血も凍ってしま
い、
全身石みたいになってしまう。
ご承知のメドゥーザとおんなじです。(v. 4189―4194)

「生」に意味を付与するものが愛であるとき、愛のない「生」とは幻(Idol)である。かくして、グレートヒェンの幻とは、《ヴァルプルギスの夜》がもたらした最後の致命的な幻滅であり、それはメドゥーザのようにファウストの「生」を、生命のない石に変えてしまうだろう。《ヴァルプルギスの夜》の魔法は、小世界の「生」の可能性を過去と未来に拡大しながら大世界の軌跡を描くが、その結果、必然的に小世界の限界にぶつかり、挫折する。そのことによってファウストを直ちに滅ぼしてしまわないためには、メフィストの知恵は、ファウストを《ヴァルプルギスの夜の夢》へと逃避させ、今や興ざめに終わった小世界の代償として、大世界の「未来の夢」を見させることである。そしてファウストが夢から目覚め、グレートヒェンの処刑を現実のレヴェルで再度経験するであろうとき、ファウストの自我は、この悲劇的一貫性によって、現実に崩壊する。

ともあれ、《夜・広野》の場は、ファウストが今や憂いに充ちた人間として、変幻自在な魔法の空間から、因果的・一次元的現実へと帰還することの表現である。この場では、ファウストとメフィストがグレートヒェンを《牢獄》から救い出すべく、黒馬に跨って、夜空を疾駆する状況が、ほんの数行で印象深く描かれている。この場がドラクロワの石版画のモチーフとなったことについて、エッカーマンの『ゲーテとの対話』に興味深い記述がある。

「彼は、私の前へ一枚の石版画を置いた。その絵は、ファウストとメフィストーフェレスが、グレートヒェンを牢屋から救い出そうと、夜陰に乗じて二頭の馬にまたがり、絞首台のそばをふっとばしていく光景を描いたものだ。ファウストは黒馬を駆っているが、その馬はものすごいギャロップで大股に走り、絞首台の下の亡霊どもを見て、乗り手同様におじけづいている様子だ。フルスピードでとばしているので、ファウストのほうは馬にしがみつくのに一生懸命である。激しい向い風のためにファウストの帽子は吹きとぶが、あごひもで首にひっかかったまま、ずっと後ろでひるがえっている。彼は恐ろしさのあまり、物問いたげな顔をメフィストーフェレスの方へ向けて、その言葉に耳をすましている。こいつは、落ちつきはらって平然とのっ

▶ドラクロワの石版画

ており、まるでより高い次元の存在のような顔をしている。彼の乗っている馬は、生きている馬ではない。生き物がきらいなのだ。また、彼にはその必要もない。彼が望めばすでにそのまま望みどおりのスピードで動いているからだ。彼が馬に乗っているのも、ただ、馬に乗っていると思われる必要があるからにすぎない。だから、彼としては、皮だけが辛うじてついている骸骨をその辺の皮剝場からかっぱらってきさえすれば、それで十分なのだ。それは、明るい色の馬で、夜の闇の中で燐光を放っているようだ。鞍もつけず、手綱もかけない。そんなものはなくもがな。超地上的な騎手は、軽々と無頓着にまたがって、話をするためファウストの方を向いている。向い風というような現象は、彼には存在しない。彼も馬も何も感じない。毛一筋すら動いていない。」(14)(山下肇訳)

時間・空間の因果的法則を止揚してしまうメフィストの魔法は、ここであたかも詩的に表現された相対性理論といった表現に達している。ともかく、《夜・広野》の場に関して、ドラクロワの石版画にちなんだこの記述以上に、より良い解釈はないだろう。ゲーテがなお数行をもって付け加えたこの場の必然性は、従来、必ずしも説得的に説明されてはいない。しかしこの場は、グレートヒェンの

14 Eckermann, den 29. 11. 1826.

処刑をまぢかに予感するファウストの心象風景のようなものので、すでに処刑されたグレートヒェンの幻に対応している。そしておそらく、このあたかも時間を逆行するような、幾分超現実的で幻想的な場を通じて、われわれはグレートヒェンの幻と《牢獄》の場との因果関係を理解することができる。

二、ヴァルプルギスの夜の夢

『ファウスト第一部』で、最も謎めいているのが《ヴァルプルギスの夜の夢》の場である。ゲーテの初期のプランによると、《ヴァルプルギスの夜》の場は、すでに言及したように、ブロッケン山頂のサタンの儀式で頂点に達し、それから処刑の場を経て、《曇り日》の場で、グレートヒェン悲劇の筋に合流することになっていた。しかしサタンの儀式も、さらに処刑の場の大半も、欠落することになり、その代償として《ヴァルプルギスの夜の夢》が成立することになった。その際、まことに謎めいているのは、《ヴァルプルギスの夜の夢》が、本来、シラーの編集する雑誌『ムーゼンアルマナッハ』に時代諷刺的内容の短詩として準備され、ゲーテの『ファウスト第一部』とはかかわりがなかったという事情である。もちろんゲーテが『ファウスト』のために、原稿をある程度改作したということは考えられる。しかし一方《ヴァルプルギスの夜の夢》が、『ファウスト』の主題と一見、明白な関連を持っていないことも確かである。従って、《ヴァルプルギスの夜の夢》が、その成立事情から言って、便宜的な切張り作業に属するという先入見が、F・Th・フィシャーからE・シュタイガーに至るまで相続されたとしても不思議ではない。それに対して、最近H・ヤンツ[15]やW・ディーツェ[16]が《ヴァルプルギスの夜の夢》に、より立ち入った解釈を試みているのは注目に価する。例えば、H・ヤンツが《ヴァルプルギスの夜の夢》を『ファウスト第二部』との構造的関連において捉え、その副題の「間狂言」(Intermezzo)を、『ファウスト第一部』と『ファウスト第二部』との橋渡し的役割として、解釈しているのは啓発的である。例えば、《ヴァルプルギスの夜の夢》の場に登場する妖精のアリエルは、『ファウスト第二部』の冒頭の《優雅な土地》にも登場するのであり、次の詩句がその関連を暗示している[17]。

---

15 Harold Jantz: The Function of the "Walpurgis Night's Dream", Monatshefte 44, 1952.

16 Walter Dietze: Der "Walpurgisnachtstraum" in Goethes "Faust", in: AGF.

17 この考えは、シェーネによると、Julius Frankenberger に由来するらしい。前掲書一四四頁。

恵みふかい自然と霊は、
おまえたちに翼をさずけた。
わたしの飛ぶあとについておいで、
あのバラの丘の頂きまで。　(v. 4391－4394)

もちろんその関連は、こうした外的な特徴に留まるものではない。『ファウスト第一部』と『ファウスト第二部』との関連を探る前に、われわれはまず『ファウスト第一部』の枠内で、この場の劇的機能を検討してみなければならならない。というのも、本来《ヴァルプルギスの夜》の場の結末では「魔王のミサ」が予定され、《ヴァルプルギスの夜の夢》はそれに対しての間狂言であたったわけで、従って、「魔王のミサ」が欠落したとき、間狂言そのものが独立し、それによってその構造的関連が、『ファウスト第一部』の枠を越えて拡大されたと考えられるからだ。ともあれ、《ヴァルプルギスの夜の夢》の場では、なおサタンの登場が前提になっている事情がわかる。

わたしたちは、小さい鋭いはさみをもった
昆虫になってやって来ました。
わたしたちのパパ、悪魔大王の
御意《ぎょい》にかなったはたらきをしようと。　(v. 4303－4306)

このキセニエン（諷刺短詩）の詩句は、彼らがなおサタンを眼前に見ている状況を示している。さらに五つの哲学的学派が悪魔の存在に疑問を呈している事情が指摘できる(v. 4343－4362)。

さて今や、なぜゲーテが《ヴァルプルギスの夜の夢》の場の装置をかくも意図的に複雑にし、不透明にしたかを問わねばならない。《ヴァルプルギスの夜》がそもそもグレートヒェン悲劇の筋を超えて、より高次の現実を構築するとき、《ヴァルプルギスの夜の夢》はさらにもう一度《ヴァルプルギスの夜》の筋を超えて、さらにその上により高次の現実を構築することになる。というのも、この場は文字通り「夢」であり、夢はそれ自体現実の否定に他ならないからだ。それどころか「世話好きの男」の前口上は、《ヴァルプルギスの夜の夢》が実際は素人芝居であることを示しており、従って、ファウストとメフィストがその芝居を観劇するという状況が、装置をいっそう複雑にしている。

書いたのも素人なら、
舞台に出るのも素人ばかり。　(v. 4217－4218)

この場は、従って、夢であり、間狂言であり、最後に素人が演じる素人芝居であることになる。

「オーベロンとチターニアの金婚式」という副題が示しているように、この場のモチーフは、周知のごとく、シェークスピアの戯曲『真夏の夜の夢』に由来している。ゲーテがファウスト伝説と本来かかわりのない「金婚式」のモチーフを、これまた余りにも有名なシェークスピアの戯曲から借用しなければならなかったという事情が、すでに『ファウスト』の中で違和感を与えるのだが、その中で「金婚式」の和解のモチーフと魔王崇拝のモチーフが結合して、《ヴァルプルギスの夜の夢》の複雑な状況を作り出している。

どこへでも鼻を突っ込む旅行者
　これは仮装舞踏会の悪ふざけか。
あろうことか、あるまいことか。
美しい神のオーベロンが、
　この化もの山にきょういるとは。
正教信者
　爪もなけりゃ、しっぽもないが、
疑う余地はすこしもない。
ギリシャの神々同様に、
　あのオーベロンも中身は悪魔だ。　(v. 4267－4274)

こんな風にオーベロンについて話題になるとき、オーベロンと悪魔という本来無縁のモチーフが、一つの主題へと融合する。そしてまたそこから「魔王のミサ」がなぜもはやドラスティックに描かれ得なかったかも理解できる。というのも、正教信者がオーベロンにギリシャの神々同様、悪魔の烙印を押すとき、悪魔とは結局のところ正教信者の主観の産物に他ならず、そこから悪魔は現実には存在しないというパラドックスが生じるだろう。そしてそれ故に、すでに述べたように、五人の哲学者が登場して、悪魔のリアリティに疑問を呈するという状況が生まれている。

このように考えるならば、《ヴァルプルギスの夜の夢》の後、「魔王のミサ」を独自に描く必然性はなくなったと言えるだろう。そして《ヴァルプルギスの夜の夢》が、実際は「魔王のミサ」に匹敵するというパラドックスが、この場のあの複雑な装置をもたらしたのである。というのも、《ヴァルプルギスの夜の夢》が素人芝居であるという理由は、ちょうどシェークスピアの『真夏の夜の夢』で、職人達が演じるインテルメッツォ（間狂言）と同様、とりわけ虚構と現実の境界がはっきりしないところにあるからだ。《ヴァルプルギスの夜の夢》の場においては、なるほど演出者達（例えば、道具主任、楽長、舞踏教師）と観客達（例えば、「どこへでも鼻を突っ込む旅行者」、正教信者、保守良俗派等々）はいるが、演出の本質的対象（悪）とその演技者（悪魔）が存在していない。しかし遠近法を変えるならば、実は観客が演技者であり、彼らが現実には存在しない仮象を批判したり、肯定したり、拒否したりしながら、自らを、すなわち人間性の永遠の愚昧さを体現している。ゲーテが《ヴァルプルギスの夜の夢》の場を素人芝居として弁明すべき理由は、多分、この場の意味が、そのような遠近法の転換によってはじめて現れるところにあるだろう。こうして本来、オーベロンとチターニアの金婚式、つまりその和解を祝うためにやって来た人々は、そのような和解を実現できず、自らカオスに陥ってしまう。冒頭において人々を和解へと促すオーベロンとチターニアが最後に再び登場することはないように、金婚式のモチーフは人間性の永遠の不協和を暗示するのである。

さて今や《ヴァルプルギスの夜の夢》が、一つの諷刺の試みであることも確かである。ここで誰が嘲笑されているかを認識することは、同時代人にとってさほど困難なことではなかっただろう。例えば、「どこへでも鼻を突っ込む旅行者」がベルリンの啓蒙主義者ニコライであり(18)、「風見の旗」が二枚舌のライヒアルト(19)、あるいは「鶴」が迷信家のラファーター(20)であるとき、諷刺の本質は、これらのいわば社会的に有害と見られる諸人物が戯画化され、それによって無害化されるところにある。従って、諷刺の矛先が文壇の敵手に向かうのは当然で、例えば、ヘニングスとその詩集ムザゲートは、その「時代精神」というスローガンとともに名指しで攻撃されている(21)。しかし一方、同時代者にとって本来切実な意味を持つ諷刺が時間の流れに対しては全く無力であり、《ヴァルプルギスの夜の夢》が後世の『ファウスト』の読者にとっては、あたかも永遠の文学の冒涜のように見えることも確かである。ではゲーテが一八世紀の諷刺を自己の人間性のドラマに編入しようと試みるときの、この慎重な手続きは何を意味するのだろうか。この場は装置としては夢であり、間狂言であり、素人芝居である。ゲーテがそうしたのは諷刺の刺を隠すためではなかっただろう。なぜなら、《ヴァルプルギスの夜の夢》の作者がいかに虚構化されても、結局のところ『ファウスト』の作者が仮面を被るわけにはいかないからだ。

ともあれ、諷刺の内容が「世話好きの男」の自己弁明と、どのように関連するであろうか。

書いたのも素人なら、
舞台に出るのも素人ばかり。　(v. 4217－4218)

例えば、ここに登場する芸術家、批評家、聖職者、政治

18　Fr. u. Scheit. V. 4319.
19　Fr. u. Scheit. V. 4295.
20　Fr. u. Scheit. V. 4323.
21　Fr. u. Scheit. V. 4315.

家、哲学者等を素人として諷刺することが作者の意図であるならば、芝居の作者も素人として嘲笑される必要はない。しかし芝居が素人によって書かれたのであれば、その芝居もまた素人芝居でなければならない。このように考えるならば、「月足らずの妖精」も諷刺というよりは自己弁明の感がある。

クモの足、ガマの腹、
小さいなりだが羽もある。
そんな動物おりゃせぬが、
そんな小さい詩ならある。　(v. 4259－4262)

Spinnenfuß und Krötenbauch
Und Flügelchen dem Wichtchen!
Zwar ein Tierchen gibt es nicht,
Doch gibt es ein Gedichtchen.　(v. 4259–4262)

これを例えば、目下芸術としてまかり通っている、つぎはぎ細工の諷刺として、一般化できるとは思えない。Flügelchen, Wichtchen, Tierchen, Gedichtchenといった縮小詞の頻出は、むしろキセニエン（諷刺短詩）のジャンル的性格を表現している。そしてこの詩句では諷刺的刺よりは、むしろある種の自己弁明の雰囲気が感ぜられる。これはキセニエン（諷刺短詩）の擬人化された形姿とも無理なくなじむのである。

わたしたちは、小さい鋭いはさみをもった
昆虫になってやって来ました。
わたしたちのパパ、悪魔大王の
御意《ぎょい》にかなったはたらきをしようと。(v. 4303－4306)

Als Insekten sind wir da,
Mit kleinen scharfen Scheren,
Satan, unsern Herrn Papa,
Nach Würden zu verehren.　(v. 4303–4306)

諷刺短詩のこのいくらか小生意気な姿勢は、「月足らずの妖精」の控え目な姿勢と対照的だが、しかしその詩的ジャンルの性格が小動物に譬えられていることで、両者は共通している。

そうであれば、「月足らずの妖精」も、例えばジャン・パウルのような同時代の作家の諷刺というよりは[22]、むしろ詩的実験の比喩のように見える。『ファウスト』の作者ゲーテ自身が、詩的作品の生成と発展を、動植物の世界を

22　Fr. u. Scheit. V. 4259.

支配する法則としてのモルフォロギーの観念で捉えていることを考慮すれば、この比喩はいっそう含蓄に富むものとなる。というのも、「月足らずの妖精」とは、まさにこのモルフォロギーの法則に反する存在であり、『ファウスト第二部』のワーグナーの実験室から生まれたホムンクルスと同様、人工の産物である。精神としてはすでに完全だが、真の形態に到達するためには、モルフォロギーの過程を一歩一歩辿らねばならないホムンクルスと同様に、「月足らずの妖精」も、モルフォロギーの観点では不完全なものの比喩である。《ヴァルプルギスの夜の夢》の作者が素人であるということは、この芝居が「月足らずの妖精」と同様、まだ真の有機的形態を所有していないことを意味する。こうして《ヴァルプルギスの夜の夢》の作者自身が「北方の芸術家」として登場し、自己のディレッタンティズムを弁解している[23]。

ぼくの手がけているのは、
むろんまだ習作にすぎないが、
いずれ機を見て、
イタリア旅行に出かけよう。　(v. 4275－4278)

23　Fr. u. Scheit. V. 4275.
24　Heinz Schlaffer　前掲書。

ここにはまた北方の実験室から生まれたホムンクルスが、真の形態に到達するために、古代ギリシャへの旅を企てることとの平行関係が感ぜられる。目下習作にすぎない芝居を真の意味で完成するために、作者はイタリアへの旅を希望している。そうなると、《ヴァルプルギスの夜の夢》を永遠の人間性のドラマに唐突に挿入された、単なる一八世紀の諷刺画とみるのは、必ずしも当たらないだろう。《ヴァルプルギスの夜の夢》の場の登場人物達の原理的な一人称構造は、諷刺を意図すると同時に寓意的手法の実験でもあり、最近ハインツ・シュラッファーが明らかにしているような『ファウスト第二部』のジャンル的性格を先取りしている[24]。そしてそのような意味で《ヴァルプルギスの夜の夢》は、むしろ『ファウスト第二部』に対するインテルメッツオ（間狂言）として、『ファウスト第二部』と構造的に関連している。しかしそれが『ファウスト第一部』の枠内に置かれるとき、『ファウスト』の読者を当惑させるのはなぜだろうか。

　われわれは《ヴァルプルギスの夜》の場において、グレートヒェン悲劇をも、その一つの相として包み込むような「大世界」を問題にしてきた。そこに本来ファウスト的主題があり、グレートヒェン悲劇の完結性を踏まえて、『ファウスト第一部』の断片的性格を非難することはできない。ともあれ、《ヴァルプルギスの夜の夢》、つまり一八世紀の諷刺画をファウストの根本主題と関連させるとき、ここに主題として探求されている「全体」の観念が、極めてラディカルな時代錯誤を容認し得るような「世界概念」であることが判明する。つまり、宗教改革以来の三百年を射程に置く《ヴァルプルギスの夜》がついにゲーテ時代に到達したとき、この今や獲得された「全体」が、実はそれを超えるいっそう高次の「全体」の一部にすぎないことが認識される。この時代錯誤の原理が、今やヘレナの誕生からミソルンギにおけるバイロンの死に至る、歴史的時間を包括し得ることを洞察した作者にとって、『ファウスト』の主題を完結させるということが、全く途方もないことに見えたとしても不思議ではない。こうして一八〇六年にゲーテが『ファウスト』の主題を、『ファウスト第一部』として暫定的に完結させたということは、同時に彼にとって、ある種のディレンマを意味したであろう。というのも、『ファウスト第一部』が結局のところ『ファウスト』の主題の部分的な完成にすぎないのであれば、人類の過去と未来を包括するファウストの主題は、その延長線上の『ファウスト第二部』において、はじめて展開されるであろうことが今や前提となるからだ。そしてこのような課題が本質的に寓意劇のジャンルにおいて実現するであろうことをゲーテが予感したことによって、あの《ヴァルプルギスの夜の夢》という奇妙な断片が、『ファウスト』文学の中で市民権を得るに至ったのである。そしてこの場が、H・ヤンツの見解を踏まえて、『ファウスト第一部』と『ファウスト第二部』をつなぐ間狂言であるとき、それは『ファウスト第一部』の統一を意識的に破壊したことになり、その不透明さには、『ファウスト第一部』完成のディレンマが構造的に反映することになった。こうして《ヴァルプルギスの夜の夢》が素人芝居であるというのは、ディレンマに陥った『ファウスト第一部』の作者の自己イロニーであり、同時に『ファウスト』の主題がまだ完結してはいないことを知っている、作者の卓越せる精神の証左である。

第七章　「大世界」への移行

一、『ファウスト第一部』と『ファウスト第二部』の関連

『ファウスト第二部』について検討しようとするとき、まずさしあたり、従来くりかえし論議されてきた基本的な問題から出発するのが得策であろう。その一つが『ファウスト第二部』と『ファウスト第一部』との関連についての問題であり、その際、次のようなゲーテ自身の証言が好んで引用されている。

「第二部は第一部ほど断片的であってはならなかったし、またあり得ないことであった。それに関しては、第一部におけるよりも悟性の働きがよりいっそう要求され、その意味において理性的な読者の期待に応えねばならなかった。— 筋は観念的なものに接近し、結局そのなかで展開するが、その扱い方は作者固有のものに属する。— そこにはなお多くの壮麗な、現実的かつ幻想的な誤謬があり、そこへあわれな人間は、第一部の月並みな部分と異なり、いっそう高貴で威厳にみちた、より高次の仕方で陥ることになる。扱い方は特殊なものから一般的なものへ移行しなければならなかった。なぜなら、特殊と多様は青春に属するものだからだ。」(1)

（リーマーの書簡より）

このようにゲーテ自身が『ファウスト第二部』を、『ファウスト第一部』よりも高次の次元に置いていることに基づき、通常『ファウスト第二部』は一つの独立した作品ともみなされている。W・エムリッヒはその記念碑的な『ファウスト第二部』解釈において、すでにその序論で、『ファウスト第二部』と『ファウスト第一部』の根本的な相違を強調し、ドラマの筋=行為ではなく、比喩=行為の関係を、『ファウスト第二部』解釈の前提として提示している(2)。E・シュタイガーにしても、H・シュラッファーにしても、このW・エムリッヒの方法的立場を受け継いでいるのであり、その際、彼らの解釈は、例えばH・リッケ

1　HA Bd 1. S. 455.
2　Wilhelm Emrich: Die Symbolik von Faust. 3. Aufl. Frankfurt am Main. Bonn 1964.

ルトのように二つの作品の筋＝行為における劇的統一を素朴に前提としている解釈よりも、多分、説得的である[3]。もちろん「賭け」の基本構想が『ファウスト第二部』と『ファウスト第一部』とを筋において結び付けていることも明らかだが、しかしH・リッケルトのように、「賭け」の構想に基づいて二つの作品の筋を、常にメフィストのファウストに対する誘惑の視点で追跡する解釈は余りにも図式的であるし、それに作者の意図にも背馳しかねない。『ファウスト第二部』に対するTh・フィッシャーの否定的な、あるいはH・リッケルトの肯定的な立場は、いずれにせよ筋の劇的統一を単純に前提したものであり、その際、ファウストに行為する道徳的人格を見ようと欲する一九世紀的偏見に、多かれ少なかれ支配されている。W・エムリッヒが『ファウスト第二部』の主人公を、世界観を代表する人格の統一として把握するのではなく、『ファウスト第二部』の比喩的形象のゲーテ的原型を探ることによって、一つの言語芸術作品としての『ファウスト第二部』の構造を明らかにしたのは、本来、画期的なことである[4]。W・エムリッヒは、ファウストの行為が筋としてではなく、一つの自立した言語的形象として、あるいは比喩的構造として表現されていると強調することによって、作品の根本理念としてのファウストの「行為」と、その人格の受動性との矛盾を解く鍵を提示したとも言える。つまり、W・エムリッヒは、ファウストの自我ではなく、非我を捉える視点に到達しており、そのことによってまさに画期的である。しかしW・エムリッヒがそこから、ファウストの魔法とは詩であり、ファウストは詩人であるといった帰結を引き出し、こうしてファウスト＝ゲーテという伝統的な図式に到達するとき、『ファウスト第二部』の世界観的・歴史哲学的な内容は必然的に矮小化されねばならなかっただろう。E・シュタイガーの解釈も、『ファウスト』文学自体を、全体としてのゲーテの「生」に解消する流儀において、多かれ少なかれファウスト＝ゲーテの図式に帰着するのであり、ゲーテの作品を彼の「生」の告白、ないし沈澱物とみなす、グンドルフのゲーテ像の延長線上にある。H・シュラッファーの先駆的な『ファウスト第二部』解釈も、結局のところ、W・エムリッヒの象徴解釈を踏まえているのだが、その際、彼はエムリッヒと異なり、『ファウスト第二部』の言語的形象を、もはや象徴としてゲーテ的原型に導くのではなく、世界観の寓意として解読

3 Heinrich Rickert: Goethes Faust. Tübingen 1932.
4 Emrich, S.98.

することによって、一九世紀の歴史哲学的視野を復活させる(5)。H・シュラッファーがTh・フィッシャーやCh・H・ヴァイセの知見を意識的に採用しているのも偶然ではなく、彼は一九世紀的偏見、つまり『ファウスト第二部』に対する従来の否定的評価を、いわば全く転倒させ、そこから『ファウスト第二部』の寓意的構造が優れて世界観的表現であるという認識に到達する(6)。すなわち、彼にとって『ファウスト第二部』はもはやゲーテの「生」の沈澱物ではなく、ゲーテの文学により媒介された一九世紀の社会構造の言語的沈澱物なのである。

　ともかく、W・エムリッヒが『ファウスト第二部』と『ファウスト第一部』との根本的相違を強調し、『ファウスト第二部』をゲーテ的象徴の形式として捉えたとき、彼は『ファウスト』問題の特異さを認識したのである。そしてW・エムリッヒが『ファウスト第二部』の言語的・比喩的次元を劇的統一として解釈するとき、劇的ジャンルの通常の法則はもはや通用しないのであり、それによって例えばH・リッケルトにおいて前提とされているような筋ないし性格の概念は妥当性を失う(7)。しかし『ファウスト第二部』がもはや通常の意味でのドラマとして理解されないとすれば、『ファウスト第二部』は一体いかなるジャンルに属するかという問いは必然的に起きるのであり、H・シュラッファーの寓意理論も本来そこに根を下ろしている。W・エムリッヒが『ファウスト第二部』においてゲーテ的象徴の原型を探り、またH・シュラッファーがそのような原型を一九世紀の世界観のアレゴリーとして捉え直すとき(8)、晩年のゲーテに対するグンドルフ以来の偏見は修正される。『ファウスト第二部』は「社会」に対するゲー

5　Heinz Schlaffer: Faust Zweiter Teil. Die Allegorie des 19. Jahrhunderts. Stuttgart 1981.

6　Schlaffer, S.8.

7　『ファウスト第二部』のかなり大きな部分を占めるファウスト不在の空間は、リッケルト流のファウストの「性格の統一」を前提とする観点では為すすべがないが、エムリッヒの比喩＝行為の観点では、ファウストの「行為」としての位置づけが可能になる。ファウストの人格を中心に置くリッケルトの筋＝行為は、『ファウスト第二部』の表層構造を捉えるにすぎない。それに対して、ファウスト不在の空間とは、「物」＝非我が主役を演じる空間であり、それはエムリッヒの比喩、ないしシュラッファーの寓意で捉えられる『ファウスト第二部』の深層構造であり、従って、それは『ファウスト第二部』本来の筋＝行為である。

8　最近、シェーネは『ファウスト』研究史におけるエムリッヒとシュラッファーの位置付けと、後者におけるパラダイム変換を的確に論評している。Albrecht Schöne: Kommentare zu Goethes "Faust", in: J. W. Goethe. Sämtliche Werke. Briefe, Tagebücher und Gespräche. Frankfurt am Main (Deutscher Klassiker Verlag) 1999. Band 7–2, S. 54ff.

テ的天才の屈従などではなく(9)、その近代的・実験的性格は深い社会的洞察に基づいており、その認識は一九世紀的視界をはるかに凌駕して、二一世紀の今日を生きるわれわれ読者にとっても、なお現実的な意味を持っている。

しかしこのように『ファウスト第二部』の本質的問題がW・エムリッヒやE・シュタイガー、あるいはH・シュラッファーによって解明されるとき、一方では『ファウスト第二部』が、どの程度『ファウスト第一部』の延長として理解できるかが、改めて問い直されねばならない。実際、『ファウスト第二部』の近代的・実験的性格は、『ファウスト第一部』と密接に関連しているのであり、ファウスト文学という同一の枠組みの中の主題の展開として、はじめて理解できるものである。『ファウスト第二部』が通常の劇的ジャンルの枠をはみ出し、大胆な言語の実験が可能となった事情は、他ならぬ主題としての「魔法」に由来するのであり、この意味において『ファウスト第二部』は「非常にまじめな冗談」の産物と言えるだろう。なるほど『ファウスト第二部』と『ファウスト第一部』との関連は、H・リッケルトが主張するほどに、単純な筋の統一としては理解できないが、しかし言語の象徴空間としては、この二つの作品はお互いに歩み寄り、いわば建築学的意味で一つの全体を形成している。すでに『ファウスト第一部』において、通常の意味の劇的時間を表現しているのはグレートヒェン悲劇の局面のみであり、しかもその際、時間の統一は二つのインテルメッツォ(幕間劇)、すなわち《ヴァルプルギスの夜》と《ヴァルプルギスの夜の夢》によって、意識的に破壊されている。H・ヤンツが《ヴァルプルギスの夜の夢》を『ファウスト第一部』から『ファウスト第二部』への橋渡しの役割を担うインテルメッツォとして捉えているのは啓発的である(10)。

恵みふかい自然と霊は、
おまえたちに翼をさずけた。
わたしの飛ぶあとについておいで、
あのバラの丘の頂きまで。　(v. 4391 – 4394)

この《ヴァルプルギスの夜の夢》におけるアリエルの結びの言葉が、『ファウスト第二部』冒頭の《優雅な土地》におけるアリエルの歌に連結し、『ファウスト第一部』と『ファウスト第二部』との間の空隙を埋めるという発想は、ファウスト文学の全体が象徴空間の並列的構造であることを暗示している。そしてE・C・メイソンが『初稿ファ

9　グンドルフ著『晩年のゲーテ』(小口優訳、未来社、一九五八年)参照。
10　Harold Janz: The function of the "Walpurgis Night's Dream", in: Monatshefte. 44. 1952.

ウスト』の研究を通じて、天上におけるファウストの魂とグレートヒェンとの出会いが、すでにゲーテの青春において構想されていたと解釈するとき(11)、『ファウスト第一部』と『ファウスト第二部』は、ファウスト的主題の無限の多様化として、確かに筋においてではないが、象徴的関連において、あきらかに一つの統一を表現している。

二、ファウストの眠りと脱人格化

『ファウスト第二部』冒頭の《優雅な土地》の場において登場するのは、ファウストではなく、妖精のアリエルである。ファウストは眠っている。ファウストの眠りに対するＴｈ・フィッシャーの否定的評価ほどに、一九世紀的偏見を示すものはない(12)。グレートヒェンを破滅に追いやったばかりのファウストが一眠りして後、過去のすべての罪の衣を脱ぎ捨て、いかなる良心の呵責もなく忘却から生まれ変わるというのは、確かに不道徳と言える。しかしアリエルの歌は、そのようなファウストの不道徳をむしろ弁護している。

　心正しい者にせよ、邪悪な者にせよ、
　不幸に沈む者に霊たちの憐れみはかかるのだ。
　　　　　　　　　　　　(v. 4619－4620)

ともあれ、妖精アリエルの歌はグレートヒェン悲劇に直結し、グレートヒェンの運命に対するファウストの責任を踏まえて、『ファウスト第一部』との関連に注意を向ける。

　はげしく悩むその心の乱れを和らげ、
　自分自身を責めつける矢の、焼くような痛みを除き、
　ぞっとするようなこれまでの体験から、その胸を浄めてやれ。
　　　　　　　　　　　　(v. 4623－4625)

アリエルの歌自体、このようにＴｈ・フィッシャー流の非難に対してファウストを弁護しているのであれば、本質的なことはファウストの不道徳の礼讃ではない。なぜなら、ファウストがレーテ（忘却の河）に浸り、過去の罪を忘れるということは、同時に彼の人格の喪失を意味するだろう。逆説的に言うならば、罪の意識ほどに人格の同一性を保証するものはなく、それ自体、意識の持続そのもので

11　Eudo C. Mason: Goethe's Faust. Its Genesis and Purport, Berkeley and Los Angeles 1967.
12　Georg Lukacs: Goethe und seine Zeit. Bern 1947. ルカーチ著作集（白水社）第四巻一七六頁参照。さらにフィッシャーの見解について、詳しくは小栗浩『ファウスト論考』（東洋出版）三三四頁参照。

ある。ファウストの眠りと忘却は、この意識の持続の中断に他ならず、従って、ファウストの人格の同一性もそれによって失われる。自明のことだが、ファウストの再生とは、ファウストの死を前提としてのみ可能である。Th・フィッシャー流の偏見は、すでに彼がファウストの人格の統一を、暗黙のうちに前提しているところから来る。しかしゲーテの意図は、むしろ《優雅な土地》の場を、ファウストの脱人格化がまさに一つの劇的事件として進行する空間として、描くことにあったと思われる。《優雅な土地》の場は、グレートヒェン悲劇の帰結を決して度外視しているわけではないが、しかしファウストの眠りと忘却がまさにそのような前提において描かれるということは、文学的手法の観点では、『ファウスト第一部』と『ファウスト第二部』が劇的筋の統一としてではなく、象徴空間の建築学的構造として相互に連結していることを意味するだろう。《優雅な土地》の場は、従って、『ファウスト第一部』の結末のみならず、その発端とも平行関係を持っている。《優雅な土地》の抒情的気分は、さしあたり『ファウスト第一部』冒頭の《捧げることば》に対応している。すでに論及したように[13]、《捧げることば》の抒情性は、『ファウスト』の作者における抒情的自我の単なる表出ではなく、それ自体、詩的創造行為の根源であり、作者がファウスト的題材に対していかに創造的にかかわるかが主題となっていた。ファウストの題材とのかかわりが抒情性を要求することは、歴史的伝承に対するゲーテの能動的な関与を意味し、「詩人」の役割自体、歴史創造的な行為として把握されている。『ファウスト第二部』冒頭の《優雅な土地》が再び壮麗な自然詩となっているのもこの意味で偶然ではなく、脱人格化された空間とは、抒情的・ナルシス的な気分に等しく、「眠り」に象徴されるファウストの人格の受動性とは、作者の側から見れば、またしてもファウスト的形象に対する作者の能動的・歴史創造的な基本姿勢に他ならない。アリエルの歌に伴奏する「エオルスの琴」は単なるト書きではない。それ自体むしろ抒情的・音楽的なものの象徴であり、従って、アリエルの歌は単に抒情的に響くのみではなく、それ自体、抒情的・根源的なものの比喩として機能している。《捧げることば》がなお抒情的な気分それ自体を表現しているとすれば、《優雅な土地》におけるアリエルの歌は、むしろ抒情的なもの、すなわち詩的創造行為の秘密を、主題として提示している。

夜には四つの区分がある、
さあ、すぐそのすべてをおまえたちの心づくしで充たすのだ。
(v. 4626－4627)

13　本稿第一章「三つの序曲」参照。

古代ローマの夜警の交替に因んで、全体が四節に区分される妖精アリエルの歌は、単に夜の時間のプロセスを描いているのみではない。夕刻、夜、夜明け、日の出の時間的過程は、幼年、反省、希望、行為といった主題を描き、結局のところ詩的創造行為のプロセスを提示している(14)。

そなたが囚われていると見えるのは、ただかりそめのこと。
眠りは殻《から》、その誘いを振り棄てよ。　(v. 4660－4661)

このように「眠り」は抒情的気分の薄明に等しく、ゲーテの形態学的観念を援用するならば、多くの創造的エネルギーを宿す蕾の状態に相当する。
ついで凄まじい響きが日の出を告げる。太陽が鳴り響くという観念は、すでに《天上の序曲》にある。

日は太古からの節《ふし》のままに、
同胞《はらから》の星の群れと高らかに歌をきそっている。
そしてそのさだめの道を
とどろく足音ですすんでいる。　(v. 243－246)

このようにゲーテの『ファウスト』のなかの太陽は、運動し、轟音をたてることで一致している。しかしゲーテの宇宙観を裏付けるために、H・リッケルトのようにピタゴラス派の教義にまで、さかのぼる必要はないだろう(15)。凄まじい響きをたてるゲーテの『ファウスト』の太陽は、もちろん物理的な意味の太陽ではなく、明らかに象徴であり、神的な一者を表現している。しかし轟音をもたらすゲーテの太陽は、神秘化された自然というよりは、むしろ意識的に神秘を装った、しかし容易に解読され得る、人間の類的活動の全体としての「歴史」の寓意でもあるだろう。

聞け、聞け、時の神たちの疾風《はやて》を。
霊の耳は、このとどろきに
はやくも新しい日の誕生を聞きとる。
岩の戸はからからと音高く開き、
太陽神《フェーブス》の車輪は轟然と驀進する
光の音のなんというすさまじさ。
大小のラッパの声、
目はまばたき、耳はすくむ。
聞きも及ばぬ響きを聞くことは堪えがたい。

14　Emrich, S. 100.
15　Rickert, S.57.

深く深くぐり入れ、静かな
住み家《か》を求めて。花のうてなに、
岩のはざまに、葉蔭の奥に。
この音に打たれれば、おまえたちの耳は聾《し》いるのだ。
(v. 4666－4678)

この轟音をたてる太陽に対する妖精たちの身を守る姿勢は、ファウストの姿勢にも対応している。今や眠りより目覚めたファウストは、日の出を待ち望むが、しかしすぐ顔を背けてしまう。

日の出だ！　――だが、ああ、それを迎える眼ははやくもくらんで
わたしは顔をそむけるのだ、眼の底までしみとおる痛みに堪えかねて。
(v. 4702－4703)

ファウストにとって太陽は轟きはしないが、しかし彼は今、火の海に囲まれてしまう(16)。

ところがそのとき、あの永遠の深みから
強大な炎が噴き出してくる、われわれは驚いて立ちすくむのだ。
われわれはただ生命の松明《たいまつ》をともそうと思ったのに、
火の海に囲まれてしまったのだ、なんという火！
それは愛か、憎しみか、われわれを焼きつくそうと襲ってくるのは。
苦痛と喜びをかわるがわる繰り出して、すさまじくからみつく。
だからわれわれはまた眼を地に向けて、
まだ明けきらぬヴェールのなかに身を隠そうとたじろぐのだ。
(v. 4707－4714)

この光景は、直ちに『ファウスト第一部』《夜》の場の、地霊の出現を想起させる。そこでは地霊がファウストを拒絶したが、ここではファウスト自身が火の海から顔を背けてしまう。またあの地霊に拒絶されて絶望に陥るファウストと異なり、今やファウストは、自分が太陽に背を向けね

16　小栗浩氏は、ここでリッケルトの解釈の延長線上でグレートヒェン体験の回想を問題にしているが、それは目下ファウストが眠りに癒されてグレートヒェンの過去から脱却する文脈と、どのように整合するだろうか？　筆者の意見では、ファウストを取り囲む「火の海」とは、端的に言って、フランス革命に象徴されるヨーロッパ社会の大変革の局面であって、それは人間の個人的生活（愛、憎しみ、苦痛、喜び）をも巻き込みながら前進する非情な歴史の運動原理（ファウストのStreben）であり、グレートヒェン悲劇もその歴史的必然の一局面であるという認識が重要である。その認識はまた歴史からの距離の表現でもあり、ファウストが今や太陽（地霊の顔）に背を向けることの帰結でもある。従って、ここではグレートヒェン体験の直接的な回想は問題にならない。前掲書一〇九頁参照。

ばならないということから、積極的な意味を引き出す。

では太陽よ、おれはおまえをうしろに負おう。
そして岩壁をけずってたぎり落ちる
あの滝にじっと目をそそぐと、おれの心にはしだいに
歓喜が高まってくる。
現れては落ち、落ちては激する水は、千の流れとなり、
万の流れとなって、空高く
しぶきの帷《とばり》を吹き上げる。
だが、この水の嵐のなかから生まれ出て弓を懸けわたしている
変化しながら持続している虹は、なんという美しさだ。
あざやかに描き出されるかと思うと、また空に散り、
涼しく香《かぐ》わしいそよぎをあたりにひろげる。
あれにこそ人間のいそしみは映し出されているのだ。
この虹のもつ意味を考えてみよう、そうすればもっと
よくわかってくるだろう。
本源の光の色さまざまな反映、それがわれわれの生なのだ。
(v. 4715－4727)

これは従来、絶対的真理を放棄する、ファウストの諦念の境地と解釈されてきた。地霊に拒絶されて絶望に陥るファウストが未熟さを露呈するのに対して、今やファウストは自己自身を意識した人間であり、絶対的真理としての太陽を諦めることによって、むしろ人間的な成熟を示すとされる[17]。そうなると『ファウスト第二部』冒頭のファウストは、すでに完成した人間であり、彼からもはや、いかなる人間的行為も期待し得ないことになってしまうのではないか。この解釈に対して、W・エムリッヒは異議を唱えている。ゲーテの色彩論を援用しながら、W・エムリッヒが言うには、ファウストの行為は、その無際限の意欲が、ちょうど光の意志のように、障碍にぶつかって屈折し、多様化しながら前進することにあり、従って、『ファウスト第一部』においては、ファウストの衝動は「すべての目標をあらゆる境界を越えて到達し難いものへ投影する」[18]ので、むしろいかなる創造的行為も現れない、ということである。W・エムリッヒによれば、「障碍」がまさにファウストの行為の条件なのであり、従って、光と闇の交錯から生じる「色さまざまな反映」は諦念の境地ではなく、それ自体がファウストの「行為」ということになる。本来「色さまざまな反映」にファウストの諦念の境地を見る解釈

17　Schöne, a.a.O. S. 410.
18　Emrich, S.98.

は、新プラトン主義的な思想に基づいており、そこでは色さまざまな反映は、「本源の光」、つまり神的な一者に対しては、程度の低い、現実の模像にすぎないのである。しかし、ゲーテ自身、そのような新プラトン主義的な思想には同意しないであろう。というのも、光と闇が交錯しながら生み出す「色彩」の目に見える世界が、本来ゲーテの根本現象なのであり、従って、光が絶対的に高いものだという思想は非ゲーテ的であるからだ。生み出されたものが生み出すものに匹敵するという思想が、本来、ゲーテ的である[19]。しかしそのような思想は、すでに地霊によって体現されている。

こうしておれは「時」のざわめく機《はた》をうごかす。
神の生きた衣を織る。
(v. 508―509)

このように地霊自身、神性ではなく、活動しながら神性を実現する主体にすぎないのだが、それにもかかわらず自立した絶対的な存在である。すでに論及したように[20]、地霊が人間性の創造的活動の全体を体現したとき、それはマクロコスモス（大宇宙）の符における永遠の不動の存在に対置され、時間とともに運動を開始したのであり、そのような地霊の出現は、他ならぬ「世界」が歴史の相貌を現した事態に対応していた。マクロコスモスの符が神性の究極の調和を表現するとき、地霊はそこへと向かって邁進する人間的プロセスとなったのであり、従って、それ自体、多くの悲劇を包括する、矛盾を内包する形姿として現れねばならなかった。地霊がファウストを拒絶することは、すでにファウスト的衝動の悲劇的結末を暗示しているのだが、一方ファウスト自身、地霊の指針に従って行為し、その行為のために実際に滅びる。それがグレートヒェン悲劇の意味であり、この視点において『ファウスト第一部』は、筋＝行為の構造において完結した。

ともあれ、火の海としての太陽の接近は、地霊の出現と象徴的に一致している。光が轟音をもたらすということは、ここでもまた、ただ単に人間性が本来歴史的存在であり、従って、人間性は悲劇的連鎖として現れねばならないという事態を意味するにすぎない。妖精が轟音に打たれて耳しいとなり、またファウストが火の海から顔を背けねばならないとき、神的な一者の超自然的な威力が問題ではなく、歴史的存在として包括される人間の類的活動が、個々の人間には常に超越的な、本質的に非人間的な意志として現れねばならないということであろう。そして地霊に匹敵

19　Emrich, S.89.
20　本稿第三章「『賭け』への過程」参照。

し得ないファウストが、終始、地霊の指針に従って行為するるように、太陽に背を向けるファウストも諦念の境地を示すのではなく、W・エムリッヒの比喩＝行為の視点で、背を向けることから生じる「色さまざまな反映」を、ファウストの「行為」と位置づけることもできるだろう。しかしそうなると《優雅な土地》の場は、W・エムリッヒが主張するように、『第一部』のファウストの「非行為」に、ファウストの無際限の行為の衝動、つまりファウストの無際限の行為の新しい活動の理念を対置するというよりも、むしろ依然として、地霊の延長線上で動いていると見るべきだろう。ただし、ファウストは、もはや地霊の指針に従って行為する「個」としての人間的主体ではなく、むしろ彼自身が一個の象徴的人格として、地霊のより高い次元に止揚されてしまったということではないか。W・エムリッヒが『ファウスト第二部』においても、ファウストの「個」としての人格を仮定するとき、『ファウスト第二部』への重要な鍵が失われてしまう。『ファウスト第二部』においても、全体としての人間的活動はなお地霊の符の延長線上で動いているのだが、ファウストはもはや行為する「個」としての人格ではない。ここではファウストの個としての人格の喪失が、まさに彼の活動の意欲に対置されているのであり、それが『ファウスト第二部』の根本理念として、『ファウスト第二部』のプロローグ、《優雅な土地》の場ではじめて提示されている。従って、「色さまざまな反映」がファウストの行為と同一視できるということではなく、むしろ脱人格化された「世界」が以後行為主体となり、そのような「世界」に対して、ファウストの「個」としての人格は受動的に振る舞わねばならないということである。

大地よ、おまえは、この一夜も、いつもと変わらぬおまえだった。
そしていま新たな活気にみちてわたしの足もとに息づき、
はやくも湧きたつ歓びでわたしを取り囲もうとしている。
おまえはわたしを揺すぶって強い決意へと励ます、
最高の生き方をめざして絶えず努力をつづけよと。——　(v. 4681－4685)

このようにファウストは、なお確かに、一人の人格としても行為の意志を表明している。しかしその行為自体、ファウストが自ら行為主体として、障碍を打破しつつ世界を新たに創造する悲劇的連鎖を意味するのではなく、むしろ類的人格の立場から、人類の活動を美的調和として総合的に俯瞰する、卓越せる意志として現れる。それは端的に言って、ヘレナの登場を頂点とする第三幕までのプロセスに対応しており、ファウストの美的理想へ向けて邁進する努力は、その意味では、確かに「ますます高次のますます純粋となっていく活動」である。

すでにわれわれの論述の過程が示すように、《優雅な土地》の場は、単にグレートヒェン悲劇の結末を踏まえるのみならず、『ファウスト第一部』の《捧げることば》、《天上の序曲》、そして地霊出現の場とも象徴的に関連している。《優雅な土地》の場は、従って、単にファウストの眠りと忘却を描いているのではなく、ファウストの創造的活動を新たに開始すべき抒情的根源を描いている。かくして《優雅な土地》の場は、グレートヒェン悲劇の結末に連結すると同時に、ファウスト的主題の原点に立ち返るのであり、われわれはまたしても、ファウスト文学の時間が螺旋状に動いていることに気付かされる。『ファウスト第二部』第二幕が、再びかつてのファウストのゴシック様式の書斎で始まるのも、同様に筋の螺旋運動に基づくものであり、そこでもファウストが失神した状態で、脱人格化されて登場することは、《優雅な土地》の場における、ファウストの眠りとの平行関係を示唆している。そしてこのようにファウスト世界の時間が、通常のドラマにおけるように直線的に進まず、螺旋状に動くということは、われわれのファウスト解釈の基本前提ともなるだろう。なぜなら、それは本来ゲーテが螺旋運動として把握したところの、世界史的時間の表現であり、世界史的時間が個々の人格の実存的時間、すなわち劇的次元を超えるとき、ファウスト世界の時間もまた、個々の自立した諸空間を比喩的に連結する、開かれた構造となる。

三、「大世界」の前段階としての《玉座の間》

ファウストから行為する道徳的人格を期待する読者は、《優雅な土地》の場でも、続く《玉座の間》の場でも、失望する。伝統的観念に従えば、ここでファウストはいよいよ活動を開始しなければならないだろう。ファウスト伝説の筋に沿って、ファウストは今やメフィストの助けを借りて皇帝の寵愛を獲得し、それを通じて富と名声に至ることが期待される。初期のプランでは、妖精の歌自体、ファウストを野心へと駆り立てるための、追従の言葉に充ちていた。ところが決定稿では、《優雅な土地》の場からは、伝統的な誘惑のモチーフはすべて削除され、新しい意味でのファウストの活動の理念が提示されることになった[21]。

いずれにせよ、ファウスト文学のこの展開の局面では通常「大世界」と「小世界」の対照が問題となり、グレートヒェン悲劇の局面で、ファウストがなお愛や結婚といった個人的・小市民的な問題領域に留まっていたとすれば、今や彼が皇帝を動かし、政治的領域で壮大に振る舞うであろ

21　Emrich, S.65.

うことが期待される。そうであれば、皇帝の居城は、今やファウストが新たな意味で活動すべき「大世界」の場ということになるだろう。しかし続く《玉座の間》では、ファウストは登場すらしないし、宮廷が催す《仮装舞踏会》の場ではじめて、しかも黄金の王プルートゥスに仮装して、ファウストは登場する。《玉座の間》の場では、ファウストは行動するどころか、むしろファウストの不在が意識的に象徴化される。しかも《玉座の間》自体、何ら大世界の相貌を備えてはいないのであり、神聖ローマ帝国の宮廷に因んで描かれる王侯たちは、その政治的役割において、単に支配階級の頑迷さを現しているにすぎない。実際《玉座の間》は、象徴空間としては、《仮装舞踏会》の前段階にすぎないのであり、象徴的関連の基底、つまり、単なる政治的密室としての小世界を提示している。そして宮廷が催した《仮装舞踏会》の結果として、今やヘレナへの憧れが宮廷を支配し始めるとき、この過程は、かつて《魔女の厨》の鏡に映った美女のヘレナが、グレートヒェンとの出会いを動機付けたのと並行しながら、今や第三幕におけるファウストとヘレナの現実の出会いを準備することになる。ともあれ、『ファウスト第二部』の筋は、さしあたり第三幕におけるヘレナの登場と、ファウストの彼女との結婚を目指して構想されており、象徴空間の構造は、そこへ向かって一歩一歩重層的に展開していく。しかしまた第四幕において『ファウスト』の時間が、再び中世に逆戻りするのも不思議ではない。というのも、『ファウスト』の中の「中世」は、いわゆる啓蒙時代以前の蒙昧の時代というよりも、常に混沌と危機が支配する政治の世界の比喩であるからだ。

《玉座の間》がファウスト不在の空間を描くとき、それはなるほどドラマの筋に貢献するものではないが、しかし象徴空間としては、前後の場との対照において意味深い関連を形成する。ここに登場する諸人物、すなわち皇帝、宰相、兵部卿、大蔵卿、宮内卿は政治的権力を行使する社会的役割であり、それ自体、おのれの人格の不在を演じているにすぎない。皇帝を囲む支配者たちは、異口同音に帝国の混沌と経済的窮地を訴えるが、しかし実際、帝国の代表者としての彼等は、ただ単に無政府状態の自己保持機能を相続しているにすぎない。ここでは個性的人格ではなく、政治的に機能する社会的役割が問題であり、この点において、彼等は単に帝国の経済的窮地を嘆くのみならず、帝国の経済的窮地を嘆くことがむしろ彼等の義務でもあるだろう。そのような脱人格化された空間を描くために、ライトモチーフ的に繰り返される、聴衆のつぶやきほどに効果的なものはない。それはいわば社会的役割の間を、手掛かりもなく反響する匿名の大衆の意志である。そしてこの実体のない一般大衆の意志に対して、著しい対照を形成するのがメフィストの役割である。ここに登場する唯一の個性的人物はメフィストだが、しかし彼もまたさしあたり「道化」として、宮廷の自己保持機能に寄生しているにすぎない。彼はいわば「道化」の殻の中に忍び込んだ宿かりであり、こうして彼は匿名の聴衆に対し、道化として自己を実現しながら、有利な立場に身を置く。というのも、権力はないが、権力に媚びる道化の役割を通じて、彼は支配階級の愚昧さを、鋭く諷刺することができるからである。

この場で、最も謎めいているのが「天文博士」である。これをファウストの仮面と解釈すべき根拠も確かにあるだろう。しかしいずれにせよ、ここでファウストの人格について語ることはできない。というのも、かりにファウストが天文博士の仮面の背後に隠れていたとしても、彼もまた単に宮廷の占星術師の機能を果たしているにすぎないのであり、それは後ほど、彼が《仮装舞踏会》でプルートゥスに仮装して登場するのと変わりはない。しかもここでの天文博士は、意識的に実体のない操り人形として描かれている。彼がメフィストの腹話術によって台詞を与えられるとき、天文博士の仮面の背後に実体が潜んでいるというよりも、むしろそれ自体、実体のない仮面、つまり「仮象」がここでは問題となる。しかし操られているのは、天文博士のみではない。

むしろ支配階級自体、脱人格化された消費機構であり、その自己保持は、「赤字」の再生産に基づいている。そして高利貸としてのユダヤ人は、いわばこの「赤字」の再生産過程に寄生する階級であり、従って、彼等の利益は支配階級の「赤字」に他ならない。それは社会的カオスの表現であり、ユダヤ人自身、支配階級とともにみずからの墓穴を掘っているわけだ。そうであれば、この社会の真の支配者とは誰であろうか。メフィスト＝道化が繰り返し暗示しているように、それは地下のマモン、非人格的黄金である。天文博士を背後から操っているのは、実際のところメフィストではなく、現実の力としての「黄金」であり、ただメフィスト＝道化だけがそのことを知っている。

およそ太陽は純金でございます。
水星はそのお使い役で、寵愛と給金を目当てに働きます。
金星夫人はみなさまをたれかれとなく迷わし、
朝に晩に色眼を送ります。
月はまだ情けを知らぬ気まま娘。
戦神《いくさがみ》の火星は皆さまを、殺さぬまでもその威力でおどします。
しかし何といっても木星はいつ見てもいちばん美しい。
土星は大きいが、目には遠く小さく見える。
これは鉛ですから、あまり尊重はできませぬ。
目方は重いが、値打は軽い。
さよう、太陽神に月姫が寄り添えば、
金と銀が並ぶので、世間は陽気になり、

ほかのものもいっさい手にはいります。
宮殿、庭園、かわいい乳房、ばら色の頬、
それを揃えて調達できるのは、
わたしどものできないことをやってのける大学者だけ
でございます。
(v. 4955 – 4970)

　H・シュラッファーの意表を突く指摘が示しているように、これは「天体」の貨幣価値としての解釈であり、神々は今や貨幣価値へと格下げされてしまうのである[22]。ゲーテの『ファウスト』において頻出する唯物論的思想は、マルクスを先取りしている感があるにもかかわらず、伝統的な『ファウスト』解釈は、これを頑固に拒否しながら『ファウスト』への一つの道を遮断してきたと言える。すでに言及したW・エムリッヒの著書『ファウスト第二部の象徴解釈』における「黄金」の解釈が極めて不透明であるのも、多分、その精神主義的前提から来るのであろう。W・エムリッヒがプルートゥスの形姿を「詩」、ないし詩人との関連で論及するとき、彼は終始「詩」を最高の価値尺度としているが、しかし《仮装舞踏会》の文脈では、あくまでも唯物論的な意味での「黄金」が最高の価値尺度であり、「詩」もまたそれによって測られている[23]。

　ともあれ、天文博士が太陽を黄金として見積もるとき、黄金はもはや地下の神ではなく、すでに宇宙の原理であり、今やすべてのものがそれによって測られるべき価値尺度となる。支配する力としての「黄金」を所有するものは、以後、人間の支配者となるであろう。今や皇帝が、メフィストに吹き込まれて、地下の財宝に熱中するのもうなずける。しかし黄金は価値自体ではなく、あくまでも価値の等価物なのであり、従って、黄金は、それが富の社会的生産に基づいているのでないかぎり、むしろ富を食い滅ぼ

22　Schlaffer, S. 93.
23　ミーヘルセンは、マルクスの哲学を援用したシュラッファーの寓意理論を批判しているが、これはミーヘルセンの解釈で第二部の最初の三幕に関してほとんど素通りに近いことと無関係ではあるまい。ゲーテの「ファウスト」がマルクスの哲学概念で理解できるということは、むしろゲーテの『ファウスト』がすでに唯物論的観念を宿していることから来る。筆者の見解では、いわゆる唯物論哲学と言われるヘーゲル、フォイエルバッハ、マルクスの思想的系譜はゲーテの「ファウスト」を源流としている。ヘーゲルの弁証法概念自体古代ギリシャの哲学に直接繋がるものではなく、ゲーテの「ファウスト」の矛盾概念を経由することによって近代的な内実を得ている。ゲーテは鰐間骨の発見によって、人間を他の生物から区別するキリスト教的・スコラ的人間観から脱却できたのであって、人間を真の意味で精神と肉体の複合体として捉えることができた。フォイエルバッハもマルクスもそのような人間の唯物論的認識（人間学）において、多くをゲーテから学んでいる。Peter Michelsen: Der Rat des Narren, in: Im Banne Fausts. S. 128.

し、経済的危機を促進するだろう。帝国に富をもたらすものが、黄金ではなく、生産の社会的基盤であることを認識しない皇帝は、素朴に黄金を神格化してしまう。社会的混沌をもたらしたものは黄金の不足ではなく、むしろ社会的混沌が経済的窮地をもたらしていることを、彼は認識しない。しかし黄金が単に価値の等価物にすぎないことを考えるならば、皇帝の富への願望を即座に充たすべく、もはや地下の財宝を漁る必要もない。こうしてメフィストが地下の財宝を担保にして紙幣を製造するとき、紙幣は今や「黄金」の等価物、すなわち価値の仮象の仮象となったわけである。では真の価値はどこから来るのだろうか。

いいえ、陛下ご自身が鋤と鍬を取って、お掘りくださいませ。
百姓の業《わざ》をなさることは、陛下の偉大さをいや増します。
そのとき金の仔牛は群れをなして、
地の底から躍り出ましょう。
(v. 5039－5042)

このようにメフィストが皇帝に百姓の業を勧めるとき、彼は人間的労働を一般的価値基準とするマルクスの哲学を先取りしている。もちろん、メフィストにとって重要なことは、ただ単に皇帝に百姓仕事を促すことではなく、人間的労働がはじめて金の仔牛の群れを地下から躍り出さしめるという認識である。黄金はなお富ではなく、それが社会的生産の基盤において人間的労働の等価物として現れるとき、はじめて富となるのであり、この認識をメフィストはなお賢者の石に譬える。

自分で骨を折ってこその成功ということが、
この馬鹿者たちにはいつになってもわからない。
よしんばあいつらが賢者の石を手に入れても、
石に賢者がご不在だろう。
(v. 5061－5064)

第八章　商品市場としての「大世界」の啓示

一、個の喪失あるいは商品の人間化

宮廷が催す《仮装舞踏会》は一つの遊戯であり、《ヴァルプルギスの夜》の形象群と同様、インテルメッツオ（幕間劇）として劇的筋に対置されている。それはドラマの時間、つまり虚構的現実の連続する時間から遊離した遊戯の空間であり、そこへ皇帝は今や現実の社会的混沌と経済的窮地を逃れるために逃避する。

ではそれまでを陽気にすごそう。
そうすれば灰の水曜日は願いのかなう日となろう。
いずれにせよ、この謝肉祭は、
いつもより羽目をはずして祝うのだ。
(v. 5057－5060)

《仮装舞踏会》において、人は仮装することによって、意図的に自己自身を否定する。

世慣れた人は誰もみなその帽子を、
気持よげにすっぽりかぶる。
すると見掛けは狂人か馬鹿のようだが、
帽子の下では、いくらでも利口でいられる。
(v. 5077－5080)

しかし仮装の背後の諸人物がついには相互に識別し合うことがなかったならば、仮面は笑いをもたらさないであろう。そうなると、《仮装舞踏会》は不気味な遊戯となるであろう。劇的文脈において自己の個性的人格を露呈する唯一の人物が皇帝であり、それがまた単に皇帝の人格が現実に滅びることの確認を意味するとすれば、それはすでに《仮装舞踏会》の遊戯性を止揚してしまったことになるだろう。そしてこのように仮象の自立した空間として、現実の世界に対置されている《仮装舞踏会》が、実際には現実の世界を呑みこみ、現実を滅ぼすということが今や本質的なテーマとなり、象徴的に表現された劇的時間を構成する。というのも、宮廷の現実が単に社会的役割のみの機能する脱人格化された空間を提示するとき、《仮装舞踏会》とはただ単に意識的に脱人格化された空間にすぎないからである。そしてまさにこの意味において、それは現実の比喩として現実に連結し、象徴的関連を構築する。そしてまたこの《仮装舞踏会》が、ドイツ宮廷の伝統的な「悪魔踊りや阿呆踊りや骸骨踊り」(v. 5066) とかかわりがなく、ローマの謝肉祭に由来する遥かに包括的な「生」の比喩であるとき、このヨーロッパ的文化空間としての《仮装舞踏会》は、その生と社会のより豊かな内容において、ドイツ宮廷の現実をすでに凌駕しているにちがいない。

そこでわたしたち一同は生まれ変わって、この国にも
陽気な謝肉祭が始まりました。 (v. 5076)

仮象とは本来「世界」としての現実の意味であり、仮象世界が新しく生まれ変わったのであれば、現実もまた必然的に変貌しなければならないであろう。表面的な意味での劇的筋の観点では、《仮装舞踏会》は一つの仮象世界、すなわち遊戯空間であり、インテルメッツオ(間狂言)として、宮廷の現実に対置されている。しかし象徴的な関連は、《仮装舞踏会》が宮廷の現実を呑み込みながら、むしろリアルな時間を形成すること、そして皇帝の災難はすでに幾分現実の破局であることを示唆する。

しかし仮象世界に一つのリアルな意味を付与する事情は、必ずしも特殊な文学的手法の問題ではなく、現実そのものが仮象の構造を取るところから来る。《玉座の間》においては、現実を支配する勢力はなお地下のマモン(黄金の王)であり、その威力はなお「赤字」として、否定的な意味で理解された。そこではマモンが赤字として行使する社会的威力はなお高利貸としてのユダヤ人に代表され、従って、彼等自身がこの威力を体現しているかに見えた。つまりユダヤ人は人格としても、「赤字」を生産する、支配階級の支配者であった。従って、そこにはユダヤ人が諸悪の原因とみなされ、憎悪の対象となってしまうべき根拠もあった。しかし《仮装舞踏会》においては、黄金はもはや地下のマモンではなく、今や積極的な力として白日の下に現れるのであり、封建的な支配階級はその赤字の故にではなく、富の過剰の故に滅びる。「黄金」は、ここではもはや個人的所有として、個々の人格に属しているのではなく、社会的な富であり、それは今やたえず変容しながら循環する捉え難い流動体である。皇帝の誤謬は、彼がなお宮廷の消費的人格として、プルートゥスの黄金の櫃を所有できると妄想することにある。

ともあれ、《仮装舞踏会》においては、もはや地下のマモンの代理人としてのユダヤ人は登場してこない。《仮装舞踏会》において、まず登場してくるのが、あでやかに着飾った花作りの娘たちである。彼女たちは自分の商品を宣伝する「売り子」だが、まずは自分自身を売り込もうと努めるのであり、その際、彼女たちが吹聴する対象は、生来の自然の美よりも、自分たちが身に着けている人工の産物である。

だって女というものは、
手芸の品にたいそう似かよったものですもの。
(v. 5106－5107)

ここでは女性の美しさは自然の美としてではなく、自然と芸術の調和として把握されており、この観念は、W・エムリッヒによれば、『ヴィルヘルム・マイスターの修業時代』にまで遡るとされている。疾風怒濤時代、つまり『若きウェルテルの悩み』の時期においては、芸術は天才、ないし自然の啓示であり、この意味において社会に対置されていたが、『ヴィルヘルム・マイスターの修業時代』においては、芸術と社会の総合が主題となる。そして女性は、芸術と社会を相互に媒介するメディアとなり、従って、フィリーネ、ミニヨン、伯爵夫人、アマツォーネ、テレーゼ、マカーリエは、この芸術と自然（人格）の調和を表現していると、言われている[1]。しかし『ヴィルヘルム・マイスターの修業時代』において天才的なものはなお反社会的であり、従って、作品の主題は、主人公のうちに潜む天才的で並外れたものへの傾向、つまり個への固執を、いかに社会に適合させるかに向けられていたとすれば、《仮装舞踏会》の文脈における主題は、もはや人格の社会化ではなく、H・シュラッファーが立ち入って論じているように、むしろ社会における人格の喪失である[2]。『ヴィルヘルム・マイスターの修業時代』の女性たちが、社会的調和の権化として、終始理想的人格を表現したとすれば、ここに登場する花作りの娘たちは、すでに物象化された人格として、社会における個の喪失を表現している。

売り手も品も、皆さまが
取りかこむのにふさわしい。
(v. 5114－5115)

ここでは商品が本来の主人公であり、あでやかに着飾った売り子たちの人格は、単になお商品を美化するための付属品である。こうして今や《仮装舞踏会》においては、商品自体が語る人物として登場し、顧客を求める[3]。「実のついたオリーヴの枝」、「穂で編んだ冠」、「意匠をこらした造花の冠」、「意匠をこらした造花の花束」、「ばらの蕾」が、それぞれ自己の商品価値を意識するとき、彼等は売り子の権能を逃れ、黄金という一般的価値尺度に奉仕する。「ばらの蕾」が造花に対してなお自然の美を誇り得る

1 Emrich, S. 153.
2 Schlaffer, S. 72.
3 Schlaffer, S. 73.

としても、ここではそれも他の造花とともに商品価値であることにかわりはない。ここでは商品自体がマモンの臣下であり、人間的に振る舞う。ここにはまだマモン自身は登場していないが、しかし商品自体が「黄金」の等価物として《仮装舞踏会》の市民権を獲得し、商品社会を成立せしめるとき、売り子は商品の付属物となるのであり、商品は擬人化され、売り子は物象化される。こうして今や母親が娘の顧客を求めるとき、娘はすでに商品であり、娘の価値は、黄金の等価物となり得る肉体へ還元され、魂の価値は消去される。

　つまり母親の娘に対する愛も、夫婦の愛も、結局のところ貨幣価値に帰着する。こうしてすべてが黄金の等価物、つまり貨幣価値として通用し、究極的に黄金の価値尺度に従属しなければならないとすれば、およそ価値あるものはすべて、多かれ少なかれ、黄金の価値として視覚化されねばならないであろう。娘の貨幣価値を高めるものは官能の魅力であり、こうして愛もまた商品化されて、エロティシズムへと傾斜する。

きょうは無礼講の日だからね、
お前、胸をたんと開けていてごらん。
どなたかが懸かるかもしれないからね。

(v. 5196－5198)

二、社会的機能としての人間的役割

売り子と商品の関係に反映する社会の脱人格化過程が、すでに経済学的関心に基づいていることはいうまでもないが、今や商品流通の基盤としての社会的分業についても語られる。社会的生産者たちは、当時の経済学的知識に基づいて、農業、林業、鉱山業、漁業といったカテゴリーに分類されているが、しかし《仮装舞踏会》では、横の分業よりも縦の分業、つまり富の生産よりも富の消費の方が重要であるらしく、結局のところ、木こりが社会的生産者たちを代表しているにすぎない(4)。

こういう荒っぽいのもいて
働かなけりゃ、
お上品な連中が、
どんなに知恵をしぼっても、
どうしてやって行けるんだ。
ここんところをしっかり胸にきざんでもらいましょ

4　Metscherは仮装舞踏会で、本来の生産的階級である農民が欠落していることを指摘している。Thomas Metscher, Faust und die Oekonomie, in: Aufsätze zu Goethes “Faust II” hg. v. Werner Keller. Darmstadt 1991. S.284.

う。

　こちらが汗をかかなけりゃ、
　お前さん方は凍えますぜ。　(v. 5207－5214)

　この木こりの生産者としての自意識に、道化の消費者としての自意識が対応している。

　あんた方は馬鹿もんだ、
　生れつきの腰まがりだ。
　おれたちは利口もんだ、
　重荷を担いだことがない。　(v. 5215－5218)

　道化に続いて登場する「おべっか専門の伴食者たち」は道化を非難し、木こりと炭焼きに追従するが、しかしだからといって道化にまさるわけではない。

　そこで、伴食稼業の
　このほんとうの食通は
　ぴたりと鼻で嗅ぎわける、
　今度は焼き肉、今度は魚と。
　だからおべっかに弁舌をふるう勇気も湧いてくるのさ、
　パトロンがたの食卓で。　(v. 5257－5262)

　木こりが生産者を、そして道化と「おべっか専門の伴食者たち」が消費者を代表するとき、消費者の役割分担の方がすでに多様である。そして道化と「おべっか専門の伴食者」が単に支配階級の寄生者にすぎないとき、消費の社会的機能はいっそう複雑となるであろう。ここでは生産者と消費者との役割分担が、社会の構造的基盤であることが認識されてはいるが、しかし富の生産機構自体、なお抽象的に前提されているにすぎない。ともあれ、ここでは人間の社会的役割と機能が問題であり、個人的領域は、H・シュラッファーによれば、まさに役割を喪失した酔いどれにおいて表現されている(5)。役割を喪失し、自己自身のために存在する酔いどれの人格とは、すでにその酩酊によって幻想性を露呈している。

　しかし酔いどれに続いて《仮装舞踏会》に登場する予定であった詩人たちは、どのように理解できるであろうか。ト書きによると、「皆、われ先にと押し合いをして、たがいに朗誦を妨げる。」とある。そしてただ諷刺詩人だけが忍び足で登場して、短い詩句を述べて立ち去るのである。

　ご存じですか、わたしのような詩人には

5　Schlaffer, S. 87

何がいちばん嬉しいかを。
人の耳に痛いことを
言ったり歌ったりできること。　(v. 5295－5298)

この諷刺詩人が多分様々な詩人たちを代表するのであり、彼が「人の耳に痛いことを言ったり歌ったりできる」というとき、ここには明らかに自嘲の雰囲気があり、彼はそれによって詩人のアウトサイダー的役割を嘲笑したのである。そして彼がこの詩句を述べて《仮装舞踏会》を去るとき、詩人の全体としての役割喪失が暗示される。というのも、詩人は常に個性的人格であり、《仮装舞踏会》がほとんど個性的人格の多様性を評価する空間ではないとき、諷刺詩人の言葉は、詩人の社会的不在の必然性を語ったことになるであろう。

しかし《仮装舞踏会》では詩人は登場する資格を持たないとしても、詩のジャンルは登場することができる。ともあれ、次のト書きは、まことに奇妙に聞こえる。

「夜と墓との詩人たちは、『いま生き返ったばかりの吸血鬼《ヴァンピール》と、きわめて興味ある対話をしているところで、そこから新しい詩のジャンルが生まれてくるかもしれない。そういうわけで、今宵は出席しかねるから悪しからず』と使いを通じて言ってよこす。触れ役はこれを諒承し、新たにギリシャ神話の群れを呼び出す。それらは近代的な装いをしているが、その性格と魅力を失っていない。」(v. 5299の前)

出席しかねることを告げてきた「夜と墓との詩人たち」について、どうしてわれわれは知る必要があるのだろうか。というのも、およそ知るに価するものは、ここに登場してくるのではないか。ゲーテにこの空隙を埋める伎倆がなかったなどとは考えられない。逆説的に言うならば、「夜と墓との詩人たち」は、その不在においてすでに存在している。そしてト書きは、吸血鬼との対話から発展する新しい詩のジャンルが、《仮装舞踏会》に登場するための市民権を得るであろうことを示唆している。ともあれ、まだ余りにも個人的領域に留まっていると見える新しい詩のジャンルよりは、ギリシャ神話の形象の方が《仮装舞踏会》にふさわしいことは明らかである。というのも、ここでは個性的でオリジナルなものよりも、一般的・社会的なものの方が通用するのであり、今やギリシャ神話の類型化された形象が詩のジャンルを代表することになる。

優雅の三神グラーチエたち
アグライア（優雅の女神の一人）
優しさをわたしたちは人の世にひろめます、
与える手にも優しさをこめなさい。
ヘゲモネ（優雅の女神の一人）

受ける手にも優しさをこめなさい、
願いのかなうのは嬉しいことです。
オイフロジュネ（優雅の女神の一人）
そして静かないそしみの日ごと日ごとに、
感謝することにこそ優しさのこめられますように。
（v. 5299－5304）

このように「優雅」がギリシャ神話の合言葉となったようだが、これはどうやら古代的形象が《仮装舞踏会》において市民権を獲得するための、近代的衣装なのである。従って、運命の女神もまた今日は、命の糸を断ち切らないように注意しなければならない。

けれどそう言うわたしも若さの未熟から、
もう何百回も間違って切ってしまいました。
きょうはこの手にそそっかしい動きをさせまいと、
挟みはケースにしまってあります。（v. 5325－5328）

復讐の女神もまた、近代的衣装を身につけて、すっかり変貌して登場する。

こんど来るのは何者か、これはどなたにもわかりますまい。
いくら皆さんが古い書物に精しくても。
ずいぶん害をなす女たちだが、見る分には
悪くない、と皆さんもおっしゃいましょう。
（v. 5345－5348）

しかし《仮装舞踏会》に登場する復讐の女神とは何であろうか。それはもはやオレストを迫害する母権制社会の正義を代表しているわけではない。ギリシャ悲劇における復讐の女神が、社会的変革の悲劇的局面において、政治的役割を担っているのに対し、ここに登場する復讐の女神は、恋人や夫婦の愛における劇的葛藤を表現している。劇的葛藤は今や政治的役割から脱落した「家庭」にあり、復讐の女神は個人的な感情生活の上に君臨している。まずアレクトーが恋人の愛において不和の種を蒔き、ついでメゲーラが愛し合う夫婦を破局に導き、最後に復讐の女神が不実な男に復讐する。この劇的葛藤においては市民的結婚の掟が問題であり、従って、悲劇は今や夫婦間の軋轢や家庭的破局にあり、復讐の女神は家庭悲劇における市民的正義を代表することになる。ここに登場する近代的衣装を身につけて変装したギリシャ的形象は、どうやら市民階級の家庭、つまり個人生活の基盤から古代文学を範として発展した文学的ジャンル、すなわち近代における小説や市民悲劇を示唆しているように思われる。周知のごとく、そのような文学的ジャンルが市民的イデオロギーの成立過程において果たした政治的役割は非常に重要だが、しかし市民的家庭は、J・ハーバーマスによれば、市民革命以後すっかり政治的役割を喪失してしまう(6)。『ファウスト第二部』の《仮装舞踏会》において登場するギリシャの女神たちは、今や政治的に無害となった個人的領域を支配下に置くのであり、市民的感情生活のステレオタイプを表現する。復讐の女神がいかに邪悪に振る舞おうとも、それは結局のところ、個人的な感情生活における内的冒険にすぎないのであり、その追体験からは、いかなる政治的ヴィジョンも生まれてこない。ギリシャ的形象が代表するジャンルは、市民的な感情生活の仮象、すなわち個人的感情の視覚化された等価形態なのである。

　ついで触れ役は、いささか趣の異なったものの到来を告げる。

皆さん、どうか脇《わき》へ寄って下さい。
今度来るのは、皆さんと同類のものじゃないんですから。
ごらんなさい、小山がひとつ寄せてきました。
色あざやかな毛氈《もうせん》を両脇にゆたかに垂らしています。
長い牙、大蛇のような鼻。
得体の知れないしろものですが、その正体を見破る鍵をさしあげます。
その太頸《ふとくび》の上には、綺麗できゃしゃな婦人が乗っていて、
細い鞭を使って上手に御者の役をつとめています。
もう一人、背の上のまんなかには、気高い婦人がすっくと立っている。
光に包まれたその姿は見るもまばゆいくらいです。
脇には右と左に、二人の品のいい婦人が鎖につながれて徒歩《かち》であるいています。
一人は不安げだし、もう一人は元気そうです。
一人は自由になりたいと願い、もう一人は自由な身だと思っている。
さあ、めいめい、自分の素性を明かしなさい。
(v. 5393－5406)

　これが寓意的形象であることは明らかである。しかしW・エムリッヒはその著書『ファウスト第二部の象徴解釈』において、そもそもこのことについては言及していないし、またE・シュタイガーは、この形象の全体を「よく指導された国民大衆」と理解し、鎖につながれた二人の婦人に関して、「希望」を「原初の言葉を祝う人間精神の大

6　Jürgen Habermas: Strukturwandel der Öffentlichkeit, 8. Aufl. Berlin 1976.

胆な飛翔」としてではなく、「追従に充ちた幸福の夢」、すなわち「俗物的で恥ずべき魂の状態」と解釈している(7)。この寓意的形象において謎めいているのは、とりわけその希望に対する否定的な評価である。《優雅な土地》における妖精アリエルの歌の第三節は、すでに希望を主題としており、それは行為の前提と理解できる。W・エムリッヒによれば、希望と行為の結合はすでに『エルペノール』や『パンドーラ』、あるいは西東詩集において主題化されており、また例えば『エピメニデスの目覚め』において、抑圧のデーモンを克服するのは愛や信仰ではなく、あくまでも希望であるとされている(8)。「賢さ」によって鎖につながれる「希望」がこの積極的な意味の希望ではなく、E・シュタイガーが解釈するように、「俗物的で恥ずべき魂の状態」と解すべきことは、多分理解できる。しかしだからと言って、「よく指導された国民大衆」から「希望」を排除しなければならない根拠も見当たらないであろう。ここで重要なことは、むしろ先行する形象との直接の関連である。というのも、「恐怖」と「希望」は、まさにギリシャの女神たちが市民的な感情生活において相続した役割なのであり、「恐怖」と「希望」が今や鎖につながれるということは、寓意的形象に全く新しい意味を付与する。フリートリヒとシャイトハウアーの注釈によれば、「恐怖は自由を願う、従って、自由でない。それに対して、希望は自由でないときも、自由と感じる」とある(9)。これはまさに政治的役割から脱落することによって実際は自由を喪失したが、なお自由だと妄想する私的・市民的家庭の比喩ではなかろうか。「恐怖」は、家庭の鎖につながれた市民が政治的な大世界から脱落し、その結果、外側の世界が常に敵対する意志として、疑わしい、威嚇的な仮面を付けて現れるところから来る。恐怖を吹き込みながら家庭を破局に導く復讐の女神とは、結局のところ「大世界」の気まぐれな意志を体現するのであり、それ自体、市民階級の政治的無力の、神話的な自己解釈である。そして「希望」もまた市民的家庭における幻想である。

　このように考えるならば、この複雑な形象における寓意的意味は、いっそう明らかに浮かび上がるだろう。「賢さ」に操られて、塔の上の玉座には勝利の女神を乗せ、一足一足と難儀な道を歩んでいく巨大な象とは、「よく指導された国民大衆」というよりも、今や個人的な感情生活を排除し始めた社会的な組織力を意味するであろう。H・シュ

7　Staiger, S. 286.
8　Emrich, S. 106.
9　Friedrich und Scheithauer: Kommentar zu Goethes Faust.

ラッファーはこれを資本主義的な生産機構の意味に解し、巨象を肉体労働、「賢さ」を精神労働、そして勝利の女神を商業利潤と同一視し、巨象も「賢さ」も女神に奉仕するものとして位置付けた(10)。このマルクスの経済学的カテゴリーを駆使する、幾分ドラスティックな解釈は、「恐怖」と「希望」の寓意的意味については言及していないが、基本的には肯定できる。H・シュラッファーは晩年のゲーテの経済学的関心と『ファウスト第二部』の唯物論的構造をおそらくはじめて問題にしたわけだが、従来の『ファウスト』解釈が、この面を頑固に拒否してきたというのは、本来、驚くべきことである(11)。ともあれ、この複雑な形象は近代社会の資本主義的な機能分化を表現するのみならず、同時に資本主義的な生産機構が、個人の感情生活を今や必然的に排除していくという認識を含み、M・ウェーバーがその画期的な著書において示唆している、近代社会の職業的な物象化過程をすでに暗示している(12)。

ついで登場する「ツォイローとテルジーテスとの二つの顔をもつ小男」は、この勝利の女神の陰の側面を象徴している。

ひ、ひ、ひ。これはいいところへ来合わせた。
どいつもこいつも出来の悪いやつらだから、みっちり
叱ってやらにゃならん。
だがおれが前からやっつけようと思っていたのは、
あの上の座にいる勝利の女神だ。
あんな白い羽を背負《しょ》って
鷲かなんかのようなつもりでいるらしい。どこへでも
顔を向けさえすりゃ、
国も人民も自分のものになるとおもっている。
(v. 5457—5464)

E・トゥルンツの注釈は「テルジーテスは、ホーマーにおいてトロヤの城門の前に集まる男たちの中ですべての武勇を侮蔑し、貶めようとする存在である。紀元前三世紀の

10 Schlaffer, S. 90.

11 「仮装舞踏会」の場の寓意的形象群が、シュラッファーが指摘しているように、資本主義的原理を語っていることは明らかだが、すでにグンドルフはこの場に関して、「ゲーテ的天才の社会に対する屈従」（晩年のゲーテ）として否定的に評価しており、それ以後、シュタイガーも、エムリッヒも積極的な評価を示していない。どうやらシュラッファーが最初のようであり、シェーネがこれを積極的に評価することで、従来のファウスト解釈にパラダイム変換が起きたと見ることができる。なお、マルクス主義的な視点に立つルカーチすらこの場を素通りしており、やはりシェーネが指摘するように、後代の読者であることによって気が付くこともあるわけである。A.Schöne, Kommentare, S. 54, S. 426.

12 M・ウェーバー『プロテスタンティズムの倫理と資本主義の精神』（大塚久雄他訳、岩波書店）

アテネの修辞家ツォイロースは、至るところホーマーの欠陥を指摘した。」と述べている(13)。そういうわけで、ゲーテはこの二人の人物から「ツォイローとテルジーテスとの二つの顔をもつ小男」という一つの形姿をこしらえたのである。ゲーテは『ヴィルヘルム・マイスターの修業時代』の主人公に、シェークスピアの『ハムレット』に登場するローゼンクランツとギルデンスターンという人物が果たす役割について、人を中傷する俗物的役割にとって、いかに二人の人物が必要であるか、という意見を言わせているが(14)、そうであれば、ここでもゲーテが二つの名前を結合したことの意図は明白である。つまり、「ツォイローとテルジーテスとの二つの顔をもつ小男」は、勝利の女神を妬み、中傷する役割を担っている。

この形姿について、H・シュラッファーは次のような解釈を与えている。

『「ツォイローとテルジーテスとの二つの顔をもつ小男」が勝利の女神について、彼女が不当に帝王の称号を用い、国も人民も自分のものになると思い込んで、「鷲」と統治権を横領していると非難するとき、彼はそれによって、君主の権力が資本主義的権力によって受け継がれた事態を言い当てている。――それは過去の封建的世界の最後の幕としての第四幕から、未来の市民的世界の最初の幕としての第五幕への移行過程において、歴史的に展開されるであろう。そのときファウストはかつての皇帝と同様に、統治権（v. 11156）と世界所有（v. 11242）を要求する。勝利の女神は、彼女の――経済的に新しく基礎付けられた――支配を保持し、拡大するために、古い権力手段を相続する。まさに市民的な社会形態においては、元々権力は無縁であるので、――公正な交換というイデオロギーには真理の要素が含まれている――、彼女はその不可避的な支配への関心の故に、前市民的な支配形態を相続しなければならない』(15)。

しかしこれでは「ツォイローとテルジーテスとの二つの顔をもつ小男」が、それ自体、何を意味するかは分からない。もちろん「ツォイローとテルジーテスとの二つの顔をもつ小男」は個性的人格というよりも、社会的要素を体現しているのであり、ここではどうやら資本主義的生産機構を通じて発生した大衆社会の世論を代表している。セクト

13　HA Bd. 3. S. 544.
14　『ヴィルヘルム・マイスターの修業時代』の第五巻第五章で、ゲーテはこの考えを主人公に言わせている。
15　Schlaffer, S. 90.

を形成しながら常に分裂と合体を繰り返す世論は、それ自体、妖怪じみた現象であり、資本主義の勝利が社会にもたらした闇の勢力を暗示する。

仮装舞踏会の催しの
先触れの役を承ってからというもの、
わたしは厳《おごそ》かに出入口の番をして、
皆さんのこの楽しい場所へ、
怪しいものが忍びこまぬようにしています。
臆しもしなければ、退《ひ》きもしません。
だが、窓から煙のように
幽霊がはいってこないとはかぎらない。
お化けや魔物から
皆さんを護るのは、どうもわたしの手に負えません。

(v. 5494－5503)

これは高齢のファウストが死の直前において、もはや逃れることができないと感じるあの妖怪に等しい。

だがいまは、おれの身辺にはこのように妖魔がみちていて、
どうしてそれを遠ざけたらいいかわからぬのだ。

(v. 11410－11411)

《仮装舞踏会》において、新たに告げられる否定的な社会的勢力は、疑いもなく、やがて「憂い」を発生せしめる基盤を準備する。「ツォイローとテルジーテスとの二つの顔をもつ小男」の仮面の背後には、なるほどメフィストが潜んでいるが、しかしここに暗示される領域は、もはやメフィストによって代表されるキリスト教的・倫理的な意味の悪ではなく、近代社会がもたらす社会悪である。ともあれ、この否定的な形象は積極的な勢力の到来の兆しなのであり、こうして今や現実を支配し始めた霊的諸力の増大を予感させる。

三、「詩」の基盤としての社会的富

触れ役は今や、少年御者の操る龍車の上の玉座について、威風堂々と輝きを放つプルートゥスの到来を告げる。これは《仮装舞踏会》の頂点に位置しているが、今やパンの神に扮する皇帝がプルートゥスの黄金の櫃を覗きこむと、皇帝は仮装の衣服もろともに煮えたぎる黄金に焼かれ、火の海に囲まれて滅びるのであり、こうして《仮装舞踏会》は予期せぬ破局で終わりを告げる。すると、煮えたぎる黄金は実は仮象にすぎず、大破局自体、プルートゥス＝ファウストが魔法で作り出した幻覚であることが判明する。しかし一方、皇帝が《仮装舞踏会》において紙幣の発行に同意したらしく見えるとき、それはなお現実を支配す

る仮象のリアルな威力である。かくして、皇帝はファウストの魔法によって二重に欺かれたことになる。第一に、煮えたぎる黄金が仮象にすぎなかったことにおいて。そして第二に、黄金の等価物、すなわち仮象の仮象である紙幣が、それにもかかわらず、煮えたぎる黄金の現実の力として、実際に帝国を滅ぼしてしまうということにおいて。そうなると、《仮装舞踏会》で大神パンに扮した皇帝が煮えたぎる黄金に焼かれ、破滅するということは、もはや仮象ではなく、現実の先取り、すなわち象徴的に提示された現実そのものということになる。

さて今や富の神プルートゥスの少年御者への関係は、先行する形象と同様に、複合した寓意内容を提示することになる。そこでまず二つの形象群の対照を、確認しておく必要がある。勝利の女神が支配の寓意として富の集積を目指すとき、プルートゥスは明らかに富の享楽の寓意であるす。

富貴と仁徳を兼ねそなえた王さまとお見受け申します。
あの方のお恵みを受けるものは仕合わせだ。
ご自分にはもう何ひとつ欠けたものがなく、
どこかで何かに不自由している者はないかと、見まわしておいでになる。
ひとに物をお与えになるのが何よりのお楽しみで、
そのきよらかな喜びが、富を手に握っておられるご満足より、ずっとずっと大きいのです。

(v. 5554－5559)

勝利の女神が「八方に面を向けて、幸ある成果を増そうとしている」のに対して、プルートゥスは「どこかで何かに不自由している者はないかと、見まわして」いるのであり、ひとに物を与えるきよらかな喜びは、富を手に握っている満足よりも、大きいのである。つまり、プルートゥスは富の散財を目指すのであり、しかもその際、自足した存在である。従って、プルートゥスはまた明らかに奢侈を体現している。

あの気高さはとても口には言いつくせませんね。
それにしても、満月を見るようなお健やかなお顔、
ゆたかな口もと、色艶のよい頬が、
すがすがしいターバンの下に輝いています。
襞の多いお召物をめして、ゆったりとしていらっしゃる。
それに身のこなしのお立派なことはなんと申したらよいか。
王者としてお名は存じ上げている方のような気がします。

(v. 5562－5568)

西東詩集においてゲーテは詩人を支配者に譬えているの

で、『詩と真実』におけるゲーテの「詩」の描写を、W・エムリッヒのように、プルートゥスの形姿の寓意を裏付ける文献として読むこともできるであろう[16]。しかしW・エムリッヒが主張するように、プルートゥスの形姿が唯物論的な意味においてではなく、精神主義的な意味において、散財の享楽を体現し、プルートゥスが王としてではなく、詩人としてすでに富裕であると言えるであろうか。もちろん、W・エムリッヒは確かに、プルートゥスと詩が直接に同一視できないことは指摘するが[17]、精神主義的な解釈の誤りは見逃しようもない。なぜなら、ゲーテ自身、西東詩集において詩人を支配者に譬えてはいるが、しかし決して支配者を詩人に譬えているわけではないからである。ここではプルートゥスはあくまでも物質的な富を体現することによって、少年御者の精神的な富に対置されている。プルートゥスは文字通り「富の神」(v. 5569)と呼ばれており、少年御者がはじめて「詩」を代表している。

浪費ですよ、わたしは。つまり詩ですよ。
自分のもっているいちばん大切なものを惜しげなく浪費することで、
自分をほんとうの存在にする詩人なんだ。
わたしも無限の富の所有者です、
プルートゥスさんにも劣らないと思っています。
あの方の舞踏会や饗宴に生命を吹きこんであげる。
あの方にないものを、わたしが配ってあるくのです。
(v. 5573－5579)

このように少年御者は、「詩」の豊かさをプルートゥスの物質的富と比較しているのであり、その点で、プルートゥスの形姿についての触れ役の描写(v. 5562－5568)と一致している。その中でプルートゥスが東洋的な支配者の形姿に譬えられているにしても、それを「詩」の礼讃と読むことはむずかしい。それにプルートゥスがそもそも支配者に譬えられているとすれば、彼自身は支配者ですらない。ここでは二つの抽象的な実体、すなわち「富」と「詩」が問題であり、「富」はその形姿を支配者から、そして「詩」はその形姿を富から借りうけている。しかしここでの一般的な価値尺度は「富」であり、「詩」のみならず、支配者もそれに従っている。

富の神ですよ。プルートゥスと呼ばれていらっしゃる。
16　Emrich, S. 178.
17　Emrich, S. 176.

その方が善美をつくしてお出ましになったのです。

皇帝陛下のご懇望なのです。　(v. 5569－5571)

ここにいわゆる伝統的な宮廷における芸術保護者としての、君主の詩人に対する関係が、主題化されていると見えるのは、錯覚である。ここではむしろ富が正当な支配者を滅ぼし、自ら政治的な力として台頭してきた事態を意味するであろう。

しかし実際、富も詩も単なる仮象にすぎないのであり、「詩」が富に服従するということは、「詩」がそれ自体、富の仮象であることを意味する。「詩」が豊かになればなるほど、富の仮象は豊かになるのだが、富の実体は決して現れてこない。プルートゥスが詩人であるかのような見せかけは、彼、すなわち富の神もまた、富の仮象にすぎないところから来る。

お前のためにわしの証言が必要なら、
喜んでわしは言おう、「お前はわしの内の内なる志向《ねがい》だ」と。
お前はいつもわしの思うとおりに働き、
このわしより富んでいる。
わしはお前の手柄を知っているから、お前が編んでくれた緑の枝と葉の冠を
わしのどの王冠よりも重んじている。
わしの本心を皆に言おう、
「愛するわが子よ、お前はわしの心にかなう」と。　(v. 5622－5629)

このように、富の仮象は二重構造なのであり、富がそれ自体単なる仮象にすぎないとき、「詩」は仮象の仮象、すなわち富の「内の内なる志向」であり、かくして「詩」は富の最高の王冠となる。それ故に「詩」は富よりも豊かなのであり、富は「詩」においてはじめて自己自身となる。しかし「詩」が富の仮象であるという点において、「詩」は富から生まれたものである。すなわち、少年御者はプルートゥスの息子なのである。

さて今や少年御者が指をはじくと、真珠の紐や黄金の首飾りが跳び出してくる。ところが、民衆がそれをつかもうと押し寄せると、それは甲虫や蝶に変貌してしまう。


やれ、大勢がつかむわ、取るわ。

これじゃ施主《せしゅ》のほうが押しつぶされそうだ。

指をパチンとはじきさえすりゃ、金銀財宝が飛び出してくる、まるで夢を見ているようだ。

それを男も女も広間の中で奪い合う。

おや、こんどは新しい術《て》を使い出したぞ。

めいめい血眼《ちまなこ》でつかむはいいが、
まったくの骨折損だ、

つかんだと思ったとたんに、ふわふわと飛んでゆく。
真珠をつないだ紐は切れて、
手に残ったのはムズムズ匍《は》いまわる甲虫《かぶとむし》だ。
あの男、あわてて棄てたが、
頭のまわりをそれがぶんぶん飛んでいる。
と思うと、こっちでは、これこそ実のある獲物と思って拾ったのが、
蝶々になって、小馬鹿にしたように舞い上がる。
このまやかし小僧め、あれほど大ぼらを吹きながら、
掴ませるのは、どれも金ピカのまがいものばかりだ。
(v. 5590－5605)

「詩」は真珠の紐や黄金の首飾りとして、富の仮象を実現して見せるが、しかし「詩」は本来、富の「内の内なる志向」として、そのような装身具にまさるものでなければならない。

ときには小さい炎も進呈します、
どこかに燃えつけばいいと思ってね。
(v. 5588－5589)

しかし真珠の紐や黄金の首飾りは、その手でつかめる具象性において、「詩」の仮象を遥かに凌駕しており、大衆が望んでいるものも、またそれ以外のものではない。その結果として、単に富の仮象を構成するにすぎないところの、真珠の紐や黄金の首飾りが、今や本質的なものとして現れ、富の「内の内なる志向」としての「詩」、すなわち富の実体は、大衆の目には無価値な甲虫や蝶としか見えない。そしてこのように富の仮象が、あたかも富の実体を構成するかのように、現実の力を得るとき、「詩」は社会から疎外される運命である。

これでお前の煩わしい任務は終わったぞ、
もうお前は自由の身だ、さあ、お前の世界へもどるがいい。
ここはお前のおるべき場所ではない。ここでわれわれを取り巻くのは、
多種多様のものが無秩序に押しあいへしあいしている
混乱と醜さだ。
お前が澄んだ眼でお前を招く澄んだ世界に見入るところ、
お前がお前自身のものになり、お前の心の声にだけ耳を傾けていられるところ、
美と善だけがよろこびであるところ、
そこへ行け、孤独に帰れ。——そこでお前の世界を生み出すのだ。
(v. 5689－5696)

こうして少年御者はついに任務を解かれる。しかしそ

れは何を意味するのであろうか。ゲーテの証言によると、《仮装舞踏会》の少年御者は、第三幕でファウストとヘレナの子供オイフォリオンとして再び登場することになる(18)。そうなると、少年御者に関するこの言葉は、オイフォリオンが筋の長い過程を飛び越えて第三幕に連結することにより、《仮装舞踏会》とヘレナの幕との象徴的関連を示唆していると受けとめることができる。ここでの問題は、いわゆる詩と社会の月並みな対立ではない。少年御者がともかくプルートゥスに臣従を誓うということは、「詩」が富の内面化された実体として、富の社会的現実に対置されたことを意味するであろう。詩と富の共存関係はなおあくまでも前提とされているのであり、「詩」は富の基盤より発展するが、しかし詩がはじめて富を富として実現するものだということが認識されている。しかし「詩」が《仮装舞踏会》より解雇されたということは、「詩」が来るべき高次の活動のために保留されたことを意味するであろう。というのも、《仮装舞踏会》はなおあくまでも魔王のミサであり、そこではすべてが多かれ少なかれ黄金の仮象であり、黄金という最高の価値尺度によって測られているからである。ここでは黄金の仮象が現実の構造である。それに対して、「詩」はあくまでも仮象の仮象、つまり物質的基盤の上に構築された精神の構造であり、《仮装舞踏会》より解雇された「詩」（少年御者）がヘレナの幕で再び「詩」（オイフォリオン）として登場するということは、この二つの遊戯空間が、いわば上部構造と下部構造との関係において、寓意的に関連していることを暗示している(19)。

四、歴史の推進力としての黄金

プルートゥスが富の浪費を体現するかぎり、「詩」は富の実体として、いっそう純粋にプルートゥスの精神を表現するのであり、その際、女性は富の享受者として疑いもなく大衆を代表している。しかし大衆にとって、富の抽象的な実体よりも、富の仮象、つまり、その手でつかめる具象

18　Eckermann, 20. Februar 1829.

19　《仮装舞踏会》の場の主旨を要約するならば、まず巨象に関する寓意的形象が、資本主義的原理に基づく社会的富の形成を語る。続いて富の神プルートゥスが少年御者に操られる龍車で登場し、社会的富の現実的な威力と精神的恩寵を演出する。さらに少年御者が《仮装舞踏会》の場から解雇され、寓意的形象として第三幕のオイフォリオンの形姿となり、《ヘレナの幕》を閉じる論理をもたらす。従って『ファウスト第二部』の最初の三幕は相互に緊密な関係を持ち、全体として資本主義的経済を基盤とする壮大な文化的ヴィジョンを描いている。それはゲーテのモルフォロギーの観念を適用するならば、植物が生長の頂点で花を咲かせるように、「富」→「詩」→「美」という生長のプロセスである。それはまたゲーテの自然科学の概念である「高揚」（Steigerung）の原理でもある。

性の方が、自明のことながらいっそう重要であり、従って、大衆にとっては、真珠の紐や黄金の首飾りの方が、「詩」よりも常に本質的なものとして現れる。この富の仮象性格にとって、それがあたかも富の実体であるかのような体裁を最も多く備えている、黄金ほどに適切なものはないであろう。そしてまた黄金がそもそも富の実体と見えるということが、蓄財の精神をもたらす。というのも、黄金が仮象であるかぎり、人はそれを浪費し、それを具体的な享楽に変えようとするであろう。逆に、黄金を蓄積したいと欲する者は、黄金を一切のものに変貌させる代わりに、一切のものを黄金の形態で所有することに喜びを見いだすのであり、彼にとって、黄金自体が享楽の対象そのものとなる。この蓄財の精神を代表する者がメフィストの扮する「貪欲」であり、こうして彼は痩せこけた男として登場し、富を享楽し、浪費する女性たちを非難する（v. 5646－）。この対照は、浪費が本来富を実現するのであり、蓄財は貧しさに等しいという、イロニーを最も明瞭に示している。そして富の実体としての黄金が問題となるとき、「詩」（少年御者）は任務を解かれねばならないのであり、今やプルートゥスこそ、富の実体としての黄金の威力を演出して見せる役割を担う。この意味において、プルートゥスの伎倆は、もはや少年御者の詩のレヴェルに留まらず、魔法としての正体を現す。そして今やプルートゥスの魔法は、「黄金」、すなわち富の仮象を、富の実体であるかのように演出することにある。

さて、宝を解放する時が来た。
錠をあけるには、触れ役の杖を借りて叩こう。
（v. 5709－5710）

すると、また群衆が押し寄せる（v. 5715－5726）。しかしプルートゥスの魔法は、富の実体として演出される黄金が、それにもかかわらず実際には仮象にすぎないというところにある。煮えたぎる黄金も、灼熱する杖も、単なる遊戯であり、従って、誰もそれによって焼かれることはない。にもかかわらず、プルートゥスの魔法は、またしても二重の欺瞞を行使する。第一に、富の実体としての黄金が単なる仮象にすぎないということにおいて。第二に、それにもかかわらず、黄金の仮象が社会の転覆をもたらす現実の力であるということにおいて。

それ、開《あ》いた。見るがいい。青銅の釜や鍋の中に、
さまざまな品物が黄金の血潮とともに煮えたぎってい
る。
まず見えるのは、冠、鎖、指輪などの装飾品だ。
だが液は沸騰して、何もかも溶《と》かして溢れ出そうな勢
いだ。
（v. 5711－5714）

冠、鎖、指輪といった装飾品は疑いもなく王家の支配の比喩であり、それらをも溶かして溢れ出ようとする黄金の血潮は、貨幣経済を基盤にして台頭してきた市民階級の社会的勢力を暗示している。台頭する市民階級をなお支配することのできた宮廷の絶対主義的権力が、やがて市民革命によって転覆させられることになる歴史的過程が、ここに比喩的に先取りされている。

　メフィストが扮する「貪欲」もまた、黄金の現実の力を演出するが、しかし彼は黄金を男根にかたどって見せる。

> そうだ、金を粘土のようにこねて、いいものをつくってやろう。
> なにしろこの金というやつは何にでも化けるからな。
> (v. 5781 – 5782)

「貪欲」は、何にでも変容し得る黄金の無際限の威力を、男根のかたちで表現したと言える。W・エムリッヒが主張するほど、それが古代の儀式に因んだ生殖力の礼讃と関係があるとは思えない[20]。「貪欲」は、むしろ男根の形態で、黄金の実体の手でつかめるほどの具象性を演出して見せたのであり、その際、彼はプルートゥスとは対照的に、富の享楽を極めて感覚的・肉体的に、つまり「詩」の対極として、提示したのである。そしてそれによってメフィストが扮する「貪欲」はまた、黄金が悪徳の源泉であり、人間の性的欲望とともに、本来サタンの管轄に属することを想起させる。しかし黄金の悪徳の力は、もはや本質的なことではない。

> あの男は知らないのだ、外から何が押し寄せようとしているかを。
> 勝手に馬鹿な真似をさせておくがいい。
> もうすぐ悪ふざけなどやっていられなくなるだろう。
> 法の力は強いが、現実の力はもっと強いのだ。
> (v. 5797 – 5800)

悪徳は法に基づいて監視することができる。しかし黄金は今や単なる悪徳の源泉ではなく、歴史の潜在力であり、その加速する積極的な力は、まもなく悪徳とともに帝国の法をも揺り動かすことになるだろう。

　さて今や皇帝が大神パンに扮して、家臣を連れて登場する。しかし彼が仮装の衣服もろともに煮えたぎる黄金に焼かれて破滅することによって、《仮装舞踏会》は大破局に終わる。人はこの単に演出された仮象にすぎない破局から、例えば、プルートゥスが黄金の危険さについて皇帝に

20　Emrich, S. 191.

警告したという風に、教育的な意味を引き出すこともできるだろう。黄金や装身具、あるいは衣装をいれた宝の箱の、象徴的意味と原型を、W・エムリッヒはすでに立ち入って研究している(21)。『庶出の娘』、『親和力』、『パンドーラ』、『遍歴時代』において、宝の箱のモチーフは象徴的な意味を担い、作品の主題と密接に結び付いている。『遍歴時代』のような散文的な小説においてさえ、小箱は意味深長な役割を担い、ここでは最後まで小箱の秘密は守られるけれども、なお作品の主題が小箱を開けることと関連している。しかしゲーテ的象徴としては、たいてい宝箱は開けられることによって悲劇的な意味を啓示するのであって、その最も典型的な例が『庶出の娘』において描かれている。宝箱は魅惑的だが、危険なものであり、女主人公のオイゲーニエはそれを開けることによって自ら破局を招いてしまう。このことはまた、『ファウスト第一部』において、グレートヒェンがメフィストの調達した宝箱を開け、ファウストとの不幸な恋愛関係に陥る事情を想起させる。ここでもすでにグレートヒェンが宝箱を開けて、悪魔の策略に陥ってしまうとき、宝箱は撤回し難い運命の比喩となる。グレートヒェンの場合には、宝箱を開けることは疑いもなく彼女の処女性の放棄と関連している。『庶出の娘』でも、結局のところ子供から大人への、あるいは小世界から大世界への移行過程における、精神的処女性の放棄が問題であり、私生児としてのオイゲーニエは、純粋な私的領域から歩み出て、今や政治的役割を果たすべく公女としての野心に駆られるのである。しかし『庶出の娘』においては、今や明らかに政治的主題が全面に現れており、あの撤回し難い運命が、本来、恣意的な「大世界」に由来することが、明確に把握されている。贈られた宝箱を開け、王侯の衣装を身につけながら、オイゲーニエは言う。

戦士たちの連なる列を描くあの装いほどに
この眼を魅するものがありましょうか。
そしてこの装いとこの彩りは
永遠の危険の象徴ではありませんか。
おのが力を誇って、気高いお方が身につける
この帯びは戦争を暗示しています。
ねえ、あなた、重々しく身を飾るものって、
本当に危険なものですわ。

(『庶出の娘』v. 1137－1144)

このように『庶出の娘』の中の宝箱のモチーフは、すでに政治的・革命的世界の比喩として、『ファウスト第二部』の《仮装舞踏会》における黄金の入った櫃と、密接な関連

21 Emrich, S. 188.

を持っている。しかし『庶出の娘』においては、なお衣装が政治的権力を象徴し、従って、衣装が危険な意味を持つとき、《仮装舞踏会》の主役は黄金であり、皇帝がその衣装、つまり政治的役割もろともに、煮えたぎる黄金の火に焼かれるということは、今や黄金が政治的・革命的世界の推進力であるという認識に基づいている。そうであれば、黄金の櫃はもはや秘密の意味を保留するのではなく、『庶出の娘』から『ファウスト第二部』の《仮装舞踏会》に至る過程において、「大世界」はついにその秘密を現したと言うべきであろう。『庶出の娘』においては、個々の人間の運命がなお王国の支配下に置かれていたとすれば、今や王国の運命が黄金に支配される。そうであれば、《仮装舞踏会》の破局から、単にプルートゥスの皇帝への教育的意味での関与を引き出すことは、もはや不可能である。

これで人垣を押しもどした。
誰も火傷《やけど》はしなかったろう。
群衆はあとに退《ひ》いた、
火の力におびえたのだ。
だが二度と秩序が乱れぬように
ここに目に見えぬ輪をかいておこう。（v. 5757－5762）

このようにプルートゥスは、群衆の黄金に対する偶像崇拝を排除し、今や黄金の櫃をめぐってプルートゥス（浪費）、「貪欲」（蓄財）、触れ役（指揮権）が留まる。今や黄金の櫃をめぐって、新しい秩序を構築することが問題であり、そこからプルートゥスの皇帝にたいする関係が生じる。

相変わらずの君たちだな。パンの大神も相変わらずだ。
いっしょになって無遠慮なことをやりはじめた。
だが、わしも知っている、人の知らぬことをな。
それで当然の努めとしてこの狭い縄張りをとくことにする。（v. 5807－5810）

大神パンとその家臣たち、すなわち、森の神ファウン、森の神サテュロス、土の精グノーム、巨人、水の精ニンフたちは、自然を体現し、従って、前近代的な生活形態を表現している。サテュロスの言葉は、ここでは人間的活動が粗野ではあるが、なお自然との共存関係にあることを暗示している（v. 5829－5839）。土の精グノームたちの活動も、富の前近代的な生産形態を表現している。

働き小法師《こほし》の近い縁者で、
岩の外科医とその名も高い。
太《ふと》った山に刺絡を施し、
あふれる鉱脈からどんどん汲みだす。

「元気で行けよ」と励ましあって、
掘っては金銀積みあげる。
これも世のためを思えばこそ、
わしらは善人のよい友だち。
だがせっかく掘り出したこの金も
盗みや取り持ちのもととなる。
幾百万人殺して平気な男に
鋼《はがね》をもたせることになる。

(v. 5848－5859)

なるほど地上へ掘り出された黄金は悪徳に貢献し得るかもしれないが、しかしグノームたちに責任はない。それが地上の歴史的世界で悪へと変貌し得るとしても、地下の黄金自体、金属としての無垢を表現している。地下の世界に精通するグノームたちは、自然との深い信頼関係において、善悪の彼岸で生きている。大神パンの真昼の眠りも無垢の表現であり、自然への深い信頼を象徴している。ここでは人間は多かれ少なかれ半神であり、自然の一部として自然の調和へ組み込まれている。大神パンはそのような自然の調和を自ら体現するが故に、自然の支配者なのである。

しかし今やパンとその従者たちの行列は、次第に黄金の櫃に近づいていく（v. 5906－5913）。すでに明らかにしたように、プルートゥスの黄金の櫃は、土の精グノームたちが地上に掘り出した黄金ではなく、それ自体、歴史的産物であり、抽象的な富である。プルートゥスの意図は、本来、群衆の物神崇拝を排除しながら、皇帝を黄金の櫃の正当な相続者として認証することにあった。しかし本来、近代的な国家機構に属すべきそのような富を、いかなる人格も個人としては我物にし得ないので、プルートゥスは、皇帝もまた黄金の富を偶像視しながら、民衆と同じ誤りに陥るであろうことを知っている。皇帝が大神パンに仮装して登場することは、すでに国家機構と支配者の人格との前近代的な未分化の関係を象徴しているのであり、こうして皇帝は、大神パンの形姿において、自然が歴史的過程において滅びるというドラマを、みずから演じることになってしまう。今やプルートゥスこそ、あくまでも《仮装舞踏会》の英雄であり、触れ役の指揮杖はついにプルートゥスに委ねられる。黄金の荒れ狂う威力を制御し得るものは、もはや大神パンの怒号ではなく、プルートゥスの魔法である。そして魔法を行使し得る者こそ、《仮装舞踏会》の真の支配者なのである。

霊どもが危害を加えようとするときには、
魔法が働きをあらわさなければならぬのだ。

(v. 5985－5986)

第九章

富の装飾としての「美」への願望の目覚め

一、皇帝の支配幻想とヘレナ所有の願望

《遊苑》の場でドラマの筋は再び宮廷の現実にもどり、ファウストとメフィストはもはや仮面を付けずに、はじめて個性的人格として登場する。皇帝もまた個性的人格として登場し、先行する《仮装舞踏会》が単なる遊戯にすぎなかったことを認識させる。

わしはああいう戯れが大好きなのだ。——
突然わしのまわりは燃えさかる炎となって、
わしはまるで地獄の神プルートーになったような気がした。
暗黒の夜の中に岩石の台地が現われて、
いちめんの炎におおわれている。そのあちこちの裂目から、
数千のすさまじい火炎が渦を巻いて噴き出し、
その尖端が上で合して円《まる》天井をつくるのだ。
炎の舌がつくるそのドームはいやが上にも高くなるが、
高さが極まると崩れ、崩れてはまた立ち上がる。
よじれた火の柱の立ち並ぶかなたの広間を、
人民が長い列をつらねて、こちらへ走ってくるのが見える。
たちまち近づいてわしのまわりに大きい輪をつくり、
いつも彼らがするように、うやうやしく礼をした。
そのなかには、二、三、宮廷の者の顔も見えた。
わしはさながら数千の火の精の頭領のようであったのだ。
(v. 5988－6002)

このように皇帝は炎に囲まれ、「さながら数千の火の精の頭領のよう」に感じることによって、国家元首としての自己を認識する。このことは皇帝の自己発見と言っても過言ではなく、彼が国家の支配を、その幻想において四大(地、水、火、風)への支配として再認識するとき、その世界体験は明らかに広がる。皇帝のヴィジョンが火に対する支配を提示したとき、メフィストは即座に水に対する支配の幻想(v. 6003－)を描いて、皇帝に追従する術をここころえている。しかしこのことは単なる空お世辞を意味するのではない。というのも、皇帝が四大への支配を行使するということは、明らかに彼の支配幻想の拡大を意味するの

であって、そこから皇帝のヘレナとパリスを観たいという願望も起きてくる。ヘレナへの願望は本来、未知のものへの好奇心に由来するのであり、古代への憧憬は、世界体験と世界支配の拡大の意志から発展する。ヘレナ呪縛の遊戯が第一幕の結末で「ヘレナの略奪」(v. 6548) と呼ばれるのは、この意味において偶然ではない。というのも、ここでは「美」もまた、支配と所有の対象であるからだ。《仮装舞踏会》において皇帝が変貌したことにより、宮廷の現実空間もまた活性化される。しかしともかく《仮装舞踏会》が快楽への飽くことのない欲望を目覚めさせたとしても、創造と生産に向かっての衝動はまだ問題にはならない。所有、支配、享楽が、なおここでの掟である。そうであれば、《仮装舞踏会》の遊戯は、直接に宮廷の現実に連結し、宮廷の現実自体、《仮装舞踏会》の拡大された空間であることが判明する。このことを最も明瞭に示すのが、紙幣製造の場面である。《仮装舞踏会》を通じて、皇帝と同様、宮廷自体も変貌し活性化されるが、その原因は疑いもなく紙幣の製造にある。《仮装舞踏会》において皇帝は署名を促され、それに基づいて製造された紙幣は、大量に複写されて一夜にして出まわる。しかし皇帝はそのことを思い出すことができない。

それは陛下のご親筆でございます。お忘れでございますか。

昨晩のことでございます。パンの大神になっておいでの陛下に、
宰相を先頭にしてわたくしどもがお供しまして、ご懇願申し上げたのでございます。
「この祝祭のご満足を最高のものにしていただきとうございます。
万民の幸福のために一筆お染めくださいますよう」と。
陛下は達筆にお書きくださいました。その書類をこの一夜のうちに、
巧みな技術者たちに申しつけまして、数千枚印刷させました。
ご仁慈があまねく行き渡りますように、
早速その一枚一枚に捺印しまして、
十、三十、五十、百クローネンの札が出来あがりました。

(v. 6066－6075)

《仮装舞踏会》にはこの事実を暗示する箇所はないので、それが皇帝の記憶違いから来るのか、それとも彼がだまされているのかを、確定することはできない。しかしここで本質的なことは、そのような《仮装舞踏会》と紙幣製造との因果関係にはなく、両者の象徴的関連にある。先行する四大への支配幻想が、《仮装舞踏会》のカオスの克服の表現であるとき、紙幣はその否定的帰結であり、現実に直接

の影響を及ぼす。《仮装舞踏会》の様々な形象が多かれ少なかれ「黄金」の美的仮象であったとき、紙幣、つまり黄金の最も没趣味な等価物は、いわば楽屋で製造されて、現実の空間に溢れ出したのである。こうして《仮装舞踏会》の幻想的空間は、紙幣という「紙の化物」を通じて、むしろ宮廷の現実を呑みこんでしまう。可能な、だがしかし現実には存在しない、地下の財宝を担保に製造された紙幣は、それ自体、宮廷の負債であり、それは経済的窮地を破局に至らしめるであろう。それがしかし皇帝が《仮装舞踏会》で経験する破局の真の意味であり、こうして皇帝の四大に対する支配の幻想は、現実のカオスと鋭く対立する。しかし皇帝の四大に対する支配幻想は、必ずしも皇帝の自己欺瞞なのではなく、ヴィジョンとしてはあくまでも真実であり、そこから美の原型への高次の願望も発生する。

皇帝がいますぐやれと言われている。
ヘレナとパリスを目の前に出してみせろ、
理想の男と理想の女というのはどんなものか、
その生きた姿が見たいという仰せだ。
(v. 6183－6186)

未知のものへの好奇心は、観照において充たされる。観照は美の形式であり、対象の美としての享楽を意味する。しかし皇帝に美への関心を目覚めさせたものは、端的に言って、紙幣製造がもたらした富の幻想である。

まず皇帝を金持にした。
こんどは面白いことをして見せろという注文が出るのは当り前だ。
(v. 6191－6192)

すでにプルートゥスの富が蓄財としてではなく、浪費として実現されたとき、ここでの富もまた享楽へ帰着する。そして富の王冠が「詩」であったとき、ここでも享楽の最高の目標は、美的対象である。しかし宮廷の富が単に紙幣製造によってもたらされたイルージョンであるとき、美もまた現実の基盤に根を下ろすことのできない、単なる仮象にとどまるであろう。ヘレナ現出の遊戯の結末で爆発が起こり、ファウストが気絶するのは、イルージョンの崩壊を意味する。かくして、メフィストがヘレナの呪縛を紙幣という紙の化物と関連させるのは偶然ではない。

あなたはそういう難題が手軽にできると思っているらしい。
わたしたちは今までにない険しい絶壁の前に立っているんですよ。
あなたは桁《けた》はずれの世界へ手を突っこんで、
つまりは身の程も知らない新しい借金をしょいこむのだ。

いったいヘレナを、金貨の紙のお化けを出すように、
簡単に呼び出せると考えているんですか。
(v. 6193–6198)

ここでメフィストは、魔法で呪縛されたヘレナが、紙の化物と同様、単なるイルージョンにすぎないことを警告するのみならず、「富」の「美」に対する本質的な関係をも暗示している。すでにプルートゥスと少年御者との関係において論じたように、「詩」が富の「内の内なる志向」として富の実体であり、富の現実を超え出るとき、「詩」とは単に来るべき美的文化の予感であり、先取りである。そして今や、ヘレナに価する真正の「美」は、にわか景気においてではなく、富の健全な生産基盤の上に構築されねばならないことになるであろう。

二、ファウストの「母たち」への下降あるいは古代的美の同化の試み

真正の「美」が真正の富に立脚するとき、富のイルージョンから生まれたヘレナへの願望は、ヘレナの複製で充たされ得るにちがいない。メフィスト自身、「悪魔の情婦」(v. 6201)、つまり魔法で呪縛されて出現したヘレナが、紙幣という紙の化物同様、生粋のものの複製であることを知っている。こうしてここに『ファウスト第二部』の新しい主題が響き始める。《仮装舞踏会》が、結局のところ、黄金の価値尺度によって測られる物的価値のヒエラルヒーを提示し、黄金と紙幣を価値の両極として、物質的基盤を構築するとき、今や「世界」の精神的上部構造と、その価値尺度が問題となる。「詩」(少年御者)が富の神プルートゥスよりも豊かであるとしても、「詩」はなお「美」への予感であり、憧れであって、すでに実現された「美」の形態ではない。こうして今や、ちょうど地下の財宝が紙幣製造の担保となるように、美の原型としての、冥界のヘレナが問題となる。そこからファウストの冥界への旅という重要な主題が浮かび上がるのであり、それが、エッカーマンの『ゲーテとの対話』から知られているように、《古典的ヴァルプルギスの夜》の場の筋の核心であった[1]。しかしそれは欠落することになった。欠落の理由については、すでに多くの研究があるが、われわれはファウストの「母たち」への下降の後、ファウストの冥界への旅は蛇足になり、「母たち」の場が、事実上、冥界への旅の埋め合わせになったという説を妥当と考える。しかし美の原型としてのヘレナが棲息するという冥界は、どのように表象され得るだろうか。それをゲーテの自然学における根本現象と関

1 Eckermann, 5. Januar 1827.

連させたことは、「母たち」の場の解釈に障碍となっているように思える。

そして最後にあかあかと熱している鼎《かなえ》が見えてきたら、
あなたはいちばん深い、底の底に行き着いたのです。
その鼎の光で母たちの姿が見えるでしょう。
坐っているのもあれば、立っているのも、歩いているのもある。
その折々のたたずまいです。形をつくる、形を変える。
永遠の思念《おもい》の永遠のたわむれです。
まわりにはあらゆる被造物の形が漂っています。
あなたはこの母たちには見えない、母たちに見えるのは原形だけですから。
(v. 6283－6290)

Ein glühnder Dreifuß tut dir endlich kund,
Du seist im tiefsten, allertiefsten Grund.
Bei seinem Schein wirst du die Mütter sehn,
Die einen sitzen, andre stehn und gehn,
Wie's eben kommt. Gestaltung, Umgestaltung,
Des ewigen Sinnes ewige Unterhaltung.
Umschwebt von Bildern aller Kreatur;
Sie sehn dich nicht, denn Schemen sehn sie nur.
(v. 6283–6290)

周知のごとく、ゲーテはあらゆる異なった植物の原型としての根本植物の理論を唱え、そのような根本植物をイタリア旅行の際、実際に発見したと信じた。それに関するゲーテとシラーの論争は有名であるが、それがシラーの主張するように理念であって、経験的に存在し得ないかどうかについては、ここでは問わない。ともかく、「母たち」の形姿が、そのような原型と変形に関する形態学的観念と、ある程度、関連していることも疑いない。しかし、ファウストが辿りつく「底の底」の世界は、生命の根本現象とかかわっているというよりも、いかにも冥界、つまり死者の世界にふさわしい無気味さを感じさせる。まわりに漂うあらゆる被造物の形は、生命の原形よりも、むしろ生命現象が生命を失った後に残す形骸を暗示させる。従って、ここに引用した手塚富雄訳のように、「母たち」に見えるSchemenを「原形」と訳すのではなく、高橋義孝訳のように「幻」と訳す場合もある。ともかく、「坐っているのもあれば、立っているのも、歩いているのもある」(v. 6286) というイメージは、むしろ動植物の化石が陳列してでもおれは石のような無感動に救いを求めはしないぞ。
戦慄は人生の最上の宝だ。
世の中はこの感情に白い眼を向けている、
だが、心の底から揺すぶられてこそ、おれたちは由々《ゆゆ》しいものを深く感ずるのだ。
(v. 6271 – 6274)

この「母たち」という言葉は、ファウストを戦慄させるが、この「戦慄」は、ゲーテにおいては、独特の感情であり、それは過去世界の体験と関連している。この感情は、すでにF・ブルンス[3]、W・エムリッヒ、E・シュタイガーが指摘しているように、ゲーテの過去世界に対する、奇妙とも言える姿勢から来るのであり、例えば、E・シュタイガーは、それとの関連において、次のようなゲーテのローマにおけるコロセウム体験を引き合いに出す[4]。

「セプティミウス・セヴェルスの凱旋門は、暗い影を投じ

ある博物館を想起させる[2]。もちろん「母たち」が管理する博物館はそれだけにとどまらない。

この世にあるものに背をむけて、
存在に縛られぬ形の国に行きなさい。
とうの昔に地上のありかたを離れたものに心を遊ばせなさい。
(v. 6276 – 6278)

「母たち」の国とは、生命を失って抽象的な形骸と化した、人類の過去が陳列されている博物館ではないか。つまり、この博物館は、まさに人類の過去として現存するのであり、そのようなものとして冥界そのものである。それは生命を失って化石化した人類の過去の営みを表現する、様々なもの言わぬ事物の集合体である。それは単に意味を失った事物の集合体だが、そこには必ずしも神秘的な観念は含まれていない。しかしそのような空間が、いかなる意味で、われわれとかかわりを持つのであろうか。

---

2 ローマイアーがゲーテの自然研究と関連させ、sitzen（座っている）が鉱物界、stehen（立っている）が植物界、gehen（歩いている）が動物界を特徴付けるとしているのは、「母たち」の形象の由来を知る上では、興味深い。しかしゲーテの自然研究の基本概念を適用するならば、ここには「対極性」（Polarität）に基づく物理的運動はあるが、生命現象に宿る精神的昂揚（Steigerung）がない。ここでは生命現象すら、宇宙的原理としての永遠の物理的運動に還元されている。Vgl. Dorothea Lohmeyer: Faust und die Welt. Der zweite Teil der Dichtung. Eine Anleitung zum Lesen des Textes. S. 128 München 1975.

3 Friedrich Bruns: Die Mütter in Goethes Faust, Monatshefte 1951.

4 Staiger, S. 303.

ながら黒々と私の前にたっていた。物さみしいヴィア・サクラの中には、日ごろよく見なれた事物が、異様に、また幽霊のように浮び出ていた。しかし私が、崇高な大円形劇場の遺跡に近よって、鎖された内部を柵越しに覗きこんだとき、私は正直のところ、戦慄におそわれて急いで帰宅したのであった。」（相良守峯訳）

これは現在に聳え立つ過去世界の、ある種の妖怪じみた印象を表現しており、ゲーテの独特の感受性に属する。ゲーテ自身、そのような感情を、『詩と真実』の第一四巻において、「過去と現在の一致の感情」と名づけているが[5]、しかし実際この感情は、ゲーテの思考様式に基づくならば、むしろ過去と現在の乖離からくる。というのも、ゲーテの思考様式に基づくならば、歴史は自然の一部であり、歴史的対象が持続する意識の形態として現在に属するとき、それはむしろ自然の範疇として捉えられる。《仮装舞踏会》のすべての形象は、この意味において現在に属しており、例えば、ギリシャ神話の形象は、持続する意識の形態として、現在の一部を構成している。《仮装舞踏会》のすべての形象は、実際、歴史の産物であるが、しかしそれらが現在の一部として、現在において生き続けているかぎり、自然に属する。つまり、歴史は第二の自然なのである。しかし、「母たち」がファウストに身震いする感情を呼び覚ましたのは、まさに「母たち」の国が、文字通り、死者の世界であり、従って、現在と過去の乖離を意識させるからである。ゲーテ的思考によれば、過去は直ちに死滅した世界となるのではなく、過去は、現在の持続する意識から断ち切られて、はじめて冥界となる。この観点において、「母たち」の国は、霊界に属するメフィストにとっては、幾分違った意味を持つ。冥界のヘレナに到達するために、まず「母たち」の国を訪れねばならないということは、メフィストにとっては、端的に言って、ヘレナが単に古代に属するのみならず、異教にも属している事態を意味している。というのも、メフィストの意識においてなお持続しているキリスト教的過去は、彼にとっては、いかなる過去をも意味しないであろうからだ。かくして、メフィストにとっては、キリスト教以前の世界がはじめて過去となる。

異教の徒はわたしには関係がないんです。
あの連中は別の地獄に住んでいるんでね。

（v. 6209－6210）

しかしメフィストがこのように文化的断絶を指摘しなが

5　HA Bd 10. S.32.

ら、ファウストに「母たち」の国の訪問を促すとき、「母たち」の国が、まさにそれが持続する意識から脱落した冥界であるが故に、キリスト教と異教の狭間を橋渡しできることも確かである。「母たち」の国に保存されている過去の諸文化は、それがまさにすでに死滅しているが故に、人類の共有財産となり得る。

じつは打ち明けたくないのです。こういう奥深い秘密は。——
寂しいところに女神たちがおごそかに座を占めています。
そこには空間もなければ、時間もない。
そこにいる女神たちについては話しようがないのです。
それは母たちなんです。　(v. 6212—6216)

「母たち」の国には空間もなければ、時間もないという事情は、すでにF・ブルンスが明らかにしているように、それがプラトン哲学のイデアのように、時間と空間の次元から遊離しているということではなく、むしろそこでは時間と空間が限定し難いことを意味している。「母たち」の国にないものは、特定されたこの時間とこの空間である[6]。「母たち」の国は、捉え難い空虚な世界を描いているけれども、時間と空間の彼岸に位置しているのではない。ここに欠けているのは、ちょうど人が宇宙の中心に立ったかのような、方位の感覚である。

それじゃ出掛けなさい。降りてゆくがいい。昇るがいい、
そう言っても同じことだ。　(v. 6275—6276)

しかし「母たち」の国で、時間と空間が規定的な範疇となり得ないのは、ここに世界の中心としての人間的主体が欠けているからである。それはいわばフィヒテの哲学の対極を意味する。そもそも人間的主体が欠けているとき、人間存在の方位を決定する時間と空間の範疇にどのような意味があるだろうか。そのとき世界には、なおある種の運動、宇宙的原理としての、永遠の物理的運動はあるだろ

6　文明の終末において、すべての人間的事象が具体性を喪失し、図式に還元されるとき、人は歴史を失うのではないか？　歴史とは具体的運動であり、図式として抽象化されるとき、それはもはや出来事ではない。ムシルが『特性のない男』の終末において描いた抽象的な愛の千年王国は、ゲーテの「母たち」の形象との関連において捉えることができるのではないか？　ムシル『特性のない男』におけるファーベルの構造、独文研究誌「飛行」九（一九七五年）を参照。

う、しかしそれはいかなる意味ももたらさない。過去世界が現在の一部を構成し得るということは、過去世界を同化し、それを現在へ媒介すべく、常に努力する人間的主体に本来基づいているのであり、そのような人間的主体が欠落するとき、この世界自体、荒れ果てた生命のない空間に変貌してしまうだろう(7)。

どこまでも寂しさに追い回されるんだ。
あなたにはわかっていますか、寂しさということ、孤独ということが？
(v. 6226－6227)

「母たち」という言葉を聞いたときのファウストの「戦慄」は、そのときファウストを圧倒する時間的乖離の感覚に由来する。しかしまさにそこから、ファウストの過去世界に対する積極的な関係が展開するのであり、冥界はもはや、彼にとって空しい空間ではなくなる。

おれは君のいう無のなかに万有を見いだすぞ。
(v. 6256)

このように見るならば、「戦慄」とはまさに創造的な力であり、過去と現在を媒介するための出発点となる。しかし「母たち」の国の表象がメフィストの描写に基づいているのも偶然ではなく、メフィストはまさに「母たち」の国の虚無からは、いかなる積極的な意味も引き出すことができない。というのも、死滅した文化が「母たち」の国に属し、従ってそこでは、異なる諸文化の乖離がラディカルに止揚されてしまうとき、キリスト教の対抗者としてキリスト教を代表する、メフィストの存在根拠もまた、それによって失われてしまうからである。

ファウスト　母たち、母たち。――なという異様な名だ。
メフィスト　実際異様なものたちです。無常な人間たちには知られず、
わたしたちも名を言いたくない女神です。
(v. 6217－6219)

「母たち」の国は、死すべき人間にとって未知の世界であるのみならず、人間的死を超えて生きる霊界の使者にとっ

7　仮に人類が核戦争を起こして、人類の消滅をもたらすとしたら、地球上に出現するのは、「母たち」の世界ということになるだろう。ゲーテは核戦争の恐怖は知らなかったけれども、メフィストが描く「母たち」の世界には、われわれにとっては、それに匹敵するリアルな不気味さがある。それはもはやキリスト教的な悪の観念とはかかわりがない。この人類の墓という絶対的虚無の観念こそは、近代という時代が生み出した新しい「根本悪」、ニヒリズムの深淵ではないか？

ても、墓を意味する。というのも、悪魔はキリスト教の繁栄と凋落を共に生きねばならないからだ。メフィストが悪魔として永遠の虚無を主張するとき、すでに虚無である「母たち」の国は、彼にとって自己イロニーを意味する。

こうしてわれわれはメフィストが「母たち」に関して、為す術を知らないことに気づかされる。「母たち」の国へ敢えて降りていくことを企てる者は、霊界に精通するメフィストではなく、ファウスト、つまり、一人の死すべき人間である。火中の栗を拾わせるために、猫をおだてて送り出す寓話の猿のように（v. 6251－6254）、メフィストは相棒を冥界へ派遣する。しかし彼は、その際、ファウストに一つの鍵を手渡す。

すでにW・エムリッヒ[8]もE・シュタイガー[9]も指摘しているように、鍵は「詩」の比喩である。富の神プルートゥスの龍車を操る少年御者は、すでに「詩」のアレゴリーであった。《古典的ヴァルプルギスの夜》において、ファウストを古代ギリシャへ導くホムンクルスの形姿と、この鍵との関連も見逃せない。そして今はファウスト自身が鍵に導かれて、「母たち」の国へ降りていく。「母たち」という言葉に戦慄を覚えたファウストが、単に鍵だけを携えて、ただひとり「母たち」の国へ降りていくという事情は、作者の過去世界に対する、あの能動的・歴史創造的な姿勢を反映している。過去は直ちに歴史を構成するのではない。人間的主体が過去世界を同化し、それを現在へと媒介すべく、たえず努力する行為を通じてのみ、過去は歴史となる。この意味において、「母たち」の国を根本現象の観念と結びつけるのは、半ば正しく、半ば誤っている。

　形をつくる、形を変える。
永遠の思念《おもい》の永遠のたわむれです。
まわりにはあらゆる被造物の形が漂っています。
（v. 6287－6289）

Gestaltung, Umgestaltung,
Des ewigen Sinnes ewige Unterhaltung.
Umschwebt von Bildern aller Kreatur;
(v. 6287–6289)

E・シュタイガーは、「誰が形をつくり、誰が形を変えるのか、そして誰のまわりに漂うのかが分からない。この文章には述語が欠けている」と、述べている[10]。しかし

8　Emrich, S. 216.
9　Staiger, S. 308.
10　Staiger, S. 301.

この文に欠けているのは、意味上の主語ではないのか。これが根本現象の観念でないのは、この運動に、目的論的第一原因としての創造的衝動が欠けているところからくる。「母たち」の国は、まさにそれが運動の第一原因としての人間的主体を喪失したが故に、今は死滅した世界を提示しているが、一方、それは運動の第一原因としての、そのような人間的主体を求めているのであり、従って、それはファウストが鍵、つまり「詩」を携えてそこに侵入することによって、はじめて根本現象となる。つまり「母たち」の国は、ファウストにとっては、今や万有の根源的衝動を意味する(11)。

無辺際のうちに座を占めて、
とわに孤独に、
しかも相集《つど》い住む母たちよ。おんみらの名においてわたしは行なうのだ。おんみらの頭をめぐって
生命のもろもろの形象がただよっている、それらは生命を持つことなしに生動している。
かつてひとたびあったもの、さまざまに光り輝いて存在したものは、
みなそこに動いている、それはそれらが永遠の存続を願っているからだ。
そして強大な威力を持つおんみら母たちは、それらの形象を頒《わか》ち与える、
昼の天幕《テント》へ、また夜の穹窿《きゅうりゅう》へ。
その一方は、光に迎えられて生の晴れやかな道をあゆむ。
他方のものたちは闇に沈んで、大胆不敵な魔術師の探索にゆだねられる。
そして彼は揺るがぬ自信をもって、惜しむことなく、
人々の望むままに、摩訶《まか》不思議を現出するのだ。
(v. 6427－6438)

In eurem Namen, Mütter, die ihr thront
Im Grenzenlosen, ewig einsam wohnt,
Und doch gesellig. Euer Haupt umschweben
Des Lebens Bilder, regsam, ohne Leben.
Was einmal war, in allem Glanz und Schein,

11　ここでは思想的背景としてカントを引き合いに出すことができる。カントにおいては人間自体世界の目的論的な究極原因であり、究極目的でもある。この世界を意味づけるのは人間の存在であり、人間がいなければ、この世界自体いかなる意味も価値も持ちえない。もちろん、ここで問題となるのは道徳的な最高善への意志としての人間であり、それがすべての存在者の中で人間を特別な位置に置く。カント『判断力批判』（篠田英雄訳、岩波書店、一九六四年）：「第二編　目的論的判断力の弁証論」の「道徳神学について」の項を参照。

Es regt sich dort; denn es will ewig sein.
Und ihr verteilt es, allgewaltige Mächte,
Zum Zelt des Tages, zum Gewölb der Nächte.
Die einen faßt des Lebens holder Lauf,
Die andern sucht der kühne Magier auf;
In reicher Spende läßt er, voll Vertrauen,
Was jeder wünscht, das Wunderwürdige schauen.

(v. 6427–6438)

このように、ファウストの「母たち」の国に関する描写は、明らかにメフィストのそれと異なり、「母たち」は今や創造的意志を啓示する。かくして、「母たち」の国は、ファウストの人間的主体との邂逅を通じて、はじめて根本現象になったと言える。つまり、強大な威力をもつ母たちは、今はそれらの形象を「昼の天幕へ、また夜の穹窿へ」頒ち与えることになる。しかしそれはファウストの創造的意志でもあり、彼は「母たち」の国の体験を通じて、高揚したおのれの自我を同時に語っている。

ところで、最後の四行は初期の草稿では次のようになっていた。

Die einen faßt des Lebens holder Lauf,
Die andern sucht getrost der Dichter auf.
Der spendet nun den Weihrauch voll Vertrauen,
Was jeder will, das Schöne läßt er schauen.

その一方は、生の晴れやかな道をあゆむ。
他方のものたちは、安心して詩人の伎倆にゆだねられる。
彼は揺るがぬ自信をもって香のけむりをたて、
人々の望むままに、美を現出するのだ。

こうして、決定稿では「詩人」は「魔術師」に、「美」は「摩訶不思議」に書き換えられたが、それについてはすでに多くの研究がある。しかし例えば、W・エムリッヒが晩年のゲーテにおける魔法の観念を詩と同一視するとき、この解釈は結局のところ初期の草稿に基づくのであり、改稿自体、何の意味もないことになってしまうだろう(12)。さらに、ファウストが鍵、つまり「詩」を駆使することは、必ずしも彼が詩人であることを意味するのではない。これはちょうど富の神プルートゥスと少年御者との関係において、プルートゥスが詩人ではないのと同様である。そしてプルートゥスもまた魔術師であった。まずヘレナの呪縛の儀式で、魔法のトリックを承知しているのはメフィストだ

12　Emrich, S. 218.

が、彼はファウストが「母たち」の国から携帯する鼎を、明らかに魔法の装置と考えている。

> それからは魔法の操作で、
> 香の煙がこの世ならぬ霊妙な姿になり変わってくれますよ。
> (v. 6301－6302)

　そしてファウストもまた彼が鼎を準備する段階では、一人の魔術師である。天文博士は、そのプロセスの描写（v. 6421－6426）で、ファウストを「術者」（Wundermann）と呼んでいる。実は、伝説に由来する「魔法」の観念は、一九世紀の現実自体が仮象の性格を帯びてきたことによって、今や歴史哲学的な問題領域として、新たに現実化したのであり、その現実を描き出すために、ゲーテは意図的にファウストを伝説の人物の役割に位置づけ、むしろ自我の告白の体裁を否定する方向に動いたと考えられる。

　しかし一方、A・ホールフェルトのように、ファウストを伝統的な狭い意味における魔術師として理解することもできない(13)。ファウストの魔法はここでは皇帝を欺く黒魔術ではない。魔法は、ここでは単に現実には存在しない不可能なものが実現され、視覚化されることにあり、この意味で、ヘレナは美ではなく、「摩訶不思議」である。「詩」が予感し、先取りする能力であり、そこにおいて「戦慄」と密接な関係をもっているとすれば、「詩」を目に見えるものとして、つまり、肉体を持った現実の美女であるかのように、実現するのは、あくまでも魔法である。ファウストが魔法を行使しなければならないのは、ヘレナが結局のところ魔法の装置によって現出されたイルージョンであり、現実には存在していないところから来る。ヘレナ呪縛の芝居を楽しむ宮廷の観客たちは、彼等にとって、ヘレナとパリスが、結局のところ、エロティックな享楽の対象にすぎないということにおいて、過去と現在との距離をますます顕在化させる。そしてこのヘレナ劇自体、観客の趣味に対応し、パリスがヘレナ、つまり彼のエロティックな享楽の対象を、掠奪することで終わる。

　ファウストがついにヘレナの美に幻惑されて、パリスに立ち向かい、掠奪を阻止しようとすると、爆発が起こり、ファウストは気絶する。メフィストの証言によると、ファウスト自身、「幽霊相手の茶番狂言」（v. 6546）の作者であり、従って、彼は自作の芝居に介入することによって、悲喜劇的な役割を演じることになってしまう。しかしこの芝居を「ヘレナの掠奪」（v. 6548）と名付けたのは天文博士であって、ファウストではない。宮廷の観客たちが、さまざまな観点からこの芝居を理解し、解釈しようとしなが

13　Alexander R. Hohlfeld: Faust am Kaiserhof, Euphorion 1956.

ら、かえって自分たちの対象からの距離をますます拡大してしまうとき、この天文博士のタイトル「ヘレナの掠奪」は、いわば観客の評価をこの言葉で要約することによって、この芝居からほとんどその意味を奪い去ってしまう。従って、この言葉が、まさにファウストが行動に着手するためのきっかけとなる。

なに、掠奪！　この場にいてこれを黙って見ていていいのか。
鍵はまだこのとおりおれの手に握られているではないか。
この鍵は、孤独の険路、孤独の波濤《はとう》をしのいで、
おれをこの揺るがぬ岸辺へみちびいてきたのだ。
ここにおれは足場を据える。ここがおれの活動の場だ。
ここを根拠として精神は霊たちと力を競い、
憧憬と現実との結んで離れぬ偉大な王国を建設するのだ。
あれほど距たっていた彼女が、こんなに近くなったではないか。
おれは彼女を救う。そうすれば彼女は二重におれのものだ。
決行しろ！　母たちよ、母たちよ。このことを許してくれ。
この美しさを知った者は、もうそれを離れて生きてゆくことはできぬのだ。

(v. 6549－6559)

ここではファウストと、メフィストを含む他の観客たちとの内的対立が問題である。客観的に見るならば、ファウストは単に一般的享楽の対象としてのヘレナを魔法で現出せしめたにすぎないのであり、パリスがヘレナを掠奪するという筋書は、ヘレナの美をむしろ高める。それは単なる虚構であり、メフィスト自身、そこからいかなる積極的な意味も引き出すことはできない。しかしファウストが「母たち」の国に辿り着いたとき、過去世界は、「母たち」の体験を通じて、彼にとってはすでに現在に媒介されたのであり、彼の主観から見れば、ヘレナは現実に存在しなければならないであろう。「憧憬と現実との結んで離れぬ王国」(Das Doppelreich) とは、過去の高次の対象が人間的主体によって現在へと媒介されることにより、過去と現在が一つに溶け合う、あの高揚した現実のことではないか。しかしヘレナが観客に理解されずに、幻となって冥界へ帰還しようとするので、つまりパリスによって再び掠奪されそうになるので、ファウストはもう一度、ヘレナを救わねばならない。そうすれば、ヘレナは二重に彼のものとなるだろう。しかし彼がヘレナを救うべく行動に着手すると、彼は観客のイルージョンを破壊することになり、こうしてファウストの周囲との内的対立は、ついに破局に至る。

三、近代的偶像としてのホムンクルスの誕生

『ファウスト第二部』の第二幕は、再びかつてのファウストのゴシック様式の書斎で始まる。失神したファウストがベッドに横たわっている間、メフィストの描写は周囲の光景を印象深く浮かび上がらせる。E・シュタイガーは、「ゲーテの『ファウスト』におけるすべての中世像の中で、この第二幕の冒頭が最も印象深い」(14)と述べている。筆者もこれに同意したい。しかしこの場面の印象深さは、本来どこから来るのであろうか。例えば、ふとした折に発見された古い手紙や日記の類が、忘れ難い過去の体験を、突然思い出させるように、この印象深さは多分、過去と現在との距離感と、従ってまた、魔術的に現出された過去の現在性に、由来すると言えるだろう。目下、様々な昆虫が住処とするファウストの元の書斎は、今や化石化した、ファウストの過去の生活の残滓を、まざまざと蘇らせる。それは過去世界が突如、忘却から浮かび上がってくる、現在の空間である。そしてメフィストの描写は、そのような死滅した世界の妖怪じみた印象を深く刻み付ける。従って、ここにはゲーテの「大小さまざまな作品において表現されている、過去と現在の一致の感覚」の、典型的な例がある(15)。第二幕冒頭のメフィストの描写を通して、われわれ読者もまた、「母たち」という言葉を耳にしたときの、ファウストの「戦慄」を理解することができる。

すでに指摘したように、われわれは第二幕冒頭のファウストの書斎において、再びファウスト的主題の原点に戻った。『ファウスト』の筋は螺旋的に展開するのであり、かつてのファウストの書斎からの距離を、余りにも明瞭に理解させてくれる。しかし一方、魔術的に現出された光景は、かつてのファウストの書斎からの距離を、余りにも明瞭に理解させてくれる。中世の学問の四分野に絶望した後、悪魔に身を委ね、「生」の黄金の樹を求めて大世界と小世界を経巡ったファウストは、今や挫折して元の書斎に舞い戻る。グレートヒェン体験を通じて絶望のどん底に落ちたファウストは、それにもかかわらず高次の活動に向けて再出発するが、まもなくヘレナの美に惑わされ、夢破れて帰還する。しかしファウストは、変容していないわけではない。失神したファウストの内部には、再び美の理想を目指す情熱の火が燃えている。

しかし時間的距離をいっそうはっきりと理解させてくれるのは、ファウストの書斎の周囲の変化である。かつてファウストの助手であったワーグナーは、今では学会の第一人者であり、当時メフィストにからかわれた臆病な生徒

14　Staiger, Bd.3, S. 311.
15　HA Bd 10. S. 32.

は、今や得業師として新時代の精神を代表している。こうして、得業師と、再びファウストのガウンを着たメフィストとの間に対話が展開するが、情勢は幾分変わり、メフィストの方が不利な立場に追いやられる。このことについてE・シュタイガーは、「ゲーテはフィヒテのことも、ヘーゲルのことも、あるいはショーペンハウアーのことも考えてはいなかった。理想主義的立場、哲学的原理としての自我は、若者の無際限の厚かましさを表現するのに適していたのだ」と述べている(16)。ゲーテの証言に基づくこの解釈は、一般に通用しているように思える。しかしゲーテはその際さらに、彼自身、解放戦争後の最初の数年間、そのような若者の見本にしばしばお目にかかったとも、述べている(17)。それにここで、どうして単なる若者の諷刺が必要になるだろうか。むしろここでは新時代の精神が問題であり、新時代の精神を代表するには、若者ほどに適切なものはなかったと、言えるのではないか。そうなると、得業師とメフィストとの対話は、一般的な意味で若者と老人の対照を描いているというよりも、むしろ旧時代と新時代の対照を描いている。そしてまたここで、例えばフィヒテが嘲笑されているのでないことは、うなずけるが、しかしそれにもかかわらず、若者の理想主義的哲学がフィヒテに依拠し、フィヒテの影響下にあることも確かである。ともあれ、この対話はホムンクルスの性格と関連させるとき、はじめて正しく理解されるであろう。

　ワーグナーの実験室は、一見、中世の学問の延長線上にあるように見えるが、しかしその活動は、明らかに錬金術のレヴェルから脱却している。というのも、彼はもはや黄金の製造ではなく、人間の創造を目指しているからである。

> とんでもない。これまで行なわれていた生殖の法は、
> むなしい茶番だと、われわれは宣言します。
> 身体のやわらかいところから生命が飛び出す、
> 恋慕の力が身うちからほとばしって、
> 相手とやり取りする、双方の似姿を描こうとして、
> まず自分の特性を刻みつけ、それから先方のを取りこむ。
> こういうやり方はもうその王座を奪われました。
> これからも動物はあんなことをして楽しむかもしれませんが、
> 大きい天分をうけている人間は、
> 今後はずっとずっと高尚なしかたで生を受けなければ
> ならないのです。　(v. 6838－6847)

16　Staiger, Bd.3, S. 312.
17　Eckermann, 6. Februar 1829.

黄金が悪徳の源泉であるとすれば、人間による人間の創造は、人間の原型、つまりアダムとイヴを創造した神の権能の剝奪であり、最も恐るべきヒューブリス（不遜）を意味するにちがいない。このことはファウストにとって、悲劇的な意味を持つことになったファウストの最初のヒューブリスを想起させる。

いや、おれは神のひとりになったのではあるまいか。
何もかも明るく見通せる。
おれには、この清らかな筆の跡のうちに、
生きてはたらく自然の全容がひろがっているのが見える。
(v. 439—441)

しかしここではファウストにとって、まだ世界認識と世界体験の拡大が問題であり、神の似姿を僭称するとしても、神の不在を告知する意図はなかった。しかし人間を技術的に生産できるという思想は、あらゆる宗教の秘密に挑戦することになり、ニーチェの「神は死んだ」という主題がすでに響き始めている。しかしそれにもかかわらずワーグナーは、助手が証言しているように、今なお謙虚なのである。

失礼でございますが、先生。こんなことを申し上げては、
お言葉を返すようでございますが、
ワーグナー先生のお気持はいっさいそんなことにはかかわりがございません。
謙虚は先生の天性でございます。
(v. 6656—6659)

人間を生産するということは、ワーグナーにとっては、いかなる不遜の行為でもなく、時代の趨勢として自明のことである。しかしもちろんここで、人間の生産を文字通りに受けとめる必要はない。数百の物質を調合して黄金を造るのではなく、人間を造るということは、明らかに錬金術からの脱皮を意味し、今や近代における文明を象徴する。人間を技術的に造るということは、端的に言って、近代科学の自己信頼の比喩であり、それによって文明の根本性格をもっとも明瞭に理解させてくれる。というのも、文明化された世界においては、人間は多かれ少なかれ文明によって形づくられているのであり、その際、人間の精神は、文明の物質的基盤の自己解釈として啓示され、そのような自己解釈の完結した体系が、他ならぬ諸科学を構成するからである[18]。神の権能に挑戦することによって、単に魔法に

18　W・ハイゼンベルクによれば、文明は、カタツムリの殻のように有機体に付属するもの、人間の生物的進化の形態である。それは人類の必然的な進化の所産であり、もはや後戻りできない。W・ハイゼンベルク『現代物理学の自然像』（みすず書房、一九六五年）一二頁参照。

とどまっていた錬金術は、今や自己信頼の体系において、科学に変貌したと言えるだろう。

この観点において、得業師の姿勢は、決して「若者の無際限の厚かましさ」に尽きるものではなく、近代文明の自己確信を、最も明瞭に浮かび上がらせる。

世界は、ぼくが創造しなければ、存在しなかったのだ。
太陽はぼくが海から昇らせた。
ぼくがあって月の満ち欠けが始まった。
ぼくを迎えて季節季節は装いを新たにし、
大地は緑に萌《も》え、いちめんに花を咲かせた。
ある夜ぼくが招いたので、
満天の星は輝きはじめた。
あんたがたを俗物的な偏狭な考え方から
解放したのは、ぼくでなくていったい誰だ。
だがこのぼくは、何ものにも拘束されず、ただ精神の
声の命ずるままに、
勇躍してぼくの内部の光を追い、
このうえない歓喜をもってまっしぐらに進んで行くのだ。
光明をめざし、暗黒を乗り越えて。(v. 6794－6806)

しかしここで得業師が、おのれの自我を語っているといえるだろうか。実際、逆に得業師の口を通して時代精神が語っているのであり、得業師の自我とは、幻にすぎないことが分かる(19)。しかし一方、それがワーグナーの自己信頼から、どの程度区別できるだろうか。

大きい企ても初めは馬鹿げて見えるものだ。
だが将来われわれは頼むに足りぬ偶然を笑ってやろう。
すぐれた思考力をもつ頭脳をも、
将来は思考する人間が造ることになるだろう。
(v. 6867－6870)

得業師は不遜で、ワーグナーは謙虚であるけれど、両者は自己確信の内容と形式において一致している。

19　見方を変えれば、得業師は、ここで神に対する近代人の「個」としての自由を語っている。近代人は、社会契約の拘束（カントの定言命法）の観点では、限定されるが、神の前では、個として無限に自由になった。一方、神の秩序の中で生きる中世人は、神の前で、すでに自由ではなかった。人間の「生」自体、神の恩寵によって意味づけられており、自由の原理としての「個」の存在は、あり得なかった。ゲーテの『ファウスト』は、すでに近代の出発点において、近代人の「個」の可能性を、自由の側から極限まで描き尽くすことによって、「近代」を象徴する作品となった。ゲーテもカントも、恵まれた星の時刻がもたらした果実であり、両者は、自由の原理をめぐって、相互補完的な関係にある。またゲーテ自身、晩年の『遍歴時代』において、「個」の可能性を限定する立場で、相互補完的な作品を書いている。

ホムンクルスは誕生するや否や、レトルトの中からワーグナーに話しかける。

お父さん、ご機嫌いかが？　やりましたね、気まぐれ仕事じゃなかった。
さあ、いくらでもわたしを抱きしめてください。
でも、きつすぎちゃだめ、ガラスがこわれるから。
(v. 6879－6881)

そしてワーグナーもまたレトルトの中を覗きこんで、愛情をこめて言う。

ほんとうに、なんというかわいらしい子供だろう。
(v. 6902)

このようにワーグナーはホムンクルスの父であり、両者の関係は、その上に明瞭に立脚している。つまり、ホムンクルスはワーグナーの自己信頼の産物であり、ワーグナーはホムンクルスにおいて自己を対象化する。それに対して、ワーグナーの対象化された自己信頼は、ワーグナーの自我を超え出て、それ自体、自立した意識である。これは富の神プルートゥスの少年御者に対する関係に対応しており、ホムンクルスもまた、ワーグナーの「内の内なる志向」として、ワーグナーの父性を超える。ワーグナーは人間に奉仕する黄金を生産したのではなく、人間精神を対象化することによって、いわば自己自身を創造したのであり、それを通じておのれの自己信頼を神格化した。つまり、ホムンクルスはワーグナーの対象化された実体であり、従って、彼の神である。

得業師が近代科学の自己確信を体現し、それ自体を即自的に語るとき、ワーグナーはそれを対象化し、客観化する。しかしホムンクルスは、自立した意識としても、単に文明の自己信頼の意識であり、従って、なおガラスの容器の中に閉じ込められている。

自然な物にとっては宇宙も狭い、
人工の物は仕切った空間を欲しがります。
(v. 6883－6884)

このようにホムンクルスは自然から遊離した存在であり、自分が人工の基盤に由来することを知っている。つまり、彼は自己の出生の秘密を認識した精神であり、その結果として、論理的に完結した透明な空間の中に閉じ込められ、自足している。しかしそのことにおいて、ホムンクルスは得業師の絶対的自我から、どの程度隔たっているだろうか。

経験ですって。そんなものは泡同然です。

精神と同列におくことはできない。
はっきりと言ってください、人間がこれまでに獲得した知識で、
知るに値する知識など、たったひとつもありはしなかったのだ。
(v. 6758－6761)

この真理の自己確信は、裏返せば、虚無である。というのも、絶対的真理を確信する意識は単に即自であり、それを対象化する意識（メフィストのイロニー）に照射されると、たちまち相対化され、限定されて、虚偽を露呈するからである。近代科学の自己信頼は、知識としての世界所有に立脚しており、それは時間的なものを空間的なものに変換し、空間的なものを抽象的な一点に集約し、世界の意識となる。世界暦として精神的能力は備わっているが、まだ肉体を所有していないホムンクルスは、本来、そのような近代諸科学の自己確信の諷刺であったにちがいない。しかしホムンクルスは、生産的なデーモンへと生まれ変わることになった。それはいかなる事態を意味するのであろうか。

　メフィストがホムンクルスの誕生にかかわったか否かは、本来、議論の核心であり、それにはエッカーマンにより伝承されている、ゲーテ自身の証言が有力な手掛かりを与えている。エッカーマンがホムンクルスの誕生に際しての、メフィストの関与について指摘すると、ゲーテは同意を示しながら、次のように言った。

「君は、このいきさつをなかなか正確に感じとっているね。そのとおりだよ。メフィストーフェレスがヴァーグナーの許へ行き、ホムンクルスが出来上がりかけているところで、メフィストーフェレスに詩句を二、三行言わせたらいいのではないか、それによって彼の協力ぶりを語らせれば、読者にもはっきりわかるだろうと、私も前から考えていたところだ。」（山下肇訳）(20)

　すでにE・シュタイガーも指摘しているように、この証言を否定する有力な根拠は見当たらないし、テキスト自体が示唆的な箇所を含んでいる(21)。ではメフィストはホムンクルスの誕生に、どのように協力したのであろうか。すでに述べたように、ワーグナーはホムンクルスの父であり、おのれの自己信頼をホムンクルスにおいて神格化した。しかしそれだけではまだ、ホムンクルスに生産的な思念は生じてこないのであって、そのためにはメフィストの関与が必要となる。ホムンクルスが誕生と同時に活動意欲に充た

20　Eckermann, 6. Februar 1829.
21　Staiger, Bd.3, S. 315.

されていることに惑わされてはならない。ホムンクルスが自立したデーモンとして、その真の霊性に到達するのは、疑いもなくメフィストとの邂逅においてであり、しかもとりわけ、ファウストの夢の解読の試みにおいてである。従って、メフィストの役割は、ホムンクルスをファウストの夢へ媒介することにあり、こうして、ファウストの夢を解読する行為を通じて、ホムンクルスは高次の志向を身につけるのであり、今やホムンクルスの活動意欲は、それによって方向づけられる。もちろんメフィストは、ここでも取り持ち役にとどまるのであり、彼自身、ファウストの夢を透視できないことによって、ホムンクルスに対して劣性を示す。しかし見方を変えるならば、メフィスト自身、自己の限界を心得ており、自己の守備範囲を超える領域での道案内人を必要としたからこそ、ホムンクルスの誕生に積極的・肯定的な姿勢を示すのである。その意味でメフィストは、あくまでもファウストの衝動を現実化し、推進する霊である。ともあれ、メフィストには見えないファウストの夢を、ホムンクルスが透視できるということは、ホムンクルスのファウストの夢に対する能動的・生産的な関係を意味するのであって、今やファウストの夢は、ホムンクルスの夢になったと言えるだろう。ホムンクルスは、誕生と同時に、すでに「詩」の寓意ではない。しかし、ファウストの思念を通して、高次の存在を予感したホムンクルスは、今やより高いものに向かって邁進する霊であり、ファウストを古代ギリシャへ導く。ワーグナーの実験室から生まれた人造人間ホムンクルスは、さしあたりワーグナーの偶像であった。しかしそこから高次のものを目指す霊的存在が発展するのであり、こうして、今や文明の自己確信の形姿は、むしろ可能的なもの、不完全なものの比喩へと、変貌することになる(22)。

22　情報化時代に生きる筆者にとって、ホムンクルスは、現代における人間存在の比喩のようにも見える。現代人は、それぞれ世界の情報を収めた小箱を所有し、それを操ることで生を営んでいる。それは今やどこにでも見られる日常の風景である。個々人の知的・精神的生活はそこまで画一化し、普遍化したのである。しかし、小箱を操る個々人は人間的主体であると言えるであろうか？　むしろ、小箱が世界霊として語る主体であり、それを操る人間の精神は、小箱の世界霊と合体することによって、物質化する。つまり、人間の精神は、ホムンクルスのように、知識として世界を所有し、世界自体のように無限に広がっているが、人間の「個」としての生自体は、空虚である。ホムンクルスは、近代人の「個」としての知的世界所有の極限の形態であり、われわれはすでにその時代を生きている。われわれの人間存在もまた、ホムンクルスのように、可能的なもの、不完全なものであり、その解決策はまだ見出されていない。

第一〇章

古代世界の同化[(1)]の過程としての《古典的ヴァルプルギスの夜》

一、時間的距離あるいは古代世界に対する様々なる伝統的先入見

ホムンクルスは今やファウストの苦悩を癒すべく、《古典的ヴァルプルギスの夜》の世界に赴くことを提案する。そしてなお失神したままのファウストを魔法の外套でくるみ、ホムンクルス、メフィスト、ファウストの三者が古代ギリシャへ旅立つ。個々の形象について立ち入って論及する前に、われわれはまずこの《古典的ヴァルプルギスの夜》という類い稀な象徴空間が、本来、ゲーテのどのような意図に由来しているかを問わねばならない。

すでに論及したように、第一幕の終局でヘレナ呪縛の試みが失敗に終わって後、ファウストは元の書斎に連れもどされた。しかし第三幕の冒頭ではヘレナみずから、あたかもギリシャ悲劇の女主人公であるかのように、何の媒介もなしに登場してくる。むしろ第三幕自体、ギリシャ悲劇に変貌したと言った方が適切かもしれない。では一体、第一幕の結末と第三幕の冒頭との間で何が起こったのであろうか。《古典的ヴァルプルギスの夜》は本来ヘレナの幕の前段階として構想され、古典ギリシャ以前の半神たちの世界を描いている。しかしそのこと自体が必ずしもゲーテのオリジナルな思想だというのではない。例えば、ヘーゲルの美学を踏まえるならば、それは古典芸術の前段階としての、象徴芸術の時代に対応している。『ファウスト第二部』の《古典的ヴァルプルギスの夜》も、奇怪な半神たちの世界から、人間の形姿としての神々が徐々に浮かび上がってくるプロセスを描いている。しかし《古典的ヴァルプルギスの夜》の時間は、決して直線的に進行するのではないし、またそのような時間的プロセスの表現が意図されているのでもない。ヘーゲルにおいては、象徴芸術から古典芸術への、ないし古典芸術からロマン的芸術へのプロセスは、芸術が内面化と精神化を通じて自己止揚する歴史的過

1　同化とは、ガダマー流に言えば、歴史的伝承（テキスト）に内在する視界と後代の解釈者の視界が融合すること（Horizontverschmelzung）と同義である。Gadamer, Wahrheit und Method e, S. 359.

程であり、近代においては、芸術自体哲学へと自己解体してしまう。従って、ヘーゲルにおいては近代と古典時代、ないし古典時代と象徴芸術の時代との時間的距離は、その歴史哲学的構想の基本的前提となっている。

しかしゲーテの《古典的ヴァルプルギスの夜》は、むしろこの時間的距離の止揚を目指している。ファウストはすでにヘレナを呪縛するための装置としての鼎を、「母たち」の国よりもたらしたが、しかし呪縛の試みが失敗したということは、そのような魔法の装置をもってしては、時間的距離が解消され得なかったことを意味している。そしてまさにワーグナーの実験室より誕生した人造人間のホムンクルスこそ、この時間的距離を架橋する霊的存在である。ホムンクルスは疑いもなく近代的知性の産物であり、その意味において、古代を近代へ媒介する役割を担っている。またその意味において、それもまた中世的偏見と対立している。得業師との対話で、メフィストはすでに錬金術の時代錯誤を確認しなければならなかった。

わしは埋《うず》もれている純金の宝を探しに出て、
うすぎたない炭を手に入れて帰ったのだ。
(v. 6766－6767)

それに対する得業師の同調は、必ずしもメフィストの老齢にたいしてではなく、その中世的偏見に向けられた嘲笑とみた方がよい。

正直のところ、あなたの頭蓋骨とあなたの禿げ頭には、
あすこにある髑髏《しゃれこうべ》以上の価値はありませんな。
(v. 6768－6769)

これはまたホムンクルスのメフィストに対する嘲笑とも一致する。

そうでしょう。あなたは北の国の生まれで、
騎士や坊主どもがはびこった
蒙昧《もうまい》時代に青年時代をすごしたんですから、
自由な目が開《あ》いているはずはありません。
暗くて陰気なところがあなたの世界だ。
(v. 6923－6927)

ホムンクルスの誕生は、近代と古代との間には、例えば中世と古代との間におけるほどの距離はなく、両時代は相互に重なり合い得るという、ゲーテ独自の歴史哲学的構想に基づいている。メフィストが呼鈴を鳴らすと、建物が震動し、すべての扉が開くという状況は、新しい時代の到来を予告している。助手は不安げに星の時刻を尋ねる。

ところで今は何の星の時刻でございましょう。
建物の壁もおびえているようでございます。
戸口の柱は揺れ、かんぬきというかんぬきははずれました。
そうでなければ、あなたさまもお入りにはなれなかったはずで。
(v. 6667－6670)

ワーグナーもまた、ホムンクルスの誕生に手を貸すことになるメフィストの到来を、星の時刻と関連させている。

ご機嫌よろしゅう。星のめぐみを受けられますように！
(v. 6832)

星の時刻とは経験的・連続的時間ではなく、螺旋循環的・世界史的時間であり、それによって測定すれば、ホムンクルスの誕生は、シーザーとポンペイウスが、ファルザルスの平原で決戦した日の前夜に当たる。そしてホムンクルスの誕生と、ファルザルスの平原におけるローマの戦闘との間の時間的距離を消滅せしめる、この螺旋循環的・世界史的時刻が、あの《古典的ヴァルプルギスの夜》という類い稀な象徴空間を現出させるのである。

《古典的ヴァルプルギスの夜》の前口上を語るのが、陰気な魔女のエリヒトーである。すでにF・ブルンスが指摘するように、エリヒトーの前口上と、メフィストの「母たち」の国の描写とのパラレルな関係は、見逃しようもない(2)。

……見れば
谷にはいちめんに、会戦を間近にひかえて張られた
天幕《テント》が夜目にも白く波うっていますが、
それはあの恐ろしい不安の夜の思い出が生む幻なのです。
これまでも幾度、こういうことが繰り返されたでしょう、これからも
永遠に繰り返されるでしょう。
(v. 7009－7013)

…………

しかしここで行なわれた戦いこそ、その大きな実例です。
暴力がいっそう激しい暴力と対峙《たいじ》しました。
千の花を咲きそろえた美しい自由の冠はむしり取られ、
こわばった月桂樹の枝が専制者の頭に巻きつけられました。

2 Friedrich Bruns: "Die Mütter" in Goethes Faust, in: Monatshefte, 1951.

こちらでは大ポンペイウスがかつての光栄の再来を夢み、
あちらではケーザルが揺れ動く運命の秤の針をみつめて、まんじりともしませんでした。
やがて雌雄は決せられるでしょう。その結果は世に広く知られているとおりです。
(v. 7018－7024)

このようにエリヒトーは、シーザーとポンペイウスがファルザルスの平原で対決した前夜の光景を描写するが、しかし決戦の結果はすでに先取りされている。そしてエリヒトーが、「千の花を咲きそろえた美しい自由の冠はむしり取られ、こわばった月桂樹の枝が専制者の頭に巻きつけられました」(v. 7020－7021) と言うとき、この戦闘が、ローマの共和制から帝政への転回を画する歴史的事実であることが、確認されている。さらにまたエリヒトーは、この戦いが一回的な事件ではなく、世界史の大きな実例であり、今後もたえず繰り返されるであろうと述べる。この戦いは、従って、彼女によってまもなく予期されていると同時に、すでに完了している。つまり、エリヒトーが描写する光景は、シーザーとポンペイウスとの決戦の「思い出の幻」(Nachgesicht) であり、妖怪じみた過去の空間を啓示する。ここではシーザーもポンペイウスも、もはや個性的人格ではなく、「暴力がいっそう激しい暴力と対峙する」(v. 7019)、歴史の単なる図式 (Schemen, v. 6290) にすぎない。このエリヒトーの描写は、「母たち」の国と本質的に似かよっている。

エリヒトーがかかわる諸対象も、人間的主体を喪失して死滅した世界に属しており、生命のない幻の空間を提示している。エリヒトーが支配する過去世界は、本来冥界、すなわち「母たち」の国である。しかしそれがどのような具合に、《古典的ヴァルプルギスの夜》を準備することになるのであろうか。ファウスト、メフィスト、ホムンクルスは、いわば「母たち」の国への闖入者なのであり、そしてエリヒトーが退却を余儀なくされる事情は、この生命ある三者がもたらした現在の関心が、冥界を消滅させたことに由来する。

おや、光ったものが飛んでくる。なんと不思議な流星だろう。
その光を受けて、まるい大きなものも飛んでくる。
生きものが乗っているらしい。わたしに会えば生きたものには害になるので、
ここにいてはよくあるまい。
(v. 7034－7037)

こうしてファウスト、メフィスト、ホムンクルスの三者は、《古典的ヴァルプルギスの夜》の世界をさ迷いながら、それぞれの目標に到達する。《古典的ヴァルプルギスの夜》の空間は、古典ギリシャ以前の半神たちの世界であるの

で、生命をもった近代世界の彼等は、多かれ少なかれ、古代世界からの距離を経験しなければならない。しかし「母たち」の国にまで辿り着いたファウストにとっては、すでにこのギャップは埋められている。

母たちの国へも出かけたあなただ、
別にもうこわいものはないはずです。(v. 7060－7061)

ファウストにとってギリシャは魂の故郷であり、そこでは彼の病んだ精神は、おのずから癒される。そしてギリシャはヘレナの誕生の地であるので、彼のヘレナを求めての探索の旅は、すでに半ば成就している。しかし「母たち」の国に関して為す術を知らなかったメフィストは、半神たちの世界からも、最も遠く隔たっている。

どうもこの篝り火の燃えているところを見てまわると、
やっぱりおれとは、てんでそりが合わないな。
たいていのやつは裸で、ときどきシュミーズを着たのがいるだけだ。
スフィンクスは臆面もないし、グライフは恥知らずだ。
縮れっ毛のやら、羽の生えているのやら、いろんなのが、
前も、うしろもむきだしで、おれの目に映ってくる
……
そりゃおれたちも心底《しんそこ》からのふしだらものだが、
ここの古代のやつらときちゃ、あけっぴろげすぎる。
(v. 7080－7087)

メフィストを前ギリシャ的世界から隔てているのは、彼のキリスト教的偏見である。キリスト教世界では裸体がふしだらであり、従って、悪徳の擁護者であるメフィストがその中に存在根拠を見いだすとき、ここでの怪物たちは皆、裸である。そして裸に対する偏見のないところでは、裸も恥ではない。メフィストを当惑させるのは、彼自身の偏見である。そこで古代の半神たちの姿を近代の趣味に適合させるためには、加工が必要である。

こういうのは近代のセンスで統制して、
いろんなものを貼りつけて当世風な恰好にさせなくちゃいけない……
(v. 7088－7089)

メフィストがグライフを「苦労性のおじさん」と呼ぶのも、近代人の偏見に属する(v. 7093－7098)。そして正しい語原学的理解が偏見を修正すると、グライフは積極的な意味を獲得する。

語原学上のその近親関係は証明されている。
そのためにわれわれは悪評もうけるが、賞讃されるほうが多い。
女でも、王冠でも、金でも、手の届くものはどんどんつかんで大食らいするにかぎる、
大食らいする奴には、たいてい、幸運の女神が笑顔をみせるものだ。
(v. 7100－7103)

半神たちの裸体を理解するために、文化的偏見を振り捨てねばならなかったとすれば、黄金はもはや近代人のタブーではない。語原学的認識がメフィストの偏見を取り除くと、グライフの黄金に対する生粋の関係が見えてくる。黄金を集める蟻たち、それを略奪する一つ目のアリマスペンたち、あるいはそれを管理するグライフ等、黄金をめぐる怪物たちの営みが、近代人にとって、古代世界を理解するための一つの道を提供する。メフィストが古代の妖怪たちと対決していると、彼自身が謎のように見えはじめ、自分が様々な偏見の意匠で凝り固まっていることに気づかされる。

世間じゃわたしにいろんな名をつけている。——
ここにイギリス人はいませんか。あの連中ときたら大の旅行好きで、
古戦場やら、滝の名所やら、城の廃墟やら、
古色蒼然とした陰気な場所を訪ねまわっている。
ここなんぞは奴《やっこ》さんたちがありがたがりそうなところだ。
そのイギリス人たちがね、こういう名も発明しましたよ、つまりあの国の古い芝居では、
わたしは「古い悪徳《オールド・イニクイティ》」という名で登場しているわけで。
(v. 7117－7123)

ともあれ、メフィストとスフィンクスないしグライフとの対話は、なお相互に克服し難い偏見を示し合っている。つまり、それは近代と古代との距離をなす消極的偏見である。しかし、近代人が古代を理解し、それを同化しようと試みること自体、近代の一つの偏見ではなかろうか。もちろん、それは創造的・生産的偏見であって、それを通じて古代は蘇るのであり、そのような近代の積極的関与がなければ、古代は死者たちの影の王国にとどまったであろう(3)。ファウスト、メフィスト、ホムンクルスが冥界に闖入したことによって、古代像もまた変容したのであり、

3　ここでの「偏見」は通俗的な意味ではなく、ガダマー的な意味のVorurteil（先入見）として理解されねばならない。Hans-Georg Gadamer: Wahrheit und Methode, 4. Aufl. Tübingen 1975.

人間的主体の働きかけを通して新たに復活した。従って、《古典的ヴァルプルギスの夜》の神話的形象が、すでに近代化されて現れるのも不思議ではない。スフィンクスの妖鳥ジレーネたちに対する偏見は、この形姿の伝統的解釈に基づいている。

あんなところから引きおろしてしまいましょう。
あの鳥たちは枝の葉かげに隠しているのです、
醜い禿鷹《はげたか》の爪を。
あの声に耳をかそうものなら、
たちまちあなたがたを襲って餌食にします。
(v. 7161－7165)

周知のごとく、ホーマーの『オデッセイ』に出てくる妖鳥ジレーネは、船乗りを歌で誘惑して、破滅させる妖艶な魔女であり、従って、彼女たちはここでも、「醜い禿鷹の爪」という烙印を押されている。しかし今やジレーネ自身が伝統的偏見を克服して、近代音楽の擁護者として登場する(4)。そしてジレーネは近代化されたのみならず、この新たに生まれ変わったジレーネは近代音楽を代表し、スフィンクスとともに、《古典的ヴァルプルギスの夜》の指揮権を競い合うのである。《古典的ヴァルプルギスの夜》がオペラ風に構想されているという指摘は、必ずしも当たらない。というのも、ジレーネ自身がここでは近代のオペラの寓意として登場し、この精神的諸力をもって構成される力の場で、一つのジャンルとしてふるまうからだ。《古典的ヴァルプルギスの夜》は、従って、ジャンルとしてのオペラそのものを、主題の一つとするオペラである。こうして、《古典的ヴァルプルギスの夜》の世界では、最新のものと最古のものとが絡み合って、一つの類い稀な精神的磁場が形成されるのであり、そこでは中世の悪魔メフィストは、いわば両側から隔てられ、当惑に陥ることになる。

いやはや、結構な新手《あらて》がやってきたぞ。
喉《のど》をふりしぼり、絃《いと》をかきならし、
音と声とがからみあう。
だが、おれを目あてにいくら骨を折ってもむだなことだ。
なるほど耳はくすぐられるが、ちっとも胸にはこたえない。
(v. 7172－7177)

心を持たないメフィストには、心に由来し、心に作用する、この近代のオペラが理解できない。しかし彼は自分が心を所有せず、またこのジャンルが心を要求することを、

4 Emrich, S. 270.

知っている。スフィンクスの嘲笑は、従って、ジレーネの感じる心にも、また感じる心を持ち合わせていないメフィストにも向けられている。

胸とか心臓とか、人並みのことをお言いでない。
あんたのその中にあるのは、ちぢかんだ皮の小袋。
あんたの顔にお似合いの品ね。
(v. 7178－7180)

二、古代世界の同化の衝動としてのファウストの積極的先入見

古代世界に対する近代の創造的・生産的先入見を、最も典型的に代表するのがファウストである。

なんというすばらしい世界だ。観るだけで満ち足りる。
醜怪の中に偉大さ、たくましさがある。
(v. 7181－7182)

溌剌とした精神が五体にみなぎってくるのをおれは感じる。
ここで見るもろもろの形姿も偉大だ、よみがえってくる過去も偉大だ。
(v. 7189－7190)

ファウストにとっては、前ギリシャ的な半神たちの近代的加工は、必要でない。彼はスフィンクス、ジレーネ、蟻たち、あるいはグライフ等を、その根源的な意味において理解しているように見える。ともあれ、彼はそこから寓意的意味を引き出そうと試みるのではなく、単にそれらの形姿を観たいと欲している。そしてまた観照を通じてのみ、それらの形姿の偉大な相が啓示される。ヘレナの美に魅せられたファウストの眼を通して、世界は変貌するのであり、今や異形のものたちが、その深い意味をあらわし始める。しかしそれ自体、一種の狂気ではないだろうか。メフィストの皮肉はそのことに向けられている。

以前ならあんたはこんなものに悪態のかぎりを浴びせたろうに、
今じゃまんざらむだなものでもなくなったようですね。
恋しい女を探しに来ると、
そこの化け物までがなつかしくなるんですね。
(v. 7191－7194)

ヴィンケルマンを通じて古代の美を発見した近代は、同時にまた美の前史をも発見したと言えるだろう。もちろん、ファウストにとって、前ギリシャ的な異形の世界、それ自体がすでに意味深いわけではないだろう。しかし今や

ヘレナを生み出す基盤として理解されたこの世界は、全く新しい照明のもとに台頭してくる。ファウストのヘレナに関する問いに、スフィンクスは答える。

> わたしたちは、あのひとの時代にはもういなくなっていたのです。
> 最後の一族がヘラクレスに滅ぼされました。
> （v. 7197－7198）

すでにE・シュタイガー(5)もH・シュラッファー(6)も指摘しているように、このスフィンクスの台詞には、奇妙なパラドックスが潜んでいる。スフィンクスはヘレナの時代にまで達することはできないのだから、彼らはヘレナについては何も知らない。しかし彼らはヘレナについて何も知らないことを、どうして知り得たのであろうか。彼らはヘレナが、本来何であるかをすでに知っている。このことはシーザーとポンペイウスとの決戦が、まもなく予期されていると同時にすでに起こっているという、エリヒトーの描写に対応している。スフィンクスは、この意味において、疑いもなくエリヒトーとの同族関係を示すのであり、最古のものとして現在に聳え立つことによって、世界史を鳥瞰する視点を保持する。現在に聳える最古のものとしてのスフィンクスによって測れば、すべての世界事象は、多かれ少なかれ相対的であり、「胴から切り離されてしまったくせに、まだ一人前のつもりでいる」（v. 7228）レルナの蛇の頭に相当するであろう。かくして、スフィンクスは現在に属する最古のものとして、最古のものであるということがすでにそれ自体手堅い真実であり、世界秩序の基盤であるという、自負を語る（v. 7241－7248）。

さて今や、過去世界を真の意味で現在に媒介するのが、ファウストの幻想である。

> これは夢じゃないのだな。ああ、この美しいすがたの女たち、
> おれの眼がいままぎれもなくここに見ている、
> 類ようもないこの美しいものたちのたたずまいを、誰もさまたげてくれるな。
> ああ、おれの身をつらぬく不思議なおののき！
> これは夢だろうか、それとも追憶だろうか。
> そうだ、おれがいつか見たことのあるすばらしい光景がよみがえったのだ。
> （v. 7271－7276）

5 Staiger: Goethe. Bd. 3. S. 333.
6 Schlaffer, S. 107.

ワーグナーの実験室で、ホムンクルスが透視するファウストのレダの夢が、ここに現実となって現れる。かつての夢の光景、すなわち、沐浴するニンフたちや、女王に近づく白鳥等、現実と重なり合う。しかしそれが夢ではなく、現実であるという保証は、どこにあるだろうか。実際、ファウストがなおレダの幻想の中にとどまっていなかったとすれば、レダは存在しないであろう。「これは夢だろうか、それとも追憶だろうか」(v. 7275) というファウストの問いは、歴史的伝承に対する夢の創造的・生産的な役割を理解させてくれる。「古代」は近代の実験室で生産され[7]、ヘレナは「近代的知性の眠りから生まれた」[8]と、H・シュラッファーは指摘するが、それは正しいだろうか？　H・シュラッファーは、ヘーゲルの歴史哲学的構想に基づき、古代と近代の時間的距離を前提とするが、古代の歴史的一回性の観念もまた、近代の自己意識から発展したにちがいない。なるほど近代は古代の幻想を育成することによって、幻滅を学んだのだが、ここではファウストの幻滅が問題ではない。ヘレナは近代的知性の眠りからではなく、むしろ近代的知性自体から生まれたというべきであろう。ここで重要なことは、過去世界に対する人間性の能動的・生産的な関係、つまり、歴史自体、人間的主体によってたえず同化され、生産的に変容していくという認識である。

ファウストが目下眼前に見る光景は、それがコレッジョの『レダ』の絵を踏まえていると言われているように、ヘレナが白鳥によって受胎したレダの娘であるという、伝承された神話の系譜に基づいていることは、言うまでもない[9]。しかしこの白鳥とレダの娘が、第三幕で主役を演じるといった因果的解釈は、必ずしも当たらない。ヘレナの誕生は、それほど劇的一貫性に基づいているわけではない。むしろファウストのヴィジョンの強度が、ここでは重要である。一体、レダと白鳥との出会いにおける、ファウストのエロティックな幻想は、すでに一つのヘレナ体験ではないか。

> それを思えばわたしだって、こんなに強いあこがれの
> 力で、
> あの比べるものもない姿をこの世に呼びもどすことが
> できないことがあるでしょうか？
> ああ、神々にもひとしいあの永遠のひと、

7　Schlaffer, S. 109.
8　Schlaffer, S. 114.
9　Fr. u. Scheit. V. 6903.

やさしくて偉大な、愛らしくて高貴なあの女性！
あなたはむかしそのひとを見た、わたしは今日見たのです。
その美しさ、あでやかさ。美しくて、慕わしい。
(v. 7438－7443)

今日ヘレナを見たというファウストの告白は、フリートリヒとシャイトハウアーの注釈によれば、あるいは第一幕終局のヘレナ呪縛の芝居と関連するのかもしれない(10)。しかし、「比べるもののない姿」であるヘレナを地上に呼び戻すのが、他ならぬファウストの「あこがれの力」であるとき、レダの夢とは、まさにそのようなファウストの「あこがれの力」の表現である。

おれはこの美しいものたちを見ることだけで満足し、
この光景に目を楽しませていればいいのだろうか。
だがおれの心はそれに甘んじてはいられない。
眼は鋭くあちらの木陰にそそがれる。
そのひときわ濃い緑のとばりが、
気高い女王をかくしているのだ。
(v. 7289－7294)

そうなると、この気高い女王が、レダであるかヘレナであるかを区別することは、さほど重要ではない。むしろ、目下のレダの夢が、かつてのヘレナのヴィジョンと重なり合うことによって、ヘレナはファウスト独自の体験となるのであり、それによってまた、彼が今日ヘレナを見たという証言も、心理的に切実な意味を獲得する。

さて、ヒーロンもまた、そのようなファウストの「あこがれの力」によって、引き寄せられたのである。かつてギリシャの英雄たちの教育者であったケンタウロス・ヒーロンは、ファウストを目標へ導きながら、ファウストに対しても、教育的役割を果たす。ギリシャの英雄たちがヒーロンの記憶に蘇ってくるが、それを促すのはファウストの問い、つまり、彼の「あこがれの力」である。

けれど数あるその英雄のなかで、
あなたは誰がいちばん傑出しているとごらんになりましたか。
(v. 7363－7364)
どうしてヘラクレスのことはひとこともおっしゃらないのです。
(v. 8381)

そしてファウストの問いはついにヘレナに達する。

10　Fr. u. Scheit. V. 7442.

ところでいちばん立派な英雄のことをうかがいましたから、
こんどはいちばん美しい女の話をしてください。
(v. 7397－7398)

それに対するヒーロンの答えは、一八世紀の美学論争を踏まえているように見える。

なに？　……女の美しさなんてつまらないものだ。
たいていは人形を見るのと同じだ。
はればれとして生気に
溢れているようなものでなくては、おれは褒めるわけにいかん。
美というものはとかく自分の美しさに納まってしまうものだが、
いきいきした愛嬌が加わって、それが逆らいがたいものになるのだ。
わしが運んでやったヘレナがそうだった。
(v. 7399－7405)

周知のごとく、レッシングはその著述『ラオコオン』(11)において、造形芸術を空間的カテゴリーで、そして文学を時間的カテゴリーで把握し、文学固有の法則を造形芸術のそれに対置した。その理論のアクチュアルな意味は、それがなお余りにも擬古典主義的に構想されていたヴィンケルマンの古代芸術観を克服し、いっそう近代化することによって、ドイツ近代のギリシャ文化に対する、能動的で生産的な関係を深めた点にあるだろう。そこから発し、「古代」のドイツ的同化の系譜は、さらにヘルダー、ゲーテ、シラーに引き継がれ、ヘーゲルを経由してニーチェに至るまで、まさに近代ドイツの精神史を形成している。ファウストのヘレナに対する関係は、言うまでもなく、この流れに位置付けられるのであり、従って、ファウストの教師であり、道案内人であるヒーロンが、その関連を示唆するのは当を得ている。ファウストが追求するヘレナも、自分の美しさに納まってしまった美、つまり、古代の凝固した彫像ではなく、すでに内面化し、優しさを増した優美 (Anmut) であり、従って、ヒーロンの指摘も、今や希求されるヘレナの形姿が、ヨーロッパの擬古典主義の延長

11　レッシングはこの著述において、ラオコオン群像の製作時期を、ヴィンケルマンのようにギリシャ古典時代ではなく、ローマの帝政初期に位置付け、この彫像をヴェルギリウスの文学的描写の模倣という観点で捉えることで問題提起した。従って、レッシングはここで文学の造形美術に対する優位を説いているのであり、ゲーテのヘレナ解釈もその延長線上で理解できる。レッシング『ラオコオン』(斎藤栄治訳、岩波書店、一九七〇年) 参照。

線上にないことを暗示している。というのも、ヘレナは疑いもなく近代ドイツの文化的ヴィジョンなのであり、従って、ファウストのヘレナへの憧れもまた、結局のところ、ゲーテの比類のない詩的想像力の中で成就するものであるからだ。

ファウスト　やっとまだ十歳ぐらいで？……
ヒーロン　そう思うのは文献学者の根性だ、
彼らは君をも、自分自身をも欺いているのだ。
神話の女というものは特別なもので、詩人の
望むとおりに描かれているのだ。
いつ成人した、いつ年をとった、ということはない、
どんなときでも水のしたたるような姿だ。
幼いのに掠奪され、年をとってからも言い寄られる。
要するに詩人は時間に縛られないのだ。
(v. 7426－7433)

ヘレナがテーゼウスによって掠奪されたときの年齢について、ゲーテは当初ゲットリングの助言に従って七歳としたが、しかし後でそれを書き換えたので(12)、ここには多分、ゲットリングに対する嘲笑も反映しているかもしれない。もちろん、嘲笑自体が、ここではそれほど重要とは思われない。重要なことはむしろ、古代の文献学的研究が単なる事実の発見に自己満足する限り、何ら過去の文化の精神的同化を意味しないということである。過去世界は、単に人間的主体の能動的・生産的な受容行為、つまり人間性の持続する意識への過去世界の不断の編入によって、活性化される。過去世界の受容は、従って、常に個々の人間的主体によって、動機付けられているのであり、そこに本来、歴史的伝承に対して「詩」が果たす生産的役割がある。文献学的研究が、単に素朴に、過去世界を探求の対象として前提し、それを単なる事実に解体する限り、そのような姿勢の不毛性は余りにも明らかだが、それに対して時間に縛られない詩人は、過去の文化を創造的に同化しながら、それをもう一度、若返った永遠の現在、つまり、神話へと高める。そしてその意味において、このヒーロンの言葉は、《古典的ヴァルプルギスの夜》の文学的手法をも、正当化している。ヨーロッパ文化の三千年が、もう一度、意識の連続を形成し得るということは、単になお生命のない幻と化した過去世界、つまり「母たち」の国が、詩的創造力によって活性化されて、現在へ媒介されることを通じて、可能となる。こうしてファウストがヒーロンに導かれ

12　Fr. u. Scheit. V. 7426.

て、冥界の番人マントーのところまで達するとき、われわれはファウストの冥界への旅という、《古典的ヴァルプルギスの夜》の本来の主題に到達する。

マントー　あいかわらず休みなしに走っていらっしゃいますの。
ヒーロン　あんたがあいかわらず神垣のなかにひっそりこもっているようにね。
わしはわしで駆けまわるのが好きなのだ。
マントー　わたしが動かずにいますと、時がそのまわりを回ります。(v. 7478―7481)

ヒーロンが駆けまわる時間を代表するというのは、本来、彼が「詩」、つまりファウストを「母たち」の国へ導く「鍵」に対応していることを示唆する。しかしヒーロンが「毎年、ほんのちょっとの間」(v. 7449) だけ、マントーのところに立ち寄ることにしているという事情は、さらに「詩」が単に恵まれた星の時刻にのみ活性化されることを暗示しているのだが、一方、マントーは、スフィンクスと同様、鳥瞰する不動の視点を保持し、そのまわりを世界史的時間が旋回している。かつてオルフェウスが恵まれたチャンスをうまく利用できず、冥界から呼び戻したその妻エウリュディケの方を振り返り、彼女を永遠に失ってしまったことが、マントーの記憶に残されている(13)。こうしてファウストは、マントーによれば、オルフェウスに次いで「不可能なことを追う」(v. 7488) 第二の男ということになる。

エッカーマンによって伝えられているように、ゲーテは本来、冥界の女王プロゼルピーナを説得してヘレナを地上に呼び戻すべく、ファウストに感動的な言葉を語らせる予定であった。そのことについてゲーテは、「プロゼルピーナ自身がそれを聞いて涙を流すほどに感動するというのだから、大変な台詞だと思わないかね。こうしたすべてが全く容易なことではないし、それに非常に運にも左右される。それどころかほとんどそのときそのときの気分と気力にかかっているのだから。」(山下肇訳) と述べている(14)。しかし結局その構想は実現されなかった。それについては多くの研究もあり、すでに言及したように、「母たち」の場が、事実上、ファウストの冥界への旅の埋め合わせになったと、考えるのが妥当であろう。冥界に漂う無気味な虚無の雰囲気は、すでに「母たち」の場面で十分に表現されているので、それは繰り返し描かれる必要もないで

13　Fr. u. Scheit. V. 7494.
14　Eckermann, 15. Januar 1827.

あろう。それにファウストのヘレナへの憧れとして表現される、古代文化の同化というドイツ的な文化理念も、すでに明らかである。しかしそれがどのような詩的形態として描かれるかという問い、「なにが」ではなく、「いかに」が本来最も重要なことであり、冥界のプロゼルピーナが涙を流すほどに感動するというのは、結局のところ、その文学的手法の難しさを語っている。W・エムリッヒはプロゼルピーナの涙を、『親和力』において、シャルロッテの墓地の模様変えに際して、エードアルトが流す涙と関連させて、「過去の時代の残滓が元の基盤から引き離されて、啓蒙された後の、秩序付け、育成をこころがける時代の眼前に集められるとき、そしてこの後の時代が歴史の有機的関連を止揚し、すべてをより高い、くもりなく見渡し得る次元に配列するとき、観察者の眼に涙が溢れ出る」と述べている(15)。W・エムリッヒはまた、「芸術がかつてあったものを、その根源から引き離し、仮象としてわれわれの眼前に置くことによって、歴史に対して罪を犯すか否か」といった問いに、われわれの注意を向ける(16)。H・シュラッファーはこの関係を転倒させ、いっそうドラスティックに、「軍事的・政治的な古代の抹殺が、その美としての受容の条件である」と言う(17)。そうなると、歴史的に一回的なものが、その根源と基盤から切り離されるときの、絶対的喪失に対する悲しみとしての、プロゼルピーナの涙こそ、今は知的に克服されねばならないだろう。むしろ、美というもの、つまり、古代文化の同化の試みのむずかしさ自体が、知的な涙に等しいのであって、プロゼルピーナの涙があらためて描かれる必要はなかったであろう。事実、ヘレナは、第三幕の結末で、再び冥界へ戻ってゆく。古代的「美」の再現のむずかしさ自体、プロゼルピーナの涙でもあるだろう。

三、メフィストの古代世界における「混沌」の発見

さて、目下ペネイオス川の上流に地震が発生し、地震の神ザイスモスが地殻を破って地表に躍り出てくる。そして彼は自画自讃して言う。

これはおれがひとりでやったことだ。
世間もそろそろそれに気づかずにはいまい。
おれが揺すぶらなかったら、

15 Emrich a.a.O. S. 243.
16 Emrich a.a.O. S. 243.
17 Schlaffer a.a.O. S. 111.

世界はこんなに美しくなっていたか。
向うにあの山々が、澄みきった
青空を劃《かぎ》っているのも、
おれがそれを突き上げて
絵に見るような恰好に仕上げてやったせいじゃないか。

(v. 7550－7557)

ザイスモスの寓意的意味は明らかである。それは人間社会の進化を促す革命の根源力を意味する。自然にも、自然の相貌を一挙に変えてしまう、地震や火山の噴火があるように、人間社会もまた、しばしば革命や戦争によって変革を経験するのであり、その繰り返しが、結局のところ、歴史に他ならない。ともあれ、ザイスモスの台頭は、もはやエリヒトーの前口上におけるような、過去の偉大な実例が残す「思い出の幻」(Nachgesicht) ではなく、現在の出来事として描かれている。エリヒトーは、シーザーとポンペイウスとの決戦の前夜を記憶に呼び戻して後、退却を迫られるけれども、今や《古典的ヴァルプルギスの夜》の空間で、むしろ現実に一つの決戦が展開される。しかしそれはもはや、ローマの戦いの単なる「思い出の幻」ではない。ゲーテが目下、われわれの前に現実のものとして描き出す戦闘は、疑いもなくフランス革命を象徴しており、こうして、《古典的ヴァルプルギスの夜》の象徴空間において、フランス革命と、ファルザルスの平原におけるローマの戦いとが、相互に重なり合うことになる。それはいわば、自然現象として永遠に繰り返される歴史の相、つまり、神話化された自然の運動力学である。そして歴史を促進する根源力は、ここでも《仮装舞踏会》におけると同様、地下のマモンであり、従って、革命とは、社会的富として蓄積された黄金が、人間社会の地殻を破って、地表に噴出する事態に他ならない。こうして地震が発生するや否や、グライフが直ちに活動を開始する。

薄紙の金《きん》、散らしの金が、
地震で出来た裂け目の壁にちらちら見える。
こういう宝をほかの者に取られまいぞ。
蟻ども。さあ、掻き出せ、掘り出せ。

(v. 7582－7585)

しかし黄金が革命の主役を演じる限り、革命は単なる社会的カオスの表現であり、従って、メフィストが嘲笑するように、結局のところ、奴隷と奴隷の争いにすぎない (v. 6956－6963)。
まず台頭してくるのが、富を掌握した小人ピグメーエたちである。

さあ、ここに場所を占めた。
どうしてこうなったのかは、わたしたちにも分からない。

どこから来た、などの詮索はご無用です、
とにかくここに来てしまったのですから。

(v. 7606–7609)

今やピグメーエは、蟻と最小の小人ダクチュールを強いて、武器を造らせ、青鷺を襲い、「その羽根はもうあの脚の曲がった太っちょの悪者たちの冑につけられてひらめく」(v. 7668–7669) ことになる。しかし青鷺の殺戮は、近い親戚のイビュクスの黒鶴たちに、小人ピグメーエに対する復讐心を燃え上がらせ、こうしてピグメーエと黒鶴との間に緊張した対立が発生する。そしてピグメーエたちと、彼等によって搾取されている蟻及びダクチュールとの間にも、すでに潜在的な対立がくすぶり始めている。

誰がおれたちを助けてくれるんだ、
おれたちが鉄を持ってきてやれば、
あいつらはそれで鎖をこしらえる。
だが反乱を起こすには
まだ時期が早い。
当分おとなしくしていようぜ。

(v. 7654–7659)

蟻とダクチュールたちは、《仮装舞踏会》のグノームを想起させる。そこではなお生産者と消費者との間の、社会的役割が問題であった。それに対して、蟻とダクチュールにおいては、すでに明らかに社会的搾取、つまり、彼等が多く生産すればするほど自由を失うという、新しい認識が問題となっている。こうして小人ピグメーエたちの王国は、まもなく内的な混乱に陥るのであり、やがて彗星が落下して、敵も味方も踏み潰しながら、内的混乱に終止符を打つことになる。そのような寓意的形象とフランス革命との平行関係は、疑いもなく、意識的に構想されている。青鷺と黒鶴がどうやら封建的勢力を、小人ピグメーエが台頭するブルジョアジーを、そして蟻とダクチュールが搾取される労働者階級を代表していると、考えられる。さらに内的混乱に終止符を打つ彗星の落下は、フランス革命を収拾して台頭してきた、ナポレオンの独裁を暗示している。そうなると、フランス革命のプロセスは、結局のところ、ローマの偉大な実例に対応しているのであり、「暴力がいっそう激しい暴力と対峙し、千の花を咲きそろえた美しい自由の冠はむしり取られ、こわばった月桂樹の枝が専制者の頭に巻きつけられる」(v. 7019–7021) ことで、終わる。

このように《古典的ヴァルプルギスの夜》の象徴空間で、ローマの戦闘とフランス革命が相互に関連させられる事態は、明らかにゲーテ独自の近代解釈に由来する。二人の古代の哲学者アナクサゴラスとターレスが登場し、ホムンクルスがアナクサゴラスの火成説とターレスの水成説との間を揺れ動くという状況は、この二つの説が地殻の生成に関して、自然科学的にも一八世紀のアクチュアルな論議の対象であったとしても、本質的には歴史的現象としてのフランス革命の解釈をめぐっている。周知のごとく、ゲーテは水成説の立場を取ったのであり、このことはホムンクルスが、ターレスの指導のもとにエーゲ海の祭りに赴くという、筋書にも反映している。そしてまたゲーテが、ますます暴力的になっていく革命の状況から、顔を背けたことも事実である。しかしゲーテの水成説において、常に彼の政治的な保守主義を見ようとするのは、必ずしも当たらない。ゲーテが一般的な社会的発展において、単に反革命的な理性的改革主義を擁護したとは言えないだろう。ゲーテもまた明らかに当時のドイツの知識階級の一人として、フランス革命の勃発を、新しい時代の福音として、好意的に受けとめたのである。ゲーテがザクセン・ワイマール公国の行政改革の袋小路から、イタリア旅行を通じて、はじめて脱却し得たことを考えるならば、このことは別に不思議ではない(18)。さらにゲーテがナポレオンの崇拝者であったことも否定できない事実であり、そのことは彗星の落下に対する、ホムンクルスの讃歎の言葉に反映している(19)。
でもピグメーエたちの根拠地をごらんなさい。
円かったあの山が、あんな尖《と》んがりになってしまいました。
わたしは恐ろしい衝撃を感じました。
あの岩が月から落ちてきたのです。
たちまち、敵味方の区別なく、
押しつぶし、打ち殺してしまいました。
けれどわたしは一夜のうちに、
下と上から同時に創造的にはたらいて、
こういう形の山をこしらえた
力業《ちからわざ》に感心せずにはいられません。（v. 7936－7945）

そしてそれに対して、ターレスが、

騒ぐことはない。これはただ思考の産物だ。（v. 7946）

と言うとき、それはターレスが眼前の事実を否定しようとしていることを、意味しているのではない。すでにフランス革命の全過程を体験してきたゲーテにとっても、この世界史的な出来事を否定することなど問題にならない。し
18　Th. Mann: Phantasie über Goethe.　佐藤晃一訳『永遠なるゲーテ』、ゲーテ全集（人文書院、一二巻所収）参照。
19　Th. Mann: Lotte in Weimar.　佐藤晃一訳『恋人ロッテ』（新潮社）参照。

かし世界史的な大事件であるフランス革命をどのように理解するかということは、ドイツ文化の生成の視点では、極めて切実な意味を持つにちがいない。フランス革命、つまり、この世界史の大きな実例が、ドイツにも波及することをゲーテが恐れたであろうことは、少なくとも確かであり、そこには疑いもなくゲーテの政治的な保守主義が潜んでいる。しかしそうであれば、ゲーテの姿勢は、フランス革命を事実として踏まえながら、その否定的影響を極力抑え、そこから文化的な利益を引き出すことにあったと言えるだろう。《古典的ヴァルプルギスの夜》がすでにヨーロッパ的な空間であり、フランス革命がファルザルスの平原におけるローマの戦闘に対応する、世界史の希な星の時刻を告げるとき、その大きな実例がドイツ、つまりヨーロッパの一地方において、再度繰り返されたとしても、大した意味をもたらさなかったであろう。そしてそのようなことが起こったとしたならば、それは否定的な影響、つまり、大きな実例の単なる「思い出の幻」に他ならず、そこからは、いかなる積極的な意味も引き出せなかったであろう。ゲーテが《古典的ヴァルプルギスの夜》において意図したことは、従って、フランス革命がもたらしたカオスを生産的な力に変えることにあり、その実現が本来ドイツ的使命であった。すでにG・ルカーチが指摘しているように、ドイツはその経済的な後進性の故に、フランス革命に対して、むしろ精神的に有利な立場に置かれたのであり、ドイツの近代文化は、結局のところ、フランス革命からその精神的果実を摘み取ることによって成立した[20]。《古典的ヴァルプルギスの夜》が、ファウストとヘレナとの結婚を準備するというのは、フランス革命が、ヨーロッパ社会の基盤を揺り動かすことによって、もたらした社会的混沌から、徐々にヨーロッパ共同体と、それに対するドイツの文化的貢献という、積極的な理念が浮かび上がってきた事態に対応しているであろう。

このように考えるならば、ターレスの彗星の落下に対する評価は、眼前の事実に対してではなく、アナクサゴラスの自己解釈に向けられている。小人ピグメーエと黒鶴の決戦に終止符を打つ彗星の落下を、アナクサゴラスは、じぶんが月を呼び寄せたと解釈する。そうなると、ターレスが頑なに否定するのは、このアナクサゴラスの妄想である。

> よくいろんなものが見えたり、聞こえたりする男だな。
> いったい何事が起こったのか、わしには分からん。
> それにこの男の言ったようなことは、わしはいっこう感じなかった。

20 Goerg Lukacs: Goethe und seine Zeit. Bern 1947. ルカーチ著作集四（白水社、一九六九年）参照。

ありていに言えば、現在狂っているのはわれわれ地上
の者たちだ。
お月さまはさっきに変わらず、
のどかに軌道に浮かんでおいでだ。（v. 7930－7935）

彗星の落下に際しての、アナクサゴラスの自分が月を引き降ろしたという自己解釈は、すでに論及した得業師の場合と同様、世界事象の究極的原因としての絶対的自我に基づいている。しかしこの事柄を裏返すならば、アナクサゴラスの自己解釈も、そしてまたザイスモスの自己讃美も、それ自体、結局のところ混沌の擬人化にすぎない。というのも、革命は、化け物たちと同様に、哲学者をも生み出す基盤を準備するからである。

化け物どもがはびこってくると、
哲学者もちやほやされるものだからな。（v. 7843－7844）

彗星の落下は、ターレスにとっては、ザイスモスの山と同様、事実としてそれ以上のものでもなく、それ以下のものでもない。

だがそれから先の発展はどうなるかね。
そういう山もあるだろう。だが、それらを含めて、自然はけっきょくゆるやかに形成されてゆくのだ。
（v. 7869－7870）

フランス革命がもたらしたヨーロッパのカオスの中から、ドイツ文化が、ちょうどホムンクルスのように、最善の意味で生成するということが、他ならぬゲーテをターレスの立場に置く水成説の意味であるとき、ホムンクルスもまた、アナクサゴラスの助言に従って小人ピグメーエの王となるのではなく、今やターレスに伴われてエーゲ海の祭りに赴くことになる。

さて今や、《古典的ヴァルプルギスの夜》を、カオスとして体験するのがメフィストである。

ところがここじゃどうだ。どこへ行っても、どこを歩いても、
いつなんどき足もとの地面がふくれ上がってくるかわからない。
おれがいい気持で川っぺりの原を歩いていると、
だしぬけにうしろに山がせりあがる。
山というのはちと大げさだが、せっかくなじみになった
スフィンクスたちとおれとの間を隔てるだけの
高さはある。――
（v. 7684－7690）

スフィンクスを視界から失うということは、すでに方位の喪失に等しく、それ自体、カオスの表現である。そしてそれは《古典的ヴァルプルギスの夜》の空間において、予期せぬ地震が発生し、山が生じたことの結果である。メフィストが対決することになる妖女ラーミエたちも、混沌の産物であり、方位を喪失したことの結果として、メフィストは彼女たちに屈服してしまう。

ちびのやつを押えよう……
蜥蜴《とかげ》だ、するりと手を抜けてゆく。
編んだ下げ髪がぬるりとして、蛇のようだ。
こんどはのっぽをつかまえるか……
や、こいつはバッカスの祭りの杖か、
顔と思ったのは松ぼっくりだ。
どうしてくれよう。……もうひとり太っちょを。
これなら抱き心地がいいだろう。
これが最後だ、やっつけろ。
こいつはなかなかぽちゃぽちゃしている。
東洋人なら高い値をつけるだろう……
あ、埃茸《ほこりだけ》だ。二つにはじけた。
(v. 7773–7784)

このように妖女ラーミエは、いわば本質のない似非美であり、彼女たちは美を仮装し、見せ掛けの美で人を誘惑するが、実際はなに一つ実体を持っていない。エムプーゼも妖女ラーミエの親戚と言えるが、しかしそれは、自己の無内容を誘惑的な美でもって上手に仮装する術を知らない、没趣味な妖怪である。

わたし、いつでも思い切ったことをするたちなのよ。
どんなものにでも化けられるの。
でもきょうはあなたに初のお目もじですから、
驢馬の頭をつけてきましたのよ。　(v. 7744–7747)

しかし妖女ラーミエも妖怪変化のエムプーゼも、それらが無価値な仮象であり、紙幣という紙の化物同様、何にでも化けられるという点で、一致している。そしてメフィストが、そのようなつかみ所のない仮象に嘲られるということが、彼のカオス体験である。かくしてメフィストは、カオスを克服すべく確固とした基盤を求めながら、山の妖精オレアスが代表する、花崗岩の地層に到達する。

メフィストがこの地域で、同じく《古典的ヴァルプルギスの夜》をさ迷うホムンクルスと出くわすのも、偶然ではない。というのも、メフィストも混沌によって失われた自己を再発見し、ホムンクルスのように最善の意味で生成したいと欲するからだ。しかしメフィストが、混沌を克服するために辿りつく形姿は、まさにフォルキアス、つまり、「混沌」の象徴である。一つの目と一つの歯を共有し、「闇に生まれ、闇のものの一族で、誰にも知られず、自分にさえ知られていないような」(v. 8010－8011)、三人姉妹のフォルキアスは、確かにゲーテの発明ではなく、すでにギリシャ神話に出てくる。しかしそれは多分、ここではじめて文学に登場するための、市民権を獲得する。こうしてメフィストはフォルキアスの発見者であるのみならず、彼の言うところによると、「豪奢と芸術が肩をならべて王座についていて、毎日大理石の塊りが大人物の姿に変わって、どんどん世に出るといったようなところ」(v. 8005－8007)に、住まうことを提案する。フォルキアスは拒否するけれども、メフィストはそれを造作もなく実現してみせる。

そういうことなら、別にお差支えはないようですね、
つまりご自分の身をひとに預けてもいいでしょう。
あなた方はお三人で、一つの目と一つの歯で間に合わしておられる。
だからお三人の実質を二つの姿におさめて、
三番目の姿をわたしに貸してくださっても、
神話学上べつに不都合はないでしょう。
ほんのしばらくでいいのです。　(v. 8012－8018)

しかしフォルキアスが目と歯を拒絶するので、メフィストは彼女たちから形姿だけを借り、片方の目をつぶり、鬼歯を一本見せることで間に合わせる。そしてともかく、メフィストは外見上フォルキアスに化けることができる。

……これで
おれも混沌の秘蔵息子というところだ。
(v. 8026－8027)

メフィストの神話学的脱線やいくらか奇妙な提案など、かなり便宜的な構成の印象は免れない。フォルキアスの形姿は確かに混沌の象徴だが、それ自体、意味深い象徴であるというよりも、むしろ意味深く象徴的なものの寓意と、解すべきだろう。そしてメフィストがフォルキアスの形姿に到達するのは、彼がスフィンクス、つまり謎めいて象徴的なものの根源的形姿を、視界から失ったことの結果として起こるのであり、そのようなメフィストの姿勢には、ゲーテの近代解釈が投影されている。フランス革命がもたらした新しい混沌は、「混沌の生んだ奇怪な息子」(v. 1384)であるメフィストにも、必ずしも自由にならない領域である。それはメフィストが、妖女ラーミエや妖怪エムプーゼによって嘲笑されることによって示されるのだが、一方、彼はわれわれに、新しい混沌がスフィンクスからではなく(というのも、スフィンクスは古代の混沌の象徴であり、まさにそれを対象化することによって、克服しているからだが)、ザイスモスに由来することを理解させる。この新しい混沌に屈服しないために、彼はむしろそれを体現しなければならないのであり、こうして彼はついに、フォルキアスの形姿において、自己を「混沌」とし

て新しく対象化する。このプロセスは、混沌の権化であるメフィストが、混沌を再発見した事態を意味するのだが、その際、新しい混沌の発見が新しい時代の開始を告げるという認識が、本来、メフィストのイロニーである。最古のものとしてのスフィンクスが宇宙の方位の基盤をなすということは、スフィンクスが最古の混沌の記念碑として、本来、美よりも古く、混沌の対象化（またの名は醜）が、はじめて美の前提をもたらすという事情から来る(21)。ともかく、「混沌」としての自己解釈が、メフィストを「最古のもの」（das Ururälteste, V. 8950）であるところのフォルキアスの形姿に導く。しかしフォルキアスがスフィンクスよりも、必ずしもいっそう古いわけではなく、むしろ「混沌」は常に最古のものであり、そのことによって根源的である。こうして、メフィストは自己をフォルキアスとして対象化することによって、期せずして「醜」をも発見したのであり、新しい美の誕生の前提をもたらす。しかしそうなると、ファウストはもはや古代の美を冥界から呼び戻す必要はなく、近代の美は、むしろ全く新しい前提から出発しなければならないだろう。そしてその前提とは、今やヘレナが「自分の美しさに納まってしまった美」（v. 7403）ではなく、むしろフォルキアス（混沌あるいは醜）との対照として、フォルキアスによって媒介されるということである。しかし美が混沌、ないし醜との対照としてのみ、登場し得るということは、ちょうどキリスト教世界が善と悪の二元論で成り立っているように、「キリスト教の告知者であり否定者である」(22)メフィストの自己解釈に基づいており、そのようなメフィストの自我の古代像への投影は、結局のところ、古代像の止揚に他ならないであろう。そして新しい混沌の発見が新しいジャンル、つまり新しい世界の、芸術としての対象化をもたらすとき、メフィスト・フォルキアスは同時に、ヘレナがゲーテの『ファウスト』においてのみ登場してくるという、歴史的一回性の寓意ともなるだろう。

四、ホムンクルスのガラテアとの結婚あるいは時間的距離の止揚

さて今や、《古典的ヴァルプルギスの夜》は、エーゲ海の祭りにおいて頂点に達する。「月が中天にかかっている」というト書きは、今や恵まれた星の時刻であり、われわれが《古典的ヴァルプルギスの夜》の象徴空間の中で、最も高次の次元に位置していることを暗示している。スフィ

21 G. W. F. Hegel: Vorlesungen über die Ästhetik.
22 Emrich a.a.O. S. 271.

ンクスが、《古典的ヴァルプルギスの夜》の混沌の領域で、宇宙の方位の基準であったとすれば、太古のスフィンクスから、芸術を奨励するジレーネへの指揮権の移行は、エーゲ海の祭りが宇宙的秩序と諧和を保持し、《古典的ヴァルプルギスの夜》のカオス的不協和に対置されていることを意味する。

テッサリアの魔女が月を呼びよせたように、カオスを讃美するものがカオスに屈服するとき、ジレーネの宣言は今や月に停止を命じることによって、カオスを遠ざける。しかしだからと言って、エーゲ海の祭りが、時間から遊離した幻想的空間であるというのではない。「月が中天にかかる」象徴空間は、無時間的次元を意味するのではなく、むしろ混沌が徐々に克服されて、生産的な力へ移行していく、創造のプロセスを意味する。

嵐にたける波の顎《あぎと》から
わたしたちは物音もない静かな深みに逃れたのですが、
今宵はやさしい歌に惹き寄せられました。
ごらんなさい、わたしたちは大喜びで
金の鎖をつけてきました。
宝石をちりばめた冠をいただき、
腕輪や帯に身を飾りました。
これはみなあなた方の贈物です。
この入江で不思議な力をふるう
あなた方の歌に惹かれて砕けた船の、
波に沈んだ宝の数々です。

(v. 8047－8057)[23]

「嵐にたける波の顎から、物音もない静かな深みに逃れる」ことは、混沌が克服されて生産的な力に変ずる、創造的過程の前提である。ネーロイスの娘たちとトリトンたちが大喜びで身を飾る、金の鎖や、宝石をちりばめた冠、腕輪や帯などは、難破した船の波に沈んだ宝の数々であり、厳しい試練を経て、今や再び獲得された手堅い果実である。かつて地表に噴出し、世界を混沌に陥れた危険な財宝は、「物音もない静かな深み」で再び集められて、今では不死の者たちの飾りとなっている。財宝がその純粋の輝きを保持する空間は、人間的欲望を排除する、霊的次元においてのみ可能となる。ここに登場する不死の者たちは、すでに「死して成れ」の掟を充たした人間的霊性を体現し、今では純粋の客体として、永遠の生を享受している。しかし芸術として自己を対象化し得た人間的霊生も、永遠の生を享受し得るためには、その惰性的で受動的な存在に固執していてはならない。不死の者たちも、自分たちが魚以上

23　この手塚富雄訳では三行と四行との間に一行の空白があるが、ハンブルク版の原文では連続しているので、原文の方に従った。

のものであることを、証明しなければならない。

わたしたちも知っています、涼しい海のなかに
魚たちは憂いもなく漂って、
幸《さち》ある生命《いのち》を楽しんでいることを。
けれど賑やかに祭に加わるあなた方！
今宵はわたしたちは知りたいのです、
あなた方が世の常の魚とは違ったものであることを。
(v. 8058—8063)

こうしてネーロイスの娘たちとトリトンたちは、貴い神々カビーレンを迎えるために、サモトラーケ島へ赴く。そして今やカビーレンの神々の登場が、エーゲ海の祭りの最初の頂点となる。

三柱の神をわたしたちはお連れしてきました。
四柱目の神はごいっしょされませんでした。
その神は、自分こそこの名に値するまことの神、
諸神にまさって思いをめぐらすと申されました。
(v. 8186—8189)

ここでカビーレンの神々は七柱あるとも八柱あるとも言われ、従って、本来複数で一つの神性をあらわす、つかみ所のない神々である。ゲーテ時代においては、カビーレンの神々の本質についても、しばしば論議されたので、その数についてのゲーテの解釈は、もちろん、クロイツァーやシェリングを踏まえているにちがいない。しかしここでは神話の発生原理や、神々の体系が問題であるとは思われない。というのも、神話学的脱線に示されるゲーテの嘲笑的姿勢は、すでにこの形姿の深い根源的意味を破壊してしまうからである。むしろゲーテはカビーレンの神々にも、フォルキアスの形姿と同様に、新たに寓意的意味を付与したと、考える方が妥当であろう。カビーレンの神々を神話学的研究の対象としてではなく、ヨーロッパ近代との関係において捉えるならば、むしろそこから、すぐれた自己イロニーの効果が発生してこないであろうか。ネーロイスの娘たちとトリトンたちは、残された三柱の神々について語る。

オリュンポスに問い合わせるのがいいでしょう。
そこには何びとも思い設けぬ
もう一柱のカビーレンがいますかも知れません。
この神々はいつもわたしたちに恵みを授けようと待ち
構えておりますが、
どの神もまだ完成してはおりません。
この類いない神々は、
どこまでも成長しようとなさいます。
とどかぬ高みを目ざして、

飢えに苦しむ者のようにあこがれ苦しんでおいでです。
(v. 8196－8205)

このまだ完成してはおらず、とどかぬ高みを目ざしてたえず邁進する神々とは、ヨーロッパ近代の国民的精神を象徴していると、言えないであろうか。ドイツにおいてすら、プロイセンとオーストリーを統一すべきか、分離すべきかが未定であったことを思えば[24]、ヨーロッパは、とりわけドイツの側から見れば、「絶えず自分で自分をお生みになり、そしてご自分が何であるかをご存じない」(v. 8076－8077)、多数の未知の神々がなお発生し得る空間であったにちがいない。かくして、カビーレンの神々においては、ギリシャ神話の既存の体系が問題ではなく、むしろ国民精神として新しく生まれ変わろうとしている、ヨーロッパ諸国民の未来が問題である。しかし未来を孕むだけで決して完成されない、つかみ所のない神々は、文化的には、なお明らかに劣性を示すのであり、ホムンクルスによって嘲笑される。

不格好な神さまたちですね。
まるで素焼きの壷のよう。
ところが学者たちはそれに固い頭をぶっつけて、
ああだこうだと大騒ぎをしているんです。
(v. 8219－8222)

カビーレンの神々の本質を探求しようとする文献学者に対する嘲笑が、ここで特に重要というわけではない。というのも、カビーレンの神々を、近代におけるヨーロッパ諸民族の国民的精神と理解するならば、それは結局のところ、キリスト教的・ゲルマン的文化の基盤から発展したものであって、その野蛮な性格を、ファウストと共有しているに違いないからだ。そして今やカビーレンの神々が、エーゲ海の祭りの守護神として登場するとき、ここにヨーロッパ的次元での文化的共和国が成立するのであり、それがまさにファウストとヘレナの結婚の前提となる。エーゲ海の祭りにおいては、従って、ヨーロッパ諸民族の国民的精神から誕生したカビーレンの神々を祀り、それを前ギリシャ的な半神たちの世界へ（というのも、本来、この二つの世界は、本質的に似かよっているからだが）、媒介することが意図されている。そしてこの偉業を成し遂げたネーロイスの娘たちとトリトンたちは、疑いもなく大きな名誉に値するにちがいない（v. 8212－8216）。

《古典的ヴァルプルギスの夜》をさ迷う三人の旅人のうち、エーゲ海の祭りに参加できるのは、ホムンクルスだけ

24 Friedrich Meinecke: Weltbürgertum und Nationalstaat. Studien zur Genesis des deutschen Nationalstaates.

である。メフィストは、すでにフォルキアスの形姿において自己を対象化し、新しい混沌の記念碑を打ち立てることによって、おのれの問題を解決した。そしてマントーに伴われて冥界へ下ったファウストは、《古典的ヴァルプルギスの夜》の空間から、すっかり姿を消してしまった。つまり、ファウストはいわばドイツ文化の「何が」を代表するが、その「いかに」は、ホムンクルスにおいて、はじめて考察の対象となる。こうして宇宙的秩序と諧和において、最善の意味で生成したいと欲するホムンクルスは、エーゲ海の祭りに赴き、今やターレスに導かれて、海の神ネーロイスに到達する。しかしネーロイスは助言を拒み、ホムンクルスをさらにプロテウスに紹介する。

　プロテウスのところへ行け、あの変化《へんげ》男をつかまえて、
　どうしたら生まれ出られるか、変化できるかを聞いてみろ。
(v. 8152–8153)

　ネーロイスがホムンクルスの願いを拒絶するのは、彼自身が変容できないところから来る。彼もまた『パンドーラ』のエピメトイスのように、過去の一回的な美に執着することによって、新たに生まれ変わることができない。

　なかでもいちばん美しいのがガラテアで、ヴィーナスの
　五色に照り映える貝殻の車に乗ってやってくる。
(v. 8144–8145)

　彼の眼差しが最愛の娘ガラテアに永遠に注がれていることによって、彼は言わばヨーロッパの擬古典主義の精神を代表している。そしてそのような美の規範に通暁したネーロイスは、最善の意味で生成したいと欲するホムンクルスにとって、良い道案内者であるにちがいない。ネーロイスは予言者であり、その未来を透視する能力において、死すべき人間に対して、明らかに卓越した次元に置かれている。

　なに、忠告？　むかしから人間が忠告に従ったためしがあるか。
　理にかなったことばも片意地な耳には率直にはいらん。
　何度しくじって、痛い目にあっても
　きゃつらはやっぱり我意を捨てない。
　パリスにだっておれは、異国の女が誘いの網で
　あいつをがんじがらめにするまえに、親同様に意見をした。
　あれがヘレナを奪ってギリシャの海ぎわに肩を聳やかして立ったとき、
　おれはおれの心の目に映ったとおりをあれに言って聞

かせたのだ。
煙りは渦巻き、炎は舌をなめずる。
燃え立つ柱と梁の下では虐殺と狂乱だ。
トロヤが裁かれる日だ。その無残さは歌にうたわれて、
数千年の後まで知らぬ者はない。　(v. 8106－8117)

しかしネーロイスが、このように過去の大きな実例を凝視するとき、その眼差しは、実際、未来には向けられていない。彼は神々の掟を擁護し、神の似姿を僭称する人間のヒューブリスを断罪する。しかし目下、ファウストがヘレナを冥界から呼び出そうとするとき、それ自体、かつてパリスがネーロイスの助言に逆らってヘレナを掠奪し、それによってトロヤ戦争を招いたことと、どの程度異なるであろうか。ネーロイスの人間憎悪は、本来、そのようなファウストの無際限の意志に向けられている。

おれの耳に聞こえてくるのは人間の声か。
あれを聞くとたちまち腹が立ってくる。
神々の座にのしあがろうという野望に身を擦りへらしているが、
とどのつまりは相も変わらぬ蛆虫どもだ。
(v. 8094－8097)

しかし自己拡大を目指す、非難すべきファウストは、ここには居合わしていない。純粋な霊的本質として、人間的次元から遊離しているホムンクルスは、まだ人間ですらないのだから、ネーロイスの非難は本来当たらない。しかしそれにもかかわらず、ネーロイスはホムンクルスの願いを拒絶するのであり、かれをプロテウスへ委ねる。視線を過去の一点にのみ注ぐネーロイスは、人間のみならず、すべての未来を孕んだ変容を憎むのであり、従って、彼はなお半分だけ人間であるにすぎないホムンクルスに関して、為す術を知らない。

当人の話を聞くと、奇妙なことに、
この世に生は受けたが、まだ半人前にしかなっていないのだ。
精神上の能力には不足はないが、
これが身体だといえるものがまるでない。
いままでのところ、重さといったらガラスだけなので、
まず肉体をそなえたいと望んでいるのだ。
(v. 8247－8252)

ファウストが神の似姿を僭称する人間であるとき、ホムンクルスは、やっと人間の形姿を目指す存在である。彼はなおレトルトの中に閉じ込められた精神である。しかし

一方、「絶えず自分で自分をお生みになり、そしてご自分が何であるかをご存じない」(v. 8076－8077) カビーレンの神々も、形姿としては、不格好な「素焼きの壷のよう」(v. 8220) であった。カビーレンの神々も、それが自己自身に到達し、自分が何であるかを知るに至ったとき、やはり人間の形姿として、自己を実現するのではなかろうか。というのも、人間が神の似姿に向かって邁進するとき、神々は人間の形姿に向かって邁進するのであり、人間の形姿は神々の究極の目標である。かくして、ホムンクルスは、ちょうど神の似姿を僭称するファウスト的衝動の、転倒した論理を担うのであり、その際、ホムンクルスは純粋の霊的客体として、人間的主体を超え出て、すでに不死の者たちの次元に置かれている。ファウストがヘレナを、つまり、最も美しい女性の形姿としての女神を切望するとき、ホムンクルスは、人間の形姿を目指して邁進する半神たちのメタモルフォーゼを、今やっと開始したのである。

まず広い海に出て、第一歩から始めることだ。
最初は小さいことから始めて、
ごくごく小さいものを栄養分にして喜んでいるがい
い。
そうやってだんだん生長して、
もっと大きい事ができるよう、自分を仕上げてゆくの
だ。　(v. 8260－8264)

しかし、ホムンクルスが、メタモルフォーゼを繰り返しながら、ヘレナに到達するという因果的・自然史的解釈は、ここでは当たらないだろう(25)。神々の発展と生物の発展とが重なり合うのは、実は偶然にすぎない。

そして永遠の法則に従って生々発展して、
幾千幾万の形態を経て行くのだ、
だが人間になるまでには時がかかるぞ。　(v. 8324－8326)

生物がメタモルフォーゼを経て、人間的霊性に到達するというのが、自然界における有機的発展の目標であるならば、神々の発展は、すでに人間的霊性から出発するのだが、ただその際、人間的霊性の対象化は、さしあたり外的自然の神格化をもって始まるにすぎない。しかしそれはカビーレンの神々におけるように、本来、「飢えに苦しむ者のようにあこがれ苦しむ」(v. 8204) 霊性の表現なのであ

25　ホムンクルスの生成と、ヘレナ誕生との因果関係をとらえるのがヘルツの解釈だが、この点については、小栗浩『ファウスト論考』一四四頁参照。

り、ついに人間的霊性はメタモルフォーゼの後、人間的形姿として自己を実現する。

そのときこの気高い神は、ご自分が百の姿に写されているのをご覧になります、
若人として、巨人として、力強い神として、優しい神として。
このように神の威力を気高い人間の姿にかたどってあらわしたのは誰でしょう。わたしたちです、わたしたちが最初にそれをしたのです。　(v. 8299－8302)

しかし神々のメタモルフォーゼは、古代ギリシャにおいて、人間的形姿に到達することによって完結したのであり、それは今や人類の過去に属している。

なるほど神々の像は堂々と並んだ――
だが、地震のひと揺れで粉みじんになってしまったじゃないか。
とっくに溶かされて、もとの銅に還っている。　(v. 8310－8312)

それに神々の形姿の展開は、生物のそれのように、繰り返しがきかない。

だが、上級の連中の仲間入りをしようとあせるな。
人間になってしまったら、
そこでお前は行きどまりだからな。　(v. 8330－8332)

しかし実際、ホムンクルスは、神々のメタモルフォーゼを繰り返す必要はない。というのも、神々におけるメタモルフォーゼの究極の目標は、すでにガラテアにおいて実現されているからだ。こうしてネーロイスの最愛の娘であるガラテアが、貝殻の車に乗って近付くと、エーゲ海の祭りは頂点に達する。

姫こそは神々にひとしい気高い方、
不滅なものの威厳をそなえ、
しかも人の世のたおやめに似て、
慕わしいあでやかさに充ちている。　(v. 8387－8390)

しかしガラテアにおいて、不死の者が人間の形姿として現れると、神性が人間性になったのみならず、人間性もまた神性になったのであり、こうして、人間と神々との間に調和的な関係が成立する。不死の者であるドーリスの娘たちは、「怒り狂う波の牙から」(v. 8396) 若者を救い、死すべき人間の彼等から、永遠の愛を求める。しかし女神たちの父ネーロイスは神々の掟を守り、その願いを拒絶する (v. 8408－8415)。

こうして不死の者たちの悲しみが始まる。人間と神々とがお互いに愛の契りを交わす至福の刹那が過ぎ去ると、不死性はむしろ呪いである。ネーロイスもまたガラテアとの刹那の出会いの後、再び悲痛な別れに堪えねばならない。

もう行ってしまった。おれの目の前で、
大きく輪を描いて行ってしまった。
この切ない気持など誰も気にとめないで。
ああ、おれもいっしょに行けぬものか。
だが、一目見たうれしさは、
逢わずにすごした一年間を埋め合わすのだ。
(v. 8426－8431)

神々の掟は、不死の者に、胸の奥の切ない気持ちなど許さない。というのも、純粋な客体としての神は、それ自体、絶対的諦念であり、ヘレナのように愛されたり、掠奪されたりしてはならないからだ。こうしてネーロイスは、その最愛の娘ガラテアに距離を保ち、純粋の美の歴史的一回性に固執しながら、彼女を永遠化する。人間の形姿となった神々は、本来、人間的にもなっていなければならないであろう。神々の掟を守り、人間的感情に身を委ねることのできないネーロイスは、神々の悲しみを担い、別離に身をやつす。

歴史的一回性としての純粋の美に執着するネーロイスが、言わばヨーロッパの擬古典主義の精神を代表するとき、一回的なものの規範性自体、絶えず変容しながら永遠の自然を体現するプロテウスにとっては、本来、狂気に等しく、端的に言って存在してはいない。

いのちを授ける太陽の神聖な光にとっては、
命のない細工物など、お笑い草にすぎぬ。
(v. 8304－8305)

一回的な美の規範性に固執して救いを失うネーロイスと対照的に、プロテウスにとっては、人間の姿をした神々すら、「命のない細工物」にすぎない。というのも、真理と美の規範はたえず自然に帰着し、自然の土壌から、生命を得て蘇るからである。こうしてプロテウスは、ホムンクルスの道案内者となるのであり、ターレスはホムンクルスをプロテウスに委ねることによって、ついに勝利を祝う (v. 8432－8437)。

海豚のプロテウスの背に乗って、大海へ導き出されたホムンクルスは、今やガラテアの足元で燃え、輝く玉座に身を打ちつけて、砕ける。

ネーロイス　なんという新しい不思議がおれたちの見
　ている前で起ころうとしているのだ。
あの行列のまっただ中を見るがいい。

あの貝殻の車のほとりに、ガラテアの足もとに、燃えあがった炎は何だ。

激しく立ちのぼるかと思うと、愛らしい、やさしい光になる、
まるで愛の脈拍にうながされているように。

ターレス　あれはプロテウスに誘われて出て行ったホムンクルスです……

抑えようのない憧れのしるしです。

切ない呻きと喘ぎがここまで聞こえてくるような気がする。

あれは輝く玉座に身を打ちつけて砕けるだろう。

ほら、燃え立つ、きらめく。もう火の潮《うしお》となって流れ出る。　(v. 8464－8473)

このようにホムンクルスは、もはや神々のメタモルフォーゼを繰り返すのではない。むしろ、こうしてホムンクルスが大海を明るく照らしながら、ガラテアの足もとで燃え尽きるとき、そのガラテアへの憧れは成就する。しかしこのホムンクルスとガラテアとの結婚において、ネーロイスが執着する一回的美は、結局のところ、永遠の自然において新しく生まれ変わったのであり、ネーロイスの最愛の娘は、自然の無限の豊かさにおいて、その歴史的規範性を喪失し、新たな神話的現在へと高められる。そしてこの宇宙的規模で展開されるエロティックな幻想は、ファウストのレダの夢を遥かに凌駕し、自然の創造的根源としての、エロスの讃歌で終わる (v. 8474－8479)。

すでに論及したように、第二幕は、第三幕におけるヘレナの登場を準備する、前段階として理解できる。しかしその際、ヘレナの登場は、例えば、ホムンクルスのガラテアとの結婚からヘレナが生まれるとか、あるいはホムンクルスの自己発展がメタモルフォーゼを経てついにヘレナに到達する、といった具合に理解できるものではない。この因果的・自然史的な解釈は、ゲーテの古代像の基本前提に関する、誤解に基づいているように思われる。すでに立ち入って検討したように、《古典的ヴァルプルギスの夜》の場面は、本来、太古のスフィンクスの形姿から、美しい人間の姿であるガラテアに向かっての、自然史的過程を描いているのではない。ここに登場するファウスト、メフィスト、そしてホムンクルスは、それぞれの流儀で近代の精神を代表しているのであり、従って、《古典的ヴァルプルギスの夜》の時間は、この三人の旅人がそれぞれの流儀で古代ギリシャの文化を同化することによって、むしろ現在から過去へ向かって遡行するのである。例えば、ヘーゲルの美学における古典的美の理解もまた、その古代を精神的過程として理解し、体系化する試みにおいて、必ずしもギリシャ的美を産出する、自然史的過程を描いているとは、言えないかもしれない。しかしヘーゲルにおいては、歴史的一回性としての古代ギリシャからの、時間的距離は前提

とされており、その視線はあくまでも過去へ向けられている。それに対してゲーテにおいては、生命のない、単なる物象と化した過去の記念碑も、なるほど過ぎ去ったものではあるけれども、その存在様式においてはなお現在であり、目に見える客体として自然に属している。ゲーテにおいては、概念としての、つまりヘーゲル的な意味での思想として構想された、古代像がすでに前提とされているわけではない。ゲーテにおいては過去もまた観る対象であり、目に見えない過去は、端的に存在していない。ちょうど旅行者が過去の廃墟を見物するときのように、過去は端的に視覚的対象としての現在なのだが、ただそれが理解されない限り、それはあくまでも過去として存在しているにすぎない。つまり、そのような不可解な、意識の彼岸にとどまる過去が、本来冥界なのだが、一方、過去の事象が、自我の対象化行為を通じて活性化され、自我の一成分として生産的な意味を持つ限り、それがそのまま意識の連続としての「今」を構成することは、言うまでもない。すでに論及したように、メフィストは近代におけるカオス体験を投影することによって、古代の「混沌」を発見したのであり、その意味において、自己をフォルキアスとして対象化した。ファウストの冥界への旅も、結局のところ、古代ギリシャに対する近代的自我の能動的・生産的な姿勢を表現しているのだが、しかしこの場面が《古典的ヴァルプルギスの夜》から欠落した理由は、おそらくこのヘレナの地上への帰還の構想が、プロゼルピーナの涙が暗示しているように、すでに近代と古代の距離を前提としているところにある。ヘレナを引き渡すために、プロゼルピーナがファウストの弁舌によって、なお涙を流すほどに感動させられねばならなかったとすれば、そのことは第一幕の魔法によるヘレナ呪縛から、どれほど隔たっていると言えるだろうか。かくしてワーグナーの実験室から誕生した人造人間のホムンクルスが、その純粋な知的構造において、近代精神の古代世界に対する関係を、最も明瞭に表現するものとなった。ホムンクルスは純粋の客体としてはなお単にガラスの容器にすぎず、レトルトの中から話しかける精神として、人工の産物一般を代表している。

自然なものにとっては宇宙も狭い、
人工の物は仕切った空間を欲しがります。

(v. 6883－6884)

しかしホムンクルスは、人工の産物であるが故に、純粋の客体として人間的主体を超え、不死の者たちの世界に属している。というのも、不死性とは、われわれの問題領域においては、多かれ少なかれ、芸術の存在様式として対象化され、視覚化された人間的霊性であるからだ。神自体もまた、結局のところ、対象化された人間的霊性としての芸術であり、芸術の次元で純粋の客体を形成している。しかしこの不死性とは、その視覚化された霊性において、まさに寓意でもあり、従って、古代の神々の彫像は、すでに寓意として、その内的乖離を表現している。ネーロイスの、娘ガラテアに対する距離は、この彫像としての神々の絶対的諦念を象徴している。寓意としての神もまた、レトルトの中から話しかけるホムンクルスと同様、一つの形姿に閉じ込められた精神であり、人間的主体として、おのれの客体からの距離を語っている。しかし古代の神々の寓意的本質は、裏返せば、まさに近代精神の純粋に知的な構造に由来するのであり、ホムンクルスは、近代精神の純粋に知的な構造そのものを寓意として提示し、その意味において、寓意の寓意となっている。しかし近代精神の古代に対する関係が、このように本質的に寓意的であり、古代に対して終始、距離を保つとき、《古典的ヴァルプルギスの夜》の終局におけるホムンクルスの形姿の溶解は、少なくともゲーテの意図としては、そのような寓意的存在様式の、つまり近代と古代との距離の、止揚を意味したにちがいない。そうであれば、ホムンクルスとガラテアとの結婚の後、ヘレナが第三幕で、一人の人格として直接に登場してきたとしても、もはや不思議なことではない。

第一一章　近代の文化的理念としての「美」の世界帝国

一、近代的知性としてのヘレナの再生

スパルタのメネラス王の宮殿の前にて、ヘレナはトロヤの捕らわれの女たちからなる合唱隊に伴われて登場する。

広い世の人の口の端《は》にかかって、褒められもし、誹《そし》られもしたヘレナです。
ついさきほど岸に着いて、そこからここへ来ました。
絶え間のない大波の揺らぎにまだ酔っております。

…………

それは世の人びとの
語り草になっております。でも自分のことが大げさに
口から口に伝えられて、
いつしか座興のための作り話になってしまっては、誰しも耳をふさぎたくなりましょう。　(v. 8488－8515)

ヘレナの登場は成立史的にも前史があり、一八〇〇年の時期までさかのぼる。ゲーテが一八二六年にヘレナの草稿を再び取り上げたとき、ゲーテは「ファウストへの近さを顧慮して、ギリシャ的な文体の要素を排除する必要はないと判断した。むしろ逆に、彼はそれを強化した。彼はヘレナの長い台詞を区分するために合唱を挿入し、トリーメターの詩形を再び採用した」とE・シュタイガーは述べている(1)。E・シュタイガーはまた第三幕冒頭のヘレナの独白を「すこぶる荘重で重厚な言語で、その古代的性格は最も古い悲劇作者アイスキュロスを想起させる」と述べている(2)。このことはまた、すでにヘルダーリンが『エムペードクレス』で、そしてシラーが『メッシーナの花嫁』で、アッティカ悲劇の純粋のスタイルを復活させようと試みたことを考えれば、同時代の趨勢として、不思議なことではない。そしてまた、トロヤ戦争時代のヘレナがわれわれの眼前に現れること自体、ちょうどゲーテの戯曲『タウリスのイフィゲーニエ』で女主人公のイフィゲーニエが登場す

1　Staiger a.a.O. S. 365.
2　Staiger a.a.O. S. 365.

るのと同様、それを虚構として受けとめるかぎり、何ら不思議なことではない。しかしゲーテの『ファウスト』におけるヘレナの登場に違和感があるのは、それがまさに虚構的なリアリティを破壊するように見えるところから来る。第二幕の冒頭でファウストのゴシック様式の書斎にとどまっていた観客は、第三幕の冒頭では、トロヤ戦争時代のヘレナを眼前に見るのであり、しかもそれをギリシャ悲劇の女主人公の登場として、観劇することになる。しかも、この状況を例えばファウストの夢と解釈することも、許されない。というのも、ヘレナの幕は成立史的には当初「幻影」(Phantasmagorie) という副題を伴い、一種の幻想場面として位置づけられていたが、このト書きは最終的に削除されたからだ。従って、このような時代錯誤は今や、ゲーテの意識的な文学的手法として正当化される。ともあれ、ヘレナの登場の時代錯誤は、彼女が一人の生身の人格として登場することにあるのではなく、むしろそのようなヘレナの登場が、虚構的時間の因果的法則を必然的に破壊しなければならないところにある。ギリシャ悲劇のトリーメターを語るヘレナが、すでに次の瞬間には、中世ゲルマンの城でファウストの忠誠の誓いを受けとめるという時間的プロセスが、一人格の連続する体験として描かれているのであり、その過程が、経験的現実に対応する虚構的時間の因果的法則に反することは言うまでもない。しかしそれ故に、それが人格の同一性を意識的に度外視する、夢や幻想の空間であるなどと言えるのではなく、それはあくまでも高次の象徴的現実であり、リアリティを排除するものではない。ここでヘレナは、単にギリシャ悲劇のヒロインの装いで登場してくるのみならず、その舞台装置、つまり、スパルタのメネラス王の宮殿や、トロヤの捕らわれの女たちの合唱など、それ自体も登場し、ヘレナの登場のリアリティを保証している。人格としてのヘレナではなく、トリーメターを語るその精神、つまり、ジャンルとしてのギリシャ悲劇そのものが登場するのであり、それ自体が未曾有の一回的事件である。

ともあれ、初期の草稿では、なお最初の行、「広い世の人の口の端にかかって、褒められもし、誇られもしたヘレナです。」(v. 8488) は、欠落している。一八二六年に書き加えられたこの行に関して、E・シュタイガーは「この長文のヘレナの独白が今やっと正しくおさまり、その十全の力を発揮し得たように見える。それはベートーベンのピアノソナタにおけるアダージョ・ソステヌートが、あの二つのやっと後から付け加えられた最初の旋律で、奇跡のように思いがけない深さに達したのに似ている。この詩句は、主人公が自己自身を紹介し、観客に向かって自己の生涯の知るに値するすべてを物語るという、エウリピデスの独白の技法を想起させる。それはまた同時に美女が発するきらめく光、彼女の出現に対する好奇心と疑いを解き放つ。それからまた世の評判について語っているのがヘレナ自身であるのだから、われわれは彼女に女王にふさわしく、自己の運命に超然とする女性を見いだすのだ」と述べている(3)。この印象深い批評に不満が残るとすれば、それは最初の詩句の射程距離が、なお十分には評価されていない点であろう。第三番目の悲劇詩人として、すでに亜流に悩むエウリピデスの立場に、ゲーテが身を置くのも不思議ではない。ゲーテもまたエウリピデスのように、観客の文化的自己了解を前提として、主人公をして観客に対して自己紹介させる。しかしヘレナの自己自身を意識し、過去を高みから振り返る姿勢は、もはや亜流意識から来るものではない。ヘレナは女王にふさわしく、自己の運命に超然とするのみならず、ここではヨーロッパの文化共同体を射程に置き、三千年の距離を架橋すべき、卓越した意志として登場してくる。ギリシャの女王が語る最初の詩句には、疑いもなく、近代と古代との時間的隔たりを知的に止揚する、近代の包括的精神が潜んでいる(4)。つまり、ゲーテは自己の亜流者的位置から、むしろ積極的な意義を引き出したと言えるだろう。

ヘレナは自己自身について反省する、不幸な意識として登場してくる。すなわち、彼女は自分の人生を生きたにもかかわらず、体験された過去の「生」が、自分に属してはいないことを知っている自己意識である。彼女の意識の乖離は、彼女が問う自我として自己自身を回顧し、自己自身を別の自我として対象化することによって、ますます拡大される。両親の家の前で、ヘレナは父や、楽しく過ごした幼年時代、さらにまた自分を出迎えた花婿メネラス王の姿などを思い出す。その後、転回が起こり、ヘレナは美女の運命に付きまとうさまざまなことを経験するが、しかし彼女の体験は「世の人びとの語り草」となり、それが今や見知らぬ他者のように、自分に立ち向かってくるのを知る。その後ヘレナがパリスに掠奪され、彼に復讐すべくギリシャの軍勢がトロヤを攻め、十年の後トロヤが陥落したことは、今や誰知らぬ者もない。そしてヘレナは目下メネラス王によって連れ戻されることになるが、しかし彼女は自分がメネラス王の妻として戻ってきたのか、それとも「王さまの心の傷、またギリシャの民の長年の辛苦をつぐな

3　Staiger a.a.O. S. 366.

4　筆者の解釈はシュタイガーに依拠しているが、冒頭の詩句の追加に関して、O・ザイトリンに全く対立する解釈があるのが注目すべきことである。「この追加は、取るに足らぬことのように見えるかもしれないが、ヘレナを人格としての自我意識の領域から引き離し、彼女を非人格的で伝説的なものの領域へと拉し去る。それは極めて明瞭に、伝説や伝聞の隠蔽や歪曲を通してしか自己を意識し得ない、自己自身に根拠を持たない実存の浮遊状態を示している」と。もっとも、この二つの対立する解釈は、結局のところ、ヘレナの分裂する意識の両側面を捉えているにすぎないのだが。Oskar Seidlin, Helena: Vom Mythos zur Person, in: Aufsätze zu Goethes “Faust II” hg. v. Werner Keller. Darmstadt 1991. S. 199.

う生贄として」（v. 8528－8529）帰されたのかを知らない。しかしフォルキアスから知り得るかぎり、メネラス王は彼女を生贄に定めたのであり、従って、ヘレナは自分を生贄に捧げる準備をするために、一足先に派遣されたことになる。それがメフィスト・フォルキアスの策略であるか否かは、後で論じることにしよう。重要なことは、ヘレナが単に死の宣告を受けたのみならず、自分が死に値することを知っている事情である。ともあれ、スパルタの宮殿で彼女を待ち受けているのは、死の宣告ではなく、ヘレナを道徳的に断罪するフォルキアスの存在であり、こうしてフォルキアスとの出会いにおいて、ヘレナの苦悩は耐え難いまでに高揚する。フォルキアスの形姿には、実は、ヘレナの混沌と危機が反映しているにすぎない。しかしフォルキアスがヘレナの過去を道徳的に厳しく断罪すればするほど、ヘレナの女王としての精神的主権は高まっていく。それに対して、トロヤの捕らわれの女たちは、なお虚栄心に支配されており、ヘレナの美を財宝と比較することによって、ますます捕らわれの運命にはまりこんでいく。

さあ、たえず数を増している見事な宝をごらんになって、
お眼もお胸も晴れやかになさってくださいまし。
華やかな鎖の飾りや宝石をちりばめた王冠など、
あのように取り澄まして、高慢ぶっておりますが、
あなたが中へお入りになって、ちょっとご挑戦になれば、
すわと身支度してそれに応じましょう。
お妃さまの美しさが、金や真珠や宝石と
合戦なさるありさまこそ、さぞかし見ものでございましょう。
（v. 8560－8567）

しかしヘレナがかつてパリスによって掠奪され、目下、メネラス王によって再び戦い取られるとき、一体、どの程度ヘレナは財宝から区別され得ようか。捕らわれの女たちは、自分の虚栄心が自分を死に導いていることに気付かない。というのも、掠奪された美としてのヘレナは、結局のところ、権力に奉仕し、財宝と同様、単に権力の輝きを増すにすぎないであろう。フォルキアスの形姿に映し出されたものは、カオスの根源としての美女の運命、すなわち、たえず美女につきまとう影である。しかしヘレナがフォルキアスと対決することによって、おのれの美女としての宿命を自覚することは、彼女が真の女王として、自分自身の支配者となっていくプロセスである。「絶え間のない大波の揺らぎにまだ酔っている」（v. 8490－8491）ヘレナが、自己の内に予感したカオス的根源は、フォルキアスの形姿において具象化されるのであり、こうしてフォルキアスは、今やヘレナの過去の疑わしい側面を暴き始める。

美しさと羞じらいの心とは、けっして手を取り合って
この世の緑の道を歩むことはないという諺は、
古いけれども、変わらぬ真実を言いあてている。
(v. 8754－8756)

このフォルキアスの言葉は、なるほど合唱隊に向けられているのだが、しかしヘレナに付き添うトロヤの捕らわれの女たちの合唱隊とは、他ならぬヘレナの過去の疑わしい側面を代表しているのであり、従って、ヘレナも結局のところ、フォルキアスの非難を免れてはいない(5)。

いったいお前たちは何者だ。国王の貴い宮殿のまわりで、
酔い痴れたメナーデのように騒ぎ立てるとは？
お前たちはいったい何者だ。この家を取り締まるわたしに向かって
月におびえる犬の群れのように吠えかかるとは？
お前たちの素性をこのわたしが知らずにいるとでも思っているのか。
戦《いくさ》が生み落として、戦が育てた雌犬どもめ、
男狂いで、男にたらされ、男をたらして、
兵士をも市民をも腑抜けにする。
お前たちがかたまっているさまは、畑の緑の
作物におそいかかるバッタの群れを見るようだ。
ひとさまが丹精して作ったものを食い荒らし、
これから世間の富になろうというものを台無しにする
餓鬼おんなめ。
生捕られて、市場に出されて、品物のように売り買いされた身の上を忘れたか。
(v. 8771－8783)

このフォルキアスの激しい非難の言葉は、ある意味で、かつてメフィストをからかったことのある妖女ラーミエを想起させる。あたかもメフィスト・フォルキアスは、トロヤの捕らわれの女たちにおいて、妖女ラーミエに対する恨みを晴らしたかのようだ。というのも、妖女ラーミエとトロヤの捕らわれの女たちとは、両者とも混沌の産物であり、見せかけの美として、貨幣に奉仕するという点で、一致しているからだ。妖女ラーミエは、自己を高く売り込むために美女に変装した、本来は醜い売春婦であるが、一方、同時に見せかけだけで、中身のない芸術作品をも暗示している。社会的混沌が生み出す文化的頽廃は、自ら混沌を体現する、そのような妖女ラーミエたちに反映してい

5 「フォルキアスの言葉がヘレナではなく、本来、合唱隊にだけ向けられているという異論は、根拠があるとは思えない。すでに先行するト書きが、ヘレナと合唱隊の一体性を、はっきりと裏付けている」と、ザイトリンも指摘している。Seidlin a.a.O S. 206.

る。トロヤの捕らわれの女たちも、「生捕られて、市場に出されて、品物のように売り買いされた身の上」（v. 8783）であり、従って、本質的に妖女ラーミエに類似している。ともあれ、フランス革命とトロヤ戦争が、メフィストのカオス体験において重なり合うのだが、しかし目下、「混沌」の形姿としてのフォルキアスと合体することで、カオスを克服したメフィストは、妖女ラーミエたちを超然と見下し、彼女たちの恥知らずの美を断罪する。しかしカオスの根源としてのヘレナは、妖女ラーミエたちから、どの程度隔たっているだろうか。

だが今はそれどころではない、お前たちがたしなみのない怒りに
われを忘れて、数々の不吉な者たちの厭わしい姿を呼び出したので、
それに取りかこまれて、わたしまであの世へ
引きこまれるような気持です、なつかしいこの故国の地にありながら。
あれは本当にあったことか。それとも心に描いた幻で、それが今もわたしを苦しめているのだろうか。
多くの都市を滅亡させ、荒廃させた女、夢魔のように怖ろしいあの姿は？
わたしは本当にああだったのか。いまもああなのか。
これからもああなのだろうか。（v. 8834―8840）

女王としてのヘレナをトロヤの捕らわれの女たちから区別するのは、端的にいって、自己自身をカオスの根源として知る、ヘレナの自己意識である。つまり、フォルキアスとの対決において、ヘレナは問う自我として、別の過ぎ去った自我と向かい合っている。ヘレナがテーゾイスによって掠奪された事実をフォルキアスが指摘すると、ヘレナは答える。

まだ十歳の、小鹿のようにほっそりしたわたしが、
アッティカに連れて行かれ、アフィドヌスの居城に隠されました。（v. 8850―8851）

このようにヘレナはフォルキアスの指摘を正しいと認めるのみならず、当時、自分が十歳であったという事実を補足する。こうして両者は、ヘレナがまもなくカストールとポルックスによって救い出されたこと、ヘレナはひそかにパトロクルスを愛していたけれども、父の意志でメネラス王に嫁いだこと、そしてやがて「美しすぎる客人」が閨さびしいヘレナの前にあらわれたことなどで、一致する。こうした諸事実は、ヘレナの意識において一つの連続する体験となり、彼女の人格の同一性を保証する。しかしフォルキアスの次の指摘は、彼女の意識の統一を破壊してしまう。

でも世の噂では、あなたの御身は二つに分かれて、
イリオスにばかりでなく、エジプトにも姿をお見せに
なったとか。

(v. 8872－8873)

ヘレナがイリオスにもエジプトにも出現したという事実には、もはやヘレナ自身が同意できない。人格の同一性は、連続する意識として統一された体験の総体にあり、従って、フォルキアスの指摘は、ヘレナの存在を謎めいた別の自我として、ヘレナ自身に突き付ける。さらにフォルキアスは、ヘレナに対するアキレウスの関係をも指摘する。

それればかりか、こういう噂もある。あの世から
アキレウスまでが立ちのぼってきて、あなたに慕い
寄ったという。
前々から運命のきまりに逆らってあなたに思いをかけ
ていたのだから。

(v. 8876－8878)

この指摘は、ついにヘレナの人格の同一性を破壊するのであり、ヘレナは気絶して倒れる。しかしともかく、ヘレナの言辞は、謎めいたパラドックスに被われている。

わたしも幻、あの方も幻、幻どうしが逢ったというだ
けのこと。
それはほんとうは夢だった。世の人たちもそう言い伝
えております。
ああ、わたしというものはもう消えて、このまま、幻
になってしまいたい。

(v. 8879－8881)

『ファウスト第二部』の文脈において、ヘレナの体験は、彼女がパリスに掠奪されるまでは、統一された意識として彼女自身によって了解され、彼女の人格の同一性を裏付ける。ヘレナは人格として、あくまでもヘレナである。しかし「わたしも幻、あの方も幻、幻どうしが逢った」(v. 8879) というヘレナの言辞は、もはやヘレナの人格の同一性に基づいてはいない。ヘレナは、自分自身にとってあたかも彫像となった女神のように、別の自我として現れるのだが、一方、ヘレナの主体は、別の自我を対象化することによって、純粋知の内的構造を啓示する。ヘレナの近代的知性は、ヘレナが純粋知として蘇るためには、まず現実のヘレナの死を告げねばならないだろう。もちろん、ヘレナの幻としての存在が、W・エムリッヒが主張するように、直ちにヘレナの高次の存在様式を意味するわけではないだろう(6)。ヘレナが幻であるというのは、むしろ近代的知

6 Emrich a.a.O. S. 318.

性の狡智から来る。というのも、ヘレナが幻でなかったならば、近代はヘレナを同化し、彼女を詩的に蘇らせることはできなかったであろうからだ。従って、フォルキアスの策略は、意識的にヘレナの人格の同一性を破壊し、それによって彼女を人類の共有財産として、ファウストの中世の城に導くことにある。こうしてフォルキアスの姿勢の突然の変貌も、それによって理解できるものとなる。

さあ、いっときの雲をはらって、そのお顔を仰がせてください、きょうの日を照らすお方。
雲の紗に包まれていてさえ人びとの心をよろこばせたが、今は照りかがやいて、
真昼の空に君臨なされる。その足もとにひれ伏してひろがる世界に、どうかやさしいお目を向けてください。
わたしは皆から醜いと罵られるが、美しいものを美しいと見分ける目はもっています。（v. 8909－8912）

このようにフォルキアス自身がヘレナの再生を告げるのであり、それによってフォルキアスの姿勢も、今や美に対する奉仕的関係へと変貌する[7]。

そうであれば、この新しく誕生したヘレナに対する死刑の宣告は、彼女の再生がすでに死を前提としている以上、本来、意味がないであろう。そうなると、新しく誕生したヘレナに対するメネラス王の非難は、単にヘレナの知的一般性に向けられることになるのではないか？　一方、フォルキアスはヘレナに、ディフォブスに対するメネラス王の残虐な処罰のことを想起させ、普遍人間性の観点から、メネラス王の道徳的無恥を断罪する。

もうお忘れになりましたか。パリスが戦場で死んだあと、
やもめになったあなたに無理に言い寄り、
とうとう望みをとげたパリスの弟のディフォブスに、
メネラスさまがおよそ世にためしのない
無惨な罰を加えたことを。まず鼻と耳をそぎ、
そのうえ手足を残らず切り落としました。目もあてられぬむごたらしさ。（v. 9054－9058）

しかしメネラス王の意志は、結局のところ、フォルキアスによって媒介されているのであり、従って、そこには明らかに近代的知性の策略が潜んでいる。新しく誕生したヘレナに対する、メネラス王の要求を不当なものとして実証し、それによってヘレナを逃亡へと促すために、フォルキ

7　Staiger a.a.O. S. 372.

アスが死刑の宣告を虚構したと、想像すべき理由も十分にあるだろう。少なくとも、これを否定すべき根拠はないが、ヘレナ自身が逃亡の罪に関与しているので[8]、フォルキアスの策略を認識することは、本来、非常にむずかしい。ともかく、ヘレナの普遍人間的再生は、まずさしあたり、メネラス王の支配から逃れねばならないが、しかしヘレナが普遍人間的な「美」の世界帝国の女王として主権に到達するためには、ついでフォルキアスの支配からも逃れねばならない。しかしメネラス王の支配からの解放の過程は、他方で必然的に、フォルキアスのヘレナに対する支配を強める。フォルキアスはヘレナに主権を承認し、彼女に臣従を誓うけれども、実際、フォルキアスは、必然的にヘレナに対して支配を行使することになってしまう。

そのご立派なご様子と美しいお姿を、またわたしたち
にお見せになったあなたさまのお目には、
ご命令の気持がひらめいている。何のご命令でござい
ます、おっしゃってください。　(v. 8917–8918)

そこでヘレナはメネラス王の意志に従って、フォルキアスに生贄の準備を命じるが、しかし実際、ヘレナ自身が生贄であるとき、彼女の主権は錯覚となってしまうだろう。ヘレナ自身は、メネラス王の意志を言わば半分しか知らないのに対して、フォルキアスは完全に知っているわけであり、従って、フォルキアスは王の意志の執行者として、ヘレナに対し優越した位置にある。もちろん、フォルキアスの真の意図は、ヘレナをメネラス王の支配から解放することにあるが、しかしこのフォルキアスによって準備されたヘレナの救いは、フォルキアスがヘレナに支配を及ぼしているかぎり、またしてもヘレナの掠奪である。

しかしフォルキアスのヘレナに対する支配は、もはやメネラス王のように、ヘレナを独占することにはない。フォルキアス自身、自分の流儀で、近代的知性を代表することによって、ヘレナの知的再生の意味をも認識しているからだ。ヘレナはもはや財宝のように、掠奪され得ない「美」を意味するのだから、フォルキアスもまた、メネラス王のように、ヘレナに対して権力を行使してはならない。こうしてヘレナの普遍人間的な世界帝国への脱却は、ヘレナの自発的な意志に基づいて実現される。

8　ヘレナがファウストの城へ行くべき否かの判断は、本来、デリケートなものである。「この決意において、彼女は独特の魂の分離を行う。城へ向かう自我、つまり、未知のものへと自己を変容させる自我と、何かを秘密として隠しておく女王としての別の自我に。この秘密を隠す女王としての自我が、不変のギリシャ的核心であり、秘密の自己同一性である。」と、ローマイヤーは指摘する。D. Lohmeyer, a.a.O. S. 311.

……お妃のお気持ひとつで
ご自分も助かり、お前さんたちもいっしょに助かる。
だがそれにはご決心がなくてはならぬ、しかも火急の
ご決心が。
(v. 8954 − 8956)

ヘレナは、なおメネラス王の意志を疑っているように見える (v. 9052 − 9053)。それに対して、フォルキアスは、またしても、メネラス王のディフォブスに対する残忍な行為を想起させる。

美というものは、人と共有はできませぬ。それを専有
していた男は、
その権利を少しでも侵されるよりは、いっそその美を
自分から打ち砕いてしまうのです。　(v. 9061 − 9062)

まるでフォルキアスは普遍人間性の観点から、メネラス王のヘレナに対する、私的専有権を断罪するかのようである。しかしともかくヘレナがフォルキアスによって説得されるのは、結局、美は掠奪されたり破壊されたりしてはならず、それ自体主権であり、普遍人間的な世界帝国に属しているという、ヘレナ自身の確信に基づくのであり、そこにおいてヘレナは、疑いもなく近代的知性であることが示される。そしてフォルキアスの策略自体もまた、結局のところ、ヘレナの掠奪ではなく、ヘレナの普遍人間的な高次の次元への脱却を目指している。

さて今や、フォルキアスがギリシャの女王を、ファウストの中世へ媒介しようとすると、その言語もまた変貌する。

その種族を野蛮人だと罵るものもおりますが、
イリオスの城外で人食い人種のようなふるまいをした
ギリシャの英雄も少なくなかったことを考えれば、
その中にそれほど残酷な人間がいるとも思えません。
わたしはかれを大きい人物と思っております、信頼し
てよいと思っております。
それにあの城です、ぜひご自分の目でごらんにならね
ばいけません。
一つ目の大男のキクロープスがしたように、あなた方
のご先祖が、
そこらじゅうから大石を見境なしにころがしてきて
は、
無造作に積み上げてこしらえた
不細工な石組みとは違います。あの城のこしらえは、
どこもかも規則正しく、垂直に、そして水平になって
いる。
外からごらんになるといい。天にそびえた堅固な姿
で、つぎ目つぎ目はしっかり合い、
どこもかも鋼鉄《はがね》を磨いたようになめらかで、手がかり

というものがまるでない。
よじ登ろうにも――そう考えただけですべり落ちる。
(v. 9013－9025)

E・シュタイガーは「ここで何が起こったのであろうか。われわれはヘレニズムの世界を去り、ファウストの世紀に踏みいろうとしている。そのとき場面だけでなく、言語においても様式変化が起こり、ついに古代の悲劇をオペラに変えてしまうプロセスが始まる。共時的なものと通時的なものの共存を含めて、かつての詩人が企てたこともないし、遠くから目指したこともない、途方もない手法……言語の変化が、生成する統一としてのヨーロッパの精神を体現する。こうして『ヘレナ』は最初の、これまでに類例のない文学の見本となるのであり、その中で、ヨーロッパ的規模の歴史的事件が、一歩一歩言語を刻む」と述べている[9]。そうなると、このパロディ化した言語が、ギリシャ・ローマの古代からヨーロッパの中世への過渡期を、一回的な歴史的過程として描いていることになる。E・シュタイガーの繊細な文体感覚には敬服する他はないが、そこから出てくる結論は、必ずしも十分とは言えない。というのも、第三幕の冒頭でヘレナが語るギリシャ悲劇の詩形トリーメターも、目下フォルキアスが語るそのパロディ化した言語も、結局のところ、自我を宇宙にまで拡大しようとする、近代のファウスト的精神から誕生したものであり、この意味において、むしろ近代的知性の無際限の受容能力を象徴している。フォルキアスの言葉は、ギリシャ様式の神殿と、中世のゴシック様式が、併存する状況を示しているが、それはヨーロッパ文化の通時的連続を、空間的・共時的併存に置き換える、意識的な時代錯誤である。フォルキアスが指摘する「二〇年」(v. 9004) は、歴史的には多分、二千年に相当するであろう。しかし歴史を年号に還元すること自体、すでに時間から空間への変換ではないか。ゲーテの時代錯誤は、この多かれ少なかれ自我を宇宙の中心に置く、近代的知性の論理を、意識的に転倒させただけである。すでに論及したように、近代の古代に対する創造的・生産的関係においては、過去と現在の距離は、本来、数量では測れない。すべての新しく生かされた過去は、自明のことながら、現在に属している。かくして、フォルキアスの近代的知性は、古代と中世を併存させることによって、むしろ歴史的一回性を相対化し、止揚してしまうのであり、そこから本来、パロディ化した言語が生まれてくる。この意味において、フォルキアスによって描かれるファウストの帝国は、古代にも中世にも属しているのではなく、無時間的次元に置かれている。しかしそのよ

9 Staiger a.a.O. S. 374.

うなファウストの普遍人間的な世界帝国も、本来、近代文化の知的構造から発生してきたのであり、従って、それ自体、まもなく歴史的時間において相対化され、歴史的一回性を露呈しなければならなくなる。

二、歴史の否定としてのファウストとヘレナの愛の牧歌

ゲーテが《城の中庭》の場で意図したことは、フォルキアスの姿が、さしあたりすっかり姿を消してしまうことによって、最も明瞭に現れている（v. 9141－9144）。今やヘレナを出迎えるために続く、すべての荘重な儀式は、ヘレナがもはや権力や富に奉仕する、掠奪された美ではないことを示すための手続きである。この過程は、ファウストが鎖で縛られた望楼守リュンコイスを、引き連れて登場するところから始まる（v. 9192－9197）。

たぐい稀な遠目のきく男で、高い望楼から四方を見張りする役を申しつかっているリュンコイスは、ヘレナの美に眩惑されて、主人にヘレナの到着を告げるべき義務を怠り、それによってファウストも、ヘレナを荘重に出迎えるべき義務を怠ってしまう。こうしてリュンコイスは主人ファウストの権力に罪を犯すが、しかし決してヘレナの美に罪を犯すわけではない。それに対して、ファウストは、その結果としてヘレナの美に罪を犯すことになり、従って、ヘレナに臣従を示すために、リュンコイスを罰する権限をヘレナに委譲するが、しかしそれによって、彼の権力自体も本質的に止揚されてしまう。ファウストが鎖で縛られたリュンコイスを引き連れて登場することに関して、E・シュタイガーは「そこからわれわれは、ファウストが永く待ち望んだ所有のために、成熟したことを認識する。彼は無際限の恍惚を抑え、若者の情熱を断罪し、ふさわしい距離を保つ」と述べている[10]。この解釈は、一般に通用しているように見える。しかしもっとも重要なことは、ファウストが人間的に成熟したことでもないし、また彼が今やヘレナを所有できることでもない。この挿話の寓意的意味は、とりわけ主権としての「美」の認証にある。そのことはファウストが自己の裁判権を、女王に委ねるときに最も明瞭に示される。

しかしリュンコイスの犯す罪は、ヘレナの側から見れば、これまで彼女につきまとった美の宿命に対して、全く新しい転回をもたらす。

> わたしが引き起こさせた過ちを、わたしが罰することはできません。

10　Staiger a.a.O. S. 376.

ああ、なんということだろう。無慈悲な運命が
わたしにつきまとって、いつどこへ行っても、男たち
の心を
惑わし、身をも、大切なものをも、惜しまず捨てさせ
てしまうとは。
神や半神や英雄や、
それに悪魔までが、掠奪したり、おびき出したり、
戦争に訴えて取り合ったり、あちこちに引き回したり
して、
たえずわたしに漂泊《さすらい》の旅を送らせました。
ただひとりのわたしが世を乱したのですから、身が二
つに分かれてはなおさらのことでした。
そしていまは三重、四重の身として禍いに禍いをつづ
かせているのです。
どうかこの罪のない人の縛《いましめ》を解いて、引きさがらせ
てください。
愛の神にまどわされた者に恥辱をあたえることはでき
ません。
(v. 9246―9257)

　リュンコイスは、本来、ヘレナをあちこちに引き回す神や半神や英雄、それに悪魔とはかかわりがない。リュンコイスに所有欲はなく、最初から美に対する絶対的忠誠を示すのであり、従って、彼が美に眩惑されてファウストの臣下としての義務を怠り、美に対する権力の無力を自ら体現するとき、彼はむしろファウストに罪を犯したと言える。従って、本来、ヘレナには、この愛の神にまどわされた男を罰する理由はない。しかしリュンコイスを支配する美の力は、本来、ファウストの内的運命そのものなのであり、ファウストが今やヘレナを女王として承認し、彼女に絶対的臣従を誓うとき、ここにファウストとヘレナの愛の全く新しい前提が生まれる。つまり、ファウストもまた鎖で縛られたリュンコイスと同様、ヘレナの美に対して権力の無力を自覚するのだが、しかしファウストの無際限の献身が、他ならぬ、これまでヘレナにつきまとった神や半神や英雄、さらには悪魔に対して、ファウストを超然とさせる。しかしそれは人間的成熟や、距離の表現とは言えない。

　さて、ヘレナが自由にするのは権力だけではない。ヘレナに絶対的服従を誓うために、リュンコイスと他の男たちが宝の箱を運んで来る。リュンコイスの前口上（v. 9273―9332）は財宝を讃美し、結局のところ、ゲルマン民族の歴史を、富の集積の過程として要約する。メネラス王の宮殿に集められた財宝（v. 8552―）と同様、ここでも財宝は支配者の権力を象徴する。この意味において、中世の城のファウストは《仮装舞踏会》のプルートゥスと本質的に似かよっており、ここでもさしあたり富の寓意を提示する。しかしプルートゥスの寓意的意味は、ここではまさに転倒させられており、目下重要なことは、富がもはや最高の価

値基準とはなり得ないということである。

おまえが大胆な働きで手に入れたには違いないが、
そんなわずらわしいものは早くあっちへ下げろ。お叱
りはあるまいが、
お褒めにはあずかれぬ。
(v. 9333－9334)

すでに《仮装舞踏会》において、「詩」が「富」の実体として富にまさることを、プルートゥスは暗示した。

お前のためにわしの証言が必要なら、
喜んでわしは言おう、「お前はわしの内の内なる志向《ねがい》だ」と。
お前はいつもわしの思うとおりに働き、
このわしより富んでいる。
(v. 5622－5625)

しかし《仮装舞踏会》において、富の実体が「詩」として単に予感されたにすぎないとき、ここでのヘレナは、実際、富の実体そのものである。かくして今やヘレナの「美」は、最高の価値尺度として、万物に君臨することになる。

この輝かしいお姿の前では、
日の光さえしらじらしい。
目のご馳走が立派すぎて、
ほかは何もかも値打が失せてしまいました。
(v. 9352－9355)

《仮装舞踏会》において、「富」が、皇帝によって代表される封建的支配階級の権力を抹殺したとすれば、今や「富」は、すべての上に君臨する自立した勢力へと発展したのである。しかし「富」は、「美」を憧れることによって、はじめて富なのであり、従って、「美」は富よりも普遍的であり、富の実体として、今はじめて「富」の意味を語る。つまり、「美」は、言わば「富」の自己意識であり、富は「美」において自己を実現する。そして目下、権力と富を獲得したプルートゥス＝ファウストが、ヘレナに対して、その絶対的な臣従を誓うとき、「美」の主権は普遍妥当性を得るのであり、それによってファウストは、「国境のない王国」(v. 9363) の共同統治者として認証される(11)。

11　M・ノイマンは、「美しい女性であることによって、かつては受動性へと宣告され、一度も『選ぶ者』(v. 9394) でなかったヘレナが、今や美の力によって支配する。真の意味で行為者であり、支配者であったファウストは、『悲劇の第二部』においてはじめて、何の留保もなく、自由に、身を委ねる。与える者が受け取り、受け取る者が与え、こうして両者は、変容して自己を取り戻す。」と、述べている。 Michael

さて今や、ファウストのヘレナへの憧れは、両者の類い稀な対話において成就する。

ヘレナ　でも、いったいどうしたらわたしもあんなに
　見事にお話しすることができましょう。
ファウスト　やさしいことです。心から出ることばで
　あればよいのです。
　そして胸にあこがれが充ちますと、
　たれしもあたりを見てたずねます、この思いをとも
　にするのは——
ヘレナ　誰かと。
ファウスト　そのとき、心は来し方をも行く末をも思
　わず、
　ただ現在だけが——
ヘレナ　ふたりのしあわせ。
ファウスト　そう、宝です。利得です。所有です、手
　形です、その現在が。
　さて、その奥書はたれがしてくださいましょう。
ヘレナ　それはこの手が。　(v. 9377－9384)

Helena. So sage denn, wie sprech' ich auch so schön?
Faust. Das ist gar leicht, es muß von Herzen gehn.
Und wenn die Brust von Sehnsucht überfließt,
Man sieht sich um und fragt-
Helena. wer mitgenießt.
Faust. Nun schaut der Geist nicht vorwärts, nicht zurück,
Die Gegenwart allein-
Helena. ist unser Glück.
Faust. Schatz ist sie, Hochgewinn, Besitz und Pfand;
Bestätigung, wer gibt sie?
Helena. Meine Hand. (v. 9377–9384)

E・シュタイガーは、「全く途方もない対話である。二人の形姿の寓意的、そして人間的意味が、まことに自然に一つのまとまりをなしている。ギリシャの文体とドイツの文体が絡み合う。二人が交わす言葉が、人類のより高い存在そのものとなってしまう。同時にまたそこには、ほとんどなおロココ的な洒落気が漂う。ファウストの巧妙な行末と、それに続くほとんど回避を許さない半行、目覚めかけた敬愛に促されるヘレナの感覚は、すぐに遊戯の全体を理解し、期待される言葉を適確に応えていく、これはまことに優美で、ゲーテ自身、極めて稀にしか達成できなかった

Neumann, Faust und Helena, in: Aufsätze zu Goethes "Faust II" hg. v. Werner Keller. Darmstadt 1991. S. 238.

ほどの、この世のものならぬ優雅さに充ちている」と述べている(12)。かくして、両者の成就した愛は、ドイツ精神とギリシャ文化との出会いの類い稀な表現となる。しかしドイツ精神が能動的・創造的にギリシャ文化を同化することによって、はじめてこの出会いが成立したことを考えるならば、ギリシャの女王が、ドイツの韻を踏む言語を習得しようと試みる過程は、本来、パラドックスであろう。ギリシャ悲劇の詩形を語るのみならず、ドイツの韻を踏む言語をも習得したヘレナが、自ら近代的知性の柔軟な受容能力を示すという、ユーモラスな設定について、もはや立ち入った詮索は必要でない。しかしそれによってヘレナ自身、疑いもなく内面化したのであり、彼女はもはや、「自分の美しさに納まってしまった」古代の彫像の美を体現することはできない。ファウストのヘレナへの憧れの成就は、従って、彼がヘレナを純粋な客体として所有することを意味してはいない。「心から出ることば」(v. 9378) は、今や新しく生まれ変わった透明な内面の文化を象徴する。ヘレナのもはや掠奪され得ない美は、実体として富を超えたのみならず、おのれの美それ自体をも超えたのであり、それは今や内面的価値として、最も一般的に作用する。この事態を理解しない合唱隊は、なお捕らわれの女たちにとどまるのであり、近代と古代との距離を改めて意識させる。

お妃さまがこの城のあるじに
おやさしくなさっても、
たれがおとがめ申しましょう。
わたしたちは今もみな
囚われびとなのですもの。
イリオスが無惨な滅びようをして
不安におののくさすらいの
旅に出てから、わたしたちは自由の身であったことは
ないのですもの。
(v. 9385－9392)

ともあれ、こうしてヘレナは純粋な客体としてではなく、内面化した霊性として、今ここに存在する。ヘレナがついに「わたしはここにいる、ここにいる」(v. 9412) と言うとき、三千年の距離が克服され、ヘレナは新しく蘇る。しかし本来、ヘレナの存在の独自の内容とは、どのようなものだろうか。三千年の距離を克服し、ヘレナを蘇らせることによって、おのれの純粋な知的構造を洞察した近代精神は、同時に懐疑の精神でもあり、かくして、またとない出逢いをあれこれ詮索してはならないという、ファウストの命令は、すでに彼のヘレナの存在に対する懐疑を露呈してしまう (v. 9417－9418)。

ファウストとヘレナがついに迎えた至福の刹那に、また

12　Staiger a.a.O. S. 377.

してもフォルキアスが闖入してきて、メネラス王の軍勢の接近を告げる。

メネラス王が大軍をひきつれて
押し寄せてきたのです。
せつない戦《いくさ》の支度をするがよい。
勝ち誇った軍勢に取りかこまれ、
ディフォブスのように切りきざまれて、
その女の保護者を気取った報いを受けるのですよ。
（v. 9426－9431）

フォルキアスは、またしてもメフィストの役割に戻ったように見える。というのも、彼女はヘレナが純粋な霊性として、もはやメネラス王に返還され得ないことを、認識していないからである。ヘレナは端的に言って、「理念」、つまり、帝国の主権としての意志であり、それがファウストの権力をはじめて認証する。

さあ、わたしは君たち将軍に挨拶する、
それはスパルタの女王の命令なのだ。
山々谷々を攻略して女王の足下に奉れ。
その地は君たちの封土としよう。
（v. 9462－9465）

ともあれ、ファウストは、「美」の世界帝国の総司令官として、ゲルマン諸部族に命令する。この戦いの描写（v. 9442－9481）は、史実としては、十字軍によるペロポネソス半島の攻略に対応しているということである(13)。もちろん、ここでは「美」の世界帝国の理念が問題なのであり、歴史的事実との符合は、さほど重要ではない。確かにスパルタの女王が君臨する「美」の世界帝国もまた、封建的支配の構造であり、古代文化の相続者としてローマ法王の精神的権威に依存する、神聖ローマ帝国のカトリック的な支配構造との平行関係を示す。このファウストの美的世界帝国の建設は、八〇〇年にローマ皇帝として戴冠し、西欧文化の基礎を築いたカール大帝の記憶に依拠しているに違いない(14)。しかし封建的支配構造を基盤とする神聖ローマ帝国は、一八世紀においては、無数の縮刷版的小国に分裂した、最もみじめな世界帝国であったのであり(15)、そこ

13 Friedrich / Scheithauer a.a.O. V. 9446.
14 Henri Pirenne: Mahomet et Charlemagne.　アンリ・ピレンヌ『ヨーロッパ世界の誕生』（増田四郎監修、中村宏他訳、創文社）。
15 Walter Horace Bruford: Germany in the eighteenth centuriy. The social background of the literary rivival.　W・H・ブリュフォード『一八世紀のドイツ』（上西川原章訳、三修社）。

から本来、第四幕の政治的主題が発展する。従って、ファウストの美的世界帝国は、近代精神の母胎から、新しく理念的に生まれ変わった神聖ローマ帝国であり、それは願望像として現実のカオスに対置されている。メネラス王の軍勢は、「美」の世界帝国を取り囲む現実のカオスであるが、一方、願望像は危機に瀕することによってますます強化される。かくして、ファウストは危機に瀕して、ヘレナとともに田園（アルカディア）に移り、そこで彼女とともに牧歌的生活を送ることを願う。前近代的生活様式を讃美する牧歌は、それ自体、封建社会の基盤から発生した願望像である。しかし貴族によって愛好されたジャンルとしての牧歌が、実際には農民階級の生活実態と本質的に無縁のものであったように(16)、ファウストとヘレナが目下過ごそうとする牧歌的生活は、近代的知性によって理想として讃美された、封建的・前近代的な生活様式以外のものではない。かくして、牧歌はファウストとヘレナが目下代表する、普遍人間的文化の最後の目標となる。すでに論じたように、封建的生活様式の崩壊の必然性は、《仮装舞踏会》において告知されているのだが、一方、それは近代的知性によって詩的に讃美されて、純粋のジャンルとして蘇る。ファウストとヘレナが田園に投影する牧歌的生活は、あたかももう一度、封建的文化を代表するかのように見えるが、しかしそれは見せかけにすぎない。この純粋な知的空間において、実際、ファウストとヘレナは個性的人格としては消滅してしまう。ファウストが描くアルカディアの生活に登場するものは、山羊や牛、あるいは槲《かしわ》や楓《かえで》であるが、人間ではない。人間的営み自体、ここではパンやニンフとして神格化されている。そして神格化とは、ここでは人間的霊性の自然としての対象化に他ならず、従って、人間的営みは自然現象の背後に消滅してしまう。ここでは頬も口も子どもも子羊も、あるいは槲や楓も、すべて同じ比重をもって同列に併存している。しかもそれらの個々の事象は、H・シュラッファーが指摘するように、ほとんど自然科学用語の普遍性に隣接する、抽象的な集合概念で把握されている(17)。ここでは人間の営み自体、自然に組み込まれており、自然のカテゴリーに包摂されてしまう。そしてそのことが、他ならぬ「日々の生活が太古から受け継がれ、だれもがそれぞれの所をまもって不死となる」ことを、意味する。この永遠の現在に属し、歴史の危機を知らない自給自足的生活は、またしても神々が誕生する基盤である。そして牧歌的生活を最も典型的に代表するのが羊飼いであるので、ファウストも、かつてのアポロン神のように、羊飼い

16　Arnold Hauser: Sozialgeschichte der Kunst und Literatur. Ungekürzte Sonderausgabe in einem Band. München 1975. S. 530.
17　Schlaffer a.a.O. S. 136.

に似てくる。こうしてアルカディアには永遠の現在が回帰し、ヘレナは再び神話的次元に高められる。

しかしこの自然と一体化した普遍人間的文化ほどに、自然から遠いものはないだろう。ファウストの牧歌的な願望像は、文化を表現する言語ではなく、一つの文化となった言語である。そしてこの文化は、単に言語の知的空間においてのみ、リアリティを持っている。普遍人間的文化の目標は、ゴシック様式の大聖堂（ファウストの城）の尖塔が、ますます高く天に向かって聳え立つように、最後には透明で希薄な大気の中に溶け込んでしまう。ファウストとヘレナが田園で送る牧歌的生活を、具体的に想像することは、もはや不可能である。玉座が東屋に変貌し、ファウストとヘレナが神話的現在において、自らの過去を忘却するとき、ファウストの普遍人間的文化は、その歴史的に一回的な存在形態において、非歴史性へと反転してしまう(18)。

三、オイフォリオンにおける歴史と混沌への回帰

ファウストは冥界のヘレナと結婚したわけであり、それによって近代的知性による「古代」の同化は、目標に到達したと言える。実際、近代的知性は、むしろそれ自体、古代文化の同化を目指すことによって、特徴付けられているのだが、一方、同化された「古代」の内容は、封建的・前近代的生活様式を讃美するかたちで、「牧歌」へ収斂し、非歴史性へと反転してしまった。近代精神の無際限の受容能力は、すべての時代を、その歴史的一回性を止揚しながら、自己のうちに包括したわけである。しかしそうなると近代精神自体、自己否定的であり、単に一つの願望像として存在し得るにすぎないであろう。スパルタの女王が君臨する「美」の世界帝国もまた、近代精神の願望像であり、従って、それは体験としては単なる歴史の否定であり、結局のところ、牧歌の存在様式へと帰着することになった。というのも、古代への憧れが、牧歌におけるほど、純粋に表現される場所はないからである。つまり、牧歌とは神々の故郷である。ともあれ、ファウストとヘレナの結婚は、近代精神の願望像であって、単に時間から遊離した牧歌の次元で実現されたのであり、従って、恋人たちもまた、世界から隔離された洞窟で、永遠の生を享受する。ファウス

18　『ファウスト』を統一する原理としての時間は、ファウスト伝説の筋に基づく虚構的時間であると同時に、ゲーテが生きる実存の時間、つまり、ゲーテ時代の歴史的時間でもある。ヘレナは歴史的時間において、実在する人格として登場するのであり、それ自体、歴史的に一回的な事件である。一方、「ヘレナ劇」自体、ファウスト伝説の虚構の時間でもあり、ファウストとの関係において、ヘレナは非実在化される。しかし、ヘレナの神話化、つまり、ジャンルとしての「ギリシャ悲劇」から「牧歌」への収斂は、それ自体、またしても歴史的時間であり、歴史的一回性として自己完結する。

トとヘレナは姿を消し、合唱隊が眠りこむと、古代からの距離、つまり歴史的時間も消滅する。「洞窟」とは、歴史を否定する牧歌の空間であるが、一方、洞窟は「美」の世界帝国、つまり、近代的知性が構築する遊戯空間それ自体でもあり、従って、「洞窟」が包括する世界もまた、無限に広く多様なのである。

合唱　お前さんの話を聞いていると、まるでこの中は
世界のように広くて、
森も牧場も川も湖もあるようね。とんだ作り話をするものね。
フォルキアス　作り話なものか。なんにも知らないお前たちだ。この中の奥の深さは見極めようもないのだよ。
広間に広間、庭に庭がつづいている。それをわたしは用心深く探って歩いた。　(v. 9594－9597)

しかし転回は洞窟の中から起きる。フォルキアスは新しい転回を予告し、合唱隊と観客を証人として引き合いにだす。


まあ、この女たちはいつまで眠りこけているんだろう。

それにわたしがはっきりとこの目で見てきたことを、この女たちがせめて夢にでも見たかどうか、それもわからぬ。

だからもう起こしてやろう。小むすめどもをびっくりさせてやろう。

平土間に坐って、真実らしく思えてきた奇蹟の大詰はどんなかと、待っていらっしゃるお髯のお客さまたちも、ご同様にびっくりなさることだろう。

(v. 9574－9579)


洞窟の部屋部屋に反響する哄笑は、オイフォリオンの誕生を告げる。しかしこのぴょんぴょん跳ねる、翼のない裸の天使は、誕生と同時に両親に不安を与える。すでにあるとき、彼は岩の裂け目に落ちて見えなくなるが、目をみはるような姿で再び姿をあらわす (v. 9617－9621)。こうしてオイフォリオンは「まだ子どもでありながら、早くも未来の巨匠を告げ、永遠の旋律に五体のすみずみまで充たされて、いままでにないような美を創造する人になるだろう」ことが予想される。このようにオイフォリオンがすでに誕生と同時に活動するということは、その超自然的能力を語るというよりも、むしろ創造的衝動の寓意を語っているのであり、その際、オイフォリオンがすでに、誕生と同時に危機に晒されていることは明白である。厳密に言えば、オイフォリオンにおいては、創造的衝動が他ならぬ危機の表現なのであり、それが本来、オイフォリオンを他の

すべての先行する類似の形象から区別する、決定的な点である。ホムンクルスが純粋知の積極的な意味であるとき、オイフォリオンは、その消極的な意味である。というのも、オイフォリオンにとって、すべてはすでに創造されて存在しているのであり、従って、彼の創造的衝動は、結局のところ、既存のものの混淆を目指しているにすぎない。そしてこの事態を、合唱隊はギリシャ神話におけるヘルメスの誕生に譬える(19)。

このようにこの赤ちゃんもすばしこくて、
どろぼうや悪者や
そのほかの欲張りどもの守り神、
ヘルメスさまになりました。
そしてさまざまな早業で
すぐにご自分の腕前を実地に見せてくれました。
海の神の三叉矛《みつまたぼこ》をちょいと失敬するかと思うと、
戦《いくさ》の神アーレスの剣《つるぎ》さえ、
まんまと鞘から抜き取ります。
日の神フェーブスの弓矢も、
鍛冶の神ヘフェーストスのやっとこも取る、
火がこわくさえなかったら、お父さまのゼウスの
稲妻さえ取りかねなかったでしょう。
愛の神のエロスとは
角力《すもう》をとって足がらみで勝ちました。
アフロデイテさまから愛撫されると、そのさなかにお
胸のひもを盗みました。
(v. 9662－9678)

そしてこのようにヘルメスがすでに亜流の精神を代表するとき、オイフォリオンは合唱隊の観点から見れば、亜流の亜流である。

今の世に
起こることはみな
すばらしい先祖のころの
まずしい名残にすぎません。
(v. 9637－9640)

しかしオイフォリオンの誕生の真の意味は、神々の生活がもはや世界から隔離された洞窟の出来事ではなく、一般的ジャンルとなり、外側の世界に作用し始めたことにある。「きよらかな、美しい旋律の絃楽が、洞窟のなかから

19　Fr. u. Scheit. V. 9641. さらにオイフォリオンの場面に関して、小栗浩氏は、クルト・マイの文体分析を踏まえて、「あらゆる詩形がめまぐるしく交替することによって、先立つ二つの場面の静止した普遍的法則の世界に対してはげしく動揺する世界をあらわしている」と指摘している。小栗浩『ファウスト論考』（東洋出版）二五五頁。

聞こえてくる。」というト書きは、新しい局面への転回を予告する。音楽は純粋知の危機を神話に変える。洞窟の中の神々の生活は、音楽に媒介されて外的世界に溢れだし、今や世界を包括し、内面化するオペラに変貌する。ファウストの美的世界帝国は、一般的になればなるほど内面化したのであり、従って、ファウストとヘレナの愛の成就は、すでにその純粋に知的な構造において、必然的に音楽へ傾斜しなければならなかった。かくして洞窟の中のもっとも一般的な知的文化は、音楽へと反転し、オペラとして現実に作用する。そしてヘレナの合唱隊もまた、この音楽というもっとも一般的な作用に影響される。

二目と見られないおばさん、お前さんも、
このしみじみと胸にひびく音楽が気に入ったんだね。
わたしたちは、まるで新しい世界へ生まれかわってきたようで、
思いきり泣きたいような気持になってきました。
外の世界にかがやく日の光なんか消えてしまったっていい、
魂のなかで夜が明けるなら。
世界じゅう探しても手に入らないものが
自分の胸のなかに見つけられるようになるでしょう。
（v. 9687－9694）

ファウストとヘレナの愛の成就の瞬間にも、頑固に古代的であり、古代からの時間的距離をたえず意識させた合唱隊（v. 9385－）は、突如音楽によって内面化し、古代的な客観性を喪失する。これがオイフォリオンの誕生の背景である。オイフォリオンもまた、W・エムリッヒが主張するほど、終始古代的ではない[20]。「古代」が近代精神の願望像であったかぎり、それは神々の牧歌にとどまり、単に洞窟のなかの出来事にすぎなかった。しかしそれでは近代精神が自己自身に到達したとは言えなかったであろう。オイフォリオンがファウストとヘレナの神格化された生活から生まれるとき、彼は、自分が古代と近代の合の子であり、すでに古代風に色付けされた近代精神であることを、十分に意識している。オイフォリオンにとって古代は、それがすでに彼の生きた成分となっているのだから、もはや願望像ではあり得ない。こうして近代精神が諸時代の歴史的一回性を止揚しながら、「美」の世界帝国を構築するとき、他方で近代精神は、そのようなものとして自己の歴史的一回性を露呈してしまう。こうしてオイフォリオンの誕生は、古代文化を同化する「近代」の記念碑となるが、しか

20　Emrich, S. 352.

し彼はそのような近代の自己意識として、自己の一回性を十分に意識しており、それ故、誕生と同時にすでに危機に晒されている。そしてオイフォリオンが自己意識となった近代の精神を体現するかぎり、彼はもはや洞窟の中にとどまってはいられない。というのも、内面化を通じて純粋の知的構造に帰着した文化は、もっとも一般的であり、そしてこのもっとも一般的な文化を代表する芸術が、音楽であるからだ。心から出て心にはたらきかける音楽は、もはや所有の対象ではなく、世界の意味を語る。こうしてファウストとヘレナが過ごした無時間的な神々の生活から、ジャンルとしてのオペラが発生し、それが今や現実に作用を及ぼし、近代の歴史を神話に変貌させる。それがオイフォリオンの誕生の歴史哲学的意味である(21)。

周知のごとく、ゲーテはオイフォリオンの形姿について、「オイフォリオンは人間的ではなく、単に寓意的な本質である。いかなる時間にも、いかなる場所にも、いかなる人格にも結びつくことのない詩が、彼において擬人化されている。あとでオイフォリオンとして登場することになる同じ精神が今は少年御者として現れるのであり、その点で彼はいつどこにでも居て姿をあらわすことのできる幽霊たちに似ているのだ。」(山下肇訳)と、エッカーマンに語っている(22)。そのような寓意的意味の観点ではすでに、ファウストを「母たち」の国に導く鍵や、あるいはホムンクルスやリュンコイスなど、多かれ少なかれ「詩」を体現している。しかしゲーテの指摘は、単にオイフォリオンと少年御者との寓意的一致を強調するのみならず、むしろこの二つの形象が、『ファウスト第二部』の劇的構想の重要な結節点であることを暗示している。すでに述べたように、少年御者はプルートゥスと密接なつながりを持っており、富の基盤から発生する美的文化の予感を表現したのであり、従って、彼はファウストの美的世界帝国の建設の出発点にある。それに対して、オイフォリオンは、その崩壊の局面に登場するのであり、従って、混沌の予感を体現している。《仮装舞踏会》の場面で、近代における集積された富の基盤において、富の享楽がいかに美への願望を生み出したかが示されたとすれば、美への願望は、他方では古

21 ゲーテはここに今やヴィンケルマンの世紀が終わり、来るべき時代が音楽を主流とするオペラ文化の世紀となるであろうことを予想している。事実、ゲーテの死後まもなくオペラの全盛時代が訪れるのであり、時代の勢いに乗って出現したリヒアルト・ワーグナーがその頂点となる。一方、それは若きニーチェの時代でもあり、ニーチェはワーグナーの音楽に心酔し、ワーグナー体験を古代へ投影することで『悲劇の誕生』を書いた。従って、『悲劇の誕生』は古代ギリシャの悲劇の成立に関する解釈に留まらず、一九世紀ドイツの音楽文化のビジョンをも雄弁に語っている。高辻知義『ワーグナー』(一九八六年、岩波新書)参照。

22 Eckermann, 20. Februar 1829.

代世界への好奇心を呼び覚まし、それがまた《古典的ヴァルプルギスの夜》において、古代世界の知的同化の試みへと発展したのであった。その際、ホムンクルスは高次の美的世界を先取りしながら、美の形成衝動を体現していた。そしてファウストの美的世界帝国において、今やリュンコイスが鎖につながれたということは、ここでは美がすでに存在を得て、その結果、美への憧れが制御された事態を意味した。ファウストとヘレナとの結婚において、美の世界帝国が頂点に達したとき、より高次の世界の予感としての「詩」は、自明のことながら消滅しなければならなかった。ところが今や、ファウストとヘレナとの結婚から生まれたオイフォリオンは美的文化の頂点にあり、かくして、もはやより高次の世界が存在しないということがオイフォリオンの宿命となる。というのも、すでに美的文化を代表するオイフォリオンにとって、追求に値するより高次のものとは、もはや美ではあり得ず、美を超える何かでなければならないはずで、かくして「詩」は今やカオスへの憧れを表現し、美の破壊、つまり、死がオイフォリオンの掟となる。ファウストとヘレナの牧歌的洞窟から閉め出されていた戦争と混沌、そして遠くへの憧れは、オイフォリオンにおいて再び復活する。「古代」はオイフォリオンにとって、もはや形成の目標ではない。彼はもはや「古代」を同化する必要はない。彼の目標はむしろ、すでに自己の一成分となっている「古代」を、政治的・歴史的次元で、再度、獲得することである。合唱隊のオイフォリオンへの追従の姿勢、さらにそれに対するヘレナの共感とファウストの反感（v. 9749－9754）が暗示しているように、合唱隊とオイフォリオンとの距離は、すでに止揚されている。しかし今やオイフォリオンにとっては、「古代」を知的に再獲得することが問題であり、こうして彼は「みんなのなかでいちばん強情な娘」（v. 9793）を選び、彼女に愛を強いる。

この小さい、強情な奴をつかまえてきたぞ、
無理にでも従わせるぞ。
いやがる胸を引きよせ、
いやがる口に接吻するのが、
おれの快楽だ、おれの歓喜だ。
おれの力と意志を知らせてやる。　　（v. 9794－9799）

しかしオイフォリオンが彼女を知的に支配しようと試みると、彼女はますます遠ざかる。少女は逆らうことによって、近代的知性にその古代からの距離を再び意識させる。少女は炎となって燃え上がる。オイフォリオン＝バイロンは、なるほどギリシャの政治的独立のために戦うのであり、それ自体、ファウストの美的世界帝国の主権を擁護するための政治的な戦いである。しかし彼が戦う目標としての美は、同時に政治的自由の表現でもあり、それは封建的願望像としての牧歌の非歴史性を暴露することになってし

まう。

この世に生を享けたばかりで、
晴れやかな日を浴びたばかりで、
お前は目まいのするような高みから、
苦難のただなかに飛びこもうとあこがれるのか。
わたしたちのことは
気にかけてくれぬのか。
あの楽しいまどいは夢だったのか。　(v. 9877－9883)

オイフォリオンの目標はもはや美の王国ではなく、言わば美の共和国であり、こうして彼は近代の自立した人格として、封建的家族の基盤から、自己を解放しようと試みる。そしてオイフォリオンが音楽に媒介されて、自己の内部に宇宙を実現するとき、それは彼が自立した近代の個人であることの裏面であり、従って、彼の無限への憧れは、「個」としての現実の感情をますます稀薄にしていく。

どこまでも高く登って行かなくては。
どこまでも遠くを見なくては。　(v. 9821－9822)

こうしてオイフォリオンが空中に身を投げ、イカルスのように墜死するとき、これは純粋知の文化の必然的帰結である。

ギリシャの独立戦争に参加したバイロンのミソルンギにおける死を踏まえて、ト書き (v. 9902) が暗示するように、ゲーテはともかく、この偉大なイギリスの詩人の記念碑を打ち立てたのである。周知のごとく、ゲーテはバイロンの運命を、彼があたかも自己の分身であるかのように、特別の関心をもって見守っていた。オイフォリオンがバイロンの記念碑となった事情について、ゲーテはエッカーマンに「最近の文学的世代の代表者として、わたしには彼以外に使える者がなかった。彼は疑いもなく今世紀最大の才能の持主とみなしてよいのだ。それにバイロンは古代的でもないし、ロマン的でもなく、今日の時代そのものなのだ。そのような人物が必要だった。ともかく彼はミソルンギでの破滅の原因ともなったその不満な性格と好戦的な傾向によって恰好の素材となったのだ」（山下肇訳）と、語っている[23]。しかし、オイフォリオンにおいて、イギリスの詩人が讃美されているとは、必ずしも言えないであろう。ここではバイロンがゲーテと共通の才能を持った後代の詩人であり、従って、ゲーテもバイロンの位置に置かれたならば、破滅したにちがいないという認識が問題である。バイロンが世紀最大の才能であるというのは、まさに

23　Eckermann, 5. Juli 1827.

ゲーテが大いに貢献して築き上げたところのヨーロッパの美的文化を、彼がもっとも典型的に代表しているところから来る。しかしまさにそれ故に、バイロンは亜流意識に悩まねばならないのであり、彼の才能が独創的であればあるほど、彼には永遠の自虐者として、自己自身を破壊する以外に道は残されていない。若きゲーテがエルザレムの自殺を踏まえ、『若きウェルテルの悩み』において、自己自身の自虐的本質を描いたとき、そのことはなお耳目を聳動させる事件であり、まさにヨーロッパにおいてロマン主義運動を誘発するきっかけとなった。しかしロマン主義時代の最盛期に生きるバイロンにとって、その自虐的な生すら、亜流者の烙印を逃れることはないであろう。そうなるとバイロンに残された唯一の道は、ゲーテの道ではなく、エルザレムの道になってしまう。こうしてバイロンの死は、エルザレムの死と同様に、ゲーテにとっては幾分彼自身の死であり、バイロンの死をもって、彼固有の時代が、対象として自己完結したという認識をもたらす。若きゲーテが自己の内的運命を対象として描き出すために、エルザレムの死を必要としたとすれば、バイロンの死は、今や彼にヘレナの幕を閉じる論理を提供する。つまり、ゲーテの文学的生涯は、言わばエルザレムの死をもって始まり、バイロンの死をもって完結するのである。ゲーテにとって、今やファウストの美的世界帝国の崩壊は必然的であり、トロヤの陥落からミソルンギの占領に至る三千年を包括するヨーロッパの時間は、対象として完結する。ヨーロッパの三千年を、その歴史的一回性を止揚しながら、連続する意識として包括し得た、ファウストの普遍人間的な「美」の世界帝国は、今やそれ自体、近代的知性の対象であり、歴史的一回性として自己完結する。そしてオイフォリオンの死がヘレナの幕を閉じ、近代の美的文化に終止符を打つとき、ゲーテもまた同時に、それをもって自己の生の記念碑を打ち立てたのである。

オイフォリオンの死とともに、ファウストとヘレナの結婚が象徴するような美的文化も幕を閉じ、ヘレナは再び冥界に戻る。

あの古いことばは、残念ながらわたしの場合にも、その真実が証《あかし》されました。
仕合わせと美とは長くは手をつなぎあっていないのですね。
命の緒も愛のきずなも切れました。
これとそれとを嘆きながら、つらいお別れをいたします。
もう一度お胸にすがらせてくださいまし。
さあ、常闇《とこやみ》の女王よ、あの子とわたしをお引きとりなさい。
(v. 9939－9944)

ト書きによれば、ヘレナがファウストを抱擁すると、ヘレナの肉体が消え、その衣服とヴェールがなおファウストの腕に残されることになる。そしてそれについてフォルキアスは、ファウストに言う。

何もかも消えて、それだけがあなたの手に残った。
それをしっかりと持っていらっしゃい。
その着物を手から放してはいけませんよ。もう悪霊どもが裾をつまんで、
地獄へさらっていこうとしています。しっかりと持っていらっしゃい。
それはあなたが失った女神そのものではないけれど、
神々しいおもかげはとどめています。測り知れない貴いあの方の恵みを力にして、向上の道を進みなさい。
それは、いっさいの卑俗なことがらを越えて、空高く、
ひたすらあなたを運んでゆくでしょう。あなたがそれに堪えることができるかぎりは。
ではまたお目にかかりましょう。ここからは遠く遠く離れたところで。
（v. 9945－9954）

このフォルキアスの言葉がファウストに対する辛辣な皮肉を意味するという解釈は、今日ではもはや一般的ではない[24]。肉体が消えてのち、なおヘレナの衣服とヴェールがファウストを包み、彼を「いっさいの卑俗なことがらを越えて、空高く」ひたすら運んでゆくことができるということは、すでに残された衣服とヴェールの崇高な本質を語っている。W・エムリッヒは衣服とヴェールがゲーテの重要な象徴に属し、本来「詩」をあらわすとするが、しかし彼は必ずしも「美」と「詩」の関係については論じていない[25]。ゲーテがヘレナの最後の台詞（v. 9939－）を、決定稿に至るまで一〇回も書き換えたという事情は[26]、ゲーテの「美」に対する観念の深いパラドックスからくる。ゲーテにとって美とは理念ではなく、常に定在（Dasein）であり、従って、それは現実の対象として享受され得るものである。ヘレナはこの意味で単に美を象徴するのみならず、一人の美女としても現実に存在しなければならないであろう。ヘレナが「仕合わせと美とは長くは手をつなぎあって

24 Staiger a.a.O. S. 395. さらにヘレナの衣装に関するメフィストの言葉が嘲弄を意味するか否かをめぐる諸説については、小栗浩『ファウスト論考』（東洋出版）二五七頁参照。
25 Emrich a.a.O. S. 354.
26 Staiger a.a.O. S. 394.

いないのですね。」(v. 9940) と悟るとき、これは仕合わせ (Glück) が美の本質であり、仕合わせのない美とは、いかなる美でもないことを意味するであろう。そしてファウストのヘレナとの結婚が、同時に美と仕合わせであったということは、それが現実の体験であること、つまりヘレナが美の寓意ではなく、実在する人格であることから来る。ヘレナは肉体を得ることによって、そもそも美となっている。美の理念にとどまるかぎり、ヘレナは永遠だが、しかし誰もそれを美として享受し得ないかぎり、彼女はそもそも美ではない。しかしこのことを裏返すならば、美の本質は、むしろそれが何らかの肉体的なものを表現し、従って、常ならぬものであることに存する。そしてファウストの手に残されるヘレナの衣服とヴェールが、W・エムリッヒに従って、「詩」を象徴するとき、このことはヘレナがかりに美女としては消滅しても、なお美の予感としての「詩」の地上的存在形態として、生きつづけることを意味するであろう。ヘレナの衣服とヴェールは、言葉を換えれば、彼女の地上的存在の記憶であるが、ヘレナが最高の美の地上的実現であったとき、その記憶もまた崇高であり、今は「詩」として昇華される。ゲーテの『ファウスト』のヘレナ劇とは、この意味で、それ自体「詩」となったヘレナ体験であり、従って、ヘレナの衣服とヴェールに相当するもので、それはジャンルとしては、H・シュラッファーが主張するように、確かに寓意劇である。しかし最初から寓意としてのヘレナを前提するならば、ヘレナをその衣服とヴェールから明瞭に区別する、フォルキアスの「それはあなたが失った女神そのものではないけれど、神々しいおもかげはとどめています。」(v. 9949－9950) という言葉を、正しく解釈することは難しくなるだろう。フォルキアスの言辞は、美と詩の本質を正しく把握しながら、むしろヘレナの別離の裏面、つまり、その生産的な解釈を提示しているのであり、それはファウストにたいする辛辣な皮肉どころではなくなる。ファウストは女神としてのヘレナを失うけれども、なお彼女の神々しい記憶を保持するのであり、それは崇高な「詩」の存在形態として、彼をいっさいの卑俗なことがらを超えて、空高く運んでゆくことができる。かくして、ヘレナの衣服は雲となり、ファウストを包んで空高く舞い上がり、遠くへ運び去る。

しかしト書きによると、フォルキアスはなお「オイフォリオンの衣服とマントと琴を地上から拾い上げ、舞台前景に進み出て、それらの遺品をかざして語る」のである。

これだけでも拾えたのは上出来でした。
たしかに強い炎は消えてしまった。
だが、だからといって現代を気の毒がるにはおよびません。
これだけあれば、詩人のたれかれに箔をつけてやって、競争者連中の嫉妬心を焚きつけるには十分です。
わたしはああいう人たちに才能を授けてやることはできないが、
せめて衣裳は貸してやることができますからね。
(v. 9955－9961)

E・シュタイガーは、「ここでの衣裳は外面性である。オイフォリオンの霊的な力が消え失せた後では、それは余り役にたたない。ただ一人彼にのみ似合い、世間を恍惚とさせたものは、後から生まれてくる者にとってはわざとらしい技巧になる。ヘレナの遺品は精神を高めるが、オイフォリオンの死後の影響は、競争者連中の嫉妬心、つまり単に流行を追い、何びとも形成しない文壇の流派の争いにある」と、述べている[27]。この解釈に多くを付け加える必要はないだろう。オイフォリオンが包括的な、無際限の詩的創造力において実現された世界体験を相続し、それによって亜流の精神をもっとも純粋に体現したとしても、その死はすでに精神の消滅であり、従って、その遺品は、もはや亜流の亜流として才能のない詩人のための貸衣装となるにすぎない。

最後になお合唱隊の行方についても検討しておく。合唱隊を率いる女のパンタリスは、最後まで古代的姿勢を保持し、ヘレナの幕全体に、近代のオペラの烙印を押すのである。

さあ、みんな、急ぐのですよ、出発です。魔法は破れた。
わたしたちを縛っていたテッサリアの魔女のおぞましい妖術は解けました。
耳よりも心をまどわす
気ちがいじみた音楽もおわりました。
(v. 9962－9965)

こうしてパンタリスはヘレナに付き従って冥界へ戻るが、合唱隊は自然の中に溶け込んでしまう。

名をあげたというでもなく、気高い願いをもってもいぬものは、
元素に還るほかはない、では勝手にするがよい、
(v. 9981－9982)

冥界とは化石化した生、つまり、言わば地上的生の記録文書のようなものであり、従って、ヘレナやパンタリスのように名を上げた者は、死後も自己同一性を保持する。彼

27 Staiger a.a.O. S. 396.

等は美術館の彫像のように、自己のなかに永遠に閉じ込められるが、しかし純粋な客体として同一性を保持し、やがて人間的主体の能動的な同化の行為を通じて、蘇ることができる。しかしそうなると、名を上げ得なかった合唱隊の女たちは、永遠に名前がなく、冥界の影、つまり影の影に追いやられることになるだろう。こうして合唱隊の無名の女たちが冥界の闇を拒み、純粋の消滅、つまり自然における永遠の忘却を望むとき、死は歴史の痕跡の否定に等しく、従って、再生の希望を同時に表現する。というのも、忘却、すなわち自然こそ、再生の前提を与えるのであり、そこには歴史の影の王国に意味を付与し、それを新しい意味で蘇らせる創造の力が宿っているからだ。こうして合唱隊が自然のなかに溶け去ることは、大海におけるホムンクルスの愛の成就に対応し、ヘレナの幕を、自然におけるバッカス的な祭りで終わらせる。そしてトロアの陥落からミソルンギの占領に至るヨーロッパの時間が、自然という永遠の現在の舞台で、一つのドラマとして完結するとき、それはまた同時に時間と空間のより高い古典的統一の表現ともなる。

第一二章　ファウストの行動的人格の復活

一、ファウストの孤独と「行為」への帰還

第四幕の冒頭で、われわれは再び高山に降り立ったファウストに再会することになる。ファウストをそこまで運んできたヘレナの衣装の雲は分かれて、ゆるやかに彼から離れ、東方に流れ去る。ファウストが感嘆の目をみはりながら後を追うと、雲はにわかにヘレナの姿に変貌する。

だが何かの形になるらしい、――そうだ、この目の迷いではない、
日にかがやく褥の上にやさしく身を横たえていて、
巨人のように大きいが、女神にも似た女人の像だ。
まさしくそうだ、あれはユーノーか、レダか、ヘレナか。
おれに見まもられて漂って行くあの姿の、なんと気高く、なつかしいことだろう。
ああ、もうくずれる。形が乱れ、幅ひろい、高い群がりとなって、
東の空にとどまっている。まるで遥かな氷山のようだ。
そしてうつろいやすい日々の大きい意味をまばゆいばかりに輝かしている。

(v. 10047－10054)

するとファウストの胸と額のまわりにまだほんのりと霧が漂い、それがしだいに高く昇り、寄り合って一つの形となる。

――気のせいだろうか、あの愛らしい姿は、
遠いむかしに失った、わたしの若い日のこよない宝ではあるまいか。
心の奥底にひそんでいた青春の日の貴い思い出の数々が湧きあがる。
そうだ、あれはおれのアウロラの恋いだ、わけもなく胸をときめかせた初恋だ。
すぐに心と心はかよいながら、まださだかな思いにはならない最初のまなざしだ。
あのまなざしこそ、とどめておくことができるなら、
どんな宝の光もうばってしまう宝なのだ。
ああ、あのやさしい姿は、美しい心のように高みをさして昇ってゆく。
解け散らず、変わらぬおもかげのまま、大気のなかへ

昇ってゆく。
そしてわたしの心の中の最善のものを、自分といっしょに高みへ引き上げるのだ。　(v. 10058－10066)

『ファウスト第二部』冒頭の《優雅な土地》の場で、グレートヒェン体験がファウストの意識からすっかり拭い去られてしまったことを念頭におくならば、この第四幕冒頭のファウストのグレートヒェンへの追憶は、はじめて『ファウスト第二部』を『ファウスト第一部』と結び合わせ、こうしてまたファウストの霊がグレートヒェンに導かれて天上に昇ってゆく、終局の救済の場を用意することになる。このようにファウストの高山の独白は、『ファウスト』の筋の大きな転回を告げ、ファウストの救済の序曲となるが、一方、大ざっぱに見て、《優雅な土地》の場は、ヘレナの幕を頂点とする筋の流れの起点をなしている。しかしここでは必ずしもヘレナの形姿に対する、グレートヒェンの形姿の優位が問題ではない。ヘレナ体験はドイツ精神とギリシャ精神との結合にあり、従って、ヘレナはすでに内面化した美の体験であったが、しかしその際、幸福な現在の生が、なおあくまでもヘレナの美の本質であった。しかしヘレナが冥界へ帰ってのちも、ヘレナの衣裳がファウストを高みへ引き上げることができたように、ヘレナ体験は、なお崇高な詩のようにファウストの記憶に、過ぎ去った日々の大きい意味をまばゆいばかりに、映し出している。ヘレナはもはや実在してはいないが、しかし彼女は美の理念として遠くに置かれ、再びファウストの向上の目標となっている。今や純粋の内面性としてファウストの記憶に保持されているヘレナ体験、すなわち、すでに獲得された目標が、新たにファウストの中に向上の精神を目覚めさせ、それによってグレートヒェンの形姿の復活のための、前提をもたらす。ヘレナは必ずしも否定され、止揚されてしまったのではなく、最高の存在の意識として、ファウストの内面に生きつづけており、まさにそれ故に今こそ、ファウストは理想と現実との矛盾に引き裂かれてしまう。そして「とどめておくことができるなら、どんな宝の光もうばってしまう宝」(v. 10063) としての、グレートヒェンの形姿とは、すべての失われた幸福の原型であり、青春の純粋な体験として、ヘレナの神話的形姿と重なり合い、今はヘレナを超えていく未来の目標として、ファウストの内部に蘇るのである。

第四幕冒頭のファウストの独白は、成立史的には比較的に早いが、第四幕のその他の部分は、最も遅い時期に属し、ゲーテの死の直前に成立したものである。つまり、第四幕の成立をもって、ファウスト文学の全体が、事実上、完成に至ったことになる。第四幕が最も遅く成立した根拠について、例えばE・シュタイガーは、「なお最後に残ったものは、彼にとってほとんど特別の魅力はなかったにちがいない。それは政治的な、それどころか部分的には軍事的なテーマですらある。となると、彼ができるだけそれを長く延期し、やっと最後に、一気呵成に仕上げることができたとしても、誰も不思議に思わないだろう」と、述べている(1)。またE・シュタイガーによれば、第四幕の諸場面は、冒頭の独白を除き、ファウスト文学全体で最も弱い部分である(2)。E・シュタイガーの判断は、必ずしも不当とは思えないが、しかし第四幕の一見ルーズな構造が、高齢の詩人の力不足から来るのか、それともそれが作品の重要な構造的要素と内的に結合しているかどうかは、本来、容易には答えられないだろう。

さて、メフィストが七里靴を履いて登場する。七里靴の片足がぱたりぱたりと出てきて、もう一方の片足がそれにつづくというのは、多分、ヘレナとグレートヒェンの両形姿において崇高な意味を担う、雲のパロディであろう。メフィストとファウストとの最初の対話は、地殻の生成に関する地質学的テーマをめぐっており、メフィストが火成説を、そしてファウストが水成説を代表している。この対話は、ファウストの高山における孤独の境地とかかわりのない、単なるペダンテリーに思えるかもしれない。しかし火成説と水成説との対立は、本来、政治的な主題を扱っている(3)。そうなると、なぜそのような主題が、一見不適切と思えるこの箇所で展開されるのかを、われわれとしてはなお検討しなければならないだろう。メフィストは、彼等が目下位置する高山が、かつては地獄のどん底であったことを物語る。

むかし例の大旦那の神さまが、わたしらを空からこの
大地の底の底へ
突き落としたときの話になりますが——なぜ突き落としたかは、今はちょっとあずかっておきますがね——
そこは地球のまんまん中で灼熱の竈《かまど》だ。永遠の炎が、
四方八方に鎌首を持ち上げている。
その強烈すぎる光に照らし出されたわたしたちのありさまは、
狭いところで押し合いへし合いして、まったくみじめなものでした。

1 Staiger S. 410.
2 Staiger S. 410.
3 ここではManfred Birkの解釈が参考になる。「ゲーテは、ここで火成説と水成説をめぐる当時の自然科学論争に入り込んでいるのではない。議論の対象は、むしろその政治理論におけるアナロギーである。『高山』の議論では、政治史の自然が問題である。」と。Manfred Birk, Goethes Typologie der Epochenschwelle, in: Aufsätze zu Goethes "Faust II", hg. v. Werner Keller. Darmstadt 1991. S. 246.

ところで悪魔連中はみんな咳をしはじめた、
上からも下からも発射です。
地獄は硫黄のにおいと硫酸とでいっぱいになり、
いやもうひどいガスだ。それが途方もなくたまって、
ほどなく、世界の地盤の平べったいところが――平べったいと言ってもずいぶん厚いんだが――
物凄い音を立てて、あちこちで破裂した。
これで上と下とが入れ代わって、
今までどん底だったところが、上になったわけです。
あの結構な学説もこれを根拠にして編み出された。
いちばん下をいちばん上にしようっていうあれです。
とにかく、わたしら悪魔連中は焦熱地獄の奴隷の境遇から脱け出して、
自由の空気が存分に支配している所へ出て来たのです。

(v. 10075–10092)

これは必ずしもメフィストの衒学的饒舌として片付けるわけにはいかない。というのも、ここではまずさしあたり、キリスト教の二元論が問題であり、地獄に追いやられた悪魔が反逆し、世界の地盤の平べったいところを（平べったいと言ってもずいぶん厚いのだが）、物凄い音を立てて、あちこちで破裂せしめ、その結果、どん底がてっぺんになったという事情は、明らかに「近代」の歴史哲学的解釈に基づいており、メフィスト自身、ここで「近代」の成立に関する、悪魔の功績を主張しているからだ。A・シェーネは、『ファウスト第一部』《ヴァルプルギスの夜》の場の初期の構想を明らかにし、《ヴァルプルギスの夜》における魔王のミサの場を再現しているが、その際、彼は、この場の決定稿における欠落の理由を、ゲーテの世論に対する配慮、つまり自己検閲に帰着させている(4)。悪魔の本質としての、黄金とエロスの感覚的・挑発的描写は、確かにそれによって《ヴァルプルギスの夜》の世界から削られることになったが、しかしこの二つの要素は、ゲーテの『ファウスト』では常に隠微に描かれており、疑いもなく作品の根本主題を構成している。ただエロスは、グレートヒェン悲劇のプロセスにおいて昇華され、黄金は、すでに論及したように、《仮装舞踏会》のプルートゥスの形姿として台頭し、美的文化の物質的基盤を構成するものとなった。そうであれば、魔王崇拝の場の《ヴァルプルギスの夜》からの欠落は、本来、そもそも「悪」の概念が変化し、エロスと黄金が、かりに感覚的・挑発的に描かれたならば、単に正統主義者の偏見を意味したにすぎないであろう事情から来る。それに対して、『ファウスト』の根本主題は、むしろ、グレートヒェンの純粋の倫理性がエロス体

4　Albrecht Schöne: Götterzeichen, Liebeszauber, Satanskult. 2. Aufl. München 1982. S. 210.

験の昇華としてはじめて浮かび上がり、ヘレナ自体、集積された富の基盤の上に構築された、美的文化であるということに潜んでいる。こうしてヘレナ体験の後、高山から地上の営みを見下ろすファウストは、言わばニーチェのツァラツストラのように、今や人間性の最高の価値尺度を所有する、孤独な超人である。しかしそのような価値尺度は、由来を探れば、本来、悪魔の財産であり、メフィストが自慢する理由もある。

今やメフィストは、ファウストを新たに行為へ駆り立てるかのようである。

だが、ここらでずばりと物をいうことにして、
あなたにはこの地上で気に入るものは何もなかったんですか。
あなたは際限もなく見聞をひろめて、
この世のもろもろの国とその栄華をごらんになった。
だが、満足することを知らぬお方だから、
是が非でもこれが欲しいというものは何もなかったわけですね。
(v. 10128–10133)

周知のごとく、『ファウスト第二部』冒頭の《優雅な土地》の場における、ファウストの眠りは、初期のプランでは、誘惑のモティーフを踏まえており、妖精の歌は、ファウストを行為へと駆り立てるための追従の言葉に充ちていた。そうであれば、『ファウスト第二部』は『ファウスト第一部』に筋の上で直接に連結し、ファウストは最初から行為する人格であったことだろう。しかし《優雅な土地》の場が、すでに論及したように、ファウストの眠りと再生を描くことによって、ファウストの人格の同一性を止揚し、それによって筋の連続を意識的に断ち切ったとき、この場は、結局のところ、ヘレナの幕に至る脱人格化されたドラマの序曲となった。第一幕から第三幕に至る過程は、行為を通じて人格を描くことではなく、世界の運動そのものを視覚化することを目指しており、その際、諸人格は世界の精神的ないし物質的な構造契機を担い、従って、多かれ少なかれ寓意であった。第一幕から第三幕に至る過程は、従って、ある意味で、本来の劇的筋に対するインテルメッツオ（幕間劇）であり、『ファウスト第一部』において提示された「賭け」の定式は、ファウストとヘレナとの結婚におけるように、文学的主題そのものが時間に対して停止を命じている瞬間にも、効力を発することはなかった。かくして、メフィストの行為への挑発は、やっとはじめて「賭け」の前提における、ファウストの行為が問題であることを意味し、またその際、ファウストとメフィストの対話は、『ファウスト第一部』の「賭け」の場を改めて想起させる。

いくら言っても、君には理解できないのだ。

人間が何を渇望しているか、君にわかるものか。
君のように苛酷で横柄で、意地の悪い男には、
人間の求めているものが分かるはずはない。

(v. 10192－10195)

このファウストの台詞は、おそらく「賭け」の前提においてのみ理解できるもので、またその口調は「賭け」の場との平行関係を意識させる。

悪魔風情《ふぜい》が何を見せるつもりか。
人間の精神が高みを目ざして努力するとき、
それがきみらに理解されたためしがあるか。

(v. 1675－1677)

かくして、ファウストの地上的活動の最後の瞬間において、未来のヴィジョンの前提となる、ファウストの「行為」の理念が、実際、ここではじめて提示される。

おれの目は遠くひろがる海に向けられたのだ。
海は盛りあがって、突っ立ちあがる。
……………
意気揚々と目的を達しては、遠のいてゆく。
そして時がくると、同じ戯れをくりかえすのだ。
波はそれ自身不生産的であり、その不生産性を
四方八方へ広げようとして匍い寄ってくる。

(v. 10198－10209)

……………
あの専横な海を岸からしりぞけて、
水面の領域をせばめ、
海を遥かの沖まで追いやる、
こういう至上の快楽をおれはおれのものにするのだ。
この計画をどう進めるか、それをおれは一歩一歩と考究した。
さあ、これがおれの熱望だ、一日も早くそれが実現するよう協力してくれ。

(v. 10212－10233)

このように不生産的な海の波に対する戦いが、今やファウストの主たる関心事となる。これがそもそもファウストが、最後の瞬間の独白で、行為の理念として定式化する、ファウスト的「行為」の内容である。しかしそれは本来、ヘレナの幕に至る劇的過程と、どのように整合するであろうか。第二幕の終局でホムンクルスが大海に溶け入り、第三幕の終局で、合唱隊が大自然と和合するという事情は、自然に対する深い信頼を前提とし、結局のところ、《優雅な土地》の場で提示されたレーテ（忘却）のモティーフ

の、ヴァリエーションである。しかし今やファウストは、海の不生産的な波に怒り、制御されない自然の無目的な力を征服しようと欲する。そしてそれが行為するファウストの前提である。第一幕から第三幕に至るまで、「自然」は言わば芸術の媒体であり、諸形象は人格というよりも、むしろ芸術のジャンルを提示していた。自我が芸術の純粋な客体として、精神的媒体の中に溶け込むこと、つまり自然と芸術の調和としてのレーテ（忘却）が、根本主題であった。しかし人間が行為する人格として登場するとき、彼は常に自我と自然の対立を前提とするのであり、この意味において、彼は悲劇的である。第三幕に至るまで、人間性の最高の理念としての「美」を産出する、自然の創造的過程に参加したファウストは、この意味の行為者ではない。しかし美の体験を通じて人間性の最高の価値尺度を所有したファウストは、まさに孤独になり、世界から疎外されている。かくしてファウストの行為は、今や、彼によって獲得された価値尺度を世界に適用することによって、世界と対決することにあり、そこから彼の行為の理念が生じてくる。「美」がファウストの行為の理念を準備するとしても、それ自体、まだ行為ではない。それに対して、本来の意味のファウストの行為とは、結局のところ政治的実践であり、こうして今やファウストは世界と戦い、世界を支配しようと試みる。ファウストの海に対する戦いの宣言は、従って、彼がもはや芸術や自然の享受者でないことを意味するが、しかし人間性の最高の理念としての「美」が、それによって否定されたわけではない。むしろ最高の価値としての美は、ファウストの政治的実践の目標となったのであり、そこに過ぎ去った日々の大きな意味が、まばゆいばかりに反映する。しかし美の実現は、政治的次元では、ギリシャの都市国家を模範とする共和国的理想に対応しており、その理想がすでにオイフォリオンにおいて悲劇的愛国心の基調をなしていたように、それはファウストにとっても現実には達成できず、単に死の直前のヴィジョンにおいて、未来へ投影されているのである。

二、ファウストにおける混沌の要素としての政治戦への没入

ファウストが海との戦いを新しい活動の目標として定めると、ト書きは、即座に内乱の勃発を告げる。ファウストの目標を実現するために、相棒のメフィストにとって、帝国が内乱に陥ることは、むしろ歓迎すべきことである。というのも、ファウストが皇帝の窮地に際して、彼のために王座と国土を敵の手から護るならば、彼は皇帝から果てしない海岸を封土として受領し、それによって直ちに念願の事業に着手できるからである。

まず帝位と領土を救ってあげる、

そうしたらあなたはさっそく皇帝の前に出てひざまずいて、
はてしのない海岸一帯を領地として頂戴するんです。
(v. 10304－10306)

かくしてメフィストにとっては、戦争はファウストの目的実現のための前提であり、そこに本来、第四幕から第五幕への劇的筋の核心がある。しかし第四幕をこの筋の前提において考察するならば、戦争の大部分はほとんど蛇足であり、おまけにファウストが皇帝から領地を頂戴する、肝心の場面が欠けている。そうなるとおそらく戦争は、ファウストの事業を筋において動機付けるのみならず、それ自体、ファウストの行為の理念と密接に結び付いているにちがいない。海の不毛な波の運動は、むしろ社会的混沌の比喩なのであり、第四幕においてファウストを戦争に巻き込んでいくプロセスは、ファウストの海に対する戦いの宣言にもかかわらず、それ自体、なおカオス体験を意味する。従って、戦争もまたあちこちに揺れ動き、波の無意味な運動に類似する。そしてそのようなカオス体験を通じてはじめて、カオスを超克しようと欲するファウストの意志は、現実の意味を獲得する。

このように第四幕で描かれた戦争は、海の波の永遠の運動に似て、社会的混沌の表現としての政治的根本現象なのであり、一つの自立した象徴空間を構成する。しかし他方、この政治的根本現象は、後で論及するように、一つの歴史的事実を踏まえることによって、リアリティを獲得している。ともあれ、皇帝が登場し、それによって第四幕は、筋の上で再び第一幕に連結する。皇帝の形姿について、ゲーテは「わたしは皇帝の形姿において、自分の国を失うべき、あらゆる可能な資質を持った一人の君主を描こうとしたのであり、また後で実際、そうなってしまう」と、エッカーマンに語っている[5]。第一幕でメフィストの製造した紙幣で、見せ掛けの富を得た皇帝は、目下窮地にある。皇帝に国を失わせることになる資質とは、次のようなものである。

なにしろ若くて位についたので、
つい判断が狂ってきました。
国家を治めるが、享楽もする。
この二つは両立させうる、
両立させることが望ましいし、最高の事なのだ、というんですね。
(v. 10247－10251)

治める前にまず享楽しようとする皇帝は、国を無政府状

5　Eckermann, 1. Oktober 1827.

態に陥れてしまう。そこで秩序を求める者たちは新しい皇帝を選び、正統な皇帝に反逆する（v. 10278－10284）。特に僧侶階級が対立皇帝を支持し、国は分裂する。内乱が勃発し、ファウストとメフィストは最後の戦闘に参加する。正統な皇帝は、ついにメフィストの妖術を借りて対立皇帝を破り、国に秩序をもたらし、帝国憲法を定める。

周知のごとく、これは一三五六年にカール四世が発布した金印勅書に依拠しており、従って、第四幕もまた、中世における特定の歴史的現実を描いている。しかしここでは政治的根本現象として、象徴的に描かれた社会的混沌が問題であり、そこには一八〇六年に、神聖ローマ帝国の滅亡を実際に体験した、ゲーテ自身の視点が疑いもなく反映している。従って、その結末が一三五六年の金印勅書に基づく第四幕は、一八一五年ウィーン会議以後の王政復古期におけるヨーロッパの諷刺ともなっている。とりわけゲーテ時代における神聖ローマ帝国の無政府状態を考えるとき、第四幕は、現実問題としての政治的主題が、美のカノン、つまりヨーロッパの文化的理念よりも、本来、遥かに切実さを持ったであろう、言わば特殊ドイツ的空間である。市民革命を経て新しい文化理念を産出するに至ったヨーロッパ社会から、ファウストは最高の価値尺度を引き出すが、しかしそれをドイツの現実に適用するためには、彼はなお政治的戦いを必要とし、この意味において、彼は行為者となっている。メフィストの暗示もまた、幾分、一八世紀ドイツにおける無数の小国家の絶対主義的君主を想起させる。

それからわたしは、豪壮に、わたしというものの威光にふさわしく、
遊楽向きの土地を選んで、遊楽の城をつくらせますね。
森や丘や原や牧草地や畑を
壮麗な庭園につくり変える。
緑の高垣ぞいにビロードのような芝生、
遠見のきくまっすぐな道、工夫をこらした木陰の休み場、
岩から岩へ階段式に落ちる滝、
そしてありとあらゆる噴水を仕掛ける。
まんなかのは堂々と昇っているが、あっちこっちには、
小さいのが、いろんな趣向で吹き上げたり、ほとばしったり。
それから最上級の美人を見つけて、
気楽にくつろげる小家を建てさせて、そこに囲う。
そして、浮世離れて、悠々と、
清閑の楽しみをつくそうという算段です。
わたしは美人といったが、これは一人じゃありませんよ。

わたしが女の話をすれば、いつだって複数の美人のことですからね。

(v. 10160－10175)

この描写は、今でもドイツ各地で観光の名所となっている、一八世紀の城を彷彿とさせる。ともあれ、唯一無二の美女であるヘレナがヨーロッパの文化理念を代表するとき、複数の美女とは、ゲーテ時代に余りにもありふれていた、ドイツ小宮廷のロココ文化を代表していると言えるかもしれない。例えば、ゲーテが生涯仕えたザクセン・ワイマール公国のカール・アウグスト大公が、ここにメフィストによって描写される絶対主義的君主像から、どれほど隔たっているだろうか(6)。今やメフィストの挑発が、ファウストを偉大な行為へと駆り立てる。

支配するのだ、この手で握るのだ。
事業がすべてだ。名声は取るに足らぬ。

(v. 10187－10188)

このようにファウストの海に対する戦いが、政治的実践の理念と密接に結び付いていることは余りにも明らかであり、それは神聖ローマ帝国崩壊以後のドイツの国民的統一の理念と、無関係ではあり得なかったはずである。そしておそらくこの意味において、ファウストは、治めると同時に享楽したいと欲する絶対主義的小君主の資質が、帝国の元首にはふさわしくないと判断するのであり、それに真の皇帝の資質を対置する。

たいへんな思い違いだ、命令する位置にある者は、
命令すること自体に最高の幸福を感ずることができなくてはならない。
その胸は高貴な意志にあふれているが、
彼が何を志しているかは、誰にもうかがわせない。
それを最も忠実な臣下たちの耳にだけささやくと、
かならず実行されて、全天下が目をみはるのだ。
こうして彼はつねに最高の存在、
最高の権威者でありつづけるのだ――。享楽は人を低俗にする。

(v. 10252－10259)

ここでファウストは、単に一般的に皇帝の資質として、享楽を否定しているわけではないだろう。というのも、おそらくフリードリヒ大王なら体現し得たかもしれない、このほとんどプロイセン風に冷めた支配の思想は、第三幕ま

6　Walter Horace Bruford: Germany in the eighteenth century. The social background of the literary rivival.　W・H・ブリュフォード『十八世紀のドイツ』(上西川原章訳、三修社) 参照。

で世界を美として享受してきた、ファウストの人格の大きな変貌を意味するのであり、今より飽くことなく権力と支配を目指す、ファウストの人格の出発点となっている。

しかし海に対する決然たる戦いを宣言したにもかかわらず、ファウストの戦争に対する姿勢は、極めて消極的である。メフィストが最高司令官になるよう勧めると、彼はまだ戦争のイロハもわきまえないかのようである。

そいつは臆面がなさすぎよう、
何の知識もないのに采配を振るなんて。
(v. 10311－10312)

このファウストの戦争に対する受動的な姿勢は、皇帝のそれと一致する。そしてファウストと皇帝が、戦争に対して受動的で為す術を知らないという事情を裏返すならば、このことはメフィストの戦略が功を奏するということである。今やメフィストの戦略は、さしあたり三人の大力漢の「あらうで」、「はやとり」、「かたにぎり」（後程、さらに「くすね」が加わる）を戦争に導入することにある。

ここに現われた下種《げす》連中も型にはまった代物ですが、
それだけかえってお気に召していただけるでしょう。
(v. 10329－10330)

ここに導入された三人の大力漢が「型にはまった代物」（原義では allegorisch 寓意的）であるというのは、それらが人格ではなく、組織された戦力であることを意味している。そして三人の大力漢が複数であるというのは、戦争遂行の組織化と役割分担を意味するであろう。例えば、「あらうで」は恥知らずの暴力を、「はやとり」は掠奪を、そして「かたにぎり」は戦利品の管理を代表している。三人の大力漢は、古代の英雄たちがおのれの人格において統一していた戦争遂行を、役割に分解したのである。三人の大力漢は、戦争遂行において非常に良く機能するが、しかし彼らには、戦争遂行を美化する、あの英雄たちのオーラが欠けている。海に対する戦いを宣言したファウストが、権力への純粋の意志をあらわすとき、メフィストと三人の大力漢は、現実に権力を行使する者たちであり、そこから権力の二義性が発生する。ファウストは、その人格において権力を体現するものではないから、権力はいかなる直接的で明瞭な意味をも持たず、三人の大力漢に媒介されることによって、必然的に不透明な構造をあらわし始める。そしてこの事態は、皇帝において、いっそう著しくあらわれる。皇帝を魅了するものは、なお戦争遂行における英雄的行為の輝かしさであり、権力者としての皇帝が自己を再発見するのは、他ならぬ対立皇帝が台頭してくる瞬間である。

にせ皇帝があらわれたのは、わしの利益だ。
今こそわしは、皇帝はこのわしだということを、腹の底から感ずる。
わしはただ一人の武人としてこの鎧を着たのだが、
今はそれはもっと高貴な目的のための武装となったのだ。
饗宴が催されるたびに、それがどんなに華美で、
何ひとつ欠けたところがないにせよ、わしには不足なものが一つあった。それは危険だ。
お前たちは口を揃えて、輪突きの遊びを勧めた、
そんな遊びでも、わしの胸は躍った。昔の騎士たちの
馬上の試合の気分になったのだ。
そしてもしお前たちの諫止がなく、わしが戦争を起こしていたら、
現在のわしはすでに武勲に輝いていたことだろう。
この胸が自主独立のものであることをはっきりと感じたのは、
いつかの催しの夜、わし自身がいちめんの猛火に包まれたのを見いだしたときだった。
炎は怖ろしい勢いでわしにせまってきた。
それは幻影にすぎなかった、しかし偉大な幻影だった。
勝利と名声をわしはただとりとめもなく夢見ていたのだ。
これまで無念にもなおざりにしてきたことを、わしは
今こそ取り返すぞ。　　　(v. 10407－10422)

このように皇帝が対立皇帝の軍勢に囲まれるとき、彼は自分が高められ、はじめて権力に値するように感じる。そしてまた彼がかつての《仮装舞踏会》における炎の遊戯を想起するのも偶然ではなく、皇帝はその権力への意志を、ファウストと同様、自然力（Elemente）に対する支配として、夢幻的に体験する。しかしここにあらわれる、ファウストと皇帝とのある種の対照も、また見逃せない。皇帝はその支配幻想において、ファウストの前述のプロイセン的に冷めた君主像からは、明らかに隔たっている。自然力に対する支配は、皇帝においては、なるほどおのれの人格において統一された権力の象徴であるが、しかしその際、支配は、むしろ支配者と自然力との神秘的な合一において実現するのであり、従って、それはある意味では自然力への埋没に等しい。権力を英雄的行為として人格において統一しようとする皇帝の試みは、従って、ますます自然力に対する受動性をあらわし、魔術師が戦争遂行に介入することを可能にしてしまう。こうしてファウストは神秘的なたわごとを語って、皇帝の寵愛を獲得することに成功する（v. 10423－10436）。

今やファウストとメフィストが戦争に介入すると、皇帝の権力は、全く間接的な構造をあらわすのであり、ここで

誰が一体戦争を遂行しているかを、確定することさえむずかしい。しかしファウストの一見神秘的なたわごとは、厳密に見れば、むしろ彼の戦争に対する、意識的に間接的な構造を表現しているのであり、その際、ファウストは言わば戦争のイデオロギー的解釈者として、戦争に介入している。つまり、ファウストは自立した人間として戦争に関与しているわけではなく、むしろ単にノルチアの妖術師が皇帝を支持するように彼に委託したが故に、皇帝の味方についている。

その彼が、一刻の遅れもなく陛下のもとに馳せ参じて
お味方するよう、
わたしどもに任を託したのでございます。
(v. 10451－10452)

しかしノルチアの妖術師自身、かつてローマで皇帝の単なる気まぐれのおかげで、火刑台から救われたにすぎない(v. 10612－10619)。

このように戦争の勝利を皇帝の側に導くものは、偶然的事情であり、ここでは誰も偉大な英雄としてふるまう者はいない。第四幕の過程は、むしろ様々な偶然的要素の絡み合いから発展する必然性を描いている。そして今やノルチアの妖術師は、戦争を皇帝側の勝利に終わらせることになった、あの背景で作用する匿名の力を代表するが、しかしそれは同時に、皇帝の英雄的な支配幻想をも、滅ぼしてしまわねばならない。皇帝におけるこの英雄主義の皮肉な意味は、切迫した状況が彼の英雄的行為を最も必要とするときに、まさに指揮権を放棄しなければならないことにある。

ここではわしは指揮をとるまい。
(v. 10501)

というのも、皇帝が攻撃を命じるならば、彼は目下ファウストがそう解釈するような、背景のサタンの勢力を正当化しなければならないからだ。しかし彼は心中、サタンの勢力を承認したくもないし、また承認できないのであり、従って、彼は現実の運動から必然的に排除されねばならなくなってしまう。しかしそれにもかかわらず、そのことは現実にいかなる変化も及ぼさない。皇帝が指揮権を放棄するや否や、メフィストないしファウストの戦略が、それだけいっそう効力を発することになる。今や三人の大力漢を戦争に導入するのはメフィストではなく、ファウスト自身である。ファウストは、皇帝の権力を下部組織に媒介することによって、権力を相対化するが、しかしそれによって彼自身も妥当性を失い、廃嫡を宣告されることになる。というのも、現実に単に三人の大力漢が戦争を遂行するとき、戦争の勝利が誰に帰属するかは、戦争のイデオロギー的解釈にのみ依存しているからである。

メフィストの戦略は、三人の大力漢を戦争に導入するだけに、とどまってはいない。彼は今や甲冑姿の中世の騎士たちを登場させるが、彼らは実は武器庫から掻き集められた「蝸牛のぬけがら」にすぎないのである。

どこからあれを連れて来たなんぞと、詮索なさるものじゃありませんよ、
そりゃ、いうまでもなく、わたしは大車輪で走り回って、
　この近辺の武器庫《ぐら》から掻き集めました。
庫《くら》のなかに並んでいる甲冑姿は、徒歩《かち》で立っているのも、馬に乗っているのも、
みんな今もってこの世の主《あるじ》だと言いたげに威張っている。
なるほど、むかしは騎士だった、王だった、皇帝だった。
が、いまじゃ揃って蝸牛《ででむし》のぬけがらさ。
そいつをいろんな化けものどもが着こんで、
中世期をそのまま生きかえらせてお目にかけたというわけで。
中にいるのは小悪魔だが、
けっこうこの場の足《た》しになります。
(v. 10554–10564)

ここに登場する中世の騎士たちが単なる「蝸牛のぬけがら」であるとき、中世はすでに過去に属しているのであり、そこから中世の騎士たちを、時代錯誤として眺める近代の視点が浮かび上がる。しかし一方、それらはなお効力を持っており、現実の勢力として描かれている。中世の騎士たちは、もはや英雄ではないが、しかし英雄の衣裳である。そしてそのような「蝸牛のぬけがら」がゲルフ党とギベリン党に分かれて争うとき、無政府状態は頂点に達する。しかしここでは、「蝸牛のぬけがら」を戦力として用いる、メフィストの発案の幻想性が問題ではない。むしろ、ここで展開する戦争自体、政治戦として現実に幻想的であり、その際、「中世」は、戦争において一つのイデオロギー的役割を果たすことによって、政治的現実として新たに復活している。戦争は、今や中世の甲冑を着込んだ化物どうしの戦いに発展し、それによって極めて不透明な仮象の性格を帯びるが、しかしそれにもかかわらず、この戦争が現実の意味を担うかぎり、時代錯誤ではない。この戦争は、あくまでも近代の政治的現実を描いている(7)。というのも、この戦争が中世の歴史的現実として描かれているのであれば、それは英雄の衣裳どうしの争いとは、なり得

7　Vgl. Birk, a.a.O. S. 253.

ないからだ。かくして、この戦争は、皇帝の英雄的な支配幻想にもかかわらず、本質的に不透明であり、妖怪じみた出来事としてあらわれる。

初めは腕を一本振り上げただけと思ったが、
いまは十本も振りまわして荒れ回っている。
どうやら正常な、自然の活動ではないようだ。
(v. 10581－10583)

どうも合点がゆかぬ、長槍の穂先は
みな稲妻を発している。
また密集部隊のきらめく槍先には
小さな炎がすばしこく踊っている。
これはあまりにも妖怪じみている。
(v. 10593－10597)

このように皇帝は、この戦争にサタンの力が関与していると、感じる。しかしおそらく皇帝にとって最も重要なことは、とりわけそれを通じて、勝利が自分に帰属するということであろう。

だがいったい、自然がわがほうの味方をして、
この奇異の相をあらわすに至ったのは、
誰の心づくしと考えたらいいのか。
(v. 10603－10605)

かくして、皇帝は、彼がかつてローマで気まぐれに救ったノルチアの妖術師が、あの背景の匿名の勢力を代表していることを洞察する。しかし気まぐれにふるまったとしても、あのとき坊主どもの楽しみをだいなしにしたことが、今や政治的に決定的な役割を演じている。

坊主どもは、せっかくの楽しみがふいになって、
むろんわしのしたことを快くは思わなかった。
(v. 10616－10617)

ともあれ、皇帝自身が偶然的と判断する要素が戦争に作用すると、戦況は変化し、戦いは皇帝側に有利に展開する。そしてその際、このプロセスを解釈するファウストは、政治的イデオロギーの代弁者である。皇帝の問いに対するファウストの答えは、それ自体、迷信的であるが、しかしその際、ファウストにとって重要なことは、戦争の勝利がノルチアの妖術師の支援のおかげで皇帝に帰属するということを、皇帝が信じることである。かくしてファウストは皇帝を納得させるために、兆候を求める。折しも頭上では鷲とグライフが争い、グライフが鷲に引き裂かれて墜死する。そこでファウストは、鷲は正統な皇帝で、架空の生物グライフは非現実的な、にせの対立皇帝を象徴するの

で、この事件は、皇帝側の勝利の兆候であるという風に解釈する。もちろん、この判断は必ずしも正しくなく、皇帝自身、戦況にたいして全く反対の判断を下す。

ああ――敵軍が大挙して、
息つくひまもなく押し寄せる、
おそらく隘路はもう敵の手に落ちたろう、
神のみ心にかなわぬ手段を借りてあがいた最終の結果
がこれだ。
お前たちの術はむなしかったのだ。
(v. 10659－10663)

ではやっぱりわしはだまされたのだ。
お前たちはわしを網のなかへおびき入れたのだ。
わしは最初から気味が悪かったのだ。
(v. 10685－10687)

ここで重要なことは、誰が正しいかではない。皇帝は敗北の兆候を、むしろ彼がサタンの勢力と結託したことの結果と解釈するのであり、そのことがすでに敗北を意味する。皇帝の姿勢は、本来、優柔不断なのであり、彼は僧侶階級と戦うのみならず、自分がサタンの勢力に依存していることをも、不名誉と判断する。そこでついにメフィストはいらだち、皇帝に指揮権を自分に委ねるように提案する。

わたしに命令権をお授けください。 (v. 10692)

しかし皇帝がメフィストに指揮権を委ねると、彼はその結果、必然的に、ファウストが戦勝に対する正当な報酬を要求してくる事態を、承認しなければならないことになるだろう。そして皇帝がそれを拒絶したとき、ファウストはそれによって形式的には廃嫡を宣告されたのであり、従って、ファウストが封土を受領する場面が欠落したことは、必ずしも偶然ではない。そしてまたメフィストが指揮杖を十字架に譬えるとき、皇帝が坊主の側に寝返り、両者の間に妥協が成立したことを暗示する(8)。

8 皇帝のイデオロギー的混迷に関しては、Heinz Hammの論文参照。Hans Rudolf Vagetがファウストを封建的復古主義の代表者に仕立て上げようとして、「仮にゲーテが政治的に進歩的な、封建主義に敵対するファウストを描こうとしたのであれば、彼は論理的にファウストを対立皇帝の陣営に置かねばならなかったであろう。」と述べているのに対して、Heinz Hammは反論し、対立皇帝派に属する大司教が、王政復古の後、古い封建的なスタイルで特権を主張している事態が、その命題に合致しないことを指摘している。Heinz Hamm, Julirevolution, Saint-Simonismus und Goethes abschliessende Arbeit am "Faust" in: Aufsätze zu Goethes "Faust II" hg. v. Werner Keller. Darmstadt 1991.

そんならお前さんはせいぜいあのけちな棒っ切れを護身のまじないにするがいい。
こちとらには役に立たない代物《しろもの》だ。
それにどうやら十字架くさいところがあった。

(v. 10707—10709)

しかしメフィストが指揮杖を失うことは、彼の戦略が変わったことを意味しない。メフィストは部下の鴉を水の精の少女に派遣し、まぼろしの洪水を現出して見せる。ここでは本来、メフィストは外交的な役割を演じているのであり、外交的な宣伝を通じて政治的状況を変えたとも解釈できるかもしれない。あるいは戦況の変化を正確に見抜いたメフィストは、パニックに襲われた群衆の心理を、まぼろしの洪水の作用と解釈し、自分の功績を主張しているのかもしれない。いずれにせよメフィストは、永遠に繰り返される歴史の運動力学、つまり出来事の仮象以外には、ここで何一つ起こっていないことを、知っている。

ところがわたしの目にはそういう見せかけの水なんか、ちっとも映らない。
人間の目だけがだまされるのですよ。
わたしはこの変妙な光景が面白くてたまらない。
みんなは次々に、かたまってころげ落ちる
馬鹿者どもは、いまにも溺れ死ぬかと思っている、
じつは大地の上にいて何の危険もないのにあっぷあっぷし、
むちゃくちゃに泳ぐかっこうをして逃げてゆく。
もう全軍が混乱です。

(v. 10734—10741)

今や対立皇帝の天幕が占拠される。そしてそこへまっしぐらに突進するのが、まず「くすね」と「はやとり」である。敵の陣営が占拠されるや否や、「あらうで」は役割を果たし終えたと見える。しかし一体、「かたにぎり」はどこへ行ったのであろうか。どうやら国家機構が、今や「かたにぎり」の役割を相続したと言えるのではなかろうか。というのも、「くすね」と「はやとり」が掠奪を開始すると、新衛兵が皇帝の権力の執行者として登場するからである。

そんな言い分はわれわれのところでは通用せんぞ、
兵隊と泥棒の兼業が許されると思うか。
陛下の軍に加わる者は、
正直な軍人でなくちゃならん。

(v. 10823—10826)

こうして「くすね」と「はやとり」も役割を果たし終えたのであり、ただ単に「かたにぎり」の役割だけが残るが、それはしかし国家が相続したのである。

その正直の正体がどんなもんかは、こちとらはとうに
ご存じだ。
その正直は、別の名を徴発というんだってね。
あんたがたはみんな一つ穴のむじなだ。
「よこせ！」が、そのむじな仲間の合い言葉だ。
(v. 10827―10830)

新衛兵が退却すると、直ちに皇帝が四人の侯爵を伴って登場する。そして国家の機能は、今や「かたにぎり」の役割を美化し、それを国家の聖なる義務として認証することである。皇帝の勝利は、さまざまな偶然の要素の絡み合いから結果したにすぎないけれども、それは今や必然的でなければならない。

この戦争に若干幻術の手は借りたが、
つまりはわれらは自分で自分を護り抜いたのだ。
奮戦する者にこそ偶然が味方する。
天から隕石が落ちて、敵軍は血の雨を浴び、
岩石から発する怪しい物音が、
味方の士気を鼓舞し、敵の心をひるませることがある。
こうして敗者は倒れて、嘲りを後世に残し、
勝者は栄誉にかがやいて、神の加護をたたえる。
(v. 10855―10864)

サタンの勢力が皇帝に勝利をもたらしたのであれば、それは勝利の必然的な要素として、評価されねばならないであろう。しかし国家の機能は、まさにそれを偶然の要素として排除し、国家の相続権から締め出さねばならない。周知のごとく、第四幕の最後の場は、カール四世が発布した金印勅書に基づいており、ここには四人の世俗の侯爵と、ケルン、マインツ、トリーアの三人の聖職の侯爵を代表して、マインツ大司教が登場してくる[9]。そしてまた七人の諸侯に裁判権、徴税権、皇帝の任命権等を委ねることも、金印勅書に基づいている。周知のごとく、この帝国法は七諸侯に事実上、主権を認めながら、領土の不分割と長子相続権をもって、神聖ローマ帝国の政治的勢力のバランスを、固定化する措置であった。そのような有力諸侯の妥協の上に基礎付けられた帝国は、三〇年戦争のときにすでに死亡宣告を受けていたにもかかわらず、その妖怪じみた性格の故に、実際上、ゲーテ時代まで存続したのである。ともあれ、ここでは金印勅書の歴史的意味が問題ではない。むしろそれは、その運動力学がドイツの歴史において繰返しあらわれているところの、政治的根本現象として描か

9　Fr. u. Scheit. V. 10872.

れている。諸侯に特権を付与することによって諸侯の妥協の上に成り立つ、そのような帝国は、結局のところ、国民不在の国家であり、新興階級の芽を摘むことによって成立したに違いない(10)。かくして戦争のプロセスに関与するサタンの勢力とは、それが諸侯の存立にとって危険なものであるが故に、悪魔的なものという烙印を押されねばならなかったところの、新興階級以外のものではないであろう。そしてその際、教会は、自明のことながら、既存の支配階級のイデオロギーを代表している。僧侶階級が対立皇帝を支持するかぎり、ノルチアの妖術師の支援がなければ、皇帝の僧侶階級との妥協は難しかったであろう。しかしドラマの文脈においても、三人の大力漢以上のものとしては評価されていない新興階級は、妥協に基づく諸侯の存立が、教会によってイデオロギー的に認証され得るためには、もう一度、サタンの勢力として廃嫡されねばならない。しかしゲーテの近代的視点は、まさにこの廃嫡を宣告されたサタンの勢力に、優位を与えているように思える。

恐れ入りますが、もう一言。あの悪評高い人物に
当国の海岸をおつかわしになりましたとか。しかしこ
の人物も破門の罰を受けましょう、
もし陛下が、その土地の十分の一税、賃貸料、献納
物、土地収益等をも、
懺悔の思召しで教会管理職にご寄進あそばしませぬ
と。
(v. 11035−11038)

このように大司教がファウストの土地に税を課そうとすると、描写は意識的に諷刺へ傾斜する。というのも、ファウストが受領した土地は、まだ海の底に横たわっているからである。

その土地というのはまだないのだ。海の底に寝ている
のだ。
(v. 11039)

ここには二重のイロニーが感ぜられる。というのも、ファウストの土地がまだ海の底にあるということは、それがまだ実体を持っていないということであり、ファウストの功績が正しくは評価されなかった事態に対応しているからだ。そしてファウストが封土を受領する場が欠落したということは、意識的な沈黙であり、それによってファウストの廃嫡は、むしろ象徴的な意味を獲得する。しかし他方、大司教のファウストの領地に対する課税要求は、言わば未来を先取りし、海底の土地に、すでに一つの実体を与えてしまう。つまり大司教は、それによってファウストに

10 Vgl. Thomas Metscher, Faust und die Oekonomie, in: Aufsätze zu Goethes "Faust II" hg. v. Werner Keller. Darmstadt 1991. S. 287.

領地の正統な相続権を承認し、その結果、ファウストの廃嫡を撤回してしまう。かくして、それ自体、骨董的価値しかない歴史的局面は、そこに近代の視点から光が投射されると、にわかに劇的緊張を孕み、大司教が、その人間的真実さにおいて、まさに歴史的制約を超え出ていることを、自ら自覚していないが故に、その形姿は諷刺的対象に変貌してしまう。

第一三章

ファウストの死と救済

一、ファウストの世界所有の悲劇性

その後、どれだけの時間が経過したのであろうか。第五幕の冒頭で、ファウストの土地は干拓されて海の底より浮かび上がり、今ではファウストは海ぞいの領地の強大な支配者である。その後ファウストがどのように変わったかは、第五幕冒頭の《広々とした土地》の場との対照において最も鋭く浮かび上がる。ファウストの領地に隣接する《広々とした土地》においては、すでに高齢の夫婦フィレモンとバウキスが前近代的で単純な、しかし満ち足りた生活を送っている。そこへ一人の旅人が彼等を訪ねてやって来る。かつて船が難破したとき、老夫婦は若者とその財産を海から救ったが、それに感謝するために若者は永い人生遍歴の後、再び彼等のもとに立ち寄るのである。周知のごとく、水から救われた若者はすでに重要なモチーフとして『親和力』、『パンドーラ』、『遍歴時代』において、人間の自然力を通しての再生と、従って、人間の自然に対する深い信頼を象徴している。若者が海から救われたとき、《広々とした土地》は彼の人生の出発点となり、従って、彼の魂の故郷となったのであり、そこへ彼は永い人生遍歴の後、再び立ち戻るのである。そして旅人がそこへ立ち戻るとき、彼の永い人生は完結し、一つの意味をもたらす。若者の訪問は高齢の夫婦にとっても、かつて彼等が若者に命を付与したのだから、彼等の人生の総決算でもあり、彼等の人生に最後の意味をもたらす。夕暮れに鳥たちが巣へ向かうように、今やすべてが「意味」へ、人生の終局へと収斂してゆく。

でも、さあ、あちらへいらして召し上がってください。
まもなく日も沈みますから。——
あのずっと遠くに帆が見えてきましたね、
夜の安全な休み場所に入ろうとしているのです。
鳥だって自分のねぐらは知っていますから。
今ではあそこに港が出来ているのです。
(v. 11097—11102)

しかし若者をとりまく世界はすっかり変貌し、かつての時代の痕跡を全く残してはいない。土手や運河がファウストの下僕たちによって建設される速さは、年老いたバウキスには魔法のように思える。若者の再生と回帰を時間的指標と考えるならば、ファウストの領地の建設は多分五〇年を費やしているだろう。しかし何百年も変わらない前近代的な生活様式を保持する老夫婦の無時間的意識にとっては、文明の速さはすでにそれ自体、一つの魔法である。フィレモンとバウキスは周囲世界の大きな変化にもかかわらず、なお彼等の古い神を信奉している。

さあ、みんなで礼拝堂のほうに行って、
沈んでゆく日に別れを告げよう。
鐘を鳴らし、ひざまずいて、お祈りしよう、
そして、昔からの神さまにおすがりしよう。
(v. 11139―11142)

昔からの神へのたそがれの祈りは、フィレモンとバウキス、ならびに旅人において、彼等の人生の最後の意味を語るのであり、そこにおいて彼等は人生の総体を所有する。しかしそのために、彼等は自己の生命を犠牲として捧げねばならない。

今やファウストが登場する。《広々とした土地》と著しい対照をなす「広い遊苑、まっすぐに引かれた大運河」というト書きがすでに意味深く、人工的な閉ざされた空間を象徴している。フィレモンとバウキスの生が栄えるにせよ、滅びるにせよ、自然のリズムに合致し、自然への深い信頼に基づくとき、ファウストが住む宮殿はすでに人間の自然に対する支配を象徴し、自然と敵対し、自然を排除する人工の空間を象徴する。今やファウスト自身も高齢に達し、沈思しながら歩んでいる。ファウストの生もまた終局へと憧れるが、折しも塔守リュンコイスは、日没と、運河に浮かぶ最後の船の帰港を告げる。

日が沈む、きょうの最後の船が連れ立って、
勇んで港にはいってくる。
(v. 11143―11144)

フィレモンとバウキスのもとに旅人が立ち戻るように、ファウストの船隊もおびただしい財宝を積んで、港に帰る。世界支配を達成したファウストにとっても、今や生の意味を収穫すべき総決算の時期である。しかし折しも、ファウストは砂丘から響いてくるフィレモンとバウキスの夕べの祈りの鐘の音を聞き、憤然とする。

呪わしいひびきだ。無惨な傷を
この心に負わせる、闇から射かける矢のようだ。
目の前にはおれの領地が果てしなく拡がっているのに、
背後《うしろ》からは不快の種《たね》がおれをからかい、
妬み深い音をひびかせておれに思い知らせる、
おれの領地獲得は完全ではない、

あの菩提樹、古びた小屋、
くずれかかった礼拝堂はおれのものでないと。
そして気晴らしにあの丘に登ってみようと思っても、
おれにかかわりのない人間の影法師がおれをぞっとさせるのだ。
それはおれの目を刺すとげ、足うらのとげだ。
ああ、こんなところは遠く離れてしまいたい。
(v. 11151–11162)

しかし実際のところフィレモンとバウキスは、一度もファウストの世界所有を妬んだことはない。重要なことはむしろ、ファウスト自身が砂丘から響いてくる鐘の音をそのように感じるということであり、それがすでにファウストの内面の深いディレンマを示す。ここでは量的・物質的な意味での、ファウストの世界支配の不足が問題ではない。塔守リュンコイスを通じて船隊の帰還を知らされているファウストは、むしろ彼が量的・物質的な意味での世界支配を達成したことを意識しているのであり、従って、今こそ、その内的な意味が問題となる。妬み深い鐘の音とは、実はファウストの内面の声であり、それは世界を所有するファウストが、菩提樹と古びた小屋とくずれかかった礼拝堂以外には何も所有しない老夫婦ほどにも幸福でなく、満ち足りてもいないと語る。ファウストの欲望がこのようにフィレモンとバウキスのちっぽけな地所に向かうのは、もはや量的・物質的な意味でのファウスト的自我の拡大を意味しているのではない。むしろファウストがちっぽけな地所の故ではなく、その内的な幸福の故に老夫婦を妬んでいると考えるほうが適切である[1]。というのも、ファウストもまた目下、生の総体の意味を問うているからである。

その「ここ」がいまいましい。
それがおれの心に圧しかぶさっている呪いなのだ。
世慣れたお前におれは打ち明けずにいられない。
おれの胸は、たえずとげで刺されるように痛んで、
これ以上堪えることができないのだ。
しかも口に出しかかると恥ずかしい。
あの丘の上の老人夫婦を立ち退かせて、

1　この関連でケラーは次のように述べている。「ファウストの無限の広がりへの情熱は、彼が自己の内面において故郷を持たず、意味を付与する中心を失ったこと、そして老夫婦の自足する存在に対する不快は、自己嫌悪の性格を帯びていることを示す。というのも、彼は、無際限の欲望はそれ自体不安定なものを宿しており、鎮められた欲望はすぐにまた新たな欲望を生み出すことを予感しているからである」と。Werner Keller, Größe und Elend, Schuld und Gnade: Fausts Ende in wiederholter Spiegelung, in: Aufsätze zu Goethes "Faust II" hg. v. Werner Keller. Darmstadt 1991. S. 323.

あの菩提樹の蔭をおれの居場所にしたいのだ。
あの数本の樹がおれのものでないことが、
おれの世界掌握をむなしいものにしてしまうのだ。
あすこにおれは、四方が見わたせるように
枝から枝にかけて桟敷を作らせたい。
遠くまで視野がひらけて、
おれのしとげたすべてが見える。
人民のために海からかちとった広大な地域に
賢明な政治をしきながら、
この人間精神の傑作を
一望のうちにおさめたいのだ。　(v. 11233－11250)

フィレモンとバウキスの生が旅人の訪問によって一つの意味を収穫するとき、「ここ」は生の出発点であると同時に到達点である。しかしファウストにとっては、「ここ」は意味の回帰を拒み、生の総体を無意味にする、呪うべき地点である。それは多分、他者の幸福な生存の根拠である「ここ」が、まだファウストの世界所有に属していないところから来るのではない。目下、生の総体の意味を問うファウストにとって、砂丘から響いてくる鐘の音は、ファウストが自ら滅ぼした幸福な生の余韻なのである。というのも、かつて復活祭の朝、ファウストを生へと蘇らせたものは鐘の音と合唱の響きではなかっただろうか。そこでは幼年時代の敬虔な感情の回帰が彼を自殺より救い、活動的生への転身を可能にしたのであった (v. 779－784)。

ファウストのグレートヒェンへの初恋も、敬虔な感情に満たされていなかっただろうか。しかしファウストの飽くことのない意志は、キリスト教的敬虔の基盤においてのみ可能な、純粋の幸福を必然的に滅ぼさねばならなかった。幼年時代の思い出は彼をもはや救わない。鐘の音はむしろ彼に、彼と神とを和解させた唯一の幸福の原理が永遠に失われ、それ故、彼に回帰する生のすべての意味が、今や呪いに転ずることを意識させる。唯一の幸福の原理を失ったものは、さしあたりメフィストのように、それを嘲笑することもできるだろう。

わかりますよ、上品な耳をもっているなら
あの鐘のひびきを不愉快に思わないものはないはずだ。
それにいまいましいことに、あのビーン・ボーンは、
晴れわたった夕空を陰気にして、
産湯から葬いにいたるまで、
世の中のあらゆる出来事のなかに押し込んでくる。
まるで人生というものが、ビーンとボーンの間にはさまって
はかなく過ぎて行く夢だとでもいうように。
(v. 11261－11268)

もちろん、それによって彼は新しい幸福の原理に到達するわけではない。しかしファウストが自己の内面の空隙を、自分以外の幸福な人間を憎み、排除することによって充たそうとするならば、彼は最悪の自己欺瞞を犯したことになるだろう。ファウストは老人夫婦に、さしあたり代償としての地所を提供し、友好的に移転を促すけれども、それによって老人夫婦の幸福な存在根拠が失われることに変わりはない。一方、フィレモンとバウキスはファウストの提供物を断ったために生命を失うけれども、彼等が最後まで古い神に忠実であったという意味では、幸福な生涯を終えたことになる。

さて今や、メフィストと三人の大力漢はファウストの命令を遂行すべく出向くが、フィレモンとバウキスが移転を拒むので、彼等は旅人とともに老夫婦を焼き殺してしまう。そこで後程、メフィストからそのことについて報告を受け、ファウストは激怒する。

お前たちはわしの言葉が聞こえなかったのか。
交換してこいとわしは言ったが、強奪しろとは言わなかったぞ。
あさはかな暴力沙汰をおれは呪う、
お前たちすべてがその呪いを受けろ。
(v. 11370—11373)

ファウストは老人夫婦に代償としての地所を提供し、単に彼等の移転を求めたのだから、命令の内容はその結果となるほど一致してはいない。しかしそのことがファウストの道徳的人格のために、弁明となり得るであろうか。ファウストの意志に忠実であるために、メフィストがファウストの命令を実行しなかったならば、ファウストは多分、いっそう激怒したことであろう。ファウストの意志の執行者としてのメフィストは、むしろこの事態を、老人夫婦の移転はその殺戮に等しいという風に解釈したのであり、従って、彼は彼等を単に内的に滅ぼす代わりに、外的にも滅ぼしたにすぎない。というのも、フィレモンとバウキスにとっては、いずれにせよファウストの権力が執行されるのであり、ファウストが信じるように、彼の「寛大なはからい」(v. 11348)が実現されるわけではないからだ。そしてそのようなファウストの自己欺瞞は、他方では、ファウストのフィレモンとバウキスに対する怨恨が、権力の行使によっては結局のところ解決できない、個人的な感情に根差していることを暗示している。かくして、フィレモンとバウキスは抹殺されるけれども、それによってファウストの内的問題が解決されるわけはなく、むしろそれは今や明晰な形態として立ち現れ、にわかに劇的緊張をもたらす。そしてそこから必然的にフィレモンとバウキスの殺害と、「憂い」の登場との関係が発生するのである。

二、「憂い」とファウスト的生の意味

星はすがたを隠した。
火も下火になって、残りの炎が見えるばかりだ。
ふと風が吹き起こってそれをあおり、
煙りと濛気をおれのほうへ吹き寄せる。
早まった命令が、いっそう早まって実行された。——
なんだ、影のようなものが漂ってくるのは？
(v. 11378—11383)

今やフィレモンとバウキスの地所の焼け跡から四人の灰色の女たちが浮かび上がり、ファウストの宮殿に向かって影のように忍びよってくる。それは「不足」、「負い目」、「辛苦」、そして「憂い」と名乗る女たちである。この四人の女たちのうち、「不足」、「負い目」、そして「辛苦」は、ファウストが富裕であるので、ファウストの部屋に入ることができない。

戸に錠がおりていて、はいれないわ。
中にいるのは富裕な人。はいりたいとも思わない。
(v. 11386—11387)

こうしてこの三者は退却するが、ただ「憂い」のみが鍵穴から忍び込んでくる。

きょうだいたち、あんたたちは、はいれもしないし、
はいらせてももらえない。
憂いだけが、鍵穴からそっとはいるのよ。
(v. 11390—11391)

『ファウスト』の全篇において、ファウストが「憂い」と対決する局面ほどに、多様な意味関連を示す場面はないだろう。この場は、単に先行するフィレモンとバウキスの殺害と因果的に関連しているのみではない。すべての文脈において、ここではファウスト自身が自己の生涯の全体を射程に置いている事情が読み取れる。すでにP・シュテックラインが指摘するように、「憂い」の場と、『ファウスト第一部』《夜》の場との平行関係は見逃しようもない[2]。そこでは地霊に突き放されたばかりのファウストの意識に、いかに「憂い」が忍び込んだかを想起することができる。しかし『ファウスト第一部』《夜》の場では、地霊こそ登場するデーモンであって、「憂い」は単にファウストの意識の中の幻にすぎなかった。そして以後、ファウストが地霊の指針に従って行動的人間に変貌したとき、「憂い」は

2　Paul Stöcklein: Die Sorge in Faust, in: Wege zum späten Goethe, Darmstadt 1984.

それ以来、ファウストによって意識されることのない影の存在としてとどまっていた。しかし今や、「憂い」がファウストの死の直前の決定的な瞬間にもはや心理的な幻としてではなく、一個のデーモンとして登場してくるとき、「憂い」が《夜》の場の地霊の対立像として、『ファウスト』全編の極めて重要な構造的要素を含んでいることが洞察できる。つまり、地霊も「憂い」も『ファウスト』全編において、ただ一度だけデーモンとして登場するわけだが、地霊はその出発点において、そして「憂い」はその到達点において、決定的な役割を果すことになる。

「憂い」と対決するファウストの告白も、全生涯を振り返って眺めている。

おれはただひたむきにこの世界を駆けめぐったのだ。
あらゆる快楽を、襟髪をつかんでわがものにした。
意にみたぬものは、突き放し、
逃げてゆくものは去るに任せた。
ただ熱望し、ただ遂行した。
…………
そのようにして先へ先へと進んでゆくことを、苦しみともし喜びともするのだ、
どうせ、そういう人間はどんな瞬間にも満足することはないのだから。
(v. 11433－11452)

このようにファウストは地霊の指針に従った自己の人生、とりわけメフィストと連携して以後の行動的人生を要約するが、しかし奇妙なことにファウストも「憂い」も、先行するフィレモンとバウキスの殺害については、何一つ言及しないのである。従って、E・シュタイガーのように、「憂い」の場がフィレモンとバウキスの殺害と、本来、関係がないと考えることもできるかもしれない[3]。しかし先に引用した詩句(v. 11378－)がすでに両者の因果関係を明瞭に示しているように、フィレモンとバウキスの殺害が「憂い」の登場の直接の契機となっていることも否定できない。いかにファウストが忘却の巨匠であっても、いかなる動機付けもなければ、先行する出来事に対する、ファウストのこれほどの無関心は理解困難であろう。P・シュテックラインは後悔と憂いとの内的関連を論及し、「憂い」を、結局のところ、後悔の念が高じて生じるヒポコンデリーと解釈する[4]。こうして「憂い」をヒポコンデリー、つまり純粋に心理的な現象と解釈するとき、ファウストな

3　Staiger S. 434.
4　Stöcklein: S. 121.

いし「憂い」が、ファウストの道徳的人格にとって、もちろんのこと重大な意味を持つはずの出来事に全く無関心であり得るというのは、いっそう不可解なことであろう。

フィレモンとバウキスの殺害が「憂い」の登場の直接の契機であるのみならず、あのファウストのフィレモンとバウキスに対する個人的な憎しみは、すでに「憂い」を内的に準備しているように思われる。というのも、上に引用した詩句（v. 11433－）が示しているような、メフィストと連携して以後のファウストの行動的人生にとって、彼がこれほどにちっぽけな地所に拘泥するのは全く異常なことであり、そのようなファウストの姿勢は、瞬間に執着することによって、それ自体、メフィストとの「賭け」における敗北を意味するであろう。すでに論及したように、老人夫婦のちっぽけな地所を合併したいと欲するファウストの欲望は、彼の行動的意志とは、どうやらかかわりがない。ファウストはむしろ彼の人生を振り返り、生の総体の意味を問うているのであり、そしてその視点では、もはや行動する人間ではなく、思索する人間であり、従って、すでに内的には「憂い」に支配された状態にある。ファウストは、フィレモンとバウキスが排除されれば、彼の世界所有は完成し、「ここ」が彼の世界所有にはじめて意味を付与すると考えるのであるが、しかしそれはあくまでも彼の自己欺瞞である。というのも、現実に障碍がメフィストと三人の大力漢によって排除されたとき、今やはじめて「ここ」の無意味さが現れるからである。そして「ここ」が無意味であるとき、ファウストの生の総体もまた無意味となるであろう。これがまさにフィレモンとバウキスの殺害の、ファウストに対して及ぼす作用の核心であって、他の考えられ得る諸要素は、むしろ排除されねばならなかったのである。

かくして、四人の灰色の女たちのうちで、退却を迫られる「不足」、「負い目」、「辛苦」は、結局のところ、ファウストの内的な核心に触れ得ない外的要素にとどまる。この場合ファウストは強大な資産家であるので、「不足」と「辛苦」が相殺されて力を失うのは理解できるが、「負い目」もまた金で買い取られて無に帰するというのは、読者にとって幾分挑発的な観念である。従って、ゲーテの『ファウスト』の注釈書は、この「負い目」(Schuld) をたいてい道徳的罪としてではなく、物質的「負い目」、つまり負債の意味に解している。そうなると、道徳的な意味での「負い目」は排除されないことになり、それは必然的に「憂い」の解釈に忍び込まずにいないであろう。しかし「不足」と「辛苦」がすでに十分に物質的な不足を表現しているかぎり、ゲーテがまさに道徳的・精神的な罪をも、物質的な力関係に解消してしまったと考える方が、むしろ自然であろう(5)。ここではカントの定言的命法には、ほとんど意味がないだろう。というのも、ファウストはここで単に道徳的規範に背くことによって罪を犯したのみでなく、民族や国家の運命に深い影響を及ぼす歴史上の偉大な人物たちがしばしば同様に振る舞うように、道徳的規範そのものを抹殺してしまうからである。しかしファウストのような超道徳的・類的な人格にも不可避的に作用を及ぼすのが自然力であり、彼もまた自然の一般的運命としての死を免れてはいない。他者の物質的・精神的権利の侵害が行為者に「負い目」としてはねかえるのが道徳的原理であるとき、これは結局のところ、人間相互の貸借関係を意味するであろう。しかし自然と人間との貸借関係は罪と罰においてではなく、死において相殺される。生命が自然における「個」の不断の自己保持本能としての、能動的な自然同化を意味するとき、死とはそのような「個」の解体、個の自然への帰還に他ならない(6)。ファウストのような超道徳的人格もまた一つの生命現象であるかぎり、死は必然的であり、ファウストは道徳を超えられても、死を超えられない。かくして、「不足」、「負い目」、「辛苦」は単に死の先触れであり、去り際に死の到来を予告するが、しかし彼等が死を自分たちの兄弟とみなすのは、死もまた彼等と同様に、単に外側から弁済を要求する力であることを意味する。

> 雲が出てきた。星がかくれる。
> あの向こうの、遠くから、遠くから、
> きょうだいがやって来る、ほら、やって来る、
> ——「死」が。　(v. 11395—11397)

しかし「不足」、「負い目」、「辛苦」を撃退することに成功したファウストは、不可避的な運命として今や迫り来る「死」に対して、どのように対処するであろうか。

> 四人来て、三人が帰っていった。
> 何を話しているのか、その意味はわからなかったが、
> なんだか耳に残ったことばは、——「辛苦」だった。
> それにつづいて、陰気にひびきを合わせて聞こえてきたのが、——「死」という声だ。　(v. 11398—11401)

5　ニーチェによれば、「負い目」(Schuld)は、人類史の初期の段階では、物質的な「負債」(Schulden)の意味であり、それが近代において内面的・心理的なものに推移したのである。ここではニーチェ的な古い意味に解すべきである。ニーチェ『道徳の系譜』(木場深定訳、岩波文庫、六九頁)参照。

6　Max Kommerell: Faust und die Sorge, in: Geist und Buchstabe der Dichtung. 5. Aufl. Frankfurt am Main 1962. S. 95.

このように四人の灰色の女たちのうち三人が退却したことを知っているファウストは、残った一人がさしあたり「死」であると考える。こうして「死」と対決するファウストは、もう一度「辛苦」と「死」との内的な類似を経験するが、しかし「辛苦」とは、生命が死の受容に逆らうときの闘争の局面である。「死」が不可避的な自然力であるかぎり、生命は、一度は死に屈服しなければならないであろう。しかし死とは、他方では生の総決算であり、生命に意味を付与するのも死である。そして生の意味とは、まさにそれ自体、死の克服であるが、しかしこの権利は、すべての生命ある個体に一様に与えられているわけではない。意味をもたらし得なかったすべての生命ある個体は、死に際して自然に還り、そこで相殺される。従って、ファウストの死に対する抵抗とは、彼がどの程度不可避的な死に対して意味を奪い返すかにかかっており、かくしてファウストは今やはじめて、自己の生の総体を振り返って眺めるのである。ファウストにとって重要なことは、もはや個々の瞬間を享受することではなく、すべての瞬間を統一する唯一の意味であり、かくしてファウストは今やにわかに行為者から思索者への宙返りを企てる。そしてそれと同時にかれの視線も、もはや未来に向けられるのではなく、過去へ向けられる。

そうだ、おれはおれの人生行路から魔法を遠ざけ、
呪文のたぐいを跡形もなく忘れてしまいたい。
そして自然の前に一個独立の男子として立つことができたら、
人間としてほんとうの生きがいを感ずることができるだろうに。
(v. 11404－11407)

このようにファウスト自身、自分の人生行路から遠ざけたいと欲する魔法とは、本来、ファウスト的生存の根本形式であったのであり、そのことはわれわれに必然的に、魔法によってのみ克服され得たファウスト的生の原初を思い出させる。

かつてはおれもそうだった、暗い魔法にたよったり、
冒涜のことばで自分と世界を呪ったりするまでは。
(v. 11408－11409)

フリートリヒとシャイトハウアーの注釈書によれば、第一行目は《夜》の場冒頭のファウストの独白に、第二行目は、第二の《書斎》の場で、ファウストがメフィストとの「賭け」の協定を結ぶ直前の、ファウストの呪いの文句に対応しているということである(7)。いずれにせよ両者と

7　Fr. u. Scheit. V. 11408 u. 11409.

も、メフィストと連携する以前のファウストの孤独の境地に関連している。ファウスト自身の告白によれば、彼はすでに当時、自然の前に一個独立の男子として立っていなかったことになるが、ともかく、目下彼を取り囲む状況は、第二の《書斎》の場冒頭の陰鬱な気分に非常に類似している。

だがいまは、おれの身辺にはこのように妖魔がみちて
いて、
どうしてそれを遠ざけたらいいかわからぬのだ。
なるほど時には昼が晴れやかに笑いかけ、理性の光を
そそいでくれても、
夜には虚妄の網がまたおれを巻きこんでしまうのだ。
春の野にあそんで晴れやかな心で帰ってくれば、
しわがれ声で鳥が啼く。何と啼く？　凶と啼くのだ。
明けても暮れても迷信の糸がからんでくる。
ほら、あやしい姿が見えた、これは前兆だぞ、警告だ
ぞ、というふうに。
こうしていつもひとりで怯えているのだ。
(v. 11410—11418)

ここでは幸福な昼の後われわれを訪れ、われわれを再び内面の孤独に突き落とす「夜」が問題である。われわれは明けても暮れても迷信の糸にからまれ、ただ一人怯えていると言われている。しかしこの夜の闇とは、結局のところ、単にわれわれ人間の一般的運命ではないのだろうか。ファウストが「おれ」と言わず、「われわれ」と言い、人間の一般的な運命に身を委ねようとするとき、彼は再び我身のふがいなさを嘆かねばならないであろう。しかしこの目下ファウストを取り囲む状況は、彼がメフィストと連携する直前の陰鬱な気分とどの程度異なるであろうか。そこでもまた内面の孤独に突き戻された人間の無力が問題であった。内面にのみ君臨し、外界へ向けて何一つ動かすことのできない神は、存在を重荷に変え、生を厭わしくしたのであった。そしてファウストはこの生の「夜」を克服すべく、メフィストと結託し、行動的人間に変貌したのではなかっただろうか。しかし人生の終末において、魔法を遠ざけたいと欲するファウストの前に立ち現れるものは、もはやメフィストではあり得ない。

扉がきしんだ、誰もはいってこないのに。(v. 11419)

こうして今やファウストの前に姿をあらわし、おのれの存在を主張する「憂い」とは、いかなるデーモンであろうか。かつてファウストの魔法への願望が悪魔のメフィストフェレスをむく犬の姿でおびき寄せたとすれば、「憂い」の登場は、ファウストの魔法の撤回の必然的な帰結である。

よく気をつけよう、けっして呪文などは唱えまい。

(v. 11423)

魔法を撤回したいというファウストの宣言は、「憂い」との対決において今や決定的となるが、一方、「憂い」もまたそれによって明瞭に存在をあらわし、ファウストに復権を迫るのである。

わたしの声は、たとえ耳は受けつけなくとも、
胸にはしっかりこたえましょう。
わたしはさまざまに姿を変えて、
怖ろしい力をふるいます。
陸の旅でも、船路《ふなじ》でも、
いつも不安を吹きこむ道連れです。
来てほしいとは言われないが、いつもそばについている、
だから呪われもするが、お世辞もいわれます。
あなたは憂いをまだご存じではなかったの？

(v. 11423―11432)

このように「憂い」は影のように生涯ファウストに寄り添っていたのであり、ファウストにも思い当たる節がないわけではない。ファウストが地霊に突き放されて絶望に陥る局面や、メフィストとの「賭け」の直前の陰鬱な気分を想起するならば、「憂い」はファウストの生のすべての危機的局面において常に姿をあらわしていると言える。しかしファウストは地霊の指針に従って悪魔のメフィストと連携し、行動的人間に変貌したのであり、それによって彼は疑いもなく「憂い」を回避し得たはずである。つまり、「憂い」は行動的人間には決して姿をあらわさない。それはむしろ、人間が行為するのではなく、行為の意味を問い、視線を過去に向けるときにのみ現れるデーモンであり、従って、「憂い」はこの意味において地霊の対立像である。そしてその際、「憂い」は行為の相補的概念でもあるので、それはワーグナーのように行為しない人間には、本来、無縁である。『ファウスト第二部』の第一幕から第三幕に至る過程で、美の創出に関与するファウストは、まだ「憂い」を知らない。この美の創造過程では、行為の意味は芸術として対象化される、言葉を換えれば、芸術としての客体そのものが行為なのである。自我はここでは本質的に自足している。しかしこの「意味」を深め昇華する内包的自己拡大は、結局のところ、ファウスト的行為の前提にすぎない。本来のファウスト的行為は、むしろ「意味」を現実化する外延的な自己拡大であり、その行為の意味は常に新たに問い直されねばならない。というのも、そのような行為を通じて拡大された自我とは、まさに「世界」そのもの、つまり端的に自我と対立するところの非我であるからだ。ともあれ、地霊の指針に基づいて、内包的にも外

延的にも自己を宇宙に拡大した、ファウストのような類的人格にあっては、生の総体の意味は必然的に問われねばならないのであり、そのようなファウスト的自我の無意味で空虚な中心から、今や「憂い」が強大なデーモンとして台頭してくる。

「憂い」の自己解釈「わたしの声は、たとえ耳は受けつけなくとも」以下（v. 11423－11432）と、それに先行するファウストの告白「だがいまは、おれの身辺にはこのように妖魔がみちていて」以下（v. 11410－11418）は、本質的に類似しており、メダルの両面のように、ファウストの意識の即自と対自を表現している。しかし「憂い」の問いに対するファウストの答え、「おれはただひたむきにこの世界を駆けめぐったのだ」（v. 11433）以下は、「憂い」の陰鬱な気分を背景に鋭く浮かび上がって見える。ドラマの文脈における対話としては、あたかもファウストが「憂い」の問いを無視したかのように見える(8)。しかし実際のところ、「憂い」の本質はこのファウストの答えの中に隠されている。「賭け」によって定式化されているようなファウスト的生存の意味を、われわれはここで改めて問い直さねばならないだろう。ファウストの自我が宇宙にまで自己を拡大できたのは、他ならぬ彼がいかなる瞬間にも執着しないことによってはじめて可能となった。というのも、彼が瞬間に執着したならば、彼は「賭け」に敗れ、そのために生を閉じる結果となってしまうからだ。そうなると、「賭け」とは言わば宇宙的自我の弁証法的原理であって、ファウストは個々の瞬間を実現しながら、そのような一連の実現された諸瞬間を通過することによって、自己を宇宙へと拡大できる。このことはファウストが一人の個人として、無数の個人の運命を生きることを意味しており、そこに本来人間の一般的運命を超え出た超人の論理がある。しかし他方では、この超人の論理とは一種の呪いでもあって、彼は決して生の幸福に到達することができない。というのも、実現された瞬間は直ちに抹殺されねばならないからである。無数の人間の運命を、従って、無数の人間の幸福を自己において体現したはずのファウストは、実際、ただひとりの人間の幸福すら我物にすることはできなかったのである。ファウストは常に幸福への意志を体現するが、幸福そのものを体現することは決してない。

そこにファウスト的実存の秘密がある。つまりファウストは本来振り返って、視線を自己自身に向けてはならないのであり、振り返って生の意味を問うならば、彼は必然的に「憂い」に復権を認め、それによって自己の超人性を止揚してしまうだろう。ファウストは自己の行為の意味を知ることもできないし、また知ってはならない。しかしこの

8　Staiger a.a.O. S. 441.

ファウスト的実存の形式は、結局のところ、国家や民族の運命に深くかかわる偉大な個人の生の様式を表現しているにすぎない。ナポレオンは西欧の世界像を大きく変貌させたけれども、しかし彼はこの行為によって、必ずしも自己の生の意味を実現したわけではない。偉大な行為のデモーニッシュな本質は、この行為が行為者の意識を超えた世界の新しい意味を開示することにあると言える。しかし一方、ファウストのような超人も一人の個人の赤裸々な実存を生きるのであり、従って、彼が生の総体の意味を実現しようと企てるならば、彼は必然的に人間の一般的な運命に委ねられ、もう一度「憂い」の支配に晒されることになるだろう。

かくして、「憂い」とは、死すべき人間の自己自身に対するナルシス的な関係を表現していると言える。

わたしの声は、たとえ耳は受けつけなくとも、
胸にはしっかりこたえましょう。
わたしはさまざまに姿を変えて、
怖ろしい力をふるいます。
陸の旅でも、船路《ふなじ》でも、
いつも不安を吹きこむ道連れです。
来てほしいとは言われないが、いつもそばについている、
だから呪われもするが、お世辞もいわれます。

(v. 11423－11431)

このように「憂い」は、人格の内面に潜むナルシス的な自己愛を代表している。人間というものは、決して世界の全体として存在し得るものではなく、結局、あれかこれかの「個」としての存在にとどまるものであるから、常に個人的な視界に制約され、多かれ少なかれ虚偽的な観念で自己を養っている。つまり、この意味で人間は「いろいろの仮面をつぎつぎに替えてかぶる」(v. 647) 主観的な存在であるが、その際、意識の主観的な内容そのものは「家になり、地所になり、妻になり、子供になる、火になり、水になり、匕首になり、毒になる」(v. 684－694) かたちで現象する。その際、それは「来てほしいとは言われないが、いつもそばについている」のであり、またそれは本来ナルシス的な自己愛であるので、自己自身の意識に媚びる性質である。しかしそのような主観的な意識の内容は一般に呪われたことはないのであり、従って、この「憂い」の自己解釈は、単に超人であるファウストにのみ当てはまるにちがいない。というのも、ファウスト自身、かつてナルシス的な自己愛のすべての主観的な形態を激しく呪ったことがあるからである。

それにしてもおれは呪う、餌やペテンで人間のたましいを俘《とりこ》にし、

騙しすかして、それを
この肉体、この悲哀の洞窟に
閉じこめておくすべてのものを。

…………

希望をおれは呪う。信仰をおれは呪う。
そして何よりもおれは呪う、このくだらぬ生存への忍耐を。

(v. 1583－1606)

ファウストの呪いは、生の意味を先取りし、それに執着するすべての自己愛の形態に向けられている。しかしそのようなファウストがいかなる瞬間にも執着することなく、生のすべての意味を実現し、同時にそれを否定し去ったとき、生の全体は、結局、何を意味するであろうか。デモーニッシュに活動しながら、全人類が受けるべきものを内なる自我によって味わいつくしたファウストは、今や自己の生の全体の意味を享受できるであろうか。しかし実際、生の全体の意味は、決して彼には回帰してくることはない。それに対してむしろ、目下、ファウストの呪いに対する呪いとしての「憂い」が台頭し、生のすべての抹殺された意味に対して復讐する。

誰でもわたしがとりこにすれば、
その人には世界ぜんたいが無意味になる。

…………

いつも未来を待つばかりで、
仕上げることはけっしてない。

(v. 11453－11466)

生の抹殺された意味は決して復活することはない。しかし意味の不在は自己自身を意識させ、なおかつ影のような存在を保持している。焼け跡からファウストの宮殿に忍び寄る四人の灰色の女たちのうち、「不足」、「負い目」、「辛苦」は、すでに論及したように、多かれ少なかれ、道徳的な意味での他者に対する負い目を代表しているので、ファウストのような超道徳的な人格にはいかなる影響も及ぼし得ない。しかしファウストはフィレモンとバウキスを抹殺することによって、単に道徳的な基準に背いたのみではない。フィレモンとバウキスに対するファウストの憎しみとは、単にファウストにおける自己愛の復活の裏面なのであり、ファウストが老人夫婦の移転を願うのも、彼等の存在がファウストの生における意味の不在を、痛切に感じさせるが故である。かくして、フィレモンとバウキスは排除されるけれども、しかしそれによってファウストが生の意味に到達できるわけではない。ファウストはむしろそれによって自己愛の最後の根拠を滅ぼしたのであり、従って、生の意味の不在は、今こそ明瞭に意識されて彼に復讐してくる。「憂い」もまた、物質的な貸借関係におけるように、不足するものが及ぼすネガティヴな力であるが、しかし財力をもってしても、権力をもってしても、自己愛の喪失を弁済し得ないということが、まさに「憂い」の登場の寓意である。

こうして、「憂い」はファウストに麻痺的な力を及ぼし、彼から決断の意志を奪う。

進もうか、引き返そうか、
その決心がその人にはつきません。
…………
眠りは半分、気力は湧かず、東へも西へも動きがとれずに、
ただ地獄へ行く時を待つだけです。
(v. 11471－11486)

こうして生の意味を失ったファウストは、その決意、つまり生への意志をも失う。中心を失ったファウストの宇宙は、徐々に崩壊へと向かい、ファウストは死へ近付く。つまり「憂い」もまた、ファウストにとっては死の先触れであり、彼に死の到来を予告する。しかしファウストは、なおしばらく生から死への中途にとどまる。この憂鬱病患者の幻想的地獄は、リュンコイスの健康な現実感覚に対置されるとき、より良く理解できるだろう。

見るために生まれ、
見る役を仰せつかり、
塔を守って見張っておれば、
さても世界のおもしろいこと。
遠くを眺める、
近くに見る、
月と星を、
森と小鹿を。
こうして世界のすべてに
わたしは永遠の飾りを見る。
そして世界のすべてがわたしの気に入るように、
わたし自身もわたしの気に入る。
幸福な二つの目よ、
お前がこれまでに見たものは、
どんなものでも、
やっぱりほんとうに美しかった。　(v. 11288－11303)

リュンコイスの幸福はその純粋な見る喜びにある。リュンコイスは見ることによって世界と和解し、また自己自身と和解する。瞬間は彼にとって永遠であり、彼の全存在でもある。その生の意味は森や鹿、あるいは月や星において実現されるが、その際、自我はその都度、見られる対象と合一し、世界と一体化する。彼もまたガニュメートのように自然を抱きながら、自然に抱かれる。彼は瞬間に向かっ

て常に「とまれ。おまえはじつに美しいから」と言うことができるが、しかしファウストの呪いを免れており、彼はそれによって滅びることはない。その幸福が常に現在に存するリュンコイスは、魔法によって自我を未来と過去に拡大することはない。リュンコイスは自己愛に忠実であり、従って、「憂い」を知らない。高齢のファウストは、まさにそのようなリュンコイスの存在様式に対する対極を形成しており、魔法によって世界所有を獲得したファウストの宇宙的自我には、生の全体に意味を付与すべき中心が欠けている。しかしそのようなファウストに復権を迫る「憂い」は、決して単なるファウストの意識における幻想や夢ではない。かつてファウストの意識における幻にすぎなかった「憂い」が、こうして一個のデーモンとして登場し、自己の存在根拠を主張するというのは、それが今や非我 (Nicht-Ich) として、彼自身に立ち向かってきたことを意味するであろう。ここでは単に主観と客観の表裏が問題ではない。むしろ「憂い」とは、世界創造の終末の局面を代表しているのであり、そこには疑いもなくゲーテの近代世界に対する宇宙論的解釈が反映している。それは明らかに文明の展開が必然的にもたらしたデーモンであり、言わば魔法の影の側面をなすのである。

　すでに自己愛のすべての主観的形態に対するファウストの呪いが暗示しているように、主観とは本来、意識の中に外部から侵入してきた客観であり、言わば借物の衣裳である。例えば、リュンコイスが代表するような単純で前近代的な自然人の生活様式は、世界と行為主体を連結するために、魔法の装置を必要としない。しかし文明が発達し、社会構造がますます複雑化すると、人間的主体の周囲世界に対する関係は不透明になり、行為の意味は行為者に回帰してこない。というのも、世界の全体との関係においてはじめて意味をあらわすはずの個々の行為は、無限に複雑な社会の中に消散し、意味を失うからである。複雑な社会機構、つまり第二の自然は、言わばそれ自体すでに主観的であり、従って、人間的主体を社会機構から区別することは、本来、容易ではない。今日の社会では、意識の主観的な諸形態が操作的観念によって構成され、それ自体、社会的な構造契機として機能することも稀ではない。かくして、ファウストが対決することになる「憂い」というデーモンは、もはやヒポコンデリーといった、単なる心理的な現象ではない。宇宙的自我としてのファウストの内面から台頭してきたとしても、それはなおかつ一個の悪霊である。厳密には、それは社会的な諸力と結託した悪霊たちの代表者である。

呪われた悪霊どもめ、お前たちは人間を
幾千万回となくそんなふうに扱ってきたのだな。
平凡無難な日をさえ、お前たちは、
ぶざまに混乱した苦悩に変えてしまうのだ。

この悪霊どもを容易なことで振り切ることができないのは、おれも知っている。
きゃつらとの苛酷な結びつきを断ち切ることは困難なのだ。
だが憂いよ、ひそかに忍び寄るお前の強大な力を、
おれは決して承認しないぞ。
(v. 11487−11494)

このように人間の内部の自己愛に媚び、それをむしろ食い滅ぼし、それによって気付かぬうちに人間を奴隷に変えてしまう悪霊たちは、結局のところ、人間社会が複雑化するにつれて増大する社会的諸力である。未来と過去を必然的な構造的要素として包括する近代的な生活原理は、それ自体、主観的であり、「世界」が人間的主体に常に借物の幻想によって媒介されることによって、「世界」は本質的に間接的な構造を現す。そしてこの意味において、近代社会において魔法は必然的だが、一方、その純粋な現在が直接的な視界を決して超え出ることのない自然人の単純な存在根拠、つまり、リュンコイスの健康な自己愛は、もはや不可能であることが判明する。

だがいまは、おれの身辺にはこのように妖魔がみちていて、
どうしてそれを遠ざけたらいいかわからぬのだ。
(v. 11410−11411)

このように魔法を遠ざけ、自然の前に一個独立の男子として立ちたいというファウストの願望は、魔法との結びつきを撤回することが、本来、不可能であるという認識をもたらす。しかしそれはまた同時にファウストにとって、これまで自己の不可分の要素であった、「魔法」を直視する動機となる。今は振り返り、魔法を対象として見据えるファウストは、魔法の行使がまさに生の意味を魔法に売り渡し、それを通じて魔法に屈服してゆく過程を構成することを自覚する。つまり、ファウストは生の空虚を、そこから逃れるために、ある意味でいっそう拡大したと言える。こうしてファウストもまた、すべての人間と同様、生の真の意味には盲目であったのであり、生の総体の意味に到達し得なかったファウストは、「憂い」の呪いを受け、現実に盲目となる。

その力のききめはすぐにわかりますよ、わたしが呪いをかけて
すばやくあなたに背を向けるときに。
人間は一生涯めくらでいるのです。
さあ、ファウスト、あなたもやっぱりめくらになりなさい。
(v. 11495−11498)

しかしファウストが生の総体の意味を問うことによって「憂い」を出現せしめたとすれば、この問い自体、弁証法

的な意味で、すでに本質的には「憂い」を克服している。というのも、「憂い」の呪いは、本来、ファウストが常に生の意味を抹殺し、それによって自己愛に対して罪を犯したことに向けられているのだが、しかし生の総体の意味は、結局のところ、彼には回帰してこないのであり、そうであれば、彼はまさにすべての意味の不在を通じて滅びることによって、むしろ「憂い」を克服する。今やファウストの内面に輝く光は、まさにそのようなファウストの行為者としての自己克服を意味している。

夜はいよいよ更けてくるらしい。
だがおれの内部にはあかるい光明が輝いている。
おれの考えたことを、拍車をかけて実現するのだ。
主人の言葉だけが仕事に磐石の重みを与えるのだ。
寝床を離れろ、僕《しもべ》ども。一人残らず仕事につけ。
おれが立案した大胆な計画を落ち度なく仕上げるのだ。
道具を取れ、鋤鍬《すきくわ》を動かせ。
割り当てられた仕事はたちどころに片づけるのだぞ。
きびしく秩序を立て、たゆまず励めば、
すばらしい成果で報いられるのだ。
どんな大事業でもそれを完成するには、
千本の手を動かす一つの精神があれば足りるのだ。
(v. 11499－11510)

「憂い」を通じて盲目となることによって、ファウストは死を予感する。それはすでにファウストの部分死である。しかし一方、ファウストの内面の光りは、ファウストの行為者としての新たな開始を告げている。かくして、ファウストの生に意味を付与するものは、瞬間における成就、つまり、自己愛における生の総体の統一ではない。行為者の生は、彼が生きているかぎり、決して全体としての瞬間における成就を経験するものではないという認識において、彼はむしろ「憂い」を克服する。ここでは瞬間における成就を拒絶する行為者の純粋な意志こそ、積極的な価値として定立されているのであり、それが他ならぬファウストの魂の救済への鍵を提供する。たった今フィレモンとバウキスを殺害したばかりのファウストが、後悔の念もなく、再び活動へと奮い立つというのは、そのような因果的解釈が成り立つかぎり、確かに不道徳なことである。しかしここではそもそもカントの定言的命法が適用されるような、個々人の道徳が問題ではない[9]。ファウストが代表してい

9　ゲーテはWilleとWollenを区別し、次のように述べている。「Willeは道徳的人格の自由、その内面とその良心に沿った目的に属するが、それに対してWollenは自然に属し、外的世界、行為に関連する。」Vgl. Keller, Ebd. S. 338.

るような民族や国家といった類的存在においては、個々の行為の善悪はそもそも問題にならないだろう。ここでは行為そのものがすでに善なのであり、それに対して行為の停止、つまり怠惰が悪として対置されている。ともあれ、そのような行為の形而上学は、明らかにゲーテをフィヒテに近付けるように思える(10)。フィレモンとバウキスの殺害が悪の概念に帰属するのは、それがファウストの自己愛のための行為であり、また行為者の自己への執着が、すでにそれ自体、怠惰に他ならないからである。つまり、フィヒテ的な意味での神的理念を体現するファウストの類的自我にとって、個々人の幸福追求という惰性の悪徳を代表する「憂い」は、単に活動への純粋な意志によって克服され得る(11)。

今やファウストは現実の要請に順応し、行為に没頭するが、それによって彼は確かに客観的にはいっそう盲目になってゆく。ファウストが盲目となったことにより、すでに彼の死を予測したメフィストは、亡者の霊たちを集めてファウストの墓を掘らせる。そこで鋤の音を聞いたファウストは、自分が命じた掘割りの工事が日々進捗しているものと思い込む。

どんなことをしてもいい、手段をつくして、
人夫を集められるだけ集めろ。
飲み食いもので釣り、鞭でおどせ。
支払いをおしむな、おびきよせろ、腕ずくで連れて来い。
そして計画した掘割り工事がどのくらい進んだか、
毎日おこたらず報告するのだ。　(v. 11551－11556)

しかしこのファウストの命令は、二重の意味で悲劇的と言える。ファウストの命令は、亡者の霊たちによって直ちに無効とされてしまうのみではない。たった今、自然の前に一個独立の男子として立つことを希望したばかりのファウストが、行為者としてその意志を実現するためには、再び魔法を手段としなければならないからである。

10 Nicolai Hartmann: Die Philosophie des deutschen Idealismus, 3. Aufl. Berlin 1974. S. 81. ケラーもまたドラマの終局におけるファウストの評価が通常の善悪の基準によらず、道徳性と無縁の「追求」と「安逸」、「活動」と「怠惰」という対立する価値尺度に基づいていることを指摘しているが、「怠惰」の悪徳を「憂い」の解釈と関連させてはいない。Vgl. Keller, Ebd. S. 340.

11 Johann Gottlieb Fichte: Einige Vorlesungen über die Bestimmung des Gelehrten. Berliner Ausgabe , 2014, 3. Auflage. Vollständiger durchgesehener Neusatz mit einer Biographie des Autors bearbeitet und eingerichtet von Michael Holzinger. 特にルソー批判の章を参照。

きびしく秩序を立て、たゆまず励めば、
すばらしい成果で報いられるのだ。
どんな大事業でもそれを完成するには、
千本の手を動かす一つの精神があれば足りるのだ。
(v. 11507–11510)

しかしこの魔法によって媒介される権力の構造は、もはやファウストの意志を実現しない。メフィストがもはやファウストの意志に服従せず、ファウストの命令の忠実な伝達を怠るとき、掘割り工事（Graben）は墓（Grab）と混同され、行為者の意志は実現の過程で無効とされてしまう。かくして、ファウストの魔法は現実の威力を失い、その活動への純粋な意志は、実際の成果と鋭い矛盾に陥ってしまう。しかしファウストは目下盲目であるが故に、そのことについては何一つ知らず、従って、行為の皮肉な意味もまた、彼には回帰してこないのであり、こうして彼の向上の意志は、今や内面の純粋のヴィジョンとなって未来へ投影される。そして未来のヴィジョンにおいて表象されるファウストの行為の目標は、もはや魔法とはかかわりがない。ファウストが何百万人の人々のために土地を開くとき、この人々はもはや魔法によって組織された労働力ではなく、自由に活動する民である。勇敢で勤勉な民衆とは、絶対的権力に奉仕する奴隷たちではない。ファウストがまさに労働者を奴隷として搾取しながら、到達したいと願う最後の目標は、自由の民の共和国である[12]。

よしや外では怒濤がたけって岸壁めがけて打ってかかろうと、
内部のここは楽園のような土地なのだ。
そしてもしも海の潮が岸を噛みくだいて力ずくで押し入ってきたら、
人々は心を協せて、その裂け目をふさごうと駆けつける。
そうだ、この自覚におれは全心全霊を捧げる、
それは人智の究極の帰結で、こうだ。
およそ生活と自由は、日々にそれを獲得してやまぬ者だけが、
はじめてこれを享受する権利をもつのだ。
だからここでは、子供も大人も老人も、
危険にとりかこまれながら、雄々しい歳月を送るの

12　ケラーはこのファウストの姿勢のディレンマに疑問を投げかけている。「なるほど彼は個人的な魔法は放棄するが、脱悪魔化されても、彼はなおも沼の干拓という良い目的の為に邪悪な魔法の手段を行使し続けている。ファウストは人間としては距離を保ち、自由に向かって戦っているが、開拓者としては依然として魔法を利用する。目的が手段を正当化できるであろうか。」と。Vgl. Keller, Ebd. S. 331.

だ。
おれはこういう群れをまのあたりに見て、
自由な土地に自由な民とともに生きたい。

(v. 11569—11580)

すでに第四幕において海との戦いがファウストの行為の目標であったとき、これはファウストの最後の独白で、人間的行為の究極の理念として浮かび上がる。すでに論及したように、海は政治的カオスの象徴であり、この意味においてファウストのヴィジョンにおける自由な民の共和国もまた、常に不生産的な波、つまり混沌の要素によって囲まれている。自由な民の自由な生活とは、従って、永遠の自然の牧歌を意味してはいない。それはむしろ国民の統一された力が、混沌たる自然力と戦うことによってはじめて保持される、国家的秩序に基づいている。こうして絶対主義的ファウストは、最後には社会主義的理念に改宗したかのように思われる。しかしそこからゲーテの政治的姿勢を読み取るのは、本来、問題にならない。というのも、ファウストの最後の独白が置かれている、うさん臭い状況自体にすでに、明らかにリアリスト・ゲーテの懐疑が反映しているからである。一方、盲目となってすでに死を予感し、純粋な未来のヴィジョンを描くファウストが、イデアリストとしてそのような社会主義的理念を語ったとしても不思議ではない(13)。そしてまたファウストが一個独立の男子として自然の前に立ちたいと願う、自由な生活原理が現実には不可能であると判明したとしても、それはなお人類の理想であったし、また将来もあり続けることだろう。こうして、自由な土地に住む自由な民が最後の瞬間の内容となり、ファウストはそれに自己の魂を賭ける。

13　最後の「瞬間」は、一見、カント哲学の「最高善」の境地のようにも見える。カントによれば、「最高善」は、「徳」と「幸福」との矛盾する二つの概念で構成され、「幸福」が「徳」によって規定されるかぎり、それは現実的にも可能であり、理性の要求にかなうとされる。「最高善」は、無限の進行において実現されるべき理性の要請であり、従って、それはまた魂の不死の前提ともなり、そこから神の実在の観念も生じる（カント『実践理性批判』参照）。一方、ファウストが享受する幸福な「瞬間」は、未来のヴィジョンであり、従って、「瞬間」の内容は、地上における安逸な幸福の実現ではなく、ファウスト的追求の「徳」によって規定されている。しかし、カントにおける「無限の進行」とは、歴史の運動としての弁証法の概念ではなく、従って、革命を許容するものでもない。ファウスト的追求（Streben）とは、単なる個人的努力ではなく、近代という時代の前進する運動、つまり、弁証法の概念であり、むしろフィヒテの形而上学と平行関係にある。フィヒテがカントを継承し、カント哲学を行動的自我に包摂したときに、弁証法の概念が生じたのであり、またそれ自体、歴史の運動でもあった。マンフレート・ブール『革命と哲学 —— フランス革命とフィヒテの本源的哲学』（藤野渉他訳、法政大学出版局、一九七六年）参照。

そのとき、おれは瞬間にむかってこう言っていい、
「とまれ、おまえはじつに美しいから」と。
おれの地上の生の痕跡は、
永劫を経ても滅びはしない、——
こういう大きい幸福を予感して、
おれはいま最高の瞬間を味わうのだ。
(v. 11581—11586)

このようにファウストが享受する最後の瞬間が、ヴィジョンとして未来へ投影されるとき、彼が文字どおり「賭け」に敗れて、悪魔の手におちることがなくなったのは言うまでもない。しかしここではファウストのヴィジョンこそ、むしろそれ自体、純粋の意志としての行為であり、存在の冒険なのであり、それによって彼は行為者としての純粋の自己を「憂い」の誘惑から救ったと同時に、また論理的には、「賭け」の敗北からも逃れている。しかし彼が最後の瞬間においても、生の総体の意味を自己愛として享受し得なかったという点では、ファウストの死はあくまでも悲劇的である。

三、メフィストの敗北

しかしファウストの生の全体は、彼の死によってはじめて他者にとっては対象となり、一つの意味として完結する。そしてファウストの魂の救済とは、そのようなファウストの生の総体が一つの意味に到達するプロセスを提示している。そこで今や、ファウストの死に際してのメフィストのディレンマは、彼自身、ファウストの死を「仕事は済んだ」(vollbracht, v. 11594)、つまり瞬間の成就とみなしていることである。亡者の霊たちの合唱がファウストの死を「過ぎ去った」(vorbei, v. 11595)と形容すると、メフィストは憤然として言う。


……過ぎ去った! まぬけたことを!

なぜ「過ぎ去った」だ?

過ぎ去ったら、何にもなくなる。それとこれとは完全に同じことだぞ。

そんなら、あの「永遠の創造」というやつは、どうなんだ?

せっせと創造しては、それを無のなかへ突き落とす。

「それは過ぎ去ったんだ」、そんな言いようが何になる?

それじゃ初手から無かったのと同じじゃないか。

そのくせ、何かがあるように、創ってはこわし、創ってはこわす堂々めぐりの繰り返しだ。

だからおれはそんなことより「永遠の虚無」というやつが好きなのさ。

(v. 11595—11603)

ファウストの死に封印するために、メフィストがヨハネによる福音書から十字架上のイエスの言葉を引用するのは(14)、もちろんイエスの死に対するパロディであるが、その際、メフィストはファウストの死を神の意志ではなく、サタンの意志の成就とみなしている。「過ぎ去った」という表現に対する、メフィストの怒りには理由がないわけではない。すべての人間的生自体、無常であり、「過ぎ去るもの」であるが、しかしキリスト教的観念では、それは神の恩寵によって意味づけられることで、神の比喩となるのであり、従って、ファウストの生が単に過ぎ去ったものであれば、それもまた神の比喩となり、その結果、メフィストのファウストの魂に対する要求は根拠を失う。メフィストから見れば、神の「永遠の創造」自体、「創ってはこわし、創ってはこわす堂々めぐりの繰り返し」であり、「何かがあるように」見せかけるが、実際は「虚無」であり、無意味である。メフィストが問題にしているのは、そのような一般人の生ではなく、あくまでも超人ファウストの生であり、それは決して単に無意味であってはならない。ファウストの死はむしろサタンの意志の成就であり、その上でファウストの魂、つまり生の総体の「意味」には地獄の烙印が押されねばならない。そしてまさにそのことによって、メフィストは天上の諸力の介入を招いてしまう(15)。

あんたのご逗留はちょっとの間。
すぐに掛取りにむしりとられる成行きでしょう。
(v. 11610－11611)

「生」とは、ちょっとの間だけ貸し与えられる資本のようなものであり、それが生んだ利子には各方面から要求が掲

14　Fr. u. Scheit. V. 11594.

15　Es ist vollbracht を宗教的・悲劇的なものと、そして Es ist vorbei を文学的・悲劇的なものと関連させる、エムリッヒの解釈は説得的ではない。Wilhelm Emrich: Die Symbolik von FaustII. 3. Aufl. Frankfurt am Main 1957. S. 404. またミーヘルセンは、ここでメフィストのファウストに対する憐憫の情を読み取ろうとしているが、これも必ずしも納得のゆくものではない。Peter Michelsen: Vom Bösen in Goethes "Faust" In: Im Banne Fausts, S. 186. 筆者の立場では、「過ぎ去った」(Es ist vorbei) を、最後の「神秘の合唱」の詩句「なべて移ろいゆくものは比喩にほかならず」(Alles Vergängliche/ Ist nur ein Gleichnis) と関連させることで、意味が判然とする。ここでもファウストの死は、「成就」の意味の vollbracht ではなく、「過ぎ去るもの」(vorbei) であり、「比喩」、つまり、「不十分なもの」である。メフィスト自身、ファウストの近代的「生」の自己実現に、もっと積極的な価値を期待しているのではないか？　それはまたメフィストのディレンマの表現でもある。

げられる。というのも、生は死に際して決して単に物質に還元されるだけではないからである。生の総体は「意味」という利子をも生んだにちがいない。確かにその意味は多様であり、従って、死すべき人間の身分や位階によって、生の意味を呑み込む地獄のあぎとも様々である（v. 11640—11643）。しかし今やメフィストにとって厄介な問題は、近代的生が中世におけるように善悪の尺度でもって単純には測れないのみならず、また今日、生が死に際して、一つの意味として明瞭に完結することが稀であるという点である。

どうも万事おれたちには具合が悪くなった。
これまでのしきたりも、昔からの権利も、
いっこうに通用しない。
昔は息を引き取ったとたんに魂が飛びだしたものだ。
おれはそれを見張っていて、さて、すばやいねずみでも捕るように、
ぱっとつかんで、爪でぎゅっと締めつけた。
ところがどうだ。このごろは魂めが用心深くなって、
あの陰気な
胸くそ悪い死骸の家をなかなか立ち退かない。
けっきょく、いろんな元素がいがみ合いをはじめて分裂して、
魂をいやおうなしに追い出すしまつだ。

そこでこっちは幾夜幾晩辛抱して目を皿のようにしているのだが、
いつ、どうして、どこから出るのか、こいつが厄介な問題だ。
死神も齢をとって、昔の猛烈な威力をなくしたので、
ほんとうに死んだのかどうかさえ、もうずっと前からすぐには決められなくなっている。
こんなこともよくあった、身体の動きがとまったので、いよいよ魂頂戴と、よだれを垂らして見張っていると、
それはほんの見かけだけで、またその身体がぴくぴくと動き出すのだ。
（v. 11620—11635）

かくして、メフィストは言わばファウストの死骸から魂を駆り出す役割を担う。ファウストのための、おそらくは特大の地獄の口を用意し、地獄の助っ人どもが今やファウストの死骸を取り囲み、燐のようなものが光るのを待ち構えている。しかしそれに挑発されて、今や天上の諸力が介入してくる。というのも、悪とは結局のところ善の存在根拠でもあり、罪の深さは、それに対置される救いの力で相殺されねばならないからである。こうして、ばらの花をまきながら、天使の大群は悪魔たちを撃退する。もちろん、はなびらは悪魔の一吹きでしおれてしまう。が、あまりに強く吹きすぎたために、はなびらは燃え上がり、毒気

を含んだ炎の前に悪魔たちは敗退する。ただメフィストだけがそれに持ちこたえるが、しかし彼は今や奇妙な痛みにさいなまれることになる。彼は愛の息吹に眩惑され、天使たちに恋い焦がれる羽目となる。悪魔が天使に惚れこむという状況は、喜劇的な設定である。しかしここで重要なことは、単に悪が善の前に敗退するといったことではない。この冗談の真面目な意味は、むしろ、天上の諸力が悪魔を支配するために悪魔の手段を利用していることにあるだろう。


ほら、神妙そうにやってくる、めかしこんだ天使どもが。

あの手でいままで仲間を幾人かっぱらわれたか分からない。

おれたちの武器を使って、やつらはおれたちを攻めるんだ。

やつらだって悪魔なんだ、ただ仮面をかぶっているだけなんだ。　(v. 11693—11696)

しかし悪魔の手段とは何であろうか。われわれは《魔女の厨》で、鏡に映った裸体の美女に眩惑されたファウストが魔女の媚薬を飲み、この悪魔の洗礼ののち、はじめてグレートヒェンと出会い、彼女に恋をするプロセスを想起することができる。ファウストが媚薬を飲みほすこと、あるいは彼がグレートヒェンに惚れこむことは、いずれにせよメフィストの意図からすれば、ファウストを悪の道に誘い込むための動機なのであり、従って、エロスとは他ならぬ人間を悪へ導くための誘惑の手段であった。しかし今やエロスとは悪魔を善へと改宗させるために、天上の諸力が利用する誘惑の手段である。そしてメフィストの奇妙な痛みとは、彼がこのエロスの誘惑に打ち勝とうとするところから来る。

お前たちはおれたちを、呪いをうけた魔物とそしるが、
お前たちこそほんとうの魔法使いだ。
なにしろ男でも女でも迷わすんだからな。
なんといういまいましい色仕掛けだ。
これが愛の火というやつかい。　(v. 11780—11784)

このようにメフィストが蒙る皮肉な運命は、単に彼がファウストの魂を失うことに尽きるものではない。「つねに悪を欲して、しかもつねに善をおこなう」霊であるメフィストは、悪の手段としてのエロスをも、善の力に変貌させてしまったと言えるだろう。そして悪魔がエロスの炎に焼かれるという事態は、善の悪に対する復讐であり、それによって悪魔は最後の存在根拠を失う。かくして、ゲーテの『ファウスト』は、言わば反転したヨブ記である。と

いうのも、天上のプロローグが、ヨブ記を踏まえて、主人公の魂をめぐる主と悪魔との賭けを描くとき、天上のエピローグでは、メフィストは「賭け」において敗北を喫するのみならず、確かに善の誘惑と戦うのではあるが、彼自身がヨブを体現してしまうからである。

これはどうだ。——まるでヨブのように、
身体《からだ》じゅうが火ぶくれだ。わが身ながらぞっとする。
だがそれでもおれは凱歌をあげるぞ、自分の本質を徹底的に自覚して、
自分と自分の血族を信頼しつづけているからな。
かけがえのない悪魔の持ち分は助かった。
たかが愛のはしかが皮膚に出ただけだ。
(v. 11809—11814)

このように彼もまたヨブ風に愛のはしかを皮膚でくい止め、かけがえのない悪魔の持ち分を救う。しかしメフィストがファウストの魂に対する権利を失うのは、エロスもまた黄金と同様、近代的生活における積極的な価値であり、メフィストが拠りどころとする、中世の善悪の尺度が転倒してしまったところから来るだろう。かくして、ゲーテの『ファウスト』の時間は中世で始まり、近代で終わるが、一方、近代的知性として中世の悪を善に変貌させてしまった悪魔のメフィストは、その役割を果たし終えたのであり、最後に自己止揚した中世の悪魔として滅びる。

四、純粋な意味の存在形式としてのファウストの「不死の霊」

ファウストの魂は、天上の諸力の介入によって、単に悪魔の手を逃れたのみではない。ただそれだけであったとしても、ドラマは完結したはずだし、ファウストの魂の救済は十分に暗示され得たであろう。しかし目下重要なことは、ファウストの魂の救済がどのように進捗するかであり、従って、この「いかに」が劇的時間における類い稀な出来事として提示される。ファウストの魂は、それ自体、純粋な可視的客体として対象化され、再び劇中の人物として登場してくる。もちろん、それはもはや語る人物ではないが、しかしファウストの魂をめぐる諸人物はなおかつ言葉を交わしあうのであり、ファウストの魂は言わばドラマの中心の沈黙を構成する。《山峡》の場は、ファウストの魂が天上へと向かうプロセスをあくまでも劇的事件として提示するが、その際、筋を担う主人公は、なお沈黙せる魂としてのファウストの人格である。確かに、それはもはや世界を能動的に摂取するファウストの自我ではなく、摂取され、理解され、愛される対象である。つまり、ファウストの救済とは、ファウストの生の総体が「意味」として自己完結するプロセス、すなわちファウストの自己拡大の衝

動に対置される運動を提示する。すでに論及したように、ファウストの生の総体の意味は、彼がすべての成就する瞬間を拒絶しなければならなかったが故に、決してファウスト自身に回帰してくることはなかった。しかしファウスト文学は主人公の死とともに完結するのであり、それによって一つの意味をもたらさねばならないであろう。その上、ファウスト文学はゲーテにとって、例えば、『イフィゲーニエ』や『タッソー』のように、詩人の生の個々の局面を扱うものではなく、むしろ詩人の生の全体を象徴する作品である。しかしそうなると、そのような作品の完成とは何を意味するであろうか。ファウスト文学が完成され得るものとするならば、それは言わば詩人が自己の死を先取りし、生の総体の意味を、成就せる瞬間において享受することに他ならないであろう。作品の完成の瞬間は、ファウストのヴィジョンのように未来に投影されるだけであってはならず、作者自身によって、少なくとも形式的には享受されねばならないのではないか。主人公の死をもって完結するファウスト文学は、他方ではゲーテ自身の自己愛の表現であり、従って、作者の生の総体の意味を担わねばならないであろう。かくして、ファウスト自身が拒絶する生の総体の意味は、今や作品の論理としては、彼に回帰してこなければならない。そしてその「意味」は、今は純粋の客体として、つまり別の自我として、ファウスト自身に対置されるのである。

ファウストの「不死の霊」を運び、天上に向かいながら、天使たちは歌う。

霊の世界の高貴なひとりが、
悪から救われました。
どんな人にせよ、絶えず努力して励むものを、
わたしたちは救うことができます。
それにこの人には天上からの
愛が加わったのですから、
至高の幸に住む天上の群れは、
心から歓んで今この人を迎えるのです。

(v. 11934—11941)

周知のごとく、ゲーテはエッカーマンに、「この詩句にファウスト救済の鍵がある。ファウスト自身に最後までますます向上し、ますます純粋となってゆく活動があり、それに対して天上から救いのためにやってくる永遠の愛があるのだ。このことはわれわれが自力によってのみではなく、それに加わる神の恩寵によってはじめて至福に至るのだというわれわれの宗教的観念と全く調和している。」(山

下肇訳）と述べている[16]。もちろん、グレートヒェンを破滅に追いやり、死の直前になおフィレモンとバウキスを殺害するファウストに、すでにその現象形態において、「最後までますます向上し、ますます純粋となってゆく活動」があるかどうかは、確かに疑わしい。しかしすでに論及したように、ファウストの死自体、生の総体が意味へと収斂してゆくプロセスとして、段階的に進行するのであり、フィレモンとバウキスの殺害は、このプロセスの起点なのである。つまりファウストにとって、死とは自己愛の復活と崩壊の内的なプロセスであり、フィレモンとバウキスの殺害のファウストにとっての悲劇的な意味は、「憂い」の登場において劇的に再現され、内的に体験される。そしてファウストが「憂い」との対決において自己愛の誘惑を退け、活動への純粋な意志を未来に投影するとき、この内的なプロセスは、フィヒテ的な意味においては、「最後までますます向上し、ますます純粋となってゆく活動」であると言えるだろう。ファウスト自身が行為者としては退け、未来へ投影した生の総体の意味は、彼の死によってはじめて彼に帰属するのであり、従って、死は今や生の意味としての復活をもたらす。しかし生の総体に意味を付与するものは、もはや行為者自身の行為ではあり得ない。それを可能ならしめるものは、単に行為者に対する他者の愛であり、従って今や、行為者の生は他者の記憶の中で意味として育まれ、浄化される。ファウストの魂の救済は、意味の存在形式としての死後の生を問題としており、道徳的な無罪放免とはかかわりがない。どのような積極的価値が死から奪回できるかが、本来、重要なのであり、例えば、地獄で生き続ける罪深い生も、忘却される生よりは積極的な意味を担う。他者の記憶の中で育まれるかぎり、悪人もまた浄化され、やがて悪の痕跡を失うであろう。つまり、ファウストの魂の救済とは、ファウストの生の意味が徐々に地上的生の痕跡を失い、ますます純粋に啓示されてゆくプロセスであり、この思念の浄化のプロセスが本来神の恩寵であり、永遠の愛の純粋な活動である[17]。

16　Eckermann, 6. Juni 1831.

17　シェーネは三世紀のギリシャの教父オリゲネス（Origenes）の「回帰」（Wiederbringung）の思想に基づいて《山峡》の場を解説している。オリゲネスによると万物は神に由来するが故に、万物は永劫の時間を経て本源の神に帰るのであり、神に背いた悪魔でさえも最後には神のもとに包摂され、許されるとされる。これは歴史の終末に最後の審判を置くキリスト教正統派の教義により否定された異端の思想であるが、『詩と真実』でも述べられているように、ゲーテはG・アーノルトの宗教史を通じて、若い頃からこの思想に深く傾倒しており、《山峡》の場では、この思想とゲーテの自然科学概念であるメタモルフォーゼ（変形）の理論が組み合わされている。つまり、罪深いファウストの救済も一挙に実現されるのではなく、永劫の時間において実現される。Schöne, S. 788.

地上の痕をとどめているものを運ぶことは、
わたしたちにはつらいことです。
たとえ燃えない石綿でできていようと、
それは清浄なものではありません。
強力な精神が
地上のもろもろの元素を
引き寄せて肉体にすれば、
しっかりと結びついた
霊と肉との複合体は、
どんな天使も二つに分けることはできません。
ただ永遠の愛だけが、
精神を地上の囚われから解き離すことができるのです。

(v. 11954—11965)

このようにファウストの生の意味は、死によって完結するのではなく、地上的生に対置される可能性としての、死後のプロセスとして提示される。ゲーテはファウストの救われた魂を、初期のプランではエンテレヒーと名付けたが、しかしそれが最後に「不死の霊」に変化したのは、理由のないことではない[18]。というのもエンテレヒーとは、ちょうど自然の媒体を能動的に摂取しようとするホムンクルスが最も純粋に体現しているような、生の形成衝動を象徴しているからである。

まず広い海に出て、第一歩から始めることだ。
最初は小さいことから始めて、
ごくごく小さいものを栄養分にして喜んでいるがいい。
そうやってだんだん生長して、
もっと大きい事ができるよう、自分を仕上げてゆくのだ。

(v. 8260—8264)

もちろん、ホムンクルスはここでファウスト的生の根源の力であるエンテレヒー、つまりファウスト的自我拡大の運動原理を象徴していると考えられる。強力なエンテレヒーに支配されたファウストの生とは、世界を摂取し、同化しながら自我を宇宙へと拡大し、世界所有に至る過程を描いた。しかしファウストの「不死の霊」は、もはやエン

18　リッケルトは、成立史的に「エンテレヒー」が「不死の霊」に変化したという事実を指摘した上で、なお「不死の霊」を「エンテレヒー」と同一視し、それをファウストの「行為」の連続と捉えているが、《山峡》の場には、明らかにベクトルの変化が生じている。ファウストが自我の成分として吸収した地上的な「不純の要素」は今や排除されねばならないが、それはファウストの「行為」ではない。「不死の霊」は、他者の愛の行為を通じて、ますます純粋になっていくのである。Rickert, S. 511.

テレヒーではあり得ない。というのも、目下、ファウストの生の総体の意味が問題であり、死が生の意味の収穫時期となるとき、素材として摂取された「世界」の要素は、生が独自の意味に到達するためには、再び排除されねばならないからである。エンテレヒーが強力であればあるほど、生は死に際して、より多くの素材を返還しなければならないであろう。しかしファウストの魂を悪の領域から奪回し得た天使たちにも、なお魂に付着する不純な要素を、その純粋の本質から分離することはむずかしい。というのも、生は死に際して、かりにそれが悪の烙印を逃れ得たとしても、一挙に純粋の意味に到達することはできないからである。それは単に永遠の愛によってのみ可能なのであり、かくして、ファウストは地上的生を終えてのちも永遠の愛において育まれ、時間の媒体の中で、他者の愛を通じてはじめてその独自の本質に至る。

《山峡》の場に登場する聖なる隠者たち、すなわち、法悦の教父、瞑想する教父、天使に似かよう教父はすでに地上の生を脱却して、永遠の愛の恵みを受けている。地上的生の矛盾は、法悦の教父にとって、さしあたり意味（思念）が個の生の殻のなかに閉じ込められており、従って、永遠の愛が啓示されるためには、まず生が抹殺されねばならないことにある。

　矢よ、わたしをつらぬけ、
槍よ、わたしを刺せ、
刺《とげ》ある杖よ、わたしを砕け、
雷火よ、わたしを焼け、
むなしいものの
すべてが飛び散り、
久遠《くおん》の星なる
永遠の愛の精髄がかがやくように。（v. 11858―11865）

瞑想する教父も存在を思念の枷として体験する。

　わたしの胸も願わくばその恵みの火を受けたい、
わたしの精神は混濁して冷たく、
よどんだ官能の獄舎のなかに
きびしく鎖につながれて悩んでいるのだから。
（v. 11884―11887）

存在を枷と感じたファウストもまた、かつて生の真の意味を実現するために、自殺に駆り立てられなかっただろうか。しかしファウスト的生の意味は、本来、自殺によっては実現され得なかったのであり、一方、地上的生において生の彼岸的意味を実現しようと欲する聖なる隠者たちは、まさにファウスト的な行動的生に対置されている。ここでは世界を解釈し、世界に意味を付与することによって、生そのものが純粋の意味に変容し、それによって永遠の愛の透明な大気を用意する。かくして、瞑想する教父の言葉は、もう一度われわれに《夜》の場の雰囲気、つまりファウスト的生の出発点を想起させ、同時に今やファウストが入っていこうとする、永遠の生のプロローグを提示する。しかし、ファウストの「不死の霊」を永遠の愛に媒介すべく、「この世を早く去って昇天した童子たち」ほどに、適切なものはないであろう(19)。

子どもたちよ、真夜中に生まれ、
精神と官能とが半ば目ざめただけのもの、
両親にとってはすぐに失われたものとなったが、
天使からは新しい友として迎え取られたもの。
ここに愛を育《はぐく》んでいる一人がいることは、
お前たちも感じよう。だから気づかいなくこちらへ
寄っておいで。
だが、地上の道の険しさや苦しさは、
しあわせなものよ、何も知らないお前たちだ。
わたしの目のなかへ降りておいで。
これは地上のことや世間のことはよく見慣れている目
なのだから。
それを自分のものとして使うがいい、
このあたりの様子をよくごらん。（v. 11898－11909）

このように彼らは地上の経験なしに、誕生の直後、夭逝したが故に汚れがなく、すでに天使たちの仲間に属している。しかし彼らがファウストの魂を受け入れる器官となるのは、彼らが白紙のように生の記憶を保持していないところから来る。そして「この世を早く去って昇天した童子たち」が経験豊かなファウストの生から学ぼうとし、こうして両者がお互いを高め合うとき、天上の世界に、思いもかけず地上の論理が忍びこんで来る。というのも、すべての人間は誕生に際しては無知なのだが、しかし彼等は先人の知識を習得することによって自己を形成するのであり、従って、この「この世を早く去って昇天した童子たち」とファウストの「不死の霊」との出会いほどに、現在の視点による過去世界の同化を象徴するものはないからである。人間はその存在様式において、生涯、過去を摂取し、同化する器官なのだが、「童子たち」は、ただ単にこの人間の

19　「山峡」の場と新プラトン主義的思想との関連を探るシュミットの論考によれば、純粋の自己に到達する内面化過程が本来神との近さを規定するのであり、「瞑想する教父が〈この世を早く去って昇天した童子たち〉において予感し、見たと信じるものは、彼自身の中に生きているもの、あの純粋にして完全な原初の状態のEr-innerung（内面化）に他ならない。」Jochen Schmidt, "Die katholische Mythologie" und ihre mystische Entmythologisierung in der Schlußszene des "Faust II", in: Aufsätze zu Goethes "Faust II", hg. v. Werner Keller. Darmstadt 1991.

知識への根源的衝動をもっとも純粋に体現している。そして「童子たち」が瞑想する教父の目を通して世界を眺めることができるように、人間はそもそも先人の生をとおして、自己の生の意味を理解できるのではないか(20)。しかし「この世を早く去って昇天した童子たち」とファウストの「不死の霊」との出会いをファウストの側から見るならば、このことはファウストの「不死の霊」がもはや自己展開することのない、純粋な完成された客体であることを意味するであろう。ファウストの「不死の霊」の行為とは、完成された生が今やその独自の意味に到達するプロセスにあるが、しかしそれはただ単に完結し過ぎ去った生が、後の世の人間的主体によって生産的に同化されることによって可能となる。しかしファウストの生自体がすでに大規模な世界の同化の行為であったのであり、彼は冥界のヘレナとの結婚を通じて、古代世界をすら自己の現在の空間に組み込んだのであった。そしてヘレナが冥界へ還ってのちも、なおその衣裳は彼女の存在の記憶として残り、それはファウストをいっさいの卑俗なことがらを超えて高め、彼を偉大な行為へと促すことができた。そうであれば、大規模な世界所有を達成したファウストの生が、死後、跡形もなく忘却に陥ることがあり得るだろうか。ファウストの「不死の霊」とはファウストの生の記憶であり、今や意味の存在形式として永遠の愛の媒体のなかで生きつづける。しかしそれは単にファウストの「不死の霊」が後代の人々に積極的な作用を及ぼし、他者の愛に育まれて、その純粋の意味を現すことによってのみ可能となる。

よろこんで、わたしたちは
蛹《さなぎ》のこの方をお迎えします。
そうすれば、わたしたちもいっしょに育って、
きっといつか天使になれましょうから。
この方にまつわっている
繭屑《まゆくず》を早く取ってあげましょう。
もう神聖ないのちをうけて、
うつくしく、大きくお育ちになりました。

(v. 11981―11988)

このようにファウストの「不死の霊」は、「この世を早く去って昇天した童子たち」に迎えられ、育まれることによって、純粋の意味に到達する。蝶が蛹から誕生するように、それも一つの変容を経験する。永遠の愛とは時間の媒体で起きるのであり、従って、意味の存在形式もまた生成と消滅の運命に委ねられる。そうであれば、彼岸とは必ずしも此岸との対立を形成するのではない。つまり、彼

20　こうした発想はガダマーの哲学を踏まえたものである。Hans Georg Gadamer: Wahrheit und Methode. 4 .Aufl. Tübingen 1960.

岸（あの世）とは此岸的生の比喩であるのみならず、両者はお互いに作用し合い、ともに一つの地上的時間を形成する。彼岸には地上的諸価値がもっとも純粋に現れる。しかし地上で求められ、実現されなかったような価値は、決して天国の要素とはなり得ないのであり、一方、そのような天国はむしろ地上的生においてこそ望ましいにちがいない。かくして、ファウストの魂の救済は、地上的生の記憶において進行する。今やマリアをあがめる博士の口をとおして、再びファウストの霊が語る。

ああ、世界を支配したまう最高の女王！
青々と張りのべられた
この大空の天幕《テント》のもとで
あなたの神秘をお明かしください。
男子の胸を
真摯に、やさしく動かすもの、
聖なる愛の歓喜をもって
思念のすべてをあなたに向かわせるもの、それをご嘉
賞ください。
あなたが気高いお胸からご命令なさいますと、
わたしたちの勇気は無敵となります。
あなたがわたしたちをなだめてくださいますと、
火と燃える思いもたちまちにやわらぎます。
この上なく美しい意味での浄い処女《おとめ》、
栄光にかがやくおん母、
わたしたちのためにえらばれた女王、
神々にひとしいおん方。　(v. 11997－12012)

マリアをあがめる博士はもはやファウストの人格ではないが、言わば純粋な霊へと変容したファウストであり、彼が地上的生において実現した最高の美をわれわれに想起させる。処女であり母である聖なるマリアと、女神であったヘレナが記憶において重なり合い、一つに溶け合って輝く聖母となり、ゲーテ的天国をもたらす。かくして、ファウストの魂の救済とは、異教体験においてキリスト教に罪を犯したファウストの魂が、キリスト教的天国に迎えられるということではあるまい。むしろ天国自体が異教的要素を含むことによって、ファウストの魂の救済が可能となる(21)。というのも、ファウスト自身がヘレナとの結婚を通じてキリスト教と異教との総合を実現したのであり、従って、ファウストの「不死の霊」も自ら構築した霊界へと迎

21　ケラーははっきりと、ファウストはキリスト教的天国ではなく、ゲーテの、つまり詩人の恩寵の天国に迎えられると述べている。Vgl. Keller, Ebd. S. 343.

えられるからである。かくして、マリアをあがめる博士が今やファウストに代わって、ファウストの魂の救済を動機づける。マリアをあがめる博士の輝く聖母における代願は、確かにファウストに対してではなく、贖罪の女たちに向けられている。しかしファウストの「不死の霊」を悪魔の手から奪回するのに貢献したのも、贖罪の女たちではなかっただろうか。

愛にゆたかな、聖なる贖罪の女性たちの
手から受けたあのばらの花が、
わたしたちを助けて勝利をかちとらせてくれました。
貴い仕事は完成され、
わたしたちはこの大切な霊を手に入れることができま
した。　(v. 11942－11946)

贖罪の女たちのばらの花が悪魔を撃退し得たのは、他ならぬ彼女たちがかつて愛を通じて罪を犯し、単にそのために悪魔の手段を習得し得たからであろう。こうしてまた贖罪の女たちは、同様に罪を犯してのち善の力へと変貌したグレートヒェンのために代願を行う。

大きい罪を犯した女らにも
お身近くに寄ることをお咎めなく、
懺悔の初心を
永遠《とわ》のよすがに高めたもうあなたさま。
なにとぞこの善き魂にも、
それにふさわしいお赦しの恵みをお授けくださいま
し。
ただ一度自分を忘れただけで、
自分が過ちをおかしていることにも心づかなかった魂
でございます。　(v. 12061－12068)

マリアをあがめる博士が贖罪の女たちのために代願し、贖罪の女たちがグレートヒェンのために代願する。そして今やグレートヒェンがファウストのために代願するとき、霊たちの言葉は、こだまのように反響し合い、絡み合い、一つの透明な思念の空間を形成する(22)。

たぐいようもないあなたさま、
かぎりない光につつまれておいでなさいますあなたさ
ま。
どうぞお恵み深くお顔をお向けあそばして、

22　シュミットによれば、贖罪の女たちの贖いは、単なる過去の罪の帰結として否定的・回顧的に見られているのではなく、積極的に最高の完成に至る浄化として定義されている。Vgl. Schmidt, Ebd. S. 398.

わたくしの仕合わせをごらんなさってくださいまし。
むかしお慕い申した方、
いまはもう濁りのない方が、
帰っておいでになりました。　(v. 12069－12075)

このようにファウストの救済は、その魂が天上のグレートヒェンに迎えられることによって可能となる。しかしそれは何を意味するのであろうか。例えば、ファウストの地上における罪が、贖罪の女たちの犠牲的な愛によって、キリスト教的な意味で贖われたと言えるであろうか。ファウストの救済はなるほど贖罪の女たち、とりわけグレートヒェンの一方的な愛によって可能となるが、しかしそれによってグレートヒェンがファウストの罪を贖ったとは言えない。むしろファウストがその罪にもかかわらず、グレートヒェンの一方的な愛に値するのは、かつてファウストがそのグレートヒェンへの真実の愛において、生の天上的な意味を先取りし、そして彼がそのような至福の瞬間においては、確かに悪魔の策略を無力化し得たであろうが故である。確かに、ファウストは行為者として、地上の幸福である愛そのものを滅ぼしてしまったのであり、従って、愛の幸福な意味は行為者である彼には回帰してこなかった。しかしまさにそれ故に、天上的意味を先取りしたかつての愛の記憶こそ、今やファウストの生の総体に意味を付与するものである(23)。行為者としてのファウストの愛とは、彼が一方的に他者を自我の成分として同化し、それによって愛の幸福な意味を抹殺することでしかなかった。ファウストの生とは、それが常に生の意味を抹殺し、自己愛に対して罪を犯すことによって、純粋な活動であったが、一方、生の意味とは、結局のところ天上からもたらされる愛であり、そして愛とはまた神的な恩寵に他ならない。ファウストにとって、愛とはまさに行為の推進力であったが、しかし彼が行為者として向上を目指すかぎり、愛の天上的な意味は彼に回帰してくることはなかった。そして彼が目下一方的に愛されるということは、従って、彼がもはや愛すことができない、それ故に、もはや行為することができないという事態に他ならないであろう。かくして、ファウスト自ら滅ぼした最も美しい瞬間が、今やグレートヒェンにとって、そして読者にとっても、復活し、ファウストの生

23　ゲーテの異端者的な再生の教義をめぐるヘンケルの論考は、この関連において啓発的である。「しかし確かに、（すべてのパリサイ主義にとって挑発的な）ゲーテの愛の神学の中心をエロス神学と呼べるものが当てはまる。すなわち、愛は永遠化する、愛され、愛した者は、彼岸においても（それがどのような種類のものであれ）、決して失われることはないのである。」と。Arthur Henkel, Das Ärgernis “Faust”, in: Aufsätze zu Goethes “Faust II” hg. v. Werner Keller. Darmstadt 1991. S. 313.

の総体に一つの意味を付与するのである。

ファウストの「不死の霊」がこうしてグレートヒエンによって迎えられるとき、ゲーテの『ファウスト』は、柴田翔風に言えば、反悲劇として完結する(24)。というのも、それは人間的葛藤を今や永遠に排除する神々の仕掛けであり、これ以上の劇的な発展は期待し得ないからである。しかしそれは何を意味するのであろうか。ここにはそもそもグレートヒエンとの出会いを、一つのユートピアとして体験する劇的主体は存在していない。ファウストの「不死の霊」は、目下、内容的には何も語らない沈黙せる謎めいた中心を暗示するのみならず、それはなお目標に向かっての途上にある。

その方はもうわたしたちより大きくなり、
手足もたくましくなりました。
わたしたちの心づくしに、
りっぱに報いてくださるでしょう。
わたしたちは人の世の集まりから
早く離れてしまいました。
けれどこの方はそこで学んでこられたのです、
わたしたちにもきっと教えてくださるでしょう。
(v. 12076–12083)

こうしてファウストの死は魂としての再生を経験するのであるが、一方、ファウストの生の総体の意味を担うこの魂は、再び時間の媒体に委ねられる。つまり、グレートヒエンとの出会いは、ファウストの魂の発展の出発点となる。

きよらかな霊の群れにかこまれて、
新参のあの方はまだご自分がどうなったのか、お分かりでないのです、
新しい生命《いのち》にまだ気づかれておりません。
それでももう天上のかたがたに似てまいりました。
ごらんくださいまし、下界のきずなをことごとく断ち切って、
古い衣を脱ぎすてました。
そしてあらたにまとった大気の衣からは

24　柴田翔：『ゲーテ「ファウスト」を読む』（岩波書店）。ファウストの救済とファウストの地上的活動との関係は、柴田翔氏においては、端的に不連続であり、それはゲーテという作家の問題として捉え直されることによって、はじめてつながる。従って、作品論理としては、作者自身が言わば「神々の仕掛け」のように作品の外側から無媒介的に介入して、解決をもたらすという意味での反悲劇の観念に帰着するのであろう。しかしファウストの「不死の霊」は直ちにファウストの無罪放免を語っているわけではなく、それ自体なお未完であることによって、ファウストの地上的活動との連続を表現しているとも受け取れるのではないか。

真新しい青春の力がこぼれております。
あの方にお教えすることをお許しください。
まだ新しい光をまぶしがっておりますから。

(v. 12084－12093)

このことはしかしゲーテの『ファウスト』の形式的な完成が、まさにその「意味」の展開の出発点であることを暗示していないであろうか。この内容と形式の意識的な矛盾は、この作品がファウストの生のドラマであると同時に、ゲーテの生の告白、つまりゲーテの生の総体の意味を担っていることと密接な関連を持っている。詩人が作品を完成することは彼の行為をなすが、この行為の「意味」は完成された作品として世界のなかで存在し始めるのであり、作者自身もそれを自己の意識の外化された形態として享受できるわけである。例えば、ウェルテルにとって自殺は彼の行為であり、存在を賭けた冒険であるとしても、この行為の意味は彼には回帰してこないが、一方、この自殺を対象化し得た作者の方は、むしろそれを自己の生の意味として享受し得たはずである。しかしファウスト文学がゲーテの生の総体を象徴するものであるとき、その完成は形式的には可能であるとしても、その行為の「意味」、つまり、完成された作品そのものは、なお作者にとって絶対的に未定である。そこに作者と作品とのナルシス的な関係があり、ゲーテ自身それを公表できない、つまり、それを完成されたものとみなすことができないのである。ゲーテはここで、完成し得ない作品を完成されたものとして公表することによって、おのれの破局を招いてしまうタッソーであってはならない。かくして、ゲーテは自己の『ファウスト』を遺稿として封印し、その完成を意識的に未来の運命に委ねる。ゲーテの『ファウスト』は形式的には完成するが、しかし作品の「意味」自体は、まさに作者にとってなお未知であり、それは時間の媒体、つまり、永遠の愛の大気において、生成と消滅の掟に委ねられる。かくして、ファウストの「不死の霊」とは、ゲーテの『ファウスト』という作品にひそむパラドックスの表現であり、それは作品の意味を担うが、目下何事も語らない、沈黙せる謎めいた中心である。完結し、今や自己意識として回帰してきた『ファウスト』は、再び作品が「意味」の存在形式として、より高いものへ向かって発展するプロセスを提示する。

さあ、おいで。お前もっと高みへお昇り。
お前がいると思うと、その人もついてくるから。

(v. 12094－12095)

しかしファウストの「不死の霊」が目指すより高い目標は、もはや作品の外部にはない。ファウストの魂が今後体験するであろう、未来の冒険は、従って、別の作品を必要とするわけではない。というのも、作品の完成がはじめて

「意味」の展開の存在論的な前提をなすのであり、かくして、「神秘な合唱」は作品の完成に封印する最後の言葉を語る。

なべて移ろいゆくものは
比喩にほかならず。
足らわざることも、
ここにて高き事実となりぬ。
名状しがたきもの、
ここにて成しとげられたり。
永遠の女性、
われらを高みへ引きゆく。
(v. 12104—12111)

Alles Vergängliche
Ist nur ein Gleichnis;
Das Unzulängliche,
Hier wird's Ereignis;
Das Unbeschreibliche,
Hier ist's getan;
Das Ewig-Weibliche
Zieht uns hinan.
(v. 12104–12111)

こうしてファウストの生は死をもって完結することにより、一つの比喩であることが判明したが、それはファウストの生が無へ帰したことを意味するのではない。従って、それはまた東洋的な無常観の表現でもない。この場合、生とは他ならぬ神の比喩であり、ファウストの生は完結し、比喩となることによって、むしろ積極的な価値を獲得する[25]。「足らわざること」(Das Unzulängliche)は、通常、何か不足するもの、及ばないものを意味し、手塚富雄訳もこの通常の意味に基づいており、これが先行する「比喩」に否定的なアクセントを付加するようにも見える。しかし例えば、E・シュタイガーはこの Das Unzulängliche に通常の意味を断固として拒否し、「何か到達しがたいもの」という古い意味に解釈している[26]。このシュタイガーの解釈には異義もあるが、しかしここでは Das Unzulängliche をこの積極的な意味に理解し、それを後に続く詩句「名状しがたきもの、ここにて成しとげられたり」と関連させる方が、文脈的には理解しやすい。ここに引用した手塚富雄訳でも、述語としての詩句「ここにて高き事実となりぬ」に力点を置くことによって、文字通り、「不十分なもの」それ自体が実現するわけではなくなる。やはりトゥルンツの注釈に従って、不完全なものが完全になると考えるのが

25 シュミットは地上の移ろう現象と、神の永遠の存在との類似関係を指摘している。Vgl. Schmidt, Ebd. S. 404.
26 Staiger, S. 466. このシュタイガーの見解に対しては、小栗浩氏より反証が挙げられている。前掲書、三六五頁参照。

妥当で、それが従来の解釈であろう。それに対して、最近、A・シェーネは、「ここにて高き事実となりぬ」(Hier wird's Ereignis) に、そのような意味の付加作用を否定しており、むしろシュラッファーに依拠して、これを一種の場面に付随するト書き (kommentierender Meta-Text) と解釈している[27]。というのも、この場のカトリック的形象自体、ゲーテ自身の証言に基づいて、超感覚的なものを視覚化するために便宜的に利用されたものと考えれば、それ自体、「名状しがたきもの」の不十分な表現ということになるからだ。しかしそれにしてもなお、das Unzulängliche は不可解である。あえて筆者の立場で言えば、ここではあくまでも目下完結した、あるいは完結しつつある、ファウストの生が問題であり、従って、das Unzulängliche も das Unbeschreibliche も、むしろ先行するファウストの救済、つまり、天使たちによって救われたファウストの「不死の霊」を、直接に指しているのではないか。ファウストの「不死の霊」は、端的に言って、名状しがたいものであるが、一方、それはファウストの地上的活動において実現されたものの「意味」を担うとしても、まだ「意味」に到達する途上にあり、従って、ファウストの「不死の霊」はなお不足するものと、考えることができる[28]。もちろん、個々の人間的生が一般に神の比喩であるとき、宇宙の総体を包括するファウストの生は、それ自体、比喩の比喩として神の本質に迫るのであり、名状しがたいものであると同時に、シュタイガー流に考えて、本来、到達しがたいものでもあるだろう。

「永遠の女性」もまた、直接的にはファウストの「不死の霊」を、より高く導くグレートヒェンの形姿を暗示しており、今やファウスト文学の全体がファウストのグレートヒェンとの天上における出会いへと収斂し、それが「意味」解釈の前提となる。すべての地上的活動が男性的原理に基づき、それに意味を付与するのが女性的原理としての愛であるとき、ファウスト文学の全体に最後の封印をするのは、女性的原理である。男性的原理としてのファウストの地上的活動自体、「不完全なもの」(Das Unzulängliche) であり、それを完成させるのが女性的原理であると解釈す

27　A.Schöne, a.a.O. S. 815.

28　奇妙な論理かもしれないが、筆者の見解では、ファウストの「不死の霊」は、解釈学的対象としての作品『ファウスト』自体である。つまり、『ファウスト』は、後代の読者によって解釈されることで、完成に向かう。「不死の霊」自体、ホムンクルスと同様、可能的なもの、不完全なものの象徴である。それはまた作者が意図した作品の神話化でもあり、事実、ゲーテの死後の『ファウスト』をめぐる文献学的な解釈の歴史は、作品の神話性を裏付けている。

ることもできる。しかしグレートヒェンの形姿が体現する「永遠の女性」自体、何を意味するのであろうか。この最後の意味深い言葉を解釈することは、畢竟『ファウスト』の全体の解釈に等しく、従って、そのためにはH・ヤンツのように「永遠の女性」の比喩を追いながら、もう一度、すべての詩句を読み直してみなければならないかもしれない[29]。というのも、「永遠の女性」という、この神的なものに対する、すこぶる現世的な表現は、結局のところ、ファウストが生涯、努力して求めた地上的価値の神格化に他ならず、従って、われわれの眼差しも、作品の外部の天国に向けられるよりは、むしろ人間的生の総体の比喩としての、作品そのものに向かうからである。

29 Harold Jantz: The eternal-womanly, in: the mothers in Faust. Baltimore 1969.

あとがき

この論考に着手してからすでに四〇年以上経過している。当時、フンボルトの奨学生としてのドイツ留学から帰国して後、何か一つ纏まった研究をしてみたいと思っていたところ、H・シュラッファー氏の「一九世紀のアレゴリー」という副題を添えた『ファウスト第二部』研究が出版され、一読してその斬新さに刺激を受け、この方向性で『ファウスト』を解釈してみたいという気になった次第である。ゲーテ『ファウスト』の研究では、部分的な細部の研究ももちろん重要ではあるが、日本の読者にとっては、この作品を一貫してどう読むべきかが、特に関心事のように思われ、まずは自分流儀に読みこなしてみようと思った。その結果がこの論考であるが、当然のことながら、H・シュラッファー氏の命題からも大きく偏向してしまったようである。

この論考は、下記の初出一覧で示したように、一九八五年から一九九一年までに当時在籍していた茨城大学の紀要にドイツ語の論文として掲載された。もちろん、まずは日本語で書いたのであるが、対象がドイツ文学であり、種々の関連文献もほとんどがドイツ語であるかぎり、自分の解釈にどの程度妥当性があるかを確認するには、それをドイツ語に直してみるのが最良の方策であり、またその操作を通じて大きく修正を試みることができた。またドイツ語で書くことにより、この論考でも大いに参考にしているH・シュラッファー、A・シェーネ、W・ケラーといったドイツ本国の一流のゲーテ学者に論文を送り、意見を聞くことで、自分の位置を確認することもできた。この論考ではかなり大胆なテーゼも含まれており、半信半疑であったが、「第一部」論が出来上がった段階でA・シェーネ氏に送ったところ、テーゼに関しては積極的な評価があり、「深い思索に対しての尊敬の念をもって読んだ」ということで、「第二部」解釈へ向けて弾みとなった。一方、W・ケラー氏は、いつも懇切丁寧な指導を惜しまないが、概して、前衛的な思想には慎重な学者のようで、自分でも気になっていた観念的で、荒削りな論述などには、容赦ない批判があり、それを受けて、本稿第二章二の部分など、大幅に改作され、ドイツ語の論文とはかなり異なるものになった。H・シュラッファー氏は、この論考全体の筋にそって一貫した解釈に、自分の捉え方と異なることを指摘した上で、むしろ高い評価を示し、有難いことに、特に「第二部」の多くの細部の解釈での共感をいただいた。

当時すでにこれを一冊の本に纏めたいという願望はあり、留学時代フランクフルト大学でお世話になったR－

R・ブーテノー氏にも論文を送り、相談した結果、鄭重なご返事をいただき、出版社を探してくれそうな意向もあったのだが、結局、躊躇してしまった。ドイツ語で本にするとなると、ドイツ人の目を通したきめ細かな推敲が必要であり、そこまで迷惑をかけるわけにもいかないし、再度の留学のため職場を離れることなどできないという事情もあった。

結局、この論考はドイツ語で書かれた学内の紀要論文として永らく眠り続けていたことになるが、小生、すでにその後移籍した筑波大学も定年退職し、古稀もとうに過ぎ、自分の生存の記録を何か残したいと思う年齢になって、これを再び日本語に直して一冊の本にする次第である。最近、つくば市の市民講座で『ファウスト』を取り上げたところ、少数ではあるが、最初から最後まで二年間、熱心に聴いてくれる受講者もあり、それが再度の推敲の契機となり、また昨今の我が国の不透明な政治的・精神的状況において、ますます『ファウスト』に身近なものを感じたことが、出版のための動機となった。

最近、ポスト・モダンという言葉も聞かれるが、一方、われわれはなおファウスト的魔法の世界に生きているのではないかという深い疑念もあり、「近代」とは何かという問いは依然として切実である。「近代」という時代の問題を極限まで考え抜いたのがカントからニーチェに至る近代のドイツ哲学であり、特にヘーゲルにおいて集大成される観念論哲学はゲーテの『ファウスト』と同時代であり、『ファウスト』の思想的背景でもある。カントを出発点とする近代ドイツの哲学的思惟の変遷はまさに弁証法的運動、つまり、否定の歴史であり、「近代」とは何かという問いだけが未解決のまま重い課題として残されている。一方、カントが道徳的原理として提起した「自由な意志」とは、近代人が神から授かったパンドラの箱であり、それはゲーテの『ファウスト』においては、いまだに「不可測」(inkommmensurabel) なものとして、ニーチェ流に言えば、ディオニュソス的・肯定的な芸術的価値として残されている。

論文を公表して以後、ゲーテ『ファウスト』をめぐる状況も変化し、多くの新しい文献も現れたが、最も顕著なものとしてA・シェーネが編集するフランクフルト版ゲーテ全集の成立がある。一〇〇〇頁を超えるA・シェーネのファウスト注釈は、それ自体すでに読んで面白いファウスト論であり、共感できるテーゼも多くあるので、ある程度追加的な注で補強を試みたが、言うまでもなく、この論考の前提には成り得なかった。

ゲーテ『ファウスト』の邦訳自体、森鷗外以来すぐれたものが多数あり、現在でも幾つかは市販されているので、作品からの引用は、私のかつての恩師でもある手塚富雄氏の訳に依存することで、すでに我が国で定着しているゲーテ受容を前提にした。またゲーテにかぎらず、すでに邦訳されているドイツ哲学関連の数々の名著を加えると、それはすでに我が国のものとなった精神的宝庫である。本論考の再度の推敲に当たり、カントからニーチェに至るドイツ哲学の古典的名著を邦訳で通読することで、大ざっぱに流れを捉えることができ、あらためて『ファウスト』との思想的関連を確認することができた。本論考自体、もともと日本の一読者としての問題意識から『ファウスト』に取り組んだ論考であるから、これを世に問うことで、我が国の「ファウスト文化」に何がしかの貢献ができれば、この上ない喜びである。

初出一覧

Drei Präludien zu Goethes "Faust": Bulletin, No. 17. 1985, Ibaraki Univ.

Sorge und die dingliche Welt in Goethes "Faust": Bulletin, No. 18. 1986, Ibaraki Univ.

Der Prozeß zur Wette in Goethes "Faust": Bulletin, No. 19. 1987, Ibaraki Univ.

Fausts Lebensphasen in der Gretchen-Tragödie: Bulletin, No. 20. 1988, Ibaraki Univ.

Goethes "Faust II" als Spiel des modernen Intellekts (1): Bulletin, No. 21. 1989, Ibaraki Univ.

Goethes "Faust II" als Spiel des modernen Intellekts (2): Bulletin, No. 22. 1990, Ibaraki Univ.

Goethes "Faust II" als Spiel des modernen Intellekts (3): Bulletin, No. 23. 1991, Ibaraki Univ.

部分的には下記に転載

Zur Voraussetzung von Faust II- Interpretation: ゲーテ年鑑第三〇巻（一九八八年）所収

Helenas Neugeburt als ein moderner Intellekt in Goethes "Faust II": ゲーテ年鑑第五〇巻（二〇〇八年）所収

ゲーテ『ファウスト』における「憂い」とファウスト的生の意味：『ドイツ文学における古典と現代』（第三書房、一九八七年）所収

ファウストにおける行動的人格の復活：『ドイツ文学回遊』（郁文堂、一九九五年）所収

SEMINAR FÜR DEUTSCHE PHILOLOGIE DER GEORG-AUGUST-UNIVERSITÄT GÖTTINGEN

SCHÖNE

3400 GÖTTINGEN, 17.8.1988
Humboldtallee 13
Telefon (0551) 3975 10/12

Sehr geehrter Herr Tsuzuki,

für das freundliche Geschenk Ihrer Aufsätze über Goethes 'Faust' danke ich Ihnen herzlich. Ich habe sie gelesen - nicht nur in weitgehender Übereinstimmung mit vielen Ihrer Thesen, sondern vor allem auch mit großem Respekt vor der Energie Ihrer Fragestellungen und dem Tiefsinn Ihrer Überlegungen.

Gute Wünsche für Ihre weitere Arbeit an diesem großen Vorhaben und freundliche Grüße,

Ihr Albrecht Schöne

INSTITUT FÜR LITERATURWISSENSCHAFT
NEUERE DEUTSCHE LITERATUR I
Prof. Dr. Heinz Schlaffer

UNIVERSITÄT
STUTTGART

Neuere Deutsche Literatur I, Postfach 560, 7000 Stuttgart 1

Keplerstraße 17
7000 Stuttgart 1
Telefon (07 11) 20 73/8 15

16.04.1985

Herrn
Prof. Masami Tsuzuki
Bunkyo 2-1-1,
Ibaraki-Daigaku, Kyoyo-Bu,
J-310 Mito

Sehr geehrter Herr Tsuzuki,

haben Sie vielen Dank für Ihren Brief und die beiliegenden Goethe-Aufsätze. Ihre Deutung der Präludien zu Faust hat mich überzeugt. Im einzelnen: Sie interpretieren die "Zueignung" als Rückblick auf eine mythische Jugend, also auf den Mittelbereich von Poesie und Biographie; das Vorspiel ist sicher richtig als Bühnenbeleuchtung verstanden; einzig beim Prolog im Himmel scheint mir der Bezug auf die Entwicklungsgeschichte der attischen Tagödie nicht überzeugend, da dies einleuchtender im Helenaort geschieht. Auch würde ich Ihnen zustimmen, daß sich die Vorgeschichte der allegorischen Struktur von Faust II bereits in Faust I und Urfaust verfolgen läßt. Überhaupt liegt der Vorteil Ihrer Arbeit darin, daß sie eine Formgeschichte dieses Werks verfolgt, während die meisten Interpreten sich auf eine meist willkürliche Ideendeutung festgelegt haben.

Nach diesem Anfang bin ich auf weitere Teile Ihrer Faust-Interpretation neugierig.

Mit freundlichen Grüßen

Ihr

Heinz Schlaffer

Universität Stuttgart

Institut
für Literaturwissenschaft

Neuere deutsche Literatur I

Prof. Dr. Heinz Schlaffer

Keplerstraße 17
7000 Stuttgart 1

Telefon 0711/121-30 70
FAX (07 11) 121-3(

Datum 28.05.91

Universität Stuttgart · Neuere deutsche Literatur I
Postfach 10 60 37 · 7000 Stuttgart 10

Herrn
Prof. Masami Tsuzuki
Bunkyo 2-1-1,
Ibaraki-Daigaku, Kyoyo-Bu
J-310 Mito
JAPAN

Sehr geehrter Herr Tsuzuki,

haben Sie vielen Dank für Ihren Brief und die Zusendung Ihrer Arbeiten über Faust II. Die Bedeutung, die Sie mir in Ihren Schriften geben, macht mich fast verlegen, da ich damit eine Verantowrtung übernehme, die ich nicht durch meine Leistungen gedeckt weiß. Es beruhigt mich, daß Sie Staiger und vor allem Emrich wieder aufnehmen, denen ich des Kontrastes halber gewiß Unrecht getan hatte.

Ihre fortlaufenden Aufsätze zeigen aber viele Gewinne gegenüber dem bisherigen Stand der Erkenntnisse. Vor allem handelt es sich um einen fortlaufenden interpretierenden Kommentar, während ich einzelne Themen und Passagen herausgelöst und pointiert habe; dadurch wird etwa die Bedeutung des vierten Akts besonders evident. Auf viele einleuchtende Einzelheiten - z.B. Fausts Abwesenheit in der Kaiserpfalz - will ich in diesem Brief nicht eingehen, obwohl gerade darin die Vorzüge Ihrer Arbeit liegen. Interessant ist auch die Deutung des Schlusses

- 2 -

im Zusammenhang mit Goethes Absicht, das Werk nicht sogleich zu veröffentlichen. Vielleicht hat die symbolische Nichtvollendung etwas mit Goethes Todesfurcht zu tun.

Sie fragen in Ihrem Brief, ob Sie die verschiedenen Studien zu einem Buch zusammenfassen sollen. Ich würde diesen Plan gutheißen, sehe jedoch ein Bedenken darin, daß bald die von Albrecht Schöne kommentierte Ausgabe im Deutschen Klassiker-Verlag erscheinen wird. Angesichts der Gründlichkeit, mit der Schöne dieses Unternehmen verfolgt, ist dabei zu erwarten, daß die Faust-Deutung danach anders aussieht.

Mit freundlichen Grüßen

Ihr

Heinz Kindermann

Prof. Dr. Werner Keller Köln, den 27. Mai 1986

Sehr geehrter Herr Kollege,

Ihre Studie über "Sorge und die dingliche Welt in Goethes 'Faust'" habe ich erhalten: Meinen Dank dafür und zugleich meine Bitte um Nachsicht, daß ich erst jetzt auf Ihre Zusendung antworte. Ein grippaler Infekt nahm mir wichtige Arbeitswochen; das beginnende Sommersemester erlaubte mir keine freie Stunde für Arbeiten, welche nicht unmittelbar mit dem Hörsaal verbunden sind.

Mit Interesse las ich Ihre Ausführungen über "Fausts Magie und die dingliche Welt" sowie über "Fausts Erlösung von der dinglichen Welt". Sie versuchen, das Wesen von Sorge und Magie sowie ihr Verhältnis zueinander zu bestimmen und Fausts Verstrickung in die Magie zu deuten. Sie schreiben über die Philemon- und Baucis-Szene, über Fausts Begegnung mit der Sorge und seine Erblindung - und stellen sich damit wesentlichen Problemen der "Faust II"-Forschung. Zu Recht verweisen Sie auf die große Bedeutung des Goetheschen Entelechiegedankens für die Schlußszene von "Faust II"; einleuchtend sind Ihre Bemerkungen über den architektonischen Bau des letzten Bilds.
Wieder einmal ist sichtbar geworden, wie sehr Sie sich in Goethe eingelesen haben; wieder sichtbar ist allerdings auch, wie Ihre Bezüge zu Hegel und Marx - Rückstände des Frankfurter Aufenthalts - Ihre Textinterpretation hin und wieder stören.
Noch eine kleine Anmerkung zum Sprachlichen: Ihr Deutsch verlangt Bewunderung - allerdings muß auch gesagt werden, daß es nach wie vor gewisse syntaktische wie semantische Mängel aufweist, die ich verstehe, ohne sie negieren zu können. (Insgesamt gesehen gewinnt der zweite Teil an sprachlicher und dadurch auch an gedanklicher Klarheit.)

Mit allen guten Wünschen für Ihre weitere Arbeit an Goethe - einem Gegenstand, für den sich alle unsere Mühe lohnt,

Ihr

Werner Keller

Johann Wolfgang Goethe-Universität
Frankfurt am Main

Fachbereich Neuere Philologien

Institut für Deutsche Sprache
und Literatur II

Prof. Dr. R.-R. Wuthenow

Gräfstraße 76
Postfach 11 19 32
D-6000 Frankfurt am Main 11

Telefon (069) 798-21 32

Datum 21.1.1992 Wu/jn

Herrn
Prof. Masami Tsuzuki
Ibaraki-Daigaku, Kyoyo-Bu,
J-310 Mito
Japan

Lieber Herr Tsuzuki,

es ist mir richtig peinlich, daß ich Sie so lange auf Antwort habe müsse warten lassen, aber es war aus Zeitgründen eine Antwort leider früher nicht möglich, wobei noch hinzukommt, daß ich dann Ihre Arbeiten genügend zur Kenntnis zu nehmen kaum die Zeit gefunden haben würde.

Es ist nichtsdestoweniger nicht einfach für mich, mich zur Ihrem großen, ja vielleicht beeindruckenden Projekt zu äußern. Immerhin erweckt es den Eindruck der Geschlossenheit nicht nur, sondern auch der intensiven Auseinandersetzung, und ich kann mir wohl vorstellen, daß eine Publikation sinnvoll, vielleicht sogar wünschenswert ist. Was mir zu beurteilen wirklich schwer fällt ist, wieweit Sie wirklich im Widerspruch oder korrigierend zur deutschen oder japanischen Germanistik in Ihren Untersuchungen stehen, wobei noch hinzukommt, daß ich natürlich in manchen Dingen auch eine andere Ansicht vertreten würde, nur eben nicht in ausschließlicher Weise, sondern in vollem Bewußtsein der möglichen, weil dem Text immanenten Widersprüche. Sollten Sie an eine Publikation in deutscher Sprache denken, so müßten wir, was schwierig ist, einen Verleger finden; ich denke aber, daß eine Publikation in Japan etwas einfacher für Sie zu verwirklichen sein wird.

Dies für heute und um Sie nicht noch länger warten zu lassen; wenn Sie noch genauere Fragen in bezug auf Ihre Arbeiten an mich haben, so lassen Sie es mich bitte wissen, aber vergessen Sie dabei nicht, daß ich keineswegs ein Faust-Spezialist bin!

Mit besten Grüßen und Wünschen für den weiteren Fortgang
Ihres Unternehmens

Ihr
Rainer Wuthenow.

都築　正巳（つづき　まさみ）
2007年３月筑波大学を定年退職し、名誉教授となる。
2007年５月より４年間、日本ゲーテ協会常任理事となり、ゲーテ賞審査委員長を担当する。

ゲーテと近代ヨーロッパ

2025年５月11日　初版第１刷発行
著　者　都築正巳
発行者　中田典昭
発行所　東京図書出版
発行発売　株式会社 リフレ出版
〒112-0001　東京都文京区白山 5-4-1-2F
電話（03）6772-7906　FAX 0120-41-8080
印　刷　株式会社 ブレイン

© Masami Tsuzuki
ISBN978-4-86641-852-0 C3098
Printed in Japan 2025
本書のコピー、スキャン、デジタル化等の無断複製は著作権法上での例外を除き禁じられています。本書を代行業者等の第三者に依頼してスキャンやデジタル化することは、たとえ個人や家庭内での利用であっても著作権法上認められておりません。

落丁・乱丁はお取替えいたします。
ご意見、ご感想をお寄せ下さい。